KB077829

그의 제국

그의 제국

초판 1쇄 찍은 날 | 2015년 10월 23일
초판 1쇄 펴낸 날 | 2015년 11월 2일

지은이 | 심이령
펴낸이 | 서경석

편 집 책 임 | 조윤희
편　　　집 | 이은주
주은영

펴 낸 곳 | 도서출판 청어람
등록번호 | 제387-1999-000006호
등록일자 | 1999. 5. 31
어람번호 | 제5-427호

주소 | 경기도 부천시 원미구 부일로 483번길 40 서경B/D 3F
(우) 14640
전화 | 032-656-4452 팩스 | 032-656-4453
http://www.chungeoram.com
E—mail | chungeorambook@daum.net

ISBN 979-11-04-90478-3 03810

심이령
장편 소설

그의 제국

그의 제국

CONTENTS

제1장 보스의 딸

잔뜩 찌푸린 검은 하늘 아래, 흡사 저녁처럼 어두운 오후 3시. 인천공항은 그 많은 사람들과 시끄러운 소리에도 불구하고, 무엇보다 한창 휴가철인 찌는 여름날의 나른함이 무색하게도 우울한 한 폭의 그림처럼 답답하면서도 긴장감이 감돌았다. 휴가철임을 증명하는 것은 많은 사람들로 발 디딜 틈도 없어 보이는 출국장의 모습이었지만, 보다 한산한 입국장에는 도리어 다급해 보이는 한 젊은 여자의 모습이 유달리 눈에 띄었다. 여자는 커다란 가방을 어깨에 메고 손에는 기내용 캐리어를 잡은 채, 급한 마음을 증명하듯 연방 주위를 두리번거리는 고갯짓을 했다. 하지만 그와 달리 발걸음은 별다른 진전을 보이지 못한 채 제자리를 맴돌고 있었다. 긴 머리를 대충 하나로 틀어 모은 일명 '똥머리'를 하고, 청바지에 흰색의 헐렁한 민소매 티를 입은, 얼핏 수수한 옷차림의 여자였다. 하지만 그것은 멋을 내지 않았다 뿐으로, 조금만 유심히 본다면 여자가 걸친 것, 든 것, 모두 고가의 브랜드에, 여자의 생김새마저 귀티를 풍겨 그저 소박하게만은 보이지 않았다.

그때 한쪽으로부터 '재인 아가씨' 하며 부르는 소리가 제법 크게 들려왔다. 소리를 낸 사람은 한여름의 날씨와는 어울리지 않는 짙은 컬러의 슈트를 입은 남자로, 그는 여자를 향해 곧장 달려오고 있었다.

"왜 이렇게 늦어?"

여자는 신경질을 부리며 캐리어를 남자 앞으로 죽 밀었다.

"아빠는 좀 어떠셔? 응? 의식은 있으신 거지?"

"넵. 일단 가시죠."

캐리어를 얼른 잡으며 남자는 먼저 에스컬레이터를 향하여 돌아섰다. 둘 다 발길을 재촉하는 모양새였다.

공항 밖에 대기해 있던 검은색 승용차의 운전석에서 한 남자가 내려섰다. 아주 짧게 깎은 머리에 선글라스를 쓴 남자는 역시나 짙은 빛깔의 슈트를 입고 있었다. 재인과 캐리어를 든 남자가 가까이 오자 그는 먼저 재인을 향해 인사를 한 다음 뒷좌석의 문을 열었다. 그 사이로 캐리어를 든 남자는 그것을 자동차의 트렁크에 실었다. 모두 차에 오르는 즉시로 차는 우울함에 휩싸인 공항을 뒤로 했다.

"말씀도 하셔?"

뒷좌석에 홀로 앉은 재인이 조수석의 남자에게 물었다. 그녀의 캐리어를 받아주던 남자였다.

"넵."

남자는 돌아보며 대답한 후, 안도의 숨을 짧게 뱉어내는 재인에게 잠시 눈을 두고 있었다.

"하나도 안 변하고 그대로네요. 아가씨. 거진 3년 만이죠?"

"왜? 보고 싶었어?"

그렇게 되묻는 재인의 퉁명스러운 말투는 도리어 두 사람 사이의 허물없음을 보여주었다.

"당근 보고 싶었죠. 솔직히 아가씨 너무했어요. 회장님이 그렇게 들어오라 하셔도 차암 말도 안 들으시고, 세상에 3년을 버틸 줄이야……."

"시끄러."

"네엡."

그 '허물없음'을 또렷이 증명하듯 남자는 히죽 웃었다.

"근데 어쩌냐? 난 양 기사 한 개두 안 보고 싶었는데."

"이제부터는 양 비서라고 불러주시죠. 작년부터 비서실에서 일하고 있는 양이석 비서랍니다."

"출세했네?"

"다 아가씨 덕분이죠. 참, 이 친구 첨 보시죠? 작년부터 회장님 차 운전하는 최 기삽니다. 최장혁 기사."

이석이 제 옆자리를 가리키며 말하자 운전대를 잡고 있던 남자, 최장혁은 룸미러를 통해 재인과 눈을 맞추며 고개를 까닥해 보였다. 선글라스 탓인지 매우 무표정한 얼굴이었다. 그런 장혁의 인상이 썩 마음에 들지 않은 듯 재인은 룸미러에서 눈을 뗀 후 차창 밖으로 고개를 돌렸다. 인천대교, 그중 사장교(斜張橋)를 지나는 중이라 눈앞에 63빌딩 높이에 달하는 주탑과 케이블선이 웅장한 모습을 드러냈다. 주탑은 교각마다 위치해 있어, 제법 긴 주경간장(主徑間長)을 따라 또 하나의 주탑이 시야로 거리를 좁혀오던 중, 재인은 눈길을 옮겨 잔잔한 바다를 눈에 담았다.

3년 전, 아버지와 싸우고 자의 반 타의 반으로 떠났던 한국으로 다시 돌아오게 된 빌미가 아버지의 급성 심근경색일 줄이야. 재인은 아버지를 향한 여전한 원망 중에도, 바로 이틀 전 독일에서 엄마의 전화를 받았을 때는 하늘이 무너지는 것 같은 충격에 휩싸였었다. 그것은 비단 아버지에 대한 걱정뿐만 아니라 그녀 자신의 미래에 대한 불안감도 함께 내재돼 있는 것이었다. 괜찮아, 괜찮으실 거야, 재인은 그렇게 입속으로 되뇌었다.

재인의 바람은, 그러나 VIP병동의 한 입원실에 이르러 산산조각이 나고 말았다.

재인이 탄 차는 서울 시내에 위치한 어느 유명 종합병원 앞에 섰다. 재인은 차에서 내리자마자 곧장 이석의 안내로 VIP병동으로 향했지만, 그녀의 아버지는 입원실에서 이미 중환자실로 옮겨지고 난 후였다.

"엄마……."

출입이 철저히 통제된 중환자실 입구에서 나오는 오십대의 여인을 향하여 재인이 다가섰다. 그 주변으로는 검은 양복을 입은 남자 세 명이 서 있었는데, 마치 중환자실을 지키고 있는 것 같은 인상이어서 단순한 회사 사람들로 보이지는 않았다.

"재인아……."

엄마 역시 딸을 부르며 어두운 낯빛으로 한숨을 내쉬었다.

재인은 잠시 후 그녀의 엄마와 함께, '위상문 환자'라 표기된 VIP용 입원실로 자리를 옮겼다. 불과 몇 시간 전까지만 해도 재인의 아버지가 누워 있었을 환자용 침대는 당연히 텅 비어 있었다. 엄마는 딸에게, 아버지의 병세가 악화돼 중환자실로 옮겼고 현재 혼수상태라는 설명을 가늘고 조용한 목소리에 실어 전했다. 딸이 놀라지 않게 배려하는 마음도 엿보였지만 원래 타고난 목소리에 가늘고 매력적인 비음이 섞인 재인의 엄마는 과거 유명한 여배우로—이름은 소진향이며 결혼과 함께 은퇴했다— 오십대 중반의 나이가 무색하게도 여전히 아름다웠다.

"김 박사님이 최선을 다하고 있으니 일단 기다려 보자."

하얗게 질린 얼굴로 손끝마저 떨고 있는 딸을 보며 진향은 그렇게 다독였다. 그러나 재인의 아버지, 위 회장은 이미 제 힘으로 호흡할 수 없는 지경으로, 심장박동을 도와주는 심폐보조기인 에크모(ECMO)에 의지하고 있어 식물인간과 크게 다르지 않은 상태였다. 시간을 두고 봐야 하는 상황이었지만 시간이 꼭 '우리 편'이라고 믿을 만한 근거는 어디에도 없었다.

재인은 절망했다. 3년 만이건만 아버지와 말은커녕 눈도 한 번 마주하지 못한 채 그저 시체처럼 누워 있는 아버지를 지켜만 봐야 하는 상황이 받아들여지지 않았을뿐더러, 그 모든 것이 한국을 떠나서도 아버지를 미워하고 원망했던 자신의 마음 탓이기도 한 양 자책했다. 그뿐인가, '귀국하라'는 소환에 계속 불응했던 것도 결국은 아버지의 분노를 키워, 그도 어쩌면 아버지가 쓰러진 원인 중 하나가 됐을지도 모른다는 생각에 자책감은 가중되어 그녀의 어깨를 짓눌렀다. 그러나 그 모든 것에도 불구하고 정작 재인을 가장 두렵게 하고 있는 것은 따로 있었으니, 역시나 그녀 자신의 미래에 대해서였다. 미래의 무게였다.

"집으로 갑시다. 아가씨."

병원에 딸린, 정원처럼 꾸며진 쉼터의 벤치에 앉아 고개를 푹 수그리고 있던 재인 앞으로 다가와 선 이석이 말했다. 재인이 공항에서 곧장 병원으로 온 지 3일째 되던 날 저녁이었다.

"사모님 명령이세요. 아가씨를 집으로 모시랍니다."

그러나 재인은 꼼짝도 하지 않았다.

"밥도 통 안 먹는다고 사모님 걱정이 이만저만 아니십니다."

"담배 줘."

여전히 꼼짝도 않고 있던 재인은 불쑥 그렇게 입을 열었다.

"헐, 독일에서 담배 배워 갖구 왔나 보네? 하라는 공부는 안 하고……."

"달라면 줘. 그만 떽떽거리고."

"여기 금연이에요. 피우려면 차로 가요."

재인은 이석을 따라 야외 주차장에 세워둔 차 안으로 자리를 옮겼다. 공항에서 재인을 태웠던 그 승용차였다. 재인은 이석에게서 담배 한 개비를 건네받아, 또한 그가 켜준 라이터로 불을 붙였지만 결국 괴로움에 찬 기침을 토해내는 것으로 흡연의 쓴맛만 보고 말았다.

이석이 얼른 재인의 손가락에서 담배를 빼 제 입에 물었다.

"자, 이대로 집에 갑니다. 아가씨."

이석은 차에 시동을 걸었다.

"나…… 못 해."

다시금 불쑥 입을 연 재인에게 고개를 돌린 이석은 시동을 켠 상태에서 차를 움직이지는 않고 있었다.

"아무래도 다시 독일로 가야 할까 봐……. 아니, 갈래. 갈 거야. 지금 당장."

"우린 어쩌구요?"

그렇게 묻는 이석의 목소리에 이어 시동 소리는 사라졌다.

"아가씨만 바라보고 있는 수천, 수만은 어쩌구요?"
"그러니까 못 한다잖아."
이석의 목소리에 비난의 흔적이 있었던 것도 아니건만 재인의 반응은 신경질적이었다.
"나 아무것도 몰라. 사업에 대해 아무것도 모른다구."
"지금부터 배우면 돼요."
"싫어. 못 해. 자신 없어……."
"그럼 맘대로 하세요. 도망을 가든, 어디에 숨든. 그래도 변하지 않는 사실은……."
이석은 말허리에서 잠깐 숨을 멈추고 재인의 눈길을 잡았다.
"이두회의 유일한 후계자는 위재인이라는 사실입니다. 아가씨 한 사람뿐이에요."
두 사람은 잠시, 그러나 아주 짧다고만은 할 수 없는 동안 서로의 눈을 응시했다. 먼저 눈을 돌린 것은 재인이었다. '이두회(二頭會)', 그것이 바로 그녀의 어깨를 무겁게 짓누르고 있는, 그녀가 감당할 수 없는, 감당하기 싫은 미래의 무게였다.
"근데요, 회장님 아직 안 돌아가셨어요."
이어지는 이석의 목소리는 마치 재인을 다독이는 듯했다.
"너무 걱정 말고 일단 집에 들어가서 푹 자요."
이석은 말끝에 다시 시동을 걸었지만 액셀 페달로 발을 채 옮기기도 전에, 이번에는 핸드폰의 벨소리로 인해 차를 움직이지 못했다. 바로 이석, 자신의 핸드폰이었기 때문이다.
"네. 사모님. 아가씨 지금 옆에 있어요. 아직 출발 전입니다."
재인은 긴장한 얼굴로, 통화하는 이석의 얼굴을 뚫어지게 쳐다보았다.

"아가씨. 얼른 입원실로 올라가세요."

통화를 끝낸 이석이 말했다.

"금 변호사님이 와 계시답니다."

재인이 VIP입원실로 들어오니, 진향과 함께 금 변호사로 보이는 오십대의 남자가 그녀를 맞았다. 원래 재인의 아버지인 위 회장이 입원해 있던 이곳은 위 회장이 중환자실로 옮겨진 후부터 재인과 진향이 호텔의 객실처럼 이용하고 있었다.

"오랜만이구나."

재인이 다가와 고개 숙여 인사하자 금 변호사는 미소를 띤 얼굴로 화답했다. 그러나 재인의 얼굴은 이석과 함께였을 때보다 더 굳어 있었으며, 심지어는 불안해 보이기까지 했다. 딸의 그런 모습 때문인지 진향의 얼굴도 편치만은 않아 보였다. 소파에 모여 앉은 세 사람 사이에서 처음 몇 분 동안은 주로 재인의 독일 생활에 대해 궁금해하는 금 변호사의 의례적인 질문과 재인의 무성의한 답변이 오갔다.

"독일에서 네가 쓰던 물건들을 다 가져오지는 못했을 텐데 이모님이 부쳐주시나?"

금 변호사가 물었다. 재인이 독일에 있는 동안 머물렀던 곳은 다름 아닌 이모의 집이었다.

"아마 그럴 겁니다."

재인이 머뭇거리자 진향이 대신 대답했다.

"굳이 그럴 필요는……. 다시 돌아갈지도 몰라요."

엄마의 말이 떨어지기가 무섭게 재인이 끼어들었다.

"병석에 누운 아버지를 두고 어딜 가?"

금 변호사가 정색해서 재인을 쏘아보았다.

"아빠 일어나시면……."

"만약 일어나시면 후계자 수업 받아야지 가긴 어딜 간단 말이냐? 내가 오늘 온 것도 그것 때문이다."

금 변호사는 그제서 본론으로 들어가려는 듯 제 옆에 있는 흰색 서류 봉투 위에 손을 올려놓았다.

"사실 지난 3년이야말로 네가 후계자 수업을 받을 적절한 시간이었는데 이런저런 사정으로 지나가 버렸다. 그것이 누구 탓이냐?"

그렇게 묻는 금 변호사를 피하듯 재인의 눈은 그의 눈으로부터 달아나고 있었다.

"이제 와서 지난 일들로 왈가왈부하자는 것은 아니다. 다만 지금부터는 정신 똑디 차리는 것이 좋을 것이야."

금 변호사는 서류 봉투에서 내용물을 꺼냈다. 그것은 A4 크기의 서류철과 함께 손바닥 반만 한 크기의 밀봉된 상자였다.

"이것은 회장님의 유언장 사본이다."

먼저 서류철에 손을 올려놓은 금 변호사가 말했다.

"회장님 아직 돌아가시지도 않았는데……."

"지금 유언장을 집행한다는 것이 아닙니다, 사모님."

금 변호사가 부드러우나 단호한 목소리로 진향의 말을 잘랐다.

"회장님이 쓰러지신 당일, 회장님의 부르심으로 저와 다른 고문 변호사 두 분이 회장님을 뵌 거 아시지요?"

"네……."

진향은 대답과 함께 고개를 끄덕였다. 집에서 쓰러져 병원으로 옮겨진 남편은 의식이 들자마자 고문 변호인단을 호출했었다.

"바로 그날 유언장을 최종 수정하셨는데……."

하며 금 변호사는 밀봉된 상자를 손에 들었다.

"여기에 녹음된 내용이 첨가된 것이지요."

금 변호사는 밀봉된 상자를 뜯었다. 그것은 지금 뜯어내기 전에는 절대로 아무 흔적 없이 뜯었다 재 밀봉할 수 없도록 만들어져 있었다. 밀봉된 상자 안에서는 소형 녹음기가 나왔다.

"들어 보거라."

재인을 향해 말한 후 금 변호사는 버튼을 눌렀다. 잠시 후 녹음기로부터 '재인아' 하는 회장의 목소리가 흘러나오자 재인은 저도 모르게 손을 가슴에 갖다 대었다. 아버지의 목소리와 동시에 가슴 속에서 방망이질을 시작하는 심장박동을 제 손으로 눌러 안정시키려는 듯 그녀는 그 손에 지그시 힘을 주기까지 했다.

[네가 이것을 들을 때쯤에는 아마도 아빤 이미 죽었거나……, 살아 있어도 죽은 것과 진배없을 것이다……. 재인아, 넌 내 유일한 자식이다. 이두회 역시 너에게 넘어간다. 그건 피할 수도 없고 피해서도 안 되는…… 너의 운명과도 같은 것이야……]

회장의 목소리는 힘이 없었고 또한 가끔씩 끊어져 깊고 거친 호흡이 그 자리를 대신했지만 그럼에도 단호했으며 위엄이 서려 있었다.

[그러나…… 재인아, 넌 혼자가 아니다. 많은 사람들이 널 도울 것인즉……, 특히 류도하 실장이 최측근으로 널 보필할 것이야……]

재인은 어리둥절한 표정으로 눈을 동그랗게 떴다. 류도하라니, 처음 듣는 이름이었다.

[아직은 이두회의 수장인 애비가 지정한다. 류도하가…… 바로 네 남편이다. 재인아.]

재인은 경악했다. 그녀는 의식도 못 하는 사이에 입을 벌리고 있었지만 그 입에서 말은커녕 숨소리조차 새어 나오지 않았다.

[오직 두 사람의 결혼을 통해, 법적인 혼인관계가 형성된 후에만 위재인은 회사와 이두회를 승계할 수 있다. 결혼과 함께 후임 회장 취임식을 금 변호사 외에 다른 두 명의 고문 변호사들의 조언 하에 이행하라. 또한 지금 이 순간부터 무극천위의 가동을 명한다.]

아버지의 말은 거기서 끝이었다.

"무극천위가 이두회 수장의 친위조직인 것 정도는 너도 알고 있겠지?"

금 변호사가 확인하듯 물었으나 재인은 대답 대신 자리에서 벌떡 일어났다.

"엄마……."

자리에서 일어나기는 했지만 막상 무엇을 어떻게 해야 할지 정리가 되지 않은 재인은 진향을 향해 도움을 청하듯 불러보았지만 진향은 오히려 제 딸보다 더 심란한 얼굴을 하고 있을 뿐이었다.

그 사이로 핸드폰에 대고 '들어와' 하는 금 변호사의 목소리에 뒤이어 곧장 문이 열렸다. 열린 문으로 짙은 빛깔의 슈트를 입은 사람들이 모습을 드러냈는데, 모두 세 명으로 그중 하나는 여자였다. 또한 셋 중 제일 앞서 들어오는 남자는 재인도 이미 안면이 있는, 바로 인천공항에서 이석과 함께 재인을 픽업했던 그 남자, 최장혁이었다.

검은 선글라스를 낀 그는 절도 있는 걸음으로 재인 앞으로 다가와 그녀에게 묵례를 했다. 장혁 뒤를 따르던 두 명의 남녀 역시 마찬가지였다. 여자는 동그란 얼굴형에 가늘고 긴 눈, 도톰하고 작은 입술의 여성적인 얼굴에, 먹물처럼 검은 머리를 한 올도 흐트러지지 않게 두피에 딱 붙여 하나로 묶은 단정함에도 불구하고 다른 두 남자 이상으로 무표정한 얼굴을 하고 있었다.

"네 호위사들이다."

금 변호사가 설명했다.

"최장혁 팀장 이하 모두 최고의 실력들로, 재인이 널 위해서라면 목숨도 마다 않고 버릴 것이야."

"아저씨, 전 아직……."

그러나 재인은, 그 순간에 몸을 일으키는 금 변호사의 움직임에 말을 잇지 못하고 대신 애원하는 눈빛을 그에게 보냈다. 금 변호사는 재인의 아버지와 호형호제하던 사이로, 재인은 어릴 적부터 그를 '아저씨'라 호칭해 왔다.

"10월 마지막 주, 회사 주주총회와 이두회 집회를 이틀 차로 열고 후임 회장 취임식을 이행할 것이다. 그전까지 너는 회장 대행으로서 회장의 권리 일부, 혹은 전부를 승계한다. 바로 지금부터."

금 변호사는 그렇게 말한 후 자세를 바로 하더니 곧 정중히, 재인을 향해 고개를 숙였다.

재인은 이제 울상을 짓고 있었다.

"회장 대행을 집으로 모시게."

고개를 든 금 변호사가 말하자 장혁이 '네' 하며 재인 곁으로 더욱 다가와 섰다.

"잠깐요, 아저씨……. 이, 이렇게 갑자기 이러시면 어떡해요?"

재인은, 장혁이 그녀의 몸에 손을 댄 것도 아닌데 마치 제 몸에 닿은 무엇인가를 뿌리치는 손짓을 해 보이며 금 변호사를 향해 다급히 입을 열었다.

"저 독일에서 온 지 나흘밖에 안 됐구요. 아빠랑 말도 못 해봤고, 또 뭐지……, 암튼 지금 아무것도 정리가 안 돼요……. 이건 말도 안 된다구요……. 갑자기 남편은 또 뭐고……. 저리 비켜!"

재인은 말끝에 장혁을 돌아보며 날카롭게 소리쳤다. 이번에도 그녀는 손을 뿌리치는 시늉을 했는데 그 바람에 그녀의 손이 장혁의 몸에 툭 걸렸다. 그러자 그녀는 신경질적으로 그를 힘껏 밀기까지 했지만 오히려 휘청, 뒤로 밀린 것은 그녀 자신이었다. 장혁은 꿈쩍도 안 했다. 그리고 사실 그는 재인 옆에서 그녀를 밖으로 인도하기 위해 약간의 움직임을 보이기는 했으나, 역시 그녀의 몸에는 손도 대지 않았었다.

"재인아."

그때 진향이 나직이 입을 열었다.

"일단 집으로 가. 가서 아무 생각 말고 쉬어. 너 지금 너무 피곤해."

독일에서 귀국한 날로부터 지난 3일간 재인이 엄마와 함께 지냈던 이 VIP입원실이 제 아무리 호텔에 버금가는 시설이라 해도, 아버지에 대한 걱정을 시작으로 그로부터 파생된 고뇌와 불안에 짓눌렸을 재인에게 휴식처가 됐을 리는 만무한 일이었다. 때문에 먹는 것은 고사하고 잠도 제대로 잤을 리 없어 신경이 몹시 날카로워져 있을 딸을, 엄마는 걱정한 것이리라. 그런 엄마의 마음을 알아챈 것일까, 재인은 맥이 탁 풀린 얼굴이 돼서 어깨를 축 내려뜨린 채 힘없이 몸을 돌렸다. 장혁 이하 호위사들 역시 재인의 움직임을 따라 천천히 그녀의 뒤를 따랐다.

"무리예요."

문이 닫히는 것을 보며 금 변호사가 다시 자리에 앉자 때를 맞춰 진향이 낮은 한숨 섞인 말을 조용히 토해냈다.

"재인인 아무 준비도 돼 있지 않아요. 더구나 지금껏 줄곧 거부해왔던 거……, 잘 아시잖아요?"

"네, 압니다. 형수님."

위 회장과 호형호제한 만큼 진향을 '형수님'이라고도 부르는 금 변호사 역시 그리 밝지만은 않은 얼굴로 대답했다.

"그러니 회장님께서 류도하 실장을 재인이 짝으로 결정한 거 아니겠습니까?"

진향은, 그러나 어쩐 일인지 불편한 기색으로 고개를 돌렸다.

"류 실장을 믿어야지요."

"류도하가 누구야?"

달리는 승용차 안에서 재인이 물었다. 차 안에는 뒷좌석에 재인이 혼자 앉았고, 앞좌석에 최장혁, 그리고 두 명의 호위사 중 여자가 운전석에 앉아 있었는데 나머지 호위사인 남자는 앞서 달리는 다른 차를 운전하고 있어 그 뒤를 재인이 탄 차가 따라가는 모양새였다.

"전엔 한 번도 들어본 적이 없는 이름인데."

"회장님 비서실의 실장님이십니다."

조수석의 장혁이 재인을 향해 살짝 돌아보며 대답했다.

"비서실장? 언제부터?"

재인은 자신이 독일로 떠나기 전까지의 비서실장을 머리에 떠올리며 재차 물었다.

"2년 10개월 전, 10월 4일자로 발령 받으셨습니다."

그렇다면 재인이 독일로 떠난 직후였다.

"발령 받았다면…… 그전까진 어디 있었는데?"

"무극천위의 천위장이십니다."

'무극천위(無極天衛)'. 그것은 '이두회(二頭會)'의 친위조로, 이두회의 노른자위며 가장 무서운 자들이 모인 소수정예다. 먼저 이두회를 설명하자면 설립 당시에 두 사람의 공동 수장으로—그중 한 사람이 재인의 아버지, 위상문이다— 조직이 결성돼 이름을 이두(二頭), 즉 우두머리가 둘이라는 뜻으로 출발했다. 태생이 지하조직인 탓에 일명 조폭과 그 뿌리가 완전히 다르다고 할 수는 없었지만, 시간이 흘러감에 비밀결사의 특성이 점점 강해지면서 보다 독특한 조직으로 거듭났다. 오히려 다른 조폭보다 더욱 은밀하며 더욱 체계적이고 무엇보다 오랜 시간 해체되지 않고 유지돼 온 것도 특징이라면 특징이랄 수 있다. 조직의 주 사업은 합법적인 지상 경제의 틀 안에서의 그룹 경영이었지만—㈜LD를 모회사로 그 아래에 4개의 자회사— 그것이 조용하게 흔적도 없이 지하에서 움직이는 사업체와 더불어, 마치 두 개의 톱니바퀴가 서로 물리듯 정교하게 돌아가고 있는 것이 바로 이두회였다.

"그런데 비서실장이란 인간이 아빠가 병원에 누워 있는데 코빼기도 안 보여?"

무극천위를 머릿속에서 뭉개 버린 재인이 날카로운 목소리로 힐난했다.

"회장님을 대신해 회사 일을 처리하시느라 바쁘십니다."

장혁은 차분히 대답했다.

"퍽이나 잘난 인간인 모양이군. 몇 살이야?"

아무래도 '천위장'이란 사실이 마음에 걸린 재인이 물었다. 아버지가 골랐으니 지금 스물일곱인 딸의 나이를 고려했을 테지만, 또

한 그런 정략결혼 따위 죽어도 안 한다, 단단히 마음먹고 있는 재인이었다. 그런데 독일에서 돌아오자마자 이런 식으로 뒤통수치는 아버지의 의중에 또 어떤 '배신'이 숨어 있을지 알게 뭔가 싶어, 마흔 넘은 '놈'이면 첫 만남에 그 낯짝에 침을 뱉어 주리라, 내심 또 그렇게 다짐하는 재인이었다.

"서른하나로 알고 있습니다."

"뭐?"

무극천위의 천위장이라면서 겨우 서른하나라고? 재인은 소스라치게 놀랐지만 얼른 다시 머릿속에서 뭉개 버렸다. 생각하지 말자. 어떤 '놈'이든 그녀는 인간 취급도 안 할 생각이었다.

차창 밖은 어둠이 내려앉아 있었다. 창에 눈을 두고 있던 재인은 집에 다 왔다는 것을 알았다. 거의 3년 만에 보는 집인데도 재인이 기억해낼 수 있는 과거의 그 어린 시절부터 살았던 집이라서일까, 바로 어제 집에서 나와 귀가하는 것처럼 익숙했다. 비록 담쟁이넝쿨로 가득 덮인 높은 성벽 같은 담이 흡사 교도소를 방불케 했더라도 말이다.

그 성벽에 난 육중한 문 앞에 두 대의 승용차가 일시 멈추더니 잠시 후 문은 아래로부터 위를 향해 자동으로 열렸다. 차 두 대가 안으로 모습을 감춘 후 역시 자동으로 내려가 굳게 닫혔다.

위 회장의 자택은 대지로 본 전체 규모가 매우 큼에도 불구하고 정작 저택은 대단히 단순한 외관에 아담하기까지 해서 오히려 소박하다는 인상마저 주었다. 그 때문일까, 세월의 깊이가 느껴지는 본채 옆으로 아마도 신축된 듯 보이는 별채가 지붕이 있는 회랑을 따라 연결돼 있었다. 특이한 것은 저택을 마주한 정원보다 저택 뒤로 있는 후원이 두 배는 넓다는 것이었는데, 잘 관리된 파릇한 잔디 위로 아름답게 조경된 커다란 연못이 은은한 가로등의 불빛을 받아 맑은 빛을 내고 있는 것도 매우 인상적이었다.

재인은 2층에 있었다. 1층에 비해서 규모가 작은 2층은 재인이 독일로 떠나기 전 그녀 혼자 다 쓰던 공간이었다. 재인은, 따로 방 구분은 없이 좁은 복도를 따라 위치한 아름다운 실내장식의 리빙룸 창가에 서서 별채를 내려다보고 있었다. 단층인 별채는 재인이 독일로 떠날 즈음에 완공을 앞두고 있었다. 당시 본채 1층은 회사 직원들에게 개방돼 있는데다 집에서 상주하는 관리인들의 거처까지 있어 관리인의 거처만이라도 따로 마련하기 위해 별채를 신축한 것이었다. 본채는 사실상 반지하를 포함한 3층 건물에 가까웠는데 반지하층에서는 위 회장 부부가 거처했으며 회장의 중요한 독대도 종종 그곳에서 이루어졌다.

"왜 그렇게 서 있어요? 피곤할 텐데……."

중년 여인의 목소리를 듣고 재인이 돌아보니, 우유빛 사발을 올린 쟁반을 든 사십대 중반의 여인이 다가오고 있었다. 그저 아줌마라 불리는 여인은 이 저택의 살림꾼으로 재인의 기억으로도 10년 가까이 같이 지내온 사이였다.

"물 받아놓을 테니 목욕하고 푹 주무세요."

아줌마는 탁자 위에 사발을 놓으며 말했다.

"아줌마까지 왜 그래?"

재인이 퉁명스럽게 내뱉었다.

"재인아, 이거 먹고 목욕해라, 그래야 정상 아녜요? 듣기 거북해 죽겠네, 정말."

3년 만에 만난 아줌마는 고등학교 때부터 같이 살아 재인이 제 엄마 다음으로 허물없이 지내왔던 사이임에도 현관에서부터 '어서 오세요, 대행님' 하며 재인을 맞아 그 자리에서 이미 그녀의 속을 뒤집어놨었다. 아줌마도 '이두회'였다니.

"곧 익숙해지실 겁니다."

아줌마는 아무렇지도 않은 얼굴로, 미소까지 띠며 말했다. 재인은, 그러나 야멸치게 몸을 돌려, 부러 쿵쾅거리는 발소리를 내면서 제 눈앞에서 제일 가까운 문을 신경질적으로 열어젖혔다. 그런데 들어가자마자 재인의 발끝에 무엇인가 툭 걸린다. 그것은 기내용 캐리어로, 여자 호위사가 재인을 따라 2층까지 올라와 가져다놓은 것이었다. 재인은 그것을 발로 뻥 차더니 이내 침대 위로 몸을 던졌다.

재인은 금세 잠이 들었다. 3년 만에 비로소 주인을 되찾은 침실은 그동안에도 관리가 돼 왔음을 증명하듯 아주 깨끗했고, 침대 시트는 희다 못해 푸르스름한 빛을 띨 정도였다. 그렇다고 바로 주인의 온기로 방 전체를 채우기에는 역부족인 듯 한여름의 날씨가 무색하리만치 썰렁한 분위기도 엿보였다. 그것은 아마도 여자 혼자 지내기에는 턱없이 큰 침실의 규모도 그렇지만, 주인이 잠든 불 켜진 방 안에서 혼자 낮은 소리를 내고 있는 벽걸이 에어컨의 찬바람도 한몫했을 것이다.

재인은 새벽에 눈을 떴다. 정확히 말하면 그녀는 취침 중에도 한두 번 눈을 떴었지만 몸을 꿈틀대며 옷을 벗어버리고는 다시 잠들어, 새벽에 다시 눈을 떴을 때는 속옷 차림의 몸에 시트를 둘둘 말고 있는 모습이었다. 시간만 따지면 오래 잔 셈이었지만 마음이 편치 않아 밤새 꿈에 시달렸던 탓인지, 깨고 나서도 전혀 개운한 기분을 느끼지 못했다.

보태어 한기까지 느낀 재인은 일어나자마자 에어컨부터 껐다.

그리고 침실에 딸린 욕실로 들어가 욕조에 물을 받으며 속옷을 마저 벗었다. 연한 핑크 톤의 타일과 부드러운 내추럴 컬러의 원목으로 장식된 욕실에서 재인의 나신은 그것들과 하나 된 듯 묘하게 잘 어울렸다. 물이 차오른 욕조에 입욕제를 넣고 몸을 숙여 욕조 물에 손을 넣어보는 그녀의 자태 또한 고혹적이었다.

귀하고 곱게 자라서였을까, 얼굴은 물론이고 몸 전체에도 티끌 하나 보이지 않는 흰 피부에, 비록 엄마와 같은 아름다움은 아니었지만—재인의 엄마, 진향은 이목구비가 거의 황금비율에 가까운 미인이었다— 오히려 어떻게 보면 약간 불균형에 가까운 이목구비였음에도 그 자체로 조화를 이룬 재인의 얼굴은 오히려 거기서 무어라 딱 꼬집을 수 없는, 불가해하고 묘한 분위기를 만들어내고 있었다. 그것은 어쩌면 정형화되지 않아 언제라도 변할 수 있으며 또 어떤 모습으로 변할지 알 수 없는, 달콤한 불안과 약간의 흥분을 동반한 기대치 같은 것이리라.

욕조 안으로 들어가 따뜻한 물에 몸을 담근 재인은 그제서 긴장이 풀린 듯 편안한 얼굴이 되었다. 그전까지 그녀의 얼굴은 줄곧 불안과 불만에 차 있었다. 그러다 보니 불안과 불만에 가려져 있던, 녹음기의 아버지 목소리가 불현듯 그녀의 의식 안으로 또렷이 되살아났다.

"류도하가 오빠 대신인 거야……?"

재인은 어려서 이두회에 관한 그 어떤 것도 의식하지 못한 채 자라났다. 그렇다고 평범하게 컸다고 할 수도 없는 것이, 재인의 주변 환경은 분명 상식적이지 않았으며 무엇이 달라도 달랐다. 재인도 커 가면서 그것을 의식했지만, 분명하게 알게 된 것은 대학 입학 후 어느 날 아버지의 서재에 불려가, '너도 이제 성인이니 알아야 한다'며 말을 꺼낸 아버지로부터 이두회에 대한 설명을 들었을 때였다. 그러나 그때까지만 해도 아버지는 이두회의 후계자로 재인을 지목하지는 않았었다.

"오빠가 살아 있었다면……."

재인은 중얼거렸다.

순간, 재인은 다시 한기를 느꼈다. 그제야 자신이 욕조 안에서 다시 잠들었고, 물이 다 식었다는 것을 깨달았다. 재인은 물에서 나와 내추럴 컬러의 수납장에서 도톰한 타월 소재의 목욕용 흰 가운을 꺼내들었다.

가운을 단단히 여며 입은 재인이 1층으로 내려왔을 때 그녀가 제일 먼저 마주친 사람은 홀을 지나던 어떤 남자였다. 재인은 본 적이 없는 남자였지만 어릴 때부터 집에서 낯선 사람을 보는 데에 익숙한데다 이 시간이면 회사 사람은 아닐 테고, 집의 관리인 중 3년 새에 새로 들인 얼굴일 것이 빤해 별로 궁금해하지도 않았다. 그녀는 그저, 머리를 숙이는 남자의 인사를 건성으로 받으며 곧장 주방으로 향할 뿐이었다.

"일찍 일어나셨네요?"

조리대 앞에 있던 아줌마가 재인을 향해 먼저 인사했다. 3년 전처럼 이른 아침부터 주방에 나와 있는 아줌마의 모습은 재인에게 매우 낯익었고, 그 편안함이 또한 좋았다.

"배고파……."

하면서도 재인의 눈길은 아줌마가 아닌 커피머신 앞에 있던 여호위사를 향했다. 호위사는 벌써 단정한 슈트 차림으로, 재인을 향해 정중한 묵례를 해보였다. 주방은 조리대와 식탁이 분리돼 있을 정도로 꽤 넓었는데, 호위사가 있는 곳은 식탁 쪽이었다.

"그쪽……."

호위사를 손가락으로 가리키며 재인이 입을 열었지만 잠시 머뭇거리며 말을 잇지 못하자 호위사가 얼른 '황여정입니다'라고 제 이름을 댔다.

"황 대리라 부르시면 됩니다."

여정은 그렇게 말을 이었다.

"좋아. 황 대리 폰으로 양 기사, 아니, 양이석 비서 좀 연결해."

재인은 식탁 앞에 앉아 아줌마더러 다시 한 번 '배고파' 하며 칭얼댔다.

"제 폰에는 양 비서의 번호가 등록돼 있지 않습니다."

여정이 조심스러운 얼굴로 말했다.

"나도 번호는 못 외우는데……."

재인은 독일로 떠나면서 한국에서 쓰던 폰을 정지시켰고 독일에서도 한동안은 모바일 없이 지냈다. 그 후 독일에서 핸드폰을 다시 구하기는 했지만 현지용이었고, 한국과의 연락은 유선전화나 인터넷을 이용했는데 그마저도 잘 하지를 않았다. 더구나 귀국하자마자 내리 3일을 병원에서 지낸 재인은 한국에서 쓸 수 있는 제 핸드폰이 아직 없는 셈이었다.

"아줌마, 지금 폰 있어? 양 비서 번호 알아요?"

"폰이 방에 있는데……. 난 폰을 잘 안 써서 양 비서 번호가 있는지 없는지도 잘 모르겠어요. 가만, 양 비서 폰 번호가 한 번 바뀌었을걸요……?"

대답하는 아줌마의 목소리가 애매했다.

"그 사람 좀 불러봐. 선글라스 쓴 어제 그……."

재인은 다시 여정을 향했다.

“최 팀장님요? 알겠습니다.”

잠시 후 장혁이 주방으로 들어서 깍듯하게 묵례를 했다. 여정처럼 단정한 슈트 차림에, 그의 표정을 알 수 없게 만드는 선글라스도 여전했다.

“양 비서와 통화할 수 있게 연결해.”

그 사이 따끈한 스프를 떠먹고 있던 재인이 명령했다.

“죄송합니다만 제 폰에 양 비서의 번호는 등록돼 있지 않습니다, 대행님.”

여정과 같은 대답이었다. 재인은 스프를 한 숟가락 뜨다 말고 장혁을 노려봤다.

“그래서? 양 비서를 못 부르겠다?”

“무슨 일로 그러시는지 말씀해 주시면…….”

“내가 왜 내 볼일을 호위사 따위한테 말해야 하는데?”

“죄송합……."

“지금 나랑 장난해? 양 비서가 어디 근무하는지 몰라 이래?”

“급히 시키실 일이 있으시면 우선 황 대리에게 시키시면 됩니다.”

“급히 시킬 일 지금 말했잖아. 양 비서의 전화를 연결하란 말이야. 그게 급한 일이야. 번호 모르면 만들어서라도 연결해. 지금 당장.”

격해진 재인의 목소리에 이어진 주방 안의 고요는 마치 찬물을 끼얹은 듯했다. 마침 부엌칼을 들었던 아줌마는 움직임을 멈춘 채 슬그머니 남모르는 미소를 머금었다. 그것은 익숙함을 넘어 친숙한 추억과 맞닥뜨렸을 때 보이는 표현이었다. 아마도 아줌마는 3년의 시간으로도 어쩌지 못했을 재인의 ‘성깔머리’를 다시 보고 있는 것인지도 몰랐다. 순간 텅 하는 소리와 함께 숟가락이 튀어 올라 바닥으로 떨어지며 다시 소리를 냈다. 재인이 손에 들고 있던 숟가락을 식탁 위로 집어 던진 것이었다.

"무슨 수작들이야? 다 짜고 이러는 거야? 양 비서 어딨어?"

자리에서 일어난 재인이 더욱 날카로워진 고음으로 소리쳤다.

"나랑 양 비서 만나지 못하게 하래? 누가? 금 변호사? 엄마? 누구야? 말해."

재인은 장혁 앞으로 다가서서 여전히 격앙된 소리를 내었다.

"입 붙었어? 이 멍청아."

"죄송합니다."

"누가 죄송하래? 양 비서 불러오란 말이야. 어딨는지 내가 가르쳐 줘?"

장혁은 핸드폰을 꺼내 어디론가 전화를 걸었다. 바로 회장 비서실이었다. 이석이 그곳에 근무하고 있었기 때문인데, 비서실을 통해 장혁이 알아낸 것은 이석의 번호 외에도 그가 일신상의 일로 오늘 출근하지 않았다는 사실이었다.

"일신상? 무슨 일신상?"

재인이 의아한 얼굴로 물었다.

"그건 모른답니다."

"양 비서 번호 연결해 봐."

장혁은 즉각 이석의 번호를 눌렀지만 통화는 되지 않았다. 재인도 확인을 했지만 이석의 핸드폰은 전원이 꺼져 있었다. 이석을 마지막으로 본 것이 어제 오후 병원에서였는데 불과 하루만에 '일신상'의 일로 행방이 묘연하다니. 더구나 총수인 위 회장이 위독한 상황에서 회장실의 비서실 직원이 핸드폰의 전원을 꺼놓는다는 것이, 설사 휴가 중이라 해도 상식적으로 말이 되는가. 재인은 갑자기 불길한 생각이 들었다.

"류도하……."

재인은 퍼뜩 생각이 난 듯 중얼거렸다.

"그자 연결해."

"실장님께선 지금……."

"닥치고 시키는 대로 해."

장혁은 별수 없이 핸드폰의 액정을 터치했다. 그러자 재인이 그것을 냉큼 낚아챘다.

"류 실장? 나 위재인이에요."

핸드폰의 통화음이 떨어지자마자 재인이 먼저 입을 열었다.

"양이석 비서 지금 어딨어요?"

재인은 그렇게 묻고도 상대가 대답할 기회도 거의 주지 않은 채 '왜 대답 못 해요?' 하며 다그치듯 쏘아붙였다.

"비서실장씩이나 돼 갖구 설마 부하직원이 어디 있는지 모른다고 하진 않겠죠? 아님 혹시 나랑 양이석이 못 만나게 하려 수작 부리는 거? 감히 비서실장 따위가? 왜 대답 안 해? 양이석이 어딨어? 양 비서 어딨냐구? 어따 파묻었어? 만일 양 비서의 머리카락 한 올이라도 건드렸어 봐. 내, 당신 가만두나……."

재인은 점점 언성을 높이며 빠르게 말을 쏟아내었다. 그 곁에서 장혁과 여정이 잠시 서로를 마주보는가 싶더니 곧 애매한 얼굴들을 해보였다.

"당장 양 비서 어딨는지 말을 하든가, 양 비서 이리 보내든가, 아니다. 류 실장이 직접 양 비서 데리고 와요. 같이 오라구. 한 시간 내로."

그 말끝에서야 재인은 빠르게 내뱉은 말 대신 숨을 들이쉬기 위해서라도 잠시의 틈을 내주었다.

[지금 바쁩니다. 시간 날 때 연락드리지요.]

저음의 남자 목소리는, 빠르고 급한 재인의 말투와 대비되게도 조금의 감정도 보이지 않는 사무적인 그것이면서도 심지어는 느릿하고 무심했다. 재인이 더욱 기가 막힌 것은 그 말과 함께 일방적으로 전화를 끊기까지 했다는 것이다. 재인은 핸드폰을 들여다보며 뭐라 말을 할 것처럼 입을 벌리고 가슴을 들썩였지만 그녀의 입에서 나온 것은 '아, 어, 으' 같은, 말이라기보다는 황당해하는 뜻을 담은 신음 소리에 불과했다. 재인은 곧 사나운 표정이 돼서, 그 표정에 걸맞은 분노의 손끝으로 핸드폰의 액정이 뚫릴까 싶게 통화 버튼을 터치했다.

"뭐……, 뭐라 그랬어, 방금. 뭐? 바빠? 내가 오라는데 바빠? 아침식사 드시느라 바쁘신가? 경고하는데 다시 한 번 그따위로 말하고 전화 끊으면……."

통화음이 떨어지자마자 재인은 다시 '따다다' 소리쳤지만 저쪽에서 금세 다시 전화를 끊었다는 것을 눈치채기까지 그리 오래 걸린 것은 아니었다.

재인은 다시 통화를 시도했다. 그러나 더 이상 통화음은 떨어지지 않았다. 이후 두 번을 더 했지만 결과는 마찬가지였다. '타앙' 소리와 함께 핸드폰은 식탁 너머의 바닥으로 곤두박질쳤다.

"이 자식 지금 어딨어?"

핸드폰을 세차게 집어 던진 재인이 곧장 장혁을 향해 물었다. 한층 누그러진 목소리였지만 그것은 이성이 아니라 분노 때문이었다. 때문에 그녀의 말끄트머리는 오히려 떨려 나왔고, 시뻘게진 낯빛 위로 이글거리는 그녀의 눈은 사나운 빛을 내고 있었다.

"일본에 계십니다."

선글라스 안으로 감정을 숨긴 장혁은 평소와 같은 모습으로 대답했다.

"언제 와?"

"오후 5시 비행기 도착입니다."

"도착하자마자 나한테 끌고 와. 알았어?"

그러나 장혁은 머뭇거렸다.

"못 알아먹어?"

"그 후 실장님의 일정이……."

"다 취소하고 오라 그래. 이젠 알아먹어?"

"네, 알겠습니다. 대행님."

재인은 하루 종일 2층에서 내려오지 않았다. 식사하러 내려오지도 않아 아줌마가 간단히 차린 상을 2층으로 실어 날랐지만 그마저도 뜨는 둥 마는 둥 했다. 또한 병원에 있는 엄마와 두 번 통화한 것을 빼면 재인은 하는 일 없이 침대에 누워 있거나 혹은 컴퓨터 앞에 앉아 있거나 했다. 귀국했으니 친구들에게 연락도 해야 했지만 친구들의 번호가 저장돼 있는 핸드폰을 어디에 두었는지 기억도 나지 않는데다 방을 뒤져 그것을 찾을 의욕은 더더욱 나지 않았다. 온정신을 류도하에게 빼앗기고 있던 탓이었다. 용서할 수 없는 그자의 무례에 신경이 곤두서 있던 탓이었다. 그런데도 시간은 더디 흐르기만 했고, 그 더딘 흐름 속에 재인은 제 몸이 아픈지도 몰랐다.

"아줌마. 황 대리 올려 보내요."

2층 리빙 룸에서 재인은 인터폰에 대고 말했다. 5시가 한참 넘은 것을 확인하고 나서였다. 잠시 후 여정이 모습을 보였다.

"류 실장 지금 오고 있어?"

재인은 소파에 다리를 포개고 앉아 제 앞에 선 여정을 향해 물었다.

"팀장님이 실장님께 대행님의 뜻은 전달해 드렸습니다만……."

여정은 곤혹스러운 표정이었다.

"실장님의 다음 일정이 사장단 석찬 회동 참석으로 알고 있습니다."

"그래서? 밥 먹고 온다?"

"그 후 연락을 하신다고만……."

순간 재인은 벌떡 일어났다. 그녀는 여정을 확 밀치고는 계단을 향했다.

"최 팀장, 최 팀장 어딨어?"

1층으로 내려온 재인이 두리번거리며 소리쳤다. 재인은 별채로 이어지는 입구를 지나 회랑을 성큼성큼 걸어 문을 확 열어젖혔다. 여전히 '최 팀장' 하고 부르는 그녀의 목소리는 마치 떼를 쓰는 어린아이의 목소리처럼 갈라져 있었다.

"네, 대행님."

장혁은 홀 깊숙한 곳에서 재킷의 단추를 여미며 급히 다가왔다.

"류 실장 전화 연결해."

장혁은 바로 핸드폰을 꺼냈다. 아침에 재인이 던져 버린 핸드폰과는 다른 것이었다. 장혁이 핸드폰에 대고 '대행님께서 통화를 원하십니다' 하는 순간에 재인이 그의 핸드폰을 낚아챘다.

"지금 당장 이곳으로 와요. 명령이야."

재인이 단호하게 말했다.

[사장단 회동 후에 찾아뵙겠습니다.]

"못 알아먹어? 회동 취소하고 이곳으로 오란 말이야. 오라구. 지금 당장. 나랑 회동하자구……. 이봐……, 여보세요, 여보세요?"

이어 쾅 하는 소리와 함께 장혁의 핸드폰은 다시 저만치 나뒹굴었다.

"사장단 회동 장소가 어디야?"

"리갈 호텔입니다."

"차 대기시켜."

얼마의 시간이 지난 후, 위 회장의 저택으로부터 검은색 승용차 한 대가 빠져나왔다. 운전은 남자 호위사가 하고 있고 그 옆으로 장혁이, 뒷좌석에는 여정과 재인이 나란히 앉아 있었다.

"대행님. 어디 편찮으십니까?"

여정이 재인을 보며 조심스레 물었다. 재인의 얼굴은 백짓장처럼 창백했다. 거기에 잔뜩 찌푸린 미간 아래로 호흡마저 쌕쌕 소리를 내고 있어 누가 봐도 아픈 사람처럼 보였지만 재인은 아무 대답도 없이 그저 창밖을 노려보고만 있었다. 도로는 한창 러시아워라 차가 밀려 재인의 일행이 리갈 호텔에 도착했을 때는 한여름의 긴 해에도 불구하고 땅거미가 내리고 있었다. 호텔 입구에서 재인과 장혁, 여정이 함께 내렸다.

"어디야?"

입구로 들어서며 재인이 물었다.

"12층입니다. 여기서 기다리시면 제가 올라가 모시고 내려오겠습니다."

장혁은 여정을 향해 고갯짓으로—아마도 재인을 편한 자리로 모시라는— 지시를 한 후 혼자 승강기로 향했다. 여정은 재인을 인도해, 함께 로비에 마련된 소파로 향했다. 장혁이 다시 돌아온 것은 15분이 지나서였는데 혼자였다.

"회동이 취소가 됐다는데요."

"그래서?"

소파 등받이에 등을 기대고 있던 재인이 몸을 앞으로 기울이며 물었다.

"류 실장은 지금 어디에 있다는 거야?"

"비서실에 확인해본 결과 본사에 계신답니다."

재인 일행이 탄 차는 호텔을 출발해 다시 막히는 도로를 뚫고 45분 만에 어느 빌딩 앞에 섰다. 바로 ㈜LD의 본사 사옥이었다. 역시나 재인과 함께 장혁과 여정만이 내려 재인을 수행해 빌딩 안으로 들어섰다. 오는 동안 차 안에서 장혁이 도하와의 통화를 시도했지만 연결이 되지 않아 다시 회장 비서실을 통해 현재 도하가 회의 중이라는 사실만을 알아낸 상태였다.

"어느 회의실이래?"

승강기를 향하여 가는 중에 재인이 물었다.

"12층 회의실입니다. 대행님께선 9층에 내려 기다리시면 제가 실장님 모시고 가겠습니다."

9층에는 '대표이사실'이 정식 명칭인 회장실이 있었다. 여정의 수행으로 재인이 회장실의 비서실로 들어섰을 때 그곳에는 남녀 비서 각 한 명씩 있었다. 그중 남자 비서는 재인도 아는 얼굴이었는데 비서실에서 꽤 오래 근무한 이로, 이 비서라 불렸으며 병원에서도 몇 번 얼굴을 마주쳤었다.

"대행님께서 출근하실 날을 기다리고 있습니다."

나이도 그리 적지 않을 것으로 보이는 이 비서는 재인 앞에서 정중히 말했다.

"그럴 일은 아마 없을걸요?"

재인은 퉁명스럽게 말하고 곧장 회장실로 걸음을 옮겼다. 여정이 재빨리 앞서 문을 연다. 재인은 천천히 안으로 발을 내디뎠다. 3년 전 기억과 다른 것이 없었다. 입구에서 바로 보이는 고급스러운 소파 세트, 그 좌측으로 서가를 겸한 장식장과 몇 개의 희귀한 열대 식물, 회의용 테이블과 의자들, 그리고 서가 맞은편에 있는 거대한 통유리를 등진 집무용 책상까지 모두 재인의 기억 속에 있는 그대로였다. 화려한 것을 좋아하지 않아 어떤 면으로는 소탈했던 아버지의 성품을 떠올린 재인은 언뜻 그 성품이 그대로 묻어난 집무실에, 오히려 사람을 숨 막히게 하는 어둡고 무거운 분위기가 깃들어 있었다는 것을 이제 와 새삼 깨달았다.

"앉아서 차를 좀 드시지요, 대행님."

회장실로 들어온 이후 줄곧 서 있기만 한 재인을 향해 여정이 청했다. 여비서가 차를 놓고 간 후였다. 재인은 집무용 책상 앞에서 창을 마주하고 있다 천천히 몸을 돌려 책상에 뒤를 기댔다.

"괜찮으십니까?"

여정이 한 발 다가서며 걱정스럽게 물었다. 그녀는 재인을 수행해 나설 때부터 자주 재인의 안색을 살폈었는데 그도 그럴 것이 누가 봐도 재인의 상태는 점점 나빠지고 있었던 것이다.

재인이 뭐라 대답도 하기 전에 노크 소리가 들렸다. 들어온 사람은 장혁이었다. 그는 선글라스 안으로 거의 표정이 드러나지 않는 얼굴로도 난감함을 숨기지 못한 채 재인 앞으로 다가왔다.

"식사 시간이 지나 회의 중 장소를 근처 식당으로 옮겼답니다."
장혁은 그렇게 시작했다.
"전화 드려보니, 바로 일어날 상황이 아니라 회의가 마무리 되는 대로 오시겠답니다."
재인은 아랫입술을 지그시 깨물었다.
"시간을 여쭤보니 9시는 넘기지 않으실 거라고……."
순간 재인의 손이 위로 올라갔다. 주먹 쥔 그 손은 그대로 장혁의 얼굴을 후려쳤다. 팍 소리와 동시에 선글라스가 장혁의 얼굴에서 분리돼 곧 바닥으로 떨어졌다. 장혁은 피하지 않고 재인의 그것을 고스란히 맞았다. 그런데 놀란 것은 재인이었다. 선글라스가 사라진 장혁의 얼굴에서 오른쪽 눈이 보이지 않았기 때문이다. 그의 오른쪽 눈꺼풀은 붙은 채로, 그 위를 진한 흉터가 가로지르고 있을 뿐이었다.
"죄송합니다."
장혁은 고개를 숙여 보이며 말했다. 아무 표정도, 감정도 없는 얼굴에 평소와 조금도 다르지 않은 목소리였다.
"난…… 이두회 회장의 전권을 승계했어."
약간의 시간을 지체한 후에 재인이 입을 열었다. 숨이 다소 가쁜 목소리이기는 했으나 또렷했다.
"그 전권으로 명한다. 류도하를 잡아서 내 앞에 끌고 와. 지금 당장!"

제2장 그 남자, 비서실장

회장실의 문이 소리도 없이 열린 것은 10시가 조금 지난 뒤였다. 문 아래로 남자의 구둣발이 천천히 안으로 들어선 후 그 뒤로 문은 다시 닫히고, 이어 달칵 잠기는 소리까지 났다. 남자의 구둣발은 대리석 바닥과 부딪는 소리를, 아주 낮은 울림으로 내며 소파 앞으로 다가섰다. 긴 소파에는 재인이 비스듬히 누워 있었다. 얇은 담요를 덮고, 눈을 감고 고른 숨소리를 내는 것이 잠들어 있는 것임에 틀림없었지만 살짝 벌어진 입으로 다소 버거운 숨결과 함께 희미한 신음을 간헐적으로 토해내는 모습에서 그녀가 정상이 아니라는 것을 읽어내는 것도 어려운 일은 아니었다.

"오……."

신음이 새어 나오던 재인의 입에서 잠꼬대 같은 말이 튀어나왔다.

"오빠……."

남자는 꽤 오래 움직이지도 않고 재인을 내려다보고 있었다. 잠시 후, 남자의 손이 재인의 이마 위로 천천히 내려왔다.

재인은 꿈인지 생시인지, 제 몸이 누군가에게 잡혀 흔들린다는 것을 알았지만 도무지 눈이 떠지지 않았다. 아주 먼 과거, 그리고 그보다 더 깊은 그녀의 어두운 잠재의식 속에, 소년의 모습으로 각인된 어떤 존재와 영원한 이별을 해야 했던 슬픔이, 다만 그 흔들림 속에서 되살아나 눈물이 북받쳐 올랐을 뿐이다.

눈꺼풀 안에서 차오른 눈물은 재인이 눈을 뜨자마자 눈 아래로 흘러내렸다. 그녀는 멍하니 허공을 바라보았다. 사물을 식별할 수 없을 정도로 어둡지는 않았으나 그렇다고 밝다고 할 수도 없는 조명 속에서, 재인의 눈앞에는 낮은 천장이 내려와 있었다. 놀란 재인이 몸을 일으키니 불과 2미터 앞에 남자의 뒷모습이 보였다. 머리가 거의 천장에 닿을 것처럼 보이는 남자는 흰색 셔츠 차림에, 목에서 넥타이를 풀고 있었다. 재인이 더욱 놀란 것은 자신이 누워 있는 곳이 생전 처음 보는 3, 4평 정도의 방, 그것도 침대 위라는 사실이었다.

"일어났습니까?"

남자가 먼저 입을 열었는데, 돌아보지도 않은 채였다. 그 후 그는 천천히 몸을 돌렸다. 재인은 눈을 부릅떴다. 그것은 남자의 모습을 자세히 보기 위해서였는데 그는 왼손으로 셔츠의 세 번째 단추를 풀고 있었다. 재인은 소스라쳐, 앉은 채로 뒤로 물러나 침대 머리맡에 바짝 붙었지만 남자의 손이 더 이상 셔츠 아래로 내려가는 일은 없었다. 그는 다만 한쪽으로 움직여, 정수기에서 물을 받았을 뿐이다. 찬물에 뜨거운 물을 섞어서 말이다.

"마셔요. 땀을 많이 흘렸습니다."

재인은 정말 심한 갈증을 느껴, 두말 않고 남자가 내민 물 컵을 받아 단숨에 들이켰다. 그 사이 남자는 침대에 걸터앉았다.

"혹시…… 류 실장?"

빈 컵을 내린 후 재인이 물었다. 핸드폰에서 들었던 그의 목소리를 떠올렸던 것이다. 보통의 남자 목소리에 비해 저음인데다 더욱이 메마르고 무심한 어조를 실은 그의 목소리는, 그 위에 특이하다면 특이하다고 할 수 있는 억양까지 더해, 기억하지 않을 도리가 없었지만 바로 그 목소리에 재인이 열을 받을 만큼 받았던 터라 더욱 그랬다.

"네. 위상문 회장님에 이어 차후 회장직을 승계할, 현 위재인 대행님을 보필할 비서실장, 류도하입니다."

도하는 재인의 타는 듯한 눈빛을, 맑은 물처럼 서늘한 눈으로 받으며 제 소개를 했다. 짙은 검은 눈썹 아래로 살이 없어 움푹 들어간 눈두덩 밑에, 쌍꺼풀도 없이 예리한 선으로 길게 그려진 것 같은 눈매 안에서 그의 그것은 정말 시리도록 맑았다. 그래서였을까, 재인의 눈에서 반짝이던 불빛이 다소 수그러들었다.

"대, 대체 여긴 어디예요?"

재인은, 그러나 그것을 부정하듯 눈을 몇 번 깜박여 보고는 새침하니 물었다.

"회장실입니다."

"뭐라구요?"

재인은 눈으로 재빨리 방 안을 다시 훑으며 믿을 수 없다는 표정을 지어 보였다. 차라리 여관이라고 하면 믿겠다. 이런 밀폐된 공간이 회장실의 어디에 있단 말인가. 더구나 이런 곳으로 어떻게 옮겨졌는지도 재인은 의문이었다. 그녀의 마지막 기억은 회장실의 집무용 책상 앞에서 장혁과 함께였었다. 그 직후 몸이 몹시 괴로워 여정의 부축을 받아 소파로 가 누웠던 것까지는 이제야 희미한 기억으로 떠올랐지만 이후로는 도무지 깜깜절벽이었다.

"재인 씬 아팠어요. 몸살 같습니다. 잠깐 자서 열은 좀 내린 것 같은데 아직 완전친 않아요."

"류 실장이 날 여기로 옮겼어요? 대체 여긴 어디냐구?"

"회장실."

"똑바로 말 못 해요? 그쪽 눈에는 내가 그렇게 우습게 보여요?"

재인의 목소리에는 노기가 묻어났다.

"그래서 화가 났습니까? 내가 재인 씨를 우습게 봐서?"

"당신은 해고야."

일갈하듯 단호하게 내뱉는 재인의 얼굴을 도하는 아무런 동요도 없이 바라봤다.

"내가 못 할 줄 알아? 겨우 비서실장 따위를?"

"겨우 비서실장 따위를 잡으려면 앞으로는 무극천위의 무력부를 호출해요. 그것도 여러 명을. 최 팀장 하나 갖고는 안 됩니다."

"무력…… 부?"

"알고 싶습니까?"

'무력부'는 무극천위의 하위조직으로, 수장의 사병(私兵)과도 같다. 즉 무력행사가 필요한 곳에 투입되는 친위대원인 셈이다.

"참고로 최 팀장이 무력부의 부장이었습니다."

"그, 그딴 거 알고 싶지 않거든요……."

재인은 얼굴이 벌게서 고개를 돌렸다. 그녀 자신이 장혁에게 했던 명(命)이 생각나서였다. 그것도 일종의 각성이었을까, 이두회를 거부하면서도 정작 그 전권으로 그녀는 명하지 않았던가.

“재인 씨 본성입니다.”

재인의 붉은 뺨을 바라보며 도하가 말했다.

“그렇게 태어나고, 그렇게 자랐어요.”

재인은 다시 세차게 도하를 노려보았다. 그러나 그의 말이 전혀 틀린 것도 아니었다. 재인은 어려서부터 자신의 말이 명령이 되고 지시가 돼, 그대로 이루어지는 환경 속에서 자라났다고 해도 과언이 아니었으니 말이다.

“바로 그래서 나한테 화가 난 겁니다.”

“뭐라구요? 마치 날 화나게 하려고 일부러 그런 것처럼 들리는군요.”

“화가 났다는 것이 중요하죠. 그게 먼접니다. 양 비서보다.”

순간 재인은 퍼뜩 정신이 든 사람처럼 소스라치게 놀랐다. 실제로 그녀는 제 분노에 취해 정작 이석에 대해서는 까맣게 잊고 있었던 것이다.

“야, 양 비서 어딨어요? 양 비서한테 무슨 짓 한 거야?”

재인은 당황해서 소리쳤다. 도하는 대답 대신 바지 주머니에서 핸드폰을 꺼내, 번호를 찾아 터치 후 재인에게 내밀었다.

[네, 실장님.]

핸드폰을 통해 재인의 귀에 들려온 목소리는 분명 이석의 것이었다.

“양 비서?”

[어? 아가씨? 아니, 아니다, 이제 대행님이지……. 류 실장님이랑 같이 계세요? 드디어 만나셨구나? 근데 아가, 아니, 대행님. 핸드폰 아직 개통 안 하셨어요?]

평소와 조금도 다를 것 없는 이석의 목소리를 들은 재인은 적이 안도가 되면서도 동시에 살짝 '삘쭘한' 기분도 들었다. 이석이 언급한 바로 그 핸드폰을 이석과 함께 사러 가기 위해 그를 찾았던 것인데 그 과정에서 이 난리를 겪은 셈이니 말이다.

"대체 어디에 있었던 거야?"

[류 실장님 심부름으로 가볍게 출장 중인데요.]

"핸드폰은 왜 꺼놓구?"

[아, 그건 바쁘게 움직이다 보니 배터리가 나간 걸 제가 모르고 있었더라구요. 왜요? 보고 싶으셨어요?]

"바보, 멍충이."

재인은 그렇게 내뱉고는 핸드폰을 침대로 툭 집어 던졌다. 아마 재인에게 '보고 싶었냐'는 농담을 할 수 있는 사람은 재인의 가족과 아줌마를 제외한다면 이석이 거의 유일할 것이다. 이석은 재인이 고등학생 시절부터 위 회장의 저택에 상주했던 관리인들 중 한 명으로—당시 이석은 스무 살이었다— 재인이 독일로 가기 직전에는 위 회장의 차를 운전하기도 했었지만 그 전에 이미 재인을 통학시키는 차의 기사에서부터 보디가드에 심부름꾼 역할까지 다양하게 그녀의 눈과 귀가 돼주었다. 그러니 그녀가 그를 걱정한 데에는 이런 배경도 한몫하고 있는 셈이었다.

"대행 자격은 길어야 두세 달입니다."

침대 위의 핸드폰을 집어 들며 도하가 말했다.

"가을에 회장직을 승계하고, 그런 후 날 해고하면 돼요."

"대행 자격으로는 해고를 못 하나요?"

"대행으로서 회장의 권한을 시현한다는 것은 회장 취임을 수락한다는 의미와 같습니다. 수락하겠습니까?"

재인은 바로 대답하지 못했다.

"비서실장 따위를 해고할 기회 앞에서 왜 망설입니까?"
"날 놀리는 건가요?"
재인의 눈빛은 다시 타들어갔다.
"그건 류도하, 당신과 결혼해야 하는 거랑도 같은 거잖아. 어림 없는 소리."
재인은 얼른 몸을 움직여 침대에서 일어났다. 그러나 아직 열이 완전히 내린 것도 아닌데다 급하게 일어난 탓에 그녀는 심한 현기증을 느꼈다.
"아……."
이마에 손을 가져가며 비틀하던 재인은 중심을 잃고 그만 다시 주저앉고 말았는데, 그것이 하필이면 도하의 무릎 위였다. 그것도 그의 허벅지 사이의 공간에 엉덩이가 끼는 바람에, 잠깐의 민망함 후 재인은 다시 일어나려 버둥거렸다. 하지만 무게 중심이 엉덩이에 있던 탓으로 그녀의 그러한 노력은 애석하게도 뒤집어진 바퀴벌레의 몸부림 모양 다소 웃기면서도 허무할 뿐이었다. 그래서일까, 도하는 재인의 상체가 뒤로 넘어가지 않게 그녀의 등을 제 팔로 받쳐준 것 외에는 아무 움직임도 없이, 그녀의 버둥거림을 구경만 하고 있었다. 그것도 아무 표정 없는 눈을, 식은땀 뻘뻘 흘리는 재인의 얼굴에 두고서 말이다.
"조, 좀…… 어떻게 해봐요……."
결국, 얼굴이 시뻘게진 재인이 소리쳤다. 그리고 마주친 그의 얼굴에서 순간 묘한 느낌을 받았다. 익숙함이랄까, 그가 낯익었다. 그런데 그것이 너무도 찰나에 스친 인상인지라, 그가 재인의 등을 받치고 있던 팔을 풀어, 그 손을 그녀의 엉덩이 아래로 집어넣은 후 그대로 위로 올리는 식으로 일으켜 세웠을 때는, 이미 그 인상은 그녀의 눈에서 홀라당 날아가 버리고 난 후였다.

"어딜 만져욧?"

재인이 자신의 엉덩이에 손을 대며 소리를 빽 질렀다.

"재수 없어, 정말."

재인은 거의 신경질을 부리면서도 제 옷의 매무새를 바로 한 후 쌩하니 침대 쪽으로 돌아갔지만 곧 우왕좌왕하는 발걸음을 보이며 당황하기까지 그리 오래 걸린 것도 아니었다. 그녀의 눈은 동서남북을 돌며 열심히 입구를 찾았지만 방 어디에도 문처럼 생긴 것은 보이지 않았기 때문이다.

"대체 문이 어디예요?"

결국 도하를 돌아보며 재인이 짜증을 냈다. 가만히 재인이 하는 꼴을 구경만 하고 있던 도하는 먼저 행거에서 넥타이를 집어 그것을 목에 매기부터 했다. 별로 서두르지도 않는 기색이었다.

"뭐하는 거예요? 문이 어디냐구요! 내 말 안 들려요? 문만 어딘지 가르쳐 달란 말이야……."

재인의 눈에는 '세월아, 네월아' 하는 것처럼 보이는 도하의 느린 움직임에 그녀는 답답한 듯 발을 동동 굴렀다.

"사람을 이상한 데로 끌고 와선 대체 무슨 수작을 하려던 거였죠? 아니. 상관없어. 뭐, 됐고. 잘 들어요. 아빠한테 무슨 말을, 아니, 아빠랑 어떤 밀약을 주고받았는지 모르겠지만 분명히 말하는데 그거, 나랑 아무 상관도 없어요. 그러니 혹시라도 나를 그쪽 상대로 착각하는 일 절대 없길 바라요. 그거 완전히 헛수고야. 내가 그쪽이랑 결혼하는 일은 절대 없을 테니까. 절대, 절대……."

"어느 쪽이 더 절댑니까?"

행거에 손을 뻗어 재킷을 들며 도하가 재인의 말을 부드럽게 잘랐다. 눈은 재인의 얼굴에 두고서였는데 역시나 재인의 격한 반응과는 정반대였다.

"회장직 승계와 결혼 중에서."

"둘 다요."

재인은 뚝 부러지다 못해 공격적으로 대답했다.

"결국 같은 거잖아요? 둘 중 선택할 수 있는 게 아니잖아요?"

"선택할 수 있다면?"

"내가 선택할 수 있는 것은 그 둘을 한 덩어리로 묶어 난지도에 갖다 버리는 거예요. 알겠어요?"

"다행이군요."

"뭐라구요?"

"그 둘 다를 갖든 둘 다 난지도에 버리든, 재인 씨가 할 수 있는 선택은 그것뿐인데 그것을 제대로 인지하고 있는 것 같아 다행이라는 뜻입니다."

"하!"

재인이 기가 막히다는 의미의 헛웃음을 허공에 내뱉는 사이로, 마침 재킷을 갖춰 입은 도하가 다가서며 그녀의 팔을 잡았다. 재인이 놀라 짤막한 소리를 냈지만 그는 태연하게 '이리로' 하며 그녀를 붙박이 전신거울이 달린 벽 앞으로 데려가 거울을 마주한 채로 그의 앞에 세웠다. 거울을 통해 재인은 바로 뒤에 서 있는 도하의 눈과 만난다. 큰 키의 그는 제 두 눈을 그녀의 머리 위로 여유 있게 올릴 수 있었다.

거울을 통해 두 사람의 눈이 서로를 향한 가운데 도하의 손이 재인의 손등을 완전히 포개어 잡아 그녀의 어깨 높이로 올린 후 그대로 거울에 갖다 대었다. 재인은 손바닥에 느껴지는 차가운 감촉에 이어 손등에 가해지는 도하의 힘을 느낀 순간, 정말 깜짝 놀라고 말았다. 거울이 바깥쪽을 향해 움직였던 것이다. 마치 회전문처럼, 거울이 달린 벽 전체가 움직이며 입구를 만들어냈다.

"세상에……."

문을 통해 먼저 밖으로 나온 재인이 저도 모르는 감탄의 소리를 토해냈다. 밀실의 밖은 도하의 말대로 회장실이었다. 재인이 돌아보니 도하가 마침 밀실의 문을 닫고 있었는데, 장식장의 한 부분인 서가가 바로 그 문이었다는 것을 알 수 있었다. 회장실의 한곳에 이런 '패닉 룸'이 있었다니, 재인은 짐작도 못 했다.

"비서진은 알아요?"

"모릅니다. 회장님만의 공간이었으니까요."

"류 실장도 알잖아요?"

"이제는 재인 씨도 압니다."

도하는 재인의 눈을 응시했다. 그것은 마치 비밀을 공유한 자의 눈짓과도 같아 재인은 몹시 불쾌했다.

"그러니 재인 씨의 공간이 된 거죠."

"됐거든요."

재인은 버럭했다.

"성격 진짜 이상한 사람이네. 머리 나빠요? 만에 하나라도 감히 날 그쪽 마음대로 할 수 있다고 생각한다면 강력히 경고하지만 꿈 깨요. 그렇지 않으면 큰코다칠걸? 울 아빠도 딱 한 가지 빼고는 날 맘대로 못 했다구. 알았어요?"

"다 떠들었습니까?"

"뭐, 뭐라구요?"

"나갑시다."

밤늦은 시각, ㈜LD 본사 사옥에서 두 대의 승용차가 나란히 빠져나왔다. 앞선 차가 재인이 타고 왔던 차였지만 재인의 호위사들만 실었을 뿐 정작 재인은 그 뒤를 따르는 차의 뒷좌석에 몸을 싣고는 화가 잔뜩 난 얼굴을 하고 있었다. 차는 도하가 운전하는 것으로 보아 그의 자가용인 것이 분명했다. 재인은 팔짱을 낀 채 줄곧 룸미러만 노려보며 룸미러 안으로 보이는 도하의 눈길을 잡으려 애썼지만 아무리 운전 중이라 해도 그는 그런 재인의 눈빛과 스치듯 만나는 찰나의 기회조차 허용하지 않고 있었다.

"이번 주는 쉬어요. 여독도 풀어야 할 테니."

여전히 재인의 눈빛을 무시하고 있는 도하가 입을 열었다.

"다음 주부터는 출근해야 합니다."

"싫다니까."

재인은 몸을 발딱 세우고 도하가 앉은 운전석의 등받이를 턱 잡았다.

"귀 먹었어? 내 말을 다 어디로 먹은 거야?"

재인은 정말 있는 힘껏, 그것도 도하의 귀 가까이에서 소리를 빽 질렀건만 도하는 움찔하는 기색은커녕 눈썹 하나 까닥하지 않았다. 순간 재인은 그가 '정말로 귀가 먹은 거 아닐까' 하는 생각을 했을 정도였다.

그녀는 사실 회사에서 출발 전에, 호위사들이 타고 가는 원래 제 차를 타려 했다. 그러나 도하의 제지로 결국 그의 차를 타고 가게 된 것인데, 그것이 이제 와서 못내 분했던 것이다. 왜 좀 더 고집을 부리지 못했는지, 지금껏 자신이 원해서 하지 못한 일이 거의 없었던 만큼, 심지어는 아버지를 상대로 해서도 일상적인 자잘한 선택은 거의 재인 마음대로였다. 재인은 몹시 약이 올랐다.

"월요일 아침에 모시러 가겠습니다."

재인은 대답 대신 '우웩' 하며 토하는 소리를 부러 크게 질렀다. 그저 시늉만은 아니었다. 도하의 무심한 저음에 재인은 진심으로 속이 느글거렸다.

순간, 룸미러를 통해 두 사람의 눈이 마주쳤다. 정확히 말하면 도하가 재인의 눈길을 잡아끌었다는 것이 맞겠다. 그런데 그렇게 마주쳐 치열할 것 같던 눈싸움은 의외로 짧고 싱겁게 끝이 나고 말았다. 먼저 눈길을 피한 것은 놀랍게도 재인이었다. 그러고 나서야 그녀는 그의 눈빛 역시 목소리만큼 느글거렸다, 속으로 핑계를 대보지만 그것이 진실이 아닌 것도 알았다. 기분 나쁜 눈빛이야, 재인은 다른 이유를 찾아 우겨본다.

그러나 그 막연한 이유로 그와의 눈싸움에서 패배한 그녀의 자존심을 회복시키기란 역부족이었다. 그렇잖아도 재인은 제 고집을 꺾고 엉겁결에 도하의 차에 탄 것에도 부아가 나있던 차 아니던가. 재인은 갑자기 번쩍, 눈빛을 사납게 빛내며 다시 룸미러를 향해 레이저 빔보다 더욱 강력한 화력을 쏘아대기 시작했다. 그러나 그것은 불행히도 도하의 차가 그녀의 대저택에 도착할 때까지 그의 눈과는 끝내 만나지 못했다.

콰당, 재인의 발끝에서 의자가 바닥으로 넘어가며 요란한 소리를 냈다. 2층의 침실로 들어온 재인이 침대 발치에 있던 조그만 의자를 냅다 발로 찬 것이다. 그녀는 집에 도착한 차에서 도하가 그녀를 돌아보지도 않고, 심지어는 차에서 내리지도 않은 채 그저 '잘 자요'라고 했던 말을 되새기며 씩씩댔다.

"건방진……."

재인은 아랫입술을 지그시 깨물었다.

"어디 두고 보자."

⊠

4평 정도 되는 방은 위에서 내려온 갓등 하나에 빛을 의존하고 있었지만, 빛은 그 아래에 있는 사각 탁자만을 밝게 비추고 있을 뿐이었다. 탁자에는 마주보게 돼 있는 의자가 두 개 놓여 있었는데 그중 한 의자에 이석이 앉아 있었다. 그는 실오라기 하나 걸치지 않은 알몸이었다. 그러나 얼굴과 몸 어디에도 상처는 없어, 험한 일을 당한 것 같지는 않았음에도 그의 안색은 그 이상으로 어둡고 해쓱해 있었다. 그것은 아마도 탁자와 의자, 그리고 갓등을 빼면, 창문조차 없는 사방이 막힌 방에 홀로 있어야 하는데서 오는 극도의 스트레스 때문이 아닐까 싶었다.

철컹 소리와 함께 문이 열렸다. 문은 벽의 페인트와 동일한 색의 철문이었다. 곧 문 안으로 검은 양복을 입은 사내가 손에 잘 개켜진 옷 꾸러미를 들고 들어와 그것을 탁자 위에 놓았다. 개켜진 옷 위에는 아마도 이석의 것으로 보이는 핸드폰도 놓여 있었다. 사내는 이석을 향해 고개를 한 번 끄덕여 보이고는 다시 나갔다.

이석은 일어나 서둘러 옷을 입었다. 속옷부터 시작해 바지, 셔츠, 재킷 순이었다. 마지막으로 제 핸드폰을 확인하고 나서야 그는 비로소 안도의 한숨을 길게 몰아쉬었다. 어제 오후 병원의 안마당에서 재인과 헤어진 후 갑자기 나타난 사내들에 의해 다짜고짜 이곳으로 끌려온 그였다. 그들이 '무극천위'라는 것만 알 뿐 이곳이 정확히 어딘지도 모르는 이석은 아무 말도 듣지 못했고, 또한 아무것도 묻지 못한 채 이곳에서 제공되는 밥만 먹고 최소한의 화장실 욕구만 해결하면서 만 하루 이상을 이 방에서 보냈었다. 몇 시간 전에 재인과 통화한 것이 이 방에서 겪은 유일한 사건이라면 사건이었다.

철컹 소리와 함께 다시 문이 열렸다. 이번에는 검은 양복의 사내 둘이 들어와 이석의 눈에 검은 안대를 씌운 후 그의 양옆에서 각기 팔을 잡아 그를 문으로 이끌었다.

어두운 공터 한편에서 헤드라이트를 비추며 차 한 대가 천천히 다가섰다. 안에는 앞좌석에 둘, 뒤에 둘 해서 네 명의 남자가 타고 있었고 그중 하나가 이석이었는데 조수석 뒤쪽 좌석이었다. 그는 더 이상 검은 안대를 하고 있지는 않았지만 고개를 푹 숙이고 있는 것이 아마 시켜서 그런 것인 듯싶었다. 차가 완전히 멈췄다.

"고개 들어."

이석 옆에 앉아 있는 남자가 말했다. 이석은 천천히 고개를 들었다. 동시에 이석의 바로 옆 창이 아래로 스르르 내려가니 그의 눈은 자연스레 차창 밖을 향했다. 순간, 짧게 소스라친 이석은 얼른 묵례를 해보였다. 이석이 탄 차 옆으로 다른 차가 바짝 붙어 있었는데 바로 그 차의 운전석 차창 안에 도하가 있었기 때문이다. 두 사람 사이는 불과 한 뼘 거리였다.

"수고했어."

특유의 저음으로 조용히 도하가 말했다. 이석은 고개를 한 번 더 숙여 보이는 것으로 대답을 대신했다. 도하가 차창 밖으로 간단한 손짓을 해 보이자 이석을 태운 차는 곧 그 자리를 떠났다. 도하는 기어 뒤에 있는 음료 고정대에서 테이크아웃용 컵을 집어 들어 3분의 1쯤 남은 아메리카노를 천천히 마셨다.

"스물일곱……."

커피를 삼킨 후 그가 중얼거렸다. 그것은 재인의 나이였다.

"정신연령은 많이 봐줘서 열여덟."

⌘

재인은 다음 날 오전, 주방에서 아줌마가 준비한 전복죽으로 늦은 아침식사를 하다 이석을 보고는 깜짝 놀랐다. 그가 주방으로 불쑥 들어온 것이다.

"어? 언제 왔어?"

"어젯밤 늦게요. 너무 늦어 몰래 기어 들어가서 자고, 이제야 일어나 문안 인사 드리옵니다, 대행님."

이석은 평소처럼 서글서글한 얼굴로 말하며 다가왔다.

"바보. 담부턴 출장 갈 땐 나한테 보고하고 가. 알았지?"

"네, 네."

"양 비서 배고프겠네. 좀만 참어. 대행님 식사하신 후에 차려줄게."

그 사이로 아줌마가 끼어들었다.

"아냐. 아줌마. 지금 차려요. 같이 먹음 되지, 뭐."

"아닙니다. 아가씨……, 아니, 대행님. 요놈의 주둥이, 자꾸 습관이 돼서. 암튼 저 금방 일어나서요, 아직 밥맛도 없고 잠깐 할 일도 좀 있고 해서요. 그럼 맛있게 드시와요."

하며 이석은 몸을 돌렸다.

"근데 오늘은 출근 안 해?"
이석 뒤에 대고 재인이 물었다.
"힘든 출장 고생했다고, 실장님이 주말은 그냥 쉬고 다음 주부터 출근하래요."
"인심 썼네, 그 재수탱이. 암튼 잘됐다. 쫌따 나랑 핸드폰 사러 가자."
그러나 재인이 이석과 핸드폰을 사러가기 전, 차 한 대가 집 안으로 들어섰다. 재인의 엄마, 진향이었다. 진향은 병원과 집을 며칠 차로 오가며 지내는 중이었다.
"아빠는……? 여전하셔?"
엄마를 따라 반지하층으로 내려가며 재인이 물었다. 진향은 고개만 끄덕여 보였다. 잠시 후 두 사람은 리빙 룸에서 아줌마가 가져다 준 차를 앞에 두고 마주앉았다. 리빙 룸은 유럽풍의 클래식한 분위기로, 한여름에 페르시아 카펫이 깔려 있음에도 차가운 대리석 바닥을 모두 가린 것이 아니라 벽난로 앞, 소파 주변에만 깔려 있어선지 결코 무거운 느낌은 주지 않았다. 벽난로 위로는 진향의 배우 시절 사진이 제법 큰 액자에 걸려 있었다. 이십대 전성기 시절, 당시 한국 최고의 미녀라는 수식어에 걸맞게 사진 속 그녀의 모습은 한 나라의 왕비처럼 단아하고 매혹적이었으며 또한 관능적이었다. 재인에게서 보이는 독특한 귀티가 그런 엄마로부터 이어진 것이라 해도 전혀 이상할 것은 없었지만 동시에 두 모녀는 완전히 다른 분위기도 갖고 있었다.
"아빠는……."
찻잔을 두 손에 든 진향이 무겁게 입을 열었다.
"네가 자리를 잘 잡을 때까진 돌아가실 수도 없어."

"돌아가시긴, 일어나실 거야."

재인은 대번에 엄마의 말을 반박했다.

"난 절대 이두회 안 맡아. 그런 거 싫어. 그 자식도 싫어."

"그 자식? 류 실장 만났니?"

진향은 차분히 물었다. 재인은 고개를 끄덕였다.

"맘에 안 들어?"

"당근이지. 그런 노털을 누가 좋아해?"

"노털?"

"말하는 게 꼭 노털 같단 말이야."

진향은 어이가 없는지 먼저 픽 웃어 보였다.

"류 실장……, 잘생긴 얼굴인데. 그것도 아주."

"그거야 엄마 취향이지."

"하지만 싫으면 하지 마."

"응? 진짜? 그 작자랑 결혼 안 해도 돼?"

"사실 엄마도 네가 류 실장이랑 결혼하는 거 반대야. 결혼은 사랑하는 사람이랑 해야지."

진향은 측은한 눈빛으로 딸의 얼굴을 물끄러미 쳐다보았다.

"너…… 그 일로 아직도 아빠 미워하지?"

재인은 고개를 흔들었다.

"지금은 안 미워해. 그런데 그 노털이랑 결혼 안 하면…… 이두회는……?"

고개를 흔든 끝에 재인이 물었다. 도하와의 결혼 문제는 이두회와 결부돼 있으니 따로 생각할 수가 없는 것이었다.

"글쎄다, 생각해 봐야지. 방법이 있을 거야."

"나 지금 양 비서랑 외출할 건데 나간 김에 아빠 보고 올게."

재인은 자리에서 일어났다.
"내일 엄마랑 같이 가."
그러나 재인은 대답도 없이 그곳을 나와 곧장 2층으로 올라가서 서둘러 외출복으로 갈아입고는 어젯밤에 겨우 찾아낸 핸드폰을 챙겨 내려왔다.
"설마 다 따라올 건 아니지?"
저택 내 차고에서, 재인은 이석 외에도 모두 차고로 내려와 있는 제 호위사들을 향해 무서운 눈초리를 해보였다.
"겨우 핸드폰 사러 가는 건데 말이야. 저녁 먹기 전엔 돌아올 거라구. 그래도 정 따라오고 싶으면 한 명만 따라와. 황 대리만. 오케이?"
여정은 장혁을 쳐다봤다. 장혁은 고개를 끄덕인다. 오후 4시의 시간대니 이석과 여정으로 충분하다 생각했을 것이다. 검은색 승용차는 여정의 운전으로 저택을 빠져나왔다.
"황 대리."
차가 달리던 중 뒷좌석에 홀로 앉은 재인이 입을 열었다.
"네. 대행님."
"무극천위에 무력부라고 있다며?"
"거기 무서운 데예요, 대행님."
조수석에 앉은 이석이 여정의 대답을 가로챘다.
"황 대리도 혹시 무력부 출신이야? 최 팀장이 거기 부장이었대메?"
"설마요? 여자가……."
"네. 맞습니다. 대행님."
그러자 '설마'라고 했던 이석이 '끄윽' 하는, 목이 졸리는 소리를 냈다.

"그…… 뭐냐? 또 하나, 오 대리? 그 사람도?"

오 대리란 황 대리와 짝인 남자 호위사를 가리키는 것이다.

"오 대리는 행동대에서 차출된 것으로 알고 있습니다."

행동대는 이두회의 행동대원들이 속해 있는 조직을 가리키는 것으로, 친위조직인 무극천위의 무력부와는 구별된다. 그러한 사정을 잘 아는 이석은 훔쳐보듯 여정을 곁눈질했지만 여정은 앞만 보며 묵묵히 운전을 할 뿐이었다.

재인이 핸드폰을 개통하는 일은 기종을 고르느라 시간을 좀 끈 것을 빼고는 순조롭게 끝이 났다.

"운전…… 내가 할게요."

핸드폰 판매점을 나와, 근처 유료 주차장에서 운전석의 문을 여는 여정을 향해 이석이 주춤주춤 다가와 말했다. 재인을 먼저 뒷좌석에 태운 후였다.

"올 때 황 대리가 했으니, 갈 땐 내가 하는 게 맞지 않겠어요?"

그 사이 눈가가 때꾼해진 이석의 얼굴을 빤히 쳐다보던 여정은 그 거만한 눈길을, 발길과 함께 돌려 조수석 쪽으로 움직였다. 이석은 소리는 내지 않고 입 모양만으로 '잘났어, 정말' 하고는 운전석에 올랐다.

"아빠한테 가."

이석이 차를 움직이자마자 재인이 말했다.

"네? 그건 예정에 없는 것인데요, 대행님."

여정이 돌아보며 약간 당황한 얼굴을 해보였다.

"아빠 보고 싶어서 그래. 딸이 아빠 보고 싶어 하는데 그걸 예정하고 봐? 그냥 갑자기 보고 싶은 거지. 황 대린 아빠 없어? 참,

황 대리도 고아겠구나? 암튼 걱정 마. 얼굴만 보고 갈 거니까. 됐지? 어서 가."

위 회장이 있는 병원의 중환자실 입구. 검은 양복을 입은 두 남자가 의자에 앉아 있다가 재인 일행을 발견하고는 자리에서 일어났다. 그들은 재인을 향해 묵례를 했는데, 묻지 않아도 위 회장을 지키는 호위사들인 것을 알 수 있었다. 재인은 수간호사의 안내를 받아 중환자실로 들어온 후 곧 아버지의 침상 앞에 앉았다.

위 회장은 산 것도, 죽은 것도 아닌 상태였다. 이두회의 권력이 평화적으로 승계되기 전까지는, 진향의 말대로라면 재인이 자리를 잡기 전까지는 죽을 수도 없는 운명이었다. 그런 아버지의 모습을 보고 있노라니 재인의 눈시울은 곧 눈물로 넘쳐났다.

이렇게 무력한 아버지의 모습이라니, 아직 아버지와 화해도 다 하지 못했는데……. 아니다, 아버지를 용서할 수는 있을지언정 화해는 불가능하다는 것을 알기에 재인은 고개를 흔들었다. 그녀는 아직도 아버지의 목소리를 토씨 하나 틀리지 않고 온전히 기억하고 있었다.

"만약 놈을 단념하지 않으면 넌 곧 놈의 장례식에 가게 될 것이다."

재인은 중환자실로 들어간 지 10분 만에 그곳을 나왔다. 그리고는 팥빙수가 먹고 싶다며 수행원들을 이끌고 병원 내 커피전문점에 들어섰다.

"난 팥빙수니까 두 사람은 각자 알아서 해."

먼저 자리에 앉은 재인이 말했다.

"난 녹차라떼……."

재인에 이어 무심코 주문하고는 자리에 앉으려는 이석에, 여정의 날카로운 눈길이 꽂혔다. 이석의 엉덩이가 의자 바닥에 채 닿기도 전이었다. 엉거주춤하던 이석은 마지못한 듯 슬며시 엉덩이를 도로 들었다.

"황 대리님은 뭐 드실라우?"

이석은 짐짓 퉁명스럽게 물었다. 여정이 '아메리카노' 하며 날름 자리에 앉으니 이석은 쌩하니 몸을 돌렸다. 잠시 후 주문한 것을 들고 온 이석은 먼저 재인 앞에 팥빙수를 놓아주고 이어 제 앞에 라떼를 놓고는 마지막으로 쟁반 채 여정 앞으로 스윽 밀어주니, 여정의 날카로운 눈빛이 다시 이석을 향했다.

"아니, 뭐, 나이를 봐도 내가 위 아닌가……. 왜 저래?"

구시렁대듯 혼잣말을 하며, 그러나 여정의 눈을 바로 보지는 못한 채로 이석은 라떼를 입에 댔다. 재인은 자리에 앉았을 때부터 새 핸드폰만 들여다보다 팥빙수가 온 후로는 또 그것만 열심히 떠먹던 중 갑자기 숟가락을 탁 놓았다.

"배가 쌀쌀……."

배에 손을 대며 재인이 얼굴을 찌푸렸다.

"찬 거 드셔서 그래요. 많이 아파요?"

이석이 걱정 투로 물었다.

"잠깐 화장실 좀……."

재인이 가방을 움켜잡고 일어서자 여정도 일어나 재인을 따라붙었다. 여정은 재인이 들어간 여자화장실 입구에 서서 재인이 다시 나올 때까지 기다렸다.

"갑자기 생리가 터졌어."

화장실에서 나온 재인이 여정의 팔을 잡고 속삭였다.

"내가 쓰는 게 따로 있거든. 난 그거 아니면 안 써. 매점에서 좀 사다줘."

재인은 여정에게 생리대의 이름을 말해주었다. 때마침 이석이 모습을 보이자 여정은 그에게 '대행님 곁에 있으라'며 급히 비상구로 움직였다.

"이제 좀 괜찮아요? 황 대린 어디 가는 거예요?"

"내가 심부름 보냈어. 우린 잠깐 김 박사님 보러 가자."

두 사람은 승강기를 이용해 위로 올라갔다.

"아직도 속이 쌀쌀하네."

승강기에서 내리며 재인은 다시 배에 손을 댔다.

"따뜻한 카모마일 같은 거 마시면 좋을 것 같아. 아까 그 커피숍에서 카모마일 한 잔 사서 김 박사님 방으로 갖고 와. 박사님 방에는 커피밖에 없을 것 같거든."

"넵."

이석은 아무 의심 없이 몸을 돌려, 이미 위로 올라간 승강기보다는 비상구가 빠르겠다며 비상구로 움직였다. 재인은 김 박사의 진료실로 가는 척하다 이석이 시야에서 사라진 것을 확인하고는 재빨리 다시 승강기로 향했다.

같은 시간, 생리대를 사서 원래의 위치로 돌아온 여정은 재인이 보이지 않자 여자화장실을 두 번이나 들락거린 후 핸드폰을 꺼냈다. 오늘 개통한 재인의 번호로 먼저 통화를 시도했지만 당연히 불통이었다. 여정이 이어 이석의 번호로 전화를 걸려던 순간 바로 그 번호가 액정에 떴다.

[혹시 대행님과 함께 있어요?]
이석이 물었다.
"무슨 소릴, 대행님과 함께 있었던 건 양 비서 아닙니까?"
통화를 하면서도 눈으로는 끊임없이 주위를 살피는 여정의 얼굴은 이미 진한 불안감에 압도당해 있었다.
[분명 김 박사님 만난다고 하셨는데 박사님 방에는 안 오셨다네요……. 어떻게 된 거지……?]
아직 사태의 심각성을 모르는 이석의 목소리는 그저 의아하다는 뉘앙스, 그 이상이 아니었다.
"병원 후문으로 움직여요. 난 정문으로 갈 테니."
[네?]
"빨리!"
그러나 재인이 이미 병원에서 사라졌다는 것을 확인하고, 두 사람 다 사색이 되기까지 그리 오래 걸리지 않았다.
"아가, 아니, 대행님이 우리 골탕 먹이려고 장난하는 건지도 몰라요."
이석은 지푸라기라도 잡는 심정으로 말했다.
"어쩌면 먼저 집으로 가셨을지도……."
"닥쳐요. 대행님을 혼자 두지 말았어야지."
여정은 신랄하게 쏘아붙였지만 이제와 소용없다는 것도 알았다. 이석이 곁에 있어 심부름을 갔던 것인데, 그를 믿지 말았어야 했다고 뒤늦게 후회해봤자 호위는 전적으로 그녀 자신의 책임이었기 때문이다. 이석 말대로 순전히 재인의 장난이고 금방 '짠' 하고 다시 나타나 준다면 얼마나 좋을까, 그 생각을 하며 여정은 핸드폰을 터치했다. 핸드폰에 대고 '문제가 생겼습니다, 팀장님' 하는 여정의 얼굴은 보기에도 애처로울 정도로 하얗게 질려 있었다.

⌘

재인은 이미 어두워진 도로를 달리는 택시 안에 있었다. 일단 병원으로부터 멀어지기 위해서였으며, 카드로 현금을 양껏 찾은 후였다. 재인의 입가에는 심술 맞은 웃음기가 맺혀 있었다. 이석과 여정을 따돌린 것은 확실히 재인의 장난이 맞기는 했다. 그러나 공격 대상은 그 두 사람이 아니라 류도하였다. 도하를 향한 복수였다.

"류 실장, 당신 말이야, 날 너무 만만히 봤어."

제3장 죽어도 결혼하지 않겠다

'퍽' 소리와 함께 여정이 바닥으로 쓰러졌다. 위 회장이 입원해 있는 병원의 지상주차장 한편이었으며 막 도착한 장혁과 오 대리가 차에서 내리면서였다. 먼저 내린 장혁이 기다리고 있던 여정의 얼굴을 손등으로 후려친 것이다. 곁에 있던 이석은 경악한 얼굴로 바닥에 쓰러지는 여정을 보고만 있었다. 더 놀라운 것은 그렇게 쓰러진 여정이 1초 만에 다시 벌떡 일어나 뒷짐 지고 반듯한 자세를 취했다는 사실이다.

"양 비서의 긴밀한 협조가 있어야겠습니다."

넋이 나간 이석을 향해 장혁이 냉정한 목소리로 말을 건넸다. 보지도 않은 채였다.

"대행님이 혹시 전화를 하신다면 그건 양 비서한테 하실 확률이 가장 큽니다. 만약 대행님의 전화가 올 경우 어떻게 대처를 해야 할지는 여기 오 대리가 자세히 설명해 줄 겁니다."

그러자 오 대리가 앞으로 나서 이석을 데리고 다른 한쪽으로 움직였다. 그동안 여정은 열중 쉬어 자세를 전혀 흐트러뜨리지 않고 있었다. 흐트러져 있는 것은 언제나 단정했던 그녀의 앞머리였으며, 아래를 향한 그 머리칼 끝에는 피 터진 그녀의 작은 입술이 굳게 다물려 있었다. 그런 여정을 향해 장혁이 바짝 다가섰다.

"네 할 일이 뭐야?"

"목숨 바쳐 대행님을 지키는 것입니다."

"그래. 죽어도 영광스럽게 죽어야지……."

장혁의 입이 거의 여정의 귓가에 머물렀다.

"나한테 맞아 죽어서야 되겠어?"

"명심하겠습니다."

"서둘러."

"네."

"정화야."

재인이 반가운 얼굴로 소리쳤다. 그러자 승용차 운전석에서 내린 여자 역시 '재인아' 하고 소리치고는 서로 두 손을 잡고, 남들이 듣기에는 '꺅꺅' 하는 원숭이의 소리 그 이상도, 이하도 아닌 소리들을 내면서 팔짝팔짝 뛰었다. 가까운 곳에 휘황찬란한 빛을 내는 고급 백화점을 배경으로, 강남의 어느 번화한 길 한편에서였다. 두 친구는 '언제 귀국했니?', '남친 있니?' 등으로 잠시 수다를 떨고는 근처 백화점으로 움직여, 백화점의 꼭대기 층에 위치한 이태리 전문 식당으로 들어섰다.

"니네 아빠 쓰러지신 거 나도 들어 알고는 있어. 심각하시지?"

정화가 조심스레 물었다. 새우를 곁들인 파스타를 먹던 중이었다.

"뭐라 소문났어?"

"신문에도 난 건데 뭐……."

정화는 재인의 대학동기이자 절친으로, 서울과 부산, 제주도에 각각 있는 호텔 체인을 경영하는 집안의 막내딸이다. 소위 '있는 집' 자제들만 모이는 클럽 등에서는 그 계층의 여러 소문들이 떠돌아다니는데, 그것이 미디어에서 전하는 것보다 오히려 더 정확한 경우가 많았다. 그러니 위 회장의 위독한 상태 역시 가감 없이 여러 사람들의 입을 거치고 있으리라, 재인은 짐작했다.

"그보다는 네가 곧 총수 될 거라 수군대던데?"

정화가 말했다.

"니네 친가로 아무도 없어서 그런가? 그렇다고 어떻게 네가 총수를 해? 니네 엄마면 모르겠다. 경영권 방어가 돼? 양도 받은 주식은 얼마나 되는데? 다 편법 쓰잖아."

"몰라. 그만해. 관심 없어."

재인은 다소 짜증스러운 반응을 보였다. 고등학생 때부터 그녀는 몇 백 억의 주식이 제 앞으로 돼 있는 것을 알고는 있었지만 그것에 관심 가져 본 적이 없었다.

"기집애. 네 관심은 뭐냐? 연애? 어, 맞다, 맞다, 맞다……. 아니다."

정화가 갑자기 호들갑을 떨다 입을 다물었다.

"뭐야? 뭐가 맞고 뭐가 아닌 거야?"

"사실은…… 네 전 남친 현승 씨……, 승주가 봤다더라. 3주 전인가, 승주네가 법 쪽이잖아. 암튼 여차저차 해서 우연히 봤는데, 솔로몬 로펌 알지? 국내 3대 로펌. 현승 씨가 거기 변호사로 있더래. KL엔터의 고문 역할도 한다더라. 완전 성공한 거야."

재인은 속으로 흠칫했다. KL엔터테인먼트면 국내 최대 연예기획사로, 그 전신이면서 지금도 여전히 힘을 갖고 있는 한 세력이 그 배후에 있었다. 그 배후세력이란 이두회처럼 지하세력이었으며, 또한 이두회와는 오래전부터 사이가 좋지 않았기 때문이다.

"근데 판사 될 거라 하지 않았었나?"

"마음이 바뀔 수도 있지, 뭐……."

"하긴 요즘엔 연수원 성적 보고 로펌에서 막 스카우트하기도 한다더라. 암튼……."

정화는 다시 머뭇거렸다.

"뭔데 그래? 말해봐."

"승주가 그러는데…… 현승 씨 말이야, KL엔터 소속의 모 탤런트랑 맞선 봐서 만나고 있다나 봐."

"난 또……."

재인은 짐짓 아무렇지도 않은 척했다.

"헤어진 지 3년인데 그럼 안 그러겠어? 현승 씨 나이도 있고."

"그래도 야, 너한테 완전 잘했잖아. 완전 지고지순한 사랑, 진짜 너랑 헤어지면 자살? 뭐 거기까진 아니어도 평생 독신으로 늙어 죽는대도 제법 그럴듯했는데. 하여간 남자란…… 뭐 이제 와서, 설마 네 배경만 본 거? 하며 막장 상상하긴 싫지만……. 그럼 진짜 멘붕이지. 역시 승리자는 시간뿐인가? 어떤 상처도 어떤 아픔도 치유하는 것을 보면 말이야. 근데 넌 아직도 남자 없지?"

재인은 대꾸도 없이 입 안으로 면을 쑤셔 넣었다.

"독일에서 뭐했냐? 금발 하나 땡겨 놓지."

하며 정화는 키득댔다.

"나두 요즘 울 엄마 등살 땜에 한 달에 두어 번은 맞선 보고 댕겨. 그래서 더욱 열심히 놀러 댕기잖어. 결혼하면 다 퉁 치는 건데 놀 수 있을 때 실컷 놀아야지. 먹고 우리 올댓재즈 가자. 승주 패거리들 모여 새벽까지 논댄다."

두 친구는 식사 후 커피를 마시며 시간을 더 보내다 밤 11시가 넘어서야 '올댓재즈'라는 재즈 전문 바(Bar)에 도착했다. 그곳에는 승주 패거리일 것이 분명해 보이는 예닐곱 명의 남녀가 이미 자리를 차지하고 앉아 왁자지껄하게 놀고 있었는데, 그중 대부분은 예전부터 알고 지내던 얼굴들이라 재인은 별 어려움 없이 그들 틈에 자연스레 섞여들 수 있었다.

그럼에도 그녀는 도통 흥이 나지 않았다. 오히려 시간이 지날수록 기분은 점점 바닥을 보려는 듯 귀에 익숙한 재즈도, 최고급 와인조차도 그녀의 기분을 되돌리지 못했다. 결국 조용한 화장실 변기 위에 앉아, 밖으로 나가고 싶어 하지 않은 마음을 확인하는 것으로, 그녀는 제 기분의 바닥과 마주하고야 말았다.

이제는 인정하지 않을 도리가 없다. 류도하를 골탕 먹이려 이석과 여정을 따돌리는 데 성공했을 때만 해도 짜릿했던 기분은 다름 아닌 과거의 연인, 현승의 소식으로 인해 차갑게 식고 말았던 것이다. 정확히 현승에게 새 연인이 생겼다는 사실에 말이다. 이별 후 그가 행복하게 잘 살기를 정말 간절히 기도했건만 이 무슨 이율배반의 감정이란 말인가.

재인의 과거 연인 최현승은 법학도로, 재인이 처음 만날 당시 이미 사법고시에 합격해 연수원 입소를 눈앞에 두고 있던, 스물일

곱의 외모 준수하고 스마트한 남자였다. 첫 만남은 재인이 대학교 4학년 1학기 등록을 기다리고 있던 겨울방학 중 실내 빙상장에서였는데 정화 등 친구들과 스케이트를 타러 왔던 재인이 빙판 위에서 위험할 뻔했던 것을 현승이 구해주면서였다. 어떤 중학생 정도의 남학생이 재인의 뒤로부터 앞을 보지 않고 다가오는 것을, 재인 바로 맞은편에 있던 현승이 발견해 재빨리 그녀를 품에 안고 피한 것이었다.

재인과 현승, 두 사람은 일 년여에 걸친 연애 끝에 재인의 졸업 시기에 맞춰 현승이 프러포즈를 하고 재인이 받아들임으로써 결혼을 약속했지만 위 회장의 강력한 반대에 부딪쳐 깨지고 말았다. 위 회장의 반대 이유는 간단했다.

"넌 내 뒤를 이어 이두회의 후계자가 될 것이고, 내가 지정한 남자와 결혼해서 함께 이두회를 이끌게 될 것이다."

이두회의 후계자가 되어야 한다는, 마치 선언과도 같은 아버지의 결정은 재인의 입장에서는 완전히 청천벽력이었다. 그 이전까지 아버지는 딸에게 단 한 번도 그 비슷한 언질조차 준 적이 없었다. 당연히 재인의 반발은 격렬했다.

그러나 그녀의 반발은 아버지로부터, 만약 재인이 결혼을 강행할 경우 '현승을 죽이겠다'는 협박을 이끌어낸 결과로 이어졌을 뿐이었다. 그것이 단순한 협박이 아니란 것을 잘 아는 재인은, 그래서 눈물을 머금고 현승을 포기해야 했다.

그런 만큼 재인의 반발도 제 목숨을 걸고서였다. 그녀는 끝내 '후계자 수업을 받으라'는 아버지의 명령을 거부하고 독일로 떠나,

이후 '귀국하라'는 아버지의 소환을 모두 물리치며 3년 가까이를 버틴 것이었다. 아버지를 향한 딸의 복수였다.

그것은 또한 그대로, 현승과 헤어지고 독일로 떠날 당시에 재인이 한 결심이기도 했다.

죽어도 결혼하지 않겠다. 보태어 아버지가 정해준 남자와는 절대로 하지 않겠다!

새벽 4시가 돼서야 재인은 정화와 함께 대리운전으로 호텔에 도착했다. 정화네 소유의 호텔이었는데, 덕분에 재인은 따로 체크인을 하지 않고도 객실 하나를 얻을 수 있었다.

재인은 친구에게 가출한 사실을 말하지는 않았지만, 그녀 자신의 흔적을 남기지 않기 위해 나름 신경을 쓰고는 있었다. 따지고 보면 정화네 호텔이라는 것도 위험하기는 했지만 가출 첫날인데다 체크인이 돼 있지 않은 이상 정화네 호텔의 모든 객실을 뒤질 수는 없을 테고, 또한 가출한 즉시 정화를 불러냈기에 아직은 정화 뒤에 미행이 따라 붙었을 리도 없어 아직까지는 안심이라고 재인은 생각했다. 미행이 붙었다면 재인은 이미 잡혔을 테니 더욱 더. 마침 정화도 다른 객실에서 자겠다고 해 재인은 내심 환호성도 질렀다. 정화가 제 집에 들어갔다 나오면 그때야말로 미행이 붙을 수 있어 더 이상 정화의 도움은 받을 수 없기 때문이었다. 아마 지금쯤은 재인이 갈 만한 모든 곳에 이두회의 조직원들이 깔려 있으리라 짐작하는 것은 어렵지 않으니 말이다.

'서당 개 삼 년이면 어쩐다더니 나도 첩보원 다 됐어' 하며 내심 뿌듯한 마음으로 샤워를 마친 재인은 개운해진 몸을 침대 위로 던졌다. 잠시 후 다시 일어나 냉장고에서 생수를 꺼내 마시며 가방에서 핸드폰을 꺼냈다. 그것은 전원이 꺼진 상태였다. 전원을 켜놓으면 보나마나 전화와 문자가 빗발칠 테니 배터리도 아낄 겸 해서 꺼놨던 것이었는데 대체 얼마나 많은 수신기록과 문자가 와 있을지, 재인은 내심 기대까지 하며 전원을 켰지만 액정을 확인한 순간에 그녀는 그만 벙하고 말았다. 핸드폰의 전원을 끈 시점 이후로, 굳이 수신 기록이라고 한다면 새로 핸드폰 개통 축하 문자나 광고 문자만 몇 개 도착했을 뿐 류도하의 번호라 추측되는 것은 둘째 치고라도, 이석의 번호 하나조차 보이지 않았던 것이다.

"말도 안 돼……."

재인은 창밖이 환해질 동안까지도 쉬이 잠들지 못했다. 피곤한 몸에, 눈꺼풀이 내려오자마자 기절하듯 잠들었다 해도 이상할 것이 없었음에도 육체적 피곤을 능가하는 날 선 신경은 그녀의 뇌를 쉬게 내버려두지 않았다. 당연히 수십 통은 왔어야 할 도하의 번호와 문자에 이어 오늘 저녁쯤에는 그의 항복문자까지 받을 수 있겠거니 했던 재인의 시나리오는 시작서부터 삐걱대고 있었으니 말이다.

그렇게 얼마나 시간이 흘렀을까.

"오빠……."

선잠 속에서, 아마도 그녀는 꿈을 꾸는지 나직이 중얼거렸다.

먼 기억으로부터 안개가 뿌옇게 깔린 미로를 따라 재인은 한 소년의 얼굴을 떠올렸다.

"오빠……."

다시 숨결처럼 반복하니 그녀의 속눈썹이 파르르 떨렸다. 눈물이 베개를 적신다.

재인이 침대에서 일어난 것은 초인종 소리를 듣고 나서였다.

"아직도 자?"

재인이 열어준 문으로 들어온 정화가 친구의 꼴을 보고서는 황당해했다.

"12시 넘었어, 야. 얼른 씻어. 얼레? 침대는 왜 저래? 밤새 개구리 왕자 다녀갔냐?"

재인의 잠자리는 밤새 그녀의 부대낌을 대신 보여주듯 시트는 뒤집어졌고 이불이 꽈배기처럼 꼬여 있었다.

두 친구는 호텔 내에서 식사를 하고 정화의 차로 호텔을 나왔다. 재인은 그저 정화가 하자는 대로, 가자는 대로 몸을 맡겼다. 어차피 지금 재인이 할 수 있는 것은 시간 죽이기 외에는 없었으니 무엇을 하든 어디를 가든 아무래도 좋았다. '차라리 이두회의 눈에 띄어 잡혀 갔으면 좋겠다' 하는 생각이 들 만큼 재인은 의기소침해 있었다. 그렇다고 제 발로 들어갈 수도 없는 노릇. 다만 어제처럼 핸드폰의 전원을 끄지 않고 계속 켜둔 채 수시로 부지런히 그것을 확인하는 것으로, 그녀는 제 불안감을 달랬다.

마치 버림받은 것 같았다. 잊힌 것 같았다.

결국 견디지 못한 재인이 먼저 이석의 폰으로 문자를 보낸 것은 다시 해가 지고 밤이 깊어질 무렵이었다. 정화를 따라온 회원제 운영의 한 고급 룸에서였는데, 어제처럼 재인 또래의 남녀들이었지만 어제와는 또 다른 얼굴 대여섯 명이 모여 비싼 위스키와 요리를 시켜놓고 시시껄렁한 잡담들을 늘어놓는 자리였다. 재인은 '아무 일 없어?' 하는 짐짓 '쿨'한 문자를 보내놓고는 한가한 자리로 옮겨 앉아 이석의 반응을 기다리고 있었다.

"혼자 뭐해?"

그런데 이석의 반응보다 한 남자의 등장이 먼저였다. 남자는 담배를 입에 물고 재인의 맞은편에 앉았다.

"술도 별로 안 먹던데? 몸 사리는 거야? 정화 말 들으니 남친도 없다며?"

"언제 봤다고 반말이에요?"

재인은 어처구니없는 얼굴로 퉁명스럽게 되물었다. 의류회사의 몇째 아들이라고 들었던 것이 얼핏 떠오르기는 했지만 오늘 처음 보는 남자였다. 더구나 재인보다 나이가 더 많지도 않은 것으로 알고 있어 더욱 기가 찬 그녀였다.

"아, 쏘리. 미안합니다. 난 이게 문제야, 문제. 친해졌다 생각하면 나도 모르게 실수를 하는 거. 아무한테나 그러는 건 아니고 호감 가는 사람한테만 그러는 거니 이해해 주세요. 네? 위재인 씨."

"네. 그러죠. 이젠 혼자 있게 해주시겠어요?"

"나더러 가라?"

"네. 가든지 아님 꺼져주시든지."

재인이 내뱉듯 하자 그전까지 능글맞을 정도로 여유 있던 남자의 얼굴이 일순 굳었다. 남자는 자리에서 천천히 일어났다.

"거만하기가 재계 일 순위네? 구멍가게 몇 개로 그룹 흉내나 내는 주제에."

"아무렴 옷가게만 하겠어?"

되받아친 재인에, 남자는 미간을 꿈틀대며 험악한 인상을 지었다. 재인은, 그러나 눈도 꿈쩍하지 않았다. 전부터 이런 유의 양아치들을 종종 봐왔던 터라 전혀 무섭지 않았다. 남자는 더 이상 입을 열지 않고 곧 그 자리를 떠났다.

재인은 다시 핸드폰에 집중했다. 이석의 답문을 기다리는 것이었는데 그 후 한 시간 하고도 30분이 지나도록 그녀의 핸드폰은 '캔디 폰'을 고수하고 있었다.

인내심의 한계를 느낀 재인은 다시 룸을 나와 잠시 두리번거린 후, 홀을 가로질러 바로 눈앞에 보이는 좁은 통로 안으로 들어갔다. 그런 재인의 뒤를 따라 나와 그녀를 좇는 눈이 있었으니 바로 의류회사의 몇째 아들이었다.

재인이 들어온 곳은 살짝 기역자 모양으로 꺾이고 폭이 좁은 직사각 형태의 룸으로, 두 개의 테이블이 각각 꺾인 곳을 기준으로 하나씩 놓여 있었다. 가죽 소재로 된 붙박이 소파 위로는 모두 거울로 장식돼 있었지만 실내 조명등은 그리 밝은 편이 아니었다. 재인은 룸의 끝까지 들어가, 소파의 제일 끝에 앉아서 전화를 걸었다.

[아가, 아니, 대행님…….]

이석은 의외로 금세 전화를 받았으며 그것도 아주 반갑다는 목소리였다.

"왜 문자 씹어?"

재인은 참으려고 했지만 그만 버럭 하며 제 감정을 고스란히 드러냈다.

[아이고, 문자 지금 봤어요, 지금. 그래서 막 전화하려던 참이었다구요. 저 이제 풀려났거든요.]

"풀려나다니? 그게 무슨 말이야?"

[지금 난리 난 건, 설마 아시겠죠? 대체 어디 계세요?]

"먼저 물었잖아. 어디서 풀려났단 거야?"

[어디겠어요? 대행님 없어지고 그 문제로 추궁 받느라 아주 죽을 뻔했다니까요. 대행님이야 말로 어디예요? 대행님 찾느라 조직

이 완전 풀가동 중인데 대체 어디로 그렇게 꽁꽁 숨으셨어요? 글고 대체 왜 숨은 건데요?]

"알 거 없구……. 근데 왜 아무도 나한테 전화 안 해? 찾는 거 맞어?"

[네에. 황 대리야 뭐 나처럼 끌려갔을 테니 연락 못 했을 거고요…….]

"뭐? 황 대리까지?"

[까지라뇨? 황 대리는 호위사잖아요. 나보다 책임이 더 무겁죠. 무력부로 끌려갔다는데 거기서 고문당하는 거 아닌지…….]

"뭐야?"

재인은 소리를 꽥 질렀다.

[아휴, 깜짝야……. 그러지 말구 돌아와요, 대행님. 그래야 황 대리도 살아요. 대행님 어디 다치심 황 대리랑 저 죽어요…….]

"류 실장 번호 찍어서 보내."

그렇게 말한 재인은 벌떡 일어나서 주변을 잠시 서성였다. 화가 잔뜩 난 얼굴이었다. 곧 문자 오는 신호음이 들렸다. 재인은 문자에서 알려온 번호로 당장 전화를 걸었다.

"당장 황 대리 풀어요. 이건 명령이야."

신호음이 떨어지자마자 재인이 강한 어조로 말했다.

"고문? 고문이라고? 21세기에 뭐하는 짓이에요? 촌스럽게. 경고하는데 당장 황 대리 풀지 않으면 나 절대로 가만 안 있어."

[명, 이행하겠습니다.]

평소와 같은, 무거운 저음에 메마른 어조로 도하가 대답했다.

[모시러 갈까요?]

"누가 모시러 오래요?"

재인은 핏대를 올렸다.

"가만히 자빠져 있다가 내가 전화하니까 이제서 뭐? 모시러 온다고? 장난해요? 엄마도 날 찾았을 텐데……."

재인은 눈물까지 핑 돌았다.

"아니, 무슨 놈의 조직이 이틀이 넘는 시간 동안 나 하나를 못 찾냐? 내가 어디 뭐, 물 건너 제주도 간 것도 아니고 쭉 서울에만 있었는데, 이두는 무슨, 꼴뚜기회라 그러면 딱 맞겠다. 것두 상꼴뚜기! 진짜 쪽팔려서……."

순간 재인은 기역자로 꺾인 지점의 거울을 통해, 느닷없이 눈에 들어온 어떤 '그림' 때문에 더 이상 말을 잇지 못했다. 그 '그림'은 남자가 여자를 강간하는 모습과 매우 흡사했다. 테이블 위에 엎어져 있는 여자의 짧은 치마를 위로 올린 남자가 여자의 팬티를 찢어내는 중이었다. 둘 사이에서는 여자의 징징대는 소리까지 들려왔으나 통화하는 데에 온정신이 팔려 있던 재인은 그들이 들어오는 것도, 소리도 듣지 못하다 거울에 눈이 닿던 순간에야 비로소 제 주변의 상황을 의식할 수 있었던 것이다. 핸드폰에서는 '대행님' 하며 부르는 도하의 저음이 들려왔지만 재인은 이번에는 그것을 듣지 못한 채 거울에 눈을 고정하고 있었다. 거울에는 여자의 발가벗은 엉덩이가 정면으로 보였고, 그 곁에 서 있는 남자의 모습도 보였다. 남자는 손바닥으로 여자의 흰 엉덩이를 마구 때렸다. 찰싹, 찰싹, 찰싹.

[무슨 소립니까?]

여자의 엉덩이를 몇 대 때리던 남자는 이번에는 손에 한 가득 엉덩이를 움켜잡고 흔들었다. 여자는 '히히힝' 하는 소리를 내며 적극적 반항은 아니었으나 분명 즐기는 것도 아닌, 괴로운 신음을 흘렸다. 복장으로 보아 여자는 종업원으로 보였다.

[말해요, 재인 씨. 방금 그게 무슨 소립니까?]

도하가 재촉하듯 다시 물었지만 재인의 입에서는 대답 대신 거친 숨이 새어 나왔다. 거울의 남자와 재인의 눈이 마주친 것이다. 재인이 오늘 알게 된 남자, 의류회사의 몇째 아들이라는 바로 그 남자였다. 남자는 분명 의식적으로 재인의 눈길을 잡고서, 천천히 제 손가락 하나를 입안에 넣고 음란한 입모양을 해보이며 다시 그것을 천천히 입에서 뺐다. 남자는 그 손가락을 여자의 엉덩이 아래로 푹 찔러 넣었다. 이어 그것을 좌우로 난폭하게 돌리고 앞뒤로도 움직였다. '이, 이러지 마요' 하는 여자의 말에 이어 '시끄러, 이년아, 이 씨팔년아' 하는 남자의 욕설은 여자가 아닌 재인을 향해서였다. 남자는 재인의 눈길을 잡고 다시 한 번 그 욕설을, 소리는 나지 않게 입모양만으로 해보인 후 싱글싱글 웃었다. 그 모든 것은 실체가 아닌 거울을 통해 재인의 눈으로 전달되었다.

남자는 곧 바지의 앞을 풀었다. 손으로 제 물건을 잡고 재인을 향해 마치 보란 듯 흔들어댔다. 잠시 후 '으허헝' 하는 여자의 비틀린 신음이 룸 안을 가득 채웠다. 남자의 아랫도리가 여자의 엉덩이에 공격적으로 밀착된 후였다.

그러나 재인은 더 이상 그것을 보고 있지 않았다. 다만 질척이고 퉁탕거리는 소음에, 비음 섞인 여자의 신음이 포개진 생생한 현장을 온몸으로 느끼며 이제는 핸드폰을 든 손마저 아래로 축 떨어뜨린 채 몸서리를 치고 있을 뿐이었다. 그 소리들을 뚫고 룸을 빠져나갈 자신이 없었기에 발도 떨어지지 않았다.

재계의 2세들이 저지르는 일탈은 가끔 미디어에도 오르내리지만 그것은 빙산의 일각일 뿐, 그 안으로 들어가 보면 상상을 초월하는 일들이 많이 벌어지는데 가장 일반적인 것 중의 하나가 '여자 사냥'이다. 일단 마음에 드는 여자가 있으면 먼저 고가의 옷과 가방 등으로 선물공세를 펼친다. 여자들 80~90퍼센트는 여기서 넘어온다고 한다. 그래도 넘어오지 않는 여자가 있으면 강간을 해서라도 취하는데, 강단당한 후 여자들 십중팔구가 아니라 십중십이 고소를 하지 못한다. 막강 변호인단으로 무장한 재벌을 상대로 고소해서 이기기도 어렵지만 사생활은 사생활대로 까발려지면서 자칫 꽃뱀으로 전락하기 쉽기 때문이다. 그리고 무엇보다 거액의 합의금을 거부하기 힘들다.

남자는 행위를 하는 중에도 가끔씩 재인을 힐끔거렸다. 비릿한 웃음을 입에 달고, 이미 남자를 외면하고 있는 재인을 향해 마치 '내가 짓밟고 있는 것은 너다'라고 말하는 것 같은 저열하고 음탕한 눈빛을 보냈다.

재인은 구역질이 났다. 기분만 그런 것이 아니라 정말로 구토 증상이 일어 '욱' 하는 순간, 거의 동시에 쾅앙 하는 굉음이 이어졌다. 그 소리에 놀란 재인이 고개를 들고는 먼저 제 눈을 의심했다. 그녀의 눈에 비친 거울 안에 도하의 모습이 들어왔기 때문이다. 잠긴 문을 완력으로 부수고 들어온 모양새였다.

재인보다 더 놀란 것은 남자였다. 남자의 멍한 얼굴 아래로 여자는 '끼아악' 소리를 내며 남자에게서 떨어져 벌거벗은 제 아랫도리를 가리려 발버둥 쳤다. 도하는 한눈에 상황을 인지하고는 바로, 그러나 서두르지 않고 재인 앞으로 걸어와 그녀의 손을 잡고 말없이 룸을 나갔다.

홀에는 사람들이 잔뜩 나와 있었다. 정화를 비롯해 같은 룸에 있던 그녀의 지인들과 다른 테이블의 손님들, 그리고 종업원들까지

나와 방금 난 굉음의 정체를 궁금해하는 얼굴로 웅성댔다. 그 사람들 사이를 도하가 재인을 데리고 지나갔다. 길을 튼 사람은 장혁이었다. 재인의 친구 정화는 어리둥절한 얼굴로, 그러나 재인 앞으로 나서지는 않은 채 도하 일행이 모두 그곳을 빠져나가는 동안 그저 지켜보고만 있었다.

"죽여 버리고 싶어……."

재인이 혼잣말처럼 중얼거렸다. 승강기 안에서였다. 장혁이 문을 마주한 채로 문에 바짝 서 있는 가운데 그 뒤로 재인과 도하가 나란히 있었다.

"죽일 수 있습니다."

도하가 말을 받자 재인은 흠칫한 얼굴을 들어 그를 보았다.

"명령만 하면 됩니다. 그게 이두회 회장의 권력이니까요."

재인은, 그러나 아랫입술만 지그시 깨물 뿐 잠시 입을 다물고 있었다.

"근데…… 어떻게 이렇게 빨리 왔어요?"

재인이 다시 입을 연 것은 승강기 문이 열리고 그 사이로 주차장의 모습이 보였을 때였다.

자정이 넘은 깊은 밤, 강남에 위치한 한 빌딩으로부터 차 세 대가 나란히 빠져나왔다. 제일 앞선 차는 재인이 타고 다니는 검은색 승용차, 이어 도하의 승용차, 맨 마지막이 9인승 승합차였다. 앞선 차에는 오 대리의 운전으로 그 옆에 장혁이 타고 있었고, 재인은 도하와 함께 그의 승용차에 있었다.

"기가 막혀……."

뒷좌석에서 거만하게 다리를 포개고 앉은 재인이 헛웃음과 함께 뱉어내듯 말했다.

"바로 코앞에서 날 감시하고 있었으면서……. 진짜, 어후, 웃겨, 증말."
"섭섭했습니까?"
"섭섭은 무슨, 가소롭거든요. 대체 속셈이 뭐예요? 뭐겠어? 내 발로 기어 들어오길 기다린 거겠지. 담엔 어림도 없다."
"또 가출하려구요?"
"아뇨. 다른 방법으로 골탕 먹일 거예요."
"그래요. 가능한 민폐 끼치지 않는 방법으로 해요."
그러자 재인이 퍼뜩 생각난 듯 도하 뒤로 바짝 붙었다.
"황 대리 어떻게 했어요?"

❖

위 회장의 저택 별채 홀에 여정이 모습을 보인다. 어두운 복도로부터 옷매무새를 손으로 만지며 나오는 모습이 재인이 곧 도착할 것임을 아는 것 같았다.
"시원한 차 한잔해요."
창가의 테이블 앞에 있던 이석이 지금 막 가져온 것이 분명한 머그잔을 가리켰다.
"아직도 멍이……."
머그잔을 들어 입에 대는 여정의 얼굴을 유심히 보며 이석이 말했다. 여정의 광대뼈 부근에 아직도 푸르스름한 멍 자국이 남아 있었다.
"연고는 바르고 있는 거예요?"
"귀찮네, 정말. 남의 얼굴에 왜 그렇게 관심이 많습니까?"

여정이 퉁명스럽게 반응했다.

“누가 그쪽 이뻐서 그런 줄 알아요? 대행님이 걱정하실까 봐 그렇지.”

“알았습니다. 그만하시죠? 그깟 연고 하나 사다 주고 간섭 참 심하네.”

“헐, 그래도 그게 7천 원짜리 연곤데?”

여정은, 그러나 샐쭉해서 고개를 돌렸다. 이석이 여정에게 연고를 사다주었는데 어쩐 일인지 그녀는 그것을 불편해하는 것 같았다.

그때 밖으로부터 차 소리가 들렸다. 두 사람은 얼른 밖으로 움직였다.

“황 대리.”

주차장으로부터 정원으로 통하는 길목에서 여정과 이석의 인사를 받은 재인이 여정을 보며 반색했다. 재인은 여정을 잡고 슬며시 한쪽으로 움직였다.

“혹시 고문당했어?”

재인이 걱정스러운 얼굴로 물었다.

“아닙니다. 그냥 시말서 쓰고 훈계만 들었습니다.”

여정은 민망해하는 얼굴로 대답했다. 그녀는 ‘잡혀간’ 적도 없었으니 말이다.

“다행이다. 혹시 최 팀장이나 류 실장이 괴롭히면 나한테 말해. 알았지?”

“네? 아, 네. 가, 감사합니다. 대행님.”

여정이 이번에는 약간 당황해서 대답했다.

“근데 류 실장은 왜 계속 따라와요?”

갑자기 몸을 뒤로 확 돌린 재인이 날카롭게 쏘아붙였다. 재인이 여정과 속삭이는 동안 그 뒤쪽으로 약간의 거리를 두고 도하와 장혁, 오 대리가 서 있었는데 재인의 말을 들은 도하가 바로 제 뒤에 대고 손짓하니, 장혁과 오 대리는 묵례로 대답을 대신한 후 몸을 돌려 별채로 향했다. 일이 마무리됐다는 의미였다.

"류 실장은 자기 집에 안 가요? 아직 볼일이 남았어요?"

재인은 제 앞으로 다가오는 도하를 향해 다시 따지듯 했다. 그 사이로 여정과 이석도 눈치껏 별채로 움직였다.

"들어갑시다."

도하가 재인의 등에 손을 대 본채로 이끌었다.

"왜요? 커피라도 한잔하고 가시게? 밤늦었는데 그냥 가시죠?"

재인은 그를 툭 밀치고 본채로 발을 옮기면서도 내내 쫑알댔다.

"그쪽이 아닙니다."

본채 1층 홀에서 2층의 계단을 향하는 재인 뒤에서 도하가 말했다. 근처에는 아줌마도 나와 있었다.

"재인 씨의 거처는 이제부터 지하층입니다."

"뭐라구요……?"

재인은 얼른 이해가 되지 않는 얼굴을 해보였다.

"지하는 엄마랑 아빠 사는 곳인데……."

"이제부터는 이두회 2대 회장이 되실 재인 씨가 거처합니다."

"대행님이 쓰시던 것들 모두 아래로 옮겼어요."

아줌마가 거들었다.

"회장님과 사모님의 물건들은 모두 2층으로 옮겼구요."

"에에에……?"

말 대신 비명 비슷한 소리를 낸 재인이 쿵쾅거리며 2층으로 뛰어 올라갔다. 그러나 그녀가 다시 1층으로 모습을 보인 것은 금세였다. 그녀는 여전히 쿵쾅거리며 '대체 그동안 무슨 짓을 한 거야' 라고 소리치고는 이번에는 반지하층으로 향했다.

"그럼 쉬세요, 실장님."

아줌마가 도하를 향해 묵례하고는 주방으로 사라진 후, 도하 역시 반지하의 입구로 들어가 문을 닫았다. 반지하의 입구 문은 늘 열려 있었지만, 문을 닫으니 밖에서 보기에 그것은 문으로 보이지 않았다. 겉면이 대리석으로 돼 있어 1층 홀의 대리석 벽과 이어져 있었기 때문이다.

그 안에서 도하가 문 안쪽으로 나 있는 조그만 해치를 열어 버튼을 누르니 윙 하는 소리와 함께 두께 5센티 정도의 철문이 옆에서 나와 반대편으로 완전히 붙으며 텅 소리를 냈다. 이중문인 것이다. 그런 후 그는 계단을 내려갔다.

한편, 원래 위 회장이 쓰던 침실에 와 있던 재인은 경악했다. 침실은 그녀가 기억하는 부모님의 침실 풍경으로부터 완전히 바뀌어 있었다. 그렇다고 원래 그녀가 쓰던 침대와 가구들도 아닌, 전혀 다른 새것으로 꾸며져 있어 마치 낯선 방에 온 것만 같았다. 클래식과 모던한 것을 섞어 장식한 침실은 딱 신혼부부의 그것이었다. 드레스 룸도 마찬가지였는데 다만 낯익은 것은 드레스 룸을 채우고 있는 재인, 자신의 옷들뿐이었다.

"완전 어이없네……."

재인은 다다다 침실을 나와 서재며 리빙 룸을 확인하니 그것들은 서재의 내용물을 뺀다면 크게 바뀐 것이 없었지만—그것들은 바뀔 이유도 없었을 테니— 겨우 그것만으로는 이틀 만에 집에 들어와 날벼락 맞은 기분을 조금도 상쇄시키지 못했다.

"누구 맘대로 이딴 짓을 해요?"

서재를 나온 재인이 복도에서 마주친 도하를 향해 공격적으로 대들었다.

"난 2층이 좋단 말이야. 지하는 답답하다구."

"재인 씨의 안전을 위해섭니다."

도하는 다독이듯 말하며 서재 맞은편의 문을 열었다.

"안전은 무슨……."

도하의 뒤를 무심코 따르던 재인은 깜짝 놀라 하던 말을 꿀꺽 삼켰다. 도하가 문을 연 방에는 침대와 기본 가구들이 단출하게 구비돼 있는 가운데 아직 풀지 않은 커다란 여행용 트렁크가 눈에 띄었다. 다른 방에 비해 비교적 작은 규모로, 원래는 재인의 엄마, 진향이 개인 용도로 사용하던 방이었다.

"뭐, 뭐야, 여기도 바뀌었네? 가만…… 설마……."

재킷을 벗어 그것을 침대 위로 툭 던지는 도하를 보며 재인은 눈을 부릅떴다. 그 눈에 어찌나 '후까시'를 주었는지, 그녀의 눈알이 도하를 향해 발사되지 않을까 심히 우려스러울 정도였다.

"류 실장도 여기……."

"맞습니다. 재인 씨와 함께 여기서 삽니다."

콧방귀만 뀌지 않았지, 뀐 것이나 다름없는 얼굴로 말하는 도하에 재인은 할 말을 잊고 그저 입만 헤 벌렸다.

"이 방은 잠시만 사용하고 곧 같은 침실을 사용해야겠지요?"

도하의 말이 떨어지기가 무섭게 재인은 방을 튀어나와 복도를 뛰어 홀을 지나 계단을 뛰어올랐다. 그러나 철문에 막혀, 그녀는 그것을 어떻게 열어야 하는지 몰라 혼자 삽질을 하다 도로 쪼르륵 계단을 내려와 도하의 방으로 다시 쳐들어왔다.

그러나 그녀는 잠시 아무 말도 못 했다. 마침 셔츠를 벗은 도하가 알몸의 상체를 드러내 놓고 있었기 때문이다. 마른 근육으로, 밀도가 매우 높은 물질처럼 단단해 보이는 그의 몸은 그림처럼 아름답기보다는 야생의 그것처럼 가공되지 않은 날것의 분위기를 풍기고 있었다.

"무, 문, 문 열어줘요."

도하의 몸에서 슬쩍 눈길을 거두며 재인이 말했다.

"위에 문 말예요. 그거 어떻게 여는 거죠?"

"내일 출근할 때 열어드리죠."

"당장 열어요. 열라구요. 이것도 명령이야……."

재인은 쿵쿵 소리가 나도록 발을 굴렀지만 도하가 다가오자 뒤로 물러났다.

"왜, 왜 이래요? 이게 말이 돼? 사람 죽이란 명령은 된다면서 겨우 문 하나 열라는 명령은 안 먹히는 게……, 이게 무슨 경우야? 이게 무슨 이두회 회장이야?"

뒤로 벽에 막혀 더는 뒷걸음질도 치지 못하게 된 재인은 쨍알대면서도 울먹였다.

"그럼 결심은 한 겁니까?"

"여기서 나가게 해주면 회장 되는 거 정도는 생각해 볼게요. 하지만 그쪽이랑 결혼은 못 해요."

"같은 겁니다. 재인 씨와 난 한 몸이니까."

"한 몸? 솔직히 말해보시지? 단지 류 실장의 야심일 뿐이잖아. 그래서 나와 결혼하려는 거잖아."

"운명입니다. 재인 씨와 나, 우리의 운명."

"사랑 없이도? 그게 사랑보다 먼저라고?"

"필요하다면."

"차라리 그냥 류 실장이 회장 해먹어. 어차피 내가 회장 해봤자 남들이 비웃을……."

순간 도하의 손이 재인의 얼굴로 다가왔다. 재인은 움찔해 눈을 감았다.

"내, 내, 내 몸에 손만 대봐……."

그러나 도하는 재인의 몸에 손을 댔다. 재인은 제 얼굴에 그의 손끝을 느끼며 눈을 떴다.

"아무도 비웃지 못하게 할 겁니다."

도하가 말했다.

"내가 그렇게 만들 겁니다."

이어 그가 재인을 두 팔에 번쩍 들어 안았다. 어찌나 빨랐는지 재인은 반항도 못한 채 '악' 하는 소리만을 먼저 질러댔다.

"왜, 왜 이래요? 무, 무슨 짓을 하려고……."

안기고 나서야 반항하느라 버둥거리며 재인은 주먹으로 도하의 가슴을 쳤지만 제 손만 아플 뿐, 그는 그 시리도록 맑은 눈으로 그녀의 얼굴을 물끄러미 내려다보고만 있었다. 그의 눈빛에 재인은 주먹질을 멈추고 어깨를 움츠렸다. 그녀는 도하가 정말 이상했다. 시리다고는 하나 냉정한 느낌은 없는, 그렇다고 사람을 위협할 정도로 살벌한 것도 아니면서 묘하게 사람을 주눅 들게 했다. 굳이 표현하자면 오불관언(吾不關焉)의 무심함이라고나 할까, 도무지 속을 알 수가 없는 남자였다.

"적당히 좀 까불지?"

도하가 말했다. 그것도 평소와 같은 얼굴과 목소리여서 재인은 놀라기 전에 벙했다.

"한 마디만 더 하면 엉덩이가 빨개질 정도로 때려줄 테니까."

도하는 재인을 안고 방을 나가 그녀의 침실로 향했다. 재인은 더 이상 아무 말도 못 했다. 도하라면 정말 제 엉덩이를 때릴 것만 같아, 그 상상만으로도 빨개진 것은 먼저 그녀의 얼굴이었다. 문이 굳게 닫혀 감금된 것이나 다름없는 이곳에 누가 있어 그녀에게 구조의 손길을 내밀겠는가. 분하고 억울하고 또 쪽팔린 나머지 재인의 얼굴은 좀처럼 제 얼굴색을 찾지 못하고 있었다.

도하가 재인의 침대 앞에 섰다. 재인은 그의 눈길을 느끼며 짐짓 독기 서린 눈빛으로 그의 물 같은 투명한 눈빛에 대들었다. 그러나 그것도 잠시, 그녀는 제 몸이 아래로 하강한다는 느낌과 함께 침대 위로 툭 떨어졌다는 것을 깨달았다. 도하가 재인의 몸을 그대로 놔버린 것이다. 곱게 내려놓아도 미울 판에, 재인의 얼굴은 더욱 시뻘게졌다.

"잘 자요."

도하가 몸을 돌리니 그의 등 뒤로 베개가 날아왔다.

⊠

〈잘 자요.〉

여정은 침대 위에서 핸드폰의 문자를 확인했다. 별채에 있는 그녀의 소박한 침실에서 반바지에 민소매 티만 입고 있는 것이 막 자려던 참에 받은 문자였다.

〈참, 연고 바르고 자는 거 잊지 마요.〉

문자가 이어서 왔지만 여정은 핸드폰을 한쪽에 툭 던져놓을 뿐이었다. 그러면서도 갸웃한 채로 움직임이 없는 것이 잠시 이석의 문자를 되새겨보는 듯했다.

여정은 침대에서 몸을 일으켜 방을 나왔다. 그리고 맞은편에 있는 작은 규모의 주방에서 정수기 물을 한 잔 받아 나오던 중 갑자기 발을 멈추고 홀이 있는 쪽을 기웃거렸다. 모두 잠들어 있을 깊은 밤에 홀에서부터 기척이 느껴졌기 때문이다.

여정이 가보니 장혁이 창가의 의자에 앉아 담배를 피우고 있었다. 여정은 그가 담배를 피우는 모습을 아주 이따금씩 봐왔다.

"아직 안 잤나?"

장혁은 기척을 느꼈는지 그렇게 물으면서도 여정을 보고 있는 것은 아니었다. 여정 역시 '네' 하면서도 가까이 오지는 않았다.

"잘됐군."

장혁은 담배를 끄고 일어나서야 여정을 향했다. 선글라스를 쓰지 않아 하나의 눈만 보이는 그의 얼굴은 평소처럼 아무 표정이 없었다. 여정은 장혁의 뒤를 따라, 그가 따라오라 말하지 않았음에도 마치 약속이나 된 듯 그의 침실로 들어갔다.

장혁의 침실에서 여정은 옷을 벗었다. 그녀는 스스럼이 없었고, 실오라기 하나 걸치지 않은 몸으로 장혁 앞에 서서도 평소와 똑같았다. 마치 중, 장거리 육상선수와도 같은, 탄탄한 골격과 섬세한 잔 근육의 조합처럼 보이는 그녀의 몸은 수치심을 모르는 여자의 뻔뻔스러움과는 아무 관계도 없었다. 더불어 애교도, 유혹도 없었다.

그런 여정의 몸은 장혁에게 난폭하게 이끌려가 곧 그의 지배 아래에서 그녀의 감정과는 아무 상관도 없이 다뤄졌다. 애무는 일방적이었고 성교 행위조차 상명하복의 관계처럼 한 사람에 의해 주도됐다. 그렇다고 여정에게서 내키지 않은 것을 억지로 하고 있다는 인상을 느낄 수 있었던 것도 아니었다. 다만 그녀는 장혁에게 온전히 순응하고 있었으며 그 순응에 두려움의 흔적 따위는 전혀 찾아볼 수 없었을 뿐더러 도리어 그녀의 흔쾌한 기색을 읽어내는 편이 더 쉬웠다.

아마도 그녀는 그것을, 즉 장혁과 몸을 섞는 것을 매우 당연하게 생각하는 것인지도 몰라, 두 사람 사이에서 이런 관계가 짧지 않은 시간동안 이어져 왔음을 예감케 했다.

남녀는 침대에 모로 누웠다. 남자가 여자 뒤에서, 한 손은 여자의 다리 하나를 무릎이 세워지게 들어 올려 아랫도리가 더욱 깊고 집요하게 파고들게끔 했고, 다른 팔로는 여자의 어깨를 감쌌다. 여정의 몸은 장혁에 의해 규칙적으로 흔들리면서도 거의 표정이 없었다. 두 사람은, 입술과 입술이 만나는 키스만 뺀다면 섹스하는 남녀가 할 수 있는 모든 것을 다 하고 있음에도 놀라우리만치 무미건조했다.

제4장 무극천위(無極天衛)

재인은 어떤 소리를 듣고 깨어났다. 잠들기 전까지 '죽어도 출근하나 봐라' 했던 것이 그녀의 마지막 기억으로, 깨고 나서야 어느새 깜박 잠들었다는 것을 알았다. 밖으로부터 또다시 소리가 들렸다. 무슨 소리지 싶은 재인은 더듬더듬 침대에서 내려왔다.

침실 안은 깜깜했다. 불을 켜니 5시였다. 여름이라 이미 날이 밝았을 시간이지만 지하층이라 불을 켜지 않으면 대낮에도 다소 어두운 편이었다. 재인은 가운만 챙겨 입고 침실을 나왔다. 느낌이 좋지 않다 했는데 계단 위, 활짝 열린 입구 사이로 부산한 움직임이 느껴졌다.

재인은 급히 계단을 뛰어올랐다. 1층 홀을 지나니 주방을 나서는 아줌마가 보여 무작정 불러 세웠다.

"뭐예요? 무슨 일 있어요?"

"그, 그게……."

아줌마의 얼굴이 하얗게 질려 있었다.
"병원에서 사고가……."
"아빠한테? 무슨 사고요? 말해봐요. 빨리……."
"회장님을 해치려는 놈들이 숨어들었답니다."
"뭐어?"
"다행히 호위사들이 잘 막았대요. 조금 아까 류 실장님이 병원으로 가셨어요. 대행님은 깨우지 마라시면서."
"무슨 소리야? 빨리 차 대기시키라 그래요."
재인은 옷을 갈아입으려 지하층으로 다시 급히 내려갔다.
아버지를 해치려 하다니, 누가 그런 짓을 하려 했다는 말인가, 의문이 가득한 채로 재인은 세수도 안 하고 대충 머리만 매만진 후 옷을 입었다.
재인의 호위사들과 이석은 진즉에 깨어있었다. 정원사와 기타 일손을 돕는 다른 관리인들도 마찬가지였다. 특히 호위사들은 이곳에서 재인의 안전을 지켜야 하기 때문에 움직이지는 않았지만 회장이 공격당한 '비상사태'라 모두 대기상태를 유지하고 있었다. 재인이 옷을 갖춰 입고 다시 1층의 홀로 나왔을 때 그곳에는 장혁이 서 있었다. 평소처럼 짙은 컬러의 슈트에 선글라스를 쓰고, 뒷짐 진 채로 다리를 약간 벌리고 선 자세였다.
"차 대기시켰어?"
재인이 급히 다가오며 물었다.
"대행님을 집에 계시게 하라는 실장님의 지시가 있으셨습니다."
"뭐?"
"상황을 알아보기 전까지 집에 계시는 것이 안전하다는 판단을 하신 것 같습니다."

"그래서 내 맘대로 아빠도 못 본단 말이야? 저리 비켜."

재인이 장혁을 비켜가려 하자 그는 먼저 움직여 재인 앞을 막아섰다.

"비키라잖아."

재인이 장혁을 밀었지만 그는 끄떡도 하지 않았다. 재인은 이어 들고 있던 핸드백으로 그를 냅다 갈겨댔지만 소용없었다.

"저리 안 비켜?"

재인이 발작적으로 소리쳤다.

"그깟 실장 따위의 명령이 내 명령보다 먼저야? 너, 내 호위사야, 그놈 부하야? 어느 게 먼저야?"

"용서하십시오. 대행님의 안전이 먼접니다."

재인은 제자리에 털썩 주저앉았다. 두 사람 주변으로 아줌마와 이석이 걱정스러운 얼굴로 지켜보고 있다, 재인이 주저앉는 것을 보며 아줌마가 다가와 재인을 토닥여 일으켜 세운 후 주방으로 데리고 갔다. 그녀는 재인을 식탁 앞에 앉힌 후 얼른 재스민 차를 준비해 앞에 놔주었다. 재인을 안정시키기 위해서였다.

"진정하고……. 일단 류 실장님을 믿고 기다려 봐요."

재인이 재스민 차를 입에 대는 것을 보며 아줌마는 말했다.

"류 실장은 회장님이 백 프로 신임하셨을 정도로 유능한 사람이에요. 듣기로는 법, 정치, 경제 등 모든 분야에 박식하고, 외국어도 몇 개 나라의 말을 아주 잘한다네요. 그러니 회장님이 대행님의 짝으로 정하신 거……."

"듣기 싫어. 그만 소리."

재인이 퉁명스럽게 말을 자르고는 가방에서 핸드폰을 꺼냈다.

"엄마……. 아빠는?"

[괜찮아. 무사하셔. 많이 놀랐니?]

◈

재인의 엄마, 진향은 중환자실을 막 나와 통화를 하고 있었다. 중환자실 입구 주변에는 평소보다 많은 검은 양복의 남자들이 마치 지정된 위치에 서 있기라도 하듯 입구에 두 명, 그리고 나머지 세 명은 적당한 거리를 두고 서 있었다.

"엄마 생각도 같아. 넌 집에 있는 게 좋아."

[대체 어떤 놈들이 그런 거야? 응? 계림?]

"글쎄다……."

그때 중환자실로부터 도하와 금 변호사가 나오는 모습이 보이자 진향은 서둘러 통화를 마무리하고 끊었다. 세 사람은 천천히 진향이 쓰고 있는 VIP입원실로 움직였다.

"회장님의 상태는 그쪽에서도 파악했을 텐데 굳이 이런 행동을 할 필요가 있었을지 모르겠습니다."

도하가 말했다. 이미 죽은 것이나 다름없는 위 회장을 위해할 이유가 없다 본 것이다. '그쪽'은 아마도 적을 지칭하는 말일 것이며 재인이 말한 '계림'일 듯했다.

"현 대행이 회장으로 취임하기 전에 해결해야 할 일들이 많으니 그걸 훼방하려는 것인지도 모르지."

금 변호사의 추측이 뒤따랐다. 재인이 회장으로 취임하기 전에 해결할 일들을 위해서는 위 회장이 의학적, 법적으로 살아 있어야 함을 의미했다.

"내가 놈들이라면 후임 회장 취임을 그냥 내버려 두겠습니다."

그러자 잠시 침묵이 뒤를 이었다. 그것은 재인이 회장 자격으로만 보자면 '모자라는 회장'이니 그런 회장이 취임하는 것을 굳이 방해할 필요가 있느냐 하는 의견이었던 탓이다.

"그건 재인을 폄하하는 것인가요?"

침묵을 깨고 먼저 입을 연 것은 진향이었다. 화가 난 것을 숨기지 않는 얼굴이었다.

"그저 객관적 진단일 뿐입니다. 하나 불쾌하게 들으셨다면 사과드립니다, 사모님."

"객관적 진단? 범인을 잡지도 못한 무력부 출신 호위사들에 대해서도 객관적 진단을 한 번 해보시지? 류 실장이 천위장이잖아요?"

"죄송합니다."

"자, 자. 형수님. 진정하시고. 일단 회장님이 안전하신 것만도 천만다행인 겁니다."

금 변호사가 끼어들어 분위기를 진정시키려 했다.

"이러니 저러니 해도 지금 가장 바삐 움직이는 사람이 류 실장 아닙니까? 형수님은 이만 좀 쉬세요. 난 법원에 들어가야 해서 급히 가봐야겠습니다. 이따 다시 오도록 하지요. 류 실장, 자네가 사모님을 입원실까지 모시게."

금 변호사가 간 후, 도하와 진향이 함께 VIP입원실에 도착할 때까지 두 사람은 아무 말도 하지 않았다.

"이젠 가봐요."

입원실 앞에서 진향이 먼저 입을 열었다. 차가운 얼굴이었다.

"집으로 가서 쉬시는 게 어떻겠습니까?"

"그렇다 해도 나중에요. 재인인 출근한다고 하나요?"

"아직은."
"난 그 애를 류 실장과 억지로 결혼시키고 싶지 않아요."
"사모님이 절 싫어하시는 거 압니다."
"잘 가요."
진향은 도하와 눈도 한 번 맞추지 않고 안으로 들어가 버렸다.

병원 내 실내 주차장에 도하가 모습을 보인 것은 그로부터 약 10분 후였다. 아직 오전 시각, 차들이 거의 들어차 있는 주차장은 반대로 사람의 모습은 보이지 않아 매우 조용했고, 오직 도하만이 제 차의 주차구역을 향해 걸어가고 있는 가운데 그가 내는 절제된 발소리만이 약간의 울림을 동반해 주차장 안을 채우고 있을 뿐이었다.

도하는 갑자기 걸음을 멈췄다. 그저 멈췄을 뿐 아무 움직임 없이 그의 눈동자만 천천히 좌우로 돌아갔다. 평소 거의 표정이 없는 그의 얼굴이었지만 그런 그가 긴장하고 있다는 것을 어렵지 않게 알 수 있을 정도였다.

그때 소리가 들렸다. 도하의 뒤로부터였는데 그는 돌아보지 않았을 뿐더러 도리어 그 소리에 긴장이 깨진 듯 다시 천천히 걸음을 떼었다. 도하의 뒤쪽으로 중년의 부부가 걸어가고 있었다. 도하는 차에 올랐다.

"노리는 게 나였다면 그건 이해가 가는군."
운전대를 잡은 도하가 중얼거렸다.

⊠

"결심했어요."

재인이 굳은 표정으로 말했다. 지하층 리빙 룸에서 그녀는 도하와 마주앉아 있었다.

도하는 병원에서 출발한 후 바쁜 일정을 소화한 뒤에야 귀가할 수 있었는데 오후 4시가 넘어서였다. 그 사이 재인도 엄마와 다시 통화를 하면서 많이 진정된 상태였다.

"출근할게요. 회장 대행 자격으로 출근도 하고 회장 승계도 받아들이겠다구요. 내가 울 아빠 딸인 이상 피할 수 없다는 생각이 들더라구요. 아픈 아빠를 위해서도 그게 도리인 것 같구요……."

도하는 재인의 얼굴을 보며 묵묵히 듣고만 있었다.

"왜 암 말도 안 해요? 류 실장도 간절히 바라고 있던 일 아닌가요?"

"박수를 쳐야 합니까?"

하더니 도하는 천천히 박수를 세 번 쳤다.

"기가 막혀……. 장난하는 거예요?"

재인이 발끈했다.

"오해는 말아요. 내가 받아들인 것은 계승뿐이지 류 실장과의 결혼은 아니에요. 당신은 그 두 개가 같은 거라고 했지만 난 아니거든요. 아니에요. 일단 내 맘이에요."

"일단 알겠습니다. 내일부터 출근합시다."

"근데 아빠 노린 거요……, 계림상사 짓이 맞아요?"

계림상사는 유흥 사업과 연예계 사업을 기반으로 하는 사업체의 비공식 명칭으로, 처음 계림상사라는 이름으로 출발한 조폭이 그 출발점이었던 탓에 지하세계에서는 여전히 그 이름으로 통했다. 이두회와는 지하세계에서의 사업이 서로 겹치면서 오랫동안

적수로 맞서 왔는데 지하조직의 규모로만 보자면 이두회보다 컸지만 이두회만큼 견고한 조직은 못되었다. 재인은 양 비서를 통해 이미 계림상사의 짓일 것이라는 귀띔을 듣기도 했으나 그전부터 계림의 존재와 그것이 이두회와 적대관계라는 것을 모르는 것은 아니었다. 때문에 친구인 정화로부터 최현승이 KL엔터테인먼트의 법률 자문 역할도 하고 있다는 말을 들었을 때 다소 놀랐던 것이다. KL엔터테인먼트는 그 전신이 계림기획이요, 여전히 계림의 세력 안에 있었기 때문이다.

"계림이 했다는 확실한 물증은 아직 없습니다."

도하는 무거운 어조로 대답했다.

다음 날 아침, 재인의 출근을 위해 본채 앞에는 두 대의 승용차와 함께 재인의 호위사들과 이석이 대기해 있었다. 얼마 지나지 않아 본채 현관을 통해 도하의 수행을 받으며 재인이 걸어 나왔다. 모두의 눈길은 일제히 재인을 향했는데 재인을 본 그들의 표정은 재인 뒤에 있는 도하의 표정과 서서히 닮아가고 있었다.

"표정들이 다 왜 그래?"

꽃무늬 민소매 실크 원피스에 챙이 넓은 흰 모자를 쓰고, 치렁치렁한 세 줄짜리 진주목걸이와 더불어 악어가죽 소재의 자그마한 토드 백을 든 재인은 도도하리만치 야무진 얼굴로 물었다.

"몰라 묻습니까?"

도하가 모두를 대신해 반문했다.

"또 옷 갖고 뭐라 그러는 거예요? 옷까지 간섭하면 나 진짜 짜증나거든요. 분명히 다시 말하지만 류 실장과의 결혼은 아직 아니라고 했어요. 남친처럼 옷 간섭 말라구요. 솔까 내가 출근해 주는 것만으로도 고맙게 생각해야 하는 거 아녜요?"

위 회장의 저택으로부터 두 대의 승용차가 나란히 나왔다. 장혁이 운전하는 차에 도하와 재인이 나란히 탔고, 앞선 차에는 오 대리의 운전으로 여정과 이석이 함께했다.

㈜LD의 사옥 앞에는 회사 중역들이 모두 나와 그들의 회장이 될 대행을 맞으려 사옥 앞에 선 두 대의 승용차를 긴장된 얼굴들로 조용히 지켜보고 있었다. 그러나 먼저 차에서 내린 도하의 에스코트를 받으며 뒤이어 모습을 보인, 차에서 내린 것이 아니라 잡지에서 막 튀어나온 것처럼 보이는 '하이패션'에, 심지어 황금색 샌들로 마무리 코디까지 한 '그들의 대행'의 남다른 스타일에, 거기 모인 모든 사람들은 아무 내색을 하지 않기 위해 무척 애를 써야 했다. 그렇다고 표정관리에 다들 성공한 것은 아니어서 그중 오십대의 한 전무는 제 인중이 파르르 떨리는 것을 끝내 감추지 못했다. 거기다 대고 눈치 없는 재인은 '어디 아프세요?'라고 묻기까지 했다.

표정관리의 고충은 회장 비서실도 마찬가지여서 재인을 맞은 비서실의, 나이 지긋한 이 비서와 또 한 명의 젊은 여비서는 당황한 나머지 그만 '어서 오셨습니까'라고 인사를 하고 말았다.

"10분 후에 먼저 각 업무부서의 부장, 실장급 이상의 간부들과 상견례 후 업무 브리핑이 있을 예정입니다. 이후 부서 시찰이 있고 점심 후에는 결재서류……."

집무용 책상 앞에 턱을 괴고 앉아 듣고 있는 따분한 얼굴의 재인을 향해 맞은편에 선 도하가 일정을 말하고 있었다.

"……는 내가 검토할 테니 재인 씬 사인만 하면 되고, 오후 5시, 사장단 상견례 겸 회의가 있으니 사전에 회의 내용을…… 검토는 역시 내가 할 테니 재인 씨는 똑바로 앉아 있기만 하면 됩니다."

그 사이 책상 위에 있는 펜이며 마우스 등을 만지작대던 재인은 얼른 자세를 바로 했다. 그러나 재인의 불량스러운 태도는 회사의 간부급들과의 브리핑 때도 이어져 브리핑이 계속되는 동안 재인이 한 일이라고는 핸드폰을 들여다보거나 하품을 한 것이 다였다.

"꼭 여기서 먹어야 해요?"

점심시간, 도하의 인도로 구내식당으로 들어온 재인이 못마땅한 얼굴로 물었다. 구내식당은 점심을 위해 몰려든 사원들로 만원이었다.

"한동안은 여기서 점심을 들면서 회사 사람들과 얼굴을 익히는 것이 좋습니다."

"난 이렇게 사람 많은 데서 밥 먹음 체한단 말예요."

"저쪽 간부급 자리가 따로 있으니 괜찮을 겁니다."

도하가 파티션으로 구분해 놓은 창가를 가리켰다. 그곳은 일반 사원이 주로 이용하는 홀의 대형 사각 테이블과 달리 4인용 원형 테이블이 충분한 공간을 두고 배치돼 있는데다 사람도 많지 않아 비교적 한산한 편이었다.

"알았어요. 그럼 류 실장이 갖다 줘요."

재인은 날름 돌아서서 먼저 원형 테이블로 가서 자리를 차지하고 앉았다. 그리고 도하가 식판을 가져올 동안 핸드폰만 들여다보고 있던 중에 벨소리와 함께 '정화'라 뜬 것을 보고는, 이틀 전에 회원제 술집에서 친구와 인사도 못 하고 헤어진 것을 상기하며 얼른 전화를 받았다.

"응. 정화야. 그렇잖아도 전화하려구 그랬어."

짐짓 밝은 얼굴로 통화를 시작한 재인이 구겨진 깡통 같은 얼굴로 변하는 데에 그다지 긴 시간을 소요하지는 않았다. 그녀의 일그러진 얼굴은 마침 음식이 든 식판을 들고 와 재인 앞에 놔주던 도하의 눈에도 들어왔다.

"진짜야?"

[지금 막 전화 받았다니까. 하령이가 그게 사실이냐고 나한테 전화로 확인까지 할 정도면 말 다한 거 아님? 내가 너랑 친한 줄 아니까. 암튼 그 자식이 거기서 너랑도 재미 본 것처럼……. 아우, 드러워서 말도 안 나와. 그거 사실 아니지?]

"그걸 말이라고 해?"

재인이 소리를 빽 지른 통에 그 주변의 눈들이 모두 그녀를 향했다.

재인의 얼굴은 시뻘겋게 변해 있었다. 이틀 전 그날 밤, 거울이 있는 룸에서 의류회사의 몇째 아들이라던 자가 여종업원한테 했던 짓이 다시금 기억에 떠오른 데다, 같은 짓을 저에게도 한 듯 떠벌였다는 친구의 전언에 재인은 그만 이성을 잃고 말았다.

"이 자식……."

통화를 끝낸 재인은 핸드폰을 손에 꽉 쥔 채로 치를 떨었다. 맞은편에서는 도하가 그런 재인을 묵묵히 바라보고만 있었다.

"나…… 명령할 수 있죠?"

그렇게 묻는 재인의 목소리는 조용했지만 분노로 떨렸다. 격해진 눈빛은 초점이 맞지 않아 오히려 더욱 타올랐다.

"네."

도하 역시 나직이, 그 특유의 저음으로 대답했으나 재인은 선뜻 다음 말을 잇지 못했다.

"뭘 망설입니까? 시험해 봐요. 재인 씨가 가진 권력을."

그러자 재인은 먼저 눈만 치떠, 초점이 선명해진 눈빛을 도하에게 보냈다.

"그놈…… 아주 쪽팔리게 만들어놔요."

"명 받들겠습니다."

⊠

그로부터 나흘 후였다. 점심시간에 재인의 친구 정화가 ㈜LD 사옥을 방문했는데, 재인이 1층 로비에서 기다렸다 친구를 맞은 것으로 보아 사전에 약속된 것인 듯했다. 두 친구는 먼저 재인의 출근을 화제로 떠들며 승강기로 향했다.

"근데 너 이렇게 입고 다녀도 돼?"

승강기 앞에서 정화가 빨간색 스키니 바지에 레이스 달린 핑크 블라우스를 입은 재인의 옷차림을 위아래로 훑었다.

"명색이 회장 대행이?"

"뭐 어때? 회사 출근도 지겨운데 옷차림도 내 맘대로 못 해? 어차피 난 그냥 얼굴 마담이구, 일은 비서실장이 다 해. 타자."

중역들만 이용하는 승강기의 문이 마침 열려, 두 친구는 곧 나란히 안으로 올랐다.

"궁금하지 않아?"

둘만 있는 승강기 안에서 정화가 은근한 목소리로 입을 여니 재인의 귀가 절로 쫑긋해졌다. 사전에 전화 통화로 '의류회사 아들놈 사고 쳤다'고 일러준 정화가 '자세한 것은 만나서 얘기하자' 해, 그렇잖아도 재인은 약간의 흥분을 동반한 기대감으로 친구를 기다렸던 터였다. 친구를 기다리는 동안에 또한 도하를 찔렀을 때 '친구에게 듣는 것이 훨씬 더 재미있을 것'이라는 말만 남겨 놓고 얼른 외근해 버린 그의 반응 때문에라도 재인의 궁금증은 한층 더할 수밖에 없었다.

"완전 골 때려. 그저께 밤인가, 그때 그랬다는데…… 그놈, 여자 데리고 어디 으슥한 곳에 가서 카섹스하다 양아치 같은 놈들한테 걸려서……."

"엄청 얻어터졌구나?"

"그건 필수고, 아랫도리 홀랑 벗겨진 채 차에서 끌려나와……."

정화는 거기서 웃음을 터트렸다.

"차 보닛 있지, 거기 손 짚고 엎드려 알궁둥이에 빳다 같은 거 막 맞구……. 개처럼 네 발로 기고……. 완전 굴욕. 아이고, 배 땡겨. 엄청 쫄았는지 말 아주 잘 듣더라구."

"그걸 어떻게 알어?"

"그거 다 동영상으로 인터넷에 떴으니까 알지. 나 승주한테 연락 받고 얼른 봤잖니."

"누가 올렸는데?"

"그거야 나도 모르지. 범인들이 찍어 올렸겠지, 뭐. 그놈이랑 무슨 원한관계 있나 봐. 암튼…… 미치겠다……. 꼬, 꼬추도 다 보여. 진짜 이건 말로 다 못 해. 얼마나 개굴욕인지 봐야 실감 나……. 너도 보고 싶음 비투비 같은 데서 검색창에 꼬추 떴다 쳐봐. 아직 있을지 모르겠는데……. 아마 찾으면 나올 거야. 지우면 또 올라오고, 또 올라오고 하는 것 같더라구."

정화는 웃느라 눈물까지 찔끔거렸다.

"그거…… 안 걸리나?"

도리어 재인은 심각하게 물었다.

"걸리면야 걸리는 거고. 근데 퍼 나르는 속도가 어찌나 빠른지 반나절 만에 지구 한 바퀴 반은 돌았을걸. 지금 그 의류회사 집에서는 기자들 막느라 난리도 아니랜다. 재수 없으면 기사 터질지도 몰라."

"그놈 상태는? 많이 터졌대?"

"말 마. 개망신 당한 끝에 또 터졌는지 정통한 소식통에 따르면, 히히…… 전치 10주래. 꼬추 아래……, 그거도 다쳤다구 내시 되면 어떡하냐 뭐 그래서 나 웃겨 죽는 줄 알았다. 그게 애호박만 한 크기로 퉁퉁 부었대. 엄마야……."

정화는 웃음을 주체 못 해, 문 열린 승강기에서 내릴 때는 재인의 옷깃을 부여잡기도 했다.

"범인은?"

정화를 데리고 구내식당으로 들어가며 재인이 물었다. 정화의 웃음이 어느 정도 가라앉은 후였다.

"아직 모르지, 뭐."

토요일이라선지 구내식당은 평소보다 좀 한산한 편이었다. 식사를 하는 사람들 중에는 재인의 호위사들도 있었는데, 그 틈에 이석도 끼어 있었다.

"대행님이 약간 덜렁이신 거 같아도 은근 머리가 비상하시거든요. 고등학교 때 보면 맨날 노는 것 같은데도 맨날 전교 3등 안, 대학도 최고 대학에 한 번에 떠억, 세상에서 공부가 젤로 쉬웠어요, 이런 거? 그러면서 입으로는 맨날 공부 따위 젤로 지겹대. 진짜 우리 대행님 천재 아닌가 몰라. 그니까 업무 파악은 벌써 끝내셨을 테고. 어쩜 출근 첫날 3시간 만에 끝내셨을걸? 10월까지 뭐, 많이 남지도 않았지만 사실 그때까지 기다릴 것도 없이 지금 바로 회장에 취임하셔도 아무 문제없다 이거죠, 내 말은.”

다들 묵묵히 식사를 하는 가운데 이석만 수다를 떨고 있었다. 그러던 중 장혁이 가장 먼저 일어나 자리를 뜨자 이어서 오 대리가 일어났다.

“사람들 참, 입에 곰팡이 슬겠다. 말하고 웃다 디진 조상들이 있나…….”

이석이 투덜거리는 새 여정도 일어났다.

“벌써 다 먹었어요? 잠깐, 잠깐……. 여정 씨. 혹시 담배 펴요?”

“안 피웁니다.”

“같이 옥상에 가서 담배나 피울까 했는데. 그럼 커피나 마십시다.”

“바쁩니다.”

“대행님 사내에 계신데 호위사가 바쁠 게 뭐가 있어요? 어제 점심때도 바쁘다고 쌩 깠으면서 말이야, 이젠 막 섭섭해질라고 하네. 밥 금방 먹고 어디 가서 체조할 건 아니죠?”

“거참, 남자가 말 많습니다.”

여정이 퉁명스럽게 받아치고는 냉정하니 돌아서 쌩하니 가버렸다.

“그럼 자기가 말을 좀 해보든가……. 아니, 무슨 여자가 저래? 자긴 무극천위라고 날 무시하는 거야, 뭐야?”

이석은 식판 위로 젓가락을 툭 내팽개쳤다.

재인은 정화와 함께 간부들 코너인 창가의 원형 테이블에서 식사를 하고 있었다.

“아직도 기사 안 난 거 보면 기사 막은 거 성공했나……?”

식사 중에도 정화는 핸드폰을 계속 터치했다.

"근데 요즘 연예계 사건사고가 왜 이렇게 많냐?"

정화는 계속 핸드폰의 화면에 눈을 고정한 채로 말을 이었다.

"장세윤 불륜 건?"

재인 역시 핸드폰을 들여다보며 친구의 말을 무심히 받았다.

"그게 언제 적인데? 게다가 누가 개그맨 따위 신경이나 쓰냐? 대형 사고는 채진우 히로뽕 투약 혐의지."

정화가 언급한 이름은 톱스타의 그것이었다.

"뽕? 진짜? 어, 정말……."

재인의 핸드폰 화면에는 곧 꽃미남 상의, 마흔 살 전후쯤 되는 남자의 얼굴이 크게 떴다.

"이거 언제 뜬 거야?"

"오늘 아침. 여럿 걸렸는데 채진우는 그냥 검찰 내사 중이라고만 돼 있어. 지금 개봉할 영화 홍보 중인데 이런 거 오르내리면 사실여부를 떠나 영환 완전히 조졌지. 조졌어."

"나 중학교 3학년 때 이 사람 만난 적 있다. 울 회사 행사 때 왔었거든. 채진우가 아빠한테 인사할 때 나도 옆에 있다가 악수했잖어. 그땐 지금처럼 유명하진 않았지만 생기긴 정말 잘생겨서 속으로 와~ 했었는데."

재인이 기억을 떠올리며 말했다.

같은 시간, 회원제로 운영되는 레스토랑의 한 룸으로 도하가 들어섰다. 기다리고 있던 사람은 잘생긴 남자, 바로 재인의 핸드폰 화면에 떴던 톱스타 채진우였다. 그는 이미 한식이 세팅된 테이블 앞에 앉아 있다 도하가 들어오자 얼른 자리에서 일어났다. 그리고 도하를 안내한 직원이 밖에서 문을 닫은 후에야 악수를 청했지만 —그것도 한 손이 아닌 두 손을 어정쩡하게 내미는— 도하는 그것을 무시한 채로 진우가 앉았던 자리 맞은편으로 가서 먼저 착석했다.

"왜 이러십니까?"

진우 역시 얼른 제자리로 가며 초조한 기색을 숨기지 못한 목소리로 입을 열었다.

"내가 뭘 잘못했는지 사전에 귀띔이라도 주셔야지 갑자기 이러시면……."

"식사합시다."

도하는 딱 그 말만 하고 수저를 들고는 정말 밥만 먹었다. 진우도 곧 젓가락을 들기는 했지만 얼마 안 가 도로 그것을 놓았다. 그렇다고 식사에만 열중하는 도하를 상대로 선뜻 말을 꺼내지도 못해, 이러지도 저러지도 못한 가운데 시간만 보내고 있었다.

"계림상사 쪽과 만난 것은 사실입니다."

15분쯤 흘렀을까, 마침내 진우가 다시 입을 열었을 때에야 도하는 들고 있던 젓가락을 놓았다.

"하지만 상황이 어찌저찌 돼서 만난 것뿐……. 생각해 봐요. 그 바닥이야 계림에서 꽉 잡고 있는데 나도 시늉은 해야지요. 보고를 안 한 건 아무 의미 없다 생각해서죠. 내 마음만 흔들림이 없으면 되는 거지, 만나고 안 만나고가 뭐 대수겠어요? 지금 내가 누리는 모든 것이 다 위 회장님 은덕인데 내가 설마 배신하겠어요? 그렇게 생각했다면 그건 정말 오햅니다."

"충성을 강요하지는 않습니다."

물 컵을 들어 한 모금 마신 후 도하가 말했다.

"그게 무슨, 난 누구보다 위 회장님을 존경하고 이두회에 충성합니다. 그리고 무엇보다 천위장께…….”

“그 마음 변치 않길 바라지만 설사 변한다 해도 계림에 협조하는 건 안 됩니다.”

“아, 글쎄 그건 오해라잖아요. 난 죽을 때까지 이두회원으로 살 겁니다.”

“집회 때 봅시다.”

대화라기보다는 각자 자신의 말만을 했다는 것이 맞을 법한 두 사람은 도하가 먼저 자리에서 일어나는 것으로 만남을 끝냈다. 진우는 도하를 굳이 잡지 않았는데 ‘집회 때 보자’는 것으로 봐서 안심을 해도 된다 생각했기 때문이다. 도하가 말한 집회란 이두회의 정기, 혹은 임시 모임을 지칭하는 것이다.

“대체 왜 이렇게 늦어요?”

㈜LD 대표이사실 안으로 들어온 도하를 보자마자 집무용 책상 근처에 서 있던 재인이 버럭 소리쳤다. 손에는 핸드폰을 든 채였는데 퇴근시간도 넘어버린 지금까지 내내 도하를 기다리던 그녀는 그동안에 핸드폰과 컴퓨터를 통해 ‘의류회사 몇째 아들’의 사건이 기사화 되는지를 살폈었지만 그런 기사는 검색되지 않았다. 다만 방금 채진우의 히로뽕 투약 혐의에 관한 검찰의 내사가 중단되었다는 것만을 확인했을 뿐이다.

“그거…….”

얼른 도하 앞으로 다가온 재인이 그의 팔을 잡고 숨넘어가는 얼굴로 다시 입을 열었다.

“그 망할 자식 당한 거……. 친구한테 들었는데 진짜 류 실장이 혼내준 거 맞아요?”

“내가 직접 한 것은 아닙니다.”

“누가 직접 했대나. 그, 근데 걱정돼서……. 경찰에서 수사하면 어떡해? 범인 잡히면?”

“그럴 리도 없지만 설사 잡히더라도 잘라내면 됩니다. 도마뱀 꼬리처럼요.”

“그, 그래도 우리 식군데……?”

“제 스스로 잘라내는 겁니다. 무극천위는 그렇게 교육받아 왔습니다.”

그러자 재인은 그의 팔을 놓고 애매한 표정으로 그에게서 한 발자국 물러났다. 잊고 있었던 한 가지가 불현듯 떠올랐기 때문이다. 녹음기에서 들었던 아버지의 목소리, ‘무극천위를 가동할 것을 명한다’ 그것은 무슨 뜻이었을까.

“다음부터는 확인하지 말아요. 이두회 수장이 내린 명령은 어떤 경우에라도 이행이 됩니다.”

이제는 익숙한 도하 특유의 저음이 재인의 귀를 감쌌다.

“무, 무극천위에서……?”

“네. 무극천위의 지부에 하달한 것을 지부장 감독 아래 일반 요원이 한 것이죠.”

“그게 대체 무슨 소리야……?”

재인이 중얼거리자 도하는 먼저 그녀의 어깨를 잡아 창가로 이끌었다.

“전 조직체계에 대해서는 차차 설명을 하겠지만 재인 씨가 먼저 알아둬야 할 건 무극천위니, 일단 그것부터 알려드리죠.”

“그게 아빠의 친위조직인 건 나도 알아요.”

“정확히 이두회 수장의 친위조직인 것이죠. 무극천위는 항상 백여 명 안팎을 유지하는데 그중 반이 무력부, 나머지가 역할부입니다. 역할부는 사회의 제 위치에서 각자의 역할을 담당, 수행합니다."

"사회의 위치라면…… 주로 어디, 어디 분포돼 있는데요?"

"법조와 정치, 언론계에 가장 많습니다. 그 외에 해커, 경찰, 연예계 등이구요. 모두 어릴 적부터 이두회의 지원을 받고 자라 공부해 그 위치에 오른 사람들입니다. 바로 그것이 충성의 근본을 차지하지요."

"그럼…… 류 실장도?"

"물론입니다."

그럼 당연히 이 사람도 고아겠구나, 재인은 고개를 끄덕였다. 실제로 이두회 조직원 약 50~60퍼센트가 결혼을 통한 가족 형성을 제외한다면 혈연적 연고가 딱히 없거나 불분명한 사람들로, 그중에서도 무극천위는 그 비율이 약 90퍼센트에 이를 정도였다. 심지어는 이두회 설립자들도 마찬가지여서 재인의 아버지 위상문도 고아였다. 재인도 그것을 아는데다 어릴 적부터 남들과는 비교적 다른 환경에서 자라, 대학 때부터는 좋든 싫든 이두회란 존재를 알고 직, 간접적인 경험도 있었기에 도하의 설명만으로도 그녀는 쉽게 이해했다.

"혹시 지금 무극천위가 뭔가를…… 하고 있는 중인가요? 아빠가 가동을 명한다 그랬거든요."

재인은 가장 궁금한 것을 물었다.

"네. 재인 씨가 회사, 이두회 양쪽의 회장직을 아무 문제없이 승계하도록 사전 정지 작업을 하고 있습니다."

"네?"

"회사는 금 변호사님 이하 다른 두 분의 고문 변호인단의 지휘로, 회장님의 유고에 대비해 몇 년 전부터 진행해 왔던 상속세 관련 및 재인 씨 소유의 주식을 극대화하고, 주총에 대비해 주주들을 모으고, 경영진의 비리를 감찰하는 등의 일을 하고, 조직에서는 그 일을 물밑에서 돕는 한편 배신자를 가려내고, 결속을 강화하고, 조직체계를 점검합니다."

"그 모든 것이 지금 진행되고 있단 말인가요?"

"네. 끝나는 대로 승계절차를 밟을 겁니다."

재인의 눈길이 창밖을 향했다. 회사에 출근한 지 일주일도 되지 않았지만 지금에서야 재인은 처음으로 어쩔 수 없는 제 운명이 실감되었다. 결국 운명이란 좋고, 싫고의 문제가 아니었구나, 세상에 나면서부터 정해진 것처럼 받아들여야 하는 거였구나. 그렇다면 옆에 서 있는 이 남자, 류도하도 며칠 전 그가 했던 말대로 그녀의 운명인 것일까.

재인은 창밖을 향했던 눈길을 거두어 그것을 도하에게 보냈다.

"솔직히 말해 봐요. 내가 잘할 수 있을까요……?"

"네."

"정말?"

"네."

"어째서……?"

"재인 씨 곁에는 내가 있으니까요."

도하의 거만한 대답에 재인은 이번만큼은 화가 나지 않았다. 공범자의 심리였을까, 그의 손이 다가와 머리를 쓰다듬어 주는 것에도 거부감을 보이지 않았다. 다만 자신을 바라보는 그의 눈길에 쑥스러움을 느낀 그녀는 고개를 툭 떨어뜨리며 그대로 그의 가슴에 이마를 대었다. 어쩌면 생각보다 좋은 사람일지도 모른다고, 믿고 의지할 만큼 능력 있는 남자니 사랑은 나중에라도 다가올 것이라, 그런 생각이 슬그머니, 처음으로 고개를 들었다. 물론 거기에는 3년 전에 헤어진 현승에게 여자가 생겨, 이제 마음으로도 그를 완전히 포기해야 하는 현실 인식도 한몫했으리라.

재인은 머리칼 안으로 제 목덜미 뒤를 부드럽게 감싸는 도하의 손길을 느끼며 눈을 감았다. 정수리 위로 그의 입술도 느껴졌다. 그것이 점점 얼굴 쪽으로 향하자 가슴이 콩닥콩닥 뛰기까지 했다. '그런데 무슨 심장박동 소리가 뚜루루루룽 대지' 하는 생각이 들던 중 그것이 도하의 핸드폰 벨소리라는 것을 안 재인은 그가 물러났을 때는 완전히 김새는 얼굴이 되었다.

도하는 핸드폰에 '채진우'라 뜬 것을 확인한 후 전화를 받았다.

시간이 흘러 밤 9시가 넘어가는 시각에, 서울 시내 중심가에서 가장 비싸기로 소문난 유흥가의 한 빌딩에 위치한 비밀스러운 룸살롱으로 도하가 들어섰다. 도하는 남자 직원의 안내로 붉은색 융단이 깔린 긴 복도를 지나 어느 문 앞에 이르러, 직원이 열어준 문으로 해서 안으로 들어갔다.

"아, 어서 와요. 어서 와."

룸 안에서 반갑게 도하를 맞은 사람은 채진우였다. 진우는 혼자가 아니었다. 이십대 초반 정도로 보이는 미모의 젊은 여자와 함께 있었는데, 여자 역시 진우와 더불어 자리에서 일어나기는 했으나 따로 도하에게 인사를 하지는 않고, 다만 도하가 진우 맞은편에 착석하자 그의 옆으로 슬그머니 와 앉았을 뿐이다. 테이블에는 고가의 양주와 그에 걸맞은 안주가 세팅돼 있었다.

"내가 말이죠, 고마워서 말입니다."

진우는 도하의 잔에 술을 부었다.

"날 믿어주니 고맙고, 이렇게 시간을 내 와줘서 고맙고. 류 실장님 바쁜 거야 나도 잘 아니까."

진우는 이어 건배하자는 뜻으로 잔을 들었다. 도하는 잔을 들어 가볍게 진우의 잔과 부딪치기는 했으나 입에 대지는 않고 도로 테이블 위에 올려놓았다. 그러나 진우는 그것을 의식하지 못한 듯 잠시 유쾌한 목소리로 일상적인 잡담을 늘어놓았다.

"이제 와서 하는 말이지만 저쪽, 계림 말입니다. 나한테 공들이고 있는 건 사실입니다. 그걸 우리가 역으로 이용할 수도 있을 것 같은데……."

그러자 도하가 그제서 제 옆에 있는 여자를 의식했다. 그전까지 줄곧 여자를 유령 취급하던 그가 그런 몸짓을 보인 것은 진우가 꺼낸 말이 여자 있는 데서 할 대화가 아니라는 의미였다.

"아아, 걘 걱정 말아요. 내 후밴데 요번 내 영화 촬영 때 얼굴 좀 내비치게 내가 힘 좀 썼지요."

하며 진우는 여자에게 눈길을 보냈다.

"야, 맞지? 너 나한테 충성하는 거다."

농담처럼 말하는 진우에, 여자 역시 눈웃음으로 화답하며 고개를 끄덕였다.

"근데 뭐해? 실장님 안주라도 좀 집어 드리지. 얼른."

여자는 과일 조각 하나를 포크로 찔렀다.

"미안하지만 아가씬 잠시 나가주시겠습니까?"

여자가 과일 조각을 내밀기도 전에 도하가 청했다. '어, 왜?' 하며 진우가 끼어들었지만 곧 도하가 비밀스러운 얘기를 하려나 보다 생각했는지 그는 손짓으로 여자를 룸에서 내보냈다.

"뭐합니까? 한 잔 죽 들지 않고. 난 벌써 잔 비웠는데."

여자가 나가자 술병을 손에 쥔 진우는 술이 그대로 남아 있는 도하의 잔을 보며 재촉했다.

"무극천위는 위 회장님이 병석에 계시는 동안 술을 하지 않습니다."

제 빈 잔에 술을 따르던 진우는 순간 술병 쥔 손을 움찔하더니 이내 병을 내려놓았다. 진우가 당황함을 감추지 못하는 사이로 잠시의 침묵이 흘렀다.

"오늘 만나잔 이유가 따로 있나요?"

도하가 먼저 침묵을 깼다. 고맙다는 사례 외에 다른 볼 일이 있느냐 의미였다.

"사실은……."

진우가 어렵게 입을 뗐다.

"솔직히 말하는 건데 내가 계림과의 미팅을 굳이 거절하지 않은 이유는 사실 나대로 계산이 있어섭니다. 내 충성심을 보일 기회를 만들 수 있지 않을까…… 하는 뭐 그런 거? 천위장께서 날 믿어주니 하는 말이지만…… 계림과 몇 번 접촉하면서 내가 이상하다면 이상한 얘기를 들었거든요. 그게 불순한 의도인지 아니면 그 반대인지는 천위장께서 판단하시겠지만……. 그게 뭐냐 하면……."

진우의 목소리는 점점 낮아졌다.

"이두회를 계승할 정통성을 가진 적자는 따로 있다, 그런 내용입니다."

도하는 별다른 반응 없이 듣고만 있는 것처럼 보였다.

"아들이 생존해 있다는 얘기죠. 그런데 더욱 놀라운 것은 현 대행인 위재인의 출생이…….”

진우의 말은, 그러나 뒤이은 굉음에 묻혀 버리고 말았다.

쿠앙, 그것은 묵직한 테이블이 바닥으로 쓰러져 낸 소리로, 그 위에 있던 접시나 컵이 깨져서 내는 파열음조차 그 안에 묻혀 버릴 정도로 엄청났다. 또한 진우는 그것을 의식할 새도 없이 도하의 손아귀에 얼굴, 그중에서도 광대뼈 아래를 잡히고 말았다. 순식간에 일어난 일이었다.

진우는 광대뼈 아래가 깨지는 것 같은 고통에 말도 하지 못한 채 제 눈 위로 보이는 도하의 얼굴을 쳐다보고만 있었다. 역광을 받고 있는 도하의 무심한 얼굴이 진우의 눈에는 악마처럼 보였을 테지만 실제로는 평소에 비해 이렇다 할 무엇을 발견해내는 것이 더 힘들 만큼 도하의 얼굴에는 아무런 변화가 없었다.

“회장님과 후계자를 모욕하는 언행을 할 때는 다음부턴…….”

도하의 목소리도 평소와 아주 똑같았다.

“네 목숨을 걸어.”

말과 함께 ‘콰득’ 하는 기묘한 소리가 났다. 이어 비명도, 신음도 아닌 괴상한 울부짖음 속에서 도하는 쓰러진 테이블을 피해 성큼 문으로 가서는 곧 모습을 감췄다. 혼자 남은 진우는 소파 위에 쓰러져 피를 쏟고 있었다. 그의 입에서는 피와 함께 하얀 콩알 같은 것이 툭 떨어졌는데 바로 치아였다. 주먹으로 친 것도 아니건만 생니가 부러진 진우는 ‘끄어, 끄어’ 하는 단말마의 신음을 토해내고 있었다.

재인은 핸드폰으로 시간을 확인했다. 10시 25분.

"아이스크림 드릴까요?"

아줌마가 물었다. 재인은 주방의 식탁 앞에 앉아 커피를 마시던 중이었다.

"뜨거운 커피 마시는데 또 차가운 아이스크림을 먹으라구?"

"사람을 기다릴 땐 차가운 게 좋을 것 같아서요."

"기다려? 내가? 누굴?"

"류 실장님 기다리시잖아요."

"말도 안 돼……."

재인은 펄쩍 뛰었다.

"내가 그 인간을 뭐하러 기다려요? 집에서나 회사에서나 계속 보는 인간 지겨워 죽겠는데……. 아줌마까지 왜 그래? 자꾸 그 인간이랑 나랑 뭐나 되는 것처럼 엮으려고 하는데 그러지 마요. 나 화 나."

"네. 네."

아줌마는 웃음 띤 얼굴로 몸을 돌렸다.

"뭐야? 그 웃음은? 아휴, 기분 나빠."

재인은 툴툴대며 주방을 나갔다.

아줌마는 다시 미소를 지었다. 귀가 후 재인이 한 곳에 있지를 못하고 지하층에서 1층으로, 1층에서 2층으로, 2층에서 다시 내려와 별채에 갔다가 다시 본채로 돌아오는 것을 죽 의식하고 있던 아줌마였다.

재인은 후원으로 향했다. 향하는 중에 핸드폰으로 다시 힐끔 시간을 확인했다. 잠깐 다녀온다면서 뭐하느라 이렇게 늦는 거야, 재인은 아랫입술을 삐죽 내밀었다. 도하는 재인의 퇴근길까지 같이해, 그녀를 귀가시켜 놓고 다시 나갔는데, 갔다 와서 무극천위의 조직체계에 대해 자세히 설명해준다 해서 재인은 단지 공부를 위해 그를 기다리는 거라고 스스로를 세뇌시켰다.

재인이 도하와 같은 공간에서 자고, 그와 함께 출근하고 또 함께 퇴근한 지도 벌써 5일째였다. 퇴근은 도하가 바쁜 관계로 바로 직전까지 두 번만 함께 했지만 같은 공간인 지하층에서, 그러나 각자의 방에서 자고 아침이 돼 서로의 얼굴을 보는 것만은 매일 계속됐다.

지하층에서의 첫날 이후 재인은 2층에서 잔다고 떼를 쓰고 또 버티어 보기도 했지만 도하의 묘한 술수에 말려들어 결국 지하층으로 내려가면 그는 또 어김없이 지하층의 문을 폐쇄해 버렸다. 감금이냐, 재인이 항의도 해보았지만 소용없는 것이, 둘만 남은 지하층에서 딱히 그가 재인을 향해 야릇한 언사를 하는 것도 아니었기 때문이다. 지하층에서 재인과 단둘이 있을 경우 도하는 거의 서재에서 일을 하거나 제 방에만 있어 심심한 쪽은 오히려 재인이었다. 그러다 보니 재인도, 아직 일상처럼 익숙하지는 않을지언정 그와 같은 공간에서 밤을 지내야 한다는 것만큼은 이제 아무 위험 없이 받아들이고 있었다.

재인은 후원의 연못 앞에 쪼그려 앉았다. 처음에는 별 생각 없이 시작된 기다림이었는데 그것이 연장되다 보니 이제는 온통 도하 생각에, 그를 기다리는 것 말고는 다른 것을 할 수도 없고, 하고 싶지도 않았다.

재인은 다시 핸드폰에 눈을 두고 가만히 들여다보다가 결국 통화를 터치하고 만다.

[네.]

짧고 메마른 그의 음성이 재인의 귀를 간질였다.
"외박이에요?"
재인은 의식적으로 퉁명스럽게 물었다.
[외박할까요?]
"맘대로 해요. 내 남편도 아닌데 뭐."
[알겠습니다.]
"아, 알겠다니? 뭘 알겠단 거예요? 지금 외박하겠단 뜻이에요?"
재인은 갑자기 흥분한 목소리로 물었지만 제 자신은 의식도 못했다.
[재인 씨의 뜻을 알겠단 말입니다.]
"근데…… 지금 어디예요?"
[왜요? 기다리고 있습니까?]
"헐, 완전 어이 쩌네. 걍 졸리고 심심해서 그렇거든요. 에이, 얼른 잠이나 자야지. 흥."
재인은 먼저 전화를 끊었다. 그리고 얼마 걸리지도 않았다 차 소리가 들렸다. 집에 들어오지 않은 사람은 도하뿐이니 분명 그의 차일 것이다.
맙소사, 집에 거의 다 왔었구나 싶은 재인은 본채를 향해 달렸다. 달리면서 그녀는 후원이 그렇게 넓은지 처음 알았다. 재인은 신발을 허공에 날리며 본채의 홀로 뛰어들어, 마침 홀을 지나던 아줌마의 앞치마가 위로 붕 뜰 정도로 그 곁을 스친 후, 그 속도 그대로 반지하층 계단을 쿵쾅거리며 내려갔다. 그렇게 제 침실에 도착했을 때 재인은 숨이 턱에 차서 가슴에 통증이 느껴질 정도였지만 서둘러 불을 끄고 침대로 다이빙했다.
헉, 헉, 재인은 이불 안에서 숨을 몰아쉬었다. 얼마 지나지 않아 발소리가 들려왔다. 재인은 귀를 기울이며 가쁜 숨을 죽이려 애를 썼다. 발소리가 멈췄다. 이어 문이 열리는 소리를 들은 재인은 두 손으로 제 입도 막았다. 곧이어 '재인 씨' 하고 부르는 익숙한 음성이 들려왔다. 당연히 재인은 대답하지 않았다. 그도 두 번은 부르지 않아 잠시의 침묵이 있은 후, 침묵은 곧 문이 닫히는 소리로 이어졌다.

휴우우, 그제서 입에서 손을 뗀 재인은 '다행이다' 하며 편하게 긴 숨을 몰아쉬면서도 다른 한편으로는 그가 싱겁게 가버린 것에 대한 실망감도 느꼈다. 그녀는 숨을 더 편히 쉬기 위해 두 손으로 이불을 확 걷었다.

"악!"

이불을 걷자마자 재인의 입에서는 짧고 높은 외마디 비명이 터져 나왔다. 침대 바로 곁에 크고 어두운 그림자가 떡하니 버티고 서 있었던 탓이다. 바로 도하였다.

"아이씨, 뭐, 뭐, 뭐, 뭐야……."

상체를 벌떡 일으킨 재인이 짜증을 부렸다. 놀라기도 했지만 무엇보다 쪽팔렸다. 도하는 말없이 그녀 곁에 앉아, 빨갛게 상기된 얼굴로 아직도 거친 숨결에 가슴을 들썩이는 재인 앞으로, 천천히 두 손을 뻗어 그녀의 머리 양 옆을 지그시 잡았다.

"잘 자라, 키스하려고 온 겁니다."

도하는 느릿하니 속삭이듯 말하고는 재인의 머리를 살짝 앞으로 끌어, 그녀의 이마에 입을 맞췄다. 길고 따뜻한 입맞춤이었다.

제5장 **그녀의 오빠**

아침에 재인이 일어나 제일 먼저 한 일은 어제처럼 도하를 찾는 일이었다. 특별히 볼 일이 있어서라기보다는 그동안 아침에 일어나 가장 먼저 눈을 맞추는 이가 도하다 보니 그 연장선에서의 익숙함 같은 것이리라. 보탠다면 어젯밤 잠들기 전까지 오래토록 이마에 남은 그의 입맞춤의 여운을 아직까지는 간직한 탓이기도 할 것이다.

도하는 이미 지하층에 없었다. 입구도 활짝 열려 있는 것으로 보아 밖에 있지 싶었다. 재인에게 아직 입구의 이중문 비밀번호를 도하가 가르쳐주지 않아 그 문은 늘 아침에 도하에 의해 열리고, 밤에는 다음 날 아침이 되기 전까지 더 이상 1층으로 나갈 일이 없을 시간쯤에 역시 도하에 의해 닫혔다.

"모닝커피~."

반바지에 헐렁한 린넨 티 차림의 재인이 주방에 들어서며 아줌마를 향해 발랄하게 주문했다.

"일요일인데 일찍 일어나셨네요?"

"며칠 출근했다고 그새 몸이 적응을 했는지 시간 되니까 절로 눈이 떠지지 뭐예요."

"그게 좋아요. 규칙적인 거니까. 실장님은 아마 운동하러 별채로 가셨을 거예요."

"운동하러 별채?"

"아, 대행님은 모르시겠구나. 별채 지하에 그런 게 있어요."

재인은 별채의 완공을 보지 못하고 독일로 떠나 구조를 다 알지 못했다. 아줌마가 거품이 풍부한 '비엔나커피'를 커다란 머그잔에 담아서 주자 재인은 몇 모금 마시다 슬쩍 눈치를 보며 주방을 나왔다. 머그잔을 손에 든 채 그녀는 홀을 지나 별채로 통하는 입구에서 회랑을 지났다. 별채의 홀에는 호위사들이 모두 나와 앉아 있다, 재인이 들어오는 것을 보며 자리에서 일어났다.

"모두 굿모닝. 쉬어. 쉬어."

재인은 방긋방긋 웃으며 다시 앉으라 손짓했다. 호위사들도 기상한 지 얼마 되지 않았는지 각자 커피나 차를 마시고 있던 중이었다.

"오늘은 나 하루 종일 집에 있을 거니까 모두 맘 편히 놀아. 데이트 있음 데이트 가고. 알았지?"

재인은 상냥하게 말을 이었지만 호위사들은 도리어 어리둥절한 얼굴들이었다.

"근데 여기 지하 입구가 어디야?"

"여기 복도로 가시면 끝에 보입니다, 대행님."

여정이 복도를 가리키며 대답했다.

"땡쑤, 땡쑤. 황 대리 오늘 디게 이쁘네."

"네?"

발걸음도 가볍게 복도를 향하는 재인의 뒷모습을 보며 여정은 벙했다.

별채의 지하는 넓은 체력관리실을 중심으로 샤워실과 화장실 각 한 개, 침실 두 개, 창고 하나의 구조로 돼 있었는데 그중 체력관리실의 풍경은 흔히 헬스클럽이라 불리는 피트니스를 위한 곳이 아니라는 것쯤은 한눈에 알 수 있을 만큼, 오히려 격투 대련을 하기에 더 알맞게 꾸며져 있었다. 원목으로 된 마룻바닥에, 천장으로부터 내려온 두 개의 샌드백이 있었고, 마루 가장자리로는 러닝머신 세 대와 목검, 체인, 봉 등이 가지런히 진열된 사물함, 그리고 낙법 훈련 시 사용할 수 있는 널찍한 매트 몇 개가 세워져 있었다.

재인은 바로 이 체력관리실에서 도하를 찾아냈다. 그런데 재인의 눈에 비친 도하의 모습이 매우 엽기적이었다. 가벼운 트레이닝 바지에 민소매 흰 티 차림의 그는 똑바로 서서 다리 하나만을 위로 올려 그 다리를 팔과 손을 이용해 잡고 있었는데 그 다리가 정확히 그의 가슴에 닿은 채로, 바닥에서 중심을 잡고 선 다리와 일자를 그려내고 있었다. 그것은 정확히 몸의 중심을 잡는 놀라운 균형감각과 유연성이 없으면 불가능한 자세였다.

도하는 재인이 가까이 오는 동안에 자세를 풀었다. 그것도 조금의 비틀거림 없이 천천히 다리를 내렸으며, 그녀를 보고 있는 것도 아니었다. 다만 다리를 내리고 나서 호흡을 정리하는 것은 재인에게도 느껴졌다.

"아니, 달밤도 아니고 아침에 웬 체조?"

도하 앞으로 온 재인이 말했다.

"혹시 전직이 체조 선수? 몸이 제법 좋기에 쌈 좀 하나 했더니 사실은 그게 다 체조로 몸 관리한 거구나~?"

격투의 진정한 고수의 몸이 얼마나 유연한지 알 턱이 없는 재인은 도리어 아는 척하며 고개를 끄덕였다.

"그거 주러 왔습니까?"

도하는 재인이 들고 있는 머그잔에 눈길을 주었다.

"네에. 내가 먹던 거지만."

재인이 내민 머그잔을 도하가 건네받았다.

"나도 여기서 운동할까 봐. 러닝머신 있으니까 뛰는 건 할 수 있잖아."

도하가 머그잔에 입을 대는 동안 재인은 마루의 여기저기를 돌아다니며 이것저것 만져보았지만 별로 관심이 없는지 금세 도하 곁으로 쪼르륵 되돌아왔다.

"류 실장, 고아라고 했죠? 당연히 엄마도, 아빠도, 가족은 아무도 없는 거겠죠?"

재인은 불쑥 그렇게 물었다.

"이두회가 내 가족입니다."

머그잔을 바닥에 내려놓은 후 도하가 대답했다.

"핏, 그 대답은 너무 교과서적이다. 이두회 교과서. 근데 첨부터 고아였어요? 그러니까 내 말은 류 실장 기억에 존재하는 가족이 있냐구요? 곁에 있다 없어진 것일 수도 있으니까."

"네."

"엄마? 아부지?"

"동생입니다."

"아……."

재인의 얼굴 위로 어두운 그림자가 스치듯 지나갔다. 그런 그녀의 얼굴에 도하의 고요한 눈길이 머물렀다.

"그 느낌…… 알아요."

도하의 눈길을 느끼고 얼른 표정 정리를 한 재인이 말했다.

"가족을 잃은 느낌……. 곁에 있다 사라진 느낌이랄까……?"

"어떻게요?"

"그냥요. 그냥 알아요."

"그냥?"

도하는 천천히 재인 뒤로 다가왔다. 재인은 움직이지 않고 가만히, 제 머리를 그가 두 손으로 지그시 잡는 것을 느끼고 있었다.

"그냥 알 수는 없죠. 아마도 재인 씨 잠재의식 속에서 느끼는 것일 겁니다."

도하는 그녀의 머리를, 마치 두피 마사지하듯 손끝으로 매만졌다.

"자, 느껴 봐요."

도하가 속삭이자 재인은 눈을 감았다. 순간, 도하의 얼굴에 드러난 표정은 비록 아주 미세하기는 해도, 평소의 도하에게서라면 절대 발견할 수 없는 그것이었다.

"긴장하지 말고 숨을 크게 쉬어요. 입을 다물고 가슴이 아닌 복부로, 배가 나올 정도로 숨을 크게 들이켜고 천천히 내쉬어요."

재인이 눈을 감고 도하가 시키는 대로 하는 동안 그는 그녀의 어깨에서 그 아래로 천천히, 그녀의 팔을 부드럽게 쓸어내렸다. 이어 그녀의 겨드랑이 아래로 팔 하나를 집어넣은 후 그녀의 가슴 아래를 단단히 감아 잡았다. 그렇게 감아 잡은 팔로 그는 그녀를 위로 약간 들어올렸다.

"다리 벌리고."

재인을 들어 올린 도하가 주문했다.

"뭐, 뭐라구요?"

바닥에서 위로 뜬 다리를 버둥대며 재인은 당황했다. 도하는 재인의 허벅지 안쪽을 잡아 약간 벌린 후에 다시 바닥에 내려놓았다. 이어 그대로 아래를 향해 힘을 주고 그 자신도 똑같이 다리를 벌리면서였다.

"뭐하는 거예요? 아앗……."

도하가 재인의 다리를 잡아 더 벌리자 그녀는 소리를 질렀다. 좌우로 벌어진 재인의 다리는 이미, 어쩌면 그녀가 벌릴 수 있는 최대치까지 벌어져 있는 것인지도 몰랐다.

"그만, 그만, 그만, 됐어요. 놔요. 내 다리……. 아아악……."

도하가 놔주기는커녕 더욱 아래를 향해 누르자 재인은 말끝에 비명을 질렀다.

"내 다리, 내 다리, 내 다리, 아, 안 돼……. 아파……. 놔……. 명령이야……. 이러지 마……. 아앗, 놔아아아……. 아아악……!"

조금 전 도하의 얼굴에 드러났던 그것은 바로 장난기였다.

'아아아아아아아아아악' 재인의 비명 소리는 별채의 지하층을 타고 올라와 1층 홀에 모여 있던 호위사들에게까지 들려왔다. 여전히 창가의 테이블 주변에 앉아 있던 장혁과 여정, 오 대리 모두는 비명 소리를 듣고 놀라 움직임도 없이 가만히 있었다. 그들은 모두 숨을 죽인 채 지하층 계단으로 향하는 복도의 입구를 가만히 주시했다.

얼마의 시간이 흐른 후, 재인이 먼저 모습을 드러냈다. 그녀는 상체를 엉거주춤 굽히고, 다리를 양 옆으로 벌린 채 간신히 한 발, 한 발 어정어정 걷고 있었다. 그 모습은 딱 '바지에 똥 싼' 사람의 그것이었다. 얼굴은 당연히 울상이었다.

잠시 뒤 그녀의 뒤로부터 도하가 나타났다.

"뭐하는 거얏……?"

벙해서 보고 있는 호위사들을 향해 재인이 소리쳤다.

"명령이야. 저, 비서실장 잡아서 죽도록 두들겨 패. 빨리……."

제 뒤를 가리키며 소리친 재인은 곧장 주저앉았다.

"내 말 안 들려? 대행 명령이 말 같지 않아? 당장 류 실장 죽여 버리라구. 이 밥값도 못 하는 인간들아……."

호위사들 중 가장 먼저 여정이 움직였지만 그것은 다만 재인을 부축하기 위해서였을 뿐이다.

"괜찮으십니까?"

"이게 괜찮아 보여? 뭘 보고만 있는 거야? 당장 저 나쁜 새끼나 두들겨 패라니까. 나 죽일려구 했단 말이야……."

재인이 다시 도하를 가리키자 여정은 도하를 한 번 힐끔 올려다보더니 당황해서 어쩔 줄을 모른다.

"저어, 대행님……."

다시 재인을 향한 여정이 난감한 얼굴로 소리 죽여 말했다.

"저희 다 덤벼도 실장님 못 당합니다……."

"뭐야? 아니, 어디서 이런 얼간이들을 내 호위사로 만든 거야?"

재인은 다시 소리치며 도하를 올려다봤다.

"이건 분명 음모가 있어. 당신 음모지? 쌈도 젬로 못하는 애들만 고르고 골라 나한테 붙인 거지? 다 해고야. 몽땅 해고야. 실장 당신도 해고얏!"

팔짱 끼고 서서 내내 구경만 하던 도하가 그제서 재인을 잡아 번쩍 들어 올렸다.

“놔, 놔, 내려. 내리란 말이야. 엄마한테 다 이를 거야아아…….”

재인은 도하에게 안겨 별채를 나갈 때까지 악을 쓰고 도하를 주먹으로 치는 것도 모자라 그의 머리끄덩이를 잡고 흔들었다. 재인의 엄살은 아침 식사 때까지도 계속돼 모두 밥이 입으로 들어가는지 코로 들어가는지도 모르게 식사를 해야 했다. 그 와중에도 도하는 재인의 구박에 눈썹 하나 까닥하지 않았다.

“어쩜 성격이 하나도 안 변하는지.”

이석은 정신이 쏙 빠진 얼굴로 말했다. 그는 손에 커피 잔을 든 채 여정과 함께 후원에 있었다. 여정 역시 커피 잔을 들고 입에 대던 중이었는데 식사 후 이석이 졸라 그와 함께 이곳의 티 테이블 앞으로 온 것이었다.

“나 첨에 회장님 댁에 왔을 때 대행님이 고등학생이었는데, 첫 만남부터 나 쪼인트 까였다니까요. 생긴 게 맘에 안 든대나. 근데 그게 맘에 들어서 일부러 그랬다는 걸 나중에 알았죠.”

서서 얘기하던 이석은 티 테이블 앞에 앉아 있는 여정의 맞은편으로 가 담배를 꺼냈다.

“근데…… 여정 씬 몇 살 때 입회했어요?”

이석이 갑자기 물었다. 담배에 불을 붙이고 나서였다.

“난 열한 살 때 고아원에서 도망쳐 나와 몇 년 앵벌이 노릇하다 다시 도망쳐 굶어 죽을 뻔했었는데요. 그때 어떤 아저씨가 구해준 인연으로 입회하게 됐죠. 그 아저씨가 이두회 지부장이었는데 내가 아마 열다섯 살 때였을 겁니다. 지부 도움으로 공부도 하고, 따로 교육도 받고, 공장에서 잠시 일도 좀 하다 스무 살 때 회장님 댁으로 오게 됐어요. 비교적 잘 풀린 거죠."

거기까지 말한 후 이석이 여정을 보며 '여정 씬?' 하며 물었지만 여정은 대답 대신 다시 커피를 입에 댔다.

"말하기 싫구나?"

"별로 말할 만한 것이 없습니다."

"뭐, 혈육이 없거나 있다 해도 먹여 살려야 하거나…… 그런 건 짐작하겠지만 그래도 사연은 있을 거 아녜요?"

"없습니다. 그런 거."

"뭐야? 이두회 성골이라 잘난 척?"

이석이 악의 없이 비꼬았다.

"맞잖아요. 무극천위니 나 같은 평민은 우습다 이거잖아? 참, 게다가 무력부. 어이구, 무서라~."

이석의 엄살에 여정이 입술을 실룩한다. 웃음을 참는 모양새였다.

"웃으려면 그냥 웃어요. 웃으면 이쁠 것 같구만……."

그러자 오히려 여정은 정색했다.

"헐, 인상 쓰니까 더 이쁘네?"

그렇게 말하는 이석의 웃음 가득한 눈과 여정의 건조한 눈빛이 만났다. 여정은 금세 다른 곳으로 눈을 돌렸으나 그럴수록 더욱 빤히 바라보는 이석의 눈길에 그녀는 점점 더 당황하고 있었다. 이석은 이제 입가에도 한가득 웃음을 머금었다.

얼마 전, 병원에서 재인이 없어졌을 때 이석보다 더 침착하게 다음을 대비하던 그녀가, 장혁에게 한 대 얻어맞아 피 터진 얼굴로도 무표정하게 자세를 바로 하던 그녀가 겨우 '예쁘다'는 말에는 왜 이토록 당황하는지, 이석은 의아하고 신기한 한편으로는 또한 그런 그녀가 몹시 귀엽기도 했다.

이석은 재빨리 몸을 일으켜 여정의 뺨에 쪽 소리가 날 정도로 입을 맞췄다. 이어 놀란 여정이 뭐라 반응할 사이도 없이, 그는 유쾌한 웃음소리와 함께 장난스러운 몸짓으로 뒷걸음질을 쳤다.

"어어, 때릴 거 아니죠? 여정 씨 주먹에 맞으면 한 방에 골로 갈 거 같은데……."

이석의 뒷걸음질에 여정은, 그러나 눈으로만 그를 좇았다. 그녀의 얼굴에는 난생 처음 무엇을 경험해 본 사람의 그것과 같은 생경한 감정이 고스란히 묻어나 있었다.

여정은 자리에서 일어나 이석의 반대편으로 성큼성큼 걸었다.

"어엇, 도망가요? 왜? 나 잡으러 와야지 도망가면 어케욧?"

이석이 여정의 뒤를 따라가며 소리쳤다. 여정은 뒤도 돌아보지 않고 걸음을 더욱 빨리 했다. '무슨 여자 걸음이 그렇게 빨라?' 하는 이석의 뒤이은 투덜거림도 그녀를 돌아보게 하지는 못했다.

그리고 두 사람 다, 누군가가 그들을 지켜보고 있다는 사실을 알지 못했다. 바로 장혁이었다. 별채에서 후원이 다 내다보이는 창가에 선 그는 늘 그렇듯 선글라스를 낀 무표정한 얼굴을 후원에 두고 있었다. 사실 후원이 꽤 넓어 그 거리감으로는 이석과 여정 사이에 무슨 일이 있었는지 정확히 알기는 힘들었지만 그럼에도 여정의 모습이 빠른 걸음으로 가까워지자 장혁은 이내 창가로부터 물러나 몸을 돌렸다.

〈우리 영화 보러 갈래요?〉

여정이 별채로 들어와 제 방 앞으로 가기도 전에, 그녀의 핸드폰에 도착한 이석의 문자였다. 여정은 복도를 걸으며 답문을 쳤다.

〈호위사는 항상 대기하고 있어야 합니다.〉

〈오늘 대행님 외출 안 하신다 했거든요. 내가 영화도 쏘고, 점심도 쏘고, 커피도 쏠게요.〉

〈싫습니다.〉

〈왜요? 남친 있어요?〉

여정은 바로 답문을 보내지 못하고 머뭇거렸다. 그녀는 조금 전에 장혁이 섰던, 그 창가에 기대어 서서 고개를 갸웃한 채로 있었는데 그 사이 다시 이석의 문자가 도착했다.

〈여정 씨의 분위기상 남친 없다에…… 내 피 같은 돈, 500원 건다.〉

여정은 그것이 우스운지 입꼬리를 슬며시 올렸다.

"역시 웃으니 이쁘네."

갑작스러운 목소리에 여정이 깜짝 놀라 창으로 고개를 돌리니 창 너머에 이석의 모습이 바로 보였다. 그는 여정을 향해 핸드폰을 든 손을 흔들어 보이기까지 했다. 그러나 여정은 아무 반응도 보이지 않고 몸을 돌려 곧장 지하로 내려가는 계단을 밟았다. 서두르느라 계단에서 발을 헛디딜 뻔했는데도 그녀는 그것을 제 감정과 아직은 연결시키지 못했다.

여정이 체력관리실로 들어왔을 때 그곳에는 장혁이 있었다. 샌드백 앞에서 그는 발차기를 하고 있었는데 왼발로만, 그것도 한 번 찰 때마다 그 발이 바닥으로 내려오지 않은 채로 연속해서 차는 식이었다. 그의 발등이 샌드백을 가격하는 소리에 경쾌한 공명이 일었다.

여정이 잠시 그것을 보고 있는 새 왼쪽 다리를 내린 장혁이 그녀를 향해 가까이 오라는 손짓을 해보였다. 그녀를 보면서 그런 것도 아니었다.

여정은 천천히 장혁을 향해 걸어갔다. 두 사람 사이가 거의 근접할 즈음, 기습처럼 장혁의 발이 날아왔다. 여정은 그것을, 마치 준비된 사람처럼 유연하게 피했다. 이어 숨 쉴 틈 없이 계속되는 장혁의 공격에 뒤로 밀리면서도 여정은 그것들을 다 막아냈다. 순간 장혁이 공격을 멈추고 뒤로 한 발 물러났다. 공격하라는 사인이다.

거칠 것 없이 바로 여정의 공격이 시작됐다. 그녀의 시야는 오직, 선글라스를 써서 눈빛을 읽을 수 없는 장혁의 얼굴을 중심으로, 방어하느라 앞으로 나와 있는 두 팔을 중심으로 한 상체에 모아지고, 빈 공간을 찾아 주먹과 손날, 손끝을 찔러 넣었다. 여정의 손가락은 모아졌다 펴지는 것이 마치 매뉴얼이라도 있는 듯 순식간에, 그것도 자유자재였으며 손목은 유연하게 돌아갔다. 그리고 놀라울 정도로 빨랐다. 그럼에도 공간을 찾는 순간의 그것은 언제나 장혁의 팔과 손에 막혀 멈추거나 옆으로 내쳐졌다.

순간, 슉 하는, 바람을 안으로 모으는 소리와 함께 여정의 눈앞에 뭔가 스치는 찰나, 그것은 이미 그녀의 목옆에 닿아 있었다. 장혁의 손날이었다. 그 상태로 두 사람의 움직임은 정지됐다. 그러나 그것도 잠시, 장혁이 여정을 순식간에 180도 돌려 뒤에서 끌어안으며 한 팔로 그녀의 목을 감았다. 만약 그녀가 적이라 치면 그대로 목을 조이거나 옆으로 꺾어 끝내버릴 수도 있는 상황이었다.

"아직 괜찮군."

장혁이 여정의 귓가에 대고 속삭였다. 이어 즉시 팔을 푼 그는 샤워실을 향해 몸을 돌렸다. 여정은 제 목에 가만히 손을 댄 채로, 장혁이 샤워실로 모습을 감출 때까지 그의 뒷모습을 바라보았다. '괜찮다'는 그의 말이 무엇을 의미하는지 의아했다. 더구나 '아직'이라니, 무슨 의미일까. 이런 기습적인 대련은 그와 자주는 아니어도 죽 있어 왔지만 언제나 그의 말은 '됐어'로 끝이었다.

"걸을 수가 없어요."

재인은 침대 머리맡에 등을 기대고 앉아 팔짱까지 척 끼고서 심통 난 얼굴을 하고 있었다. 그 곁에는 도하가 서 있었다.

"아파서 도저히 못 걷겠다구요. 병원도 안 데려가고 말이야. 암튼 난 일어나지도 못 하니까 류 실장이 저녁밥 일루 갖고 와요."

아침 식사 이후 재인은 다리가 아프다 투덜대면서도 점심때까지는 도하를 잡고 1층으로 올라갔지만 저녁이 되자 아예 움직일 생각을 안 했다. 꼭 엄살만도 아닌 것이 시간이 지남에 따라 사타구니를 중심으로 근육 통증의 강도가 점점 심해졌기 때문이다.

"피멍까지 들었다고 했잖아요. 믿지 않는 모양인데 내가 정말 보여줄 수 있다면 보여주겠지만……."

재인의 손은 반바지를 입은 제 다리의 사타구니 근처로 내려와 그곳을 슬며시 문질렀다.

"나 회장 대행 맞어? 비서실장 따위한테 이렇게 맥없이 당하기나 하고. 분해 죽겠네."

재인은 정말 분한 얼굴이었다. 생각하면 생각할수록 더 분한 것도 사실이었다. 도하에 대해, 어쩌면 좋은 남자일 거라 생각했던 것도 저만치 물러가 버렸다.

도하는 가만히 그녀 곁에 앉았다.

"왜 앉아요? 절루 가요. 꼴도 보기 싫어."

"몸에 무리가 갈 정도 아닙니다. 며칠 지나면 괜찮아져요."

"좋아요. 그럼 며칠 동안 나 출근 안 해요. 완전히 안 아파지면 할 거예요. 류 실장 탓이니까 이의 없죠?"

"정말 어린아이 같군요."

그렇게 말하는 도하의 목소리는, 그러나 한심해하는 그것은 아니었다.

"그래서요? 뭐? 뭐?"

"한 회사의 대표가 그렇게 약해서 되겠습니까?"

"그래서 그깟 대표 안 한다 했거든요. 그리고 자기가 다 알아서 한다메요? 근데 이제 보니 믿을 수 없어. 얼른 밥이나 갖다 줘요."

"그래요. 갖다 줄게요. 걱정이 되기는 하군요."

"정말?"

"네. 화장실은 어떻게 갑니까?"

"뭐라구요? 그게 걱정이란 말예요?"

"화장실을 갈 수 있으면 회사도 갈 수 있을 겁니다. 혹 침대에 오줌 쌀 정도면 그땐 회사 안 나가도 되고요."

다독이듯 말하는 도하였지만 어쩐지 그녀의 응석을 마냥 받아 주는 것만도 아닌 듯했다.

"화장실도 못 가요. 지금도 가고 싶은데 참고 있다구요."

재인의 말이 떨어지기가 무섭게 도하가 일어나, 재인의 겨드랑이 사이에 손을 넣어 그녀를 일으켰다.

"아앗, 뭐하는 거예요?"

재인은 앙탈하면서도 그가 저를 품에 안자 대번에 그의 목을 끌어안고, 두 다리로는 그의 허리를 감았다.

"왜요? 왜? 왜? 어쩌려구요?"

"화장실 데려가려구요."

도하는 제 말대로 침실에 딸린 욕실 문을 바로 열었다.

"뭐라구요? 응큼하게 무슨 짓 하려구……."

재인은 주먹으로 도하의 어깨를 마구 때렸지만 그는 태연하게 그녀를 변기 위에 앉힌 후 그 맞은편에 까치발로 앉았다.

"팬티까지 벗겨줄 필요는 없겠지요?"

"하, 기가 막혀. 지금 성희롱하는 거죠?"

"내가 재인 씨 팬티를 벗기면 그러겠죠. 그러니 혼자 벗고, 볼일 보고, 다시 날 불러요."

도하는 일어나서 문으로 향하다 돌아본다.

"물 내리는 거 잊지 말고."

"아앗, 정말……."

재인은 일어나 주위를 두리번거리다 눈에 띈 비누를 집어 들어 도하를 향해 던졌다. 그러나 이미 밖으로 나간 도하 대신 문이 그것을 맞을 뿐이었다.

"회사 안 가!"

재인이 악을 썼다.

다음 날, 재인은 자신의 말을 지켰다. 도하가 가져다준 아침밥만 날름 먹어 치우고는 세수도 안 하고 옷도 갈아입지 않은 모습으로 침대 위에 책상다리를 하고 허리를 꼿꼿하게 세우고 앉아, 심지어는 옷도 어제와 같은 반바지에 린넨 티 차림으로, 연회색 슈트를 입고 들어온 도하를 맞은 것이었다.

"화장실은 기어서 잘 다니고 있는데요."

두 팔을 팔짱까지 낀 재인이 말했다.

"걷는 건 불가능해요. 혼자 출근해요. 어차피 회사 일은 류 실장이 다 알아서 하잖아요?"

도하는 대꾸도 없이 드레스 룸으로 들어가더니 다시 나올 때는, 아마도 손에 잡히는 대로 집어 들었을 원피스와 핸드백을 들고서였다. 그는 그것을 침대 위로 툭 던졌다. 그러나 재인은 '흥' 하는 소리만 낼 뿐 고집스러운 표정을 풀지 않았다.

"갈아입으시겠습니까? 아니면……."

도하는 재인의 눈을 마주한 채로 나직이 입을 열었다.

"갈아입혀 드릴까요?"

두 사람의 눈빛이 서로 부딪쳐 팽팽하게 대립했다. 재인의 눈동자 가운데를 차지하는 홍채는 제 몸을 사르듯 환하게 타올랐지만 반대로 도하의 눈은 물이었다. 사람의 심중까지 꿰뚫어볼 정도로 투명하면서도 또한 예리했다.

재인은 시간을 두고 천천히 손을 뻗어 원피스를 움켜잡았다. 그리고 그 시간에 비하면 비약적으로 빠르게 그것을 도로 집어 던졌는데 도하의 얼굴을 향해서였다. 거의 동시에 도하의 손이 재인에게 가는가 싶더니 순식간에 그녀의 린넨 티가 벗겨졌다. 몸에 헐렁하게 걸쳐진 티라, 벗는 것이나 벗기는 것이 어려울 옷은 아니었지만 설사 그것을 감안한다 해도 정말 놀라울 정도로 빨라, 재인은 잠시 제 몸에서 옷이 사라진 줄도 몰랐을 정도였다. 더욱 불행한 일은 재인이 브래지어를 하고 있지 않다는 사실이었다.

"끼악!"

귀를 찢을 것 같은 날카로운 비명이 방 안의 공기를 갈랐다. 그러나 그 소리도 도하의 속눈썹 하나 건드리지 못했다. 재인이 두 팔을 엑스자로 해서 침대 위로 엎어지는 순간, 그는 그녀의 등으로부터 허리를 팔로 감아 결박 후 그녀의 엉덩이를 약간 들어 올린 상태에서 반바지를 벗겼다. 그러느라 반바지에 딸려 팬티까지 같이 벗겨질까, 그는 매우 노심초사하는 신중함을 기했다. 재인은 비명인지 신음인지 알 수도 없는 소리를 지르며 몸부림을 쳤지만 아무 소용 없었다. 다만 몸부림 중에 너무 힘을 준 나머지 그만 방귀를 뀌고 말았다는 것이 브래지어 미착용보다 더하면 더했지, 덜할 것은 조금도 없는 '개쪽'이었을 뿐이다.

"자, 이제 원피스 입어."

팬티만 남은 재인을 거의 끌어안다시피 한 도하가 평소와 조금도 다름없는 어조로 말했다.

"다시 고집 피우면 위재인 젖……, 봤다고 소문낼 테니까."

입술이 뒤집어진 초승달 모양 돼서, 눈시울에는 눈물이 그렁그렁한 재인의 얼굴은 금방이라도 큰 소리로 울음을 터트릴 것 같았건만 그녀는 굳이 그것을 꾸역꾸역 삼켰다. 일단은 분해서 참았지만 어차피 여기서 그녀를 도와줄 사람은 아무도 없다는 것을 너무도 잘 알고 있었기 때문이다. 그나마 그가 방귀 대신 '젖'으로 협박한 것이 재인에게는 위안이라면 위안이었다.

재인은 도하의 두 팔에 안겨 본채를 나섰다. 대기하고 있던 재인의 호위사들과 이석, 모두 황당한 얼굴로 재인을 바라봤다. 무리도 아닌 것이 재인이 비록 원피스를 입었다고는 하나 평소의 화려한 차림과는 확연히 다를뿐더러, 미친년 널뛰다 온 것처럼 헝클어진 머리에, 화장은 차치하고라도 세수는 했을까 싶은 민낯은 그나마도 심통이 잔뜩 난 표정이었다. 그런 모습에, 더구나 제 발로 걸어 나오는 것도 아니고 도하에게 안겨서 나오니—다리가 아프다는 재인의 하소연에 그것은 도하가 양보해 안고 나온 것이었다— 비록 지금까지 재인의 엽기적인 행동을 심심치 않게 봐 왔던 호위사들과 이석이라 해도 '어이 상실'의 감정을 감추고 표정관리를 하느라 만만치 않은 자제력을 발휘해야 했을 것이다.

장혁이 열어준 차 뒷문으로 도하가 재인을 먼저 태우고 이어 그가 옆에 앉았다. 그 앞 차에 대기하고 있던 여정과 이석, 오 대리도 신속하게 차에 올라, 곧 두 대의 차는 저택 관리인들의 배웅을 받으며 웅장하게 출발했다.

"저기……."

재인은 눈썹이 팔자 모양이 돼서 입을 열었다.

"진짜…… 봤어요?"

"글쎄요, 기억이 안 납니다."

도하는 앞만 보며 평소처럼 대답했다.

"소리는 기억나는데……."

악, 재인은 내심 비명을 지르며 창으로 고개를 휙 돌렸다. 그녀는 '히잉' 하는 소리를 내며 울상을 지었다. 두고 보자, 엄마 만나면 다 일러바치고 기필코 해고시켜 버리리라, 재인은 다짐했다.

오 대리가 운전하는 차와 장혁이 운전하는 차는 앞뒤로, 안전거리를 유지한 채 차도를 달렸다. 보통의 출근 시간을 기준으로 해서는 다소 늦은 탓에 길이 막히지 않아 차는 무리 없이 달렸다. 얼마 후 저 멀리 맞은편으로부터 덤프트럭이 보였다. 그런데 그것이 눈 깜짝할 사이 중앙선을 넘는다.

끼이이익, 덤프트럭이 중앙선을 넘어 바로 만나는 오 대리의 차에서 브레이크가 걸리는, 차 바퀴와 노면이 마찰하는 소리가 날카롭게 울려 퍼졌다. 오 대리 옆에 앉아 있던 여정과 뒷좌석의 이석이 경악했다. 바로 뒤를 달리던 장혁은 핸들을 꺾었다. 재인은 제 몸이 심하게 한쪽으로 쏠리는 것과 그런 저를 온몸으로, 필사적으로 잡고 있는 도하의 힘을 동시에 느끼며 그의 품 안에 온전히 들어와 있음을 깨달았다.

순간, 시공(時空)이 정지된 듯 아무 것도 보이지 않았다. 아무 소리도 들리지 않았다. 무엇이 있다면 그것은 다만 그의 품이었다. 세상에서 가장 안전한 그것, 바로 '오빠'의 품이었다. 또한 그것은 하나의 성(城)이었다.

'오빠가 또 날 지켜주는 거야?'

재인은 아주 어린 시절에 시골에서, 매우 인상 깊은 겨울과 여름, 그리고 또 한 차례의 겨울을 보낸 적이 있었다. 사실은 별장이었을 그곳은 잘 가꾸어진 예쁜 정원이 있는 집으로, 어린 재인 곁에는 늘 소녀의 오빠가 붙어 있었다. 소녀보다 서너 살 많은 오빠는 동생의 놀이상대였고 또한 동생 지킴이였다. 재인은 그것을 다 기억하지는 못했다. 겨우 다섯, 여섯 살 때의 일이었고, 편린 같은 기억들만 남겨둔 채 어느 날 오빠는 소녀의 곁에서 영영 사라졌다. 소녀의 마지막 기억은 소녀를 품에 꼭 안아주던 오빠의 따뜻한 품이었다. 몹시 추웠는데 오빠 때문에 견디었다. 세상에 그렇게 안전하고 따뜻한 품이 있을 줄이야. 소녀의 오빠는 그렇게 재인의 뇌리에, 그리고 그녀의 가슴에, 영원히 지워지지 않을 화인(火印)으로 새겨졌다.

"오빠……."

재인은 깊은 숨결을 토해내듯 입술을 움직이며 눈을 떴다.

"재인아, 정신이 드니?"

재인은 그것이 엄마의 목소리라는 것을 알았다. 실제로 재인의 가장 가까이 진향이 앉아 있었지만 재인의 눈은 진향 뒤쪽에 서 있는 도하부터 더듬었다.

"다들 괜찮습니다. 크게 다친 사람 없어요."

재인의 눈과 마주친 도하가 그녀의 눈빛을 읽은 듯 설명했다. 재인은 그제서 엄마에게 눈을 돌렸다.

"응급실이다. 검사 마치면 입원실로 옮길 거야."

진향은 차분히 설명했다. 재인이 있는 응급실은 그녀의 아버지인 위상문 회장이 입원해 있는 병원이었다. 재인은 곧 기본적인 검사를 받았는데 다행히 사고로 인한 외상은 전혀 없었다. 다만 정신적인 쇼크로 인해 오래 깨어나지 못했을 뿐이었지만 그것도 빠르게 안정을 찾아갔다.

사고는 오 대리와 장혁의 노련한 대처로 생각보다 그리 크지 않았다. 먼저 오 대리의 차는 마주오던 덤프트럭을 피하지 않았는데 그 차의 임무는 뒤따라오는, 재인을 태운 차를 보호하는 것이기 때문이었다. 오 대리의 차는 오히려 덤프트럭의 앞을 막아섰다. 다만 신속한 제동으로 차가 옆으로 돌며 멈춘 순간, 덤프트럭이 도리어 오 대리의 차를 피해 트렁크 끝부분만을 받으며 지나갔다. 오 대리의 차를 뒤따르던 재인을 태운 차는 안전거리를 유지한데다 장혁이 재빨리 인도의 가드레일 쪽으로 방향을 틀어 제동을 잡아 덤프트럭은 그저 장혁의 차 옆을 스치듯 지났을 뿐이었다.

오 대리의 차는 승용차 자체의 견고함에, 뒷좌석까지 모두 에어백이 터지며 그 안에 탄 오 대리 외에 여정, 이석 모두 큰 부상을 입지 않았다. 검사 결과 타박상과 찰과상, 인대 손상 등의 비교적 가벼운 외상이어서, 다만 후유증을 우려해 일주일의 입원을 권유받았음에도 다들 입원을 원치 않았지만 재인의 명으로 사흘은 입원해야 했다. 도하와 장혁은 따로 입원하지 않았다.

"뭘 아저씨까지 오셨어요? 다친 데도 없는데."

재인은 침대에 걸터앉은 모습으로 금 변호사를 맞았다. 그녀는 따로 입원실을 잡을 필요 없이, 원래 아버지가 입원해 있었고 지금은 엄마가 아버지를 간병하며 객실처럼 사용하고 있는 VIP입원실에 엄마와 함께 있었다.

"좀 있다 류 실장 오면 집으로 갈 거예요."

"그래. 그만 하길 천만다행이다. 이게 다 류 실장 덕분이지."

금 변호사가 재인의 말을 받았다.

"호위사들 덕분 아닌가……?"

재인은 의식적으로 아랫입술을 삐죽 내밀었다.

"호위사들을 선별한 사람이 류 실장이니 결국 같은 거다. 이제는 좀 서로 가까워지지 않았니? 결혼할 사이인데 말이다."

그러나 재인은 대꾸하지 않았다. 그런 재인을 의아하게 여긴 것은 진향이었다. 평소의 재인이라면 '결혼은 무슨' 하며 펄쩍 뛸 일을, 긍정은 물론 하지 않았지만 부정도 하지 않는 딸의 모습에, 진향은 오히려 긴장한 얼굴을 해보였다.

"회장님 피습에 이어 재인이까지……. 이거 심상치가 않습니다."

금 변호사가 몸을 돌려 진향을 향했다.

"류 실장이 잘 알아보겠지만……. 일단 덤프트럭 운전기사가 졸음운전했다고 진술했다는군요."

"그걸 어떻게 믿겠어요? 분명 배후에 계림이 있을 거예요."

"그게 사실이라면 류 실장이 밝혀낼 겁니다."

그때 노크 소리가 나고 이어 도하가 모습을 보였다.

"뭐 좀 나온 게 있나?"

묵례를 하는 도하를 향해 금 변호사가 재촉하듯 물었다. 도하는 사고 수습을 지휘하고 경찰서를 다녀오는 등의 일을 처리하고 있었다.

"덤프트럭 운전기사의 신원을 알아내 아직 캐는 중인데 지금까지 나온 것만으로는 특이점이 없습니다."

"그럴 리가……."

도하의 설명에 진향이 날카롭게 반응했다.

"류 실장이 못 알아낸 게 아니구요? 회장님 사건도 아무것도 알아낸 게 없잖아요?"

"죄송합니다."

"이게 죄송해서 될 일이에요? 이러다 재인이 잘못되면? 내 딸 잘못되면 어쩔 거냐구? 난 그땐 류 실장 절대 용서 못 해……."

"형수님, 그만 진정하시고. 류 실장이 제일 애쓰고 있는 거 누구보다 제가 잘 압니다."

금 변호사는 이어 도하에게 나가자며 손짓해 두 사람은 밖으로 나갔다.

"엄마……."

재인이 소파에 있는 진향에게 다가왔다. 딸이 당한 사고와 걱정 때문에 엄마의 신경이 날카로워져 있다고 재인은 생각했다.

"나 안 다쳤는데 뭐."

"재인아."

진향은 재인을 옆에 앉히고 손을 잡았다.

"너…… 류 실장과 결혼하기 싫으면 하지 마. 하기 싫은 거 억지로 하지 마. 응? 엄마가 고문 변호사님들 만나 설득해 볼게."

재인은 이번에도 대답을 하지 않고 눈을 아래로 떨어뜨렸다. 사고 당시 재인이 정신을 잃기 직전, 차에서 전해지는 충격을 최소화하기 위해 저를 품에 안고 버티던 도하의 모습이, 아니 그 넉넉하고 안전한 품이 생각났기 때문이다. 재인은 그것을, 머리가 아닌 몸으로 기억했다. 또한 '그녀의 오빠'가 그녀를 지켜준 것이라 믿었다.

"왜 대답 안 해? 마음이 변했어?"

"그냥…… 아빠 생각을 했어……. 생각난 김에 아빠 좀 보고 와야겠다. 엄마."

재인은 위 회장을 보러 갔다. 위 회장은 여전한 모습이었다. 더 좋아지지도 나빠지지도 않았다. 그런 아버지의 모습을, 재인은 얼마 전까지만 해도 무력하다 했었는데 이제 와서 보니 아니었다. 아버지는 여전한 아버지, 회사를 세우고 이두회를 강력히 이끌어 온 위상문, 그 자체였다.

재인은 눈시울이 뜨거워졌다.

"아빠…… 나 또 오빠 꿈 꿨어요. 아빤 잊어버리라고 했지만…… 그게 안 돼. 잊히지 않아. 아니, 잊기 싫어. 그래서 왔어요. 아빠랑 오빠 얘기하러……. 내가 오빠에 대해 이야기를 나눌 사람은 이 세상에 아빠, 단 한 사람뿐이잖아. 엄마와도 할 수 없는……, 오직 아빠랑 나하고만 할 수 있는 얘기잖아요. 이럴 때만 아빠 찾는다고 뭐라 그러진 마. 아빠 딸…… 나쁜 딸 맞긴 맞는데……. 원래 나쁜 딸이 철들면 효도하는 거잖아. 지금 이 자리에서 약속할게요. 강해진다고……. 부끄럽지 않은 아빠 딸, 위재인이 돼볼게요!"

이석과 여정, 오 대리는 모두 일반 병동에 있었다. 작은 규모의 일인실에 나란히 입원해 있었는데 겉보기에는 다들 멀쩡해 보였고, 실제로도 그들은 대체로 멀쩡했다.

"내일이라도 그냥 퇴원하고 싶습니다. 팀장님."

침대 외에 성인 셋만 들어가도 꽉 찰 정도의 작은 일인실에 환자복을 입은 여정이 침대에 걸터앉아 핸드폰 통화를 하고 있었다. 침대 머리맡에 있는 창밖은 어두웠다.

"오 대리도 퇴원하고 싶어 하는 눈치구요. 저희 없이 팀장님 혼자 고생하시는 것도 마음에 걸립니다."

[대행님 명이다. 예정 날짜에 퇴원해.]

"하지만……."

그때 '탕, 탕, 탕' 하는 제법 큰 노크 소리가 들리더니 여정이 뭐라 반응할 사이도 없이 문이 열렸다.

"여정 씨. 아직 안 자죠? 핫핫."

역시나 환자복을 입은 이석이 손에 팥빙수가 든 일회용 컵을 들고 들어와 유쾌한 소리를 냈다.

"여정 씨 심심해할 것 같아 내가……. 아, 통화 중이시구나. 어서 통화해요."

여정은 어이없는 얼굴로 이석을 빤히 보면서도 짧은 인사로 통화를 마무리 지었다.

"누구? 최 팀장? 내가 봤을 때 최 팀장은 거의 인간이 아냐. 그 사람은 개인 생활도 없나 봐. 걍 오직 일, 일, 일. 어쩌다 시간 나면 체력관리……. 무슨 재미로 사는지……."

"왜 점점 말이 짧아집니까?"

이석의 말 중간을 여정이 퉁명스럽게 잘랐다.

"그럼 여정 씨도 짧게 하면 되지. 친근해 보여 좋잖아…… 요?"

"싫습니다."

"싫음 말구. 자요, 이거나 받아요. 세상에 둘이 먹다 하나가 디져도 모를 팥빙숩니다."

이석이 팥빙수를 내밀었지만 여정은 받기는커녕 쳐다보지도 않았다.

"거참, 내가 꼭 이렇게까지 하게 만드네."

이석의 말에 여정이 의아한 표정을 짓는 사이 그는 바닥에 한쪽 무릎을 꿇고 앉았다.

"보기만 해도 시원하고 달콤하고 행복한 팥빙수를 조공으로 바치니, 아름다운 아가씨가 맛있게 먹어주시면 영광이겠나이다."

여정의 입술이 전처럼 실룩거렸다. 절로 나오는 웃음을 참느라 그런 것을 이석은 이제 잘 이해하고 있었다. 어찌 보면 그리 우습지도 않은 것에 저리 해맑은 얼굴을 하는 여정이고 보면 오히려 그것이 그녀의 지난 시간을, 어쩌면 고되고 아팠을 그것을 유추할 수 있게 해주어, 이석은 제 가슴에, 마치 붉게 드러난 상처에 찬바람이 스치듯 아린 통증을 느꼈다. 여정은 이석으로부터 건네받은 팥빙수를 말없이 떠먹었다.

"엄청 힘들었겠어요?"

여정 옆으로 나란히, 침대에 걸터앉은 이석이 물었다.

"무극천위의 무력부는 남자들도 견디기 힘들다던데. 거기 여정 씨 말고 여자가 또 있기나 해요?"

"네. 있습니다. 제 위로도 아래로도."

"아~ 무셔라. 그중에서도 여정 씨가 대행님 호위사로 선발된 거

보니 실력도 좋단 얘긴데……. 대단하십니다."

말은 그렇게 하고 있음에도 짠한 눈빛을 숨기지 못하는 이석의 눈길에 여정은 내심 당혹스러움을 느꼈다. 여정은 그런 눈빛에 익숙하지 않았다. 언제나 무미건조한 눈빛들 속에서 생활해 왔던 탓에 그녀는 감정을 담은 인간의 눈을 받아들일 줄 몰랐다. 낯설고 불편했다.

"여자의 몸으로……."

"난 여자가 아니라 무극천위 무력부 서열 29입니다."

여정이 정색해서 이석의 말을 자르더니 들고 있던 팥빙수 컵을 그의 손에 탁 돌려주었다.

"그만 나가주시지요."

"뭐야, 이 배신감은……? 갑자기 왜 그래요? 여정 씨."

"황 대리라 부르십시오."

이석은 '나 원 참' 하며 자리에서 일어났다.

"무력부 서열 뭐? 39?"

"29!"

"어쨌든지 간에, 29 아니라 1이라도 여잔 여자지, 글타고 오핸 말아요. 나 이래봬도 남녀평화, 아니, 남녀평등주의잡니다. 내 말은 평등하다 해도 남잔 남자고, 여잔 여자다 이겁니다. 이쁘지나 말든가. 췟."

이석은 몸을 휙 돌려 나가는 듯하더니 도로 몸을 돌려, 들고 있던 팥빙수를 침대 옆 조그만 탁자 위에 탁 놓고는 '흥' 하는 얼굴로 마침내 방을 나갔다. 그가 나간 후 여정은 팥빙수를 다시 들어, 이미 상당히 녹아 있는 얼음가루를 한 숟가락 가득 떠서 입에 넣었다. 입안에 퍼지는 달콤함에도 그것을 오도독 오도독 깨물어 먹는 여정의 얼굴에는 아무 표정도 없었다.

여정은 그녀가 기억하는 가장 어릴 적이 열여섯이었다. 그 이전 기억이 없어 자신의 과거를 알지 못한다. 불과 열세 살 때 거의 초죽음 상태로 쓰러져 있던 소녀, 여정을 발견한 것이 당시 무극천위의 한 멤버였다. 심한 성폭행을 당했다는 것, 그리고 아마도 도망쳐 왔다는 것이 당시 소녀의 몸 상태와 상황으로 추론해 알아낼 수 있는 모든 것이었다. 그 충격으로 기억을 잃어버린 소녀, 심지어는 말도 잊어버려 1년여 간은 벙어리로 지내야 했던 소녀는 그렇게 무극천위에서 키워져 여자가 아닌, 이두회를 위한 무기로 성장했다.

여정의 핸드폰이 울렸다. 그녀는 얼른 팥빙수를 아무 데나 놔두고 핸드폰을 받았다. 자세까지 바로 하고서였다.

"네. 팀장님."

그런데 핸드폰 너머에서는 아무 소리도 없었다. 그녀는 분명 핸드폰 화면에 '최 팀장님'이라 뜬 것을 보고 전화를 받은 것이었는데 말이다.

"말씀하십시오. 팀장님."

[아니다. 잘못 걸었다.]

전화는 바로 끊겼다. 여정은 '응?' 하는 얼굴로 꺼진 핸드폰을 내려다보았다. 열아홉 살 때부터 시작해 장혁 밑에서만 5년이건만 이런 경우는 처음이었다.

여정에게 전화를 건 장혁은 위 회장의 저택에 있었다. 재인과 도하가 병원에서 저택으로 귀가할 때 장혁이 운전했기 때문이다. 그는 차고에 차를 주차시킨 후, 홀로 늦은 저녁 식사를 하던 중에 여정의 전화를 받았었고—그 사이로 끼어든 이석의 목소리까지— 이후 별채의 홀 창가에 앉아 담배 한 대를 피우다 말고 여정에게 전화를 했던 것이지만 스스로 어리석은 실수라 판단하기까지 오래 걸리지 않았다.

그는 담배를 마저 끄고 일어나 지하층의 계단을 밟았다. 아마 그는 체력관리실로 향할 것이다.

본채의 지하층은 이미 이중문으로 굳게 닫혀 있었다. 재인은 침실에 달린 욕실에서 샤워를 한 후 흰 가운을 입고 나왔다. 그녀는 다리를 약간 절었는데 교통사고 때문이 아니라 도하에 의해 강제로 다리 찢기를 당했던 탓이었다. 도하는 그것이 새삼 미안했는지 귀가해서 차에서 내릴 때 출근 때와 마찬가지로 그녀를 안아서 본채로 데려 갔었다. 아줌마는 재인의 사고 소식을 듣고 그새 걱정을 많이 했는지 재인을 보자마자 눈물부터 글썽거려 재인이 '아무렇지 않다'며 부러 밝은 얼굴로, 오히려 아줌마를 위로해야 했을 정도였다.

재인이 침대에 막 걸터앉았을 때 노크 소리가 들렸다. 당연히 도하였다.

"다리 어때요?"

그는 문고리를 잡고 서서 들어오지는 않은 채로 물었다. 그의 머리가 살짝 젖어 있는 것이, 아마 그도 막 샤워를 마친 참이었나 보다.

"들어와요."

재인은 그의 질문에 대한 대답 대신에 그렇게 청했다. 도하는 천천히 다가왔다.

"앉아요. 묻고 싶은 게 있어요."

재인이 시키는 대로 그는 그녀 옆으로 나란히 앉았다.

"나……."

재인은 도하의 눈길을 잡고 입을 열었다.

"죽을 수도 있나요?"

그렇게 묻는 재인을 잠시 보기만 하던 도하는 한 손을 뻗어 그녀의 머리에 갖다 대었다.

"아뇨. 그런 일은 일어나지 않습니다."

그렇게 대답하는 도하의 목소리에는 평소라면 좀처럼 느낄 수 없는 어떤 감정이 실려 있었다. 물론 그 감정의 정체가 무엇인지 재인은 아직 느낄 수 없었지만 말이다.

"내가 죽은 후라면 모를까."

그는 다른 손으로도 재인의 머리를 잡아 부드럽게 제 앞으로 끌어 그녀의 둥근 이마에 입을 맞추었다.

"그럼……."

입을 맞춘 후 뒤로 물러나는 도하의 옷깃을 재인이 잡아챘다.

"약속해요. 지켜준다고. 당신도 죽지 말고……. 끝까지 날 지켜준다고……."

"네. 약속합니다."

그는 조금의 머뭇거림도 없이 바로 대답했다. 그리고 제 품에 거의 들어와 있는 재인을 지그시 끌어안았다. 그녀의 뒤통수에 손을 대, 그녀의 머리를 도하, 제 가슴에 깊이 묻고, 이번에는 그녀의 정수리에 오래 입을 맞췄다. 두 입맞춤 다 '지켜준다'는 의미였다. 그러니 '안심하라'는 의미였다.

도하는 재인의 등을 손으로 받쳐, 그녀를 침대 위에 눕혔다. 그것은 재인을 편안한 상태로 만들려는 이상의 의도를 갖고 있지 않았지만 그 이상을 원하는 것은 도리어 재인이었나 보다. 도하가 몸을 일으키기도 전에 그의 옷깃을 와락 잡은 재인이 먼저 고개를 약간 들어 그의 입술을 덮쳤다. 그러자 마치 기다렸다는 듯 도하 역시 다시 재인을 부둥켜안고 더욱 깊고 뜨거운 입맞춤 속으로 그녀를 데려갔다.

"하아……."

긴 입맞춤 끝에, 마치 숨이 막혔던 사람처럼 재인은 긴 숨을 토해냈다. 도하의 입맞춤은 그녀의 입술에서 턱으로 내려와 목덜미를 향하고 있었다. 재인의 가운 앞은 금세 벌어졌다. 벌어진 가운 사이로 드러난 눈부시게 뽀얀 살결 위로 도하의 얼굴이 파묻혔다. 그는 그녀의 어깨와 겨드랑이를 핥고 손안 가득 들어온 젖무덤에서 젖꼭지로 이르는 길에 제 욕정의 자국을 남겼다.

재인은 저도 모르게 깊은 숨결의 소리를 내며 그의 머리칼을 움켜잡았다. 눈을 감은 그녀의 미간은 잔뜩 좁혀져 있었다. 도하의 애무는 어딘가 모르게 서툴고 투박하면서도 동시에 기이하게 집요했다. 그래서일까, 그녀의 머리는 그와는 다른 감각, 어쩌면 완연한 반대의, 솜사탕처럼 부드럽고 달콤했던 감각을 떠올리게 했다. 그 이름은 바로 최현승이었다.

재인은 현승과 세 번의 잠자리를 가졌었다. 물론 그녀의 첫 남자였고, 깊은 관계로는 지금까지 유일한 남자기도 했다. 아버지의 훼방이 아니었다면, 어쩌면 더 많은 관계를 가졌을지도 몰랐다. 그 세 번도 007작전을 방불케 하는 접선 끝에 성공한 것이었으니까. 그때는 현승이 그녀의 남자, 그녀를 지켜줄 '오빠'였다.

"아……."

재인은 저도 모르게 제 팬티에 손을 댔다. 그녀의 몸에 남은 것이라고는 이제 그것 하나뿐이었다. 그러나 그것만으로, 도하의 손이 팬티 안으로 파고드는 것을 막아내기에는 역부족이었는지, 끝내 팬티를 잡은 손을 놓지 않았음에도 재인은 제 치골 위의 체모를 헤집어 그 아래로 내려가는 도하의 손길을 생생히 느끼고 있었다. 그녀의 기억 속에 아스라하게 남아 있는 그것과는 다른 손길, 그래서 낯설고, 어쩌면 더욱 부끄러웠을 그것은 또한 그 선명한 대비로서의 흥분으로 그녀를 사로잡았다. 그러니 그의 손끝이 더듬어가는 것은 비단 재인의 몸에서 가장 은밀하고 깊은 그곳만은 아니었으리라. 실제로 더욱 예민하고 내밀한 그것은 그녀의 마음 안에, 그녀의, 만개한 꽃이 숨어 있는 그곳보다 더 깊고 더 어두운 심연과도 같은 곳에서 상처 받기 쉬운 모습으로 자리하고 있었다. 그래서 안으로 오므린 재인의 허벅지 사이로, 그의 손이 완전히 파고들어 그 안을 헤집어 놓을 때는 그녀의 심연 역시 마찬가지로 요동을 쳤다.

"허억……."

재인의 가슴이 들썩였다. 도하의 손끝에서 그녀는 이미 충분히 젖어들어, 그 물 먹은 만개한 꽃 사이, 가장 깊은 곳을 찾아 손가락을 찔러 넣은 도하의 도발에 그녀는 그렇게 반응한 것이었다. 그런데도 그녀의 허벅지 사이는 벌어질 줄을 몰랐다.

도하가 그녀 위로 몸을 기울였다. 빛을 받아 더욱 하얗게 보이는 그녀의 뺨 위로 파르르 떨리는 속눈썹이 젖어 있었다. 그는 그녀의 젖은 속눈썹 위로 입을 맞췄다.

"부부가 되는 것을 허락한 것이 아닙니까?"

잠시 후 입술을 뗀 그가 평소보다 더욱 낮은 목소리로 물었다.

"아직 그쪽을, 도하 씨를 사랑하는지…… 잘 모르겠어요……."

재인은 천천히 눈을 떴다. 바로 눈앞에 도하가 있었다. 물처럼 차갑고 투명하나 그 형체를 분명히 알 수 없는 불가해한 눈빛을 가진 남자. 그런 그를 사랑하는지 잘 모르는 것이 아니라 그를 사랑하느냐, 자문하는 것조차 지금은 우문(愚問)이었다.

"도하 씨는 날 사랑하느냐 묻는 것도 바보 같겠죠?"

"난 기다려 왔어요."

"뭘……?"

"재인 씨를."

"그게 무슨……."

"그럼 내 여자라고 할까요? 운명이라 불러도 좋습니다."

"운명……."

재인은 입속으로 뇌까렸다. 그가 말하는 운명이란 어떤 의미일까.

그녀는 오래전에 곁을 떠난 오빠와 같은 남자를 만나는 것을 늘 운명이라 여겨왔다. 그래서 현승을 만나 그에게서 '오빠'를 느꼈고, 그를 사랑했지만 그도 결국 그녀의 운명은 아니었다.

도하에게, 그의 운명이란 무엇일까. 그에게는 그것이 정말 사랑보다 먼저일까. 세상에 사랑보다 먼저인 것이 있단 말인가.

"잠깐, 잠깐, 잠깐, 잠깐, 잠깐, 잠깐, 잠깐, 잠깐, 잠깐, 잠깐, 잠깐, 멈춰……!"

재인이 놀라울 정도의 빠른 발음으로 갑자기 소리쳤다. 팬티를 벗기려는 도하의 팔에 필사적으로 매달리면서였다.

"우, 우리, 우린 데이트도 안 했잖아요……."

재인은 갑자기 눈물을 글썽였다. 그런 재인의 얼굴을 보며 도하의 고개가 옆으로 갸웃 기울어졌다.

“사랑은 둘째치고……. 우리 최소한 데이트는 하고…… 해야 하잖아요……. 응? 응? 플리즈…….”

제6장 데이트 세 번

이석과 여정, 오 대리가 병원에 입원해 있는 사이 재인은 도하와 데이트를 하기로 하고 잔뜩 멋을 부린 모습으로 정원으로 나왔다. 도하는 먼저 나와서 승용차 옆에 서 있었는데 그의 뒤로는 장혁도 대기해 있었다.

"설마 최 팀장도 데리고 가려는 건 아니겠죠? 이건 어디까지나 사적인 데이트라고요. 사적인 영역은 보호받을 필요가 있어요. 최 팀장도 따라가면 난 안 가요. 둘이 데이트하든지 말든지 맘대로 해요. 이러다 아마 신혼여행 가서 첫날밤 치를 때도 호위사들 호위 아래 하게 될 거 같어."

재인이 부지런히 쫑알대는 동안 도하가 뒤도 돌아보지 않고 고개를 까닥하니 장혁이 묵례를 해보인 후 별채로 몸을 돌렸다. 도하는 뒷좌석의 문을 열었다.

"센스 하고는. 데이트잖아요. 데이트. 회장님 모시는 게 아니잖아요."

도하는 뒷문을 그대로 닫고 조수석의 문을 열었다. 재인은 실크 원피스 자락을 살랑거리며 조수석 안으로 쏙 들어갔다. 도하가 운전하는 차는 곧 저택을 뒤로 하고 나왔다.

"날씨도 좋다."

달리는 차 안에서 창밖을 보며 재인이 들뜬 목소리로 말했다.

"우리 뭐부터 할까요? 영화? 놀이공원? 자전거 타기?"

"무섭진 않습니까?"

도하가 물었다.

"바로 어제 사고를 당했는데."

"다친 데도 없는데요, 뭐."

두 사람이 타고 있는 차도 바로 어제 사고를 겪었지만 워낙에 견고한 차인데다 사고로 인한 상처도 전혀 없었다.

"무슨 말인진 아는데요. 그렇다고 안 돌아다닐 순 없잖아요. 글구 도하 씨가 나 지켜준댔잖아. 못 지키기만 해봐라. 해고해 버려야지."

"씩씩해서 좋군요."

"사고 조사는 계속하고 있어요?"

"네."

"계림의 짓일까요? 참, 덤프트럭 운전사한테 그런 혐의는 없다고 했죠? 그건 그만큼 계림에서 치밀하게 준비했다는 뜻 아닐까요? 우리 류도하 실장은 똑똑하니까 결국은 밝혀낼 거야. 계림, 니들 꼼짝 마라……."

"아닙니다."

"네?"

앞을 향해 총 쏘는 손동작까지 해보인 재인이 멈칫했다.

"적은 외부에 있는 게 아니에요."

도하는 그 말을 마치 지나가는 말처럼 했다. 마치 전혀 중요하지 않다는 투여서 재인은 뭐라 대꾸해야 할지 몰라 잠시 입을 다물고 있는 사이, 그녀의 핸드폰이 울렸다.

"양 비서다."

반색한 재인은 전화를 받아 무려 20분 간 수다를 떨었는데 수다의 주 내용은 '도하와 정식으로 데이트를 하고 있다'는 것과 이석에게 '간호사를 꼬셔보라'는 것이었다.

"영화 봐요."

통화를 끝낸 재인이 말했다.

"쇼핑해요."

영화를 본 후 재인이 요구했다.

"스케이트 타요."

백화점에서 국수로 간단히 저녁을 해결한 후 재인이 야무지게 주문했다.

실내 야간 스케이트장은 제법 많은 사람들로 북적였다. 이곳은 재인이 현승과 처음 만났던 곳이기도 했는데 그것이 도하에게 이곳으로 오자고 한 이유였다. 예전 데이트의 추억을 밟는 것도 나쁘지 않다고 그녀는 생각했다. 그렇게 과거를 정리하다 보면 도하에게 내어줄 마음도 자연스레 생기지 않겠는가.

"에게, 스케이트 처음 타는 거 맞아요?"

스케이트화를 신고 도하와 함께 빙상장에 들어선 재인이 물었다.

"맞다. 체조 잘하는 거 보니 운동 감각이 좋긴 하겠다."

도하는 매우 균형을 잘 잡고 서 있을 뿐만 아니라 재인과 나란히 움직이는 데에도 전혀 어색함이 없었다.

"아주 어릴 땐 탔었죠."

도하가 대답했다. 두 사람은 나란히 손을 잡고 여유 있게, 느린 속도로 스케이트를 탔는데 확실히 좀 더 능숙하게 타는 것으로 보이는 재인이 잘난 척을 하며 자신이 도하를 리드하는 양 했다.

"난 스케이트를 다섯 살 때 처음 탔어요. 그 후 쭉 탔던 것은 아니지만……. 처음 스케이트화를 신은 게 다섯 살 때였거든요. 이런 빙상장이 아닌 그냥 야외 얼음 위에서요. 신기하죠?"

시골에서, 겨울이면 꽁꽁 어는 저수지 물에서였다. 빙판이 고르지 않아 종종 넘어지기는 했지만 오빠의 손을 꼬옥 잡고 타면 안심이 되었다. 그녀의 오빠는 수영도 잘했지만 스케이트도, 썰매도 잘 탔다.

"하지만 그 후…… 한동안은 스케이트 못 탔어요. 아니, 안 탔어요. 거의 고등학교 때까지 그랬던 거 같아요."

재인은 도하를 보며 말을 계속했다.

"왜요?"

"그냥…… 꼴도 보기 싫었어요. 아니……, 무서웠어요……."

그것은 오빠를 생각나게 했다. 오빠와의 이별을 생각나게 했다. 재인은 현승과의 데이트를 추억한다면서 결국은 오빠의 추억을 더듬고 있었다. 당연한 것이, 당시 현승과의 만남은 재인의 마음속에서는 먼 시간을 거슬러 그녀의 오빠를 되살리는 재생이기도 했기 때문이다. 재인은 눈물이 나오려는 것을 간신히 참아냈다.

"도하 씬 무서워하는 거 없어요?"

재인은 얼른 그 기분으로부터 벗어나려 도하를 향해 짐짓 밝은 얼굴로 물었다. 그녀는 어젯밤부터 도하를 '류 실장'이 아닌 '도하 씨'라 자연스레 부르고 있었다.

"센 척하지 말구요."

"있습니다."

"뭔데요?"

"귀신."

그러자 재인은 눈을 동그랗게 뜨고는 곧 웃음을 터트렸다. '귀신'이라고 대답할 때 도하의 표정이, 거의 무표정에 가까웠던 그 표정이 재인의 눈에는 너무 웃겼던 것이다. 그녀의 웃음은 좀처럼 진정되지 않아 스케이트를 타는 동안, 두 사람 사이에서는 종종 낄낄거리는 재인의 웃음소리가 새어 나왔다.

"어, 이젠 제법 타네요?"

재인은 제 옆에 있는 도하를 힐끔 쳐다봤다. 도하는 이제 얼음 위를 달리는 데 전혀 어려움을 느끼지 않는 모습이어서, 독일에 있을 때도 스케이트를 자주 탔다는 재인과 어릴 적 이후 오늘 처음 스케이트화를 신는다는 도하 사이에 실력 차란 이미 존재하지 않았다.

"원래 좀 탔던 거 아네요?"

"그렇군요. 벌써 한 시간 넘게 탔으니."

도하는 어깨를 으쓱했다.

"어후, 재수 없어. 좋아. 어디 날 따라잡아 봐요."

그렇게 말한 재인은 슝, 도하를 앞질렀다. 도하는, 그러나 힘도 들이지 않고 재인의 뒤로 따라 붙었다. 그럼에도 그는 그녀를 앞지르지는 않고 있었다. 재인은 뒤를 슬쩍 돌아보고는 도하와의 거리를 넓혀 보려 점점 속도를 올렸지만 어찌된 일인지 아무리 달려도 항상 일정한 거리가 유지되어 점점 약이 오르기 시작했다. 어디 두고 보자, 하며 재인은 무리하기 시작했다. 사람들이 아주 적다고 할 수 없는 빙상장에서, 그것도 다리 찢기로 인한 사타구니의 통증도 완전히 가시지 않은 상태에서의 그녀의 그러한 시도는 사실 무모해 보였다. 그러나 그녀의 무모한 시도보다 도하의 판단이 더 빨랐다.

"엄마야……."

젖 먹던 힘까지 다해 스케이트를 타고 달리던 재인은 갑자기 그녀의 옆으로 와 있는 도하에 놀라 저도 모르게 엄마를 찾았다. 도하는 그런 그녀의 몸을 한 팔로 낚아채 몸에 붙은 속도를 그대로 타며 앞에 있는 사람들을 유연하게 피해 서서히 속도를 줄였다. 재인은 어지러웠다.

"왜, 왜 그래욧?"

도하가 놔주자 재인은 신경질을 부렸다.

"신나게 달리고 있었는데."

"과속입니다."

도하는 손가락 하나를 펴서 재인의 눈앞에 까닥까닥 해보였다. 결과적으로 사고가 일어나지 않으면 그 위험성을 모르는 법이다. 속도를 계산하지 않은 그녀는 제 앞에 있는 사람들을 피할 수 있다고만 생각했지, 부딪칠 것을 예측하는 실제의 위험성은 깨닫지 못하고 있었다.

"잘난 척은."

재인이 도하의 손가락을 두 손에 콱 잡더니 그 손가락의 첫 마디를 입으로 콕 깨물었다. 도하의 미간이 움찔 좁혀졌다.

"메렁~."

재인이 손가락을 놔주자 그는 그 손가락을 제 눈앞에 가져갔다. 손톱 반대편 쪽으로 재인의 잇자국이 선명했다. 공교롭게도 그 손가락은 재인의 몸 깊숙한 곳을 구경했던 바로 그 손가락이었다. '찔러만' 본 것이다.

두 사람은 밤 10시가 돼서야 귀가했다.

"아, 피곤하다……."

도하를 잡고 반지하층의 계단을 내려가며 재인이 말했다. 두 사람은 홀에서 아줌마에게 잡혀 아줌마가 내민 보약을 먹고 내려가는 중이었다.

"뜨거운 물에 몸 지지고 푹 자야겠어요."

재인은 발랄하게 침실로 향했다.

"어, 왜요?"

침실로 따라 들어오는 도하를 보며 그녀가 의아해했다.

"왜냐고 물으면 어떡합니까?"

"그럼 뭐? 뭐라고 물어요? 나 목욕할 건데 왜 따라오냐구요?"

"데이트…… 했지 않습니까?"

"데이트하면 뭐? 또 뭐? 데이트하면 목욕하는 거 막 봐도 돼요? 설마 목욕 같이 하자는 건 아니겠죠?"

"데이트하고…… 하자면서요?"

"으응……?"

재인은 그제야 도하가 무슨 말을 하는지 이해하고는 웃음을 터뜨렸다. 도하는 그녀가 왜 웃는지 이해가 안 가는 얼굴로 팔짱낀 채 그녀의 웃는 얼굴을 쳐다보고만 있었다.

"바보……. 연애도 안 해봤나 봐……."

웃음 끝에 재인은 장난스럽게 눈을 흘기며 중얼거렸다.

"솔직히 말해 봐요. 여자 있었어요? 몇 번?"

도하는, 그러나 여전히 팔짱을 풀지 않고 입도 열지 않았다.

"아, 맞다. 서로 과거는 묻지 않는 게 예의지. 내 꺼두 묻지 마요."

재인은 쌩하니 몸을 돌려 드레스 룸의 문을 열었다.

"아이참, 여긴 왜 또 따라 들어와요?"

드레스 룸 안으로 고개를 들이민 도하를 보며 재인이 짜증을 냈다.

"그럼…… 나, 언제 오면 됩니까?"

"하……."

재인은 어처구니없어 했지만 곧 슬며시 고개를 돌려 외면하고는 애매하게 눈썹을 실룩거렸다. 그가 무엇을 묻는지 아는 까닭이다.

"보통 삼 세 번이잖아요."

하며 재인은 다시 도하를 향했다.

"데이트도 세 번은 해야죠."

두 번째 데이트 코스는 교외로 드라이브하는 것으로 시작해 한밤 중, 차 안에서 노트북을 이용해 야동을 나란히 관람하는 것으로 끝이 났다. 그것 역시 재인의 주문이라, 도하가 어디론가 전화를 걸고, 검은 양복을 입은 남자가 지정된 곳으로 노트북을 가져와 이루어진 이벤트였다. 그런데 사실 도하는 거의 보지를 않았다.

아무래도 그에게 그것은 거의 고문에 가까웠던 모양이다. 그는 가끔씩 제 손가락 하나를 들여다보며 떨떠름한 표정을 지을 뿐이었다.

"별루 재미없다."

열심히 보고 나서 노트북을 닫은 재인은 그렇게 말했다.

"눈 빨갛습니다."

재인의 새침한 얼굴을 보며 도하가 어처구니없어 했다.

"정말?"

재인은 가방에서 거울을 꺼내 자신의 얼굴을 살폈다.

"이건 피곤해서 그런 거예요. 이틀을 계속 데이트하는 것도 중노동이거든. 근데 회사 계속 빠져도 되나?"

"이제야 걱정됩니까?"

그러자 재인은 헤헤 웃었다. 그녀는 도하가 데이트 중에도 일을 하는 것을 알고 있었다. 그는 종종 전화를 하거나 받아 무엇인가를 지시했는데 재인이 놀란 것은 그 통화들이 결코 길지 않다는 것이었다. 전화가 오는 경우 도하는 약 20초 정도 듣기만 하다 짧게 뭐라 말을 하고는 바로 끊었고, 그가 전화를 할 경우에도 제 할 말만을 하고는 미련 없이 끊었다. 하긴 재인이 도하를 안 이래 그가 전화 통화를 길게 하는 꼴을 본 적이 없기는 했다. 그러고 보니 아버지도 그런 것 같아 '상사를 모시다 닮아가나' 싶어 재인은 웃음이 났다.

"세 번째 데이트는 하루 쉬고 할까요?"

차를 움직이며 도하가 물었다.

"내일 봐서요. 가만, 내일은 양 비서랑 황 대리가 퇴원해서 오는구나? 더블데이트할까?"

그렇게 해서, 그것이 더블데이트인지는 모르겠으나 재인은 마지막 데이트에 여정과 이석을 동반했다.

"두 사람도 수영복 챙겼지?"

뒷좌석에 도하와 나란히 앉은 재인이 앞좌석에 앉은 이석과 여정을 향해 물었다.

"네엡."

운전대를 잡은 이석이 신나서 대답했다. 그는 옆에 앉은 여정을 향해 눈웃음까지 지어 보였다. 병원에 있는 동안 이석은 여정의 입원실을 뻔질나게 드나들며 나름 그녀와 많이 친해졌다고 자부하고 있었다. 비록 여정의 반응에 별다른 진전이 보이지 않고 있었지만 그것은 순전히 그녀의 성격 탓이라 여겼다.

"여정 씨 혹시…… 비키니예요?"

이석이 여정을 향해 발그레한 얼굴로 물었다.

"운전이나 똑바로 하십시오."

여정이 앞을 가리켰다. 신호등이 붉은색으로 바뀌고 있던 찰나였다.

"똑바로 하고 있거덩요."

"내가 운전대 잡는 건데. 불안해서."

"불안? 내가 이래봬도 기사 경력만 8년입니다. 8년. 내가 쌈은 여정 씨보다 못해도 운전은 훨~ 더 잘해요. 뭘 알고 까도 까세요."

"앞 보십시오. 운전하면서 왜 날 봅니까?"

"눈이 두 개니까 괜찮습니다."

"입이 하난 게 다행입니다."

"아니, 이 여자분이 정말 왜 이리 말을…… 이쁘게 하시나……."

"두 사람 싸우다 정들겠다."

여정과 이석을 보며 재인이 키득댔다. 도하는 눈을 창밖에 두고 있었지만 그의 손안에는 재인의 손이 들어와 있었다. 그는 제 손안에서 그녀의 손을 만지작대다 가끔씩 힘을 줘서 꼬옥 쥐고는 했는데 그것도 너무 세게 쥐면 부서질까 보아 조심하는 것이 재인에게 역력히 느껴질 정도였다. 거기서 재인은 도하의 성품을, 어쩌면 도하 그 자체를 느끼고 있었다. 부드러운 것과는 거리가 멀고, 결코 달콤한 말도 하지 않지만 만일 그가 사랑을 한다면 그 사랑은 세상의 그 어떤 것보다도 견고하리라, 그녀는 그렇게 생각했다.

재인은 도하의 얼굴로 눈을 가져갔다. 창 쪽을 향한 그의 얼굴은 광대뼈에서 그 아래에 이르는 약간 홀쭉한 뺨과 푸른빛이 감도는 수염 자국의 강인한 턱을 보이고 있었다. 그는 3일 동안 재인이 하자는 대로 다 해주었다. 그러면서 싫은 내색 한 번을 하지 않았다는 것도 재인은 잘 알고 있었다. 아마도 '하룻밤'을 노리는 것일까, 그 생각에 웃음이 났다가도, 이미 한 번 진하게 스쳐간 그의 손길이 떠오를 때마다 재인은 몸이 저릿저릿해지는, 가볍고도 묘한 흥분에 사로잡히고는 했다.

재인의 일행이 수영을 하러 도착한 곳은 최고급 호텔의 수영장이었다. 사람들도 그리 많지 않은 실내 수영장은 좋은 시설들과 함께 비교적 여유롭고 한가로웠다. 라커룸에서 수영복으로 갈아입은 재인과 여정이 남자들보다 먼저 풀장으로 나왔는데 비키니를 입은 재인이 원피스 수영복의 여정에게 살짝 기가 죽어 있었다. 여정의 몸은 웬만한 육상선수의 그것이었다.

"황 대리야."

"네, 대행님."

"그래도 가슴은 내가 더 크다."

"네?"

'흥' 소리를 내며 입술을 삐죽대는 재인을, 스트레칭하던 여정은 벙해서 바라봤다.

남자 팀에서는 이석이 기죽었다. 라커룸에서부터 이석은 도하의 몸을 넋을 잃고 보다 수영복 팬티를 뒤집어 입었을 정도였다. 큰 근육과 잔 근육이 적절하게 섞여 발달한 도하의 몸은 타고난 체형까지 더해 완벽하다는 말로도 모자랄 지경이었다. 그의 몸에 넋을 잃기는 재인도 마찬가지였다. 상체뿐이라지만 이미 한 번 봤음에도 밖에서 보니 또 이렇게 달라 보일 줄이야. 그의 몸은 풀장에 나와 있는 모든 여자들의 눈길을 오직 한 곳으로 집결시키고 있었다.

"진짜 깨갱이네……."

도하 옆에서 한순간 오징어로 전락한 이석은—사실 이석도 결코 모자란 몸은 아니었다— 슬금슬금 여정에게로 다가왔다. 그녀의 수영복이 비키니가 아니어서 실망은 좀 했지만 환상적인 몸매에는 그도 내심 감탄을 금치 못했다.

"여정 씨, 몸매만큼 수영 잘해요?"

"웬만큼은 합니다."

"난 박태환도 울고 갈 물갠데."

"그렇습니까?"

여정은 그대로 이석을 풀로 밀었다. '으악'에 이어 풍덩 소리와 함께 이석이 풀에 빠지자 여정도 가볍게 다이빙으로 들어갔다.

도하와 재인도 물에 들어가 수영을 즐겼다. 도하는 수영을 매우 잘하는 편이었고 재인도 웬만큼은 하는 편이라서 두 사람은 나란히 물 위와 아래를 넘나들며 즐거운 시간을 보냈다.

"후우, 힘들어……."

재인이 도하 가까이 와서 그의 어깨를 잡으며 말했다. 물에서 보낸 시간이 제법 지난 후였다.

"잠시 나갈까요?"

도하가 물속에서 재인의 허리를 잡아주며 물었다.

"좀 더 있다 가요. 아직은 물이 좋네요."

재인은 도하를 마주한 채로 그의 목덜미를 가볍게 잡고는 활짝 웃었다. 이어 그녀의 손은 도하의 목덜미 아래로 무심히 내려오다 그의 가슴에서 멈췄다.

"어……."

재인은 제 손에 닿은 도하의 가슴에 눈을 고정했다.

"와, 이제 보니 도하 씨 가슴 돌 같애."

재인은 도하의 가슴팍을 손끝으로 꾹꾹 눌렀다.

"어쩜 이렇게 단단하지?"

"여자보다야."

"그걸 말이라고. 어머, 여기 젖꼭지……. 털도 있다……."

재인이 사뭇 도하의 가슴을 애무하듯 만지고, 그의 젖꼭지를 간질이고, 잡아당기고, 젖꼭지 주변의 털을 뽑으려 애쓰는 동안 도하는 딴 데를 보고 있었다. 재인은 그가 왜 그러는지를 몰라, '어디 봐요?' 하며 그의 머리를 잡아서 돌렸다.

"사, 사람들이…… 봅니다."

그렇게 말하는 도하의 목소리가 평소와 달리 어딘지 불안정했다. 또한 그가 말을 더듬는 것도 재인은 처음 보았다. 재인은 그제서 그가 부끄러워한다는 것을 눈치챘다. 사실 재인이 도하의 가슴을 만지작대고 있는 모습은 보기에 따라서는 은밀하고 진한 애무 행위 같기도 했으니까. 그러나 그보다는 사람들의 눈길로부터 자유롭지 못한 도하, 자신의 문제였다. 즉 그는 사람들의 눈길 속에서의 애정 행각에 익숙하지 못한 것이다. 재인의 눈빛은 장난기로 번득였다.

"아잉, 우리 자기야……."

재인은 코맹맹이 소리를 내며 도하의 목을 와락 끌어안았다.

"아잉, 아잉, 아잉, 아잉, 아잉……."

도하에게 찰싹 붙어 매달린 재인은 온갖 애교를 쏟아내며 몸을 비비 꼬았다. 도하는 더욱 당황했다. 재인의 장난은 제법 많은 사람들의 눈길을 끌었기 때문이다. 당연히 여정의 눈길도 끌었다.

"뭘 그렇게 봐요?"

여정의 눈길을 눈치채고 이석이 다가와 묻자 여정은 화들짝 놀란다.

"놀라긴……, 왜요? 부러워요?"

"무, 무슨 말씀입니까?"

"무슨 말씀인지 몰라서 묻습니까?"

이석은 여정의 말투를 흉내 냈다. 그때 '까르르르르르르' 하는 재인의 웃음소리가 들려와 이석과 여정의 눈길이 동시에 그 웃음소리를 따라가니, 도하가 죽을힘을 다해 풀 가장자리를 향해 헤엄을 치고 있는 모습이 보였다. 웃느라 정신없는 재인을 목에 매달고서였다. 재인의 장난으로 물 밖으로 도망치려는 도하를 재인이 계속 괴롭히고 있는 것이 분명했다.

"이야, 오늘 우리 대행님이랑 실장님, 분위기 참 좋네."

이석이 눈가에 손을 척 대고 보면서 짐짓 거들먹거렸다.

"뭐, 한창 좋을 때죠. 어때요? 여정 씨. 우리도 분위기 좀 내볼까요?"

"네?"

"그렇게 눈만 동그랗게 뜨지 말고……. 자, 이리 와봐요. 응?"

이석은 느끼한 목소리와 함께 물속에서 여정의 허리를 팔로 감았다. 두 사람은 대번에 밀착되었다.

"뭐하는 겁니까?"

여정이 놀라 두 손으로 이석의 어깨를 힘껏 밀쳤다. 이석은 '억' 하는 소리를 내며 떨어져 나갔다.

"아고고고고, 어깨야……. 아니, 무슨 여자 손이……, 그거 손이에요? 발이에요? 아니다. 쇠망치다. 아고고고고, 어깨 빠졌나 부다……."

이석의 엄살에 여정은 움찔하며, 미안하고도 뻘쭘한 얼굴로 '괜찮습니까?' 한다.

"여, 여기에다……."

이석은 눈물이 찔끔한 얼굴로 제 어깨를 가리켰다.

"여정 씨가 뽀뽀해 주면 괜찮아질 것 같아요……."

그러나 이석의 어깨로 날아든 것은 여정의 뽀뽀 대신 그녀의 무자비한 주먹이었다. 퍽! 이어 '끼악' 하는 이석의 비명이 풀장을 가득 채웠다. 그 모습을 우연히 본 재인이 다시 웃음을 터뜨리자 도하는 그제서 그녀의 짓궂은 밀착과 사람들의 눈길 속에서 벗어나 다소 안도하는 얼굴이 되었다.

밤 깊은 도심의 공원은 가로등의 은은한 불빛에 더욱 아름다운 자태를 드러냈다. 계절이 바뀌고 있으나 아직은 더운 날이라 평소

같으면 제법 많은 사람들의 발길이 끊이지 않을 공원이었지만 늦은 밤인 탓에 일정지역은 인적이 매우 드물었고, 바로 그런 지점에 차 한 대가 멈춰 서 있었다. 재인 일행의 차였다. 그런데 차 안에는 여정 혼자만 운전석에 앉아 있었다. 시동을 끄고 있었던 때문인지 차의 창을 모두 열어두고서였다. 그녀는 혼자 있음에도 평소처럼 단정한 모습으로 앞만 주시하고 있었다. 그때 열린 옆 창으로부터 '아가씨' 하고 부르는 소리가 들렸다.

"여기서 뭐해요?"

운전석의 창밖으로 웬 사내가 안을 들여다보며 물었다. 사내는 혼자가 아니었다. 곁에 또 한 사내가 있어, 그 사내 역시 마찬가지로 기웃거리며 여정의 옆모습 얼굴을 살폈는데 불량스러워 보이기는 둘 다 매한가지였다.

"차 좋네. 아가씨 차예요?"

사내들의 소리가 날 때부터 그쪽으로 눈길은커녕 그것에 반응하는 미동조차 없이 여정은 여전한 모습을 하고 있었다.

"혼자면 우리랑 놀지?"

"예쁘시네?"

"벙어린가? 말 못 해요?"

아마 사내들 중 하나가 차문을 열려고 손을 댄 순간이었을 듯싶다. 퍽 하는 소리가 나는 것과 동시에 차창 밖의 사내 얼굴에서 코뼈가 주저앉았다. 여정의 주먹이 남자의 얼굴로 순식간에 갔다 빠지는 잽 같은 것으로, 그것도 왼손이라 손목을 꺾어야 했음에도 그녀는 번개처럼 끊어 쳤다. 고개도 그쪽으로 돌리지 않고 여전히 앞만 향한 채여서 사내들은 무슨 일이 일어났는지도 모를 정도였다. 다만 코뼈가 부러진 사내가 피를 흘리며 비명인지 신음인지 경계가 애매한 소리와 함께 주저앉고 나서야 놀라운 일이 벌어졌다는 것을 인식했을 뿐이다.

"응? 뭐지?"

양손에 테이크아웃 커피를 하나씩 들고 다가서던 이석이 고개를 갸웃했다. 사내들은 이석이 나타나자 곧장 줄행랑을 쳤다.

"뭐예요? 쟤네들?"

열린 창으로 커피 한 잔을 건네며 이석이 물었다.

"길을 묻기에 가르쳐 줬습니다."

"근데 왜 고맙단 말도 안 하고 가?"

그렇게 이석은 중얼거리며 조수석으로 들어와 앉았다.

"우리 대행님이랑 실장님은 산책 오래 하실 건가? 지금 시간도 꽤 늦었는데. 하긴 실장님이 옆에 계시니 걱정할 건 한 개두 없지만……."

커피를 몇 모금 마신 이석이 혼잣말처럼 말했다.

"난요. 여정 씨……."

말없이 커피만 마시고 있는 여정을 힐끔 보며 이석은 말을 이었다.

"운이 좋은 편이에요. 특히 회장님 댁으로 온 후 대행님…… 아니, 재인 아가씨 만나면서부터는 완전 운수대통이었죠. 아가씨 빽으로 제법 끗발도 있어. 구라 쬠 보태면 천위장도 부럽지 않았다는 거. 근데……."

이석은 갑자기 히죽 웃었다.

"거기에 다시 뜻밖의 행운이 굴러왔어요. 뭔지 알아요?"

여정은 대답 대신 이석의 눈길에 제 것을 섞으며 계속 말하라 눈짓했다.

"바로 여정 씹니다."

그렇게 말하는 이석의 입가에서 장난 같은 웃음이 서서히 사라졌다. 여정은 순간 당황해서 눈을 어디에 둬야 할지 모르는 양 허둥대는 고갯짓을 보였다.

"뭐, 좀 세련되지 못하고 애교도 없고 또 너무 폭력적이기까지 하지만……. 아, 글고 보니 어깨가 아직 아파……."

"아파요?"

이석이 여정 쪽을 향한 어깨를 앞으로 기울이며 엄살을 부리자 여정은 심각한 표정으로 그를 향해 고개를 돌렸다. 바로 그때, 여정의 얼굴로 이석이 갑자기 접근했다. 그러나 이석은 저도 모르게 그러했다는 듯 또한 갑자기 멈췄다. 여정의 코끝과는 불과 손가락 마디 하나 정도의 거리를 남겨두고서였다.

두 사람은 가만히 서로의 숨결만을 느끼고 있었다. 아무도 먼저 움직이려고 하지 않았다. 먼저 용기를 낸 사람은 더 긴장하고 있는 것으로 보이는 이석이었다. 그는 고개를 옆으로 살짝 기울이며 어리바리해 있는 여정의 입술에 제 것을 천천히, 조심스럽게 가져갔다. 두 사람의 입술이 살짝 닿는 순간 서로의 숨결이 섞였다. 그리고 이석의 입술이 슬며시 벌어져 여정의 아랫입술을 물려는 찰나, 멀리서부터 재인의 웃음소리가 들려왔다. 고요한 밤에 차창을 모두 열어두었으니 소리는 더욱 생생했다. 거의 동시에 여정이 이석을 확 밀쳤다.

"엑, 켁켁……."

가슴을 맞은 이석이 괴로운 기침을 뱉어냈다.

"괘, 괜찮습니까?"

더욱 놀란 여정의 얼굴이 벌게졌다.

"케엑, 여정 씨 옆에 있다 내가 제명에 죽을까 몰라……."

그러나 여정은 곧 이석을 내버려둔 채 먼저 차에서 내려, 아직 멀리 보이는 재인과 도하를 기다리며 호위사 특유의 대기 자세를 취했다.

"하필이면 기회가 찬스일 때……. 쩝. 이럴 땐 재인 아가씨가 진짜 원망스럽구나……."

이석은 차 안에서 혼자 구시렁대고는 마지못해 차에서 내렸다.

재인이 손을 흔들었다. 차 가까이 와서였는데 그런 그녀의 손에 이름 모를 작은 꽃 몇 송이가 쥐어져 있었다.

"황 대리. 자, 받어."

재인은 그 꽃을 여정에게 내밀었다.

"일부러 꺾은 것은 아니고 바닥에 떨어져 있기에 상태 좋은 것만 골라 모아 봤거든. 황 대리 주려고 가져왔지. 어때? 이 꽃 황 대리 닮은 것 같지 않아?"

"네?"

재인이 내민 꽃을 받은 여정의 얼굴은 어리둥절했다.

"난 딱 보고 그런 느낌 들었는데. 우리 황 대리 강한 척해도 은근…… 뭐랄까, 섬세? 순진? 암튼 그런 거 있어. 맞지?"

여정은 아무 대답도 없이—뭐라 대답해야 할지 머릿속이 하얬다—손에 든 꽃을 바라보며 눈만 껌벅였다. 그녀는 아마도 친절에 익숙하지 못한 듯싶었다.

"도하 씨. 우리가 앞에 타구 가요. 당연히 자기가 운전하구."

그 말에 도하보다는 여정과 이석이 화들짝 놀랐지만 재인의 고집을 누가 말리겠는가.

재인을 태운 차가 위 회장 저택에 도착하자 관리인들은 물론이고 별채에 있던 장혁과 오 대리도 당연히 본채 앞으로 다가오는 차 주변으로 몰려들었다. 차가 완전히 정지하니 먼저 오 대리가 다가와 뒷좌석의 문을 열었다. 그런데 안으로부터 여정이, 그것도 손에 꽃을 들고 내리자 오 대리가 놀라 뒤로 자빠질 뻔한 것은 물론이고 웬만해서는 미동도 없는 장혁의 선글라스가 움찔하며 움직였다. 운전석에서 내린 도하를 봤을 때도 마찬가지였다. 도하는 조수석으로 가 재인을 두 팔에 안아서 내렸다.

"으음……. 벌써 다 왔어요?"

오는 동안에 잠에 빠진 재인은 도하의 품에 안겨 부스스 눈을 뜨며 하품을 했다. 하품을 한 또 한 사람은 차의 뒷좌석으로부터 마지막으로 내린 이석이었다.

"모두 굿나잇~."

재인은 졸린 목소리로 그렇게 말하며 손을 잠깐 흔들어 보인 후 금세 도하의 목에 팔을 걸고 고개를 푹 떨어뜨렸다. 그런 재인을 안고 도하가 본채로 향하니 오 대리가 먼저 재빨리 움직여 본채의 현관문을 열었다. 그 사이로 장혁은 여정에게 고갯짓을 해보인 후 먼저 별채로 움직였다. 여정이 마치 죄지은 사람인 양 그 뒤를 따르는 것을 이석이 놓치지 않고 제 눈에 담아냈다.

"설명해 봐."

장혁은 별채 홀 중앙에서 걸음을 멈추고는 아직 돌아보지도 않은 채로 말했다.

"그게……."

장혁 뒤에서 여정은 바로 입을 열기는 했으나 그것을 어떻게 설명해야 할지를 몰라 말을 잇지 못하고 있었다. 장혁은 천천히 돌아섰다. 여정이 고개를 숙이고 있어, 그는 그녀의 얼굴 대신 그녀의 손에 들린 꽃에 잠깐 눈을 두는 것 같았다.

"제정신이야?"

"잘못했습니다."

장혁의 손이 올라갔다.

"또 때릴 겁니까?"

동시에 외치는 소리가 들려왔다. 이석이었다.

"또 때릴 거냐구요?"

장혁의 손이 엉거주춤 올라온 것은 사실이었지만 그는 여정을 때리려는 것이 아니라 약간 어두운 실내조명 탓으로 선글라스를 벗으려던 것이었다. 그러나 그것은 여정에게 별로 중요한 일이 아닌지 그녀의 놀란 얼굴은 장혁의 손이 아닌 이석을 향해 있었다.

"대행님이 시켜서 그런 겁니다. 우리도 어쩔 수 없었다구요. 류 실장님도 못 말린 건데 그걸 여정 씨가 책임질 이유가 있나요? 차라리 날 때리든가……."

그때 이석의 뒤로 온 오 대리가 그를 잡아끌었다.

"뭐야, 이거 놔요……. 놓으라니까……."

이석이 저항했지만 오 대리의 힘을 그는 감당하지 못했다. 오 대리는 묵묵히 이석을 잡고 입구로 움직였다.

"놔아, 씨팔, 아무리 부하직원이래도 여잔데, 왜 때리냐구……. 한 번만 더 내 눈앞에서 그래 봐, 최장혁 팀장. 그땐 당신 죽고 나 죽는 거야. 내 말 허투루 듣지 마쇼……."

이석은 오 대리에 의해 완전히 홀에서 사라질 때까지 악을 썼다. 남은 두 사람은 내내 이석이 사라진 방향을 보고 있다, 거의 동시에 고개를 돌려 서로의 얼굴을 향했지만 여정은 움찔하며 얼른 고개를 숙였다. 그리고 잠시의 침묵이 흘렀다.

"대행님이 잘해주신다고……."

이윽고 장혁이 입을 열었다.

"네 본분을 망각하진 마라."

"명심하겠습니다."

장혁은 여정의 대답과 함께 곧장 몸을 돌려 복도 쪽을 향했다.

〈맞았어요?〉

여정은 제 방에 와서 옷을 갈아입는 동안에 이석의 문자를 받았다.

〈제 일에 상관하지 말아주셨으면 합니다.〉

여정은 바로 답문을 보냈다.

〈맞았냐구요?〉

〈팀장님은 이유 없이 아무 때나 막 때리는 분 아닙니다.〉

〈안 맞았구나……. 휴, 다행.〉

〈다시 말하지만 상관 마십시오.〉

〈내 맘입니다. 잘 자요. ♥♥〉

여정은 '허' 하고 말았다.

재인의 침실에는 재인이 홀로 침대에 누워 있었다. 옷도 외출복 그대로였는데 고른 숨소리까지 내고 있는 것으로 봐서 그녀는 아마도 도하의 손에 침대에 눕혀진 모습 그대로 잠든 것이 분명했다. 잠시 뒤 욕실 문이 열리고 도하가 나왔다. 도하 역시 재킷만 벗은 모습으로 그의 손에는 젖은 수건이 들려 있었다. 그는 재인 곁에 앉아 젖은 수건으로 그녀의 얼굴을 닦아주었다.

"으음……. 아이, 귀찮아……."

"그냥 잘 겁니까?"

"화장 지우려면 씻긴 해야 하는데……."

말을 하면서도 재인은 눈도 뜨지 못했다. 잠이 가득한 목소리였다.

"조금 누웠다가요……."

쌕쌕, 고른 숨소리를 내며 다시 잠잠해진 재인을 내려다보던 도하는 들고 있던 젖은 수건을 한쪽으로 툭 던져놓고는 천천히 침대에서 일어섰다. 그는 곧 침실을 나갈 것 같아 보였고, 실제로도 침대로부터 몸을 돌렸다.

반전은 그 다음이었다. 도하는 갑자기 재인을 안아서, 그녀가 칭얼대는 것에도 아랑곳없이 욕실로 데려갔다. 그리고 샤워부스 안에서 그녀를 품에 안은 채로 물을 틀었다. 쏴아아아, 세차게 물이 떨어지는 것과 동시에 재인이 소스라쳤다.

"뭐, 뭐예요?"

도하는, 그러나 대답 대신에 그녀의 입을 덮쳤다. 재인이 주먹으로 그의 어깨를 마구 치다 끝내 그의 머리까지 때렸지만 그는 재인에게서 결코 떨어질 줄을 몰랐다. 힘을 잃고 포기한 것은 재인의 주먹이었다. 주먹은 곧 펴지고 떨어지는 물에 푹 젖은 도하의 셔츠 위로 그의 몸을 쓸어내렸다. 그때 '투둑' 하는 소리와 함께 재인의 블라우스가 찢겨지다시피 해서 도하의 손을 마지막으로 거치며 바닥으로 떨어졌다. 그녀의 스커트 역시 마찬가지였다. 도하의 셔츠는 그의 손에서, 단추 몇 개가 투두둑 떨어지며 그의 몸에서 분리되었다. 재인의 브래지어가 물을 잔뜩 머금은 채 무겁게 떨어진 것을 마지막으로 '어푸, 어푸' 하는 재인의 목소리가 뒤따랐다.

"무, 물이 코로 들어갔어……."

그러나 도하는 재인의 젖가슴을 탐하느라 그녀의 코로 물이 들어간 사정 따위에는 관심도 없어 보였다. 재인은 하는 수 없이 도하의 목에 팔을 둘러 제 무게를 싣고는 두 다리로 그의 몸을 감았다. 도하는 그제야 물을 끄고 그에게 매미처럼 붙은 재인을 한 팔로 안은 채 샤워부스를 나와 수납장에서 커다란 타월을 꺼내 그녀의 몸을 덮었다.

"이제 잠은 다 달아났습니까?"

도하가 물었다. 재인은 입을 뿌루퉁하게 내밀고 대답도 없이 고개만 끄덕여 보였다. 그는 재인을 안은 그대로 침실로 나왔다.

"자, 잠깐……. 잠깐만요……."

도하가 타월 채로 재인을 침대에 앉히자 그녀는 다급히 말하며 젖은 팬티의 아랫도리를 얼른 타월의 끝자락으로 가렸다.

"야, 야수로 변신했어요?"

도하는 대답 대신 제 바지 벨트를 풀었다. 재인은 눈을 동그랗게 뜨고 움찔하더니 그가 바지를 아래로 내리는 것과 동시에 '꺅' 소리를 지르며 베개로 몸을 떨어뜨렸다.

베개에 얼굴을 파묻은 재인 위로 도하의 차가운 살갗이 닿은 것은 아주 금세였다. 재인은 짧게 몸을 떨었다. 그의 손이 그녀의 어깨에서부터 그 아래로 천천히 훑으며 내려갔다. 이제는 도하를 받아들여야 한다는 것을 재인은 알고 있었다.

받아들이고 싶은 마음도 있었다. 사랑이라 말하기에는 아직 많은 것이 부족하지만 그에게 마음의 문, 그 빗장을 열었으니 몸의 빗장도 열어야지, 생각은 그렇게 하면서도 재인은 정작 그가 그녀의 팬티를 벗기려 했을 때는 바로 그의 그 손목을 잡았다.

"잠깐, 잠깐, 잠깐……. 마음의 준비를……. 5초만……."

재인은 손가락 다섯 개를 펼쳐보였다.

"명령…… 이에요."

혀끝을 날름 내미는 재인의 얼굴은 아마도 그것이 본래의 수줍음에서 온 것이란 것을 숨기지 못했다.

"멈추라고만 하지 말아요. 멈출 수가 없습니다. 이제."

도하는 말과 함께 재인의 팬티를 거칠게 내렸다. 재인의 꼭 붙인 두 무릎이 절로 위로 들렸지만 도하는 이미 제 입으로 말했듯 멈추기에는 이미 늦은, 시위를 떠난 화살처럼 오직 하나의 과녁에만 집중하고 있었다.

재인의 위로 들린 무릎 아래로 포개진 두 발은 그녀의 본성만큼이나 수줍고 내밀한 곳을 필사적으로 가리고 있었다. 도하는 그것을 굳이 거두어내지 않고 그녀의 엉덩이 쪽에서부터 안을 향해 손으로 부드럽게 쓸어 올리듯 애무하며 그녀의 발등에 입을 맞추었다. 그녀의 발등 아래에서 도하의 손은 까슬한 체모를 건너 습지처럼 푹신하고, 연약하지만 생명의 강이 흐르는 곳을 향해 점차 파고들기 시작했다.

"으음……."

재인의 고개가 옆으로 돌아가며 그 입술은 신음을 내기보다는 삼키듯 꾹 닫혀 있었다. 그녀는 아랫배에 힘을 주며 허벅지를 힘껏 조였는데 도하의 머리를 제 몸 가장 깊은 곳에 끼고서였다. 얼마 지나지 않아 재인은 시트를 움켜잡았다. 전율이 등줄기를 타고 올라왔다. 그녀의 다리는 천천히 벌어졌다.

"헉……."

아랫도리가 꽉 차는 충격에 재인의 가슴이 솟구쳐 올랐다. 그래도 여기까지는 재인에게, 세 번의 데이트가 있기 하루 전날 밤, 그의 손길에서 느꼈던 어딘지 투박하면서도 어설펐던 애무의 기억을 크게 배반하는 것은 아니었다. 또한 그것은 그대로 데이트에서의 도하와도 크게 다르지 않았다. 다만 무시해도 될 만큼 잠깐 스쳤던, 그의 손끝으로부터 그녀에게 전달된 것들 중 아주 작은 것에 불과했던 어떤 것이 급기야 나머지 모든 것들을 삼켜 버릴 정도로 팽창하리라고는 아마 상상도 못 했을 것이다. 그것은 그녀가 이전에는 한 번도 경험해보지 못한 세계로 그녀를 끌어들였으며, 그것이 무엇인지 깨닫기까지 그렇게 오래 걸린 것도 아니었다.

제7장 뱀처럼 파고들다

재인은 눈을 감고 있었지만 도하의 집요한 눈길을 느끼고 있었다. 행위를 하는 중에도 실제로 도하는 재인의 얼굴에서 눈을 떼지 않고 있었다. 그는 마치 그녀와의 사랑을, 처음이 아니라 마지막인 것처럼 하고 있었다. 그것은 데이트 하루 전날, 그 잠깐의 애무에서 그의 그 서툰 손길과 함께 슬며시 드러났던 기이한 집요함, 바로 뱀의 집요함이었다.

재인의 다리 하나는 이제 그의 가슴을 지나 어깨에 걸쳐져 있었다. 그는 더욱 깊이 그녀의 안으로 파고들었다.

"아아……."

재인의 고개는 가능한 옆으로 돌아가 있는 상태로, 제 아랫도리에 가해지는 도하의 공격에 그녀는 신음했다. 그것은 마치 아랫배의 내장을 헤집으며 시간을 두고 점차 위로 올라 그녀의 가슴과 팔, 심지어는 손끝에 이르기까지, 그녀의 몸 구석구석을 샅샅이 파헤쳐 놓으려는 듯했다. 그것은 또한 재인에게 고통이었으며 동시에 고통과 싸워 아직은 피를 더 많이 흘리고 있는 쾌락이었다.

시간이 지남에 도하는 점점 재인을 휘감아 들어왔다. 휘감고 조여 재인을 구속하고, 결박하고, 숨조차 쉴 수 없게 만들었다.

재인은 제 몸의 열기를 느꼈다. 그것은 점점 뜨거워져 머리까지 무겁게 했다. 눈을 뜨니 아무것도 보이지 않았다. 그렇다고 자신이 내쉬는 가쁜 숨이 이불을 달구어 그 열기가 또한 고스란히 제 얼굴로 달라붙고 있다는 것을 모를 정도는 아니어서, 그녀는 자신이 침대에 납작 엎드려 있음을 깨달을 수 있었다. 그녀의 뒤에서 도하가 그 억센 두 팔로 그녀의 몸을 휘감듯 감싸 안은 채였다. 재인의 엉덩이에 밀착된 도하의 그것은 그녀의 등줄기를 거슬러 올랐다.

"어헉……."

재인의 고개가 뒤로 젖혀졌다. 그런 그녀의 얼굴을 잡고 혀로 핥아내는 도하의 애무 역시 그의 아랫도리만큼이나 집요했다. 재인은 시트를 움켜잡았다. 재인의 그 손 위로, 도하의 손이 포개졌다. 그녀는 완벽하게 그에게 잡혀 있었다. 마치 뱀처럼, 단숨에 상대의 급소를 물어 끝을 내는 것이 아닌, 서서히 휘감아 올라 그보다 더 천천히 조여 들어가며 공포와 고통이 극대화되는 순간까지도 먹이를 살려두고 그것을 즐기는, 그럼에도 제 자신은 끝까지 물처럼 투명한 차가움을 유지하는 냉혈동물, 그는 뱀과 한 가지였다.

재인은, 그가 바로 직전에 세 번의 데이트에서 보여줬던, 그 담백하고, 자비롭고, 세련되지는 않았지만 믿음직했던 류도하가 맞는지, 같은 남자가 맞는지 혼란이 올 정도로 지금의 그는 그녀의 털끝 하나까지도 온전히 제 뜻 아래에 두려는 무자비한 지배자일 뿐이었다. 도망갈 수도 없다. 그의 손에 잡히는 순간 선택은 두 가지뿐이었다. 죽거나 굴복하거나.

"아아……."

격정의 높디높은 고개를 넘어 마침내 평정이 찾아왔다. 재인에게 있어서는 완전한 의미의 오르가즘이기보다는 아직 그에게 굴복해가는 과정 중이었다고 하는 편이 맞을 것이다. 그러나 그러한 끝도 끝이 아니었다. 재인은 기진해서 꼼짝할 수 없는데도 도하는 제 몸 위에 재인을 올려놓고 그녀의 등과 엉덩이를, 그대로 안아 반대로 뒤집은 후에는 그녀의 젖가슴에서 부드러운 복부와 그 아래에 깊고, 수줍고, 은밀한 그곳에 이르기까지 쉬지 않고 어루만졌다. 그의 애무 속에서 재인은, 의식의 끝자락을 놓치기 직전 최후까지도 그것을 그의 지배로, 그러나 동시에 포근한 여운으로 느끼며 서서히 잠에 빠져 들었다.

아침은 도하의 손끝에서 찾아왔다. 지하층인 침실은 아침에도 어두워, 침대 바로 곁에 있는 스탠드를 켠 후에야 비로소 시간을 확인하며 일어날 수 있었는데 그 스탠드를 켠 것이 도하였기 때문이다. 재인은 얼굴 위로 쏟아지는 빛에 잠에서 깨어났지만 평소와 다른 아침이라는 것을 깨닫기까지는 약간의 시간이 걸렸다.

"엄마야……."

재인은 알몸을 잔뜩 움츠리며 울상을 지었다. 그녀의 몸을 덮고 있어야 할 이불이 없었던 것이다.

"이, 이불 줘요."

곁에 앉아 있는 도하에게 등을 돌린 상태로 새우처럼 몸을 굽힌 재인이 칭얼댔다. 그러나 그녀의 몸 위로 온 것은 이불 대신 도하였다. 그가 재인 위로 몸을 굽힌 것이다.

"발가벗은 것은 재인 씨 혼자가 아닙니다."
"난 도하 씨 빠, 빠, 빠, 빨개벗은 거 안 보고 싶거든요!"
"그럼 재인 씨는 눈 감고 나만 재인 씨를 보면 되겠군요."
"뭐, 뭐라구요?"
재인이 두 팔을 모아 가리고 있는 그녀의 젖가슴을, 도하가 손끝으로 부드럽게 쓸어내렸다. 재인은 잠시 입을 다물고 그의 애틋한 애무를 가만히 만끽했다. 지금 도하는 데이트할 때의 도하였다. 재인의 어깨에 입을 맞추고 그 입술을 비비는 그는 분명 담백한 남자였다. 그러나 그것도 잠시뿐, 재인의 엉덩이로 밀착해 들어오는 도하의 아랫도리로부터 그녀는 금세, 어젯밤의 길고 뜨거웠던 정사에도 불구하고 여전히 그녀를 원하는 지배자의 집요한 욕정을 느낄 수 있었다.
"또……?"
얼굴이 약간 붉게 달아오른 재인은 딸꾹질처럼 툭 뱉어냈다.
"이제 시작입니다."
도하가 속삭였다.
"재인 씨 마음에 딱 한 남자만 남을 때까지."
재인은 숨이 멎는 것 같았다. 감각조차 사라져, 도하의 애무에 처음에는 몸도 반응하지 않았다. 그의 집요함의 정체를 알 것도 같았다. 그녀의 마음에 남는 한 남자가 류도하이기를 바라는가, 재인은 거부했다. 그가 최현승을 몰아내는 것은 그리 어렵지 않을 것이다. 또한 그것은 그녀도 받아들일 수 있었다. 그러나 '오빠'를 몰아내려 한다면 그녀는 싸울 것이다. 필사적으로 싸울 것이다.
도하의 손에 재인의 다리가 벌어졌다. 재인은 그제서 소스라치며 손을 내려 제 몸에서 가장 부끄러운 그곳을 가렸다. 도하는 그녀의 손을 치우는 대신 다만 그것을 핥았다. 그녀의 손등과 손가락을 탐욕스러울 정도로 물고, 빨고, 핥았다. 재인은 제 손이 꼭 녹아내리는 것만 같아 오히려 괴로웠다. 그래서일까, 그녀의 손이 갑자기 도하의 머리칼을 움켜잡아 부끄러운 그곳으로 당겼다. 그러나 이번에는 도하가 거부하듯 머리를 세워들었다.

"아……."

재인은 이제 손으로 그곳을 가리기는커녕 허리를 슬쩍 비틀며 신음을 흘렸다. 수줍음이 극대화되자 그것은 오히려 전율이 이는 짜릿한 쾌락으로 변했다. 도하는 가만히 재인의 붉은 숲을 내려다보고만 있었다. 그를 원하고 있는 그곳은 이미 스스로의 생명수로 축축이 젖어 있었다. 그는 그것을 활짝 벌렸다.

"헉……."

재인의 입이 절로 벌어지며 신음이라고 하기에는 다소 격한 소리가 터져 나왔다. 붉은 뱀의 혀가 그보다 더 붉은 그녀의 깊은 숲으로 침입해 들어왔을 때였다. 그것은 천천히, 끈끈하고 집요하게 숲을 헤치고 들어가 어둡고 습한, 좁은 동굴을 지나 스멀스멀 위로 올랐다. 강력한 신호는 재인의 아랫배 밑에 진동을 일으키는 것으로 시작했다. 그러나 정작 재인에게는 그것이 그녀의 머리에서 무엇인가 폭발하는 것으로 다가왔다. 그 폭발음은 재인의 입을 통해 터졌다.

처음이었다. 그런 세계가, 그런 감각이 있는 줄조차 몰랐다. 현승과는 물론이고, 어젯밤 도하의 집요하고 끈질긴 욕정에도 재인은 더불어 이르지 못했던 전혀 다른 차원이었다. 그렇기에 또 그것만으로는 부족했나 보다. 재인은 본능적으로 완전한 오르가즘을 원했다.

"와요……."

재인은 눈앞의 도하에게 말했다.

"명령이야."

도하의 입술 끝이 위를 향하며 그 사이로 하얀 이를 살짝 드러냈다. 재인은 온몸으로 그를 받아들였다. 아니, 오히려 그를 빨아들였다. 뱀처럼 휘감아오는 그의 욕정에 기꺼이 먹이가 돼 더 깊고, 더 집요하게 먹히려 했다. 두 사람은 서로 완전히 다르면서도 한 몸으로 보였다.

⊠

"왜 그렇게…… 계속 날 보는 거죠?"

재인이 물었다. 그녀와 도하는 발가벗은 몸으로 서로 얽혀 있었는데 장소는 회장실의 비밀공간인 패닉 룸이었다. 두 사람은 점심도 제법 지난 시간에, 누가 먼저랄 것도 없이 패닉 룸으로 뛰어들어 약간 난폭하다 싶게 서로의 몸을 탐하고 있던 중이었다. 모로 누운 재인의 위로 향한 다리 하나는 도하의 팔에 걸려 무릎이 그녀의 턱에 닿을 듯 올린 상태였고, 그 위로, 그녀 안에 깊게 들어와 있는 도하는 하체의 깊은 결합을 위해선지 아니면 그녀의 얼굴을 보기 위해선지 제 상체를 손으로 받친 채였다. 또한 그의 눈은 그의 행위만큼 집요하게 재인의 얼굴을 향해 있어 마치 눈빛으로도 애무하는 느낌이라, 재인은 눈을 감고도 그의 눈길을 느낄 수 있을 정도였다.

"재인 씬 왜 늘 눈을 감습니까?"

"몰입하려구요."

"나 역시."

"눈을 뜨고 몰입한다고?"

재인의 입에서는 그 말에 이어 '헉' 하는 소리가 터지고, 고개가 뒤로 꺾인 것과 동시에 눈꺼풀도 위로 열렸다. 도하가 그녀의 머리채를 잡아 뒤로 젖힌 것이다. 동시에 강력히 밀어붙이는 그의 행위 한 번에 그녀의 온몸이 흔들렸다.

"상대를 봐야 그 사람을 알 수 있어요."

재인의 눈을 보며 도하가 말했다.

"하지만 도하 씨 눈엔 읽어야 할 것이 아무것도 없는걸?"

"읽어야 할 것이 없는 눈은 없습니다. 읽어내지 못하는 것이지. 날 봐요."

다시 눈을 감으려는 재인의 눈길을 낚아채며 도하가 말했다. 재인은 잠시 입을 다물고 도하의 눈을 좀 더 깊이 응시했다. 그러나 아무리 봐도 아무것도 보이지 않았다. 그의 눈은 늘 그렇듯 맑고 차가운 물이 고인 깊은 샘처럼 어둡고 적요했다. 그런데 그것이 사실은 지독한 훈련에서 온 것임을 재인은 알지 못했으리라.

"몰라요. 내가 도하 씨를 읽을 필요가 있나, 뭐."

"그게 믿음이니까."

"이해가 안 돼요……. 읽으려고 하는 것은 의심 아닌가?"

"읽어내면 믿음이죠. 귀를 믿지 말고 눈을 믿어요."

"으응……. 아……."

재인은 제 앞에 지지대처럼 내려와 있는 도하의 팔을 움켜잡았다. 입 밖으로 터져 나오는 소리를 대신해 그녀는 그의 팔을 물었다. 아랫도리에서 시작한 에너지는 뱀처럼 그녀를 휘감아 올라 가슴을 뚫고, 그녀의 머리에 똬리를 틀다, 또한 천천히 풀어냈다. 재인은 무쇠처럼 흔들림이 없는 그의 팔을 붙들고 전율하며 거친 숨을 토해냈다. 그리고 그 모든 것은 하나도 빠짐없이 도하의 눈에 담겼다.

그로부터 며칠 뒤, 재인은 도하와 함께 퇴근 후 귀가하는 차에 있었다. 평소처럼 장혁이 운전하고, 그 앞으로는 오 대리가 운전하는 차가 달리고 있었다.

재인은 약간 긴장하고 있었다. 집에는 엄마가 와 있고 또 금 변호사를 초대했기 때문이다. 재인이 생각이 많은 얼굴로 차창 밖을 보고 있어선지 도하는 그녀의 손을 잡아 지그시 힘을 주었다. 재인은 천천히 고개를 돌려 도하의 눈을 마주했다.

그녀는 그와 첫날밤을 치른 후 전처럼 회사를 폼으로 다니고 있지 않았다. 며칠 되지는 않았지만 그의 도움을 받아 본격적으로 업무를 익히는 중이었다.

“조만간 이두회 본부에도 갑시다.”

도하가 말했다.

“회장 취임 전에 시찰해 보는 것이 좋습니다.”

“아이, 복잡해. 나중에요. 나 지금 회사 업무만으로도 머리가 쪼개질 것 같거든요. 거긴 도하 씨가 알아서 해요. 난 몰라.”

회사까지는 몰라도, 이두회는 그 본래의 특성이 어둠의 세계인지라 재인은, 다른 누구도 아닌 바로 자신이 이두회의 수장이 돼야 함에도 불구하고 여전히 그것에 그리 흔쾌하지만은 않았다. 그래선지 회사 일과 비교해서 이두회에 대해서보다는 아무래도 소극적으로 임하게 되었다.

“일단은, 오늘 엄마랑 금 변호사님 만나는 것만 생각해요. 응?”

애교인 듯, 어리광인 듯 투정하는 아이 같은 얼굴의 재인을 보며 도하는 그녀의 손을 더욱 꼭 쥐었다.

재인과 도하가 집에 도착해 본채 1층으로 들어섰을 때 아줌마와 함께 진향이 그들을 맞아주었다. 진향은 어제부터 집에 와 있었는데 오늘, 재인의 부탁으로 금 변호사를 초대 후 딸의 퇴근을 기다리고 있던 중이었다.

아줌마는 '식사 준비는 다 끝났습니다' 하고는 곧 물러났다.

"변호사님은 화장실에 계신데 곧 나오실 거야. 들어가자. 주방에서 간단히 손만 씻어."

진향은 도하에게는 거의 눈길도 주지 않고 재인과 함께 먼저 주방으로 움직였다. 주방의 식탁 위에는 4인분의 식사가 깔끔하게 세팅돼 있었다.

얼마 후 재인과 도하가 나란히 앉고, 맞은편에 진향과 금 변호사가 나란히 앉아서 식사를 시작했다.

"뭔가 좋은 일이 있어 날 초대한 것 같은 기분이 드는데?"

금 변호사는 재인과 도하를 번갈아 보며 입을 열었다.

"네."

재인이 대답하며 도하에게 슬쩍 눈길을 준 후 다시 금 변호사를 향했다.

"저희 결혼하려구요. 그래서 말씀도 드리고 결혼식에 관해 의논도 드리려고 초대했어요. 아저씨."

재인의 말에 바로 반색하는 금 변호사와 달리 진향의 얼굴은 다소 분명치 않은, 어정쩡하고 복잡한 표정을 보였다.

"우리 위 대행이 결국 결심했구나? 잘했다, 잘했어. 그게 효도야. 아무렴. 아, 축하하네. 류 실장."

도하는 금 변호사를 향해 가볍게 고개만 숙여 보였다.

"어떻게 갑자기…… 그런 결심을 했니?"

진향이 재인을 보며 물었다.

"좀 놀라서 말이다."

"그냥……. 갑자기 그렇게 됐어."

"갑자기건 뭐건, 위 대행이 류 실장과 결혼하기로 결심한 건 좋은 일 아닙니까? 형수님, 집회 전후로 후다닥 결혼식 치러 버립시다. 두 사람 이미 같이 지내는 데다 따로 시집이 있는 것도 아니고, 식만 준비하면 되니 간단하지요."

"그래서요, 아저씨. 제 생각은 그냥 집 후원에서 하는 게 어떨까 해요."

"그것도 좋지. 네 아버지 닮아 너도 검소하구나."

재인의 의견에 금 변호사는 고개를 끄덕이며 허허 웃었다.

"두 사람……, 사랑은 하는 거고?"

진향이 다시 끼어들었다. 그런데 그 질문에 재인도, 도하도 곧장 답변을 내놓지 않아 식탁 위로는 잠시 어색한 침묵이 흘렀다. 사실 재인은 얼른 대답을 해야 한다 생각은 했지만 조급한 마음 탓인지 적당한 말이 떠오르지 않아 입을 열 수 없었다.

'사랑한다'고 말하는 것은 아직 정직한 대답은 아닌 것 같았다. 그렇다고 '사랑보다 의무가 먼저다'라고 답하는 것도 이상하게 완전히 정직한 것이라고는 생각되지 않았기 때문이다.

"사랑하게 될 겁니다, 서로."

도하가 대답했다.

"그래, 그래. 천천히 사랑해도 늦지 않아. 두 사람 아직 젊은데 뭐."

금 변호사가 어색한 분위기를 무마하려는 듯 얼른 맞장구를 쳤다.

"류 실장은 뭐든 그럴 것이다로 넘어가는군?"

그러나 진향은 냉정했다.

"회장님이 피습당하고 재인이도 수상한 사고를 당했는데 둘 다 정확히 밝혀내지도 못하고 그저 뭐라 했지? 알아낼 겁니다? 회장님이 류 실장의 뭘 보고 신임했는지 모르겠네. 내 눈엔 무능하게만 보이는데 과연 내 딸을 잘 보좌할 수 있을지 솔직히 좀 걱정이 되는군요."

진향의 신랄한 비판에 식탁은 다시 찬물을 끼얹은 것 같은 침묵에 휩싸였다.

"엄마……. 왜 그래?"

침묵을 깬 것은 재인이었는데 원망이 실린 목소리였다. 그리고 그것을 진향은 바로 느낀 듯 먼저 그녀의 안색부터 굳었다.

"정말 놀랬다. 결혼하기로 했다고 벌써부터 역성이야?"

진향은 말과 함께 일어나 주방을 나갔다. 재인이 서둘러 엄마의 뒤를 따랐다.

"너무 마음에 두지 말게."

모녀가 주방에서 모습을 감춘 후 금 변호사가 입을 열었다.

"근데…… 자네가 오죽 잘 알아서 조사를 했겠나만……. 재인이 사고는 정말 계림하고 아무 연관이 없나?"

"네. 없습니다."

"그럼 그냥 우연한 사고인 것인가?"

"아마도요."

"흐음……."

금 변호사는 애매한 소리를 내며 고개를 끄덕였다.

한편, 재인은 엄마와 함께 1층 리빙 룸에 있었다.

“엄만 네가 걱정돼서 그런 거지, 딸을 못 믿긴 왜 못 믿어?”

소파에 앉아 있는 진향이 창을 등지고 선 재인을 보며 말했다.

“세상에서 널 제일 걱정하고 사랑하는 사람이 누구겠어?”

“당연히 엄마지…….”

“엄만 류 실장과의 결혼을 무작정 반대하는 게 아니라 네가 나중에라도 후회하지 않도록 좀 더 신중하길 바라는 거야.”

“알어. 아는데……. 뭐, 나도 얼마 전까진 류 실장이랑 죽어도 결혼 안 한다 했으니까. 근데 엄만 언제부터 류 실장을 알았어?”

“언제부터긴, 비서실장으로 임명된 후부터지.”

“그럼 류 실장을 안 지 겨우 3년 정도 된 거네?”

“뭘 말하고 싶은 거야? 3년이면 남자의 야심을 파악하기엔 충분하구나.”

“아빠가 그랬잖아. 야심 없는 남잔 남자가 아니라구.”

“여자한텐 야심보다 사랑이 먼저야.”

“하지만 아빤 엄마를 정말 사랑했잖아. 아빠도 야심이 많은 분인데.”

“그래. 류 실장도 그러길 빈다.”

“류 실장 은근 아빠 닮았어. 아마 분명 아빠처럼 그럴 거야. 그러니 존중해 줘. 엄마. 응?”

진향은 먼저 짧게 한숨부터 내쉬었다.

“죽어도 결혼하기 싫다던 류 실장과 결혼하기로 마음을 바꾼 계기가 있니?”

“그건…….”

재인은 고개를 갸웃하니, 대답할 말을 고르는 얼굴로 천천히 진향 앞으로 다가왔지만 약간의 시간이 지나는 동안에도 그녀의 입에서는 선뜻 대답이 나오지 않고 있었다.

"아빠 피습당한 것 때문에?"

그 사이로 진향이 물었으나 역시 재인은 대답을 내놓지 못했다. 그것이 다는 아니었기 때문이다.

"교통사고 당해서 무서웠니?"

"응. 무섭긴 했어. 하지만 그것들이 다는 아냐."

"다는 아니어도 네 결심에 영향을 미치진 않았을까?"

재인은 다시 입을 다물었다. 엄마는 대체 무슨 말을 하고 싶은 것일까.

"류도하 실장, 그 사람 네가 짐작하고 있는 것보다 훨씬 유능해. 보통 까다롭지 않은 네 아버지의 눈에 완벽하게 들었을 정도면……, 다른 설명 따윈 필요 없는 거야. 그 사람이 손대서 해결 못 했던 일이 없다는 구나. 오죽했으면 네 아버지가 주식까지 양도했겠어?"

"주식?"

"그래. 류 실장도 대주주 중 하나야."

"그래서……?"

재인의 눈빛은 미묘한 불안으로 흔들렸다.

"그렇게 능력 있는 사람이 정말 우연하게도 네 아빠 피습사건과 네 교통사고에 대해서만은 무능하지 뭐겠니? 두 사건 다, 엄마가 보기에는 아주 이상한 점이 많은데도 말이야. 그런데 하필이면 공교롭게도 넌 그 사건들로 인해 류 실장과의 결혼을 결심했던 모양이구나."

진향의 의미심장한 설명은 재인을 잠시 동안의 혼란에 빠뜨렸다. 도하가 빠른 결혼을 위해 그 '사건들'을 만들었다는 뉘앙스 아닌가.

얼마의 시간이 지난 후 재인은 도하보다 먼저 지하층에 내려와 있었다. 금 변호사를 배웅한 후였는데, 엄마와 도하가 아직 정원에 있는 것을 보며 재인 혼자 본채로 들어왔었다. 재인은 욕조에 물을 가득 받아, 그 안으로 들어가 몸과 마음의 긴장을 풀려 했다.

도하와의 결혼만 결심하면 다 될 줄 알았더니 그것을 시작으로 또 다른 고민이 생길 줄이야. 아니다. 그것은 고민거리도 아니다. 도하가 재인과 결혼해야 할 이유는 충분했고 그 정도는 재인도 모르는 바 아니었으니까. 도하는 둘의 결혼이 운명이라 했지만 그 안에는 분명 그의 야심도 포함된 것일 테니 말이다. 그러나 아버지의 유지를 받들어 회사와 이두회를 지키고자 한다면 그녀 역시 도하와 결혼해야 할 이유는 충분한 것이라고, 그녀는 그렇게 자위했다.

결혼을 비지니스라 생각하는 것은 가슴 아팠지만 도하와의 결혼은 또한 비지니스가 다는 아니라고, 아직 사랑이라 자신 있게는 말 못 해도 그것은 다만 시간이 말해줄 뿐이라고, 그녀는 스스로를 설득도 했다.

그런데 그 틈으로 불현듯 전에 이석이 출장 갔었다며 감쪽같이 사라졌던 일이 떠올랐다. 그것은 도하와의 첫 만남과 관계가 있었는데 그 자리에서 그는 마치 재인의 분노를 유발하려, 부러 그 일을 꾸민 듯 모호한 인상을 풍겼었다. 왜 하필 그 일이 떠오르는 것이지, 갸웃하면서도 재인은 욕조에서 나와 가운을 입고 앞을 단단히 여몄다.

재인이 가운 차림으로 본채에서 별채로 이어지는 회랑으로 나왔을 때 별채 쪽에서는 이석이 모습을 보였다.

"왜요? 대행님."

이석이 먼저 성큼 다가와 물었다. 아마도 사전에 재인의 전화를 받은 모양이었다.

"잠깐 이리와 봐."

재인은 주위를 살피며 이석을 잡고 한쪽으로 데려갔다.

"왜 그래요? 간첩 접선하는 거 모양."

"뭐 좀 물어보려구. 양 비서 접때 출장 간다고 없어졌을 때 말이야, 기억나지?"

"네? 네에. 그건 갑자기 왜……?"

"그때 류 실장 심부름이라고 했던 걸로 기억하는데 무슨 심부름이었는데? 무슨 명목의 출장이었냐구?"

"네에? 그냥 뭐, 춘천 공장에 서류 전달하는 일이었는데……."

"춘천? 겨우 춘천에 하루 이상이 걸렸단 말이야? 핸드폰이 먹통 되는 것도 모르고?"

재인은 꼬치꼬치 캐물었으나 이석은 당황하지 않고 유들유들하게, '춘천공장에 아는 놈들이 있어 함께 술 마시며 놀다 그랬다'며 도리어 '류 실장님께는 이르지 말아 달라' 사정했다.

"이제 문초 끝난 거죠?"

납득하고 안도하는 재인을 보며 이석이 물었다.

"응. 아니. 잠깐……."

"네?"

이석은 가려다 말고 다시 재인을 향했다.

"양 비서……, 내 편 맞지?"

"네에?"

"나, 양 비서 믿어. 옛날에도 내 눈과 귀가 되고 손발이 돼주었듯, 앞으로도 그래야 해. 알았지?"

"그거야 당근이죠. 충성!"

이석이 장난스럽게 거수경례까지 해보이자 재인은 안심한 듯 환한 웃음을 보이며 몸을 돌렸다. 그런 재인의 뒷모습을 보며 이석의 얼굴은 그제서 어두워졌다. 그는 재인이 회랑의 입구를 통해 본채로 사라진 후에도 그 자리에서 움직이지 않고 있다, 천천히 후원 방향으로 몸을 틀었다.

순간, 그의 입에서 '헉' 하는 소리가 절로 흘러나왔다. 약간의 거리를 두고 도하가 서 있었던 것이다. 정확히 말하면 그는 걸어오는 중이었다. 도하는 평소처럼 속을 알 수 없는 얼굴로, 자신을 향해 머리를 숙이는 이석을 무심히 스쳐, 조금 전 재인이 사라진 방향과 같은 동선으로 본채로 들어가 버렸다.

이석의 이마에는 식은땀이 흘러내렸다. 그는 도하의 의중을 알지는 못했지만 설마 도하와 재인이 서로 등을 지는 일은 일어나지 않으리라 믿고 또한 일어나지 말아야 한다고 빌었다. 혹 그런 일이 일어나 재인이냐, 도하냐, 그 사이에서 선택을 강요당하는 상황이 온다면 이석에게 그보다 더한 악몽은 없을 테니 말이다.

재인이 주방에서 재스민 차를 만드느라 시간을 지체한 후 지하층으로 내려왔을 때 도하는 리빙 룸에 있었다.

"문은 내가 닫았어요."

재인이 말하는 문은 지하층 입구를 말하는 것이었다. 벽난로 앞에 있는 소파에 앉아 TV를 통해 마감 뉴스를 보고 있던 도하는 재인이 다가오는 것을 보며 리모컨으로 TV부터 껐다.

"닫는 거야 아는데 오픈 비번은 안 가르쳐 줄 건가요?"

재인의 말은 입구의 이중문을 여는 비밀번호를 말하는 것이었다. 도하는 아직 그것을 재인에게 가르쳐주지 않고 있었다.

"설마 오픈 세사미?"

"재인 씨가 아이 셋을 낳으면 가르쳐 줄게요."

맞은편으로 가는 재인을 잡아 제 옆으로 이끌어 앉히며 도하가 말했다.

"그럼 난 선녀가?"

"아마도."

"난 도하 씨가 나무꾼인 거 싫은데?"

"뭐가 좋습니까?"

"진실된 사람. 나한테만은 진실된 남자."

재스민 차가 든 머그잔을 입에 댄 재인이 잔 너머로 도하의 눈과 마주했다.

도하는 머그잔 위로 눈만 내놓고 있는 재인에게서 눈을 떼지 않은 채 그녀의 가운 여밈을 풀었다. 가운은 단번에 벌어져 그녀의 둥근 젖가슴과 솜사탕 같은 아랫배와 풍성한 체모를 드러냈다.

도하가 손을 뻗어 먼저 만진 것은 그녀의 아랫배였다. 아랫배에서 위로 올라 배꼽을 애무하고 더 위로 올라 적당히 풍만한 젖가슴을 그의 손아귀에 넣는다. 그러는 동안에도 재인은 머그잔 위로 눈만 내놓고 있다, 도하가 그녀의 두 다리를 잡아 그의 앞으로 해서 소파 위로 올렸을 때에야 머그잔을 얼굴에서 떼 한 손에 잡았지만 그나마 그것도 그녀의 손에 아슬아슬하게 걸려 있었고, 거의 동시에 뒤로 넘어간 그녀의 몸은 소파 팔걸이 쪽에 있던 커다란 쿠

션에 등이 걸렸다. 때문에 재인의 몸은 활처럼 약간 휜 상태로 비스듬히 눕혀져, 그 바람에 절로 벌어지는 다리를 오므리느라 그녀의 종아리 아래는 엑스자로 모아져 있었다.

"진실은 그것을 믿는 사람에게 오는 법입니다. 스스로를 믿어요."

"나를……? 도하 씨를 믿는 게 아니라?"

"재인 씨 눈에 보이는 것을 믿어요. 재인 씨의 눈을 믿어요. 그게 진실입니다."

"난 도하 씨를 믿고 싶어요."

도하는 대답 대신에, 재인의 엑스자로 모아진 다리를 쓰다듬고 그 무릎 위에 입을 맞추었다. 이어 손을 좀 더 아래로 내려, 위로 세워진 재인의 허벅지 뒤를 따라 쓸어 올린 후 다시 내리며 천천히, 그 중앙을 향해 손가락 끝으로 더듬어갔다. 곧 풍성한 체모의 까슬한 감촉이 손끝을 간질였다.

좀 더 들어가니, 이번에는 축축하고 연약하며 수줍은 속살이 살짝 다가와 손에 걸렸다. 그 순간에 숨을 들이켜느라 가슴을 들썩인 재인은 도하의 눈길에 잡혀, 제 눈을 덮으려는 눈꺼풀을 다시 위로 올리고 말았다. 언제나 재인의 얼굴을 보고 있는 도하인 반면 그런 그의 눈길로부터, 정확히는 부끄러움으로부터 언제나, 혹은 대부분 눈을 닫은 그녀였다. 재인은, 그러나 이번만큼은 그의 요구대로 그의 눈길을 잡고 버티었다.

재인의 가슴이 다시 들썩이며 이번에는 입술 사이도 벌어졌다. 그녀의 손가락에 위태롭게 걸려 있던 머그잔도 함께 흔들렸다. 그녀의 비밀에 싸인 숲을 헤집는 도하의 손은 이제 뽀얀 액체로 흠뻑 젖어 있었다.

"흡……."

재인의 신음과 함께 머그잔은 결국 페르시아 카펫 위로 툭 떨어졌다. 더불어 아직 3분의 1쯤 남았을 재스민 차가 카펫을 적셨지만 아무도 신경 쓰지 않았다. 재인은 제 몸에 들어와 있는 도하의 긴 손가락이, 그 안에서 뱀처럼 꿈틀대고 있는 감각을 따라 여전히 그의 눈길과 만나느라 필사적이었다.

"아……."

뱀의 노골적인 애무를 견디다 못한 재인의 엑스자는 스스로 풀렸다. 더불어 그녀의 고개는 옆으로 돌았다. 그럼에도 눈꺼풀에 힘을 주고 검은 눈동자를 옆으로 돌린 그녀는 여전히 도하의 그것과 만나고 있었다. 두 사람의 눈길이 그렇게, 한 지점에서 만난 가운데 재인의 젖가슴 하나는 도하의 손안 가득 잡혀 있었다. 젖가슴 가장자리로부터 모으듯 올린 젖무덤은 그의 손안에서 터질듯 부풀고 진분홍 젖꼭지는 빳빳이 고개를 들었다.

재인의 입에서 다시 달뜬 신음이, 이번에는 길게 흘러나왔다. 그녀의 아랫도리에서 꿈틀대는 뱀은 용서를 모르고 자비도 없는 군주처럼 잔인하게 구석구석을 탐하고 다녔다. 재인의 눈꺼풀은 끝내 힘을 잃고 파르르 떨려왔다. 그 흐려지는 시야로, 도하의 맑고 고요한 눈빛을 끝까지 잡고 놓치지 않으려 했지만 역부족이었다. 버티려 했음에도 소용돌이치는 뱀의 에너지를 이기지 못해 그녀는 곧 암흑의 한가운데, 고통과 쾌락이 만나는 지점으로 자신을 내몰았다. 리빙 룸의 습한 공기를 타고 재인의 눈먼 흐느낌은 오래 부유(浮遊)했다.

재인과 도하의 결혼식은 10월 말에 이틀 간격으로 있을, ㈜LD의 주주총회와 이두회의 총회 날짜보다 앞서 치르기로 결정돼, 회장 비서실에서는 여비서의 주관으로 바로 준비에 들어갔다. 현 회장인 위상문 회장이 아직 병석 중인 점을 고려해 결혼식은 간소하게 치르기로 했으며 장소는 위 회장의 저택 후원으로, 최소한의 하객들만 초대될 예정이었다. 신혼여행도 물론, 위 회장의 상태가 어느 쪽으로든 결정되기까지는 무기한 연기하는 것으로 했다.

"커플링이다."

재인이 왼손을 펴 보이며 말했다. 위 회장의 저택 본채 앞에, 재인의 출근을 위해 승용차 두 대와 그녀의 호위사들과 이석이 모두 나와 대기하고 있는 중에 도하와 나란히 본채에서 나온 재인이 수행원들을 향해 자랑을 한 것이었다. 호위사들과 이석의 눈길은 모두 재인의 왼손 약지로 모아졌다.

"어때? 황 대리."

재인이 여정을 보며 물었다.

"예쁩니다."

"이거 고르는 것도 일이더라구. 난 좀 화려한 게 좋은데 그럼 도하 씨가 싫다 그러구. 커플링은 똑같은 모양으로 만들어야 하잖아."

"그럼 실장님도 같은 반지 끼셨겠네요?"

이석이 끼어들었다.

"당연하지. 약혼잔데."

순간 모두의 눈길이 재인 뒤에서 먼 산만 바라보고 있는 도하에게 집중되었다.

"뭘 봐?"
여전히 먼 산에 눈을 두고 시큰둥하게 반응한 도하였지만 모두의 고개는 일제히 빛의 속도로 반대편으로 돌아갔다. 모두 후다닥 차에 오른 후에야 도하는 차 문을 열어 재인을 태웠다.
"드디어 우리 대행님이 시집을 가시니, 나 이제 죽어도 여한이 없는…… 건 뻥이구……."
앞서 달리는 차의 조수석에 앉은 이석이 감격 어린 얼굴로 떠들었다.
"암튼 대행님이 아가씨일 때부터 모셨는데 앞으로 회장님이 되시고, 아기도 낳으시고, 죽 행복하게 사시는 걸 내가 일백 번 고쳐 죽어 백골이 진토 되어 넋이라도 있을지 없을지 긴가민가할 때까지 지켜본다는 것은……."
"일절만 하십시오."
뒷좌석의 여정이 이석의 횡설수설을 잘랐다.
"솔직히 같은 여자로서 부럽지 않아요?"
이석이 거의 뒷좌석 쪽으로 몸을 돌려 물었다.
"반지 낀 손 말입니다. 가만, 여정 씨 손은……."
이석이 눈으로 여정의 손을 더듬자 여정은 슬며시 손을 제 등 뒤로 보냈다.
"차암, 여자 손이 말이야, 순 굳은살에, 흉터에……, 그게 손이야? 무기야? 하긴 허구한 날 벽돌이나 깨고 주먹질이나 해댔으니 그러고도 그 정도면 양호합니다. 양호해요."
"상관 마십시오."
여정이 버럭 했다.
"남자가 관심 가져줄 때가 여자로서 행복한 겁니다."

이석은 능청을 떨며 옆에 앉아 운전하는 오 대리에게 '안 그래요?' 하며 동의를 구해 보지만 오 대리는 들은 척도 안 한다.

이석의 수다는 점심때도 계속돼—이석은 꼭 호위사들이 식사하는 데에 끼어서 먹었다— 결국 장혁이 가장 먼저 식판을 들고 일어나 자리를 옮기니 오 대리도 따라서 옮겼다.

"여정 씬 가지 말아요."

여정의 엉덩이가 들썩하기도 전에 이석이 그녀를 잡았다.

"일부러 그런 거거든요. 저 두 인간 쫓아내고 우리 단둘이 오붓하게 밥 먹으려고."

하며 이석이 히죽 웃자 여정은 '허' 하며 어이가 없다는 웃음을 뱉어냈다.

"그나저나 우리 대행님이 안 보이네……?"

이석이 중역 코너 쪽으로 목을 길게 빼며 고개를 갸웃했다.

"실장님이 외근이라 혼자 식사하기 싫으셔서 그냥 집무실에서 드시나?"

그렇게 혼자 중얼거리며 수저를 놀리는 사이, 그는 몸 안에서 핸드폰의 진동을 느끼고 그것을 꺼냈다.

〈혼자 몰래 주차장으로 내려와. 차 키 들고.〉

재인의 문자였다.

얼마의 시간이 흐른 후, 이석은 회사 지하주차장의 승강기에서 급히 내렸다. 그는 머뭇거릴 것도 없이 회장의 차를 주차해 놓은 구역으로 달려갔다.

"빨리 문 열어."

이석이 다가오자 재인이 말했다. 그녀가 시키는 대로 이석은 리모컨 키로 차 문부터 열었다. 두 사람은 각자 운전석과 뒷좌석에 올라탔다.

"아무한테도 말 안 하고 온 거지?"

차에 타자마자 재인이 물었다.

"네. 근데 무슨 일이에요? 점심 먹은 거 체하겠어요."

"일단 출발해. 금 변호사님 사무실이야."

이석이 운전하는 차는 ㈜LD의 빌딩을 나와 그곳에서 차로 10분 정도의 거리에 있는 어느 빌딩 안으로 들어갔다. 그 빌딩 9층에 금 변호사의 개인사무실이 있었다. 이석은 재인을 금 변호사의 사무실 앞까지만 수행하고 밖에서 대기하고 있는 것으로 했다. 재인이 왜 아무도 몰래, 그것도 도하가 외근 중일 때를 틈타 금 변호사를 만나러 온 것인지 그는 묻지 않았지만 동시에 그가 불안해한다는 것도, 그의 얼굴에 드리운 어두운 그림자가 말해주고 있었다.

"네 전화 받고 정말 깜짝 놀랐다."

개인집무실에서 재인을 맞은 금 변호사는 기분 좋은 얼굴로 껄껄 웃었다. 두 사람은 소파에 마주 앉아 있었는데 테이블 위에는 포장이 된 조그만 상자가 놓여 있었다. 한눈에도 선물상자란 것을 알 수 있을 만큼 포장에 멋을 부린 모양새였다.

"나도 내 생일을 무심히 넘기는데 네가 다 기억해주고."

금 변호사는 선물상자를 집어 들었다.

"이거 뜯기 아까운걸?"

"넥타이 핀이에요. 나중에 보셔도 돼요."

"암튼 고맙다. 우리 재인이 철드는 겐가?"

"네. 이제 결혼도 하니 철들어야죠. 아저씬 오늘 저녁에라도 아줌마랑 근사한 외식 같은 거 안 하세요?"

재인이 아줌마라 지칭하는 사람은 금 변호사의 아내였다.

"외식은 무슨, 회장님이 저리 계신데. 난 일단 네가 결혼하는 거랑 회장 취임하는 거 봐야 한숨을 돌릴 것 같구나."

"네에……."

"그리고 내 아직까지 너를 편하게 대한다만 네가 정식으로 이두회의 수장이 되면 그때부턴 내, 정식으로 예를 갖추마."

"아녜요. 그러지 마세요. 아저씨까지 그러심 저 정말 화나요."

재인의 뿌루퉁한 얼굴에 금 변호사가 소리 내어 웃는 사이 여직원이 노크를 하고 들어와 커피를 놓고 물러갔다.

"근데 아저씨. 뭐 좀 여쭤보고 싶은 게 있는데요……."

커피를 한 모금 마신 재인이 신중한 얼굴로 입을 열었다.

"아저씬 류 실장을 안 지 얼마나 되셨어요? 엄만 비서실장이 된 후라고 하던데 엄마야 이두회에 직접 관여하지는 않으니까요. 뭐, 나도 마찬가지지만."

"사실 류 실장은 회장님이 특별히 키워낸 인재다."

"특별히?"

"그래. 류 실장이 어릴 적부터 여러 분야의 전문가들이 투입돼 철저한 프로그램으로 교육되었다는구나. 그 과정 자체는 회장님이 비밀리에 관리하셔서 나도 잘은 모른다만. 암튼 내가 류 실장을 처음 알게 된 것은 이두회와 계림 사이에 가장 큰 전쟁이 있었던 10년 전쯤이야."

재인은 이두회와 관련한 여러 외풍들에 대해 거의 아는 바가 없어 그저 분위기만으로 짐작할 뿐이었지만 그렇게 기억을 더듬으니, 그녀가 아직 중학생 때거나 고등학교 다닐 적에 집안이 다소 어수선했었다는 것을 떠올릴 수 있었다.

"당시 류 실장이 겨우 스무 살 안팎이었는데도 전쟁을 승리로 이끈 주역이라 해도 될 정도로 두각을 나타냈었단다. 나야 후방에 있어 듣기만 했지만 말이다. 아마도 회장님은 장래 이두회를 위해 류 실장을 키운 게 아닌가 싶다. 그리고 어쩌면 네 남편감으로도 일찌감치 생각하셨을 테지."

"그런데 만약…… 제가 류 실장과 결혼하지 않겠다 하면…… 어떻게 되나요?"

"왜? 설마 결혼 못 하겠다, 마음 바꾸려고?"

"아뇨. 그냥 알고 싶어서요. 아빤 대체 어떤 밑그림을 그려놓은 건지."

"글쎄다, 그럼 좀 복잡해지겠지. 회사와 이두회는 서로 양분될 수 없는데 분열이 일어날 수도 있어."

"구체적으로……?"

"예를 들어 네가 회사 대표가 되려면 주주들의 도움이 필요한데 그 힘을 모으는 것이 이두회거든. 지금 이두회는 사실상 류 실장이 움직인다 해도 과언이 아니니다."

"이두회가 전적으로 류 실장의 통제하에 있다는 것이네요?"

"그렇지……."

"어떻게……, 그 권력이 모두 류 실장에게 집중될 수 있죠? 아빠가 일부 허락했겠지만……. 이해가 안 가요."

"네가 회장에 정식으로 취임하면 달라지지 않겠니? 달라지게 만들어야 하고."

"결국 결혼만이 최선이네요……."

재인이 중얼거렸다.

"아빠의 밑그림을 알 것도 같아요. 어쩌면 이미 예견하신 것일지도 모르겠네요. 이두회란 이름에 걸맞게 당신 딸이 반쪽짜리 수장이 되리란걸……."

"당찮은 소리."

금 변호사는 마치 호통을 치듯 단호해, 재인은 깜짝 놀랐다.

"류 실장은 어디까지나 널 보좌하는 인물이지, 너와 함께 이두는 결코 될 수 없다. 우두머리는 정통 후계자인 위재인, 너 하나야. 하나뿐이다."

"그……, 그분요, 처음에 아빠랑 같이 수장이 되신 분 말예요. 불의의 사고로 돌아가셨다 들었는데 맞나요?"

재인의 아버지인 위상문 회장과 함께 이두회를 설립한 또 한 사람의 회장은 조직 설립 후 몇 년이 지나 사망한 것으로 재인은 알고 있었다. 그래서 재인은 아버지에게 '그 후 이두회를 왜 일두회로 바꾸지 않았느냐' 비아냥댄 적도 있었다. 그런데 금 변호사는 재인의 물음에 분명한 대답을 하지 않고 애매한 고갯짓을 먼저 해 보였다.

"그러니 너도 사고를 조심해라."

그런 후 금 변호사가 말했다.

"네? 그게 무슨……?"

"네 유고 시엔 어떻게 되는지 알지? 무조건 류 실장이 승계하는 거야. 회사, 이두회 모두."

재인은 제 엄마한테서 받았던 것과 같은 강도의 충격을 다시 받고 잠시 멍했다. 엄마가 한 말과 금 변호사가 한 말의 행간을 이어보면 도하와 결혼하기 전에는 '위장된 사고'로 위협받고, 결혼한 후에는 정말 목숨이 위태로운 사고를 조심하라는 의미 아닌가. 그렇다면 '사고를 조심하라'는 금 변호사의 말에는 위 회장과 함께 초창기 이두회를 이끌었던 그 수장의 죽음이 사실은 불의의 사고가 아닐 수 있다는 뜻도 숨어 있을 수 있는 것이었다.

말도 안 돼, 행간에 대한 과도한 해석이다, 너무나 임의적인 의미부여다, 무엇보다 아버지가 그럴 리 없다, 라고 재인은 생각했다.

"마침 온 김에 류 실장 만나 같이 가든지. 좀 있음 올 건데……."

"네?"

재인은 이제 머리까지 한 대 얻어맞은 것처럼 정신을 차릴 수 없었다. 그녀는 엉덩이를 들썩이며 어쩔 줄을 몰라 했고, 그런 재인을 금 변호사는 잠시 무거운 눈빛으로 바라봤다. 그때 노크소리가 들리고 여직원이 모습을 보였다.

"손님이 오셨습니다."

"아, 잠시 기다리시라고 해요."

금 변호사는 얼른 그렇게 말하고 재인을 향했다.

"혹시 류 실장과 여기서 보면 안 되는 거니?"

"아, 아뇨……. 그게……."

"괜찮다. 살다 보면 말 못 할 일도 있는 거야. 이리 와라."

금 변호사는 집무실 한 쪽에 있는 파티션 안으로 재인을 데려갔다.

"잠시 이곳에 있어라. 10분이면 충분해."

파티션 안에는 간이침대와 조그만 탁자, 행거 등이 있었는데 재인은 바로 그 간이침대에 털썩 주저앉았다. 이것이 무슨 꼴인가 싶었다. 사실 그녀는 도하가 의심스러워 금 변호사를 만나러 온 것이 아니었다. 그저 제 앞에 놓인 현실을 분명하게 인식하고 싶었을 뿐이고, 남몰래 온 것은 다른 사람들에게, 특히 도하에게 불필요한 오해를 사기 싫어서였는데 당장 금 변호사의 오해를 사게 됐을 뿐더러 만약 도하에게 들키기라도 한다면 그야말로 그 오해는 풀 길조차 없지 않은가. 차라리 당황하지 말고 자연스럽게 도하를 만날 것을, 금 변호사의 생일이라 왔다고 하면 될 것을, 하며 재인은 때늦은 후회를 해보지만 파티션 밖으로는 이미 도하의 목소리가 들려오고 있었다. 재인의 심장박동은 미친 듯 요동을 쳤다.

제8장 감정의 침투

금 변호사의 집무실로 도하가 들어왔을 때는 소파 앞 테이블에 있던 선물상자와 커피 잔들은 이미 치워지고 난 후였다.

"외근이라기에 일부러 들르라 했네. 어차피 지나는 길이니."

그렇게 말하는 금 변호사의 손에는 서류봉투가 들려 있었다. 두 사람은 이내 소파에 마주앉았는데 도하가 앉은 자리는 방금 전 재인이 앉았던 바로 그 자리였다. 그는 금 변호사에게 건네받은 서류봉투를 열어 그 안의 내용물을 잠시 확인했다.

"일단 법적인 부분은 나한테 맡겨 두고……."

금 변호사가 서류에 관해 설명을 덧붙이며 두 사람은 잠시 총집회 전에 해야 할 일들에 대해 대화를 나눴다.

"근데 참……."

대화 중 금 변호사는 뭔가 생각난 듯 화제를 돌리려 하며 잠시 뜸을 들였다.

"어제 송 지부장한테서 연락이 왔었는데 채진우의 행방이 이틀째 묘연하다고 말이야, 혹시 자네가……."

"네. 맞습니다."

"왜? 계림 접촉 건 때문에?"

"네."

"어쩌려고?"

"아직 만나보지 못했습니다."

"재인이에 대한……, 그 소문은 나도 들었는데 소문 단속부터 먼저 해야 하는 거 아닌가?"

"하고 있습니다."

"내 보기엔 계림이 채진우를 이용한 거야. 채진우 이용해서 헛소문 퍼뜨리려고. 그 친구 입이 좀 싸? 치사한 놈들."

파티션 안에서 재인은 귀를 쫑긋 세우고 있다가 갑작스러운 혼란과 직면했다. 채진우라면 재인도 어릴 적 만나본 적 있는, 얼마 전에 마약 투약 혐의로 검찰의 내사를 받는다는 기사가 났다, 바로 그날 다시 내사 중단 기사가 났었던 톱스타 아닌가. 그가 이두회 소속이라는 것은 그렇다 치고 왜 재인 자신과 함께 거론되는지, 그녀는 그것이 의아했다. 무슨 소문일까, 하는 중에 재인은 갑작스레 소스라치며 하마터면 소리를 낼 뻔하기까지 해, 얼른 손으로 입을 막았다. 그녀의 가방에서 핸드폰 벨소리가 났기 때문이다. 다행인 점은 그것이 문자 신호음이라 단 한 번으로 그쳤다는 것이다.

도하가 파티션 너머로부터 오는 핸드폰 소리를 들은 것은 마침 자리에서 일어나 금 변호사를 향해 '이만 가보겠습니다' 하는 순간이었다. 도하의 눈은 곧장 파티션을 향했다.

"내가 낮잠 자다 핸드폰을 거기에 둔 모양이군."

금 변호사도 자리에서 일어나며 태연하게 말했다.

"오전부터 낮잠을 주무셨습니까?"

문으로 간 도하가 무심히 물었다. 아직 점심때였다.

"어젯밤에 잠을 좀 못 자서. 어서 가게. 내가 바쁜 사람 너무 잡았군."

파티션 안에서 재인은 두 손에 핸드폰을 꼭 쥐고 도하가 나가는 소리를 들었다. 문자는 이석에게 온 것으로 '류 실장님이 들어간 거 봤습니다. 다행히 전 들키지 않았는데 이후 어떻게 대처해야 하는지 연락주세요' 하는 내용이었다. 그녀는 얼른 진동으로 바꿔 놓고 있던 중이었다.

재인은 도하가 나간 지 5분 정도의 간격을 두고 금 변호사의 사무실을 나와 이석이 운전하는 차를 타고 다시 ㈜LD로 돌아오고 나서야 안도의 한숨을 내쉬었다.

"담배 줘."

지하주차장에서 재인이 말했다. 아직 차 안이었다. 이석은 재인에게 담배를 주고 불을 붙여 주었는데 이제 그의 얼굴은 불안보다는 재인을 향한 걱정의 빛을 더 띠고 있었다.

"우리 여기서 같이 담배 피운 거야……."

담배 두 모금에 기침을 하고 얼른 그것을 끈 재인이 말했다.

"네."

이석은 착잡한 표정으로 대답했다.

"양 비서, 혹시 나에 대해……, 무슨 소문 들은 거 있어?"

"네? 아, 뭐 전혀 없진 않죠. 왜요?"

"뭔데?"

"그냥……."

이석은 머리를 긁적였다.

"싸가지 없다고……. 이크, 맞을라……."

"은밀히 알아봐."

재인은 웃지 않았다. 그런 그녀의 얼굴에 이석도 얼른 정색했다.

"나에 대해 어떤 소문이 있는지."

얼마 후, 재인은 평소와 같은 모습으로 이석과 나란히 회장 비서실 안으로 들어섰다. 비서실에는 도하가 이미 제자리에 앉아있었다.

"몰래 담배 좀 피우느라고……."

도하와 함께 회장실로 들어온 재인이 말했다.

"담배 피우는지 몰랐습니다."

"독일에 있을 때 좀 폈는데 이제 끊으려구요. 담배 냄새나는 여자 별루잖아요? 그쵸?"

도하 곁에서 그의 허리에 팔을 하나 두른 재인이 웃음 띤 얼굴을 해보였다. 도하는 말없이 그녀의 어깨를 팔로 감싸고는 정수리에 입을 맞췄다.

"나 다음 일정 뭐죠? 잠깐, 한 30분 정도 누워 있을 수 있어요? 밥 먹었더니 약간 졸려."

"그렇게 합시다."

도하와 함께 패닉 룸으로 들어온 재인은 침대에 벌렁 눕기부터 했다.

"겉옷은 벗고 누워요. 옷도 구겨지지만 무엇보다 불편하니."

"벗겨줘요."

도하는 재인의 블라우스부터 단추를 풀어 벗기고 이어 그녀의 스커트를 벗겨냈다. 재인은 힘을 빼고 그에게 완전히 몸을 내맡긴 채 그의 얼굴만 바라보고 있었다.

"가만 보니까…… 도하 씨 참 잘생겼다. 그거……, 알아요?"

그러나 도하는 별다른 말 없이 브래지어와 팬티 차림의 재인 몸 위로 얇은 이불을 끌어 덮어주었다. 그런 후에야 그는 그녀의 눈길에 제 것을 섞었다.

"도하 씨 첨 봤을 때……. 뭐랄까, 낯익은 느낌? 편안함? 그런 거 있었는데……."

도하는 여전히 말이 없었다. 그저 그녀의 머리를 쓰다듬어 주는 것으로 제 대답을 대신할 뿐이었다.

"왜 지금에야 그것이 이토록 생생하게 느껴지는 걸까……?"

도하의 눈을 보며 재인은 마치 탄식이라도 하듯 중얼거렸다. 도하는 여전히 입을 여는 대신 이번에는 몸을 숙여, 그녀의 이마에 입을 맞췄다. 이어 이미 눈을 감은 그녀의 눈꺼풀 위에, 콧등에, 그리고 마지막으로 그녀의 입술 위로 그의 것을 깊숙이 포갰다. 이제는 익숙한 타액이 재인의 입 안을 점점 점령해 들어왔다.

처음에는 약간 차가운 그것이 시간이 지남에 따뜻해지고 곧 뜨거워졌다. 그리고 무엇보다 다정했다. 아직 도하의 눈을 통해서는 아무것도 읽어내지 못하는 재인도 오히려 그의 입맞춤에서는—그것을 사랑이라, 아직은 감히 말할 수 없을지라도— 여자의 직감으로 느낄 수 있었고, 느껴왔다. 무심하고 무표정한 인상 너머 그의 다정함을, 그의 마음이 전하는 배려를, 바로 세 번의 데이트에서의 그를 말이다. 그러니 그것을 의심하는 것은 제 자신을 의심하는 거라고, 설령 그것이 거짓으로 드러나는 한이 있어도 지금은 믿어야 한다고, 재인은 스스로를 설득해보지만 그렇게 설득해야만 하는 처지는 더욱 구차하고 서글펐다.

도하가 패닉 룸을 나간 후 재인은 도로 일어나 앉았으나 얼마 못 가 다시 툭 쓰러졌다. 잠은 오지 않았다. 졸리다 한 것도 어차피 거짓말이었으니까. 다만 맥 빠지고 울적한 마음으로 계속 웃는 낯을 하고 있는 것이 힘들었을 뿐이다.

이제 앞으로 그에게 얼마나 더 거짓말을 하게 될까. 지금처럼 사소한 거짓으로 시작해 점점 감당할 수 없을 정도가 되면 그땐 어쩌지, 그냥 그만 둘까, 무조건 그를 믿고 따를까. 그러나 한 번 시작된 의심은 결코 스스로 멈추는 법이 없다. 그러니 의심을 거두기 위해서라도, 그래서 계속 거짓말을 하는 한이 있더라도 재인은 의심해야 했다. 의심하지 않기 위해 의심을 하는 것이다. 도하가 그녀의 눈에 투명하게 보일 때까지 말이다.

❖

창이 없는 네모난 방은 중앙에 역시나 사각의 나무 테이블과 의자 두 개만 있을 뿐이고, 위로부터는 갓이 달린 전등 하나만 내려와 있었다. 언젠가 이석이 갇혀 있었던 그곳에 이번에는 채진우가 있었다. 그는 완전히 발가벗은 모습으로 의자에 앉아 있었는데 막 식사를 한 후인지 테이블 위에는 반도 먹지 않은 설렁탕과 깍두기 반찬이 놓인 쟁반이 올려 있었다. 아마 그는 최소 이틀 이상 이곳에 갇혀 있었던 것이 틀림없었다. 그의 얼굴은, 조금 과장하면 다크 서클이 턱밑까지 내려와 있었기 때문이다.

문이 열리고 검은 양복의 사내가 들어왔다.

"오, 오늘이 무슨 요일입니까? 나 며칠이나 여기 있었던 거예요? 응? 사흘? 나흘? 아니다. 5일도 넘은 것 같은데, 대체 언제까지 가둬둘……."

순간 탕, 철문 닫히는 소리가 진우의 말을 잘랐다. 검은 양복의 사내는 설렁탕이 놓인 쟁반만 갖고 나가 버린 것이다. 진우는 두 손에 머리를 싸안고 고개를 숙였다. 20여 일 전에 만난 도하에게 폭행 아닌 폭행을 당해 그것으로 병원 치료를 받았었는데 그 상처가 채 낫기도 전에 그는 이곳으로 끌려온 것이었다. 그때 다시 문이 열렸다. 안으로 들어온 사람은 도하였다.

"처, 천위장……."

시커먼 아랫도리가 드러나는 것도 의식 못 한 채, 진우는 엉거주춤 일어섰다. 도하는 재킷 단추 하나를 풀며 진우 맞은편에 앉았다. 진우도 다시 앉는다.

"미안합니다. 채진우 씨를 초대해놓고 내가 좀 바빠서 이제야 찾아뵙는군요."

도하는 마치 커피전문점에서 만난 것처럼 인사를 했다. 그래선지 진우는 할 말을 잊은 듯 잠시 동안은 입만 헤 벌리고 있었다.

"일정 확인하고 초대한 것이니 아무 차질 없을 겁니다. 채진우 씨 혼자 여행간 것으로 돼 있고, 그것은 채진우 씨가 평소에도 그러하니 나가게 되면 잘 처신하기 바랍니다."

"어, 언제 나갑니까? 오늘?"

"5분 후가 될 수도 있습니다. 그건 채진우 씨 하기 나름이죠. 하지만 알아둘 건 불필요하게 시간 끄는 것은 채진우 씨보다 내가 더 싫어한다는 사실입니다. 그러니 두 번의 기회는 없어요."

"혹시 뭘 오해한 모양인데 난 천위장에게 충성하려……."

"묻지 않은 말은 하지 않아도 좋습니다."

진우는 얼른 입을 다물고 마른침을 삼켰다.

"이두회 2대 수장이 될 분이 누굽니까?"

도하의 질문에 진우는 대답 전에 다시 한 번 마른 침을 꿀꺽 삼켰다.

"위, 위재인 대행님이시죠."

"정말 그렇게 생각합니까?"

"네?"

진우는 화들짝 놀랐으나 그런 자신을 바라보는 도하의 눈길 속에서 정신을 가다듬으려 애를 썼다.

"위재인 대행님 외엔 생각해본 적이 없습니다. 오, 오, 오직 위 대행님께만 충성합니다."

에라, 모르겠다, 말을 뱉어놓고 그는 눈을 질끈 감았다. 그것이 도하가 원하는 대답이 아니면 자신은 죽음 목숨이라는 것을 진우는 잘 알았다.

"모쪼록 잊지 마시기 바랍니다."

뒤따른 도하의 말에 진우는 눈을 번쩍 떴다.

"네에? 네, 네. 명심, 또 명심하겠습니다."

진우가 연신 고개를 숙여 보이는 사이 도하는 핸드폰에 대고 '들어와' 하고 있었다. 그러자 곧 좀 전에 모습을 보였던 검은 양복을 입은 사내가 들어왔다.

"수고하셨습니다."

도하는 진우를 향해 마지막으로 그렇게 말했다. 검은 양복의 사내는 진우를 일으켜 세워, 검은 안대만 눈에 씌운 채 벌거벗은 모습 그대로 데리고 나갔다. 혼자 남은 도하는 테이블 위에 팔꿈치를 괴고 두 손을 모아 입가에 댔다. 그의 물 같은 눈빛이 더욱 깊고 어둡게 빛났다.

철문이 다시 열렸다. 다른 사내가 들어왔는데 진한 감색의 슈트를 입은 삼십대 초, 중반의 사내였다. 바로 최장혁의 공석을 이은 현 무력부의 수장으로 박 부장이라 불리는 사내였다. 박 부장이 도하 옆에 서서 먼저 묵례를 하는 사이 도하는 천천히 일어나 박 부장 가까이 다가섰다. 도하가 박 부장의 귀에 대고 뭐라 나직이 속삭이니, 그 소리를 들은 박 부장은 적이 놀란 눈치를 보였다.

"알겠습니다."

박 부장의 대답을 들은 도하가 먼저 그곳을 나갔다.

같은 시간, 위 회장의 저택에서는 이석이 제 핸드폰의 화면에 대고 망연한 눈을 하고 있었다.

〈아직이야? 알아보고는 있는 거야? 답답해 죽겠네. 지금 어디 있어? 별채야?〉

재인의 문자였다. 이석은 그 문자에 대고, 이번에는 한숨을 길게 내쉬었다. 또 그런 이석을 여정이 지켜보고 있었는데 요 근래 그녀의 눈에 이석은 평소 그의 모습이 아니었다. 그것을 의식한 지는 며칠 됐으나 처음부터 신경이 쓰였던 것은 아니었다. 그러나 시간이 지날수록 이석의 변화는 성가실 정도로 그녀의 신경을 건드려 그가 한밤중에 사라지기도 했었다는 것까지 의식에 들어올 정도였다. 지금 여정의 눈에 이석은 딱 넋 나간 사람의 그것이었다. 깊은 밤, 이제 잘 일밖에는 딱히 없어 호위사들에게도 무장해제가 허락된 시간에, 이석은 별채의 1층 홀, 창가에 앉아 세상 고민을 다 짊어진 듯 축 처져 있었다.

"허억…… 까, 깜짝이야."

이석은 여정을 보며 뜨악한 모습을 보였다. 여정이 가까이 와서 이석의 어깨를 아주 살짝 툭 치자 나온 반응이었다.

"아익, 그렇게 갑자기 나타나면 어떡해요? 기척을 해야지, 기척을."

이석은 화까지 벌컥 냈다.

"죄졌습니까?"

"죄는 무슨, 이래봬도 하늘을 우러러 한 점까진 아니지만 두 점 정도는 부끄러움 없이 산 나, 양이석입니다."

"그렇다 치고 왜 죽상인데요?"

"죽상? 여자가 말 좀 곱게 씁시다."

이석은 벌떡 일어나, 어이없는 얼굴의 여정을 뒤로 하고 입구를 향하다 갑자기 우뚝 멈춰 섰다. 그러고는 천천히 고개를 돌렸다.

"혹시 걱정해주는 거?"

조심스러운 어조로 이석이 물었다.

"걱정은 무슨……."

그렇게 대답하는 여정의 목소리는 뚱했다.

"걱정 아니면 관심?"

"장난하는 거 보니 살아나셨네? 축하드립니다."

"축하 같은 소리. 내 심정이 지금……."

이석이 버럭 하는 순간, 그의 손에 쥔 핸드폰이 밝은 빛을 뿜어냈다. 그것을 본 이석은 허겁지겁 본채로 향했다.

본채 1층 리빙 룸의 소파에 재인과 이석이 마주앉아 있었다. 두 사람이 만난 지 이미 약간의 시간이 흐른 후였다.

"뭐……?"

재인은 놀랐다기보다는 어안이 벙벙한 표정이었다.

"내가 이두회의 정통 후계자가 아니라고?"

"내, 내가 언제 그렇게 말했어요? 이두회의 정통 후계자가 따로 있다…… 고 했지요. 아니, 그런 소문이……."

"그게 그 말이지."

재인은 버럭 소리쳤다.

"설마 어디선가 아빠 아들이 살아 있다? 오빠? 아님 남동생?"

"아무 거면 어때요? 당연히 헛소문이고 어차피 없는 존잰데. 회장님께 대행님이 무남독녀라는 건 세상이 다 아는 사실인데요, 뭐. 어떤 놈들이 무슨 목적으로 그런 해괴망측한 소문을 퍼트렸는지 알면 그냥 이것들을 잡아다 아주 주리를 틀어야 해."

"웬 오바?"

"오바 아니거든요."

이석은 더욱 분한 얼굴을 했는데, 그것은 제 본심을 가리기 위해서였다. 그렇잖아도 수집한 정보 모두를 털어놔야 하나, 말아야 하나 재인을 만나기 직전까지 머리에서 쥐가 나게 고민을 했고, 고민 끝에 결국 '재인의 출생 의혹'에 대해서만큼은 묻어두기로 하자, 결론 내렸기 때문이었다.

"어떤 경로로 듣게 된 거야?"

"집회가 머지않았으니 그 핑계 대고 여기저기 찔러봤죠. 전화로 말 못 한다 그래서 직접 만나서 듣기도 했구요. 특히 연예계 쪽에 있는 애들한테서 얘기가 많이 나오더라구요."

재인은 단번에 채진우를 떠올렸다. 그러나 그 전에 어떻게 그런 소문이 났는지가 더 의아했다. 설사 그것이 재인의 오빠에 관한 것이라 해도, 재인의 오빠는 오직 재인과 그녀의 아버지인 위 회장 사이에서만 언급되는 존재일 뿐이었다. 재인은 제 엄마와도 오빠에 관해서 만큼은 이야기해 본 적이 없었다. 진향은 아예 그것에 관해 입도 벙긋 안 해, 재인은 엄마가 오빠의 존재를 아는지 모르는지조차 알지 못했다.

아버지에게 들은바, 오빠는 아버지와 전 부인 사이의 소생으로, 아버지가 진향과 결혼 후 아들을 다른 사람 손에 맡겨 키웠다 했다. 재인이 아주 어릴 때라 대부분 아버지의 설명에 의존해 당시 상황을 이해한 것이었지만 다만 분명한 것은 그녀의 오빠에 관한 기억이었다. 세상에서 가장 넓은 가슴을 가진 사람, 그리움과 슬픔만 주고 떠난 사람, 그리고 오직 그녀만의 사람이었다.

그런데 그런 오빠가 갑자기 사람들 입에 오르내린다? 만약 오빠가 살아 있다면 당연히 그가 아버지의 뒤를 이어 이두회의 수장이 될 것이지만 이미 오래전부터 재인의 기억 속에만 존재하는 오빠가, 더구나 어떤 사정으로 인해 미처 아버지의 친자로 입적되기도 전에 세상에서 사라져 당연히 세간에 알려졌을 턱이 없는 오빠의 존재가 엉뚱하게 소문 속에서 살아나다니, 재인은 어이가 없었다. 오빠와 헤어진 훗날 재인이 철들어, 오빠와 지냈던 시골이며, 오빠의 유해를 어디에 두었는지에 대해 아버지에게 물었을 때도 아버지는 이제 그만 잊으라며 알려주지 않아 그 이상은 재인도 모르고 있었다.

"설마 진짜루 어디서 남동생이 갑툭튀 하는 것은 아니겠지?"

재인은 머리를 긁적이며 중얼거렸다.

"지금 농담이 나오세요? 이건 명백히 대행님을 능멸하는 거라구요."

"됐고. 톱스타 채진우 알지? 그 사람 연락처나 알아내서 약속 잡아."

"네?"

이석이 채진우의 연락처를 알아내는 것은 간단했지만 그와 만날 약속을 잡는 일은 그리 간단치가 않았다. 이석은 일단 재인을 거론하지 않고 약속을 잡으려 했으나 일언지하에 거절당했다. 수상한 만남은 갖지 않겠다는 것이 진우의 이유였다. 이석은 어쩔 수 없이 보안을 전제로 '위 대행과 독대 자리를 만든다' 하니 진우는 몹시 당황하며 자신의 일정을 알아보고 다시 연락하겠다 한 후 연락은커녕 아예 이석의 전화를 받지도 않았다.

"번호 찍어."

재인이 제 핸드폰을 이석에게 내밀며 말했다. 진우가 이석의 핸드폰을 받지 않으니 재인의 핸드폰으로 걸라는 것이다. 두 사람은 회사 내, 인적이 전혀 없는 곳에 와 있었다.

"어쩌려구요?"

번호를 눌러 재인에게 다시 핸드폰을 건네며 이석이 갸웃했다.

"실례합니다만 채진우 씨인가요?"

핸드폰 너머에서 '여보세요' 하는 남자 목소리가 들리자 재인은 먼저 상대부터 확인했다.

[네. 맞습니다. 누구신지…….]

"나 위재인이에요."

그러자 재인의 귀에, 진우의 곤혹스러운 신음이 들려왔다.

"내가 말한 장소로 제 발로 나오겠어요? 아니면……."

재인은 입 끝에 보일 듯 말 듯 묘한 웃음을 머금었다.

"무력부를 보내드릴까요?"
그렇게 협박하는 재인을 보며 이석은 '헐' 하는 표정을 지었다.

⊠

진우와 만나기로 약속한 날, 일요일에 재인은 쇼핑을 한다며 이석의 운전으로 여정과 함께 집을 나섰다. 호위사들을 떼어놓기 위해 묘수를 짜던 재인은 쇼핑에는 옷을 봐줄 사람으로 여자 한 사람이면 족하니 여정만 동행하라 고집을 부려 간신히 나온 길이었다. 여정까지 떼어놓는 것은 사실상 불가능했다.
"왜 호텔 앞에 섭니까?"
시내 호텔 앞에 차를 세우는 이석을 보며 여정이 물었다.
"호텔에서 먼저 친구 만나기로 했거든."
뒷좌석의 재인이 대신 대답했다.
"호텔이랑 백화점이 붙어 있으니까 친구 만나고 바로 쇼핑하면 돼."
세 사람은 승강기를 타고 위로 올랐다. 여정은 께름칙한 표정으로 이석을 향해 몇 번 의혹의 눈길을 던졌지만 이석은 의식적으로 그것을 피하고 있었다.
"둘 다 여기서 기다려. 오래 안 걸려."
승강기에서 내린 재인이 여정과 이석을 보며 말했다. 대기실 쪽으로 조금 걸어 나온 후였다.
"하지만 대행님……."
"기다리라 하시잖아요. 우린 저기 가서 앉아 있읍시다."
이석이 여정의 팔을 잡고 말렸다. 그 사이 재인은 빠른 걸음으로 호텔 직원이 기다리고 있는 데스크로 향했다.
"대체 무슨 일입니까?"
여정은 이석의 손을 뿌리쳤다.
"만약 대행님께 무슨 일이 생기면……."
"그런 거 아녜요."
이석이 진정하라는 손짓을 해보이며 그녀의 말을 부드럽게 잘랐다.
"그냥 모른 척해줘요. 대행님을 위해서."
여정은, 그러나 불안감이 가시지 않는 얼굴로 재인이 사라진 곳을 향해 눈을 고정하고 있었다.
VIP고객들을 상대로 제공되는 룸은 비밀스러운 만남을 갖기에 아주 적합한 장소였다. 그곳에 진우가 먼저 와서 기다리고 있었다. 그는 테이블 앞에 앉아 투명한 물 컵을 들어 입에 잠깐 대는가 싶더니 곧 초조한 눈빛을 입구로 보냈다. 그리고 때마침 그것이 열리며 재인이 모습을 드러내자 진우는 자리에서 얼른 일어났다. 진우가 먼저 고개를 숙였고 재인이 뒤따랐다.
"아주 오래전에 뵈었는데 여전하시네요. 여전히 멋지시다구요."
재인이 먼저 입을 열었다.
"별 말씀을. 그러고 보니 그때 위 대행께선 꼬마 숙녀셨죠? 감회가 새롭습니다."
"네. 앉으세요. 주문은 제가 했습니다."
두 사람은 앉아서, 커피가 올 때까지는 대수롭지 않은 말들을 주고받으며 시간을 보냈다.
"참, 곧 결혼하시죠? 축하드립니다."
커피를 서빙한 직원이 나가자 진우가 말했다.

"감사합니다. 근데 축하보다는 채 선생님한테는 다른 말이 더 듣고 싶은데요."

재인은 말끝에 커피 잔을 입에 댔다. 그 사이 진우의 얼굴에는 긴장감이 감돌았다.

"단도직입적으로 물을게요. 이두회의 정통 후계자는 따로 있다는 말, 채 선생님 입에서 나온 것으로 아는데 맞나요?"

"그게…… 사실은…… 나도 들은 거라……."

"그럼 들으신 대로만 말씀하시면 되겠네요."

"뭘 알고 싶으신 겁니까?"

"그 정통 후계자가 누구죠?"

"나도 모릅니다."

"그럼 아시는 걸 말해 봐요."

"몰라요. 그저 그런 말이 있다……, 그게 답니다."

"좋아요. 이두회를 승계할 내가 있는데도 정통 후계자가 따로 있다는 말이 나왔으니, 난 그것을 결코 좌시하지 않을 겁니다. 회장 승계를 하는 날로부터 그것을 발설한 자들, 기필코 다 잡아들여 모두 밝히고 말겠어요."

재인의 목소리는 떨리고 있었지만 그녀가 노렸던 효과는 그것으로 충분했다. 진우는 재인의 목소리보다 더 떨리는 손으로 커피 잔을 들다 그것을 도로 떨어뜨렸던 것이다.

"날…… 지켜주실 수 있나요?"

진우가 물었다.

"무엇으로부터요?"

"무엇으로부터든지."

"지켜드리죠. 약속해요."

"어쩌다 이렇게 꼬였는지……. 원랜 이게 아닌데……."

진우는 중얼거리며 다시 커피 잔을 들어, 이번에는 한 모금 마시는 데에 성공했다. 그의 얼굴에는 두려움과 함께 오기 비슷한 흔적도 엿보였다.

"혹시 저한테 배다른 형제가 있다고 하던가요?"

진우가 말없는 사이 재인이 먼저 물었다.

"그게 아닙니다……."

"네?"

"원래 이두회는 수장은 두 명이었던 거 아시죠? 위 회장님과 또 한 분……."

"알아요."

"소문에서 말하는 정통 후계자란 바로 그 또 한 분의 수장의 핏줄……, 그분의 아들을 가리키는 거예요."

"네?"

재인은 정말 놀랐다. 생각지도 못했다.

"사실 그 소문은 이미 꽤 오래전부터 암암리에 퍼졌다 합니다. 제가 들은 건 최근이지만요."

진우는 그렇게 말을 이었다.

"그, 그분……, 아버지와 같이 수장이 되신 분요, 그분은 사고로 돌아가셨는데 후사가 없다 들었지만…… 있었다 해도 그게 왜 갑자기 지금……."

"사고가 아닌 걸로 압니다. 내가 듣기로는요. 두 회장님 사이에 권력 다툼이 있어 그리된 거라고……."

진우는 재인의 안색을 살피며 말끝을 흐렸다. 뜻밖의 놀라움에 이어 또 하나의 불길한 사실을 접한 재인이 순간적인 혼란을 정리하지 못해, 그것이 얼굴에 고스란히 드러나는 것을 어쩌지 못하고 있었던 탓이다. 진우의 '사고가 아니다'라는 설명은 곧장 '사고를 조심하라' 했던 금 변호사의 말을 떠올리게 했고, 그때 감지되었던 불길한 행간이, 또 한 명의 수장은 불의의 사고로 죽은 것이 아닐지도 모른다 했던 것이 어쩌면 사실일지도 모른다는 데서 온 충격이었다. 그 여파는, 보태어 검은 먹구름과도 같은 불안감이 재인의 가슴으로 스멀스멀 몰려들게 만들었다.

"정리하면……."

제법 짧지 않은 시간이 지난 후에, 재인은 입을 열었다.

"권력 다툼으로 밀려난 그분의 아들이 이제 와 이두회를 승계하려 한다? 날 쳐내고?"

"그저 제가 들은 소문이 그렇다는……."

"그자가 누군데요?"

"모릅니다."

진우는 재인의 눈을 피했다. 더는 한 마디의 말도 하지 않겠다는 얼굴이었다. 재인 역시 더 물을 필요 없다고 판단했다. 아니, 묻지 못했다. 묻는 것이 두려웠다.

재인이 진우와 헤어져 이석과 여정이 있는 곳으로 돌아왔을 때 그녀의 얼굴은 그녀를 기다리고 있던 두 사람의 걱정을 살 만큼 파리하게 굳어 있었다.

"쇼, 쇼핑해야지……?"

이석과 여정이 하는 걱정의 소리를 뒤로 하고 재인이 말했다. 그리고 그녀는 정말 쇼핑을 했다. 옷과 구두를 몇 벌 샀지만 돌아오는 차에 몸을 실었을 때는 자신이 무엇을 샀는지도 재인의 의식 속에는 없었다. 여전한 혼란 상태여서라기보다는 그녀가 집중하는 문제가 쇼핑은 아니었기 때문일 것이다. 증명하듯 귀가하는 차에서 '황 대리' 하고 부르는 재인의 얼굴과 목소리는 의외로 차분해 보였다.

"네. 대행님."

조수석에 앉은 여정이 뒤를 살짝 돌아보는 고갯짓을 보이며 대답했다.

"오늘 쇼핑한 거 외에 다른 일은 기억에서 지워."

재인의 말에 여정의 대답은 바로 나오지 않는다.

"믿을 사람이 없어……. 하지만 황 대리를 믿고 싶어."

여정은 당혹스러운 표정으로 여전히 대답을 하지 못하다, 바로 옆 이석의 눈과 잠깐 마주쳤다. 그 잠깐의 마주침에서 이석의 눈빛이야말로 재인의 심정을 오히려 대신하듯 했다.

위 회장의 저택으로 재인을 태운 차가 들어서자 별채로부터 장혁과 오 대리가 재킷의 단추를 여미며 급히 나왔다. 재인이 내리도록 차문을 열어준 것은 오 대리였다. 도하는 좀 늦게 본채로부터 모습을 보였다.

"저녁 전엔 왔군요."

그렇게 말하는 도하에게 재인은 환한 웃음을 보이며 제 어깨를 감싼 그의 팔에 더욱 몸을 밀착시켰다.

"늦지 않으려고 노력했어요. 쇼핑하다 보면 시간가는 줄 몰라서. 근데 썩 맘에 드는 게 없어요."

"그런 것 같군요."

"응?"

"안색이 피곤해 보입니다."

재인의 눈을 보고 있는 도하에, 그녀는 속을 보이지 않으려 무던히 애를 써야 했다. 눈빛을 들켜서는 안 된다, 눈을 피해서는 더 더욱 안 된다, 어째서 그는 늘 같은 눈빛을 하고 있을 수 있을까, 어떤 상황에서건 흔들리지 않고, 평정심을 잃지 않는 것이 얼마나 힘든 일인지, 재인은 새삼 뼈저리게 깨달았다.

재인의 쇼핑백은 이석에 의해 본채로 옮겨졌다. 그 사이 장혁은 여정 가까이에서 그녀의 얼굴을 향했다. 선글라스 안에 있는 그의 눈빛은 '보고할 것이 있느냐' 묻는 듯했다. 일정 외에 다른 일이 있을 경우 보고해야 했지만 여정은 그냥 고개를 끄덕여 보이고 말았다. 아무 일 없다는 의미였다.

진향은 홀에서 주방으로 가는 길에 재인과 만났다. 저녁 식사 시간이기도 해서 2층에서 내려온 것인데 여전히 집과 병원을 오가는 생활을 지속하고 있는 그녀는 예전에 비해 집에 머무는 시간이 많아졌지만 주로 2층에서 조용히 보내고 있었다.

재인, 도하, 진향은 함께 식사를 하고, 식사 후 재인은 엄마와 커피를 마시겠다며 2층의 리빙 룸에서 따로 엄마와 마주앉았다.

"2층 올 때마다 진짜 내 방에 온 것 같아."

재인이 말했다.

"아직도 지하층은 남의 집 같다니까."

"피차일반이다."

"섭섭해?"

"아니. 난 2층이 좋구나. 아직 익숙하지 않다 뿐이지."

"그게 아니라……. 내가 엄마 뜻 저버리고 결혼을 강행해서 말이야."

"새삼 그게 무슨 소리야? 결혼식도 얼마 남지 않았는데. 무엇보다 네 아빠 뜻이었잖니. 엄마가 무슨 힘이 있어?"

진향은 씁쓸한 얼굴로 커피 잔을 입에 댔다.
"엄마가 섭섭한 건 아빠한테구나? 그래도 아빤 엄마밖에 몰랐잖아. 평생 엄마만 사랑했잖아. 그러니 딸 하나밖에 낳지 못한 엄마인데도 바람도 안 피셨잖아."
"딸이 어때서? 내 딸, 이렇게 예쁘고 똑똑한데."
"그렇긴 한데……. 엄마가 내 남동생 하나만 더 낳아줬어도 내가 좀 편했지 싶어서."
"그러게 말이다. 나도 네 아빠가 원망스럽구나."
"응? 아빠가 뭐 일부러 그랬나……."
재인은 피식 웃으며 커피 잔을 드느라, 진향의 얼굴을 스친 어두운 그림자를 보지 못했다.
"아빠도 아들이 그리워서, 당신 맘에 드는 아들 같은 녀석 하나 골라 나한테 붙일 궁리를 하셨던 거 아닌가 싶어. 그러니 아빠 마음대로 딸의 신랑을 고른 거겠지. 더구나 도하 씨 같이 유능한 신랑이라니……. 그래서 어쩜 이제야 말로 이두회의 정체성을 찾은 걸지도 몰라."
"뭐……? 이두회의 정체성? 그게 무슨 뜻이야?"
"뭐긴, 원래 수장이 둘인 게 이두회의 정체성이잖아. 내가 전권을 가질 수 있으리라고는 아무도 생각 안 할걸?"
진향은 당혹스러운 눈빛으로 재인을 보고만 있었다.
"저 봐. 엄마도 그렇게 생각하면서."
"그게 아니라……."
"됐구요. 사실 아빠도 처음엔 이두로 시작하셨잖아. 그러고 보니 그 또 한 분은 누구셔?"
재인은 자연스럽게, 정말 자신이 하고 싶은 본론으로 들어갔다.

그러나 재인의 말이 떨어지기가 무섭게 '쨍' 하는 소리가 그 뒤를 이었다. 마침 커피 잔을 들던 진향이 그것을 떨어뜨린 것이다. 재인이 '아이 참, 조심 좀 하지' 하며 얼른 티슈를 뽑아 테이블로 흐른 커피를 닦아냈다.

"엄만 알 거 아냐?"

"몰라. 네 아빠랑 결혼 후엔…… 그 사람 이미 없었어."

"그래? 그럼 이름도 몰라?"

"몰라."

후원의 연못가에 여정이 나와 서 있었다. 가로등 불빛이 수면 위를 비추는 가운데 그 수면 위로 여정의 얼굴도 잔물결 위로 비추었다. 그리고 잠시 후 그녀의 얼굴 옆으로 이석의 얼굴이 다가왔다. 밤이 깊어가는 중이었다.

"고민 있어요?"

이석이 머그잔을 내밀며 불쑥 물었다. 여정은 잔을 받기는 했으나 대꾸는 하지 않았다.

"난 기분이 아주 째지는데. 여정 씨와 나, 우리 이제 한통속? 한패가 됐잖아요."

"참 속도 편하십니다."

여정은 퉁명스럽게 반응하며 제자리에 쪼그려 앉았다.

"그거…… 재래식 화장실 자세……, 불편한데……."

말은 그렇게 하면서 이석도 같은 모습으로 여정 곁에 앉았다.

"염려 마요. 더 이상은 그런 일 없을 테니."

"그게…… 무슨 일이었는데요?"

여정은 조심스레 물었다.

"나도 정확히는 몰라요. 걍 부탁하시니까, 아니다, 시키시니까 하는 겁니다. 지금 대행님한텐 그게 필요한 거 같거든. 믿을 수 있는 사람……."

여정은 다시 입을 다물고 연못의 수면 위에 비친 제 얼굴만 바라봤다. 그녀는 혼란을 느끼고 있었다. 무극천위의 무력부 소속으로 이두회의 수장에 무조건적인 충성과 복종을 최고의 미덕으로 여기며 이제는 장차 조직의 수장이 될 재인의 호위사로서 역시나 재인을 위해서라면 죽음도 불사할 각오가 돼 있는 여정이었지만 그것은 어디까지나 외부의 적에 대해서였을 뿐만 아니라 조직 내 명령하달 체계가 흔들림 없이 정상적일 때를 전제로 하고 있었다. 그런데 바로 그 명령체계가 다른 누구도 아닌 여정 자신의 배반에 의해 흔들렸고, 그렇게 몰고 간 것은 아이러니컬하게도 그녀가 목숨 걸고 지켜야 하는 최고 수장의 명령이었다는 점은 그녀를 충분히 혼란에 빠뜨리고도 남을 딜레마였다.

"나라고 고민이 안 됐는지 알아요?"

이석은 먼 밤하늘로 눈길을 보냈다. 그 고민의 핵심은 바로 류도하였다. 현재 재인과 함께 하는 일이 어쩌면 도하를 속이는 일도 돼서 만에 하나, 제대로 딱 걸리는 일이 생긴다면 이석, 자신의 운명은 어찌 될지, 상상만 해도 오금이 저려왔다. 전에 네모난 방에 갇혔을 때부터 이석은 자신을 가둔 도하의 의중이 정확히 어떤 것인지를 가늠하려 나름 머리를 굴려왔었다. 단순히 재인을 길들이기 위해 재인과 친한 이석을 이용하려 했다면 굳이 그 네모난 방에 가둬둘 필요까지는 없었다. 그런데도 굳이 그런 공포스러운 방법을 택했다면 그것은 도하의, 이석을 향한 경고였다고, 그는 미루어 짐작만 할 뿐이었다. '재인과 친하다고 경거망동하지 마라'는 의

도뿐 아니라 더 무서운 것은 그 행간, '재인과 친하다고 감히 도하를 속이지 마라'인 것이었다.

"근데 아무리 고민을 해도 답은 하나야. 지금까지 대행님 덕분에 운빨 날리고 살았으니 이제와 운빨 다했다고 해도 억울할 거 없다, 그거더라구요. 그게 마음 아니겠어요? 내 마음이 원하는 대로, 걍 내 맘 가는 대로, 그렇게 결론 냈어요. 안 되는 잔머리 굴리는 것보다야 그게 낫지 싶네요."

이석의 말을 들으며 여정은 문득 꽃 한 묶음을 건네주던 재인의 모습을 떠올렸다. 그것이 '마음'인가, 그러나 여정은 아직 그것을 이해 못 해 별다른 뜻도 없이 고개를 살랑살랑 흔들었다. 그리고 이석을 향한 순간, 그녀는 잠시 자신에게 무슨 일이 일어났는지를 알지 못했다. 다만 제 얼굴이 꼼짝 못하게 잡혔고, 동시에 입술을 강하게 누르는 압박을 느꼈을 뿐이었다.

그것은 바로 키스였다. 여정이 고개를 흔들다 이석을 향했을 때 그는 마치 기다리고 있었다는 듯 그녀의 머리를 잡고 입술을 덮친 것이었다. 여정은 제 입안으로 부드럽고 축축한 무엇이 침입하듯 들어오는 것을 느꼈을 때에야 무슨 일이 일어났는지를 정확히 인식했다.

순간, 갑자기 들려온 경쾌한 음악소리가 두 사람 사이를 대번에 갈라놓았다. 이석의 핸드폰 벨소리였다. 여정이 벌떡 일어나 주위를 두리번거리더니 별채를 향해 황망히 움직였다.

"아이씨, 이럴 때 스팸이냐?"

이석은 핸드폰을 연못에 집어 던지는 제스처를 해보이며 발을 동동 굴렀다.

여정은 별채 안으로 후다닥 들어와서야 숨을 돌렸다. 홀은 어두웠고 또 아무도 없었다. 때문에 여정은 머뭇거리면서도 슬쩍 밖을 내다보지만 이내 몸을 돌려 복도를 향했다. 그러면서 문득 입술에 손을 대보는 여정이다.

처음이었다. 놀랍게도 그것은 그녀의 첫 키스였다. 이상하게 가슴이 두근거렸지만 아직 그것은 그녀에게 설렘이기보다는 낯설고 불편한 무엇이었다.

그 기묘한 감정을 되새기며 복도로 발을 내딛던 중 복도 끝으로부터 검은 사람의 형체를 발견하고 여정은 멈칫했다. 사람의 형체는 성큼성큼 다가오고 있었다. 장혁이었다. 여정도 저도 모르게 뒤로 한 발 물러섰다. 평소의 그녀라면 그를 보고 물러설 리 없었다. 또한 그것을 누구보다 잘 아는 장혁이 순간 걸음을 멈추자 여정은 금세 본래의 표정으로 장혁을 물끄러미 바라봤다. 두 사람 사이는 불과 두 걸음 거리였다.

장혁은 여정 앞으로 천천히 마저 다가왔다. 그리고 그 느린 걸음이 무색하게도 정말 급히 그녀의 팔을 휙 낚아채서는 눈 깜짝할 새에 그의 방으로 데리고 들어갔다. 방에 들어서자마자 장혁은 곧장 여정을 제 품안에 가둔다. 그녀를 뒤돌린 채였다. 그렇게 오래 있지도 않았다. 장혁의 손이 여정의 셔츠를 잡아 투둑 소리와 함께 한 번에 뜯어냈다.

대번에 브래지어를 위로 올리고 그녀의 젖가슴을 움켜쥐었다. 그가 너무 힘 있게 움켜쥔 탓에 여정의 어깨가 움찔하기는 했으나 그녀는 아무 소리도 내지 않았다. 그는 이어 여정을 침대 위로 엎어지게 밀친 후 그녀의 바지와 팬티를 역시나 한 번에 벗겨 내렸다. 은은한 조명 속에 여정의 단단한 엉덩이가 뽀얗게 빛을 냈다. 보통의 여자의 그것에 비해 근력이 살아 있는 그녀의 엉덩이는 역시나 그것을 움켜잡는 장혁의 손길에 더욱 선명한 근육을 드러냈다.

장혁은 별다른 여유도 두지 않고 여정 안으로 들어왔다. 그 바람에 여정의 머리가 뒤로 약간 흔들렸지만 그녀는 역시나 소리를 내지 않는다. 장혁은 그 상태에서 그녀의 몸에 남은 셔츠와 브래지어를 다 벗겨내고는 매끈하면서도 잔 근육이 일어난 그녀의 등에 몸을 기울여, 팔 하나를 그녀의 앞으로 둘러 다시 젖가슴 하나를 움켜잡았다. 그의 행위는 그제서, 또한 방에 들어선 후로 죽 그래왔듯 여정의 몸이 크게 흔들릴 정도로 난폭하게 시작되었다.

여정은 침대 시트에 고개를 옆으로 하고는, 장혁에 의해 흔들리면서도 무덤덤한 얼굴을 하고 있었다. 아니, 정확히 말하면 그녀의 얼굴은 이석과 함께 있을 때보다 오히려 편안한 얼굴을 하고 있다는 편이 맞을 것 같다. 아무 낯섦도 불편함도 보이지 않는 표정이었으니 말이다. 그것은 그만큼 오래 관계를 이어왔다는 뜻도 될 터, 실제로 열아홉부터 장혁의 휘하로 들어간 여정은 스물한 살이 되던 해 그의 방으로 불려가 처음 그와 몸을 섞었다.

당시, 침대에 걸터앉은 모습으로 여정을 기다리고 있던 장혁은 그녀에게 '옷을 벗으라' 했다. 그에게 알몸을 보이는 것이 처음도 아니었기에 여정은 아무 거리낌 없이 옷을 벗었고, 제 알몸에 손을 대는 그를 당연하게 생각했었다. 어쩌면 여정에게는 그것도 훈련이라 생각되었을까, 장혁이 그녀를 침대에 눕히고 그녀의 다리를 벌려 여자의 가장 은밀한 부위를 보고, 애무할 때도 그녀를 지배했던 관념은 수치심 이전에 복종이었다.

장혁이 여정의 하나로 묶은 머리를 한 손에 감아쥐고 잡아당겼다. 턱이 위로 들린 여정의 얼굴은 다시 최대한 옆으로 틀어져 그녀의 눈에 그의 얼굴이 보이는가 싶은 찰나에 그가 그녀의 뺨을 핥고 귀를 깨물었다.

여정은 그가 평소하고는 좀 다르다고 느꼈다. 먼저, 평소의 장혁이라면 여정의 옷을 직접 벗기는 경우가 거의 없었는데, 꼭 그것 때문만은 아니었다. 또 평소보다 그가 다소 거칠다 생각했지만 그 또한 여정이 '다르다' 느끼는 것에는 별다른 영향을 끼치지 못했다. '그럼 무엇이 다르지' 하고 자문하면 적당한 대답도 떠오르지 않았다. 따지고 보면 그리 다른 점도 없었다. 여느 때처럼 그가 그녀의 입술에 키스하지 않는 것도 변함없었기 때문이다.

장혁은 여정을 반대로 뒤집었다. 그리고 그녀의 다리를 벌려 그 중앙에 손을 댔다. 여정의 몸은 그녀 자신의 체액으로 충분히 젖어 있었음에도 장혁이 다시 들어와 행위를 하는 중에 좀처럼 표정의 변화를 보이지 않고 있었다. 장혁은 여정의 허리를 잡고 시작해 점차 몸을 기울여 그녀의 얼굴을 정면으로 내려다보았다. 그는 제 하나의 눈으로 그녀의 모습을 담았다. 입술을 꾸욱 다물고 또 간혹은 아랫입술을 안으로 모아 윗니로 지그시 깨문 채 여전히 변화를 거부하고 있는 여정의 얼굴을 말이다. 그런데 그것은 여정의 눈에 비친 장혁의 얼굴도 마찬가지였다.

그런 그가 갑자기 여정을 가슴에 끌어안았다. 그것도 완전히 밀착되게 안고는 지그시 힘까지 주었다. 그의 눈꺼풀 위로 눈썹이 경련처럼 흔들리더니 곧 미간 사이에 짙은 주름을 만들었다.

여정은 땀에 축축이 밴 장혁의 가슴에서 그의 심장박동 소리를 듣고 있었다. 사람의 가슴에 귀를 대면 당연히 들려오는 그 소리를, 이상하게도 여정은 생소하게 느꼈다. 그것이 의식된 것도 처음이었다. 어쩌면 여정이 장혁에게 '다르다' 느낀 것도 바로 그것일지 몰랐다.

그것은 감정이었다. 감정의 침투였다. 밖에서 안으로의 침투가 아니라 안에서 안으로의 각성(覺醒)이었다.

장혁은 여정의 머리채를 다시 한 손에 감아 잡고는 그녀를 품에서 완전히 떼어냈다. 장혁에게 잡힌 그녀의 머리는 곧장 그의 아랫도리로 끌려갔다. 여정의 눈앞에 그의 남성이 보였다. 그녀는 그것을 손에 잡고 너무나 자연스레 입으로 가져갔다. 두 사람 사이에서 그것 역시도 늘 있어 왔던 것임이 분명했고, 대화도, 신음도, 심지어는 키스조차 없는 무미건조한 관계의 마지막 코스라 짐작하는 것도 그다지 어려울 것은 없었다. 또한 여정의 입술에 눈을 고정시키고 있는 장혁의 모습에서 그의 진짜 욕망이 어디에 있는지, 그 서글픈 욕정을 읽어내는 것도 아주 불가능해 보이지만은 않았다. 왜냐하면 그는 끝까지, 여정의 입술에서 눈을 떼지 않았기 때문이다.

⁂

본채의 굳게 잠긴 이중문 안, 지하층에서도 벌거벗은 두 남녀가 뜨거운 열기 속에서 서로에게 연결돼 있었다. 어지러이 구겨진 시트 위에 도하와 재인은 서로의 아랫도리가 붙은 채 기묘한 자세로 누워 있었다. 마주 향해 모로 누운 상태인데 도하가 재인의 다리 하나를 그의 가슴 위치까지 들어 잡은 채로 맞붙은 모습이었다. 재인의 다른 다리는 그의 허리를 감은 채였다. 또한 두 사람은, 도하의 계속되는 행위의 중에도 서로에게서 눈을 떼지 않아, 서로를 지극히 사랑하거나 아니면 서로를 경계하는 것 같은 모습이었다. 도하는 사실 늘 그래왔지만 재인은 또 늘 중도 포기했던 일이기도 했다.

"뭘 보고 있습니까?"

도하가 물었다.

"당신……, 류도하. 이렇게 계속 보고 있으면 당신의 진짜 모습이 보일까……?"

"보일 겁니다. 진심을 다하면."

"진심? 당신은 내 진심이 보여요?"

"네."

도하의 목소리는 깊고 나지막했다. 또한 그의 눈빛은 더욱 투명했다. 저토록 투명한 눈빛을 통해서 어째서 그녀는 그를 보지 못하는가, 어째서 그녀의 눈에 그는 불투명해 보이는가. 그러다 보니 그의 눈빛에 갇혀 제 본심만 들킬 것 같은 위기감에 재인은 급히 몸을 일으켜 그에게서 등을 돌렸다.

제9장 배반의 기억

재인은 도하를 올라타고 앉아 그의 남성을 제 몸에 스스로 넣었다. 그에게 등을 돌린 채였다. 그의 눈빛으로부터 자유로워진 그녀는 한껏 허리를 움직였다. 허리 아래가 전후좌우로 방향을 바꿀 때마다 그와 마찰되는 곳으로부터 그녀의 몸 안 깊숙한 곳에 이르기까지 뜨거운 불기둥이 그녀를 조금씩 달궈 놓았다. 서서히 내장을 태우는 것 같은 불의 에너지가 아랫배로 몰려들었다. 그러나 그것은 쉽게 분출되지 않고 그녀의 몸 구석구석의 모든 에너지를 원하듯 시간을 끌고 있었다.

"아아……."

터지지 않는 에너지는 고통이었다. 고통은 뱀처럼 집요하게 재인을 끝 간 데까지 몰고 갔다. 그리고 더 이상 갈 곳이 없을 때 그것은 역류하는 전율로 척추를 타고 곧장 올라왔다. 재인의 입에서는 거의 비명이 터져 나왔다. 이상하게도 재인은 도하의 모습이 불투명해 보이면 보일수록 그와의 섹스에 더욱 빠져들었다. 건강한 남자로, 첫 관계 후 거의 매일 재인의 몸을 탐하는 도하의 욕정을, 처음에는 같은 욕정으로, 그 다음에는 제 본심을 들키지 않으려는 위장으로, 이제는 그것을 무어라 불러야 좋을지 모를 절박함 같은 것으로 그녀는 기꺼이 받아들이고 있었다.

절정의 끝자락을 잡고 마치 그것을 놓치지 않으려는 듯 재인의 몸이 뒤로 활처럼 휘자, 그것을 보며 몸을 일으킨 도하가 그대로 재인을 그의 두 팔 안에 가뒀다. 땀에 젖은 그녀의 몸을 진하게 어루만지며 그녀의 뺨에서 턱, 목덜미에 이르기까지 혀로 핥았다.

두 사람은 그 모습 그대로 옆으로 쓰러져 다시 사랑을 시작했는데 이번에는 도하 차례였다. 그는 재인의 다리 하나를 위로 올려 그 무릎 안쪽에 그의 팔을 걸어 고정한 후 행위를 이어갔다. 재인의 몸을 안고 있어, 그녀의 몸과 침대 시트 사이에 있는 도하의 다른 손은 그녀의 아랫배를 따라 내려가 검은 체모가 풍성한 치골에 닿아 있었다. 그 풍성한 체모 사이를 헤집은 그의 손끝은 축축하고 수줍은 살과 만나는 지점에 멈춰, 그렇잖아도 잔뜩 부풀어 오른 그것을 자극하기 시작했다.

"으흑……."

재인의 어깨가 꿈틀대고 머리는 양 옆으로 마구 흔들렸다. 땀에 젖은 그녀의 얼굴 위로 머리칼이 잔뜩 달라붙었다. 도하는 행위를 멈추지 않은 채로, 그녀의 다리를 고정했던 팔을 풀어, 그 손으로 그녀의 얼굴에 붙은 머리칼을 쓸어낸 후 그녀의 턱을 잡아 제 쪽으로 돌렸다. 도하가 고개를 세우고 있어 바로 그 아래에 놓인 재인의 얼굴은, 몸과는 반대 방향으로 고개가 꺾인 탓인지 미간을 잔뜩 찌푸린 채로 눈도 감겨 있었다. 아마도 그 눈꺼풀은 내내 닫혀 있었을 것이다.

그런 그녀의 얼굴에서 속눈썹이 파르르 떨려왔다. 눈꺼풀이 위로 열리려는 신호였다. 그것은 무겁게, 천천히, 마치 조우(遭遇)를 두려워하듯 매우 조심스럽게 열렸지만 그러한 노력이 무색하게도 열리자마자 드러난 눈동자는 여지없이 도하의 그것과 만났다. 그의 눈빛을 벗어나려 그에게 등을 보였건만 다시금 그의 눈빛에 갇혔다는 것을 재인은 바로 깨달아야 했다. 그렇다면 다시 정면대결인 거지, 재인은 제 아랫도리에서 그의 공격을 받으면서, 물처럼 맑아 그 속까지 보이면서도 결국은 아무것도 읽어낼 수 없는 그의 눈빛과 싸웠다. 그러나 그녀에게 있어 그 싸움이란 아직은 그의 눈빛에 속내를 들킬까 전전긍긍해하는 방어 수준에 머물러 있었다.

재인의 속눈썹이 다시 파르르 떨렸다. 홍채의 초점도 흐려졌다. 동시에 입도 벌어지는 찰나 도하가 그 입을 덮쳤다. 재인의 입 밖으로 나와야 할 신음을 모두 그가 삼켰다. 그녀는 몸에 힘을 잔뜩 주고 시트를 잡아 비튼 손에 경련이 이는 것으로 신음을 대신했을 뿐이다.

다음 순간, 도하의 아랫도리는 재인의 엉덩이가 부서져라 격렬히 움직였다. 그의 손은 마치 그녀가 달아나지 못하게 하듯 그녀의 아랫배를 꽉 누른 채였다. 두 사람의 키스로 재인의 신음에 도하의 신음이 낮게 스미고 있었다. 두 사람은 그렇게 섞여 들었다.

정사 후 두 사람은 거의 그 모습 그대로, 마치 죽은 듯 꼼짝도 않고 있었다.

죽음과도 같은 잠에서 먼저 눈을 뜬 사람은 재인이었다. 사방이 어두웠다. 아침이 와도 어두운 이곳이지만 어림짐작으로 아직 해는 뜨지 않았으려니 싶었다. 재인은 몸을 움직이려 했지만 꼼짝도 할 수 없다는 것을 알았다. 그리고 그제서 도하에게 잡혀 있다는 것도 의식했다. 두 사람은 거의 아랫도리만 이불에 감긴 채로 한 사람의 품에 다른 한 사람이 완벽히 포위된 것과 같은 모습이었다. 갇힌 사람은 물론 재인이었다.

그녀는 그를 깨우지 않고 몰래 그에게서 빠져나갈 수 없음을 알았다. 재인은 침대를 벗어나는 것을 포기하고 그대로 그의 가슴에 얼굴을 묻었다. 굳이 의식하지 않았는데도 그녀는 그에게 포위돼 있는 것에서 더없는 포근함과 안식을 느끼고 있었다. 그것은 그녀의 오빠로부터 그녀에게 주어진 무의식의 세계였다. 외부의 어떤 것으로부터도 그녀를 지켜주는 안전지대와 같은 의미였다.

순간 '안 돼' 하고 부르짖은 것은, 마치 그녀의 본능을 거스르듯 날을 세운 현실 인식이었다. 포근함과 안식은 뒤집어져, 그 자리를 맹독성 동물 앞에 포위된 가엾은 먹이의 두려움이 대신했다. 그러다 보니 불현듯 그것이 바로 그녀의 운명인가도 싶어 소름이 끼쳤다. 그가 말한 운명도 이런 것인가, 아니야, 재인은 저도 모르게 고개를 흔들다 말고 멈췄다.

순간, 떠오른 것이 있었다. 세 번의 데이트 중 첫날이었다. '적은 외부에 있는 것이 아니다', 그는 분명 그렇게 말했다. 그 말은 이두회 내부에 적이 있다는 말이다, 그 적이 도하 자신이라면 그런 말을 했을 리 없지 않은가. 재인은 뭐라 형언할 수 없는 심정으로 실낱같은 믿음의 끈을 잡고 매달렸다. 그를 믿고 싶었다. 여전히, 아직도 도하를 향한 마음을 감히 사랑이라 부를 수 없을지라도, 그녀의 가장 가까운 곁을 지키는 사람으로, 그녀가 가장 믿어야 할 남자로, 그가 진실된 사람이기를 바랐다. 곧 남편이 될, 제일 가까운 곳에 있는 그를 믿지 못한다면 무엇에 기대어 앞으로의 날들을 살아갈 것인가.

그렇다면 확인해야 했다. 채진우가 말한 것이 사실인지, 또 하나의 수장으로부터 나온 아들의 존재가 정말 존재하는지는 차치하고라도, 그 사람이 최소한 도하는 아닐 것이란 사실을 말이다.

⊠

재인은 그녀의 호위사들과 함께 아버지가 있는 병원으로 향하고 있었다. 차 한 대로, 오 대리가 운전하고 장혁과 여정이 타고 있었는데 여정은 재인과 함께 뒷좌석에 나란히 앉아 있었다. 재인은 이석을 의도적으로 동행시키지 않았는데 그것도 의심받지 않기 위한 나름의 고육지책인 셈이다. 그녀는 회사에서 출발해 가는 길로, 사전에 금 변호사에게 전화를 걸어 '아버지 문병 와 달라' 청했다. 금 변호사는 금방 알아들었다. 마침 진향도 집에 머물고 있어, 재인은 병원에서 '우연히' 금 변호사를 만나 그와 독대할 시간을 갖기 위한 것이었다.

병원에는 재인이 먼저 도착해 중환자실에 있는 아버지를 병문안하고 이어 금 변호사가 도착해 두 사람은 함께 VIP입원실로 향했다. 재인의 호위사들은 입원실 밖과 차에서 각기 대기했다.

"네 안색이 안 좋아 보이는구나."

재인이 커피를 타서 가져와, 맞은편 소파에 앉는 것을 보며 금 변호사가 말했다.

"결혼도 이제 일주일 밖에 남지 않았는데 곧 신부 될 아가씨가 왜 그러누?"

"그냥…… 좀 피곤한 모양이에요. 회사 일 열심히 배우고 있거든요."

"그래. 네가 본시 영리해서 뭐든 하고자 하면 다 잘할 거야."

"제가 아무리 영리해도 류 실장보다 잘할 수 있을까요?"

그렇게 묻는 재인을 보며 금 변호사는 커피 잔을 입에 대려다 도로 내려놓았다. 재인의 안색은 어두웠다.

"넌 위상문 회장님의 딸이야. 네 아버지 보통 분 아니시다. 회사와 이두회를 지금의 규모로 키운 것은 물론, 그 양쪽 모두를 지금까지 별다른 잡음 없이 훌륭하게 이끌어오신 분이야. 넌 그런 분의 피를 이어 받았어. 틀림없이 잘할 게다."

"아저씨가 도와주실 거죠?"

"당연하지. 우린 이미 가족 아니냐?"

"내 사람이 없어요……. 누굴 믿어야 할지 모르겠어요……."

재인의 눈시울이 붉어졌다.

"그게 무슨 말이야? 왜 그러니? 재인아. 내가 있고, 네 엄마가 있고 또 네 남편 될 사람이 있는데……."

"남편 될 사람을 믿을 수가 없다구요……."

재인은, 그러나 말하고 나서 금세 후회했다. 금 변호사의 따뜻한 말에 그만 약해져 버린 것이다. 도하를 믿고자 마지막으로 확인을 하러 온 자리에서 이런 말을 내뱉다니, 재인은 이제 그것을 어떻게 수습해야 할지 몰라 막막했다.

"무슨 일이…… 있었던 거니?"

잠시의 침묵 후에 금 변호사가 걱정스러운 얼굴로 물었다. 재인이 제 눈가에 맺힌 눈물을 슬쩍 닦아낸 후이기도 했다.

"죄송해요. 류 실장을 못 믿는다는 것이 아니라……. 뭐랄까,

연애 기간이 얼마 되지 않다 보니……. 그냥 결혼 전 투정이라 생각하세요……."

"그래. 아마 네가 류 실장을 자연스레 만나 사귄 것이 아니어서 그럴 게다. 하나 내가 곁에서 지켜보고 있는데 뭘 걱정한단 말이니? 류 실장은 믿을 만한 사람이지만 혹시라도 뭐든 네 마음에 걸리는 것이 있다면 언제든 나한테 말하거라. 그것이 뭐가 됐든 말이다."

"고마워요. 아저씨."

재인은 안도하는 얼굴로 말했다.

"고맙긴 녀석, 그래서 날 보자 한 거냐? 위로가 필요해서?"

금 변호사는 껄껄 웃었다.

"그게 아니라……. 뭐 좀 여쭤보려구요."

"뭔데?"

"아버지와 함께 수장이 되셨다 돌아가신 분요……, 정말 불의의 사고인가요? 사실 대로 대답해 주세요. 아저씨. 저도 이제 모든 것을 알아야 하잖아요. 네?"

금 변호사가 대답을 머뭇거리자 재인이 다그쳤다. 그리고 역시나 제발 아니기를 바라는 절박한 심정을 비웃듯 불길한 예감은 결코 틀리는 법이 없다는 것을 깨달아야 했다.

재인이 채진우에게서 들었던 얘기는 그대로 사실이었다. 위상문 회장과 동일한 권력을 지녔던 또 한 명의 수장은 사고로 죽은 것이 아니라 위 회장과의 권력 다툼 끝에 사망한 것이었고, 정확히 자살이었다. 그에 관한 금 변호사의 설명은 간략했지만 동시에 명확했다.

'밀리고 패하면 죽어야 했던 것은 위 회장님도 동일했다.'

"혹시 그분한테…… 자식은 없었나요?"

"내가 알기론 없어. 결혼도 하지 않았던 것으로 안다."

재인은 일단 안도했다. 그것만이라도 사실, 아니, 진실이기를 바랐다.

"정말인가요?"

"일단은 그런데……. 그런 사적인, 깊은 속사정까지야 내가 백프로 장담할 순 없지."

"그분 성함이……?"

어쩌면 마지막 의문일지도 모를 질문을 하며 재인은 입이 바짝 타들어가는 것을 느꼈다.

"류준성, 그분의 함자다."

그 이름을 들은 재인은 숨이 콱 막힌 얼굴로 눈만 껌벅거렸다.

"혹시나 해서 하는 말이다만……. 내가 아는 한 류도하 실장은 사생아로 태어나 보육원에서 자랐어. 대부분의 이두회 식구들처럼 말이다. 무엇보다 네 아버지가 네 짝으로 정했는데 아무것도 알아보지 않으셨겠니?"

비록 우회적으로 표현했으나 금 변호사는 재인이 무엇을 걱정하는지 아는 듯 그렇게 설명했고 또 일리가 있었다.

"네에……."

재인의 대답은, 그러나 그리 썩 흔쾌하지 않았다. 결국 무엇도 분명해진 것이 없었기 때문이다. 의혹이 해소되기는커녕 오히려 증폭되었고, 혼란은 더욱 가중되었다.

두 사람은 이야기를 마무리하고 일어섰다. 금 변호사가 다음 일정이 있다 하여 그의 시간에 맞춰 일어나 같이 입원실을 나와 승강기로 향했는데 그 뒤를 장혁과 여정이 약간의 거리를 두고 따라갔다. 승강기 앞에서 금 변호사는 재인의 어깨를 토닥였다. 재인은 금 변호사를 아버지 대신이라 생각해 그가 있어 얼마나 다행인가 생각했지만 전적인 위로를 받기에는 부족했다. 울타리라 생각했던 도하에 대한 믿음과 기대가 무너진 마당에 무엇이 그녀를 위로할 수 있단 말인가.

승강기에서 땡 하는 소리가 났다. 그러나 그것은 올라가는 중이라 재인과 금 변호사는 오히려 뒤로 약간 물러났다. 문이 열렸다. 안에는 남자 혼자 타고 있었다. 말쑥한 감색 슈트에 날렵한 검은색 뿔테 안경을 쓴, 피부가 하얗고 지적인 분위기의 귀공자풍의 남자였는데 그는 승강기에서 내리려던 순간에 멈칫하고는 그 자리에서 움직이지 않았다. 눈길을 재인에게 고정하고서였다.

재인은 남자보다 더 놀라고 당황한 얼굴로 어찌할 바를 몰라 했다.

"아니, 최 변. 여기 웬일인가?"

기묘한 침묵을 깨고 입을 연 사람은 금 변호사였다.

"아……."

그제서 정신이 든 남자는 닫히는 승강기 문을 손으로 밀고 나와, 먼저 금 변호사를 향해 정중히 고개를 숙여 보였다.

"여기서 뵙네요. 금 변호사님. 전 의뢰인이 입원해 있어 들른 것입니다."

"그 의뢰인 힘 좀 있나 보네? 유능한 최 변을 오라 가라 할 정도면? 하긴 이 병동이면 그럴 만하군."

'최 변'이라 불린 남자는 어색한 웃음을 띠며 눈으로는 재인을 더듬었다.

"오랜만입니다. 위재인 씨."

눈길을 아래로 하고 있는 재인을 향해 남자가 먼저 차분한 목소리로 인사를 했다. 재인은 천천히 눈을 들어 남자를 향했다.

"그러네요. 잘 지냈어요?"

재인 역시 담담한 목소리로 인사를 했다.

"덕분에. 하나도 안 변했네요?"

"현승 씨야말로……."

남자는 다름 아닌 재인의 첫 남자 최현승이었다. 살다 보면 우연히 한 번 정도는 만나리라 생각을 했지만 여기서 이렇게 조우할 줄이야. 재인의 눈에 그는 3년 전과 조금도 다름이 없었다.

"만나서 반가웠어요."

뒤로 승강기 신호음이 들려오자 현승은 그렇게 말했다. 재인은 '네' 하며, 먼저 승강기로 오르는 금 변호사의 뒤를 따랐다. 금 변호사는 물론 현승과 재인의 관계를 알고 있었지만 조용히 물러나 있었고 아무것도 묻지 않았다.

회사로 돌아가는 길에 재인은 줄곧 현승의 생각에서 벗어나지 못했다. 의식적이었다기보다는 머릿속에서 현승이 떠나지 않았다는 것이 맞을 것이다. 그와의 추억이 앨범 속 사진처럼 하나하나 떠올랐다. 이미 끝난 인연이라 생각했는데 그의 얼굴을 보자 심란해지는 이유는 뭔가, 더구나 현승에게는 이미 새 연인이 있고 재인 역시 약혼자가 있다, 그렇게 생각한 그녀는, 그러나 쓴웃음을 머금었다. 차라리 약혼자가 없었다면 오히려 심란할 이유도 없다 생각하니 결혼을 앞두고 절벽 끝으로 내몰린, 어쩌면 결혼이라는 것을 목숨 걸고 해야 할지도 모를 현재의 어처구니없는 제 처지가 더욱 실감났기 때문이었다.

"아빠 보고 왔어요."

회사로 돌아와 도하를 만나 재인이 말했다. 비서실로부터 회장실로 들어온 후였다. 재인이 회사에서 병원으로 출발했을 때 도하는 회의 중이었다. 그는 말이 비서실장이지, 아직 회사의 업무를 익히는 중인 재인을 대신해 업무 전체를 관장하고 있었다.

"네. 들었습니다."

재인은 의식적으로 도하의 품에 몸을 기댔다.

"갑자기 아빠가 보고 싶어지더라구요."

도하의 품에서 재인은 말했다.

"도하 씨는…… 동생 기억만 있다고 했죠? 보고 싶겠네요?"

"네. 언제나."

도하는 재인의 머리 위에 입을 맞추고 그녀의 등과 엉덩이를 쓰다듬었다.

"부모님에 대한 기억은 전혀 없는 거예요? 그럼…… 보고 싶은 마음도 없을까……?"

"꼭 그렇진 않습니다."

"그럼……? 어떤 마음이에요?"

"글쎄요…… 마음 편히 계시라, 그렇게 바라는 마음 정도라고 해두죠."

재인은 가슴이 철렁했다. 그녀는 더욱 그의 가슴에 얼굴을 깊이 댔다.

"아버님이…… 마음 불편해…… 계신가요……?"

재인은 목소리가 떨려 나올까 목에 힘을 주었다.

"왜 꼭 아버지라고 생각합니까?"

재인의 가슴은 한 번 더 철렁했다.

"그, 그럼 어머님?"
그녀는 얼른 고쳐 물었다.
"두 분 다."
그는 짧게 대답한 후 재인의 얼굴에 손을 대, 그녀의 얼굴을 볼 수 있게 들었다. 그 순간에 재인은 어떤 표정을 해야 할지를 몰라 입 끝에 어정쩡한 미소만 지어 보였다. 마음 같아서는 도하의 눈을 피하고 싶었으나 그마저 읽힐 것 같아 얼른 그 생각도 머리에서 지웠다.
"슬퍼 보이는군요."
"계속 아빠 생각 하고 있었으니까……."
"그래요. 그럼 오늘은 일찍 퇴근합시다. 내일 일정도 있으니."
도하는 내일 있을 중요 일정에 대해 간략히 설명하고 있었지만 재인의 귀에는 들려오지 않았다. 그녀의 마음 안에서 이미 돌이킬 수 없이 절망적인 사실로 확인된 것들의 무게를 그녀는 주체할 수 없었다. 도하의 품으로 다시 몸을 기대는 재인을 그가 안았을 때는, 그녀의 온 무게를 그가 지탱해야만 했을 정도였다.
"키스해…… 줘요……."
재인은 웬일인지 그렇게 주문했다. 그것이 그나마 그녀의 본심을 숨기기 쉬워서였을까. 아니, 꼭 그런 것만은 아니었다. 어쩌면 그녀는 확인하고 싶었을 것이다. 그와의 접촉을 통해서, 머리가 아닌 몸으로라도 그의 진심을 확인하고 싶은 절박함이었을 것이다.
도하의 입술은 그녀의 그것을 빨아들일 듯 다가왔다. 그는 늘 그랬다. 평상시는 담백하다 못해 건조하기까지 할 뿐더러 그녀에게 '사랑한다'고도 한 적이 없는 도하였지만 재인의 몸을 대할 때만은 그녀의 모든 것을 원하는 양 집요했고, 이제는 투박함도 없이 능숙하게, 세상에서 그녀의 몸을 제일 잘 안다는 듯 그렇게 그녀를 다뤘다.

회사에서 시작된 두 사람의 키스는 집에 와서도 계속돼, 이제 도하는 재인의 입술뿐만 아니라 발가벗은 그녀의 온몸에 입술 자국을 내고 있었다. 다리를 벌리고 엎드린 재인의 엉덩이 밑으로, 그 아랫배에 손을 넣어 높게 받쳐 잡은 도하는 높게 솟은 그녀의 둥글고 탐스러운 엉덩이를 마치 한 입 크게 베어 물 듯하는 입맞춤을 시작으로, 과연 그녀의 엉덩이가 남아날까 싶게 그곳을 핥고 깨물었다. 엉덩이 사이 깊은 곳도 그는 더럽다 생각하지 않는 것 같았다. 그것을 벌리고 드러난 곳에도 그의 입술과 혀는 어김없이 파고들었다.

재인은 힘을 모두 빼고 제 몸을 온전히 도하에게 내맡기고 있어, 그는 마음껏 그녀의 몸을 그의 입술로 정복해, 그의 입맞춤은 이제 그녀의 종아리에서 발바닥에까지 이르고 있었다.

재인의 얼굴은 흡사 영혼이 어디로 달아난 것 같은 얼굴이었다. 실제로도 그녀는 머리를 비우고 있었다. 혼돈 그 자체인 제 머릿속으로 들어가는 것이 두려워 생각하기를 거부했다. 그녀를 지배하는 것은 냉철한 이성이 아니라 혼돈의 가장자리로 밀려난 어두운 감정이었다.

얼마 안 있어 그녀는 제 몸에 그가 들어온 것을 알았다. 언제나 그렇듯 그는 그녀의 모든 것을 원하는 양 깊숙이 들어와 그녀의 모든 감각을 일으켜 세우려 하고 있었다.

“왜 그렇게 눈을 꼭 감고 있습니까?”

그렇게 묻는 도하의 나직한 목소리가 들려왔다.

"그냥요……."

"눈을 떠봐요."

재인은 고개를 옆으로 돌리는 것으로 거부의사를 표시했다. 지금의 심정으로 눈을 뜨기는 싫었다. 그녀의 행동을 그가 이상하게 생각하더라도 그것이 눈을 떠 눈빛을 들키는 것보다는 낫다 생각했다.

"당신의 눈을 보고 싶습니다."

그의 손이 그녀의 얼굴에서 머리 쪽으로 쓸어 넘기듯 지나갔다.

"재인 씨의 눈을 보여줘요."

재인이 이번에는 도하의 목을 두 팔로 와락 끌어안았다.

"이건 공정한 게임이 아네요."

도하의 목을 끌어안고 재인이 말했다.

"도하 씬 내 눈만 보고도 날 이해하지만 난 그렇지 못해요. 눈만으로는 안 돼. 말로 해줘요. 당신에 대해 알고 싶어."

"뭘 알고 싶습니까?"

"어릴 때 보육원에서 자랐나요?"

"네."

"몇 살까지……?"

"아홉 살 정도."

"그 후는요?"

"어떤 사람이 와서 날 보육원에서 데려갔어요."

"이두회?"

"맞아요."

두 사람이 묻고 답하는 가운데서도 도하의 행위는 조금의 흐트러짐도 없이 계속됐을 뿐더러 때로는 격렬함도 보여, 그것에 재인이 심하게 흔들리는 바람에 그녀의 목소리는 때때로 끊기고는 했다.

"동생도?"

"열 살 무렵까지 같이 있었죠. 그 후…… 헤어졌습니다."

"사고였나요?"

"네."

어떤 사고냐고, 재인은 묻지 못했다. 그것이 얼마나 가슴 아픈 기억인지를 그녀 자신이 누구보다 잘 알고 있었기 때문이다. 재인은 도하의 머리 뒤를 쓰다듬었다.

"더 궁금한 것이 있습니까?"

그때 도하가 물었다. 재인은 대답하지 않았다. 그가 이두회에서 자란 과정이야 묻지 않아도 알 만한 것이었으니까. 그런데 정말로 궁금한 것은 물을 수도 없었다.

재인의 대답이 없자 그가 고개를 들었다.

"이제 재인 씨의 눈을 보여주겠어요?"

여전히 눈을 감고 있는 재인의 얼굴을 내려다보며 도하가 청했지만 재인은 고개를 다시 옆으로 돌리는 것으로 그것을 거부했다. 도하는 다시 청하지 않았다. 다만 그는 상체를 약간 들고 무릎을 굽혀 앉더니 그녀의 벌어진 양쪽 다리를 마치 그의 양팔에 감아 끼우듯 잡고는 그대로 들어올렸다. 재인의 하체는 내장이 역류할 듯 위를 향했다.

"헉……."

재인의 엉덩이가 위로 들린 상태가 되자 도하의 '분신'이 더 깊숙이 들어와 그녀의 입에서는 격한 소리가 절로 터져 나왔다. 위에서 아래로 향하는 기묘한 압력이 목구멍까지 덮치는 고통에 재인의 입은 다물어지지도 않았다. 그는 한 번씩 뒤로 빠질 때마다 더 깊고 더 집요하게 안으로만 파고들었다. 재인의 벌어진 입에서는 가느다란 신음이 쉼 없이 흘러나왔다.

그러나 그럼에도 불구하고 그녀의 눈꺼풀은 열릴 줄을 몰랐다. 아니, 더욱 꼭 감겨 있었다. 그의 그것이 그녀의 내장을 헤집으며 뱀처럼 온몸을 샅샅이 염탐하고 다니는 순간에도 그녀는 오직 눈을 꼭 닫아걸고서 제 자신을 감추려 사력을 다했다. 그 싸움은 뜻밖에도 길고 지루했다.

"아아……."

길고 긴 싸움 끝에 재인은 격한 신음을 토해냈다. 그녀의 목이 비틀리고, 허리가 비틀리고, 팔이 비틀렸다. 그녀의 눈은 끝내 열리지 않았지만 그의 뱀만은 결국 그녀를 쓰러뜨린 셈이었다. 온몸을 사로잡은 전율로부터 재인은 정말 제 몸을 똬리 틀듯 감은 그것이 스르르 풀리는 것 같은 기묘한 여운에 사로잡혔다. 그것도 아주 천천히였으며 너무도 생생했다.

두 사람은 언제나처럼 완전히 기진했다. 그러나 그 싸움은 아마도 도하에게 더 힘들었던 모양이다. 재인은 그가 금세 깊은 잠에 빠진 것을 알았고, 그것을 안 순간부터 그녀는 이상하게 잠이 오지 않았다. 몸이 물을 잔뜩 머금은 스펀지처럼 무겁고 눈꺼풀도 마찬가지건만 머릿속은 신경이 온통 곤두선 것 모양으로 날을 세웠다. 생각이 많아서가 아니었다. 도하와의 섹스 내내 참고 참았던 어두운 감정이 억눌리다 못해 갈 길을 잃었기 때문이었다.

재인은 힘들게 몸을 일으켜 침대를 내려와 벌거벗은 그대로 욕실로 들어갔다. 불도 켜지 않은 채 들어온 어두운 욕실에서 재인은 평소의 감각으로 한 발, 한 발 앞으로, 천천히 나아가다 이내 제자리에 풀썩 주저앉았다. 미끄러져서도, 발에 무엇이 걸려서도 아니었다. 다리에 힘을 잃고 제풀에 그런 것이었다.

그냥 그에게 그녀가 알아낸 모든 것을 말하고 그의 정체와 진심을 말해 달라 할까, 그 생각을 진즉에 하지 않은 것은 아니었지만 그러면 그가 진실을 말할 것이라 바라는 것도 너무 순진하지 않은가. 또한 그가 거짓을 말하든 진실을 말하든 결국 그녀는 설득당할 것이고, 더 끔찍한 것은 설득당한 후라도 의심을 멈추지 않으리라는 것이다. 의심을 멈추기 위해서는 그의 입에서 나온 말이 아닌, 보다 더 분명한 증거가 필요했다. 때문에 의심을 거두기 위해서라도 의심하고, 도하 몰래 그에 대해 알아보기까지 했지만 결과는 의심이 사라지기는커녕 그것이 더욱 깊어졌다는 사실이다.

재인은 한 손으로 입을 틀어막았다. 억제할 수 없이 터져 나온 울음소리를 막은 것이었다. 한 손으로는 버거워 두 손으로 막았음에도 그녀의 오열은 겹친 두 손마저도 뚫고 흡사 가는 현이 바람에 울리듯, 긴 흐느낌 소리를 어둠 속으로 쏟아냈다. 사람을 의심하는 것이 이렇게 힘든 일인 줄 몰랐다. 그것도 제 옆을 지키는, 살을 맞대는 남자를 의심하고, 서로 다른 곳을 바라보고 있는 일이 이토록 힘들고 절망적인 일일 줄이야, 재인의 오열은 더 격해져만 갔다.

"오빠……."

꿈이 아닌 현실에서, 눈물로 오빠를 부르게 될 줄 재인은 상상도 못 했다. 기억이 지배하는 꿈속에서만 그녀의 오빠는 눈물이고, 그리움이었다. 그것이 현실에서 이토록 절실할 줄이야, 그녀의 오열은 그칠 줄을 몰랐다.

"날 좀 지켜줘……. 오빠……."

다음 날 저녁시간에 중요 일정이 있다는 것을, 재인은 도하와 함께 출근해서야 그가 다시 한 번 일정에 대해 되짚어줌으로써 기억해냈다. ㈜LD의 계열사 중 하나인 LD인테리어 사장 주최의 사업영역확장 세미나가 있었는데 세미나에는 도하만 가더라도 세미나 후 열리는 연회에는 재인이 참석해야 하는 일이었다. LD인테리어의 사장은 재인의 엄마인 진향의 남동생으로, 연회에는 재인뿐 아니라 진향과 금 변호사도 함께 참석하기로 돼 있었다.

재인은 시간에 맞춰 비서실에서 이미 예약해 놓은 살롱으로 가 드레스를 고르고 메이크업을 받은 후 세미나와 연회가 열리는 호텔로 향했는데, 사람이 많은 곳이라선지 그녀의 호위사들이 모두 동반해 차 두 대로 움직였다. 이석은 도하를 수행해 먼저 호텔에 가 있었다.

최고급 호텔의 연회실은 중앙에 얼음으로 된 조각과 함께 놀라울 정도로 화려하고 고급스러운 뷔페로 장식돼 있었다. 연회에 참여한 사람들은 세미나 참석자들과 함께 따로 초대된 사람들이 합류한 것으로, 북적거릴 정도는 아니지만 적다고도 할 수 없는 정도의 수였다.

재인은 약간 늦게 도착해 화려한 스팽글이 수놓아진 연회색 컬러의 드레스를 입고 연회실로 들어섰다. 드레스는 그녀에게 무척 잘 어울렸으며 올림머리 아래에 그녀의 가는 목을 감싼 심플한 솔리테어 스타일의 다이아몬드 목걸이도 절제된 아름다움을 뽐내, 그녀를 더욱 돋보이게 했다. 재인 뒤로는 여정이 일정 거리를 두고 수행했고, 재인의 나머지 호위사들인 장혁과 오 대리는 연회실의 가장자리 쪽에 각각 위치를 정하고 서서 재인에게서 눈을 떼지 않고 있었다. 그녀의 동선에 따라 시야가 가려질 경우에는 위치를 다소 바꾸기도 했지만 그럴 때라도 그들은 사람들 눈에 띄지 않게 조용히 움직였다.

진향은 그녀의 남동생인 소 사장 부부와 함께 있다 재인을 맞았다. 재인은, 그녀의 외삼촌이기도 소 사장의 환대를 받으며 외숙모는 물론 소 사장 주변의 다양한 인물들과도 인사를 나눴다. 대부분 LD의 관계자들인 그들은 너나할 것 없이 재인에게 눈도장을 찍으려 몰려드는 바람에 인사를 나누는 데만도 꽤 시간이 걸렸다.

"금 변호사님은 아는 사람이 와서 잠깐 이야기 나눈다고 자리를 뜨셨다."

진향이 재인을 보며 설명했다.

"류 실장은?"

재인이 두리번거리며 물었다.

"회사고 집에서 매일 보면서 역시 제일 먼저 생각나는 건 남편이니?"

그렇게 묻는 진향의 어조에는 비아냥거리는 투가 선명히 드러났다.

"누가 남편이야? 나 결혼했어?"

정색을 한 재인이 거의 대들 듯 되묻자 진향 역시 정색한 것은 물론 다소 놀라기까지 했다. 진향의 눈은, 그러나 재인과 재인 바로 뒤에 있는 여정 너머로 향하며 이번에는 다소 당황을 얼굴을 해보였다. 그런 엄마의 얼굴에, 재인이 뒤를 돌아보니 바로 도하가 보였다. 여정도 돌아보며 도하에게 길을 내주느라 얼른 옆으로 비켜섰다. 그 사이로 재인은 제 엄마만큼이나 당황한 기색을 숨기지 못했는데 거리상 그녀가 내뱉은 말을 그가 들었을 리 없다는 것이

빤함에도 그러했다.

"오늘 아주 예쁩니다."

도하는 두 모녀의 기색을 빤히 보며 다가왔을 텐데도, 재인의 등에 가볍게 손을 대며 평소와 조금도 다름없이 말했다. 재인은 어색한 미소만을 지어 보였다.

"식사는?"

"별로 생각 없어요."

"그래도 조금 해야지요. 이리 와요."

도하는 재인의 손을 잡아끌었다.

"양 비서는요?"

"세미나가 열렸던 룸에서 뒷정리를 하느라 아직 그곳에 있을 겁니다. 저기 금 변호사님이 계시는군요."

도하의 말에 무심히 앞을 본 재인은 깜짝 놀랐다. 금 변호사는 손에 칵테일 잔을 든 채 몇 명의 남자들과 서서 얘기를 나누던 중이었는데 그중에는 현승도 있었기 때문이다. 마침 금 변호사의 눈길도 도하와 재인 쪽을 향했다. 더불어 현승의 눈길 또한 자연스레 재인을 향해 그녀의 눈과 마주쳤는데 현승은 재인 옆에 있는 도하를 의식해서인지 의례적인 눈인사만 간단히 해보였다. 그러나 재인은 그런 현승의 눈인사마저 피한 채 금 변호사하고만 인사를 나누고는 도하와 함께 그들을 지나쳐 갔다.

현승이 이 연회에 초대됐을 줄이야, 금 변호사와 같이 온 것일까. 이미 끊어진 인연이라 생각한 현승의 모습이 갑자기 자주 눈에 보이는 것이 재인은 신기하면서도 그저 우연만은 아닌 듯싶었다. 그것도 혼란과 절망으로 절박할 때 그가 나타나다니, 그 생각과 함께 재인은 뒤를 돌아보았다. 현승과 다시 눈이 마주쳤다. 그것은 재인이 지나친 후에도 현승은 줄곧 그녀를 눈으로 좇고 있었다는 뜻도 되었다. 재인은 도하를 의식해 얼른 고개를 돌렸지만 가슴 속에 심장이 평소보다 빠르게 뛰는 것을 느낄 수 있었다. 그 후 재인은 도하와 있으면서도 계속 현승을 의식했으며, 그가 먼저 연회실을 떠나 버릴까 초조해했다.

"양 비서는 왜 계속 안 보여?"

재인은 여정에게 속삭였다.

"좀 찾아봐."

"네."

여정은 재킷 안에 대고 '대행님 곁에서 잠깐 떨어집니다' 하는 메시지를 보낸 후 연회실을 돌아다니며 이석을 찾았다. 그러나 아무리 찾아도 이석의 모습은 보이지 않았다. 그러는 동안 재인은 도하가 다른 사람과 이야기하는 틈을 타서 칵테일 잔을 하나 집어든 후 어디론가 움직였다. 바로 현승이 있는 곳이었다. 현승은 등을 돌린 채로 어느 노부부의 이야기 상대가 돼주고 있었다. 재인은 현승 뒤를 지나가며 칵테일 든 쪽의 팔꿈치로 그의 등을 스쳤다. 그리고 현승이 돌아봤을 때 그 자리에는, 잔에서 넘친 칵테일이 드레스 자락에 튀어 당황한 재인이 있었다.

"이런…… 어쩌죠? 미안합니다."

현승이 얼른 손수건을 꺼내 내밀었다.

"아, 아녜요. 내 실수인걸요."

몸을 숙이고 손수건을 받은 재인이 눈짓하며 현승의 눈길을 잡아끌었다.

"잠시 후 비상계단이 있는 곳에서 좀 봐요."

재인은 나직이, 재빨리 말하고는 그의 손수건을 돌려준 뒤 그곳을 벗어났다. 현승 역시 태연하게 노부부 쪽으로 몸을 돌린다.

"양 비서가 안 보이는데요, 대행님."

재인에게 돌아온 여정이 말했다.

"할 수 없지, 뭐. 나 화장실 가려고 하는데 안내해 봐."

"네. 이쪽으로."

여정이 앞장서 길을 터서 가며 역시나 재킷 안에 대고 '화장실 가십니다'라는 보고를 했다.

여정과 재인은 연회실의 정문이 아닌 후문으로 나왔다.

"비상계단이 어느 쪽이야?"

주변을 두리번거리며 재인이 물었다. 여정은 '네?' 하면서 얼른 재킷의 깃을 손으로 꾹 눌렀다.

"최 팀장이 화장실까지는 안 따라오는 거지? 비상구 어디냐구? 이건 황 대리와 나하고만 아는 거야."

여전히 두리번거리는 재인은 두서없이 말했다. 여정은 당혹한 표정을 지었다.

"나중에……."

여정의 반응을 눈치챈 재인이 여정의 손 하나를 덥석 잡고는 부탁의 눈빛을 보냈다.

"나중에 말해줄게. 부탁이야. 날 좀 도와줘."

여정은 길게 생각하지 않고 앞장섰다. 재인은 드레스 자락을 살짝 잡아 올리고는 서둘러 여정의 뒤를 따라 비상계단의 입구에 이르러, 문을 열어주는 여정과 눈빛 교환을 한 후에 혼자 안으로 들어갔다.

"재인……."

먼저 와 계단 아래에서 기다리고 있던 현승은 단숨에 위로 올라왔다.

"현승 씨……."

"한 번…… 안아 봐도 될까……?"

재인이 힘없이 고개를 끄덕이자 현승은 조심스럽게 그녀를 품에 안았다. 현승의 눈가에 얼핏 물기가 어렸다. 그는 천천히, 아쉬운 듯 그녀를 품에서 떼어냈다.

"지금 긴 말은 할 수 없고……."

재인이 말했다.

"나 좀 만나줄 수 있어? 현승 씨."

"물론이지."

"나 지금 핸드폰이 없어서 그러는데 현승 씨 핸드폰 좀……."

현승은 핸드폰을 꺼내 재인에게 건넸다.

"전화하지 말고 문자줘."

재인이 제 번호를 그의 핸드폰에 찍으며 말했다.

"내 일정 체크해본 후 전화할게. 내일도 괜찮아?

"언제든 괜찮아. 재판이 있어도 취소하고 갈게."

"고마워, 현승 씨. 어쩌면 약간 비정상적인 방법으로 만나야 할지도 몰라……."

"왜? 무슨 일이 있는 거니?"

"나중에……. 자세한 건 나중에 얘기해. 먼저 갈게."

재인은 비상구의 문을 열기 전에 현승을 다시 한 번 돌아봤다. 현승은 미소를 지으며 고개를 끄덕여 보였다. 그것이 재인의 눈에는 '안심하라' 하는 것 같았다.

재인은 여정과 함께 다시 연회실로 돌아왔다. 아무 일도 없었던 듯 두 사람 다 태연하게 행동했다. 그때 '대행님' 하고 부르며 이석이 다가왔다.

“찾으셨다면서요?”

이석은 먹다가 왔는지 입을 오물거렸다.

“제가 실장님 수행하랴, 세미나 뒤처리하랴, 바빠서요. 밥도 지금 먹고 있어요.”

“그럼 계속 처드세요.”

재인이 쌩하니 몸을 돌리자 어리둥절한 얼굴의 이석이 여정 뒤로 붙으며 ‘무슨 일 있었냐’ 묻자 여정도 ‘식사 처드십시오’ 하며 장난스럽게 무시했다.

연회가 끝난 후 재인이 핸드폰을 확인했을 때 현승의 문자는 이미 도착해 있었다. 내용은 없이 ‘연락 바랍니다’ 하는 것으로, 재인은 그의 번호라는 것을 금방 알아차렸다.

다음 날, 재인은 오전에 회사에서 혼자 집무실에 있을 때 현승에게 전화를 걸었다. 그는 지체 없이 받았다.

“현승 씨. 오늘 저녁 때 시간 괜찮아?”

[응. 괜찮아.]

“장소는 정화네 호텔이야. 나 정화랑 만나는 것으로 하고 나갈 거거든.”

재인은 현승에게 전화하기 전에 친구인 정화에게 먼저 연락을 취해 호텔 내 식사할 수 있는 룸 예약과 함께 사정을 얘기해 놓았다. 재인이 현승과 통화를 끝내자마자 책상 위 유선전화기의 벨이 ‘삐’ 하고 한 번 울렸다.

[대행님. 결혼식 초대장 리스트가 완성돼서요.]

재인이 전화기의 버튼을 누르니 스피커를 통해 여비서의 목소리가 흘러나왔다. 여비서는 곧 노크소리와 함께 회장실 안으로 들어왔다. 납작한 서류 케이스를 들고서였다.

"리스트 확인해 보시고 이상 없으면 바로 발송하겠습니다."

여비서는 서류 케이스를 연 상태로 재인 앞에 놔주었다. 재인은 그것을 잠시 눈으로 훑었다.

"그리고 내일 웨딩드레스 가봉을……."

"내가 생각이 좀 바뀐 게 있어서……."

눈을 들어 여비서를 보며 재인이 비서의 말을 잘랐다.

"초대할 사람들 중 빼고 더할 사람들이 좀 있거든. 하루나 이틀 더 생각해보고 결정해서 알려줄게요."

"오늘 중으로 발송해야 늦지 않을 것 같은데요, 대행님."

"거기서 하루 더 늦는다고 초대장 못 받아 못 온단 사람이 얼마나 되겠어요? 대부분 가까운 사람들이라 전화 연락해도 크게 실례 아니고. 또 안 와도 상관없거든."

여비서는 당황해서 '알겠습니다' 하고는 서류함 케이스를 들고 다시 회장실을 나갔다. 재인은 책상 위에 있던 제 손을 보고 있다, 그 손을 천천히 주먹 쥐어 지그시 힘을 주었다. 정신 똑바로 차리자, 하나하나 차근차근 하는 거야.

재인은 이틀 전 욕실에서 서럽게 울고 난 후부터 마음을 다잡기 시작했다. 그녀 자신이 겪는 혼란을 정리하기 위해서는 의문점들에 대한 답을 하나씩 얻는 수밖에 없다 판단했고, 그러기 위해서는 자신이 중심에 서서 일을 도모하고, 필요하다면 위험을 무릅쓰고라도 직접 움직일 요량이었다. 아직 뚜렷한 목적의식은 없었다. 사실 그녀는 아직 회사에 대한 애정도, 더욱이 이두회라면 전혀 애정이 없다 해도 과언이 아니었기 때문이다.

그러나 딸을 믿고 그 모든 것을 맡긴 아버지를 생각해서라도 가만히 앉아 당할 수만은 없다는 각오만큼은 분명했다. 그중 가장 큰 의혹은 역시나 그녀의 아버지, 위 회장이, 절대 허술할 리가 없을 뿐만 아니라 오히려 그 반대로, 주변에서 두려워할 정도로 보는 눈과 판단이 칼 같은 사람이 류도하에 관한 모든 것을 알아보지도 않고 당신 딸의 반려로 결정할 리 없다는 것이었다. 만약 그런 아버지를 속일 수 있었다면 도하는 정말 상상 이상으로 무서운 자인 것이다. 그런 자라면 재인이 싸워 이긴다는 것 자체가 애초에 불가능할 것이다, 그 생각에 재인은 두려움도 느꼈지만 또 바로 그렇기에 포기할 수도 없었다. 아버지를 속인 자라면 결코 그녀의 남자로 받아들일 수 없기 때문이었다.

"정화라고 내 친구 있어요."

퇴근시간 무렵 재인이 도하에게 말했다.

"결혼식에 초대할 친구들 중 가장 친한 앤데 여자들끼리는 또 이것저것 따로 할 얘기들이 많아요. 더구나 내가 주인공인데 가서 한 마디 안 보탤 수 없거든요."

"그래요. 잘 놀다 와요."

"당신은요? 늘 바쁘니 바로 집으로 갈 린 없을 것 같은데."

"8시 이후엔 본부에 있을 겁니다. 언제든 필요하면 연락해요."

도하가 말하는 본부란 이두회의 본부를 말하는 것이다.

"알았어요. 호위사들 다 데려가긴 그렇고 황 대리하고 양 비서만 데려갈게요."

"양 비서는 내가 데려갑니다. 또 내가 곁에 없으니 최 팀장은 반드시 동반해야 해요."

결국 재인은 그녀의 호위사들에 둘러싸여 현승과의 약속장소인 호텔에 도착했다. 그리고 미리 약속한 대로 로비에서 기다리고 있는 정화를 먼저 만났다.

"현승 씨는 좀 전에 도착했어."

정화는 재인을 보자마자 아주 작은 목소리를 냈다. 그러면서 재인 뒤로 서 있는 여정을 힐끔거렸는데, 장혁과 오 대리는 재인으로부터 떨어져서 마치 일행이 아닌 듯 행동하며 상황에 따라 위치를 정하며 움직였지만 여정만큼은 재인의 뒤를 근접 호위하고 있기에 정화가 의식을 안 하려야 안 할 수가 없었다.

"내 보디가드야. 신경 쓰지 마."

"기집애, 주제에 무슨 보디가드? 하여간 니네 집도 유별나."

"얼른 가자."

"근데 야, 너 현승 씨 왜 만나는 건데? 결혼식이 얼마나 남았다고?"

"그런 거 아니야. 일 때문이야."

"이게 누굴 눈치코치도 없는 찌리로 알어? 일 땜에 만나면서 웬 첩보작전?"

"조용히 해."

두 사람의 대화가 여정의 귀에 잘 들려오지는 않았지만 사전에 재인으로부터 '잘 방어하라'는 언질을 들은 여정은 그저 대강 짐작만을 하고 있을 뿐이었다. 재인의 말은 즉, 장혁과 오 대리가 눈치채지 못하게 잘 대처하라는 뜻이었다. 이제 여정은 좋든 싫든 재인의 편이 되어 움직이고 있었는데 아직 여정의 마음에 갈등이 없는 것은 아니었다. 하지만 그녀 자신이 충성해야 할 사람은 이두회의 수장, 즉 위재인이었기에 그녀가 교육받은 바의 가치에서 결코 벗어나지 않아선지 곧 혼란을 정리하고 재인의 뜻에 충실히 따르고 있었다. 그리고 어쩌면 '마음이 가는 곳으로 움직인다' 했던 이석의 말도 알게 모르게 여정의 마음에 작용했을지도 모를 일이다.

정화가 열어준 문으로 세 여자가 모두 들어서니 그곳은 대기실 같은 곳이었다. 정화는 안으로 난 또 하나의 문을 가리켰다. 그 안에 현승이 있다는 의미였다.

"식사는 코스 대신 간단히 들이라 했어."

정화가 말했다.

"잘했어. 고마워. 이 은혜 꼭 갚을게. 내 보디가드한테도 맛있는 것 좀 갖다 줘."

"알았다. 알았어."

정화는 함께 들어온 입구도 아니고 재인에게 가리킨 문도 아닌, 또 다른 문으로 사라졌다. 바로 직원들이 이용하는 문이었다.

"여기서 기다려."

재인은 여정에게 그렇게 말한 후 현승이 기다리고 있는 룸의 문을 열었다.

현승은 재인이 들어오는 모습을 보며 자리에서 일어났다. 현승이 있는 곳은 규모가 아담한 룸이었는데 커다란 창으로 야경이 펼쳐진 전망 좋은 곳으로, 보통 비밀스러운 만남을 위한 자리로 이용되는 곳이기도 했다. 현승은 말없이, 미소를 띤 얼굴로 다가와, 이번에는 묻지 않고 재인을 품에 안았다.

"나, 어제 한숨도 못 잤다……."

제10장 적(敵), 그리고 사랑 이야기

재인과 현승이 마주 앉은 테이블에는 올리브유와 발사믹 식초로 버무린 샐러드와 연어 회 요리, 그리고 레드와인이 올라와 있었다. 두 사람은 둘만의 지난 추억에 대해 조용히 대화를 나누며 식사를 했다.

"산이 높으면 골도 깊다 했던가……?"

어떤 추억의 뒤끝에 현승이 문득 말했다.

"좋은 시간이었던 만큼 자기를 잃고 나서의 상실감이 그렇게 클 줄은 정작 당해보고서야 상상 이상이었단 걸 알았어. 그때는 정말 차라리 죽은 게 낫지 싶더라."

현승은 웃는 얼굴로 말했지만 자못 씁쓸함을 숨기지 못하는 웃음이었다.

"미안해."

재인 역시 같은 웃음을 지어 보였다. 어쨌거나 이별을 통보한 쪽은 그녀였다.

"그것이 재인의 진심이 아니었다는 것이 그나마 유일한 위안이었어. 참, 아버님은 좀 어떠셔? 차도가 있으셔?"

재인은 고개를 흔들었다.

"미디어 통해서 아버님 쓰러지셨단 소식 들었을 때……. 뭐랄까, 참 많이 착잡하더라. 한땐 원망도 했었는데……."

현승은 위 회장을 만나본 적은 없었지만 알고는 있었다.

"결혼할 남잔 좋은 사람이겠지?"

현승은 이어서 물었다.

"어제 연회 때 그 사람?"

재인은 고개를 끄덕였다.

"질투도 좀 나네. 얼마나 대단하기에 내가 밀린 건가 싶기도 하고."

현승이 그렇게 말하는 것도 일리가 있는 것이 그의 집안도 상식적으로 봤을 때 나쁘지는 않았기 때문이다. 재벌에는 끼지 못하나 아버지가 대학 교수에, 어머니는 기자 출신이었고 누나 역시 현재 예대 교수였다.

"현승 씨도 연인 있지?"

"나? 없어. 혹시 정화 씨한테 들은……."

"응."

"그게 매형이 소개해서 만난 건데……."

"매형? 누님 결혼하셨어?"

"응. 재작년에. 매형이 KL 엔터의 사장님이야."

"아……."

재인은 정화가 했던 말, 현승이 KL엔터테인먼트의 법률 자문을 하고 있다 했던 것을 떠올렸다. 재인은 KL엔터테인먼트의 배후인 계림상사와 이두회의 관계를 생각해볼 때, 현승은 이두회는 물론이요, 계림이란 지하조직에 대해서도 알지 못할 것이지만 참 아이러니하다 생각했다.

"매형 성의를 생각해서 한두 번 만나긴 했는데 인연은 아니더라. 재인 씨를 잊어버릴 정도로 강렬히 내 마음을 사로잡는 여잘 만나기가 쉽지는 않네."

하며 현승은 멋쩍게 소리 내어 웃었다. 그 말을 들은 재인은 뭐라 대꾸할 말이 없어 와인 잔을 손에 들었다. 이상한 일이었다. 그에게 연인이 생겼다는 말을 들었을 때는 그것이 반나절 동안 그녀의 기분을 지배할 정도더니 정작 '연인이 없다'라는 말에는 그 반대의 기분이 작동하지 않았다. 내심 기뻐하기까지는 아니더라도 안도하는 마음 정도는 생길 만한데도 그저 무덤덤하기만 해서 재인 스스로 놀랄 정도였다. 왜 그렇지, 분명 현승을 마주하고 앉아 있는 지금 약간의 설레는 기분도 있는데 말이다. 혹시 그가 계림과 관계 있어서일까, 만약 그렇다면 재인 자신도 어쩔 수 없는 이두회의 딸이려니 싶어, 그녀는 묘한 기분까지 들었다.

"근데 왜 만나자고 한 거야? 설마 청첩장 주려고?"

"사실은……."

와인을 한 모금 마신 후 재인은 어렵게 말을 꺼냈다.

"현승 씨가 날 좀 도와줬으면 해서. 그것도 아주 비밀리에. 현승 씨 정도면 알아봐 줄 능력이 될 것 같아서 부탁하는 거야. 지금 내부에서는 날 도와줄 사람이 없어."

"그게…… 뭔데?"

현승이 정색해서 물었다. 재인은 옆에 있는 의자에 놔둔 가방에서 두 번 접은 A4 용지를 꺼내 현승에게 내밀었다. 현승은 그것을 받아서 펴 본다.

"류도하?"

종이에서 눈을 뗀 현승이 그 눈을 그대로 재인에게 옮기며 중얼거렸다.

"내 남편 될 사람이야."

현승은 약간 놀라고 의아한 표정을 지었다.

"거기 기록돼 있는 것이 생년월일 포함 그 사람에 대한 기본 인적사항이야."

"그래서? 내가 할 일은?"

"더 알아내. 숨겨진 것을 알아내 줘. 특히 그의 부모를."

현승은 종이를 내려놓고 와인 잔을 들더니 그것을 단숨에 들이켰다. 그 사이로 재인 역시 잔을 마저 비웠다.

"이유를 물어도 될까?"

와인을 마시고도 약간의 시간을 두고 그가 물었다. 굳은 표정이었다.

"돈 많은 사람들 결혼할 때 뒷조사는 기본으로 한다는 것 정도는 알고 있지만……."

"그게 아냐."

재인이 그의 말을 잘랐다.

"그 사람은 아빠가 정해준 사람이야. 뒷조사를 했어도 아빠가 하지 왜 내가 하겠어?"

"그런데 왜……?"

"그냥…… 해줘……. 묻지 말고."

재인은 괴로운 얼굴로 와인 병에 손을 댔다. 그러자 현승이 얼른 그것을 그녀의 손으로부터 부드럽게 빼앗아, 대신 그녀의 잔에 따라 주었다.

"알았어."

잔을 채운 후 현승이 대답했다. 그리고 더 묻지 않았다.

재인은 먼저 룸을 나왔다. 현승에게는 10분 후에 나오라 부탁했다. 얼마 후 그녀는 오 대리가 운전하는 차를 타고 집으로 향했다. 차가 호텔을 출발하자마자 재인은 조수석의 장혁이 핸드폰으로 문자를 보내는 것을 의식했다. 전 같으면 무심히 넘길 일을 이제 재인은 그렇지 못했다. 장혁의 행동은 재인이 도하와 함께 있지 않을 경우, 장소를 옮길 때마다 늘 그러했다는 것까지도 환기시켰다.

도하에게 보고하는 것이 틀림없다고 재인은 생각했다. 도하는, 자신이 재인 곁에 없으니 대신 최 팀장을 동반해야 한다 했었는데 얼핏 재인을 보호할 가장 믿음직한 호위사가 곁에 있어야 한다는 말처럼 들리는 그것이 사실은 도하 대신 재인의 모든 것을 감시할 사람이 최 팀장이라는 의미로 해석되었다. 재인의 호위사들은 실제로는 감시자들이며, 도하의 사람들인 것이다.

재인은 바로 곁에 앉아있는 여정에게 고개를 돌렸다. 여정은 담담한 얼굴로 재인의 눈길을 받았다. 여정이라도 한편이 돼준 것이 얼마나 힘이 되는지, 재인의 눈빛은 그렇게 말하고 있는 것 같았다.

재인의 짐작은 적중했다. 도하가 장혁의 문자를 받은 곳은 이두회 본부에서였다. 문자 내용은 '대행님 귀가 중. 특이사항 없습니다'로 간략한 보고였는데 '특이사항이 없다'는 것은 다른 문제가 발생하지 않았다는 뜻일 것이었다. 이두회 본부는 전체 4층의 건물로, 그중 사무실로 사용하는 것은 4층뿐이고 2층과 3층은 숙소, 1층에는 편의점과 커피전문점, 베이커리가 있었고 지하는 1, 2층으로 나뉘어져 식당, 격투기 학원, 주차장 등이 있었지만 실상 모두 이두회에서 관리하는 곳이었다. 상점 모두 이두회에서 운영했고, 숙소는 겉보기에는 일반 다가구주택처럼 보이지만 역시나 이두회원이 사용했다.

도하는 4층의 한 사무실에 있었다. 겉보기에는 평범한 사무실로, 각자의 책상에 앉아 있는 세 명의 직원들 모습과 또 그 수만큼의 빈 책상들이 보였다. 또한 사무실의 반은 직사각형의 커다란 회의용 테이블이 차지하고 있었는데 바로 그곳에 이석이 서류로 보이는 것을 앞에 놓고 삼십대 후반 정도 되는 남자와 마주 앉아 있었다. 두 사람의 모습은 삼십대 후반의 남자가 주로 말을 하고 이석은 서류와 남자를 번갈아 보며 고개를 끄덕이는 식으로 일을 하고 있었다.

그러던 중 이석의 눈길이 남자도 아니고 서류도 아닌, 남자의 너머를 향했다. 그곳에서는 도하가 한 직원의 뒤에 서서 모니터를 같이 보며 직원의 설명을 듣고 있었다.

이석은 도하를 따라 본부로 올 때까지만 해도 도하가 왜 '같이 가자' 했는지 그 이유를 몰랐다. 그저 막연한 불안감을 갖고 따라왔는데 본부에 도착해 '앞으로 본부의 업무를 익히도록 하라'는 도하의 지시를 듣고 나서야 이석은 가슴을 쓸어 내렸다. 회장실 비서진 중에서 현재 이 비서와 여비서는 회사 업무만 맡고 있기 때문에 이석이 이두회 업무를 파악하고 있어야 재인을 제대로 보좌할 수 있다는 것이 도하의 설명이었다. 그래서 지금 본부의 부부장인 남자에게서 업무에 대한 개략적인 설명을 듣고 있는 이석은 그것이 곧 자신의 위치가 업그레이드되는 것이라 여겨져 자못 우쭐한 마음까지 들었다.

이석은 도하가 움직이는 것을 보며 얼른 그로부터 눈길을 거두었다. 도하는 곧장 회의용 테이블로 다가왔다.

"내일부터 여기로 출퇴근해."

도하가 오자 부부장이 잠시 설명을 멈춘 사이로 도하가 이석을 향해 말했다. 이석은 깜짝 놀랐다.

"그, 그럼 비서실은요……?"

"여기 사람들 면면과 업무를 익힐 때까지 만이야. 내 지시가 따로 있을 때까지 비서실엔 나오지 마라."

"네에. 알겠습니다."

본부의 업무를 익혀야 하니 본부를 자주 오가겠구나 싶었고 어쩌면 비서실과 본부를 정신없이 오고 가겠다 하는 생각까지는 했지만 아예 비서실에 발을 끊으라고 할 줄이야, 그렇다면 언제까지 그래야 하는지, 이석은 그 구체적인 날짜만이라도 알고 싶었지만 차마 묻지 못한 채 그냥 얌전히 대답만 했다. 도하를 보고 있으면 은근히 오금이 저려 늘 입이 제대로 떨어지지 않았다.

그때 문소리가 나더니 건장한 체격에 머리를 짧게 깎은 남자가 들어왔다. 그렇다고 아주 젊은 남자는 아니고 마흔 전후로 보였다. 이석은 그를 보고는 얼른 의자에서 엉덩이를 살짝 떼며 인사를 꾸벅했다. 이석도 당연히 알고 있는 그 남자는 이두회의 행동대수장으로 있는 한 대장이었다. 한 대장은 먼저 도하와 짤막하게 인사부터 나눴다.

"대행님은 본부 시찰을 한 번 안 하십니까?"

인사 후 한 대장이 그렇게 물었다.

"이러다 집회 때나 뵙겠네."

물론 한 대장이 재인의 얼굴을 모르는 것은 아니었다. 다만 재인이 '회장 대행'이 된 이후로 한 번도 그녀를 만나지 못했다는 것을 의미했다.

"그전에 결혼식도 있으니 그때 뵙지 않겠어요?"

그 사이로 부부장이 끼어들었다.

"아직 청첩장도 안 와서……."

하며 한 대장은 도하를 향했다.

"설마 청첩장 안 보내주실 건 아니죠? 천위장."

"그건 대행님 소관입니다."

도하는 건조하게 대답했다. 이석은 도하와 한 대장을 힐끔 쳐다봤다. 그 두 사람이 함께 있을 때면, 특히 한 대장에게서 도하를 향한 미묘한 적대감 같은 것이 느껴졌다. 직위로 보자면 감히 행동대장이 천위장에 댈 것이 아니었지만 오래전 도하가 무력부장이었을 당시도 여전히 행동대장이었던 한 대장이고 보면 그의 불편한 심기를, 이석은 거기에서 찾았다. 한 대장이 또 뭐라 도하에게 말을 붙이려는데 도하의 몸에서 핸드폰 벨소리가 울렸다.

[대행님이 사고를 당하셨습니다. 지금 응급차 뒤를 따라가고 있는 중입니다.]

장혁의 목소리였다.

재인은 집에 도착해 지하층에 내려가 씻고 옷을 갈아입은 뒤 주방으로 올라와 아줌마가 만들어준 따뜻한 차가 든 머그잔을 들고

2층으로 올랐다. 진향이 와 있었던 것은 아니었다. 2층에서 약 10분 정도 있으면서 차를 마신 재인은 다시 내려오기 위해 계단을 밟다 헛디뎌 아래로 구른 것이다.

엄밀히 말하면 사고가 아니었다. 재인 스스로 한 행동이었다. 그녀는 계단 위에서 위치를 가늠해 보고서는 적당한 곳에서 일부러 굴렀다.

도하와 이석이 병원에 도착했을 때 재인은 응급실로부터 현재 진향이 호텔 객실처럼 사용하고 있는 VIP병동의 입원실로 옮겨진 후였다. 입원실에는 도하만 들어가고, 이석은 밖에서 대기하고 있던 다른 호위사들 곁에 남았다.

"많이 안 다쳤어요."

도하를 보며 재인이 말했다. 그녀는 이불을 허리까지 덮고 침대에 누워 있었는데 환자복으로 가려지지 않은 곳에 눈에 띄는 상처는 일단 없었다.

"그걸 네가 어찌 알아? 내일 결과가 나와 봐야 알지."

딸의 곁에 앉아 그 말을 반박하는 진향의 목소리에는 속상함 이상의 감정이 진하게 배어났다.

"뼈 부러진 것 같진 않으니까 그렇지……."

"아픈 데가 어디예요?"

도하가 물었다.

"여기……."

하며 재인이 환자복 소매를 걷으니 팔에 피멍이 들어 있었다.

"골반 쪽이랑 다리에 가장 멍이 많이 들었어요. 발등도 좀 아프고……."

"그럼 고관절과 중족골에 인대 손상이나 미세 골절이 있을 수 있습니다. 가능한 걷지 않는 게 좋아요."

"자기가 의산가 뭐……."

"의학에도 조예가 깊댄다. 류 실장이."

진향이 끼어들며 어딘지 비아냥대듯 했다.

"네 신랑 만들려고 아빠가 류 실장을 슈퍼맨으로 키우셨다더라."

진향의 말에 도하도, 재인도 입을 다물고 있자 진향은 일어나서 입원실을 나가 버렸다. 도하는 진향이 앉았던 자리로 가서 앉아, 재인의 손을 그의 두 손 안에 부드럽게 감싸듯 쥐었다.

"조심하지 그랬어요?"

"그러게요. 결혼식이 다가오니 나도 모르게 마음이 복잡했었나 봐. 아, 그래서 하는 말인데요……."

재인은 잠시 말을 멈추고 숨을 들이켰다.

"결혼식을 좀 미뤘으면 해요."

재인이 스스로 계단에서 구른 이유는 바로 그것이었다. 도하는 바로 대답하지 않았으나 그렇다고 별다른 표정의 변화를 보인 것도 아니었다.

"완전히 나아 좋은 컨디션일 때 하고 싶어요. 여자한텐 결혼식이 아주 중요하거든요. 일생에 자주하는 것도 아니니까."

재인은 웃음까지 지어 보였다.

"그래요. 재인 씨가 원하면 그렇게 해요."

"그럼 한 달 정도만 미룰까요? 아참, 그럼…… 주총이랑 집회는 어떻게 하지……? 그건 그냥 예정대로 해요? 아님 것두 미뤄야 해요?"

"글쎄요……, 생각해 봅시다."

도하는 재인의 머리를 쓰다듬었다. 두 사람의 결혼은 평범한 그것이 아니었다. 주주총회와 집회에서 각기 재인이 회장직을 승계하는 전제 절차이기도 한 것이 바로 두 사람의 결혼이었다. 때문에 따로 떼서 생각할 수가 없었다.

"양 비서도 같이 왔어요?"

도하가 이석과 함께 이두회 본부에 간 것을 알기에 재인은 무심결에 물었다. 도하는 먼저 핸드폰으로 전화를 걸어 '들어와' 한 후에 재인에게 양 비서는 내일부터 당분간 본부로 출근한다고 알렸다. 이어 '뭐라구요?' 하는 재인의 날카로운 목소리와 이석이 문을 열고 들어온 것이 거의 동시였다.

재인은 발딱 몸을 일으켜 앉았다.

"누구 맘대로? 누구 맘대로 양 비서를 본부로 보내요?"

재인의 목소리는 숨길 수 없는 노여움으로 흥분해 있었다. 이석을 본부로 보낸 것은 재인에게서 그를 떨어뜨리려 한 것이라 생각했다.

"비서진 인사는 내 권한 아니에요? 회장 될 사람이 나예요, 도하 씨예요? 나한테 허락은커녕 묻지도 않고 어떻게 그렇게 도하 씨 마음대로 그럴 수가 있어요? 그게 비서실장의 권한이에요? 대체 비서실장이 뭔데?"

재인은 말을 쏟아낼수록 점점 더 흥분을 해서 나중에는 목소리가 갈라져 나올 정도였다. 그런데도 도하는 당황한 기색은커녕 그 이전에 보였던 얼굴과 단 한 치도 다르지 않은 얼굴 그대로 재인을 보고 있었다. 당황한 것은 이석이었다.

"양 비서, 본부로 가지 마. 그대로 비서실에 있어. 내가 가라고 할 때까지 절대 아무 데도 가지 마……."

"대, 대행님……. 지, 진정하시고……."

이석이 가까이 와서 말을 더듬었다.

"시, 실장님 뜻은 제가 본부 일을 알고 있어야 대행님을 잘 보필할 수 있어서……."

"누가 어떤 방식으로 날 보필할지는 내가 결정해."

"네, 네……. 근데 제가 결정했어요."

"뭐……?"

"제, 제가 가겠다고 한 거예요. 실장님께……."

바로 그때였다. 도하는 앉아 있고 그 곁에 이석이 서 있는 가운데 갑자기 이석의 무릎이 휘청하더니 그대로 수직낙하를 하며 쿵 소리와 함께 무릎이 바닥에 닿았다. 도하가 절묘하게 발을 뻗어 이석의 무릎 안쪽을 친 것이었다. 이석의 무릎이 바닥에 닿기가 무섭게 또한 도하의 손에 멱살이 잡힌, 그것도 새끼손가락이 위로 간 상태로 잡아 반 바퀴 비틀어 당기는 도하의 손에 그대로 끌려온 이석의 얼굴은 흡사 밧줄에 목이 걸린 것처럼 순식간에 흙빛으로 변해 있었다. 도하는 앉은 채로 별로 움직이지도 않고, 얼굴 역시 여전히 재인을 향해 있어, 무슨 일이 일어났는지는 재인과 이석, 둘 다 상황이 종료된 후에야 알았을 정도였다.

목이 졸려 '끄으으' 소리밖에는 내지 못하는 이석의 얼굴을 의식한 순간 재인은 화들짝 놀라 침대 위에서도 펄쩍 뒤로 물러나 앉았다.

"잘 들어."

평소처럼 나직한 목소리로 도하가 말했다. 이석을 보면서도 아니었다.

"네가 끼어들 자리가 아닌 곳에 함부로 끼어들지 마라. 또한 내

지시를 네 뜻인 양 하는 짓은 더더욱 하지 마라.”

벌어진 입으로 대답 대신 침이 흘러나오는 이석의 흙빛 얼굴을 도하의 손이 조용히 놓아주자 이석은 바닥으로 납작 추락했다. ‘커헉’ 하며 막혔던 숨이 터지는 소리가 나면서였다.

“나가.”

도하의 말이 떨어지기가 무섭게 이석은 지체 없이 움직였지만 입구 중간까지는 기어서 가야 했다. 중간쯤에서야 간신히 몸을 일으킨 그는, 그러나 여전히 불안정하게 비틀거리며 밖으로 나갔다.

“소 사모님은 오늘 집으로 가셔서 이틀 쉬실 겁니다.”

마치 아무 일도 없었던 듯 도하는, 사색이 된 재인을 향해 설명했다.

“대신 내가 곁에 있을 겁니다. 자, 이제 좀 누워요.”

도하가 일어나 재인을 눕히기 위해 그녀의 몸에 손을 대자 그녀는 거친 숨소리를 내며 몸서리쳤다. 그럼에도 도하는 늘 그렇듯 그가 할 수 있는 한 가장 조심스러운 손길로 그녀를 눕히고 이불을 덮어주었다. 재인은 눈을 감았다. 그나마 그것이 바로 곁에 있는 그로부터 달아날 수 있는 유일한 방법이라는 듯 말이다.

⌘

이석은 여정이 운전하는 차로 귀가하고 있었다. 호위사들은 세 명 중 두 명이 짝을 지어 병원에 있기로 하고 한 명씩 돌아가면서 쉬기로 해, 그중 여정이 가장 먼저 집으로 가는 길에 이석과 동행한 것이었다. 두 사람은 말이 없었다. 이석이 입원실로부터 도망치듯 문밖으로 나온 것을 여정도 목격했던 터에, 이석의 안색도 내내 굳어 있었기 때문이다.

여정은 갑자기 커피전문점 앞에 차를 세웠다. 그리고 말없이 차에서 내렸지만 이석은 왜 차를 세우냐 묻지도 않고, 여정이 손에 아이스커피를 들고 다시 제자리로 돌아올 때까지도 멍하니 창밖만 내다보고 있었다.

"마시고 정신 차려요."

여정이 아이스커피를 내밀자 이석은 순순히 그것을 받았다.

"나…… 바보 같죠? 남자답지 못하고."

그렇게 묻는 이석의 얼굴은 확실히 의기소침해 있었다.

"처음부터 남자답단 생각은 눈곱만큼도 안 했습니다."

"고맙네요. 잘 봐줘서."

"양 비서님이 특별한 건 아닙니다. 실장님 앞에선 다 그러니까."

여정은 이석에게 무슨 일이 있었는지도 모르면서 그렇게 말했다. 또 무슨 일이 있었느냐 묻지도 않았다.

"지금 그걸 위로라고 하는 거예요?"

"누가 위로랍니까? 사실이 그렇다는 거지."

"됐습니다. 무력부 서열 39한테 내가 뭘 바래?"

"29."

이석은 여정을 잠시 째려보더니 추우욱 소리가 날 정도로 아이스커피의 빨대를 힘 있게 빨았다.

"언젠가 양 비서, 운이 좋았다 했지요?"

그런 이석의 모습을 보며 여정이 물었다.

"그래서 더 그래요. 온실 속에서만 큰 겁니다."

"온실? 나도 나름 고생 많이 했거든요."

이석은 이제 볼멘소리를 내고 있었다. 철도 들기 전 앵벌이까지 했으니 그가 고생을 하지 않았다고 볼 수는 없을 것이다. 그럼에도 이석은 도하의 손아귀에 잡혔던 그 짧은 순간, 어쩌면 죽을지도 모른다는, 목숨의 위협을 느낄 정도의 강렬한 경험은 난생처음이었다. 이석은 저도 모르게 제 목에 손을 가져다 대본다.

"우리 겪은 고생 다 합쳐 곱빼기를 해도 류 실장님께 댈 게 아닐 겁니다."

그렇게 말한 여정에, 이석은 아이스커피의 빨대를 빨다 말고 멈칫했다.

"나도 팀장님한테 얼핏 들은 거라 자세히는 모르지만 사람이 견딜 수 없을 정도의 극한 경험을 여러 번 겪으셨다고 합니다."

"실장님이? 왜요?"

"그렇게 키워졌대요. 처음부터 조직을 이끌어갈 재목으로 프로그래밍 되었다던데."

"누가 그런……?"

이석은 무심결에 내뱉고 나서야 얼른 입을 다물었다. 그런 이석을 보는 여정의 얼굴은 '그것을 몰라 묻느냐' 식의 한심해하는 눈빛이었다.

[류도하가 있었던 보육원에 내려간 친구 말이 류도하가 막 아홉 살이 됐을 때 그곳을 나온 것으로 기록돼 있대.]

핸드폰을 통해 들려오는 현승의 목소리는 말했다. 그것을 듣고 있는 사람은 재인이었다. 도하가 그녀에게 했던 말과 일치했다.

[근데 놀라운 게……, 아홉 살의 류도하를 보육원으로부터 데리

고 나온 사람이…… 위상문…… 회장님이시네.]

"뭐……?"

재인은 놀라는 한편으로는 의아했다. 보육원으로부터 도하를 데리고 나온 사람이 이두회라는 것은 도하의 말과 일치했지만 그 사람이 아버지일 줄이야.

"제일 중요한 게 출생기록이야."

[일단 출생 신고서에는 친모만 기재돼 있는데…….]

"아니. 친부를 알아봐줘."

재인은 다급하게 현승의 말을 잘랐다.

"알아보기 힘든 거니까 현승 씨한테 부탁한 거잖아."

그때 문이 열리고 도하가 모습을 보였다. 동시에 재인은 웃는 낯으로 '걱정해줘서 고마워. 퇴원 후 한 턱 쏠게' 하며 자연스럽게 전화를 끊었다. 재인이 입원한 다음 날 저녁으로, 그녀는 침대에 앉아 현승과 통화를 하고 있던 중이었다. 검사결과는 이미 오전에 나왔는데 재인의 부상은 타박상 외에 늑골 두 개에 미세하게 금인 간 것과 도하의 예측대로 고관절과 중족골에 인대 손상을 입은 것 정도였다. 걷는 데에 무리하지 않고 며칠 동안 조심만 하면 자연 치유도 되는 지라, 통상 통원치료만으로 충분한 것이지만 병원에서는 일주일 입원을 권했다.

"내일 퇴원할래요."

도하가 가까이 오는 것을 보며 재인이 말했다. 그는 어제부터 내내 재인 곁에 있으면서 그녀와 함께 자고, 먹고, 그녀를 안아서 화장실을 데려가는 등의 간병을 하고 있었다.

"많이 다친 것도 아니고, 또 도하 씨도 회사 나가봐야 하잖아요? 세상에서 젤로 바쁜 사람이 나랑 이러고 있어도 돼요?"

"핑계 김에 쉬는 겁니다."

"사실은 내가 갑갑해서요. 매일 출근하다 갇혀 있으니까요."

도하가 재인을 두 팔에 안아서 들었다.

"응……? 왜요?"

도하는 재인을 안고 창가로 갔다. 창밖을 통해서 어두워지는 밤하늘과 그 아래로 가로등이 하나, 둘 켜지기 시작하는 병원의 안뜰이 아름답게 내려다보였다.

"밖으로 나갈까요?"

도하가 물었다.

"아뇨. 보는 것만으로도 충분하네요."

재인은 도하의 목에 팔을 걸고 그의 가슴에 머리를 기댄 채 밖을 내려다봤다. 이상한 일이지만 재인은 도하의 품이 싫지 않았다. 심지어 그와의 섹스에도 거부감이 없었을 뿐더러 오히려 절박한 심정으로 그것에 매달리기까지 했었다. 그것은 그녀가 뒤로 다른 꿍꿍이를 하느라 부러 도하 앞에서는 평소처럼 보이려 애쓰는 것하고는 다른 문제였다. 사실은 별로 애쓸 필요도 없이, 어떤 면으로 재인은 정말 도하와 아무 일도 없는 것인 양 그와 잘 지내기도 했다.

어젯밤 이석을 사이에 두고 돌발 상황을 겪은 후에도 재인은 평정을 되찾는 데에 약간의 시간만 소요했을 뿐이었다. 또 그런 데에는 늘 재인에게만은 변함없이 대하는 도하의 마음 씀씀이도 크게 한몫을 했을 것이다. 그는 재인에게 다정하지 않은 듯 다정했고, 너그럽지 않은 듯 무한의 너그러움을 보여주었다. 마치 그녀를 다 품고도 남을 넉넉한 그의 가슴처럼 말이다. 속으면 안 돼, 마음속으로 되뇌면서도 재인은 오히려 그의 목을 더 꼭 끌어안고 그의 가슴에 머리를 비볐다.

그날 밤, 입원실의 커튼이 모두 닫히고 문도 잠긴 깊은 밤에 침대에 누운 재인은 그녀 곁에 앉은 도하가 그녀의 환자복을 모두 벗겼을 때 숨소리조차 내지 않고 가만히 있었다. 원래 환자복 안에는 속옷도 입지 않는지라 재인은 쉽게 알몸이 되었다. 그녀의 몸 여기저기에 멍 자국이 선명해, 도하는 그런 그녀를 상대로 섹스를 하려는 것 같지는 않아 보였다. 그는 손을 뻗어 그녀의 몸을 만질 뿐이었다. 그녀의 목과 쇄골, 젖가슴, 아랫배, 그리고 치골을 지나 허벅지에서 종아리까지, 그는 만지고 또 만졌다. 마치 세상에서 처음 본 것처럼, 그 이전에는 만져본 적도 없는 것처럼 그는 그렇게 그녀를 만지고 또 만졌다.

재인은 도하의 눈길에서는 짜릿함을, 그의 손길에서는 편안함을 느끼며 눈을 감고 있었다.

"처음입니다."

도하가 갑자기 말했다. 나직한 음성임에도 재인은 놀라 눈을 번쩍 떴다. 그녀는 제 귀를 의심했다.

"뭐라…… 했어요? 설마…… 내가 처음이라고 한 것은 아니죠?"

"처음입니다."

도하는 같은 말을 반복했다. 이번에는 그의 목소리가 재인의 귀에 신음처럼 들렸다. 재인은 동그랗게 뜬 눈으로 그의 눈을 찾았으나 웬일로 그의 눈은 그녀의 눈 대신 그녀의 몸에만 집중하고 있었다. 그러고 보니 재인은 처음 도하와의 관계 때 느꼈던 그의 서툰 손길, 투박함의 정체를 알 것도 같았다.

"도하 씨 정체가 뭐예요?"

그녀는 결국 그렇게 묻고 말았다.

"도하 씬 뭐야? 나의 뭐…… 인 거야……?"

재인은 계속 물었다. 이번에는 그녀의 목소리가 신음 같았다. 도하는 대답하지 않았는데 마치 아무 소리도 듣지 못한 사람 같았다. 그는 재인의 다리를 잡아 무릎을 세워 굽혔다. 그 무릎에 입을 맞추고 입술을 비볐다. 이어 느닷없이 단번에 그녀의 무릎을 옆으로 벌렸다. 동시에 재인의 고개도 옆으로 돌아갔다. 처음도 아닌데, 그가 보는 것도 처음이 아니고, 심지어는 그가 첫 남자도 아니건만 강렬한 그 무언가가 그녀의 두피를 잡아당기는 것만 같은 쇼크를 받았다. 때문에 도하가 아직 그녀의 가장 수줍은 그곳에 손도 대지 않았음에도 그녀의 가슴은 벌써 들썩이고 있었다.

도하는 아주 천천히, 재인의 벌어진 한쪽 무릎 사이로 모습을 드러낸 그녀의 '검은 숲'으로 손을 뻗었다. '숲'은 이슬을 머금고 반가이 새벽을 맞은 양 그의 손끝을 흠뻑 적셨다. 이슬 묻은 손끝은, 그것으로 다시 숲을 헤집었다. 재인의 다른 쪽 다리는 시키지 않아도 옆으로 벌어졌다. 이슬을 내놓던 어두운 동굴로 뱀이 숨어들 듯 손끝이 파고들자 그녀의 허리가 비틀렸다. 이어 도하의 얼굴이 숲을 덮쳤다.

"허억……."

거친 숨을 토하는 동시에 재인은 어깨를 세웠다. 숲과 동굴을 정복당한 그녀는 흡사 고통에 몸부림치는 사람 같았다. 재인의 머리는 다시 아래로 떨어졌지만 대신 그녀의 손이 아래로 내려가 도하의 머리카락을 잡아 뜯고 그녀의 허벅지는 도하의 머리를 지그시 누르고 조였다.

"제발……."

재인은 이제 거의 흐느끼고 있었다. 도하는 머리를 들고 가볍게 침대 위로 올라와 서둘지 않으면서도 빠르게 제 바지를 풀었다. 재인을 뒤돌려 그녀의 아랫배를 잡고 바짝 당겼다.

"아……."

도하가 들어오는 순간 재인은 이불자락을 쥐었다. 그녀는 모로 세워진 골반 쪽 다리를 벌려 도하의 다리를 휘감았다. 두 사람은 더할 나위 없이 완벽하게 서로에게 연결된 것처럼 보였다. 그러나 그것으로도 모자랐는지 도하는 아랫도리를 정복한 가운데서도 두 팔로는 재인의 몸을 뱀처럼 감아 잡았다. 재인의 헐떡거림은 마치 살기 위해 몸부림치는, 맹독성 동물의 먹이처럼 보였다.

"너만……."

재인의 귀 안으로 그의 뜨거운 목소리가 새어 들어왔다.

"너만 바라봤어. 긴 시간동안 너 하나만……. 보고 또 보고, 수백, 수천 번을……."

그는 무슨 소리를 하는 것일까, 재인은 제 열기에 취해 내뱉는 신음 사이로 그의 나직한 중얼거림을 들어야 했다.

"너는 바로 나다. 내 것이고 나야……. 너는…… 나야."

⊠

재인이 현승의 연락을 받은 것은 사흘 후였다. 병원에서 퇴원해 다음 날 출근해서였는데 현승은 먼저 전화를 할 수 없기에 문자를 남겼고, 재인이 혼자 있는 틈을 타 그에게 전화를 걸었던 것이다.

[류도하의 생부……, 알아냈어.]

현승이 말했다. 도하의 생부가 누구일지 짐작하고 있으면서도 부디 틀리기를 기도하는 마음으로 재인은 마음을 다잡았다.

[만나서 알려줄까? 만나고 싶은데…….]

"일단…… 먼저 말해."

재인은 마른 침을 삼켰다.

제11장 너는 바로 나다!

"류준성."

현승은 간단히 이름만 말했다. 핸드폰 너머로부터 깊은 한숨소리가 들려왔다. 잠시 후 다시 전화하겠다는 재인의 말과 함께 통화는 끝이 났다. 현승은 핸드폰을 내려놓으며 맞은편에 앉아 있는 금 변호사에게 눈길을 던졌다. 금 변호사는 고개를 끄덕여 보였다.

현승이 금 변호사와 있는 곳은 금 변호사의 사무실 안이었다. 언젠가 재인도 왔다, 도하와 마주치지 않기 위해 파티션 뒤에 숨기도 했던 바로 그곳이었다.

"류준성이란 이름의 사람이 정말 류도하의 생부가 맞습니까?"

현승이 물었다.

"알 수 없지. 이미 오래전에 죽은 사람이니 유전자 검사를 할 수도 없고."

금 변호사는 테이블 위에 있는 찻잔을 들어 한 모금 입에 댄 후 대답했다.

"다만 그 가능성이 가장 높은 건 사실이니 거짓말했다고 생각진 말게."

"류준성이란 분이 뭐하시는 분인데요?"

"그것도 알 거 없고."

"제가 의아한 건 생모 이름이……."

"됐어. 지금 중요한 것은 재인이를 보호하는 일이야. 다행히 재인이 류 실장을 의심하기 시작해 이미 결혼을 미룬 상태야. 내 뭐랬어? 그럴 것이라 했지?"

금 변호사가 말을 잘랐음에도 계속된 그의 말에 현승은 자못 기대하는 눈빛을 완전히 숨기지 못했다.

"위 회장님의 유지를 받드느라 내 두 사람의 결혼을 그냥 추진하기는 했지만 내심 걱정이 되었던 것도 사실이거든. 드러내놓고 반대도 못 하고 속으로만 끙끙 앓았지. 하나 위 회장님의 뜻이 아무리 그러하다 해도 그것이 회사를 지키는 것에 비하겠는가? 또 위 회장님의 뜻이 결국 재인이를 위한 것이 못된다면……, 어쩌겠나? 현재 처해진 상황에서 최선의 방법을 강구해 봐야지. 재인이한테만 맡겨둘 수가 없어. 자네도 알다시피 재인이가 세상물정 모르고 자라 순진하기만 하지 않은가? 반면 류 실장은 산전수전에, 요즘 말로 공중전, 시가전까지 겪은 자야."

"위 회장님은 어떻게 그런 사람을 재인 씨 반려로 정하셨던 걸까요?"

"그러니까 무서운 자 아닌가? 놀라지 말게. 아마 류 실장이 형법, 민법 해서 그 판례를 아마 최 변보다 많이 알걸?"

“네에?”

현승은 놀라기보다는 믿기지 않는다는 듯 어처구니없는 얼굴을 해보였다.

“더 크기 전에 잘라야 해. 아니, 이미 너무 컸어. 그러니 재인이와 결혼하면 회사가 통째로 류 실장에게 넘어가는 건 시간문제라고 보면 되네. 하나 내가 기필코 막을 것이야. 딸이나 다름없는 재인이를 위해서도 그렇고, 친형님처럼 모신 위 회장님을 위해서는 더더욱 그렇고.”

금 변호사는 잠시 말을 멈추고 찻잔에 다시 입술을 적셨다.

“그래서 최 변한테 도움을 청했던 걸세.”

“도와드린 것도 없는데요, 뭘…….”

“없긴, 재인이가 자네한테 연락한 것만 봐도 재인이한테 힘이 되고 있지 않은가? 물론 최 변도 아직 재인일 사랑하기에 선뜻 나선 거겠지?”

금 변호사의 의미 있는 눈빛에 현승은 그저 빙긋, 웃음으로 대신할 뿐이었다.

“당연히 야심도 있을 테고?”

이어진 금 변호사의 말에도 현승은 역시나 별말 없이 미소로 대신했다.

교활한 늙은이, 금 변호사의 사무실을 나서며 현승은 생각했다. 현승이 재인과 재회한 배경에는 금 변호사가 있었다. 즉 현승이 병원과 연회실에서 각각 재인을 조우한 것은 전혀 우연이 아니라는 뜻이다. 현승이 금 변호사의 명분에 전적은 아니더라도 일부 동감을 하지 않은 것은 아니지만 ‘재인을 위해서’라고 특별히 강조하며, 같은 설명을 벌써 두 번이나 늘어놓는 그를 완전히 믿지도 않았다.

재인이 궁금해 하는, 류도하의 친부가 류준성이라면 왜 금 변호사, 제 입으로 재인에게 말해주지 않는 것인가, 현승 자신을 이용해서 알게 하려는 수작도 있었겠지. 현승은 만약 재인을 다시 찾을 수 있고, 찾는다면 오히려 멀리해야 할 인물은 다름 아닌 금 변호사라는 생각을 굳혔다. 그러나 그보다는 먼저 류도하에 대해 더 알아봐야겠다, 서류상 친부 기록 없이 친모만으로 신고돼 있는데 그 친모의 이름이 현승의 흥미를 끌었다.

지하주차장으로 내려온 현승은 먼저 핸드폰을 꺼냈다. 문자 확인을 위해서였는데 재인의 것이었다.

〈나 너무 힘들어서……. 마음 좀 추스르면 연락할게. 현승 씨. 암튼 고마워.〉

현승은 잠시 생각하다 문자를 찍는다.

〈자세한 사정은 모르지만 혼자서만 힘들어하지 말고 믿을 만한 사람이 있으면 고민도 털어놓고 기대. 어머니도 있잖아. 금 변호사님도 있고. 변호사님이 재인 씨 걱정 많이 하시더라. 내 도움이 필요하면 언제든 연락하고. 토닥토닥.〉

아직은 금 변호사의 조력이 필요하다, 현승은 생각했다.

재인은 아버지를 보고 있었다. 독일에서 돌아온 후 한 번도 눈조차 마주친 적이 없었을 뿐더러 중환자실에 누워만 있어 현재 딸에게 아무 도움도 주지 못하는 아버지였지만 그럼에도 시간이 지날수록 재인은 아버지에게 의지했고, 이상한 일이지만 그녀는 정말 아버지에게 마음의 위로를 받고 있었다.

"아빠……. 혹시 류준성이란 함자의 그분께 못할 짓 했어요? 아님 권력에서 밀어내 죽음에 이르게 한 것이 미안했던 거……? 그래서 도하 씨 거두어 나와 결혼시키려던 거였어요?"

그동안 드러난 사실과 정황들을 꿰맞춰보면 그것이 가장 자연스러운 결론이었다. 도하가 류준성의 아들이라는 사실을 현승이 알아낼 정도라면 아버지가 모를 리 없었다. 그러니 아버지는 도하에 관한 모든 것을 알고 그를 키운 것이다.

"그게 아빠 뜻이라면……, 나 따를 수 있어요. 기꺼이 도하 씨와 결혼할 수 있어."

그것은 재인의 진심이었다. 그리고 어쩌면 그것은 그녀의 마음에 도하가 들어오기 시작했다는 방증일 수도 있었지만 그녀는 아직 그것까지 의식하지는 못했다. 그녀는 다만 너무 지쳐, 그렇게라도, 즉 아버지가 류준성에게 미안해, 그 아들과 재인을 맺어주려 했던 것이라면 그 뜻에 기꺼이 따른다는 것으로 이 모든 혼란과 마음의 고통으로부터 벗어나고 싶었을 뿐이다. 그러니 그렇게 끝이 나는 것이라면, 거기가 끝이라면 문제될 것이 없었다.

"그런데 만약…… 도하 씨가 다른 생각을 하고 있는 거라면, 어쩌지……? 난 어떡해야 해?"

재인이 말하는 도하의 다른 생각이란 바로 복수를 의미했다. 재인의 아버지, 위 회장의 뜻 위에서, 도하가 다시 제 아버지인 류준성의 복수를 꿈꾸고 있다면 지금의 현실은 끝이 아니라 다만 새로운 시작일 뿐이었다. 뿐인가, 도하의 복수는, 그가 정말 복수를 꿈꾸고 있는 것이라면 그것은 명백히 그를 믿고 키워준 위 회장에 대한 배신이기도 했다. 그러니 재인은 도하와 맞서 싸워야 할 뿐만 이 아니라 그를 용서해서도 안 되는 것이었다.

문이 열리고 금 변호사가 들어왔다. 재인의 연락을 받고 온 것으로, 두 사람이 자연스레 만나려면 위 회장을 문병 와 우연히 만나는 모양새를 취하는 것이 가장 좋은 방법이기에 다시 택한 것이었는데 언제까지 통할지는 미지수였다.

"입원실로 먼저 가 있을래?"

금 변호사가 재인 옆으로 서서, 눈은 위 회장을 내려다보며 물었다.

"아뇨. 여기서 얘기하고 제가 먼저 병원을 떠날게요. 그래야 자연스러워요."

"그래. 무슨 일인지 말해라."

"회사 주총과 이두회 집회는 저랑 도하 씨의 결혼식과 신고를 전제로 해야 하는 거 맞죠?"

"그래."

"결혼식 없이 주총과 집회를 먼저 하는 방법은 없나요? 결혼 전에 제가 먼저 회장 승계를 하는 거요."

"없어."

"아저씨가 허락하는 것으로는 안 되는 거예요? 그 모든 것에 관여하시는 분이 아저씨잖아요."

"네 아버지가 그렇게 허술한 분이시냐? 그건 회장님이 날 믿고 안 믿고와는 다른 거다. 네 문제는 나 외에도 다른 두 명의 고문 변호사들도 관계 돼 있는데 즉 내가 갖고 있는 문서와 서류를 그들도 똑같이 갖고 있다는 뜻이야. 그러니 굳이 네 뜻대로 추진을 하려면 그 두 명의 동의도 필요한 것이지."

"가능성은요?"

"없다. 그 두 명의 고문 변호사는 둘 다 무극천위로, 어떤 경우에라도 회장님의 명을 어길 사람들이 아니고 일단 천위장이 류 실장 아니냐?"

재인이 깊은 한숨을 쉬는 사이로 금 변호사는 그녀의 곁에 앉았다.

"그렇다고 방법이 아주 없는 것도 아니야."

그 말에 놀란 재인이 금 변호사를 바라봤다.

"어쩌면 유일한 방법이지."

"뭔데요? 그게……."

"바로 류 실장의 동의를 얻는 것이다."

재인은, 이번에는 숨을 들이켰다.

"류 실장이 널 사랑하고, 또 다른 꿍꿍이가 없는 거라면……, 해줄 수도 있지 않을까 싶다만."

병원을 먼저 나온 것은 예정대로 재인이었다. 재인은 언제나처럼 오 대리가 운전하는 차에 장혁, 여정과 함께 가고 있었는데 그 길에 도하와 통화를 해, '친구를 만나고 바로 집으로 갈 것이니 집에서 보자' 했다. 도하 역시 밖에 있었는데 늘 그렇듯 업무의 연장이었다.

재인을 태운 차는 호텔 앞에 섰다. 재인의 친구인 정화네 호텔로, 재인은 다시 정화 핑계를 대고 이곳에서 현승을 만나기로 했다. 현승의 충고대로 금 변호사에게 조언을 구한 후 그와도 만나기로 약속을 했기 때문인데 호텔 로비로 들어선 재인은 곧 그것을 후회했다. 사람을 만나는 것에 이렇게 피곤한 방법을 동원해야 하는 것도 그렇고, 극심한 스트레스 탓인지 실제로 몸도 피곤했다.

"최 팀장은 그냥 로비에 있고 황 대리만 따라와. 거추장스럽고 친구 앞에서 진짜 쪽팔리거든."

오 대리는 차에 있기로 하고, 여정과 장혁만이 재인을 수행해 로비로 들어서던 중에 재인이 신경질을 부렸다. 장혁이 사람들 눈에 띄게 움직이는 것도 아니어서 친구 핑계를 대는 재인의 신경질이야말로 억지였지만 그런 그녀의 생떼를 처음 보는 것도 아니어선지 장혁은 그저 태연히 여정에게 고갯짓만을 해보였다. 로비에서 대기할 테니, 혼자 재인을 수행하라는 의미였다.

"불안하지 않아? 황 대리."

여정과 둘만 남아 승강기를 타고 올라가던 중에 재인이 물었다. 승강기 안에는 둘뿐이었다.

"나 때문에 최 팀장을 속이거나 류 실장을 속이는 거잖아."

"제가 목숨 바쳐 지켜야 할 분은 대행님이십니다."

여정은 무미건조하게 대답했다.

"그러니까 목숨만 바치고 명령은 저쪽을 따라야 하잖어. 걸리면 어쩌려구?"

"목숨 바쳐 지키는 것에는 그것도 포함이 됩니다."

재인은 잠시 입을 다물었다. 여정의 대답은 '걸려서 죽는 것'도 포함된다는 의미였으니까.

"내가 뭘 하는진 알어?"

약간의 침묵 후 재인이 다시 물었다.

"모릅니다."

"남자 만나."

이번에는 여정이 입을 다물었다.

"황 대리, 사랑해 봤어?"

여전히 대답을 할 수 없는 여정이었다.

"황 대리의 충성심, 반의 반만큼이라도 사랑하면…… 그 정도만 해도……, 아마 후회는 남지 않는 사랑일 거야……."

그렇게 중얼거리는 재인의 목소리가 여정의 귀에는 슬프게 들렸다.

재인과 현승은 호텔의 싱글 룸에서 만났다. 장소가 은밀하다 보니 두 사람은 다소 어색해하며 먼저 룸서비스로 커피와 바게트를 주문했다.

"미안해, 현승 씨."

재킷을 벗어 침대 발치에 툭 던져놓는 현승을 보며 재인이 말했다. 그녀는 머리맡에 앉아 있었다.

"매번 만나는 게 상식적이지 못해서."

"말 못 할 사정이 있으려니 해. 그 사정 다 알진 못해도."

"금 변호사님이랑은 친해?"

"글쎄……? 그걸 친하다고 해야 할진 모르지만 업종이 같잖아."

하며 현승은 작게 소리 내어 웃었다.

"실력도 있으시고 존경받는 분이라 나 역시 그런 정도? 왜?"

"내 사정, 금 변호사님이 잘 아셔서."

"그렇다 해도 그분이 나한테 그런 말씀까지 하시겠어?"

"그건 그러네……."

"재인 씨가 직접 설명해주면 진지하게 들어줄 마음 백 퍼센트."

현승은 재인 곁으로 와 앉았다.

"무슨 사정이든 난 오히려 다행이라고 생각한다면…… 자기 화낼까?"

재인과 눈을 마주한 현승이 손으로 그녀의 이마 가장자리로부터 머리칼을 살포시 쓸어 올렸다.

"그 사정 때문에 우리가 만난 거잖아. 어쩌면 운명 아닐까 생각해."

"운명……?"

재인은 입 속으로 뇌까렸다. 운명을 말한 사람은 도하였다. 순간, 갑작스레 도하와 병원에서의 정사가 떠오른 그녀는 아랫도리에서부터 열이 확 올라오는 것 같은 환상에 내심 당황했다. 사흘 전인데도 마치 방금 전인 듯 아주 생생한 감각으로 다가왔다. 하필 현승과 함께 있는 지금 그것이 떠오르다니, 하면서도 실은 그것이 새삼스럽지도 않은 재인이었다.

그 사흘 동안 재인은 종종 그런 환상에 사로잡히고는 했기 때문인데 그것이 그 이전의 관계들보다 더 특별해서는 아니었다. 아니, 특별했다고 한다면 그것은 섹스, 그 자체가 아니라 그 이상의 것에 특별함이 있었다는 편이 차라리 맞을 것이다. 그것이 무엇일까, 도하는 그녀의 무엇이란 말인가. 재인은, 그러나 자신이 찾는 답에 '너는 바로 나다' 했던 도하의 신음만이 생생히 들려 가슴이 철렁했다. 그의 신음은, 짙은 안개 속에 갇힌 죄수의 모습으로 그녀에게 다가와 있었다.

재인은 제 얼굴 앞으로 다가온 현승의 얼굴을 의식하고는 정신이 들었다. 때마침 초인종도 울렸다. 룸서비스가 온 것이다. 현승은 아쉬운 듯 일어나 그것을 받아 창가의 테이블 위에 올려놓았다. 두 사람도 곧 테이블 앞에 마주앉았다.

"오해할지 몰라 묻기가 좀 조심스러운데……."

제법 무게가 있어 보이는 미색 도자기 커피 잔을 두 손에 잡아

든 재인을 보며 현승이 말문을 열었다.

"결혼식……, 미뤄졌다며?"

재인은 고개부터 끄덕인 후 잔에 입을 댔다. 재인이 내는 후룩 소리를 들으며 현승도 마찬가지로 커피 잔을 입으로 가져갔다.

"어쩔 생각인데?"

잔을 내려놓으며 현승이 다시 물었다.

"아직…… 아무 것도 결정하진 않았어."

"그게 무슨……, 결혼을 할지 말지?"

재인은 마치 한숨을 쉬듯 '응' 하고 대답했다. 그 대답은 사실 재인이 별로 깊이 생각하지 않고, 의미도 두지 않고, 그냥 어떤 대답이라도 해야겠기에 뱉어놓은 것에 불과했지만 현승의 얼굴에는 미묘하기는 해도 안도에 가까운 빛이 떠올랐다.

두 사람은 약 30분가량 더 대화를 나누다 일어섰다. 비교적 분위기가 좋았던 것이, 과거 두 사람이 함께 했던 시간들에 대해 주로 이야기를 나누었기 때문이다. 현승은 아마도 그 기분에 도취된 듯, 재인이 제 가방을 놓아둔 침대로 움직이려는 찰나에 그녀를 잡아 와락 끌어안았다. 전처럼 가벼운 포옹이 아닌, 뜨겁고 격렬한 그것이었다.

"재인을 다시 만나고서야 지난 3년이 널 잊기에는 턱도 없이 부족한 시간이란 것을 알았어."

재인을 품에 안은 현승의 고백은 그의 거친 숨결에 실려 나왔다.

"지난 3년으로 변한 것은 아무것도 없다는 것도 깨달았어. 그 3년이 내 사랑에 조금의 상처도 내지 못하고, 낼 수도 없다는 것을 절실히 깨달았어. 기회를 줘, 재인. 기회만 줘. 다른 것은 바라지도 않아. 다시 내 사랑을 얻을, 바늘구멍만 한 기회만 주어진다면 난 그것으로 충분해."

재인은 그의 마음에 감동했다. 그러나 대답을 할 수는 없었다. 그저 약간의 혼란 속에서 방금 전 추억을 되살린 그와의 즐거운 대화를 떠올려 보려 했다. 혹은 그와의 이별로 힘들었던 3년 전, 그날로 가보기도 했다. 그러다 보니 실연의 아픔을 달랬던 지난 3년의 시간도 자연스레 떠올랐다. 그러나 그 모든 것에도 불구하고 정작 사랑은 떠오르지 않았다. 추억을 되살렸음에도 사랑은 되살아나오지 않은 것에 재인은 적이 당혹스러우면서도 한편으로는 허탈했다.

재인이 생각에 빠져 있는 사이 현승은 그녀의 입술을 덮쳤다. 그러나 재인은 부드럽게 그의 입술로부터 물러났다.

"나 아직……."

고개를 숙이며 재인은 말했지만 그 말을 끝맺지는 못했다. 현승은 괜찮다는 듯 그녀의 어깨를 토닥였다. 깔끔한 성격의 재인이니 아직 주변이 정리되지 않는 상태에서 성급하게 다가선 키스에 부담을 느꼈으리라, 그렇게 생각하면서도 그는 자신의 행동과 재인이 적극적으로 거부하지 않은 것에는 만족했다.

실제로, 재인이 부담을 느껴 현승의 키스를 거절했으리라는 그의 짐작은 아주 틀린 것도 아니었다. 재인은 현승에게서 느껴지지 않는 사랑의 감정을 아직 제 주변이 어지러운 데서 그 이유를 찾았으니 말이다. 어쨌거나 그녀는 현재 한 남자의 약혼녀고, 또 그와 깊은 관계지 않은가, 그녀는 그렇게 생각했다. 비록 그가 그녀의 목을 노리고 있다 해도 말이다.

현승은 호텔에서 재인보다 20분 늦게 나와 어디론가 향했다. 그의 차가 다다른 곳은 어느 고급빌라단지였다. 그리고 빌라의 한 곳에서는 아주 예쁘게 생긴 여자가 현관에서 현승을 맞았다. 여자의 외모는 거리에서 흔히 볼 수 없는, 누가 봐도 연예계에서 일을 하고 있으리라 짐작할 수밖에 없을 정도로 특별났지만 그 특별함은 타고난 것에 의술을 더한 것이어서 한눈에도 티가 날 정도였다.

아마도 이 여자가, 현승이 제 매형으로부터 소개를 받았다던 바로 그 탤런트지 싶었다. 그런데 그것은 사실이 아니었다. 오히려 매형과 누나가 알면 반대를 할 교제였다. 특히 그의 누나는 동생이 '아주 좋은' 결혼을 하기 바라고 있기에 더욱 그랬다. 현승이 이 탤런트를 만난 것은 KL엔터테인먼트를 드나들면서의 우연이었다. 사실 여자 쪽이 더 적극적이었는데 현승이 소속사 사장의 처남이란 이유도 한몫했을 것이다.

현승은 여자를 안고 키스부터 진하게 한 후 급히 그녀의 옷을 벗겼다. 마치 그것을 목적으로 왔다는 투였다. 여자는 '야동 보다 왔냐'며 농담 반, 놀림 반으로 낄낄대면서도, 미처 침실로 가지도 않고 소파에 딸린 카우치로 미는 현승에 온순히 순응했다. 현승은 여자를 엎어지게 한 후 카우치 아래에 무릎을 대고 앉아 여자의 엉덩이 사이를 한껏 벌렸다. 그 적나라하게 드러난 여자의 음부를 보며 현승은 심술 맞게도 재인을 상상했다.

사랑했던 여자였다. 그러나 그런 그녀로부터 버려졌다. 현승은 자신이 버려진 것이 재인의 본심은 아니란 것을 알면서도 제 집안이 기울어 반대에 부딪쳤다 생각해, 실연의 아픔 이상으로 자존심의 상처를 입었으며—재인이 현승을 살리려 그와 이별했다는 것을 그가 알 리 없었다— 딱히 대상이 분명치 않은 증오를 키워왔었다. 그것은 다시 말해 그가 야심이 큰 남자라는 것을 방증하는 것이기도 해, 실제로 재인의 집안 배경을 알았을 때 그녀를 사랑한 것 이상으로 더욱 강한 욕망을 느꼈으며, 그로 인해 그의 실연은 순수한 그것이기 전에 더 높은 클래스로 가기 위한 기회를 잃은 좌절이 맨 앞을 차지한 것일 수밖에 없었다.

현승은 여자의 음부에 거칠게 손을 댔다. 머릿속으로는 재인을 상상하며 그녀를 희롱하고 있다 여겼다. 다시 그녀를 가질 것이다, 이번에는 영원히 놓지 않을 것이다, 그녀의 몸과 마음, 그리고 그녀가 가진 배경까지도 모두 지배할 것이다, 그는 내심 그렇게 외치며 여자의 그곳에 제 얼굴을 깊숙이 묻었다.

"어헝……."

여자가 가죽 바닥에 얼굴을 비비며 달뜬 신음을 흘렸다. 현승이 일어나 벨트를 풀어 바지에서 분리해 그것으로 여자의 양 손목을 모아 묶었다. 여자가 얌전히 순응하는 것을 넘어 적극성까지 보이는 것을 보면 그것은 두 사람 사이에서 자주 있어 왔던, 익숙한 것임에 틀림없었다. 현승은 여자를 모로 눕게 쓰러뜨린 후 다리 하나를 잡아 벌려 소파 등받이 위에 걸쳐 놓고는, 적나라하게 드러난 여자의 그곳을 보며 옷을 벗었다.

"우리 관계, 기자들한테 들킴 뭐라 해?"

현승이 옷 벗는 것을 보며 여자가 물었다.

"연인 사이라고 해도 돼? 아님 약혼자라 할까?"

"그럴 일 없어."

"뭐?"

"걱정 마. 오늘이 마지막이니까."

여자가 정색하며 다시 '뭐?' 했지만 그 찰나에 현승이 손바닥으로 여자의 음부를 제법 세게 쳐, 척 하는 소리와 함께 여자의 입으로부터는 억 하는 소리가 이어졌을 뿐이다. 그 사이로 현승은, 소파 등받이에 올려놓았던 여자의 다리를 잡고 힘 있게 들어왔다.

“무, 무슨 소리야? 마지막이라니? 그게 무슨 소리냐구?”

여자는 마치 현승을 제 몸에서 떨쳐내려는 듯 몸을 세차게 흔들며 악을 썼다.

“오늘이 우리의 마지막이란 뜻이야. 그동안 즐거웠다. 행복을 빌어줄게.”

현승은 여자의 저항을 오히려 즐기듯 힘 있게 허리를 놀렸다. 뿐만 아니라 여자의 젖가슴을 쥐어짜듯 잡았다가 놓으며, 그것을 손바닥으로 마구 때리는가 하면 심지어는 여자의 뺨을 후려치기도 했는데, 그 와중에도 여자는 계속 뭐라 말을 하기는 했지만 심하게 흔들리는 몸에 말소리도 흔들린 데다 그것이 다시 비명과 뒤섞이며, 분명하게 알아들을 수 있는 단어라고는 ‘야’ 밖에 없었다. 이후로도 여자의 저항은 계속 되었지만 두 손이 뒤로 결박된 채로는 그도 쉽지 않아, 반갑게 만난 두 남녀는 그 마지막을 강간의 모습으로 연출하는 기묘한 상황 속에 빠져들고 말았다.

현승은 재인이 아니더라도 이 여자와 결혼할 생각은 추호도 없었다. 그러나 원래는 지금 헤어지려던 것도 아니었다. 다만 사정이 바뀌어 이제는 재인을 위해서 가능한 빨리 정리해야 했을 뿐이다. 여자가 소문낼 걱정은 하지 않았다. 그것은 단아한 요조숙녀의 이미지로 뜨고 있는 탤런트에게 더 치명적이라는 것을 잘 알고 있기 때문이었다.

본부로 출근한 지 3일째 되는 날 이석은 본부의 부부장과 행동 대장인 한 대장이 함께 하는 술자리에 끼게 되었다. 위 회장이 병석이라 다들 술자리를 삼가하고 있던 터라 그것은 본격적인 술자리기보다는 늦은 저녁식사를 하면서 반주라 하기에는 약간 양이 많은 정도의 자리였다. 이석이 마침 퇴근시간이 지난 후에도 업무를 익히느라 늦게까지 자리에 앉아 있다 부부장의 눈에 띄어 합석하게 된 것이었는데, 먼저 가자 청한 것이 부부장은 아니었기에 거기에는 다분히 이석의 의도가 숨어 있는 것이었다. 물론 그렇다 해도 이석이 오래전부터 재인 가까이에 있던 재인의 측근이라 알려져 있지 않았다면 부부장이나 한 대장이 기꺼이 이석을 끼워주었을 리 만무했다.

세 사람은 한 일식집의 룸에 자리를 잡고 앉아 회와 청주로 식사를 했고, 특히 한 대장과 부부장 사이에서는 이런저런 얘기가 오고갔다. 대행의 결혼식이 미뤄졌으니 다음 주말에 있을 집회도 미뤄질 것이라는 예측에서부터 위 회장의 병세에 대한 걱정까지, 주로 이두회에 관한 것이었는데 그런 중에 이두회의 창립 당시가 화제로 떠올라 이석은 귀를 쫑긋했다.

“우리 회장님이 홀로 이두회를 이끈 것이 창립 몇 년째부터인가요?”

이석이 물었다.

“본부장님한테 얼핏 듣기론 4, 5년째 됐을 때부터일걸?”

부부장이 대답했다.

“아……, 근데 이런 질문해도 되나……, 왜 이두, 두 분의 다툼이 일어난 거예요?”

"원래 우두머리가 둘이면 그렇게 돼 있어."

한 대장이 끼어들었다.

"권력이 그렇게 사이좋게 나눠지는 게 아니거든."

"내가 듣기론 그게 다는 아닌 모양입디다."

부부장이 한 대장의 말에 슬며시 끼어들었다. 한 대장과 이석의 눈이 동시에 부부장을 향했다.

"남자들은 또 여자, 사랑 때문에 결투를 하기도 하는 거거든요."

"여자요?"

이석이 눈을 반짝이며 물었다. 그러나 이어지는 '탕' 하는 소리에 이석은 물론이고 부부장도 깜짝 놀란다. 한 대장이 젓가락을 테이블 위에 세차게 놓은 것이다.

"거, 부부장 입에서 가당찮은 소문 나부랭이가 나오면 어쩌잔 겁니까?"

"내가 언제? 난 회장님 소리는 입 밖에도 안 냈습니다. 일반적인 남자들은 또 그렇기도 하다, 그 말이지요. 자자, 술이나 한 잔 쭉 원샷 합시다."

부부장은 얼른 제 말을 무마하며 한 대장에게 건배를 청했다.

자리가 파한 후 이석은 부부장 곁으로 붙어 그것에 대해 더 캐물었지만 부부장은 끝내 더는 입을 열지 않았다.

이석은 본부로 출근하면서 재인으로부터 비밀리에 특명을 하달받았는데 그것이 바로 이두의 또 다른 우두머리였던 회장이 위 회장으로부터 어떻게 축출되었는지 알아보라는 것이었다. 그런데 그것이 오래전 사건이라, 그것을 아는 사람도 거의 없거니와 그것에 관심을 갖는 사람도, 화제가 되는 경우도 없었다. 차라리 재인에 대해 떠돌던 소문을 알아내는 편이 훨씬 쉬웠지만 그 소문도 어찌된 일인지 점점 수면 아래로 가라앉고 있어, 아마도 집회가 열리면 재인이 정식으로 이두회 회장직을 승계하기에 그런가 보다, 하고 이석은 추측할 뿐이었다.

같은 시간, 위 회장의 저택 지하층에서는 재인과 도하가 서재의 소파에 마주앉아 있었다. 재인보다 늦게 귀가한 도하가 바로 서재에서 일을 계속하기에 재인이 커피를 갖고 온 것이었다.

"뭐 좀 물어보고 싶은데."

커피 잔에 입을 대는 도하를 보며 재인이 운을 뗐다.

"도하 씨는 이두회에 대해 모르는 거 없죠?"

"왜요? 궁금한 게 있습니까?"

"네. 원래 이두회가 회장이 둘이잖아요. 아빠랑 같이 회장이었던 분은 사고로 돌아가셨다고 아빠한테 듣기는 했는데 사실은 밀린 거라면서요. 억울하게 밀렸나요?"

"밀린 사람은 늘 억울하기 마련이죠."

도하는 대수롭지 않게 대답했다.

"그런 거 말구……. 혹시 아빠한테 원한 가질 만큼…… 그런 게 있을까요?"

"있다 해도 이제와 무슨 소용 있습니까?"

"남 원한 사는 게 좋을 거 없죠, 뭐."

"이리 와요."

"네?"

도하의 갑작스러운 말에 재인은 어리둥절하며 일어나 그에게 가니, 그는 재인을 잡아 그의 무릎에 앉히고 그녀의 상의를 위로 올려 몸을 드러냈다. 그녀의 몸에는 아직, 가슴 아래, 갈비뼈 부근에 희미한 멍 자국이 남아 있었다. 때문에 그는 병원에서의 그 도취적 정사 이후 지금까지 재인과의 관계를 피하고 있었다.

"아직도 멍이 가시지 않았군요. 아프지 않습니까?"

도하는 멍이 있는 곳을 손으로 어루만지며 물었다.

"아프진 않아요. 멍도 뭐, 이 정도면 거의 없어진 거죠. 왜요? 생각나요?"

재인은 짐짓 웃어 보였다.

"오늘 재인 씨 무리했습니다. 병원도 가고, 친구 만나러 가고. 아직 발등도 완전치는 않으니 조심해야 합니다."

"네……. 이제 주말이잖아요. 집에서 푹 쉬려구요. 호위사들에게 휴가도 줄 겸."

"그래요. 잘 생각했습니다."

도하는 마치 어린아이에게 하듯 재인의 엉덩이를 토닥여 주고는 그녀를 일으킨 후 저도 일어나, '커피 고마웠다'는 말을 끝으로 책상을 향해 몸을 돌렸다. 하던 일을 마저 해야겠다는 뜻이었다.

"바쁘겠지만 한 가지 더요. 도하 씨."

도하의 뒤에 대고 재인은 그를 불러 세웠다.

"다음 주말에 있을 주주총회와 이두회 집회요……, 미룰 건가요? 난 그냥 했으면 좋겠는데."

도하는 말없이, 천천히 돌아섰다.

"굳이 결혼식 다음에 해야 할 이유……, 이젠 없잖아요? 우린 부부나 다름없이 살고 있는데. 주총이랑 집회 먼저 하고 그 다음에 좋은 날 잡아서 결혼식 해요. 우리. 네?"

"그럼 혼인신고만 미리 해둘까요?"

도하가 제안했다. 사실 재인은 그가 그런 제안을 하리라, 예상

못 했던 것도 아니었는데 정작 그 순간이 오자 즉시로 대답을 내놓지 못했다.

"네. 그럼요. 당연히……."

마침내 재인은 미리 준비한 대답을 하기는 했지만 그녀의 얼굴에는 적이 실망한 빛이 역력했다. 도하가 '널 사랑하고 다른 꿍꿍이가 없다면' 재인의 부탁을 들어줄 것이라 했던 금 변호사의 말이 그녀의 귓가를 맴돌았다. 뭘 기대했는가, 그녀의 아버지를 배신하고 복수를 꿈꾸는 남자에게, 그녀의 목에 칼을 겨누고 있는 남자에게 무엇을 바랐던 것인가.

"도하 씨 바쁘니 신고는 내가 할게요. 금 변호사님께 부탁하면 간단하니까."

"그럽시다."

도하가 책상 앞에 앉는 것을 보며 재인은 서재를 나왔다. 그녀는 서재 문을 뒤로 하고 서서 잠시 제자리에 서 있다 마침내 움직여 차분히 복도를 걸어가는 듯 했지만 미처 침실에 채 이르기도 전에 휘청하니 몸을 가누지 못하고 자리에 주저앉고 말았다. 도하에게 모든 것을 빼앗기지 않으려면 정신 똑바로 차려야 한다는 것을 알면서도 한 이불을 덮고 자는 그와 이런 방식으로 피를 말려야 한다는 것이 못내 견디기 힘들었던 탓이다.

차라리 그에게 다 줄까. 회사고, 이두회고 다 줘버리고 그냥 빈손으로 툭툭 털고 나올까. 대체 재인에게 도하는 무엇일까. 지금 그 온전한 답을 얻을 수는 없지만 지금의 재인에게 도하는 혼란이었다. 무리도 아닌 것이, 도하는 야망이나 혹은 복수를 하려는 사람치고는—출생을 봤을 때는 복수의 동기가 분명함에도— 재인에게 더할 수 없이 다정했다. 또한 그것을 거짓으로, 위장으로 치부하기에는 또 그것이 너무나 절실했다. 병원에서의 그 몸짓처럼 말이다. 그렇게 절실한 몸짓으로 다가온 그를 어떻게 의심할 수 있단 말인가, 그러니 병원에서의 도하와 복수를 꿈꾸는 도하가 같은 사람이라는 것이, 재인에게는 혼란이요, 고통이며 지옥의 모든 것일 수밖에 없었다.

재인이 집에 있는 덕에 주말을 편히 보내는 재인의 호위사들은 아침 식사 후 모두 홀의 창가에 모여, 이석이 나타나기 전까지는 서로 아무 대화도 하지 않는 가운데 평화로운 시간을 보내고 있었다.

평화를 깬 것은 '여러부운~' 하며 등장한 이석이었다.

"짠~ 이것이 뭐이냐 하믄 설라무네……."

이석은 영화 티켓 네 장을 펼쳐 보였다.

"공짜 영화픕니다. 아주 좋은 영화예요. 제목은 브로큰하트 신드롬. 나랑 영화 보러 갈 사람 손?"

이석이 떠드는 동안 장혁은 신문에서 눈을 떼지 않았고, 오 대리는 핸드폰만 쳐다보고 있는 가운데 잠시 후 여정의 손이 슬그머니 위로 올라갔다.

"오예, 여정 씨 당첨. 당첨."

여정은 어처구니없는 얼굴을 해보였다. 이석이 제 손으로 여정의 팔을 잡고 위로 올린 것이었다.

"부정 당첨입니다."

여정은 이석의 손을 뿌리치며 말했다.

"부정이든 안 부정이든 주최측 맘입니다. 빨리 옷 입고 나와요."

"내가 지금 옷 벗었습니까?"

"예쁜 옷 입고 나오라구요. 맨날 청바지랑 티 쪼가리……. 원피스 없어요? 원피스? 아님 미니스커트라든가."

"없습니다."

"가만, 대행님께 좀 빌려 와야겠다."

이석은 정말 쌩하니 별채를 나가 5분 만에 머스터드 컬러의 원피스 한 벌을 손에 들고 왔다. 여정은 그것을 들고 제 방으로 가 10분 만에 다시 나왔는데 살짝 박스 핏에, 골반에 벨트로 마무리하는 린넨 소재의 원피스는 그녀에게 무척이나 잘 어울려―여정의 호위사다운, 경직된 표정만 아니었으면 더욱 잘 어울렸으리라― 이석은 물론 오 대리도 쳐다보더니 놀라 벌린 입을 다물지 못했다. 장혁의 모습은 그새 보이지 않았다.

"왜 그럽니까?"

이석의 넋 나간 얼굴을 보며 여정이 불편한 기색을 내비쳤다.

"이상합니까?"

"누, 누, 누가 이상하대……? 완전 고져스합니다. 완전."

이석은 말을 더듬었다. 이어 '얼른 나가자' 하는 순간에 여정의 뒤로부터 장혁이 모습을 드러냈다. 장혁도 제 방에 갔다 왔는지 슈트로 갈아입은 모습이었다.

"나도…… 간다."

장혁이 말했다.

위 회장 저택에서 출발한 차는 운전대를 잡고 입이 한 자는 나온 이석과 조수석에 무표정한 장혁, 그리고 뒷좌석에 앉아 아무 생각이 없는 얼굴을 하고 있는 여정을 싣고 있었다.

"최 팀장님이 영화 좋아하는 줄은 미처 몰랐습니다."

이석이 퉁명스럽게 말했지만 장혁은 선글라스 낀 그 특유의 무표정으로 들은 척도 안 했다.

세 사람의 승용차가 영화관의 주차장에 도착했지만 영화 상영까지는 무려 40분 정도의 여유가 있었다.

"시간이 이렇게 여유가 있는데 뭐하러 서둘렀습니까?"

여정은 이석을 향해 시간 맞춰 출발하지 않은 것을 나무랐다.

"원래 영화관에는 좀 여유 갖고 와야 해요. 그래야 팝콘도 사고 커피도 사고 그러죠. 영화관 거의 안 와봤죠? 하긴 연애나 해봤어야 그걸 알지."

"아니, 뭐 팝콘 사고 커피 사는 데 40분이나 소요합니까?"

여정이 버럭 했다.

"그 원피스에 그 신발 신고 버럭 대니 아주 딱이네, 딱이야."

원피스와는 도저히 어울리지 않은 검은색 로퍼를 신고 있는 여정을 위아래로 훑어보며 이석이 이죽댔다. 평소 여정의 옷차림이야 남자들처럼 검은색 슈트를 입으니 신발도 검은색 단화가 전부였다. 그래서 이석이 재인에게 구두도 빌리려 했지만 사이즈가 맞지 않았다.

"대행님보다 키가 많이 클 것도 없는데 발은 그렇게 크냐? 여자 발이 250이 뭐야? 발이야, 공룡 발바닥이야?"

그 사이로 장혁이 여정을 툭 치며 '가자' 했다. 여정은 '네?' 하면서도 장혁의 뒤를 따랐다. 그러자 이석이 '어디 가요?' 하면서 또 뒤를 따랐다.

영화관은 백화점과 붙어 있었는데 장혁이 앞장서서 여정을 데려온 곳은 백화점의 구두 매장이었다. 장혁은 어리둥절한 여정을 두고, 매장의 남자직원에게 그냥 여정을 향해 손가락으로 가리키기만 하니 직원은 얼른 알아듣고 여정 곁으로 와 매우 친절한 모습으로 구두를 추천해 주었다.

"뭐야……? 최 팀장님이 지금 여정 씨에게 구두를 사준다 이겁니까?"

이석이 핏대를 올렸지만 장혁은 먼 산만 바라봤다.

여정이 6센티 높이의 굽이 있는 연한 그레이빛 구두를 신고 거울에 서자 직원이 '아주 딱이다'며 손가락을 튕겼다. 여정도 마음에 들었다. 장혁은 직원에게 카드를 내밀었다.

"구두 사주면 여자가 그 구두 신고 도망간다는데."

카드 결제하는 장혁의 뒤에 서서 이석 역시 먼 산을 향해 혼잣말처럼 중얼거렸다.

"난 여정 씨한테 화장품 사 줘야지."

이석은 정말 여정을 끌고 화장품 코너로 갔다.

"이 여자분 화장품에 대해 암 것도 모르시니까……."

화장품 매장의 여직원에게 이석이 설명했다. 곁에서 여정이 '조금은 알아요' 라고 했지만 이석은 무시했다.

"묻지도 따지지도 말고, 알아서 기초부터 싸그리 챙겨주세요."

쇼핑백에 하나 가득 화장품이 담긴 후 이석이 폼 나게 사인하는 동안 장혁의 선글라스 렌즈에는 여정의 구두가 비쳐져 있었다. 더구나 선글라스 위로, 장혁의 이마 끝에 핏줄이 툭 불거져 있는 것이, 아무래도 그는 여정에게 구두를 사준 것을 후회하는 듯싶었다.

예정에 없던 쇼핑 후 세 사람은 영화관으로 향했다. 쇼핑백들은 승용차에 미리 싣고 난 뒤였다.

"우리 자리가 여깁니다. 여기."

상영관 안에서 세 개의 자리를 가리키며 이석이 말했다.

"여정 씨가 여기 앉아요. 여기. 가운데."

이석이 가리킨 가운데 자리로는, 그러나 장혁이 모른 척하고는 척, 앉았다.

"넌 거기 앉아라."

"네."

여정은 장혁의 지시대로 그의 왼쪽에 얌전히 앉았다. 손에는 팝콘 봉지를 든 채였다. 그 모습을 묵묵히 지켜보던 이석이 장혁의 오른쪽으로 앉으며 방귀를 '푸쉭' 하고 뀌었다. 냄새는 삽시간에 여정의 코에까지 닿았다.

"방귀 좀 뀌지 마요."

이석이 아주 짜증스러운 얼굴로 장혁을 노려보며 으르렁댔다. 여정은 코로 슬그머니 손을 가져가다 장혁이 슬쩍 고개를 돌리자 —그는 정말 무심코 고개를 돌린 것이었다— 얼른 코에서 손을 뗐다. 방귀 뀐 사람은 내가 아니라고 변명하기에는 이미 너무 늦었다는 것을 장혁은 뒤늦게 깨달았다.

영화가 시작되고 중반을 넘어설 즈음 장혁과 여정은 흐느끼는 소리에 천천히 고개를 옆으로 돌렸다. 이석이 스크린에서 눈을 떼지 않으면서도 눈물을 펑펑 쏟으며 입술을 파르르 떨고, 그 입술 사이로 간헐적으로 흐느끼는 소리까지 토해내고 있었던 것이다. 이석은 손수건까지 꺼내 주체할 수 없는 눈물을 닦고 코를 풀었다. 장혁과 여정은 스크린보다는 이석이 우는 것을 더 많이 구경했다.

"슬픈 영화라는 얘긴 들었지만……."

상영관을 나오며 빨개진 눈으로 이석이 말했다.

"이렇게 슬플 줄이야. 정말 너무너무 슬퍼서……."

이석은 말하다 말고 자신을 신기한 원숭이 보듯 하는 장혁, 여정의 눈길과 맞닥뜨렸다.

"아니, 뭐 이런 나무토막 같은 인간들이 다 있냐. 최 팀장님이야 사이보그라 그렇다 치더라도 여정 씬 여자 아닙니까? 여자! 브로큰하트 신드롬, 저, 저거 슬픈 영화거든요. 슬픈 영화를 봤음 좀 울고 그래야지, 감수성이 그렇게 메말라서야, 원. 사람이 그래서는 안 되는 거거덩."

훈계 비슷하게 나무란 이석은 먼저 쌩하니 주차장 방향으로 앞섰다.

세 사람은 근린공원에 차를 세워두고 잠시 시간을 보낸 뒤 해가 지고 나서 저녁 식사를 위해 해물전문음식점을 찾아 들어갔다. 이석의 추천이었다.

"여기 동태만두가 쩔어요. 둘이 먹다 셋이 디져도 말 되는 정도거든요."

직원의 안내로 테이블로 가며 이석이 떠들었다.

"여정 씨가 여기 앉아요. 우리 사내새끼들은 맞은편에 함께 구겨져 앉을 테니 여정 씨는 편하게……."

열심히 떠드는 이석을 무시하고 이석이 권한 자리에, 이번에도 척 하고 먼저 앉은 장혁이 여정을 향해 고갯짓으로 제 옆자리를 가리키자 여정은 '네' 하며 재빨리 장혁의 옆으로 앉았다. 순간 열이 확 오른 표정의 이석은 허공을 향해 소리는 안 나면서도 욕하는 것이 분명한 입 모양을, 약 5초간 보인 후에야 맞은편에 앉아, 직원이 갖고 온 찬물을 벌컥벌컥 들이켰다.

"가을인데 이렇게 덥냐……."

이석은 제 옷을 잡아 흔든 후 두 사람에게는 물어보지도 않고 멋대로 아구찜 중(中)자와 동태만두 3인분을 시켰다.

"만두만으로 충분히 배가 부른데 더 드실 분은 공기 밥 하나 시키든가 말든가……."

하며 이석은 수저통에서 수저를 꺼내 먼저 여정 앞에 가지런히 놔 주었다. 여정 역시 수저를 꺼내 장혁 앞에 곱게 놓았다.

"여정 씨!"

순간 이석이 소리를 빽 질러 여정이 깜짝 놀란다.

"여잔 밖에 나와 그런 거 하면 안 되거든요. 여정 씨 시중을 우리 사내새끼들이 하는 거고, 여정 씬 걍 가만있음 돼요. 아니, 왜 여정 씨가 최 팀장님 수저를 놔줍니까? 남편이에요? 설사 남편이래도 밖에 나와선 그럼 안 돼요. 최 팀장님이 여정 씨 시중을 들어도 모자랄 판에……."

순간 장혁이 무겁게 팔을 뻗어 수저통에서 수저를 꺼내자 이석이 놀라 입을 다물었다. 장혁은 그것을 여정 앞에 놓아주고는, 그 전에 이석이 그녀 앞에 놔준 수저를 손가락으로 탁, 튕겨 버리니 그것들은 고스란히 이석 앞으로 미끄러져 제법 정확한 위치에서 착, 멈췄다. 그것을 보며 이석은 고개를 팍, 숙인 채 부르르 떨었다. 그의 머리 위로 스팀이 모락모락 피어오르는 것만 같았다. 그럼에도 여정은 눈만 껌벅였고, 장혁은 여전히 먼 산 포즈다.

⊠

위 회장 저택에서는 금 변호사가 방문해 진향과 재인, 도하에, 금 변호사가 손님으로 함께 저녁 식사를 한 후 리빙 룸에서 또한

다 같이 차를 마시며 담소를 나누는, 겉으로 보기에는 평화로운 시간을 보내고 있었다.

날이 완전히 저물어 밤이 깊어 갈 무렵, 재인은 상황을 봐서 금 변호사와 함께 후원으로 나섰다.

"부러 저녁 식사에 초대한 거 눈치채셨죠?"

재인은 뒤를 의식하듯 슬쩍 돌아보며 물었다. 그녀는 금 변호사와 나란히 연못을 향해 걷고 있었다.

"그냥 편하게 앞만 보며 걸어라. 웬만하면 웃고."

그런 재인에게 금 변호사가 주의를 주었다. 재인은 어설픈 웃음을 띠며 고개를 끄덕였다. 이어서 그녀는 어젯밤에 도하와 오갔던 이야기를 털어놓았다. 구체적으로 이두회 집회 전에 결혼식 대신 혼인신고만 해놓자는 도하의 제의에 대해서였다.

"당연히 그렇게 나올 줄 알았지. 이로써 류 실장에게 다른 꿍꿍이가 있다는 것은 증명된 셈이니 그걸로 됐다. 사실은 그것을 확인하기 위해서라도 너한테 류 실장을 설득해 보라 했던 것인데……, 류 실장이 바보가 아닌 이상 혼인신고라는 안전장치도 없이 집회를 열 리가 없는 것이거든. 일단 네가 회장직을 승계하게 되면 그 후 상황이 어찌 변할지 모르는데 제 아무리 류 실장이 이두회의 실세라 해도 불안한 마음이 아주 없을 수는 없지 않겠니?"

재인은 금 변호사의 말을 알아들었다. 재인이 정식으로 이두회의 회장이 되면 회원들의 심리는 한 곳으로 안정되게 돼 있다. 설사 도하에게 충성심이 높은 회원일지라도 만에 하나 도하와 회장 자격의 재인의 명이 반대로 갈릴 경우 아무 갈등도 없이 도하의 명에만 따를 수는 없게 되는 것이다. 그리고 그 갈등 끝에 결국 도하에게 가는 회원도 있겠지만 마음을 바꿔 정식 회장인 재인에게 갈

여지도 충분히 있다. 그러나 재인이 아무리 정식 회장이라도, 도하가 그녀의 법적인 남편이라면 상황이 다소 달라진다. 그동안 도하에게 충성심을 보여 왔던 회원들의 그것은 그대로 견고함을 유지하는 가운데, 오히려 중립을 지키던 회원이 여자인 재인보다는 그녀의 남편이자 무엇보다 남자인 도하에게 더 기울 것은 빤한 것이기 때문이다.

"혼인신고를 거짓으로 할 수는 없는 노릇이고……. 그보다는 너에게 힘이 돼줄 수 있는 조력자를 찾는 게 지금은 더 중요할 것 같구나."

"누가…… 있을까요? 난 이두회에 아는 면면도 별로 없는데."

"무극천위는 거의 포기하더라도……. 일단 행동대의 한 대장이 먼저 떠오르는구나."

"아, 네. 그분, 얼굴은 알아요. 한 대장이 내 편이 돼줄까요?"

"회장님에 대한 충성심이 남다른 데다 류 실장과 사이가 아주 좋다고만은 할 수 없으니 기대를 해보는 수밖에. 집회 전에 내가 자리를 마련할 테니 나올 수 있겠니?"

"네에……. 그래야죠. 그럴게요."

그러나 대답하는 재인의 목소리에 힘이 없었다.

두 사람의 모습은 본채 1층 리빙 룸의 창가에서 머그잔을 들고 서 있는 도하의 시야에 갇혀 있었다.

"내가 류 실장의 정체를 안다는 거……."

그때 도하의 귀에 진향의 목소리가 불쑥 들어왔다.

"사실은 류 실장도 아는 거지?"

진향 역시 찻잔을 든 모습으로 창가보다 한 단 정도가 낮은 맞은편에 서 있었다. 두 사람은 잠시 서로를 쳐다보고만 있었다.

"회장님은 속이려 했지. 특히 나를."

진향은 곧 다시 입을 열어 냉정한 목소리를 냈다.

"상관없습니다."

"상관없어? 두 사람의 결혼……, 패륜이야."

"운명입니다."

"차라리 협상을 해. 갖고 싶은 거 다 줄 테니 재인이만 놔줘. 부탁이야."

"아무것도 갖지 않을 테니 재인만 제게 주시겠습니까?"

"미쳤군. 회장님, 자네, 둘 다 미쳤어."

"다른 남자의 씨를 갖고 한 남자와 결혼하신 분도 가히 정상은 아닙니다만?"

순간 쨍 하는 파열음과 함께 진향의 발밑에서 찻잔이 산산조각이 났다. 진향은 새파랗게 질려서 파들파들 떨었지만 도하는 태연하게 제 손에 든 머그잔을 아주 천천히 입에 댔다.

"나, 사랑해요?"

재인은 불쑥 물었다. 깊은 밤, 은은한 조명 속 그녀의 침실에서 도하와 함께 한 이불을 덮고 난 후였다. 두 사람은 어느 날엔가부터 섹스를 하지 않아도 자연스레 한 침대를 쓰고, 함께 자고, 함께 일어났다. 그것은 그냥 도하가 재인의 침실로 잠만 자러 오는 것으로 시작해서 일상처럼 스며들었고, 지금도 섹스를 하지는 않았지만 재인은 도하의 품안에 있었다.

"왜 대답 안 해요? 내가 처음이라며? 그럼 딴 여자도 없었을 텐데……."

"그러니까 묻지 않아도 알 수 있지 않습니까?"

도하는 그의 팔에 머리를 댄 재인의 얼굴을 내려다보며 되물었다. 다른 손으로는 그녀의 얼굴을 쓰다듬으면서였다.

"그래도 듣고 싶은걸요. 사랑한다는 말……."

"그것만으로는 부족하니까."

"부족?"

"내 아내고, 내 것이고, 또 바로 나니까 그렇습니다."

"내가 왜 도하 씨예요? 나 믿지도 않으면서."

"난 재인 씨를 믿습니다."

"정말?"

도하는 재인의 이마 바로 위에 입을 맞추는 것으로 대답을 대신했다.

"그런데 왜 혼인신고부터 하라 그래요? 그건 날 믿지 못하는 거잖아……."

재인은 속을 들킬 각오를 하고 말을 꺼냈다.

"주총은 제 날짜에 하고, 이두회 집회만 일주일 늦추는 것으로 월요일에 공지를 띄우라 하겠습니다. 그 사이 재인 씨는 우리의 혼인신고를 맡아 하면 됩니다."

도하는 재인의 질문에 대한 답이 아닌, 엉뚱한 말을 하는 듯 보였다.

"재인 씨가 혼인신고를 했다고 하면 난 그것을 그대로 믿을 겁니다."

재인은 도하의 말을 이해하는 데에 약간의 시간을 소요했다. 그리고 이해했을 때는 뭐라 형언할 수 없는 묘한 기분에 사로잡혔다. 도하의 말은 재인이 혼인신고를 했는지, 혹은 하지 않았는지를 확인하지 않겠다는 의미였다.

제12장 폭풍전야

청명하고 평화로운 10월 말경의 가을 하늘이었다. 그 하늘 아래에 도심의 단풍도 제법 아름다운 그림을 만들어내고 있었다. 이두회는 집회를 준비 중이었는데 떠들썩한 분위기는 전혀 없었다. 도리어 너무 조용해서 오히려 기묘한 불안감을 조성했다. 다들 숨죽이고 있었다.

[한 대장과 자리를 만들었다.]

재인은 회사에서 금 변호사의 문자를 받고 도하가 없는 틈을 타 패닉 룸에서 금 변호사와 통화를 하는 중이었다. 금 변호사는 날짜와 시간을 알려주었다. 바로 내일 밤이었고, 원래 예정된 날짜에서 일주일 뒤로 넘어가 11월 초로 결정된 이두회 집회로부터 14일 전이었다. 물론 그전에 회사의 주주총회는 제 날짜에 열릴 예정이었다.

[절대 호위사들이 눈치채지 않게 해야 한다. 바로 류 실장에게

보고가 들어가니까.]

"알아요."

[우린 한 시간 전에 미리 자리를 잡아 온 흔적을 보이지 않을 것이니 너만 조심하면 된다. 그럼 내일 보자, 재인아. 너무 걱정 말고.]

전화를 끊고 나니 죄 지은 사람처럼 재인은 가슴이 불안정하게 뛰는 것을 느꼈다. 무슨 역성 모의를 하는 것도 아니고 이것이 무슨 꼴인가 싶기도 했지만 이제는 돌이킬 수 없는 일이다 싶었다. 이제 도하의 속셈에 대해서는 설마 하는 의구심을 가질 것도 없지 않은가, 그에 대한 미련을 버리자. 재인은 주먹을 꼭 쥐었다.

다음 날 퇴근 시간이 올 때까지 재인은 무슨 정신으로 시간을 보냈는지 모를 정도로 신경이 팽팽하게 긴장된 반면에, 머릿속은 안개를 헤매는 것처럼 분명치 않은 상태로 도하를 따라다니거나 아니면 회장실에 앉아 그날의 일정을 소화했다.

"친구들과의 약속이 있다고 했나요?"

퇴근시간이 가까워 올 무렵, 회장실에서 재인과 도하가 소파에 앉아 차 한 잔과 함께 쉬고 있을 때였다.

"네. 결혼식이 미뤄지는 바람에 친구들이 들러리니 뭐니 준비하다 맥 빠졌다 해서 제가 한 턱 쏘기로 했거든요."

재인은 자연스러운 모습으로 대답했다. 그가 재인의 얼굴에서 눈을 떼지 않았지만 그 역시도 그녀는 잘 받아냈다.

"장소가 어딥니까?"

"네?"

재인이 친구를 만난다 하면 도하는 그 이상을 묻는 경우가 없어 재인은 내심 잠깐 당황했다. 그러나 금세 아무렇지도 않은 얼굴로 대답해 주었다.

"본부에서 머지않은 곳이군요. 난 본부로 가려는데 가는 길에 데려다 줄게요."

"그럼 황 대리만 데려가도 되겠네요."

그렇잖아도 호위사 문제로 머리를 굴리던 재인은 그렇게 위기를 기회로 넘기려 했다.

"오 대리를 데려가요."

그런데 도하의 입에서는 의외의 말이 나왔다.

"어, 왜요?"

"최 팀장과 황 대리는 본부에서 할 일이 있습니다. 재인 씨 모임 끝나 연락하면 데리러 가는 일에만 투입하도록 하지요."

"아……, 네. 그러죠, 뭐."

시간에 맞춰 퇴근한 재인은 도하가 운전하는 그의 차를 타고 약속 장소로 향했다. 오 대리가 운전하는 차는 도하의 차 앞을 달리고 있었다. 약속 장소는 어느 빌딩의 7층에 있는 고급 중식 전문식당이었는데 오 대리와 도하는 지하주차장에 차를 세우고 재인과 함께 승강기로 움직였다.

"올라왔다 가려구요?"

재인은 약간 긴장해서 물었다.

"아니. 올라가는 모습만 보고 갈 겁니다."

"네에……."

재인은 내심 안도했다. 그녀는 오 대리와 승강기를 탄 후 닫히는 승강기 문 사이로 도하에게 '빠이빠이' 하듯 손을 흔들며 미소를 지어 보였다.

"오 대리, 7층에서 내리지 말고 따로 시간 보내. 모임 끝나면 연락할 테니."

승강기에 둘만 남자 재인이 말했다. 그리고 그녀의 명대로 오 대리는 7층에서 내리는 재인에게 고개를 숙여 인사만 하고는 승강기에 그대로 남아 있었다. 재인은 그제야 안심이 되는지 손으로 가슴을 쓸어내리며 중식당을 찾아 들어갔다.

그런데 그곳에서 재인은 깜짝 놀라고 말았다. 금 변호사와 한 대장만 기다리고 있을 것이라 생각한 자리에는 뜻밖에 다른 두 사람이 합석해 있었기 때문인데 한 사람은 채진우고 또 한 사람은 바로 재인의 엄마, 진향이었다.

"엄마가 어떻게……?"

"한 대장의 인사부터 받아."

진향은 먼저 그렇게 말했다. 한 대장은 재인이 들어온 이후 내내 자리에서 일어나 있었다. 재인은 한 대장에게 손을 내밀었다.

"정말 오랜만에 뵙습니다, 대행님."

재인의 손을 두 손에 맞잡고 악수하며 한 대장은 허리까지 굽혔다.

"그러네요. 와주셔서 고맙습니다."

"별 말씀을. 저야말로 영광이지요."

"채진우 씨도 인사해요. 재인이 어릴 때 본 적 있죠?"

재인과 한 대장의 인사가 끝나자 진향이 진우를 보며 말했다.

"네, 사모님. 기억하고 있습니다."

진우 역시 재인과 악수를 하며 인사를 나눴는데 전에 만났던 일은 서로 모른 척했다.

"채 선생님도 참석하리라고는 전혀 생각도 못 했어요."

재인이 의외라는 듯 말했다.

"금 변호사님과의 개인적 친분으로요. 또 무엇보다 제가 과거에 위 회장님의 은혜를 입어 그것을 대행님 돕는 것으로 갚자, 뭐, 그런 각오로 나왔습니다."

진우는 짐짓 '허허' 하는 호탕한 웃음소리를 냈다.

잠시 후 다섯 사람은 모두 자리에 앉았다. 재인과 진향이 나란히, 그 맞은편에 금 변호사와 한 대장, 진우가 앉았는데 그곳은 제법 규모가 있는 룸이었다.

"사모님이 그저께 내 사무실에 들르셨구나. 그 자리에서 이런저런 이야기를 나누다……. 너도 알겠지만 사모님이 류 실장과 네 결혼을 못마땅해하시지 않니? 그래서 내, 재인이 네 심정을 전해드렸고, 해서 이 자리에 나오시게 된 게다."

금 변호사가 설명했다. 물론 에둘러 설명한 것으로, 진향은 딸의 결혼을 막기 위한 분명한 목적을 갖고 금 변호사의 사무실을 방문한 것이었다. 그 자리에서 두 사람은 재인과 도하의 결혼을 막기 위해서는 도하의 이두회에 대한 권력을 빼앗아야 한다는 데에 합의를 보았다.

"엄만 왜 새삼……."

"새삼 아냐. 어쩔 수 없다 생각하고 포기했던 것이지. 하지만 네 마음도 류 실장에게서 멀어졌다면 엄마가 나서지 못할 이유가 없잖니? 물론 엄마는 아무 힘도 없다만."

"아닙니다. 사모님이 힘을 보태니 든든합니다."

금 변호사가 끼어들었다.

"일단 한 대장의 말을 들어봅시다."

모두의 눈이 한 대장에게 쏠리자 한 대장은 먼저 물 컵을 들어

목부터 축였다.

“우선 제일 관건은 무력인데요. 숫자만으로 보면 무극천위의 무력부는 행동대원의 수에 비할 바가 못 됩니다. 무력부 다해야 고작 50~60명 정도인데 행동대원은 그 열 배가 넘습니다. 각개 전투력에서야 많은 차이가 나지만 숫자로만 보면 해볼 만하지요.”

“문젠 얼마나 따라와 주느냐 아닐까요? 한 대장님이 모든 행동대원을 움직일 수 있나요?”

진향이 물었다.

“물론 전부는 아닐 겁니다. 행동대원이라도 류 실장을 따르는 애들도 있고……. 아무래도 무력부의 인원 보충을 행동대에서 차출하니 그 영향이 있을 수밖에 없지요. 하지만 무력부에서도 역시 전부가 류 실장에게 붙지는 않을 겁니다.”

“그건 그래요. 무력부에서도 이두회 정통 후계자인 재인이를 배신하는 데에 부담을 느끼는 부원들이 필시 생겨날 겁니다.”

금 변호사가 맞장구치며 설명을 보탰다.

“또 무극천위의 두뇌들인 역할부의 마음이 어디로 기우느냐 하는 것도 관건인데 정통 후계자가 버티고 있는 우리가 유리합니다.”

한 대장이 다시 설명을 이었다.

“에……, 그럼 무력은 됐다 치고, 문젠 그것을 언제 어떻게 쓰느냔데……. 예를 들어 류 실장 측에서 위협을 가하기를 기다렸다 대응하는 식으로는 불리하네.”

금 변호사가 한 대장을 보며 말했다.

“재인이가 이두회의 수장으로 당당히 서려면 애초에 불순한 세력을 없애고 시작하는 것이 낫지, 시작하고 나서 불순한 세력이 발동하면 그게 더 골치 아프단 말이지. 그렇게 되면 자칫 내부 전쟁으로까지 갈 수 있어, 계림의 먹잇감만 되기 십상이네. 조직이 무너질 수도 있다는 말이야. 가능한 단숨에 전세를 역전시킬 수 있는 간단하면서 빠른 방법을 찾아야 해."

"구체적으로 어떤……."

"단도직입적으로 말합니다."

금 변호사는 모두를 눈으로 훑으며 말했다.

"불순한 세력이 뭔가요? 무극천위? 무력부? 아니지요. 그들은 다 우리 식구고, 수장의 친위조직입니다. 사실 불순 세력은 딱 하나입니다. 그것만 제거하면 됩니다."

금 변호사의 말이 끝나자 일순 무겁고 긴장된 침묵이 흘렀다. 금 변호사가 말하는 '불순한 세력'이란 묻지 않아도 류도하였다. 도하를 제거하는 것으로 일을 끝내자는 의미였으니 다들 긴장할 수밖에 없었고, 누구도 선뜻 그것에 대해 동의하는 말을 꺼내지 못하고 있었다. 특히 진우는 엉겁결에 금 변호사를 따라왔다, 뜻밖에도 현 천위장을 제거하자는 쪽으로 이야기가 흘러가자 내심 당황하는 눈치였다. 아무리 그가 도하에게 감정이 좋지 않다 해도 그것은 분명 부담되는 일이 아닐 수 없었다. 한 대장은 그 사이로 슬며시 금 변호사와 눈빛 교환을 한다.

"그건 말도 안 되는……."

마침내 재인이 입을 열자 진향이 딸의 팔을 잡아 제지시켰다.

"먼저 식사를 하죠."

진향은 분위기를 바꾸려는 듯 모두를 보며 말했다.

다섯 사람은 중식 코스를 주문해 식사하는 동안에는 변죽만 울리는 대화를 이어갔다. 식사가 끝날 즈음 재인이 자리에서 일어나자 진향도 따라 일어났다. 두 모녀는 함께 화장실로 움직였다.

"엄만 금 변호사의 말이 맞다고 생각해."

화장실 입구에서 진향이 말했다. 그곳에는 의자가 몇 개 놓여 있는 파우더 룸이 있었다.

"네가 마음만 좀 독하게 먹는다면……."

"엄만 도하 씨를 안 게 3년쯤 된다 했지?"

재인이 엄마의 말을 잘랐다.

"아빠가 날 도하 씨의 짝으로 찍었다는 것도 그때 알았겠네? 그럼 엄만 도하 씨를 반대한다고 아빠한테 말 안 했어?"

"그건 왜……?"

"아빤 엄마의 의견 존중하잖아. 엄마가 해달라는 거면 다 해주시잖아. 그러니 엄마가 아빠한테 반대했다면……."

"그건 네가 몰라서 하는 말이야. 여자가 사 달라 하는 그런 거야 물론 다 해주시지. 하지만 정작 중요한 일은 아빠 마음대로 결정하셔. 네 결혼 결정하신 거 보면 몰라?"

"그래서 엄마, 아빠한테 말했어? 도하 씨랑 나 결혼시키지 말자구?"

진향은 선뜻 대답을 못 하고 머뭇거렸다.

"사실은……."

진향은 의자에 앉고 나서야 입을 열었다.

"몰랐어. 네 아빠 쓰러지기 직전에야 알았어."

그것은 거짓말이었다. 위 회장이 도하와 재인을 결혼시키려 한다는 것을 그녀는 이미 그전에 알고 있었지만 단 한 번도 그 문제를 남편에게 언급한 적조차 없었다. 어떤 이유에서였을까.

"그래? 그럼 아빠는 딸의 결혼을 엄마조차 모르게 추진하고 결정했다는 말이네?"

재인의 말에 진향은 소스라쳤다. 역시 거짓말은 치밀하게 계산하지 않는 한 쉽게 구멍이 생기기 마련이었다.

"대체 내 결혼에 무슨 음모가 있기에 그렇게 상식 밖인 거지?"

"재인아. 지금 그게 중요해? 그것보다는……."

"체념하듯 가만히 있던 엄마가 갑자기 나서니까 이상해서 그래. 엄만 단순히 도하 씨가 날 사랑하지 않는, 야심만 있는 사람이라서 싫어했던 거잖아."

"그래. 그래서 감히 내 딸의 자리를 넘보고 빼앗을까 봐, 그래서 나선 거야. 내 딸, 내가 지키는 게 이상해?"

"아니. 그 이상의 이유가 있는데 숨기는 것 같아 이상해."

"몹쓸 것. 엄만 네 걱정뿐인데 넌 그런 엄마를 의심이나 하고 있고."

진향은 벌떡 일어나 혼자 화장실 안으로 들어가 버렸다. 이번에는 재인이 의자에 털썩, 무너지듯 주저앉았다. 그동안 의문이 전혀 없었던 것은 아니었지만 갑작스레 선명한 모습으로 다가온 그것에 재인은 심한 어지러움을 느꼈다. 그것은 바로 아버지인 위 회장이 재인과 도하의 결혼을 추진한 배경에 관한 의문이었다. 어쩌면 지금의 혼란의 풀 수 있는 열쇠는 바로 그것이 아닌가 싶기도 했다. 엄마는 그것을 알면서도 감추는 모습이고, 도하도 감추고 있는 것이 분명했다.

금 변호사는 어떨까, 정말 금 변호사는 재인을 위해서, 재인이 정통 후계자 자리를 위협 당할까봐, 순수하게 그 목적으로만 이 자리에 나온 것일까. 아버지만 있다면, 아버지가 자리에서 일어나기만 하면 이 모든 것이 해결될 텐데, 혼란만 남겨둔 채 드러누워 깨어날 줄 모르는 아버지가 재인은 새삼 원망스러웠다.

얼마 후 재인이 진향과 함께 다시 룸으로 돌아왔을 때 재인은 다시 한 번 깜짝 놀라야 했다. 현승이 와 있는 것이었다.

"현승 씨가 어떻게 여길……?"

"내가 불렀다."

금 변호사가 대신 대답했다.

"엊그제 우연히 전화 통화가 되었다가 최 변이 재인이 널 무척 걱정하기에, 우리 모두 같은 마음이라 이 자리에 초대한 것이야."

"하지만……."

재인은 곤혹스러운 표정으로 말을 잇지 못했다. 이두회를 모르고 아무 상관도 없는 현승이 끼는 것도 자연스럽지 못했지만 비록 간접적이나마 그가 계림과 관계 있음을 금 변호사도 모르지 않을 텐데 하는 생각으로 머뭇거리자 그런 재인의 심정을 금 변호사도 금세 눈치를 챘는지 '최 변은 단지 널 응원하기 위해 온 것'이라며 말을 보탰다. 그 사이 이미 자리에서 일어나 있던 현승은 진향을 의식하고 있었다.

"안녕하셨습니까?"

진향과 눈이 마주치자 현승은 공손하게 인사를 했다.

"네, 오랜만이네요."

진향은 미소로 답했다. 현승이 재인과 사귈 당시 진향은 현승을 한 번 본 적이 있었다. 위 회장이 결혼을 반대하자 재인이 엄마를 먼저 현승과 만나게 해 '현승이 좋은 남자'라는 것을 알리려 했던 것이다. 그래서 엄마가 아버지를 설득해주기를 바랐지만 당시는 엄마도 별로 적극적이지 않았었다. 거기에 생각이 미친 재인은 엄마가 당시만 해도 도하를 재인의 짝으로 하려는 아버지의 의중을 몰랐었다는 결론을 얻었다.

"불편하면 그냥 갈게."

현승이 재인을 보며 말했다.

"무슨 일인지도 모르고 왔어. 얼굴 봤으니 난 만족해."

"그래도 여기까지 왔는데……."

"두 사람 다른 룸으로 가서 잠시 얘기하든지."

진향이 눈치껏 배려해 두 사람을 밖으로 내보냈다.

"자, 그럼 결론을 어떻게 낼까요?"

진향이 자리에 앉자 금 변호사는 모두의 얼굴로 한 번씩 눈길을 주며 딱히 누구에게랄 것도 없이 물었다.

"난 변호사님 말에 찬성이에요. 채진우 씬?"

"네에?"

진향이 진우에게 묻자 그는 당황스러움을 감추지 못했다.

"저, 저보다는 대행님의 뜻이 어떠신지……."

"재인이 뜻이 곧 내 뜻이에요. 류 실장이 야망을 위해 내 딸과 결혼하려는 거야 다 아는 사실이니 그렇다 치고, 그 야망이 너무 커져 내 딸의 자리까지 넘보고 위협하는 것은 내가 용서할 수 없어요. 그건 분명 이두회 최고의 수장에 대한 불충이고 불순이에요. 안 그런가요? 채진우 씨."

"무, 물론 그렇죠……."

"일이 성사되면 채 선생은 연예계 쪽 회원을 맡아주시게. 동요하지 않게 말이야."

진향에 이어 금 변호사가 거들었다.

"그거야 어렵지 않습니다만……. 류 실장이 그리 호락호락한 인물이 아닌데……. 가능할까요?"

"가능하도록 일을 만들어야지요."

이번에는 한 대장이 끼어들었다.

"어떻게요? 날짜도 촉박한데?"

"촉박해도 금 변호사님의 말씀이 가장 좋은 방법이긴 합니다. 조직을 위험에 빠뜨리지 않고 딱 하나의 표적만 잡으면 되는 것이니, 오히려 덜 위험하죠. 천위장만 표적으로 삼으면 2, 30명만 움직여도 충분하거든요. 그 정도라면 나를 충직하게 따르는 대원들만으로도 충분한데다 그들 모두는 조직과 앞으로 수장이 되실 대행님을 위해서라면 목숨 걸고 덤빌 겁니다."

"그럼 한 대장님은 찬성하시는 거군요?"

만족한 얼굴의 진향이 확인차 물었다.

"저한텐 물으실 것도 없습니다, 사모님. 그것이 아무리 어렵고 위험한 일이더라도 위 회장님과 대행님을 위해서라면 전 무조건 합니다."

한 대장의 말이 끝나는 것과 동시에 금 변호사에게서 박수 소리가 터졌다. 진향이 그 뒤를 이었고, 마지막으로 진우가 눈치껏 따라가며 분위기는 한층 고조돼 갔다.

한편, 규모가 작은 다른 룸에서는 재인과 현승이 마주앉아 있었다. 중국식 차를 앞에 두고서였다.

"난 금 변호사님과 재인이 하는 일에는 관심 없어."

현승이 말했다.

"내 관심은 온리 재인이야. 그대. 내 영원한 여인."

현승의 익살맞은 표정에 재인은 피식, 편안한 웃음을 보였다. 속고 속이는 것 없고, 그럴 필요도 없는 현승과 함께 있으니 재인이 편안함을 느끼는 것도 사실이었다.

"기다릴게."

그렇게 말하며 현승이 테이블 위로 두 손을 내밀었다. 그 앞으로 재인이 손 하나만 가져가니 그 손을 현승이 제 두 손으로 감쌌다.

"서두르지 않을 거야. 천천히 다가설 거야. 사랑해, 재인."

현승의 목소리가 감미롭게 재인의 귀에 감겼다. 그러고 보니 그와 연애 당시 그는 '사랑한다'는 말에 결코 인색하지 않았음을 재인은 새삼 기억해냈다. 도하에게서는 그토록 듣기 힘든 말을, 거짓으로라도 한 번쯤 했을 법한 말을, 그것으로는 부족하다며 끝내 하지 않던 말을, 현승은 아주 자연스럽게 했다.

과거에 현승이 '사랑한다' 하면 '나두' 하며 애교 넘치게 맞장구쳤던 재인은, 그러나 지금은 아무 반응도 하지 않고 있었다. 이상한 일이지만 그 순간에 그녀의 머릿속을 가득 채우고 있는 것은 현승이 아니라 도하였다. 다만 그녀는 그것을 거부했으나 그렇다고 현승의 구애에 반응할 기분도 나지 않았기 때문이다.

"요즘엔 누나가 결혼하라 잔소리하는 것도 전처럼 듣기 싫지만은 않다니까."

현승이 웃음소리 섞어 말했다.

"누님은……."

재인이 입을 열었다. 의식적인 웃음을 머금고서였다.

"시집 잘 가신 셈인가? KL엔터 사장이면……, 근데 나이 차가 좀……."

"응. 띠동갑. 그래선지 매형이 누나한테 엄청 매달렸어."

"그럼 매형이 현승 씨한테도 잘 하겠다……."

재인의 지레짐작에 현승은 미소만 지어 보였다. 그가 그의 매형과 계림의 연관성을 아는가 싶어, 재인은 그것을 떠보려 했던 것인데 그에 맞는 적당한 질문이 떠오르지를 않았다. 재인이 알기로 KL엔터테인먼트의 사장은 사십대 중, 후반으로 이미 한 번의 이혼 경력이 있으며, 계림 내 위치는 비교적 견고한 편이었다. 하기는 계림은 이두회에 비해 세간에 많이 알려져 있는데다—비밀결사 특성이 더 강한 이두회와 조폭에 가까운 계림은 조직 자체의 성격이 많이 달랐다— KL엔터테인먼트와 계림의 관계도 세간에서는 비밀도 아닌 만큼 현승도 모르지는 않을 것이라, 미루어 추측은 되었다. 그런데 그런 계림이 이두회와는 사이가 좋지 않고 사실은 재인이 이두회의 핵심이라는 것을 알면 현승은 어떤 표정을 지을까, 그 생각에 재인은 쓴웃음을 삼켰다. 그나마 현승과는 이해관계가 없어, 그를 만나면 편했던 마음도 싹 달아나는 기분이었다.

얼마의 시간이 흐른 후, 재인과 현승이 모두가 있는 룸으로 돌아왔을 때는 다들 나갈 채비를 하던 중이었다.

"재인이부터 나가. 우린 네가 간 후 10분 후부터 차례로 출발할 테니까."

진향이 말하며 서둘러 재인만 데리고 룸을 나갔다.

"그건 어떻게 됐어?"

룸을 나서며 재인이 진향에게 물었다.

"아저씨가 말한 그거……, 설마 정말 하려는 건 아니겠지? 일단 유보해."

"넌 신경쓰지 마. 우리가 알아서 하니까."

"뭘 알아서 한다는 거야?"

"염려 말라니까. 무리한 행동 안 해."

재인은 그제야 안도를 하며 식당을 나섰다. 이후 시간차로 현승, 진향이 나가고 금 변호사가 채진우와 함께, 그리고 마지막으로 한 대장이 나갔다.

그렇게 모두가 나간 15분 후, 뜻밖에도 무극천위의 무력부 수장, 박 부장이 식당 안으로 들어섰다. 혼자가 아닌, 분명 무력부로 보이는 사내와 함께였다. 두 사람은 식사를 하기 위해 들어온 사람들처럼 홀 안을 둘러본 후 '예약을 하려고 하는데 가장 큰 룸을 구경할 수 있느냐' 묻고는 방금 전 재인 일행이 있었던 바로 그 룸으로 들어섰다.

"여기 좋군."

박 부장이 주위를 둘러보며 말했다. 그 곁에서 사내는 직원에게 '녹차를 가져다 달라' 했다. 그리고 직원이 나가자 사내는 매우 신속하게 테이블 아래로 들어가 테이블 바닥에 테이프로 고정돼 있던 것을 떼어내어 박 부장에게 건넸다. 그것은 크기나 모양새가 담배 갑처럼 보이는 것으로, 박 부장은 받아서 바로 주머니에 넣고는 룸을 나섰다. 녹음기였다.

"근데 그게 정말 사실입니까?"

차 안에서 진우가 운전을 하며 입을 열었다. 그 곁에는 금 변호사가 앉아 있었다.

"천위장이 류준성 회장의 혈육이란 거요. 그렇담 천위장도 후계자 자격은 있는 거잖아요?"

"어허, 그거 역모야. 큰일 날 사람이네."

금 변호사는 웃음기를 띤 얼굴로 말했다.

"아니, 그 얘기 첨에 해준 사람이 변호사님이시면서……."

"내가 언제 류준성 아들이 류도하랬어?"

"그렇게야 말씀 안 하셨지만 제가 계림 만나서 들은 얘기요, 이두회의 정통 후계자가 따로 있다더라, 그 소문 말씀드렸더니 그때 변호사님이 '류준성 회장의 핏줄이 살아 있다, 그래서 계림이 그런 소문을 만들어 이두회를 혼란에 빠뜨리려는 거다' 그러셨잖아요."

"어차피 류준성 회장의 핏줄이 살아 있다는 것도 소문일 뿐이야. 결국 소문이 소문을 낳은 거지."

"암튼 간에요, 그게 류 천위장이란 뻴이 빡 와서 어떻게 잘 좀 보이려 했다가 도리어 개망신만 당하고……. 뭐, 그만 인간이 다 있는지, 나이도 어린 새끼가……. 참, 그때 보니까 천위장이 위 대행한테 엄청 충성인 것 같던데……. 사실은 다 위장일까요?"

"위장일 수도 있고. 와이프가 된다 보장됐을 때의 액션일 수도 있고. 지금은 사정이 다르잖은가? 재인이 마음이 이미 류 실장한테서 떠난 걸 어쩌겠나?"

"하긴……."

진우는 고개를 끄덕였다. 불쌍하게도 진우는 자신이 금 변호사에게 이용당했다는 것을 전혀 모르고 있었다.

"다 왔는데요. 밤도 늦었는데 사무실엔 왜요? 바로 집으로 가시지."

"내 방에 놓고 온 게 있어서 그것만 갖고 내려올 거야. 조금만 기다리게."

금 변호사의 집무실에는 이미 누군가 있었다. 불도 켜지 않은 그곳에서 웬 사내가 변호사의 책상 아래와 소파 근처 화분 밑으로부터 어떤 장치를 뜯어내고 있었다. 바로 도청장치였다. 사내가 그것을 주머니에 넣고 밖으로 나오니 그곳은 금 변호사의 집무실보다 세 배 정도 넓은 사무실이었다. 한창 근무시간대라면 사무장 등이 일하는 곳으로, 지금은 모두 퇴근한지도 시간이 좀 지나, 어듭고 쥐죽은 듯 고요하기만 했다. 사내는 소리도 없이, 신속하게 사무실을 가로질러 밖으로 나가 복도에서 문을 걸어 잠근 뒤 역시나 소리 없이 사라졌다.

그로부터 3분 후 그 문이 다시 열리고 불이 환히 켜지며 금 변호사가 모습을 드러냈다.

※

시간이 흘러 ㈜LD의 주주총회가 하루 앞으로 다가왔다. 총회는 원래 예정된 날짜에 치르기로 해, 본사 사옥은 한창 총회 준비로 바빴다. 사옥의 대강당에서 열리기 때문이다. 총회는 이사회의 결의에 의한 것으로 결의사항은 차기 회장 승인 건이 주가 돼, 도하의 주도로 이미 사전 작업이 모두 끝난 터라 사실상 요식행위(要式行爲)에 불과했다.

재인은 퇴근시간 즈음에 회장실의 패닉 룸에 들어가 침대에 누워 있었다. 그것도 편히 누운 것이 아니라 걸터앉았다 그대로 쓰러진 것처럼 누웠다. 이제 내일이면 정식으로 그룹의 회장으로 취임하게 될 터인데, 그것이 정작 현실이 되자 그녀는 약간의 두려움을 느끼고 있었다. 마땅히 기댈 사람도 없어 그녀의 외로움은 더했는지도 몰랐다.

현승의 존재도 그녀에게 별다른 도움이 못 됐다. 중식당에서의 그날 이후 현승을 다시 잠깐 보기는 했으나 그에게서 전과 같은 위로를 받을 수 없음에, 재인은 더욱 외로워졌을 뿐이다. 물론 그를 만나면 마음이 다소 편해지기는 했다. 그러나 그것은 그와 아무런 이해관계가 없음으로 해서 생겨난 편안함일 뿐, 텅 비어 있는 재인의 깊은 심연을 알뜰하게 메워주는 그런 것은 아니었다.

그것이 뭐지, 텅 빈 그것은 무얼까. 의문을 갖자마자 떠오른 것은 오빠였다. 얼굴도 기억나지 않는, 그저 아련한 소년의 모습으로만 존재하는 오빠.

〈내일이 주총이지? 나도 주주라면 가볼 텐데 아쉽네. 잘 치르길 바라. 회장 취임은 내일 축하해도 되겠지? 하하.〉

문자 소리가 나서 보니 현승의 문자였다. 답문 보낼 의욕도 나지 않아 머뭇거리는 사이 패닉 룸의 문이 열려 재인은 얼른 핸드폰을 껐다. 재인 말고 그 문을 열 수 있는 사람은 딱 한 사람밖에 없으니 말이다.

"피곤합니까?"

도하는 천천히 다가와 재인 곁에 앉았다.

"퇴근길에 아빠한테 다녀와야겠어요."

머리를 쓸어 올리며 재인이 말했다.

"총회 전이라 그런지 마음이 심란해서요. 아빠 보고, 마음도 정리하고 또 말씀도 드리고 싶어요. 물론 듣지는 못하실 테지만."

"들으실 겁니다. 그리고 자랑스러워하실 겁니다."

"정말…… 그럴까요?"

"네."

도하는 재인의 머리를 끌어 그의 가슴에 안았다. 그의 심장 박동소리가 규칙적으로 재인의 귀에 들려왔다.

왜 묻지 않지, 총회 전 날인데 혼인신고를 했는지 물을 만하건만 그것을 전적으로 재인에게 맡겨놓고 믿는다 말한 후로 그는 정말 그 문제에 대해 전혀 언급을 안 하고 있었다.

"궁금하지 않아요?"

그의 심장 박동소리에 귀를 기울인 채 재인이 물었다.
"내가 혼인신고했는지."
"했습니까?"
"안 했어요. 아직……."
혼인신고를 하지 않았다 했는데도 도하의 심장 박동소리는 변함없이 같은 박자였다.
"그래도 이두회 집회 전엔 해야겠죠?"
"재인 씨가 하고 싶을 때 해요."
"하고 싶을 때?"
"네."
도하는 제 가슴께에 있는 재인의 머리를 두 손으로 어루만졌다. 아니, 좀 더 진한 것이어서 애무에 가까웠다.
"병원에 같이 갈래요?"
그의 애무를 느끼며 재인이 물었다.
"다음에. 내일 총회 준비로 바쁩니다."
재인은 문득 도하가 병원에, 그것도 위 회장이 있는 중환자실을 들르는 경우가 거의 없다는 것을 의식했다.

퇴근 후 재인은 그녀의 호위사들과 함께 병원으로 향했다. 때가 늦은 저녁이라 중환자실을 나온 재인은 VIP병동에서 엄마를 만나고 좀 쉬겠다며, 그 사이 호위사들에게 저녁식사를 하라 했다. 그래서 여정이 남고 오 대리와 장혁이 먼저 식사를 하러 간 사이, 재인은 엄마가 있는 입원실로 들어섰다. 그런데 입원실이 텅 비어 있었다. 엄마가 집으로 갔나, 하는 생각을 하며 화장실도 살펴보고, 비교적 넓은 입원실의 소파 너머 파티션 안에도 확인을 해보았지만 엄마는 없었다. 파티션 안에는 엄마의 옷들이 어지러이 널려 있었다. 재인이 그것을 무심히 들어 한쪽으로 치우는 사이 문이 열리는 소리가 났다. 엄마구나 싶었는데 발소리는 하나가 아니었고 더구나 급히 들어오듯 어쩐지 부산하게도 들려왔다. 이어 재인이 파티션 밖으로 몸을 움직일 사이도 없이 '누가 그따위 소문을' 하는 진향의 날카로운 목소리가 재인의 발을 멈추게 했다.

"자, 진정하세요, 형수님. 그게 알려지는 날엔 큰일 나는 겁니다."

이어진 목소리는 금 변호사였다. 그는 진향과 함께 입원실로 들어섰는데 밖에 있어야 할 여정이 화장실을 가는 바람에 입원실 안에 누가 있으리라고는 두 사람 다 짐작도 못 했을 것이다. 아마도 두 사람은 밖에서 이야기하다 들어온 듯하며 흥분해 있는 진향에 비해 금 변호사는 언제나 그렇듯 능글맞을 정도로 침착했다.

"큰일 나다뇨? 뭐가 큰일 난다는 거죠? 그깟 헛소문에……."

말은 그렇게 하면서도 금 변호사를 노려보는 진향의 눈빛은 불안과 불신으로 흔들렸다. 그래선지 금 변호사는 민망해하는 얼굴로 그녀의 눈빛을 슬그머니 피했다.

"말해보세요, 변호사님……."

진향의 집요한 눈길이 결국 금 변호사의 눈을 끌어당겼다.

"뭘 아시는 거예요?"

"알긴 제가 뭘 압니까? 그저 소문이 그러니 조심하시라는……."

"갑자기 그 얘길 하시는 저의가 뭔데요?"

"저의라니, 허허. 위험을 무릅쓰고 재인이를 위해 애쓰고 있는 제게 그런 말씀을 하시면 진짜 섭섭합니다."

"솔직히 그게 다는 아니지 않나요?"

"그게 무슨……?"

"제가 회사와 이두회에 직접적으로 관여하지 않는다고 해서, 보이는 것도, 듣는 것도 없는 줄 아세요? 솔직히 변호사님도 류 실장 견제하셨잖아요. 류 실장만 아니었음 회장님 다음으로 이두회를 장악할 수 있었으니……."

"말씀이 심하십니다."

"방금 변호사님이 제게 하신 것보다 심하진 않아요."

"아니, 제가 뭘……? 그저 그런 소문이 있으니 조심하시란……."

"그렇게 제 약점을 잡아 재인일 혼자 움직이시려고? 류 실장이 없다면 그 다음으로 재인일 움직일 수 있는 게 나니까 벌써부터 날 견제하시는 모양인데, 그렇다면 너무 성급하신 거라고 말씀드리고 싶군요."

"허허, 이거야 원……."

"무엇보다, 겨우 그것으로 제 손발을 묶으려 했다면 그건 착각이라는 것도 분명 아셔야 할 겁니다."

"겨우? 굳이 말씀하시니 저도 하는 말입니다만, 재인이가 위 회장님의 혈육이 아니다, 그걸 겨우라고 할 수는 없지요. 형수님."

순간, 재인은 망치로 머리를 한 대 얻어맞은 것 같았다. 엄마와 금 변호사의 언쟁을 앉아서 듣고 있다 분위기가 너무 격해지는 것 같아 두 사람을 말리려 엉덩이를 드는 찰나에 그 소리를 듣고는 그녀는 그만 다시 주저앉고 말았다. 청천벽력이 무엇인가 했더니 바로 이것이었구나, 재인은 비명이 나올 것 같은 심정에, 무의식적으로 제 입을 두 손으로 틀어막았다.

"그런 헛소문을 만든 자들, 반드시 찾아내서……."

진향 역시 소파에 털썩 주저앉아 노여움에 새파랗게 질린 얼굴로 나직이, 그러나 치를 떨며 말했다.

"찢어 죽이고 말려 죽일 것이야……."

"그게 누구겠습니까?"

금 변호사가 침착한 어조로 물었다.

"그 소문으로 가장 이득을 볼 자……, 누구겠냐구요?"

금 변호사의 말은 소문을 낸 범인이 '류도하'라는, 노골적인 뉘앙스를 담고 있었다.

"적이 누군지 빤한데 우리끼리 서로를 오해해서야 되겠습니까? 그럼 될 일도 안 됩니다. 특히 내일 거사를 위해……."

금 변호사는 목소리를 낮추고 두 사람 외에 아무도 없다는 것을 알면서도 조심스러운 듯 눈으로 주위를 살폈다.

"모쪼록 마음을 잘 다스리시고요. 내일 총회 때 뵙겠습니다."

금 변호사가 인사를 하고 문으로 향하자 진향은 마지못해 자리에서 일어났다. 그런데 문을 연 금 변호사와 밖으로부터 여정의 목소리가 들려 진향은 의아해 하며 얼른 열린 문가로 움직였다.

"재인이 왔다는데요, 형수님."

금 변호사가 진향을 돌아보며 말했다. 약간 당황한 표정이었다.

"재인이 없는데?"

진향이 여정을 보며 말하고는 얼른 다시 몸을 돌려 입원실 안을 눈으로 훑은 후 화장실 문을 열었다.

"제가 화장실을 다녀온 사이 도로 나가신 모양입니다. 다시 중환자실로 가셨을지도 모르니 제가 가보겠습니다."

여정도 당황하며 몸을 돌렸다.

"같이 가."

진향이 여정의 뒤를 따랐다. 혼자 남은 금 변호사는 잠시 제자리에 서 있다, 입원실 문을 다시 열고 잠시 귀를 기울이는가 싶더니 도로 닫았다. 그는 승강기가 있는 곳으로 움직였다.

얼마 후 그 문이 다시 열리고 재인이 나왔다. 그녀는 불안정한 눈빛에 어두운 안색이었지만 흐트러지지 않은 걸음으로 비상계단을 향했다.

재인은 병원 내 커피전문점 앞에서 주문한 커피를 받으며 통화를 했다.

"나 커피 마시고 있어."

재인은 아무렇지도 않은 목소리로 말했다.

"갑자기 아메리카노가 땡기지 뭐야? 귀찮아서 안 올라가고 그냥 여기서 마시고 있거든. 황 대리 놀랬구나? 내가 도망갔을까 봐? 바보. 엄마한테 금방 올라간다 그래."

짐짓 웃음까지 띠며 통화를 한 재인의 얼굴은 통화가 끝나자마자 다시 서서히 굳어갔다. 이제부터는 아무도 믿지 않기로 했다. 혈육도 믿지 않을 것이다. 재인은 어금니를 지그시 깨물었다.

병원을 떠나는 차 안에서 재인은 도하에게 전화를 걸었다.

"어디예요?"

통화음이 떨어지자마자 재인은 대뜸 물었다. 주주총회 준비로 바쁜 그가 어디에 있을지 빤히 알면서 물은 것이기도 했다.

[회삽니다. 병원 다녀왔어요?]

"나 좀 봐요. 지금……."

[가능한 빨리 퇴근하도록 하죠.]

"지금 보자구요……."

[지금은 움직일 수가 없습니다.]

"움직일 수가 없는 게 어딨어?"

갑자기 재인이 소리를 질러 앞자리에 앉은 여정과 장혁이 깜짝 놀랐을 정도였다.

"내가 부르잖아, 내가 보자고 하잖아, 당신 비서실장이잖아. 왜 필요할 땐 항상 옆에 없는 거야? 당장 얼굴 보여. 보이라구. 명령이야."

전화를 끊은 재인은 운전 중인 여정을 향해 '회사로 가'라고 소리쳤다.

재인은 다시 회사로 와 제 방에서 서성거리며 도하를 기다렸다. 그녀는 가만있지를 못하고 회장실의 끝에서 끝까지 오고가기를 반복했다. 그런 중에 핸드폰을 들어 시간을 확인하고 다시 전화를 걸었지만 도하가 받지를 않는지 결국에는 핸드폰을 소파 위로 집어 던졌다. 마침내 문이 열리고 도하가 안으로 들어섰을 때는 재인이 그를 기다린 지 꽤 오랜 시간이 흐른 후였다.

'짝' 하는 소리가 회장실 안을 울렸다. 몹시 화가 나 있는 재인을 향해 도하가 그녀의 얼굴을 보며 가까이 다가섰을 때였다. 재인은 도하의 뺨을 후려쳐 놓고 나서 바로 이어 그의 목에 매달려 격렬히 키스를 하고는, 그 다음에는 그의 가슴에 얼굴을 묻고 두 팔로 그의 몸을 힘껏 껴안았다. 그녀의 그 발작적인 행동들은 현재 그녀의 심리 상태를 대신 보여주는 것이리라.

"안아줘요. 응? 나 좀 만져줘. 얼른……."

도하는 재인을 번쩍 안아들고 패닉 룸으로 들어갔다. 그곳의 침대 위에 그녀를 눕힌 후 그녀 위로 포개진 도하는, 마치 어미가 새끼를 품듯 그녀를 완전히 제 품 안에 넣었다. 재인은 잔뜩 움츠린 모습으로 도하 품안에서 꼼짝을 하지 않았다. 안전지대인 패닉 룸에서, 다시 더욱 안전한 곳으로 들어온 그녀였다. 세상에서 제일 안전하다 느꼈던 오빠의 품처럼, 아니, 바로 그 오빠의 품이었다. 지금의 재인에게는 그랬다.

"오빠……."

재인의 입에서 절로, 신음처럼 흘러나왔다. 그런 그녀의 목덜미 뒤를 도하가 따뜻하게 어루만졌다. 그의 입술과 그의 뜨거운 숨결은 재인의 머리에서 이마를 따라 뺨을 타고 더듬어 내려왔다.

순간, 느닷없는 각성이랄까, 재인은 갑자기 깨달았다. 그것은 결코 거짓이 아니란 것을. 비록 그의 눈을 통해서는 아직 그녀가 볼 수 없는 그의 진심일지라도, 그의 손길과 숨결을 통해서는 알 수 있었다. 그것이 거짓일 수 없다는 것을, 진심을 싣지 않고서는 그녀를 그렇게 만질 수 없다는 것을 말이다. 그래서 아마도 그의 손길에 갈증을 느꼈나 보다, 그의 마음을 보고 싶었나 보다, 집요함의 전조처럼 보이는 그의 손길에, 이제는 오히려 재인이 중독돼 가고 있었나 보다.

제법 긴 시간이 지난 후, 도하가 고개를 들어, 재인의 얼굴을 내려다보면서 그녀의 머리를 쓸어 올렸다. 재인은 울지는 않았지만 눈빛은 젖어 있었다.

"다음에 또 떼쓰면……."

도하가 먼저 입을 열었다.

"정말 엉덩이가 빨개지도록 때려줄 겁니다."

"치잇, 말로만 겁주는 거, 하나도 안 무서워."

재인이 아랫입술을 삐죽 내밀자 마치 기다렸다는 듯 도하가 그녀의 아랫도리를 뒤집어 엉덩이가 위로 가게 했다. 재인이 약간 놀라 '어' 하는 소리를 내는 사이로 그는 그녀의 스커트를 위로 올리고 팬티스타킹과 팬티를 한꺼번에 아래로 내렸다. 재인은 반항을 접고, 대신 도하의 팔에 제 얼굴을 묻고는 마치 한 대 맞을 것을 각오하는 양 어깨를 안으로 모았다. 하얗게 드러난 재인의 엉덩이 위로는, 그러나 도하의 '맴매' 대신 그의 입술이 와서 닿았다. 처음에는 입술과 혀로 그녀의 둥근 엉덩이를 희롱한 그는 이어 그곳에 얼굴을 깊게 묻었다. 그 보드라운 살갗에서 나는 향을 모두 들이켜려는 듯 그는 가슴까지 들썩였다. 그동안에 눈을 감고 편안한 얼굴이 된 재인의 입가에는 잠깐씩 기분 좋은 미소가 떠올랐다.

약간의 시간이 흐른 후, 도하가 다시 고개를 들었을 때는 아쉬움이 가득 밴 얼굴을 하고서였다. 그러나 그의 그 아쉬움도 재인이 느낀 것에 비한다면 아무 것도 아니었을 것이다.

"다시 가봐야 해요."

도하는 재인의 얼굴을 보면서도 손은 여전히 그녀의 아랫도리에, 그것도 엉덩이 반대편에 두고 있었다. 그것도 그녀의 가랑이 사이에 들어가 있는 그의 손은 역시나 아쉬운 듯, 그 깊고 어두운 숲만을 진하게 한 번 훑고 나오는가 했는데 그만 그녀의 허벅지에 잡히고 말았다. 재인은 제 허벅지를 조여 도하의 손을 잡고는 '히잉' 하는 소리를 내며 고개를 흔들었다. 가지 말라는 뜻이다.

"늦을 겁니다."

나직하고 부드러우나 결국은 하고 싶은 말을 하는 도하를 보며 재인은 그답다 싶어 더 이상 떼쓰지 않았다. 도하는 마지막으로 재인의 눈꺼풀 위에 입을 맞췄다.

집에 온 재인은 반지하층, 그녀의 침실에서 옷을 갈아입기도 전에 핸드폰을 손에 들었다. 그녀는 머뭇거림 없이 바로 핸드폰의 통화 버튼을 터치했다.

[네. 대행님. 말씀하십시오.]

한 대장의 목소리였다.

"내일 총회에서의 거사……."

재인은 운을 떼고는 잠시 숨을 멈췄다.

[네. 실수 없도록 완벽하게 준비했으니 걱정 마십시오.]

순간, 재인의 얼굴에는 절망의 빛과 함께 일그러진 미소가 입끝에 맺혔다. 입원실에서 금 변호사와 엄마의 대화 중에 들었던 그것이 아주 잠깐 귀를 스친 것이라, 재인은 자신이 잘못 들었기를 바랐다. 감히 누구의 명으로 그런 짓을 한다는 말인가, 재인 자신도 모르게 뒤에서 무슨 일들을 꾸미고 있다는 말인가.

"실행하지 마세요."

[네? 그게 무슨…….]

"못 알아들어요? 그 거사, 실행하지 말라구요. 명입니다."

[네……. 명…… 받듭니다.]

마지못하듯 답하는 한 대장의 목소리에는 당황스러움을 넘은 진한 실망감이 무겁게 실려 있었다.

다음 날, 주주총회는 오전 10시에, ㈜LD의 사옥 대강당실에서 시작되었다. 의결권이 있는 대주주인 진향은 물론이고, 금 변호사와 채진우도 참석했고, 재인은 아직 얼굴도 다 모르는 무극천위의 역할부에 소속된 대다수도 주주 자격으로 참석해 있었다.

금 변호사는 자리에 앉아 주위를 눈으로 훑었다. 그런 후 의미심장한 얼굴로 진향과 눈빛 교환을 하며 고개를 끄덕여 보였다.

재인은 블루 계열의 트위드 소재 투피스를 단정히 입은 모습으로 대주주들 틈에 앉아 있었다. 재인에게서 머지않은 곳에는 당연히 장혁과 여정이 날카로운 눈빛으로 주변을 경계했고 그보다 멀리, 입구 근처에는 오 대리가 마찬가지로 경계를 게을리하지 않고 있었다.

회사의 중역이 사회를 보는 가운데 그 모든 것을 관장하는 도하는 그 절제된 걸음과 동작 때문인지, 아니면 능숙함 때문인지 상당히 바쁘게 움직이고 있음에도 서둔다는 인상은 전혀 없었다. 그는 오히려 여유가 있으면서도 그의 곁을 따라다니며 그의 지시를 충실히 이행하는 양 비서보다 더 많이 움직였다.

총회는 정해진 순서에 의해 순조롭게 진행되어, 법이 정하는 주주들의 의결권 찬성 비율을 넘긴 70퍼센트 이상의 찬성으로 재인이 정식으로 ㈜LD의 대표이사에, 비공식적으로는 그룹의 회장으로 선임되었다. 재인은 모두의 박수를 받으며 마이크 앞으로 나와 떨리는 목소리로, 비서진에서 미리 준비해놓은 대표이사 선임에 대한 수락과 그에 따른 소감, 각오를 밝히는 연설을 했다.

연설을 하던 도중 재인은 여기까지 오는 과정에서 심적으로 힘들고 괴로웠던 일들이 생각나 살짝 눈시울을 붉히기도 했지만 아직 풀지 못한 많은 일들과 무엇보다 이두회의 집회가 아직 남았기에 여기서 약해지면 안 된다 생각해, 잘 넘겼다.

재인이 연설을 마치고, 커다란 박수 소리 속에서 고개를 숙여 인사한 후 다시 고개를 드는 순간, 그녀는 내심 소스라쳤다. 그녀의 눈길은 박수를 치고 있는 좌중의 한 곳에, 그것도 약간 먼 쪽에 머무르며, 박수를 치는 사람들 틈 속에 가만히 앉아 있는 한 대장을 향하고 있었다.

"자, 이쪽으로 오십시오. 회장님."

사회를 보는 회사 중역이 재인에게 와서 말을 건넸다. 그 바람에 재인의 눈길이 흐트러졌다 다시 모아지는 그 찰나에, 한 대장의 모습도 감쪽같이 사라지고 말았는데 재인은 자신이 잘못 봤나 싶어 다시 몇 번이고 그 지점을 확인했지만 더 이상 그의 모습을 찾을 수는 없었다. 그렇다고 불안마저 사라진 것은 물론 아니었다.

총회는 어느덧 폐회를 알리는 사회자의 멘트가 나가고 있었다.

"축하한다, 재인아."

진향이 미소를 띠며 딸에게 인사했다. 그 곁에서 금 변호사 역시 인자한 미소를 띠고 있었으나 재인은 두 사람에게 거짓 웃음조차 지어줄 기분이 나지 않았다. 재인은 도리어 도하를 찾아 두리번거렸다. 재인 자신의 연설 후부터 그의 모습이 한 번도 눈에 띈 적이 없음을 그녀는 갑자기 의식했다.

"자, 잠깐만……."

재인은 양해를 구하고 주주들 틈에서 벗어나 여정에게 도하가 어디에 있는지를 물었다.

"대행……, 아니, 회장님은 실장님 곁에 계시면 안 됩니다."

여정이 대답했다.

"뭐?"

재인이 놀라는 사이 장혁이 등을 보이며 재인 곁으로 바짝 붙었다. 눈으로는 전방을 살피면서였다.

"그게 무슨 소리야? 도하 씨 어딨어? 어딨냐구? 빨리 말 안 해?"

"저도 모릅니다. 실장님께 지시만 받았습니다."

"무슨 지시?"

"회장님이 실장님을 찾으시거든 그때부터 회장님 곁을 떠나지 말라구요."

곧 오 대리도 와서 합류한다.

"대체 그게 무슨 소리야? 저리 비켜."

재인은 앞으로 나아가려 했지만 호위사들에 둘러싸여 한 발, 한 발, 걷는 것이 거북이걸음에 진배없었다. 그렇다고 그녀는 전처럼 악을 쓰지는 않았다. 그것이 통하지 않는다는 것을 이제는 너무도 잘 알고 있으니 말이다. 대체 도하는 어디에 있는 거지. 재인은 한 대장의 모습을 떠올리며 불안한 낯빛을 감추지 못했다. 그때 비서실의 이 비서가 다가왔다.

"회장님, 오찬 예약이 돼 있으니 자리를 옮기시지요."

이 비서는 회사 근처에 있는 음식점 이름을 댔다. 대강당 안은 이미 많은 사람들이 빠져나간 상황에서 다소 어수선했다. 재인은 침착하게 호위사들과 함께 강당을 나왔지만 입구 바깥쪽에서, 사람들이 진행요원들의 안내로 움직이는 동선이 아닌, 그 반대편으로 몸을 돌리자 장혁이 당장에 그녀의 앞을 막아섰다.

"좋아. 막고 있어. 나도 움직이지 않을 테니까."

그렇게 말한 재인은 정말 15분을 버티었다. 더불어 호위사들도 꼼짝하지 않은 상태에서, 그들 뒤쪽으로는 이제 강당을 빠져나가는 사람들의 모습도 거의 보이지 않아 복도도 한산한 풍경으로 바뀌어 있었다. 다만 그때까지 남아 있던 일부의 진행요원들만이 마지막 점검을 위해 강당 입구 안팎으로 움직였다.

"회장님께서 식당에 가셔야 식사가 시작될 텐데요."

마침내 여정이 입을 열었다. 재인도 거의 포기하고 몸을 돌리려는 순간, 그녀가 가려고 했던 곳의 막다른 코너로부터 갑자기 이석이 모습을 보였다. 그것도 급히 뛰쳐나오는 모습으로, 그의 셔츠에 묻은 빨간 피가 재인을 경악케 했다.

"양 비서……."

제13장 살아남은 자의 슬픔

'콰직' 하는 소리가 건조한 공기를 갈랐다. 회의용 테이블 위로 몇몇의 남자들이 쓰러져 있었고 주변으로 피가 흩뿌려졌다. 회의실로 쓰이는 5평 규모의 사무실 안에서는 좀처럼 보기 힘든 광경이 펼쳐지고 있었다. 좁은 공간에 있기에는 너무도 많은 수의 남자들이 이미 반은 바닥과 테이블 위를 나뒹구는 가운데 그들에게 에워싸여 있던 한 사내의 움직임이 유독 눈길을 끌었다. 바로 도하였다.

도하의 움직임은 상상을 초월했다. 예리한 무기까지 들어 상대의 숨통을 끊어 놓으려는 남자들 틈에서, 몸을 크게 움직일 수조차 없는 공간이건만 마치 그 공간만으로도 충분하다는 듯 도하는 시원한 움직임 한 번 없이 제 앞으로 달려드는 남자들을 하나, 하나, 또는 한꺼번에 둘 혹은 셋을 처리하고 있었다. 그의 주먹은 눈에 보이지 않을 정도로 빨랐고, 순간적으로 돌려 치는 팔꿈치는 상대의 쇠파이프보다 더 강력했다. 또한 상대로부터 빼앗은 무기는 그의 손에 들어오는 순간 몇 배는 더 무서운 흉기로 변해 되돌려졌다.

30여 명의 남자들은 별로 많은 시간이 지체될 것도 없이 반 수 이상이 나자빠졌다. 그러나 그 나머지는 도하가 애쓸 것도 없었다. 입구로부터 네 명의 사내들이 들이닥치더니 남자들을 향해 무차별 공격을 시작했다. 한눈에도 남자들보다 몇 수 위의 실력들인 그들은 무력부였다.

사무실 안은 타격음과 신음소리들이 뒤엉켜 지옥을 방불케 했다. 최후까지 남은 서넛은 제풀에 바닥으로 주저앉았다.

입구로 다시 한 사람이 모습을 드러냈다. 한 대장이었다. 그는 마무리를 위해 기다리고 있다 무력부가 투입되는 것을 보고 놀라 뛰어 들어온 것으로, 사무실 안의 광경에 놀랄 사이도 없이, 그의 뒤로부터 마지막으로 들어와 문을 탁 하고 닫는 사람을 향해 몸을 돌렸다. 한 대장의 눈앞에 서 있는 사람은 무력부의 수장인 박 부장이었다. 그러나 박 부장은 도하를 보고 있었다. 도하의 재킷과 셔츠에는 온통 피가 얼룩져 있었는데 그것이 제 피인지, 타인의 피인지 알 수도 없을 지경이었지만 그의 재킷 소매에 날카롭게 베인 자국이 있는 것으로 보아, 또한 그 주변으로 피가 가장 많이 묻어 있는 것으로 보아 그도 다친 것은 분명해 보였다. 그러나 얼굴은 비교적 깨끗했고 별다른 표정도 없었다.

“늦어 죄송합니다.”

박 부장은 고개를 살짝 숙이며 말했다. 도하는 시체들을 넘어 천천히 다가왔다. 한 대장이 뒤로 한 발자국 물러서면서도 도하를 노려보고 있었지만 도하는 그에게 눈길도 주지 않았다.

"정리해."

도하는 그 말만 남기고 그곳을 떠났다.

㈜LD에서 불과 백여 미터도 떨어지지 않은 곳에 있는 한 빌딩의 4층에 위치한 뷔페에서는 주총에 참가한 대주주들과 진향, 금 변호사, 채진우 등이 식사를 하고 있었다. 시간이 꽤 흐른 후로 보였는데 진향은 재인이 계속 보이지 않아 궁금해하는 중으로, 진즉에 전화도 걸어봤지만 통화가 되지 않았다.

"재인이 보이지 않네요."

진향이 한 테이블에 같이 있는 금 변호사에게 나직이 말했다.

"저쪽 상황과 관계가 있을까요? 설마 재인이 다치지는 않겠죠?"

"그럴 리 있겠습니까? 사실은 나도 한 대장의 연락을 기다리고 있긴 한데요……. 약속도 있어서 이만 일어나야겠습니다."

금 변호사 역시 나직한 소리로 말하고는 '연락드리겠다' 하고서 뷔페를 나왔다. 그가 의뢰인과의 약속이 잡혀 있는 것도 사실이어서 핸드폰으로 시간을 확인하며 빌딩을 나와 ㈜LD의 사옥으로 움직였다. 사옥으로 들어온 금 변호사는 위에서의 상황이 궁금했지만 그런 일에는 모르는 척, 한 대장의 연락만 기다리고 있는 것이 가장 좋은 처신이라는 것을 잘 알기에 태연히 승강기를 타고 지하주차장으로 들어섰다. 그리고 차를 향해 가는 도중, 마치 매복해 있던 사람들처럼 갑자기 나타난 두 명의 사내에 의해 금 변호사는 금세 포위되었다. 아는 사람에게 인사라도 하는 듯 보이는 사내들은, 그러나 무력부였고, 금 변호사도 바로 눈치를 챈 것 같았다.

사내 중 하나가 금 변호사의 손에서 재빨리 차 열쇠를 낚아채더니 차의 잠금을 풀고 이어 뒷좌석의 문을 열었다. 타라는 뜻이다. 노련한 금 변호사니만치 여기서 저항해 봐야 아무 소용도 없다는 것을 잘 아는지 그는 순순히 차에 올랐다. 다른 사내도 금 변호사의 옆으로 올라타 그의 핸드폰부터 압수했다. 한 대장은 실패한 것인가, 어둡게 굳은 금 변호사의 눈빛은 그렇게 묻고 있는 것 같았다.

30분 후, 같은 주차장에서 채진우 역시 다른 무력부의 요원 두 명에 의해 같은 방식으로 끌려갔다. 그렇게 끌려가는 것이 두 번째인 진우는 겁에 질려서인지 도리어 '다음 스케줄이 있는데 내가 안 나타나면 매니저가 경찰에 신고할 것'이라고 정신없이 떠들어댔다. 물론 이두회는 조직의 일로 경찰을 동원하지 않는다는 것이 불문율이었지만 이미 한 번 경험했던 끔찍한 기억이 이번에야말로 더욱 확장돼 재생되리라는, 극도의 공포심에 빠진 그는 거의 제정신이 아닌 것처럼 보였다.

"이, 이번엔 나, 나, 납치된 증거, 증거도 있어. 주차장에 씨씨카메라, 거기에 고스란히 있을 텐데 당신들……."

"씨씨 카메라는 돌아가지 않아. 입 닥치고 있어."

옆에 앉은 사내가 무겁게 내뱉은 말로 진우의 말을 잘랐다. 진우의 엄살이 어지간히 시끄러웠던 모양이었다. 결국 진우는 차 안에서 오줌을 지리고 말았다.

진향은 아직 뷔페에서 재인을 기다리다, 딸이 왜 이리 늦는지 회사 관계자들에게 물어도 제대로 된 답을 듣지 못해 슬며시 불안해지기 시작했다. 재인의 비서진이 전혀 보이지 않는데다 금 변호사로부터도 아무 연락이 없어 더욱 그랬다. 한 대장이 '성공'했다면 재깍 금 변호사에게 연락이 갔을 테고, 금 변호사는 또 진향에게 연락을 하는 것이 순서인데 연락은커녕 진향이 도리어 금 변호사에게 전화를 해도 받지 않았다. 그뿐이 아니었다. 도하가 회사에서 변을 당했으면 어디선가 시끄러워도 시끄러울 텐데 그것도 너무나 조용하지 않은가.

진향은 뷔페를 나와 회사로 향했다. 회사 관계자들이 수행하려 했지만 거절했다. 몰래 상황을 살펴볼 작정이었다. 가는 길에 기사에게 전화를 걸어 차에서 대기하고 있으라 말하니, 기사는 '차로 잠깐 내려와 주십사' 청했다.

"왜? 무슨 일로?"

진향이 물었다.

[문제가 생겼습니다. 사모님…….]

기사의 목소리에 어딘지 불안감이 느껴진 진향은 그렇잖아도 초조한 마음에 깊이 생각할 것도 없이 주차장으로 내려갔다. 건조한 공기가 흐르는 주차장에 검은 슈트를 입은 여자 두 명이 진향의 옆으로 붙은 것은 순식간이었다.

"저희가 모시겠습니다, 사모님."

어리둥절해하는 진향에게 여자가 말했다. 두 여자 다 여정과 분위기가 아주 흡사했다.

"조 기사 어딨어?"

진향은 그렇게 물었지만 눈 깜짝 할 새에 승용차 뒷좌석으로 끌려 들어갔다. 여자 하나가 운전하고, 다른 하나는 뒷좌석에 진향과 함께 탄 채로 차는 신속하고도 유연하게 주차장을 빠져나왔다.

"너희들 뭐야? 감히 내가 누군 줄 알고……."

진향이 파랗게 질린 입술을 파르르 떨었다. 그러나 여자들은 아무 표정도, 대응도 하지 않았다.

재인은 도하와 함께 회장실의 패닉 룸에 와 있었다. 그 과정은 주주총회가 열렸던 강당 앞에서 재인이 이석을 만났을 때부터 시작하는데 그때 이석은 재인이 부르는데도 아랑곳 않고 어디론가 갔다가 10여 분만 돌아와서는 재인에게 '회장실에서 기다리시면 실장님이 가실 것'이라 전하고 다시 사라졌었다.

재인은 회장실에서 30분을 더 기다린 끝에 도하를 만난 것인데 도하는 슈트 바지에, 윗도리는 엉뚱한 옷을 입고 와서는 재인과 함께 곧장 패닉 룸으로 들어왔다. 패닉 룸에 비치돼 있는 새 셔츠와 슈트로 갈아입기 위해서였다. 그가 옷을 벗으니 그의 왼쪽 팔에 붕대가 감겨 있었고, 몸 여기저기에 타박상의 흔적이 역력했다. 재인은 붕대가 감긴 도하의 팔을 잡았다.

"괜찮아요. 깊은 상처 아닙니다."

도하는 도리어 재인의 등을 토닥이며 위로했다.

"할 말이 있어요……."

재인은 비장한 얼굴로 입을 열었다. 그를 기다리며 말을 해야겠다고 결심했던 것, 즉 주주총회를 앞두고 중식당에서 금 변호사와 한 대장 등을 만났던 사실을 털어놓으려 했다.

"친구 만난다고 했던 그날 사실은……."

그러나 도하가 갑자기 그녀의 얼굴을 두 손에 쥐는 바람에 그녀는 하던 말을 잇지 못했다.

"도하 씨 다친 게 나 때문에……."

"말하지 말아요."

"왜요? 도하 씨 뒤에서 당신을 배신한 건 나……."

"재인 씨는 무슨 짓을 해도 괜찮습니다."

"네……?"

"재인 씨니까 괜찮아요."

"그, 그게 무슨……, 설마…… 알고 있었어요?"

재인은 그의 손을 덧잡으며 소리쳤다.

"알고 있으면서 왜……? 결국 당신도 나 의심한 거잖아. 의심하고 지켜본 거잖아. 똑같은 거잖아. 우리가 무슨 부부야……?"

재인이 소리치는 나머지 말은 도하의 입 속으로 들어갔다. 그가 그녀의 입술을 덮친 것이다. 재인은 주먹으로 도하를 때리며 저항했지만 그 저항조차 그의 품에 안겼다. 키스는 길고 깊었다. 그리고 그것이 끝났을 때 도하의 눈은 재인의 눈을 향하고 있었다. 마치 이번에는 눈으로 하는 키스 모양 그녀의 모든 것을 눈에 담을 듯 그는 그녀를 또한 길고 깊게 응시했다. 어, 뭐지, 재인은 도하의 눈에 잡혀 있다 처음으로 그의 눈에서 무엇인가를 본 것 같았다. 그런데 그것이 찰나에 스치는 인상 같은 것이어서 정확한 이미지는 떠오르지 않았다. 무척 익숙한 것인데, 그것이 무얼까.

"난 가봐야 해요. 며칠 집에 못 들어갑니다."

도하는 말하고 나서 재인의 이마에 가볍게 입을 맞췄다. 그는 새 슈트로 갈아입고 패닉 룸에서 사라졌다.

재인은 그 후 집에 와 있었다. 아마도 호위사들이 도하의 명령을 받았는지 재인의 의사와 관계없이 무작정 그녀를 집으로 데려온 것이었다. 그렇게 집에 온 지도 꽤 시간이 흘렀건만 그녀는 마음의 안정을 찾지 못하고 후원에 나와 연못 주변을 서성거렸다. 아직 해도 지기 전 후원은 하루의 마지막 햇살로 아름다운 자태를 뽐내고 있었다.

재인은 연못을 보며 한숨을 쉬었다. 그녀는 지금 이석을 기다리고 있었다. 도하는 오늘 들어오지 않는다 했으니 우선은 이석에게 전후사정을 들을 수 있을 것 같아서였다. 한 대장과 금 변호사는 어떻게 되는 것인지, 걱정도 걱정이지만 궁금했다. 혹시나 해서 금 변호사의 핸드폰으로 통화를 시도했지만 받지 않았다. 재인은 받지 못한 엄마의 전화가 통화기록에 나와서 엄마에게도 전화를 했는데 역시나 받지 않았지만 그저 사정이 있나 보다 하고 말았다. 한 대장 외에도 금 변호사와 채진우가 '끌려갔을 것'이라 짐작하는 재인이지만 그런 그녀도 설마 엄마까지 사라졌으리라고는 아마 상상조차 못 했으리라.

이석을 기다리는 것은 비단 재인뿐이 아니었다. 주주총회가 끝나자마자 조직 전체에 감도는 불안한 기운을, 재인의 호위사들은 물론이고 아줌마와 관리인들까지도 느끼고 있는 것 같았다. 다들 이두회 사람들이고 또 스스로 통하는 소식통들이 있을 테니 어찌 보면 당연했다.

"무력부 전원이 움직이는 것 같습니다."

여정이 말했다. 별채의 홀에 장혁, 여정, 오 대리가 모여 앉아 있었는데 그들도 재인만큼이나 이석을 기다리는 중이었다. 이석이 본부로 출퇴근하니 만치 가장 정확한 사정을 알 수 있을 것 같았기 때문이다.

"행동대도 꽤 움직인다던데?"

오 대리가 여정을 보며 장혁 대신 대답했다. 행동대 출신이다 보니 그쪽으로부터 받은 연락이 있었던 모양이다.

"실장님을 치려던 게 행동대원들이라는 게 어이가 없군. 아무리 일부의 소행이라지만 어떻게 행동대 따위가 천위장을 칠 생각을 하지?"

여정이 오 대리의 말을 받았다. 천위장이면 친위조직의 수장으로, 회장 다음 가는 서열이며 동시에 회장의 최후 보루였다. 그것은 다시 말해 천위장이 무너지면 회장도 무너진다는 의미였으니 그 둘을 달리 생각할 수 없어, 여정에게는 그보다 더한 반역도 없다 생각되었다. 여정의 말에 오 대리는 입맛이 쓴 표정을 지어 보였다.

그때 우두둑 소리가 나 여정과 오 대리의 눈길이 동시에 장혁의 손을 향했다. 장혁이 제 두 손을 맞잡아 뼈마디 꺾이는 소리를 내고 있었던 것인데 그것은 몸이 근질근질하다는, 그러니 나가서 시원하게 몸을 풀고 싶다는 신호였다. 그가 전형적인 야전 스타일이라는 것을 잘 아는 여정과 오 대리는 슬그머니 눈길을 딴 데로 돌렸다.

이석은 밤 11시 넘어 들어왔다. 1층 리빙 룸에 재인을 필두로 그녀의 호위사들과 아줌마에, 관리인 세 명까지 모두 모여들었다. 관리인들 중 진향의 기사만 빠진 셈이었다. 이석은 찬물이 든 컵을 손에 들고 '지금 본부는 전운이 감돈다'며 약간 과장되게 이야기를 늘어놓았다.

"본부장님이 하신 말씀을 들으니 지금까지 잡아들인 숫자만 스무 명이 넘는답니다. 실장님을 공격했던 그 잡놈들은 다 빼고도 그렇다구요. 사실 그동안 무극천위에서 비밀리에 첩보를 통해 블랙리스트가 작성되고 있었대요. 바로 그 리스트대로 오늘부터 내일까지 몽땅 잡아들인답니다. 완전히 공포의 주말이 되는 거죠.

또 무서운 게……, 누가 잡혀 들어갈지 아무도 모른다는 거."

"무섭다……. 천위장님……. 가만히 계시다 한 방에 뒤집어 버리시네."

관리인들 중 하나가 말했다.

"배신자들이면 다 잡아서 잘라내야지. 그래야 우리 새 회장님이 편하게 일을 하시지."

아줌마가 그 말을 받으며 재인에게 눈을 돌렸다. 재인은 언젠가 도하가 했던 말을 떠올렸다. 아버지가 '무극천위를 가동하라' 했던 명에 대해 도하는 '배신자를 가려내고, 결속을 강화하고, 조직체계를 점검한다'고 했다. 그렇다면 이것이 바로 그 과정인가. 한 대장과 금 변호사가 개입한 거사를, 어떻게 배신자를 가려내고 조직체계를 감시하는 일과 연계했는지, 재인 역시 도하의 솜씨에 감탄하면서도, 한편으로는 어리둥절했다. 그러나 곧, 병원에서 금 변호사와 엄마의 대화를 떠올리며 금 변호사 역시 믿을 수 없는 사람이라 생각을 고쳐먹었기에, 어쩌면 그녀가 모르는 금 변호사의 이적 행위가 또 있을 것이라 짐작만 하고 있었다.

"누구누구 끌려갔는지는 모릅니까?"

여정이 물었다.

"다 알 수는 없지만 자고 나니 내 옆에 누군가가 없어졌다, 그럼 끌려간 거죠. 그래서 끌려간 사람들 중 적어도 한 사람은 내가 압니다. 그것도 거물. 여러분, 놀라지 마세요. 바로 행동대의 한 대장입니다."

"한 대장님이?"

오 대리가 경악했다.

"말도 안 돼. 한 대장님이 얼마나 충성심이 높으신 분인데…….

그럼 행동대의 일부 대원들이 천위장을 친 배후에…… 설마 한 대장님이 있었단 말입니까?"
이석이 고개를 끄덕였다.
"세상에, 믿을 놈 없네."
아줌마가 혀를 내둘렀다. 오 대리는 거의 '멘붕'에 빠진 얼굴로 리빙 룸을 나갔다.
"그래서…… 잡아들인 사람들을…… 어떻게 하는 거야?"
재인이 물었다.
"막…… 때리고 그럴까……?"
그러자 이석이 뭐라 대꾸도 하기 전에 '픽' 하는 소리가 새어 나왔다. 여정이 저도 모르게 낸 소리였다.
"죄, 죄송합니다……."
여정이 당황해서 재인을 향해 고개를 숙여 보였다.
"황 대린 그게 웃겨?"
"아, 아닙니다."
"분명한 건요, 대행……, 아니지, 요놈의 주둥이가 얼른 버릇이 들지 않아서……."
이석이 끼어들어 말하며 손으로 자기 입을 때렸다.
"회장님. 지은 죄에 따라 차이는 있겠지만 대부분 조직에서 아웃된다는 거, 그건 틀림없을 겁니다."
"당연히 다 짤라야지. 옛날 같으면 삼족을 멸했어."
아줌마가 끼어들었다.
"아줌마는 무슨, 지금 조선 왕조 얘기해요?"
"말이 그렇단 얘기지, 말이."
"잘리는 것보다 더 무서운 게 있습니다."

갑자기 장혁이 무겁게 한마디 했다. 동시에 재인을 뺀 나머지 사람들의 얼굴에 흠칫 놀라는 기색들이 역력했다.
“그게 뭔데?”
재인이 모두를 둘러보며 물었다.
“뭐냐구? 능지처참? 거열형? 십자가? 뭔데?”
“아아, 아실 거 없구요…….”
이석이 재인을 향해 손사래를 쳤다.
“암튼 천위장께서 이번에 조직을 아주 깨끗하게 만들어 놓으신다는 거, 이게 중요하죵. 그런 다음 집회를 여는 겁니당. 음하하.”
“벌써 웃음이 나와? 내일 아침에 우리가 과연 양 비서를 볼 수 있을까?”
아줌마의 말에 짐짓 웃음 짓던 이석의 얼굴이 그대로 굳었다. 이내 서서히 웃음기가 사라지던 중 ‘내일까지는 아무도 안심하면 안 돼. 누가 끌려갈지 어떻게 알어?’ 하는 관리인의 소리까지 겹치자 이석의 얼굴은 기묘하게 일그러져 갔다.
“겁이 저렇게 많아서야 원, 쯧쯧.”
아줌마는 혀를 차며 자리에서 일어났다.
“볼 만합니다.”
여정도 한 마디하고 물러갔다. 장혁이 고개를 절레절레 흔들며 그 뒤를 따랐다.
“걱정 마, 양 비서야. 양 비서 끌려가도…….”
재인이 일어나며 입을 열자 이석이 얼른 반색했다.
“살려는 드릴게.”
관리인들이 낄낄대며 재인의 뒤를 따라 차례로 리빙 룸을 나갔다.

다음 날 아침, 다행히 이석은 아침 식사시간에 나타났다. 재인이 늦잠을 자는 바람에 호위사들과 관리인들이 먼저 주방의 식탁을 차지한 가운데 이석이 가장 늦게 합류한 것이다.

"어, 안 잡혀갔네?"

이석이 주방으로 들어오는 모습을 보며 오 대리는 농담을 던졌다.

"농담 마요."

이석은 자리에 앉으며 벌컥 짜증을 냈다.

"어제 아줌마가 농담하는 바람에 그렇잖아도 밤새 악몽을 꿨다니까요. 꿈만 꾸면 무력부에 잡혀가는데……. 깨고 나면 어휴, 안도의 한숨을 쉬고, 잠들면 또 잡혀가고, 이건 자는 건지 계속 잡혀가는 건지……."

엄살을 떠는 이석 뒤로 아줌마가 어두운 안색으로 다가왔다.

"오늘 모두들 집에 있어요."

아줌마가 입을 여니 모두의 눈이 아줌마를 향했다.

"아침 일찍 본부로부터 연락이 왔는데 양해를 구한다면서……, 오늘 무력부에서 방문하니 모두의 외출을 금한답니다."

순간 텅 하는 소리가 조용한 가운데 울려 퍼졌다. 그것은 숟가락이 식탁 위로 떨어진 소리였고, 여정의 것이었다.

"죄송합니다……."

여정은 얼른 숟가락을 다시 집어 들었다.

"아줌마 말이 무슨 말이야? 그럼 농담이 아니라……. 진짜 이 집에 배신자가 있다는……?"

이석은 말을 채 끝맺지 못했다. 이미 모두의 안색이 흡사 농약을 마신 사람의 그것처럼 변해 있었기 때문이다.

집안은 쥐죽은 듯 고요했다. 하늘은 잔뜩 찌푸렸고 가을바람은 유난히 찼다.

"분위기가 왜 이래?"

주방에 들어온 재인이 물었다. 거의 정오가 돼서 지하층을 나온 그녀였다.

"집안 분위기가 좀 그러네?"

아줌마는 말없이 재인 앞에 카페오레 한 잔을 놔주었다.

"아줌마, 어디 아파요?"

"아뇨. 그냥……. 잠을 푹 못 잤더니……."

"나도 누워 있는 시간만 길었지 못 잤는데……."

재인이 중얼거리며 잔을 두 손에 들어 입에 댔다. 어제까지만 해도 도하와 관계된 문제가 고민의 제일 앞을 차지했지만 잠자리에 들었을 때부터 지금까지는 다른 문제가 재인의 마음을 무겁게 했다. 바로 병원에서 본의 아니게 엿들었던 엄마와 금 변호사의 대화였는데 정확히 '재인이 위 회장의 핏줄이 아니다' 했던 금 변호사의 말이 비수가 돼 그녀의 가슴에 박혀 있었던 까닭이다.

잠시 동안은 도하의 일로 의식 아래에 밀쳐두었지만 잊힌 것은 결코 아니며 무거운 납덩이를 내내 매달고 있듯 그때부터 지금까지 재인의 마음을 한시도 편치 않게 만들었다. 너무 어처구니가 없어 말이 안 된다 하는 한편으로는, 그것을 확인하는 것은 무척 간단한 일이라는, 그러니 빨리 확인하고 말자 하는 소리에 완전히 귀를 닫을 수도 없었다. 만에 하나, 정말 만에 하나, 그것이 사실이라면 어떻게 되는 거지, 그렇다면 류준성의 혈육인 도하가 오히려 더 정통 후계자에 가깝지 않은가. 혹시 그래서 아버지는 재인을 도하와 결혼시키려 한 것일까.

재인은 벌떡 일어났다. 그리고 2층으로 올라 욕실로 가서 칫솔을 살폈다. 지하층에서 2층으로 부모의 짐을 옮겼을 때 이제는 집에 머물지도 않는 아버지의 칫솔도 옮겨 놨을까 싶었는데 다행히 있었다. 분명 아버지의 것으로 보였고, 사용했던 칫솔이었다. 재인은 그것을 가운 주머니에 넣었다. 이제는 유전자감식연구소에 심부름을 보낼 사람만 정하면 되는 것이었다. 예민한 문제니 만큼 믿을 만한 사람이 필요했다.

그녀에게 믿을 만한 사람은 이석과 여정뿐인데 심부름에 자유로운 사람은 이석이지만 요즘에는 여정에게 더 믿음이 갔다. 그러나 호위사를 심부름 보내는 것은 비밀리에 하기가 쉽지 않아, 재인이 또 그것으로 고민하고 있었다.

그 사이, 정작 여정은 자기 방에서 제 문제로 고민 중이었다. 언제 들이닥칠지 모를 무력부가 누구를 잡으러 오는지, 여정에게는 너무도 빤한 것이었기 때문이다. 현 회장인 재인의 명을 따랐다고는 하나 직속 명령 체계를 어겼으니—그것은 장혁을 속인 것 이전에 도하를 속인 것이었다— 만약 그것을 들켰다면 추궁과 질책을 피할 길이 없었다.

여정의 손끝이 파르르 떨렸다. 장혁에게 한 대 맞을 때도 떨지 않았던 그녀지만 '그곳'으로 끌려가는 것은 정말 두려웠던 모양이다. 여정은 곧 크게 심호흡을 한 뒤 일어나 옷장을 열고 흰색 셔츠와 검은색 슈트를 꺼냈다. 평소 재인을 호위할 때 입는 제복과도 같은 옷이었다. 끌려가더라도 당당하게 가자 싶었다. 여정은 입고 있던 옷을 벗고 슈트로 갈아입었다.

오후 2시가 막 넘어서면서 관리인 하나가 정원을 가로질러 뛰었다. 집안으로는 검은색 승용차 한 대가 들어서고 있었다. 별채로부터 장혁이 먼저 모습을 보였는데 그도 슈트로 갈아입은 모습이었다. 그러나 그것은 여정의 이유와는 다른, 전 무력부장의 자격으로서 같은 소속의 직원을 맞는 격식과도 같은 것이었다. 그 뒤로 여정이 천천히 걸어 나왔다. 본채에서는 이석과 아줌마가 나왔고, 관리인들은 정원으로부터 모여들었다.

저택 앞에 선 검은 승용차에서 두 명의 사내가 내렸다.

"회장님은 지하층에 계세요. 따로 인사드리지 않아도 됩니다."

아줌마가 사내들을 향해 말하니 그들은 곧장 장혁 앞으로 가 고개를 숙여 예를 표했다.

"그럼 시행하겠습니다."

사내가 장혁에게 정중히 양해를 구하자 장혁은 고개를 끄덕였다. 사내들은 바로 여정 쪽으로 몸을 틀었다. 여정은 침착하게 앞으로 나섰다. 그런데 사내들은 여정을 그냥 지나쳐 별채로 향했다. 어, 하는 표정의 여정과 나머지 사람들의 눈길이 모두 두 사내들의 뒷모습에 쏠렸다. 두 사내들은 별채로 모습을 감췄다, 잠시 후 오 대리와 함께 다시 모습을 드러냈다.

"오 대리가……?"

이석은 저도 모르게 탄식하듯 토해냈다. 고개를 푹 숙인 오 대리는 두 사내에 의해 차에 태워져 곧 모두의 시야에서 사라졌다. 사람들도 천천히 흩어졌다. 아무도 입을 열지 않았다.

"난 떳떳해."

한 대장은 내뱉듯 말했다. 그가 있는 곳은 사방이 막힌 방, 천장으로부터 내려온 갓이 달린 등 하나로 어둠을 밝히는 바로 그 방이었다. 사각 테이블 앞에 한 대장이 앉았고 그 맞은편에 도하가 있었는데, 한 대장은 옷을 모두 벗고 있다는 것만을 제외하면 몸 어디에도 다친 곳은 없었다. 또한 그는 당당했다.

"난 위상문 회장님께 충성했고, 또 그 후계자 위재인 현 회장님께도 마찬가지다. 그것이 내 마음이고 그 마음으로 한 행동이니 그게 죽을 짓이라면 죽여라."

"한 대장님을 죽이는 일은 별로 어려운 일이 아닙니다."

도하는 늘 그렇듯 나직한 저음의 소리를 냈다.

"그건 지금 당장도 가능합니다."

마치 세수나 빨래에 대해 말하는 것과 같은 도하의 어조에, 정작 '죽여라' 했던 한 대장의 한쪽 광대가 살짝 실룩했다.

"그러나 정작 회장의 명에 항명을 하고, 충성을 말하는 것은 듣기가 좀 거북하군요."

"그, 그건……."

한 대장은 말을 더듬었다. 도하를 치는 거사에 대해 재인은 분명 중지를 명했었기 때문이었다.

"그건 위재인 회장님을 위해서였다. 충성이었다구."

"항명이 충성이라……? 충성의 기본은 존명이라고 알고 있습니다만."

"여자라서 판단을 그르쳤으니……."

한 대장은 바로 입을 다물었다. 도하는, 점점 얼굴이 붉어지는 한 대장의 얼굴을 가만히 응시했다.

"가족이 있으시니 부양은 하셔야죠?"

짧지 않은 침묵 후에 도하가 입을 열었다.
"이두회에서 추방되더라도 말입니다. 죽음도 두렵지 않으신 분이니 그만한 각오도 돼 있으리라 생각합니다."
"날…… 어쩌려는…… 거야?"
자리에서 일어나는 도하를 보며 한 대장은 그제서 공포가 생생히 살아나는 현실을 인지한 사람 모양 다급히 물었다.
"가족을 부양하고 살아가는 데에 지장은 없도록 해드립니다."
사뭇 친절하게도 느껴지는 도하의 말에 대비되게도, 한 대장의 얼굴은 사색이 되었다.
도하가 그 다음으로 만난 사람은 금 변호사였다. 금 변호사 역시 똑같이 생긴 방에, 한 대장처럼 발가벗은 모습으로 의자에 앉아 있었는데 산전수전 다 겪은 그는 오히려 한 대장보다 더 여유 있어 보였다.
"언제 내 사무실에 도청장치를 숨겨놓은 건가?"
금 변호사가 물었다.
"자네가 그만큼 알고 있다는 것은 엿듣지 않고서는 불가능한 일이거든."
누가 추궁하는지 알 수 없을 정도로 금 변호사는 정색을 했다.
"재인 씨가 교통사고를 당한 후입니다. 더 정확히는 채진우를 여기서 내보낸 후고요."
도하는 순순히 대답했다.
"그럼 그때 벌써 눈치를 챈 거로군. 그 사고와 채진우의 배후에 내가 있다는 것을?"
"네. 그제야 위상문 회장님 피습 건도 완전히 이해가 되더군요. 그건 날 노렸던 것이 맞습니까?"

금 변호사는 고개를 끄덕였다. 처음부터 금 변호사가 노렸던 것은 도하였다. 재인은 회장 승계와 관계없이 금 변호사의 입맛대로 다루기 어렵지 않았지만 도하는 달랐다. 도하가 이두회 내에서 세력을 확장하는 만큼 금 변호사의 입지는 줄어들었다. 그래서 그는 위상문 회장이 쓰러지기 전부터 계림상사와 은밀히 접촉을 하던 중 위 회장이 쓰러진 것과 때를 같이해 본격적으로 일을 벌였던 것이다.

먼저 도하가 표적이었지만 행동반경이 일정한데다 주도면밀한 그를 끌어들이기가 쉽지 않았다. 새벽시간대에 위 회장 피습 소동을 벌여 병원으로 끌어들인 후 그 동선을 노렸지만 그것을 실행할 계림이 무리하게 나서지 않는 바람에 실패했다. 계림 입장에서는 굳이 무리할 필요가 없었던 것이다.

이어 벌어진 재인의 교통사고는 재인과 도하를 한꺼번에 노렸던 것이었지만 결과는 위기를 느낀 재인이 도하와의 결혼을 결심한 계기가 되었고, 도하에게는 그것이 위 회장 피습 사건과 더불어 많은 의문점을 남긴 사건이라, 본격적으로 금 변호사를, 의심을 넘어 감시하게 만든 계기가 되었다. 때문에 도하는 두 사건, 모두에서 계림의 흔적을 발견하고도 모른 척했던 것이다. 단지 흔적뿐이었다. 즉 전적으로 계림의 소행이 아니라는 뜻이며 동시에 내부의 적과 통하고 있다는 뜻도 되었다.

"지금 이두회 내에 떠도는 소문의 출처는 계림입니다."

도하가 말했다.

"다만 계림은 유포만 맡았을 뿐, 그것을 만들어내지는 않았습니다. 소문을 만들고, 그 과정에서 채진우를 이용한 사람은 변호사님이시죠?"

"맞네만 난 없는 말을 하지는 않았어. 대부분은 진실이네."

"무엇이 진실입니까?"

"자네도 알잖나?"

금 변호사는 비릿한 웃음을 흘렸다.

"위재인은 위상문 회장의 친자가 아니야. 소진향, 그 파렴치한 여자가 다른 남자의 아이를 갖고 위상문 회장과 결혼했지."

'자네도 알 것'이라는 금 변호사의 말대로 도하는 전혀 놀라는 기색이 없었다.

"위 회장도 나중에 그 사실을 알게 됐지. 아마 재인이 네 살? 다섯 살 그 무렵일걸? 놀랍게도 그 시기는 위 회장이 한 보육원으로부터 한 소년을 데리고 나왔던 시기와 얼추 일치하네."

금 변호사는 한층 여유 있는 표정과 목소리로 말했다. 도하는 여전히 말이 없던 중 느릿하니 몸을 움직여 재킷 주머니에서 핸드폰을 꺼냈다. 아마도 진동을 느낀 것 같았다.

〈급해서 연락드립니다. 위재인 회장님 일이에요.〉

이석의 문자였다. 도하는 자리에서 일어나 방을 나갔다.

[죄송합니다. 바쁘실 텐데. 이건 꼭 실장님께 말씀을 드려야 할 것 같아서…….]

"말해."

어두운 복도에 나와 선 도하가 핸드폰을 귀에 대고 있었다.

[대행, 아니 회장님이 봉투를 주시면서 내일 출근 때 들르라 하시는데……. 그, 그 들르라는 데가…… 유전자 감식소입니다.]

한편, 금 변호사는 한 사내가 가져다 준 물 한 컵을 느긋하게 마시며 도하가 돌아오기를 기다리고 있었다. 도하의 정체를 아는 이상 그것이 바로 협상 카드니 걱정할 것이 없다, 그는 생각했다. 원래 금 변호사는 위상문 회장의 신임을 기회로 이두회에서 제법 권력의 핵심에 접근해, 훗날 혹시라도 위 회장 유고시 재인을 앞세워 막후 권력을 틀어쥘 야심을 품고 있었다. 그러다 어느 날엔가 부터 권력의 핵으로 들어온 도하의 존재에 의문을 품기 시작했는데 그것이 도하의 정체에 접근하게 된 계기가 됐었다. 재인이 위상문의 친자가 아니라는 사실을 이미 손에 쥐고 있었던 금 변호사에게도 도하의 정체는 실로 뜻밖이었다. 그러나 그것이 사실은 적당할 때 협상 카드로 이용될 수도 있다는 것을 잘 아는 금 변호사는 바로 지금이 그 기회라 여겼다.

문이 열리고, 도하가 다시 들어와 금 변호사 맞은편에 앉았다.

"재인인 이두회를 맡을 재목이 못돼."

도하가 앉자마자 금 변호사가 말했다.

"사실 회사도 마찬가지지. 한낱 계집애가, 그것도 아무것도 모르는 계집애가 뭘 어떻게 하겠나? 차라리 류 실장, 자네가 전면에 나선다면 어떤가?"

"진심이십니까?"

의미심장한 눈빛을 던지는 금 변호사에게 도하가 되물었다.

"솔직히 내 이제껏 자네와 등을 졌네만……. 그만한 동기가 주어진다면 상황은 언제든 변하기 마련, 차라리 자네가 전면에 나서 이두회를 맡아준다면 내 야욕을 접고 백의종군해 도울 생각, 난 충분히 있네. 아무리 재인이 위 회장의 친자가 아니라 해도 이미 회사 대표에 취임한데다 무작정 위 회장에게 충성하는 자들은 재인에게도 마찬가지일 가능성이 높기 때문에, 아무리 자네라도 지금의 이두회를 뒤엎고 수장이 되기란 쉽지만은 않을걸세. 하나 내가 도우면 훨씬 쉬워질 수 있지. 내 쪽 사람들의 힘을 자네도 무시

못 할걸?"

"그런 후 무엇을 바라십니까?"

"바라는 거 없어. 백의종군하겠다 하지 않았나? 난 그저 이두회에 대한 충정으로 하는 말일세."

두 사람은 서로 한 치의 물러섬도 없이, 서로를 탐색하듯 응시했다. 노련한 금 변호사는 여전히 많은 뜻을 담은 의미심장한 눈빛으로 제 뜻을 전하는 데에 흔들림이 없었다. 그것은 제 존재를 분명하게 인식시켜 살아남으려는 필사의 몸부림이었을 것이다. 그것이 과연 살아남을 수 있는 가장 좋은 방법이었는지는 차치하고라도 말이다.

도하는 천천히 몸을 일으켜 아무 말도 하지 않고 방을 나갔다. 그가 나간 후에야 금 변호사는 극도의 긴장을 벗어난 듯 일순 눈빛에 힘을 잃었다. 이마 깊숙한 곳에 맺혀 있던 땀도 그제서 아래로 주룩 흘러, 그는 손을 들어 그것을 닦아냈다. 그러나 잠시 후, 그는 회심의 미소를 짓는 것도 잊지 않았다. 도하가 설득 당했다 생각했기 때문이다.

도하가 그 다음으로 들어간 방에는 채진우가 있었다. 역시나 벌거벗고 앉아 있던 진우는 펜을 들고 A4 용지에 무엇인가를 열심히 쓰고 있었는데 테이블 위, 진우의 왼쪽으로 백지 상태의 A4 용지가 대략 천 장 정도, 그 반대편으로는 글이 빽빽하게 들어간 A4 용지가 약 수십 장 놓여 있었다.

"처, 천위장……."

도하를 보며 잠시 펜을 멈춘 진우가 지친 얼굴로 입을 열었다. 도하는 그에게 눈길도 주지 않고, 또한 아무 말도 없이, 글이 빽빽하게 쓰인 종이 한 장을 집어 들었다. 거기에는 '반성문'이라는 제

목으로 '죽을죄를 지었다'는 내용과 함께 '이두회의 수장이신 위재인 회장님께 충성한다'는 내용이 반복적으로 적혀 있었다.

"이, 이걸 정말 천 장을 써야 여기서 나가는 겁니까?"

진우가 물었다.

"내가 채진우 씨라면 그렇게 하겠습니다. 그것이 평생 의족을 달고 사는 것보다야 낫지 않겠습니까?"

도하의 말에 사색이 된 진우는 다시 열심히 쓰기 시작했다. 아마 천 장을 다 쓴다면 의족은 피해갈 수 있을지언정 아이큐가 상당히 떨어지는 사태만큼은 감수해야 할 듯싶었다. 도하가 등을 돌려 나가려 하니 진우가 '잠깐만' 하며 모기 소리만 하게 도하를 불러 세웠다.

"자, 자르지는 않겠죠? 다, 다리 말고……. 이두회에서……."

"그러려면 이천 장을 써야 할 텐데?"

순간 진우의 얼굴에서 다크서클이 턱밑으로 쭉 내려온다. 도하가 연 문 밖에 서 있던 사내는 도하가 나온 후 그 문을 다시 닫으려 하다 잠깐 안을 들여다본 광경에—팬더의 얼굴로 열심히 반성문을 쓰고 있는 진우의 모습에— 그만 웃음을 참느라 얼른 주먹을 입에 가져다 댔다.

❖

깊은 밤, 경기도 부근에 누군가의 별장으로 보이는 곳의 정문이 열리더니 차가 한 대 들어섰다. 도하의 차였다. 차는 정원을 지나 별장 건물 앞에 멈춰 섰고, 이미 나와 대기하고 있던 검은 슈트의 여자는 차에서 내리는 도하를 향해 묵례를 해보였다. 도하는 여자에 앞서 별장 안으로 들어섰다.

별장 안, 조그만 응접실에서는 또 한 명의 여자가 대기하고 있다. 계단을 통해 도하의 모습이 보이자 그에게 묵례부터 한 후에 재빨리 먼저 어떤 문으로 움직여, 그 문에 대고 노크를 했다. 그리고 약간의 시간을 두고 문을 열어 안을 들여다본 후, 도하를 향해 고개를 한 번 끄덕여 보였다. 도하는 재킷의 버튼을 잠그며 천천히 안으로 들어섰다.

도하가 들어간 곳은 문에서 가장 먼 곳에 침대가 있고, 가장 가까운 창가에 소파 세트가 있는 침실이었다. 소파는 일인용이 서로 마주보게 위치해 있었고 그 사이로 높이가 좀 있는 원형 테이블이 놓여 있었다. 진향은 실내용 가운 차림으로, 침대 가까운 곳에 있는 장식장 앞에서 담배에 불을 붙이고 있었는데 오랫동안 끊었던 담배를 이곳에서 다시 피우게 된 것으로, 그것은 그만큼 이곳에서 진향이 겪었을 마음고생의 방증이기도 할 것이다.

"재인이 날 안 찾아?"

진향이 먼저 입을 열었는데 도하를 보면서는 아니었다.

"아직 모를 겁니다."

"날 어쩔 건데? 감히 나한테 이런 짓을 하고……."

진향은 아마도 안으로 꾹꾹 참았을 분노를 일부 내비치며 말의 뒤는 잇지도 못했다. 이번에는 도하를 보면서였다.

"사모님이 무엇을 잘못하셨는지는 언급하지 않겠습니다."

"난 내 딸을 위해서 한 거였어."

"그 따님은 이두회의 수장이 되실 분입니다. 수장의 명은 다른 사람이 대신할 수도, 거역할 수도 없습니다."

"그러는 류 실장은?"

"외람되지만 저는 위재인에게 무엇이 해가 되고 그렇지 않은지 판단할 권리를, 위상문 전 회장님으로부터 부여받았습니다."

진향은 도하를 외면하며 손가락에 낀 담배를 입으로 가져갔다. 그 손끝이 떨렸다.

"제주도로 내려가십시오."

"뭐? 회장님은……."

바로 진향의 반발이 있었지만 다시 그 반발을 자르며 '가셔서' 하는 도하의 말이 이어지니, 진향은 도로 입을 다물고 말았다.

"위재인이 정식으로 이두회 회장을 승계할 때까지 올라오지 마십시오. 위 전 회장님의 병세는 사모님이 곁에 계시건 아니건 별 차이 없으십니다. 병원에 사람들의 손길 역시 충분하구요. 밖에 요원들 둘이 동행할 겁니다. 모쪼록 자숙하셔서 더 이상의 불찰이 없기를 바랍니다."

도하는 정중히 인사를 하고 몸을 돌렸다.

"어디까지……."

진향의 갈라진 목소리가 돌아서는 도하의 뒤로 따라붙었다.

"알고 있는 거니?"

도하는 다시 천천히 돌아섰다.

"네 엄마……, 기억해?"

"아뇨. 다만 들어서 압니다. 어떤 여자에 의해 그렇게 됐다는 것을."

진향의 눈시울에 눈물이 고였다. 어쩌면 평생 마음의 부담이 됐던, 그래서 숨기고 싶었던, 적어도 딸에게만은 밝혀지기를 원치 않았던 것을 향한 깊은 회한의 그것이리라.

"하나 마음 쓰지 마십시오. 용서할 수 있습니다. 잊을 수도 있습니다. 재인이 있으니까요."

도하가 나간 후 진향은 제자리에 무너졌다.

도하는 별장을 나와 다시 서울로 향했다. 시간은 새벽을 향해가고 있었다.

시간이 흐른 후, 금 변호사가 있는 방은 조용했다. 그는 앉은 채로 피곤한 몸을 이기지 못해 테이블 위로 엎드려 잠들어 있었으나 바로 위에서 내리쪼이는 백열전구의 빛과 열이 그렇잖아도 불편한 잠을 그 바닥까지 괴롭히고 있었다. 발가벗은 몸으로 바닥에 드러누울 수도 없었지만 사실 사방이 막힌 방안에 갇혀 있는 것만으로도 충분히 넘치는 고통이었다. 나이 든 사람에게는 더욱 그러했을 것이다.

덜컹 소리와 함께 문이 열렸다. 그러나 금 변호사는 불편한 잠이나마 이미 잠결인데다 기운마저 없어, 소리를 듣고도 꼼짝을 하지 않았다. 그런데 테이블 위로 턱 하는 소리에 이어 다시 문이 닫히는 소리가 나 그제서 힘겹게 고개를 드니, 테이블 위로 잘 개켜진 옷이 놓여 있는 것이 아닌가. 바로 금 변호사, 자신이 벗어놨던 옷이었다. 그것을 보는 순간 금 변호사의 얼굴에는 단박에 화색이 돌았다. 그는 일어나서 옷을 입기 시작했다.

사내 두 명이 들어왔다. 금 변호사가 옷을 다 입은 후였다. 한 사내는 금 변호사에게 그의 핸드폰을 건네고, 다른 사내는 금 변호사의 눈에 검은 안대를 씌워 그를 방으로부터 데리고 나갔다.

인적이 드문 어디쯤, 차 두 대가 천천히 다가왔다. 앞선 차가 먼저 멈추고 그 뒤를 이어 멈춘 차는 금 변호사의 차였다. 그런데 금 변호사의 차에서 정작 금 변호사는 뒷좌석에 사내 한 명과 앉아 있었는데 운전석에 있는 사내가 내리는 동안 뒷좌석의 사내는 금 변호사의 눈에 씌운 안대를 벗기고 먼저 차에서 내린 후 그 다음으로 금 변호사를 내리게 했다. 사방이 어두워 어딘지 알 수도 없는 곳이었다. 그래선지 금 변호사는 갑작스러운 불안을 느꼈다. 그 불안 사이로 사내들의 모습이 서서히 어둠과 하나된 순간, 마치 어둠이 열리듯, 도하는 그렇게 나타났다.

"류 실장……."

그런 도하를 반기며 금 변호사가 먼저 입을 열었다. 도하는 가까이 와서 금 변호사의 옷을 눈으로 훑더니, 삐뚤어진 그의 넥타이에 먼저 손을 댔다.

"길을 따라 백여 미터쯤 가시면 차도가 나옵니다. 거기서부터는 잘 찾아가실 수 있을 겁니다."

금 변호사의 넥타이를 매만져주며 도하가 말했다.

"한 가지 명심해두실 것은……."

이번에는 금 변호사의 재킷 앞자락을 마주 잡으며 도하는 말을 이었다.

"위재인은 위상문 회장의 친자로 곧 이두회의 회장직을 승계할 것이란 사실입니다."

그러자 금 변호사의 얼굴은 어둠 속에서조차 흙빛으로 변했다.

"만일 그것을 방해하는 사람이 있다면 그 사람이 설혹 위재인의 혈육이라고 해도 용서하지 않을 겁니다."

그 다음으로 금 변호사의 입술이 파르르 떨렸다.

"결정 통고입니다. 금 변호사님께서는 본인의 거취를 스스로 결정하십시오.”

금 변호사의 몸이 떨리기 시작했다.

“유학 중인 큰 따님, 아직 군복무 중인 아드님이 앞으로도 아버지를 자랑스러워할 방법으로 말입니다.”

그 말을 마지막으로 도하는 운전석의 문을 열었다. 금 변호사는 잠시 머뭇거리다 차에 올랐다. 차는 꽤 오래 시간을 지체하다 아주 천천히 그곳을 떠났다.

금 변호사의 차는 대교를 달리고 있었다. 새벽 어스름이 먼 하늘을 희미하게 비추고 있었다.

“일이 좀 있어서……. 연락을 못 했어. 지금 가는 중이야.”

금 변호사는 통화를 하고 있었다.

“여보……. 아냐. 잠 깨워 미안해……. 그래. 그놈 면회 한번 가야지.”

잠시 후 전화를 끊은 금 변호사는 핸드폰을 옆 좌석으로 툭 던져 놓고 망연한 얼굴을 앞 유리창에 두었다. 그의 발밑에서는 액셀 페달이 한껏 바닥을 향하고 있었다.

금 변호사의 차는 차들도 별로 없는 새벽의 도로에서, 엄청난 속도로 중앙분리대를 들이받고 전복되었다. 아마도 장혁이 말한, ‘잘리는 것보다 더 무섭다’는 것이 바로 이것이었나 보다.

❖

월요일 아침, 재인은 아줌마의 배웅을 받으며 출근을 위해 본채의 현관을 나섰다. 본채 앞에는 언제나처럼 그녀의 호위사들이,

이제는 오 대리는 빠진 채로, 장혁과 여정 둘이서만 재인을 태울 승용차 곁에 서 있었다. 한 사람이 빠졌다고 이렇게나 분위기가 썰렁하다니, 그 생각을 하며 재인은 장혁이 열어준 문으로 해서 차에 올랐다.

"양 비서는 출근했지?"

"네? 네."

재인의 질문에 운전석에 앉은 여정이 다소 어리둥절한 얼굴로 대답했다. 본부로 출근하는 이석의 출근시간대가 빠르다는 것을 모르는 사람이 없기에 재인의 질문이 새삼스러웠던 탓이다. 재인은 어제 그에게 맡긴 봉투를 그가 유전자 감식소에 제대로 의뢰를 했는지 괜스레 미덥지 못해 결국 문자로 확인까지 해본다.

〈당근 잘 맡겼구요. 결과는 내일 나온다니 연락 오면 잽싸게 갖다 드릴게요. 충성!〉

이석의 답문을 받고서야 재인은 안심을 했다. 이어 핸드폰 벨이 울려 깜짝 놀라서 보니 엄마의 번호였다.

"뭐? 제주도? 갑자기 무슨 소리야? 아빠는 어쩌고?"

[김 박사님이 내가 옆에 봤자 크게 도움 안 된다고, 오히려 몸이 상했으니 어디 공기 좋은 데 가서 좀 쉬다 오라 그래서 제주도 별장으로 가는 거야.]

"가까운 별장 놔두고 왜 제주도야? 그렇잖아도 연락이 안 돼서 오늘 병원에 가보려던 참이었는데……. 아무 일 없는 거지?"

도하가 설마 엄마한테까지 어쩌지는 못했으리라 짐작은 하면서도 재인은 또 엄마가 미워 애써 연락도 하지 않고 있었지만, 그러는 한편으로는 걱정이 전혀 안 되었노라 말할 수는 없었다.

[아무 일 없어. 암튼…… 미안하다. 재인아. 너한테도, 류 실장

한테도.]

"알면 됐구."

재인은 짐짓 시큰둥하게 반응했다.

"오래 있을 거야?"

[아니. 봐서 적당한 때에 올라갈게. 이제 비행기 타야겠다.]

전화를 끊고 나서 생각하니, 도하 입장에서는 재인 자신과는 비교할 수도 없게 엄마가 밉겠구나 싶었다. 어쨌거나 도하를 해치려 하는 거사에 엄마도 동참을 했으니 말이다.

재인은 창밖으로 눈길을 돌렸다. 이제 그녀는 어느 정도 마음을 비웠다. 이두회의 문제로 더 이상 속을 끓이기 싫었다. 도하가 어떤 생각을 품고 있든 그저 그가 하는 대로 내버려 둘 작정이었다. 그런데 하나도 불안하지가 않았다. 그녀는 오히려 도하의 얼굴과 눈빛을 머릿속에 떠올려보고는 빙그레 미소까지 지었다. '이틀이나 외박하고 말이야' 하며 입술을 삐죽 내민 그녀는 이제 회사에 도착하면 그를 볼 수 있겠지, 했는데 비서실에 들어서자마자 놀라운 소식부터 접하고 만다.

"금 변호사님이 사고를 당하셔서 지금 병원 영안실에 안치되셨답니다. 회장님."

제14장 하나의 아버지

해질 무렵 재인은 도하와 함께 금 변호사의 빈소를 찾았다. 두 사람 다 검은색 정장 차림으로 문상을 하고, 재인은 따로 금 변호사의 부인에게 엄마인 진향이 건강이 좋지를 않아 제주도에 있어 문상을 올 수 없음에 양해를 구했다. 재인은 금 변호사의 뜻밖의 사고사에 놀라고 착잡하기는 했지만 문상 오기 전 도하로부터 그동안 금 변호사가 한 소행에 대해 다 들었던 터라—특히 아버지의 뜻에 반해 계림상사와 내통한 것은 용서하기 힘들었다— 대체로 마음은 담담했다. 그 자리에는 현승도 다른 법조계의 사람들과 함께 모습을 보였는데 미처 재인과 도하가 영안실을 떠나기도 전이었다. 재인은 아는 척하지 않고 가려고 도하의 팔을 잡았지만 어쩐 일인지 현승이 먼저 다가와 아는 척을 해 재인은 당황하지 않으려고 애썼다.

"옆에 분은 소개 안 시켜주십니까? 재인 씨."

현승은 재인과 먼저 인사를 나눈 뒤 도하를 의식하는 체하며 말했다.

"네. 제 약혼자예요."

현승의 여유 있는 얼굴과 대비되게도 확연히 굳은 얼굴의 재인이 도하의 이름은 굳이 말하지 않은 채 약혼자라는 것을 강조했다.

"처음 뵙겠습니다. 전부터 재인 씨를 알고 있는, 뭐랄까, 친구라고 해두죠. 최현승이라고 합니다. 로펌에 근무하고 있구요."

"류도하라고 합니다."

현승이 내민 손을 잡으며 도하가 말했다.

"사실 처음 뵙는 것은 아니고, 류도하 씨는 기억 못 하시겠지만 전에 세미나 후 연회실에서 뵌 적이 있네요. 이런 자리에서 다시 뵙게 될 줄은 몰랐지만. 그나저나 금 변호사님 소식 듣고 정말 깜짝 놀랐습니다. 얼마 전에 뵈었을 때만 해도 건강하신 분이셨는데 말이죠."

"사고란 게 원래 느닷없으니까요."

"그렇긴 합니다만 대체 어딜 다녀오시다 그 새벽에 과속을 하셨는지……. 경찰조사로는 이, 삼 일 행적이 묘연하다고 하더군요."

"그분께 그런 일은 드문 일이 아닙니다."

"아, 하긴 사모님도 그런 말씀을 하시더군요. 암튼 애석하게 생각하고 있습니다."

"네. 그럼 다음에 기회 있으면 또 뵙지요."

두 사람의 대화 속에서 내내 불편한 얼굴을 하고 있는 재인을 이끌며 도하가 먼저 움직였다.

"그럼 또 봐요, 재인 씨."

멀어져가는 두 사람의 뒷모습을 바라보며 현승은 의미심장한 미소를 지었다.

재인은 현승을 마지막으로 한 번은 봐야겠다고 생각했다. 사실은 주말 동안에 그와 문자 연락을 하고 전화 통화도 한 번 했었지만 현승의 적극적인 제스처에 비해서 재인은 시큰둥하게 반응했었다. 아마도 그 탓에 현승이 더 저런 행동을 하는 것이 아닌가 싶어, 한번 만나 분명하게 그녀의 뜻을 밝혀야겠다고 다짐했다. 재인은 비로소 그녀의 마음이 현승으로부터 완전히 떠났다는 것을, 그에게 아무 미련도 없다는 것을 깨달았다.

"본부로 가서 오늘도 외박이에요?"

차 안에서 재인이 물었다. 여느 때와 같이 앞좌석에는 여정과 장혁이 앉아 있는 재인의 차였고 먼저 이두회 본부를 향하는 중이었다.

"내일이면 바쁜 일은 거의 끝납니다. 내일 밤에 들어가요."

"그럼 더 이상 안 바쁜 거죠?"

"이번 주말에 집회가 있으니 주말 다가와서는 좀 바쁠 겁니다. 그러나 준비가 거의 끝나 외박할 일은 없으니 안심해요."

재인은 활짝 웃으며 제 손을 도하의 손 위에 포갰다. 그렇게 먼저 도하의 손을 잡은 것은 처음이지 싶었다.

"봐. 내가 고른 거라 이쁘잖아요?"

그렇게 잡은 그의 왼손을 들어 보이며 재인이 말했다. 도하의 약지에 끼워져 있는 커플링을 보며 한 말이었다. 그녀는 그 반지에 쪽 소리가 날 정도로 입을 맞추었다. 그러자 도하가 얼른 창밖으로 고개를 돌렸다. 재인은 짓궂게도 딱따구리처럼 쪽, 쪽, 쪽, 하는 소리가 연이어 날 정도로 입맞춤을 퍼부었다. 사람들이 있는 곳에서의 애정 표현을 도하가 당황스러워한다는 것을 잘 아는 그녀였기 때문이다.

도하는 재인과의 단순한 접촉, 즉 재인을 두 팔에 안아 옮긴다거나 그녀의 어깨를 가볍게 안아 이끌거나 혹은 재인이 그의 팔을 끼는 것 등에는 다른 사람들과 마찬가지로 자연스럽게 하고, 또 받아들였지만 재인의 '필살애교'가 담긴 접촉에는, 특히 사람들이 있는 곳에서의 그것에는 대체로 민망해하기 십상이었다.

점점 창 쪽으로 몸이 기울어지는 도하를 따라 재인도 찰싹 붙어 같이 기울어지며, 그녀는 그의 팔을 꼭 품에 안았다.

"둘만 있을 땐 날 잡아먹으려고 하면서 쑥스러워하는 척하긴. 칫."

재인이 짐짓 툴툴대자 도하의 고개는 더욱 돌아가며 한 손으로 얼굴을 가리기까지 했다. 조수석에 앉은 장혁이 슬며시 고개를 아래로 숙였다. 그는 웃지 않으려고 노력했다.

"집회요……."

도하의 팔을 꼭 잡고 재인이 말했다.

"날 믿어도 돼요."

재인이 하는 말이 무슨 말인지 도하는 알아들었다. 재인은 내일이라도 당장 혼인신고를 할 작정이었다. 그리고 집회가 끝난 후 멋진 결혼식을 계획해야지, 재인은 이제 도하가 설사 이두회를 통째로 가져간다 해도 상관없었다. 당연히 지금은 믿을 수 없는, 금 변호사의 말이 만에 하나 사실이어서 도하가 그녀의 목을, 사고를 가장한 계획된 그 무엇을 노린다고 해도 이제는 도하를 믿을 것이다, 의심하지 않을 것이다, 도하만 믿고 오직 도하만 가질 것이다, 그렇게 마음을 비우니 더없이 마음이 편했다.

아버지도 결국은 딸이 도하와 결혼하길 바란 것이니 아버지의 뜻을 저버린 것도 아니어서, 재인은 더욱 만족해했다. 그러나 그녀는 그렇게 모든 것을 꿰어 맞추지 않아도, 저도 모르는 사이에 도하에게 깊이 빠져들었다는 것까지는 아직 완전한 의식으로 깨닫지 못한 것 같았다. 그것은 고통이 따르기 전까지는 모르는 법이다. 재인, 자신이 그를 얼마나 사랑하는지 말이다.

"두 사람 잠깐 내려 있어."

차가 이두회 본부의 주차장에 도착하자 재인은 그녀의 호위사들을 향해 명령했다. 도하가 내리지 못하게 그의 팔을 여전히 꼭 붙들고서였다. 장혁과 여정은 번개처럼 차에서 내렸다.

"가만있어 봐요. 아무도 없는데 왜 그래?"

재인이 도하에게 키스를 하려 했지만 그가 뒤로 몸을 빼자 재인은 더욱 달려들었다. 재인은 도하의 넥타이를 잡아당겨 그의 목을 조이고 나서야 그의 입술을 빼앗을 수 있었다.

밖에서는 장혁과 여정이 차를 멀찌감치 등지고 서서 둘 다 허공에 눈을 두고 있었다. 그러다 어찌저찌 눈이 마주친 두 사람은 얼른 다시 외면하고는 장혁은 헛기침으로, 여정은 핸드폰을 꺼내 오지도 않은 문자를 확인하는 것으로 서로가 느끼는 애매한 민망함을 감추려 했다.

그러던 중 차문이 열리는 소리가 나 돌아보니, 도하가 차에서 내려 흐트러진 넥타이를 바로 하고 있었다. 그러나 그것도 여정과 장혁의 눈길을 느낀 순간, 애써 아무렇지도 않은 체하느라 '흐음' 하는 정체불명의 감탄사를 연거푸 낸 도하는 두 다리의 움직임이 보이지도 않을 정도로 빠르게, 유령처럼 스르르, 승강기가 있는 곳을 향해 대번에 사라졌다.

그런데 그것이 문득 여정의 눈에는 좋아 보였나 보다. 그녀는, 도하의 모습이 시야에서 완전히 사라진 후에도 멍하니 그 방향에 눈을 고정하고 있었다.

"여정아."

장혁의 굵직한 목소리가 들려왔을 때에야 여정은 정신이 들었지만 그만 더욱 당황하고 말았다. 장혁이 그녀를 '여정'이라 부른 것은 어릴 때, 즉 장혁 밑으로 막 들어왔던 열아홉에서 스무 살 전후 때까지만이었기 때문이다. 그런데 정작 장혁은 그것을 의식 못 한 듯 선글라스 낀 무표정한 얼굴을 여정에 두고 있었다.

"뭘 그렇게 봐?"

"네? 저기……, 실장님이 좀……."

"좀?"

"실장님…… 안 같아서요……."

"네 마음이 흐트러진 건 아니고?"

장혁의 지적에 여정은 정신이 번쩍 드는 듯 자세를 바로 했다.

"마음이 흐트러지면 눈도 흐트러지고, 더불어 판단력도 흐트러진다."

"잘 알고 있습니다. 주의하겠습니다."

사람이기 전에, 혹은 여자이기 전에 무기로 훈련되는 무력부의 과정은 그 첫째가 무력(武力) 이전에 감정의 거세였다. 감정은 나쁘고, 쓸모없고, 잘못된 것이라 주입되었다. 그런 훈련 과정을 거친 여정은 제 안에서 감정이 꿈틀댈 때마다 그것을 억제하기에만 급급해 웃음에도, 눈물에도 자유롭게 반응할 수가 없었다. 그러나 인간인 이상 제 아무리 완벽한 프로그램으로 훈련되었다 해도 감정을 완벽히 제어할 수는 없는 것이다. 그래서인지 여정은 요즘 제 방에 혼자 있을 때면, 얼마 전 이석이 재인에게서 빌려온 머스터드 컬러의 원피스와 장혁이 사준—사주고 후회한— 구두를 꺼내 놓고 혼자 상상의 나래를 펴보고는 했다. 원피스는 원래 재인에게 돌려주려 했지만 재인이 '됐다'고 해서 그대로 여정의 소유로 남은 것이었다.

재인을 태우고 집에 온 후 자유 시간을 가진 여정은 식사 후 갑작스러운 재인의 호출을 받고 반지하층으로 내려갔다. 여정은 처음 들어오는 곳이었다.

"거기서 잠깐 기다려."

계단을 막 내려온 여정을 세워두고 사라졌던 재인은 금세 다시 돌아왔는데 품안에 옷을 잔뜩 들고서였다.

"이거 받어."

재인은 그것을 여정의 품에 척하니 안겼다.

"사놓고 안 입어서 거의 다 새 거야. 가을 꺼랑 겨울 꺼니까 좋은 날 입어. 필요하면 또 말해. 참, 액세서리도 줄까?"

"아, 아닙니다."

"여자면서 목걸이 하나 하고 다니는 걸 못 봤다. 잠깐만……."

"저기, 저어……."

하는 새에 재인은 벌써 없어졌다.

얼마 후 여정은 품 안에 옷을 잔뜩 들고서 별채로 들어서다 장혁과 맞닥트렸다.

"회, 회, 회, 회장님이 버리신다고…… 해서…… 가 아니라 새건데 가져가라고 하셔서……."

장혁이 별말 없이 보고만 있는 사이 여정은 슬며시 제 방으로 건너갔다. 방에 들어온 여정은 옷들을 침대 위에 쏟아 놓고 먼저 책상 앞에 있는 거울에 제 목을 비쳐본다. 아마도 재인이 걸어주었을 목걸이가 여정의 목에서 반짝였다. 그것은 18케이 줄에, 선홍색 원석으로 장식한 클로버 모양의 작은 펜던트가 달린, 유명한 브랜드의 목걸이였으나 여정은 알 턱이 없는 것이었다. 줄이 짧아, 펜던트가 쇄골 아래에서 약간 내려오는 목걸이는 작은 크기임에도 무척 반짝거려, 그녀의 살짝 다갈색을 띠는 피부에 너무도 잘 어울렸다. 여정은 제 눈에도 예뻐 보이는지 그것을 여러 번 손으로 매만졌다.

"여정 씨, 여정 씨……."

늦게 퇴근해 늦은 식사를 하고 있던 이석이 마침 커피를 마시기 위해 주방에 들른 여정을 열심히 부르며 손짓했다.

"와서 앉아 봐요. 응? 얼른."

"나 커피 만들어야 합니다."

"커피는 아줌마한테 부탁 좀 드리고……. 아줌마. 여정 씨한테 순한 아메리카노 한 잔만요."

"커피는 그대들 손으로 좀 만들어 먹어라. 하지만 황 대리 꺼는 내 특별히 만들어주지, 뭐."

"저어……, 아메리카노가 아니라 카푸치노."

"으참, 성가시게. 알았어."

아줌마가 툴툴대는 사이 여정은 이석의 성화에 못 이겨 그의 맞은편으로 가서 앉으며 '왜요?' 하고 퉁명스럽게 물었다.

"왜긴, 혼자 밥 먹으니 심심해서 글쵸."

히죽 웃는 이석을 보며 여정은 어이없다는 듯 혀를 찼다.

"어, 근데 그게 뭐야, 목걸이네? 한 번도 못 본 건데……. 그거 어디서 났어요?"

이석은 여정의 목을 보며 놀라 물었다.

"샀어요."

"정말? 그거 디게 비싼 건데……."

"정말?"

"자기가 샀다면서 뭘 물어요? 이실직고해 봐요. 누구한테 받았는데? 응? 남자?"

"뭔 상관이십니까?"

짐짓 버럭 하고 일어난 여정은 마침 아줌마가 다 만들어 놓은 커피를 들고 주방을 나갔다. 이석은 밥 위로 숟가락을 콱 꽂았다. 그의 표정은 마치 먼저 선물할 기회를 놓쳤다, 분해하는 것 같았다.

장혁은 별채의 지하, 체력관리실에서 샌드백 앞에 있다가 안으로 들어서는 이석에게 눈길을 돌렸다. 운동을 하면서도 선글라스를 벗지 않은 그는, 땀에 젖은 얼굴에서 그것이 밑으로 살짝 흘러내린 것을 다시 위로 올리며, 가까이 다가오는 이석을 기다렸다. 이석의 심상찮은 눈빛이 장혁을 목표로 하고 있었기 때문이다.

"솔직히 말해 보세요, 최 팀장."

이석은 마치 찌를 듯 손가락 하나로 장혁을 가리키며 입을 열었다.

"여정 씨를 순전히 부하직원으로만 보는 거 아니죠?"

장혁은 대답 대신 손 테이핑을 입으로 찍 물어뜯었다.

"내 얼핏 눈치 까기는 했지만 그래도 설마, 설마 했거든요. 진짜 말이 안 되거덩. 그렇게 사정머리 없이 쌔리고 그 여자한테 맘을

준다는 게, 그게 말이 돼? 변태 아니고서야. 근데 수상해. 내가 눈칫밥 인생이라 눈치 하난 귀신이거든요. 그니까 말해 봐요. 오바 쩐다고 하면 까짓 내 그대로 믿어줄 테니."

"말하기 싫다면?"

손에서 테이핑을 다 풀어낸 장혁이 그것을 옆으로 휙 던지며 툭 던지듯 입을 열었다.

"저 봐, 저 봐. 내 그럴 줄 알았어. 그러니까 구두도 사 주고, 목걸이도 막 사 주고……."

이석은 갑자기 입을 다물었다. 장혁이 땀에 젖은 민소매 티를 막 벗었을 때였다. 장혁의 구릿빛 상체는 힘을 쓰기 좋게 발달돼, 피부색과 함께 강인한 인상을 풍겼다. '아니, 뭐, 왜 다들 저래, 몸으로 사람 기죽일 일 있나' 하는 표정의 이석은 실내 풀장에서 봤던 도하의 몸을 함께 떠올리며 뒤로 한 발 물러섰다. 그런데 그 순간, 멈칫했던 것은 장혁도 마찬가지였다.

"목걸이?"

장혁이 물었다.

"그, 그래요. 목걸이. 뒤로 그런 짓……, 짓까진 아니지만 암튼 최 팀장, 은근 음흉해요. 사람이 그러지 말고 여정 씨가 맘에 있음 이 자리에서 톡 까놔 봐요. 그럼 나 정식으로 결투 신청…… 이 아니라, 그러니까 몸으로 싸우겠다는 게 아니라 선의의 경쟁, 응? 그거요, 선의의 경쟁으로 우리 여정 씨를 사이에 두고 한 번 싸워보자 이겁니다. 근데 분명히 말하지만 여정 씨, 한 번만 더 때리면 그땐 최 팀장이 암만 쌈을 잘해도 나 진짜로 붙어볼 거야. 무력부 아니라 무력부 하느님이래도, 아무리 상하 관계래도 그건 아니지. 여정 씨한텐 말로 해요. 말로. 오케이?"

쉬지 않고 떠드는 이석을 바라보기만 하던 장혁은 이석의 말이 끝나자마자 움직여 샤워실로 향했다.

"아니, 왜 암 말도 안 해요? 뭐라고 말 좀 해봐요."

장혁의 뒤에 대고 이석이 따지듯 했으나 그는 곧 샤워실로 모습을 감췄다. 혼자 남은 이석은 잠시 씩씩대다 그냥 가려는 듯했으나 결론도 내지 않은 채 물러설 수 없다는 기세로 샤워실의 문을 확 열어젖혔다. 샤워실은 그냥 타일 바닥에, 욕조는 따로 없이 네 개의 투명한 사이드 칸만으로 샤워 부스를 갖춘 곳이라 발가벗고 샤워를 하고 있는 장혁의 모습이 바로 보였다. 문만 열고 밖에 서 있는 이석의 시야에서 거의 뒷모습을 보이고 있는 장혁은 위에서 떨어지는 물에 머리부터 적시고 있었다.

"대답 안 하면 나 그거 긍정으로 받아들입니다. 좋아요. 오늘부터 최 팀장과 나, 정식으로 붙어봅시다."

"뭘 붙어요?"

갑자기 뒤에서 들린 여정의 목소리에 놀란 이석은 샤워실 안, 타일 바닥으로 처박힐 뻔했다. 간신히 중심을 잡은 이석이 돌아보니 바로 뒤에 여정이 서 있었다.

"허거걱, 이 아줌마가……."

이석은 얼른 샤워실 문을 닫았다. 이어 여정을 향해 삿대질만 할 뿐 말도 안 나오고 있는 중에 여정은 눈만 껌벅거렸다.

"봐, 봤어요?"

간신히 말문이 트인 이석이 물었다.

"뭘요? 팀장님? 네."

"네? 네…… 라고?"

이석은 펄쩍 뛰었다.

"무슨 여자가 남자 홀랑 벗은 걸 보고도 태연하게……, 네? 눼에?"

"야전으로 훈련 나가면 남자 동료들이랑 종종 같이 샤워해요. 야외 샤워실이 하나뿐이라."

마루로 발을 옮긴 여정이 아무렇지도 않은 듯 설명했다.

"그, 그, 그, 그, 그걸 말이라고……."

여정을 뒤따르던 이석이 휘청했다.

"그, 그럼 여정 씨 나하고도 같이 샤워할 수 있겠네?"

"야전에 나가면요."

"좋, 좋아. 지금 야전에 나가긴 그렇고, 여기서 합시다. 여기서. 내가 여정 씨 스파링 상대가 돼줄 테니까……."

이석은 발그레한 얼굴로 침을 꼴깍 삼켰다.

"끝나고 나랑 같이 샤워해요. 오케이?"

"정말요?"

여정이 걱정스러운 얼굴로 물었다.

얼마 시간이 지나지도 않았다. 이석은 마루 위에 대자로 엎어져 있었다. 그리고 그 위로 퍽, 퍽, 퍽 하는 소리만 들려왔다. 여정이 그런 그를 내버려두고 혼자 샌드백에 대고 발차기를 하고 있었던 것이다. 끄응, 앓는 소리를 내며 이석이 고개를 드니, 그의 얼굴에서 양쪽 눈탱이는 모두 밤탱이가 돼 있어 사람인지 판다인지 구분하기 힘들 정도였다.

"샤, 샤워를 하려면 일어나야……."

그러나 이석의 얼굴은 곧 다시 바닥으로 쿵 처박혔다.

밤이 깊어 여정은 방에 불을 끄고 침대 위에 누웠다. 지하에서 운동 후 땀을 쭉 빼고는 샤워하고 올라와 얼마 뒤였다. 누워서도 그녀는 목걸이를 빼지 않고 손끝으로 그것을 만져보고 있었다. 그녀의 얼굴에 만족스러운 빛이 떠올랐다. 순간 달칵, 문소리가 나 여정은 벌떡 상체를 일으켰다. 이 시간에 여정의 방문을 열 수 있는 사람은 한 사람밖에 없었지만 그런 그 사람도 어지간하면 잘 시간에는 오지도, 부르지도 않아 여정의 얼굴에는 순간 긴장의 빛이 역력했다.

문을 열고 선 장혁의 시야에, 그것도 한 눈으로만 바라본 시야에 여정이 침대 위에서 일어나 앉아 어둠과 하나된 모습으로 움직이지도 않고 있었다. 잠시의 침묵이 흐르는 동안 어둠에 익숙해진 시야는 여정의 얼굴에 드러난 당혹스러움까지도 잘 드러내주고 있었다.

"목걸이……, 누가 준 거야?"

장혁이 물었다.

"네? 아, 회장님이 주셨습니다."

장혁은 입속으로 뭐라 중얼거리며 문을 다시 탁 닫았다. 그가 뭐라 말했는지 여정의 귀에는 들리지 않았다. 다만 고개를 갸웃하고는 도로 자리에 누운 여정은 목걸이에 반응하는 두 남자들이 왜 그런지를 생각하다 잠이 들었다.

다음 날, 회사에서 재인은 현승의 문자를 받았다. 내일 금 변호사의 발인에 참석할 것이냐, 묻는 것이었다. 그것은 그날 봤으면 한다는 뜻을 담고 있는 것이어서, 재인은 '오늘 보자'는 답문과 함께 저녁 7시 반으로 시간을 잡은 후 장소를, 그 장소의 전화번호와 함께 남겼다. 혹시 현승이 장소를 모를 경우를 대비해 그런 것이었다.

재인은 지금 현승보다는 이석을 초조하게 기다리고 있었다. 점심시간을 이용해 그가 유전자 감식소에서 결과를 받아 곧장 이곳으로 온다 했기 때문이다. 그런데 오래 기다릴 것도 없이 점심시간이 막 되었을 때 이석이 도착했다. 재인은, 이석이 손에 서류봉투를 들고 들어와 인사하는 사이 집무용 책상에서 급히 일어났다.

"일찍 왔네? 수고했어. 식당에서 밥 먹고 가. 응?"

봉투를 받으며 재인이 말했다. 약간의 긴장과 불안을 숨기지 못하는 재인을 보며 이석은 몸을 돌렸다. 그가 늦게 올 이유는 없었다. 유전자 감식연구소를 간 적도 없었으니 말이다. 그는 그 봉투를 도하에게서 받아갖고 왔을 뿐이었다. 재인을 속인 것이라 미안하면서도 이석은 또한 그것이 재인을 위한 일이라 여겼다.

물론 그 밀봉된 서류봉투 안에 있는 것이 정확히 누구와 누구의 유전자를 감식한 것인지 그는 몰랐지만 전에 재인의 명령으로 재인에 관한 소문을 훑고 다닐 때 들었던 '재인의 출생 의혹'과 쉽게 연관 지을 수 있었고, 만약 그런 것이라면 도하의 판단에 맡기는 것이 좋다고 생각했기에 이런 결과를 만들어낸 것이었다.

이유는 또 있었다. 그동안 도하를 겪어본 이석의 판단으로는 도하가 재인에게 해가 될 일을 할 사람은 아니라는, 나름의 믿음이 근거가 됐다. 그것은 바꿔 말하면 재인에게 진심을 다하는 사람들, 충직한 사람들에게만 도하의 자비가 통한다는 것이며, 눈치 빠른 이석은 그것을 벌써부터 깨닫고 있었다. 그러니 한때 도하 몰래, 그를 속이고 재인과 '짝짜꿍'이 됐던 것으로도 끌려가지 않고 무사할 수 있었던 것이라고, 이석은 추측하고 있었다.

이석이 나간 후, 떨리는 마음으로 봉투를 열어본 재인이 함박웃음을 지어보인 것은 아주 금세였다. 역시 말도 안 되는 헛소문이었어, 도하 말대로 금 변호사가 헛소문을 지어내 계림을 우회해 퍼뜨렸다더니 역시나. 무엇보다 아버지가 저를 얼마나 사랑했는지 아는 재인으로서는 짐짓 '그럴 줄 알았어' 하며 기쁜 마음에 재깍 도하에게 전화를 걸었다.

"오늘은 하루 종일 본부에만 있다 퇴근할 거예요? 보고 싶은데. 암튼 오늘은 분명 퇴근한다 했어요? 외박함 가만 안 있을 거야. 아, 근데 나 퇴근 후 저녁 약속 있어요. 그래도 9시까진 들어갈 거야. 도하 씬? 11시? 1초만 늦어 봐라, 그럼 집에서 봐~요."

애교가 넘치다 못해 비음까지 섞인 목소리로 한껏 재잘거리고 나서야 재인은 배가 고프다는 생각을 했다.

점심시간이라 회사 구내식당은 만원이었다. 그 가운데에는 여정과 장혁도 있었는데, 그 자리에 정말 오랜만에 이석이 합석해 함께 식사를 했다. 재인의 심부름 차 회사에 온 김에 전처럼 호위사들의 자리에 '빈대를 낀' 것이었다.

"한동안 조용히 식사를 했었는데……."

이석의 수다에 장혁이 나직이 중얼거렸으나 이석은 듣고도 모른 척했다.

"참, 두 사람……, 오 대리 소식 안 궁금해요?"

이석이 은근한 목소리로 말하자 그 전까지 이석의 말을 듣는 둥 마는 둥했던 장혁과 여정은 귀가 번쩍 뜨인 표정으로 이석에게 눈길을 모았다.

"근데 그 전에 나 궁금한 게……, 다들 어디로 끌려가는 거예요? 본부는 그럴 만한 데도 없고……. 거기가 어디지?"

이석 자신도 한 번 끌려간 적이 있었으니 궁금하기도 할 터였다.

"무력부 안전가옥입니다."

여정이 대답했다.

"거기가 어딘데요?"

"서너 군덴데 그 모든 곳의 정확한 위치를 아는 사람은 몇 사람 안 돼요."

"최 팀장님은 다 알 거 같은데, 맞죠?"

"네. 그중 어디든 가고 싶으면 말만 해요. 기꺼이 데려다 줄 테니."

장혁이 무뚝뚝하게 대답했다.

"됐거든요."

이석이 질색하자 그 사이로 여정은 오 대리 소식을 채근했다.

"그렇게 죽을죄는 아니어서, 짤리진 않고 곤장 서른 대에 뭐라더라, 행동대 젤 밑바닥으로 강등됐다나, 그러던데요?"

"무슨 죈데요?"

"얼핏 들리는 말로는, 회장님 댁이랑 현 회장님에 대해 나불나불 떠들고 다녔나 보더라구요. 호위사가 말이야, 절대 침묵하는 게 호위 다음으로 지켜야 할 일이구만. 류 실장님께서요, 이번에 위재인 회장님에 대해 헛소문 퍼트리고 다니다 걸리는 것들은 아주 싸악 쓸어버리려고 작정하신 것 같더라구요. 암만, 그래야쥐~."

여정은 재인의 부탁으로, 그녀가 몰래 누군가를 만나도록, 여정 자신이 도운 일들을 도하가 모를 것이라, 지금은 감히 상상할 수조차 없었다. 오히려 도하가 잘 알 것이라 짐작했다. 그런데 왜 여정은 끌려가지 않았을까. 이석처럼 눈치가 빠르지 못한 여정은 그 이유를 알지 못했지만 이석의 추측대로 그것은 여정이 철저히 재인에게, 재인의 명에 충실했고, 또한 충직했기 때문이었다. 도하는 아마도 재인에게 충실한 사람들에 대해서는, 그 정도가 지나쳐 오히려 해를 끼친다고 판단되기 전까지는 두고 보는 것 같았다.

"잠깐 나 좀 봐 봐요, 여정 씨."

식사를 다한 후 이석이 여정을 데리고 회사 내 사람들이 드문 곳으로 갔다.

"왜요?"

여정의 팔을 잡은 이석의 손을 뿌리치며 여정이 물었다. 이석은 재킷 주머니에서 여러 개의 반지를 꺼냈다.

"이것들 좀 껴봐요."

이석은 그것을 여정 앞으로 내밀었다.

"반지? 왜요?"

"글쎄 껴봐요. 여정 씨 주는 거 아니니까. 이거 다 천 원짜리 싸구려거든요. 약지에 한번 껴봐요."

그러나 반지는 어떤 것은 너무 작고, 또 어떤 것은 너무 컸다.

"어, 그거 잘 맞아요?"

여정이 네 번째 껴본 반지를 보며 이석이 물었다.

"네."

하며 여정이 반지를 빼자 이석은 냉큼 그것을 낚아챘다.

"오케이. 그럼 담에 봅시다."

이석은 그 반지 하나만 챙기고, 나머지들은 가는 길에 모두 쓰레기통에 버렸다. 여정은 어깨를 으쓱하고는 이석과 반대 방향으로 사라졌다.

재인은 퇴근 후 그녀의 호위사들과 함께 집이 아닌 다른 곳으로 움직였다. 현승과 만날 장소로 향하고 있는 것이다. 그러나 이번에는 현승을 남몰래 만났던 그 전처럼 여정에게 따로 부탁하는 일 없이, 이미 재인은 비서실을 통해 식당의 룸 예약까지 지시했던 터라 호위사들도 이미 장소를 인지한 채로 움직이고 있었다. 이제는 현승을 만나는 것에 아무 비밀도, 마음으로부터 거리낄 것도 없는 재인으로서는 그를 만나는 것도 그저 하루의 일정을 소화하는 한 과정이라 여겼다. 더구나 이후로는 그를 더 만날 이유도 없어 더욱 홀가분한 마음이었는지도 몰랐다.

시내 중심가 어느 빌딩의 2층에 위치한 매우 고급스러운 일식전문식당으로, 재인은 여정과 함께 들어섰다. 장혁은 차에 있고 여정 혼자 재인을 수행하고 들어온 것인데, 식당 직원이 재인에게 룸을 안내하는 것만을 지켜본 후 여정은 홀에서 대기했다. 얼마 지나지 않아 그녀는, 현승이 식당 안으로 들어와 재인과 같은 룸으로 안내 받는 것을 확인했다.

"일찍 왔네?"

현승은 룸으로 들어서자마자 부드러운 미소와 함께 말했다. 재인 역시 의례적인 미소로 답했다. 두 사람은 일단 식사를 주문하고, 식사 중에는 그다지 중요하지 않은 이야기들로 시간을 보냈다.

"참, 별건 아니지만 티브이에 출연할 것 같아."

현승이 말했다.

"며칠 전 방송국에서 갑자기 연락이 왔더라구. 법률 상식 퀴즈 프로에 자문 역할인데 맡아달라고. 전에 라디오 프로를 한 적이 있었는데 그거 듣고 연락했다고 하면서."

'별거 아니라'고 운을 뗐으면서도 들떠 있는 그의 목소리는 그 반대의 속내를 은연중 내비치고 있었다. 그래선지 '혹시 매형의 입김?' 하는 재인의 농담에 정색해서 '줄이나 배경을 등에 업는 것을 혐오한다' 반박까지 하는 현승이었다.

"알어. 현승 씨 깔끔한 거. 그냥 농담한 건데. 암튼 축하해. 현승 씨는 목소리가 좋아서 설명도 귀에 쏙 들어오게 잘할 거야. 인상 좋은 건 두말할 것도 없고."

"응? 그거야 말로 농담 같은데?"

"진담."

"망극하네."

"진심. 나 솔직한 거 알잖아?"

"인상 좋고 목소리 좋은 남자의 고백에는 답도 안 주고?"

그렇게 이어진 현승의 의미심장한 반문에 재인은 순간 말문이 막혔다. 식사가 거의 끝날 즈음이었다.

"재인의 솔직한 답을 듣고 싶어."

"으응……. 사실은 나……, 이제 현승 씨 만나기 힘들 것 같아."

재인은 들고 있던 젓가락을 놓으며 말했다. 오늘 이런저런 일로 못 했던 혼인신고도 내일은 꼭 해야겠다 내심 다짐하면서였다.

"아무래도 결혼식 준비를 해야 해서……."

그렇게 말하는 재인을 보며 현승은 말없이 물 컵을 들어 한 모금 마셨다.

"현승 씨 마음……, 정말 고맙고 우리 추억 잘 간직할게. 축하해 달라고는 못 하겠지만 이해해 줘."

"얼마든지 축하해 줄 수 있어. 축하할 만한 것이라면."

현승이 미소를 지으며 말했지만 재인은 그의 말을 이해할 수가 없어 정색했다.

"그게 무슨……."

"다 먹은 거지? 커피 마시면서 얘기하자."

현승은 직원을 불러 테이블을 치워 달라 요구하고 커피도 함께 주문했다. 얼마 후, 깨끗하게 치워진 테이블 위에는 빨간색 커피잔이 현승과 재인 앞에 각각 놓여 있었다.

"먼저 한 가지 고백할 게 있어."

현승이 입을 열었다.

"전에 재인이 부탁한, 류도하의 뒷조사 건 말이야……."

"이제 그건 필요 없어. 내 실수……."

"끝까지 들어봐. 그중에 거짓이 있어서 그래."

"거짓?"

"류도하 실장의 생부가 류준성 씨라는 거, 그건 내가 밝혀낸 것이 아니라 금 변호사님이 알려주신 거였어."

"그, 그래서?"

현승은 무슨 말을 하고 싶은 것일까, 재인은 갑자기 불길해졌다.

"그런데 좀 석연치가 않더라구. 그래서 따로 알아봤는데……."

하면서 현승은 재킷 안에서 두 번 접은 종이를 꺼내 재인에게 내밀었다.

"이게 뭐야?"

"류도하의 출생신고서야. 일단 봐."

재인은 종이를 펴서 그것을 눈으로 훑었다.

"신고서에는 생부 이름이 기록되지 않았어. 생모만 있지. 근데 생모 이름이……."

"류선영……?"

"그래. 류도하는 사생아로 생모의 성을 물려받았다는 뜻이지. 류 씨가 희성이라 류준성과 쉽게 연결을 시켰던 것 같아."

"그, 그게……."

재인은 얼떨떨한 얼굴이 되었다.

"아마 금 변호사님도 그걸 알고 있었을 거야. 그런데 어떤 목적에 의해서 내 입을 통해 류도하가 류준성의 아들이라는 것을 네가 믿게끔 하려 했던 것 같다. 그게 금 변호사님의 의도였던 거지. 그렇게 해서 자신은 뒤로 숨고."

"그, 그럼 현승 씬 그걸 알면서도 나한테 거짓 정보를 알려줬단 말이야? 금 변호사님의 뜻대로?"

"당시엔 당연히 몰랐지. 다만 그 문제에 재인이 너무 집착해 있어서 빨리 알아내야겠다는 생각에 금 변호사님의 말을 덥석 믿었던 거야. 암튼 내 실수다. 미안해."

재인은 커피 잔을 들어 한 모금 마셨다. 이제 와서 도하의 출생에 대해 왈가왈부할 이유는 없으니 그 문제로 현승을 비난할 생각은 들지 않았다.

"근데 류도하의 친모 류선영……. 이분에 대해 알아보고는…… 가만있어선 안 되겠다 싶어서……."

"뭐……? 왜?"

"놀라지 마, 재인 씨."

현승은 심각한 얼굴로 재인을 쳐다봤다.

"류선영 씨는 재인 씨의 아버지 위상문 회장님의 전 부인이셔."

순간, 재인이 받은 충격은 청천벽력이라는 말로도 모자랐지 싶었다.

“정식 혼인신고를 하지 않았으니 동거녀라고 해야 맞겠지만, 사망 시기를 보니 아이를 낳고 얼마 지나지 않아 죽었더라구. 어떤 이유에선진 모르겠지만 남편 없이 혼자 아이를 낳았던 것 같아. 물론 그렇다고 류도하 실장의 아버지가 누구다 단정 지을 순 없지만……. 그래도 그와 결혼할 거라면……, 최소한 위상문 회장님과의 유전자 검사는 한 번 해봐야…….”

현승의 말은 거기서 끊겼다. 재인이 옆으로 고꾸라지고 있었기 때문이다.

“재인…….”

현승은 얼른 일어나 재인의 몸을 잡았다. 재인의 귀에서는 이명이 울리고 있었다. ‘눈앞이 깜깜해진다’는 것이 그저 수식인 줄 알았더니 아니었다. 그것은 놀라울 정도로 생생한 현실이었다. 이명과 함께, 재인은 눈을 뜨고 있음에도 정말 아무것도 볼 수 없었다. 마치 정전이 된 듯 시야는 암흑으로 변해 있었다. 그 암흑을 헤치고 한 소년의 모습이 보였다. 이명이 점차 사라지며 그 틈으로 아버지의 말소리도 들렸다. 아버지와만 이야기를 나눌 수 있었던 오빠에 관한 추억.

아버지는 분명 말했었다. 엄마와 결혼 전에 다른 아내가 있었다고, 그 사이에 아들이 있었다고, 그 아들이 바로 재인의 기억 속에 있는 오빠라고, 재인이 다섯 살에서 여섯 살 무렵, 아내인 진향 몰래 딸을 데리고, 한겨울과 한여름, 그리고 또 한겨울에 시골로 내려간 아버지는 오빠와 여동생을 만나게 했었다고 말이다. 오빠와 다시 만날 수 없게 된 뒤로도 재인은 오빠에 관한 기억을 꾸준히 아버지와 함께 나누며 잊을 수 없는 추억으로, 그녀의 영원한 수호천사로 간직하며 살았었는데 사실은 그것이 기억도, 추억도 아닌 현실이었다니, 그것도 악몽으로 변해 버린 현실이 아니고 무엇인가.

"놔줘……."

재인은 간신히 스스로를 지탱한 채 그녀의 몸을 붙잡고 있는 현승에게 말했다.

"아직 예단은 금물이야……."

"그만해……. 더 이상 듣고 싶지 않아……."

재인은 자리에서 일어났다. 그러다 비틀하니, 현승이 다시 그녀를 붙잡았다.

"놔아……."

재인은 몸부림을 쳤으나 소리를 지를 힘도 없는지 목소리는 가느다랗게 흘러나왔다.

"지금 재인 씨 정상 아냐. 얼굴이 백짓장 같아. 기사 있어? 불러줄게."

재인은 아무 말 없이 현승의 부축을 받아 룸을 나왔다. 여정은 홀에 있다가 재인이 고개를 푹 숙인 채 현승의 부축을 받아 나오는 것을 보고는 얼른 다가왔다.

"회장님. 왜 그러세요?"

"황 대리……. 나 좀 부축해."

여정은 현승으로부터 재인을 인도 받았다.

"현승 씨……. 나 먼저 갈게."

"그래. 연락할게."

현승은 재인이 여정의 부축을 받아 밖으로 사라질 때까지 제 자리에 서서 지켜보았다. 그는 도하가 위상문 회장의 친자라 확신했다. 그리고 재인과는 배다른 남매라고도 확신했다. 그러니 두 사람이 결혼할 일은 없는 것이다. 두 사람은 이미 깊은 관계일까, 그는 얼굴을 찌푸렸지만 곧 상관없다고 생각했다. 재인과 결혼하는 거라면 그 정도는 감수해야지. 그녀는 여전히 아름답고 매력적이었으며 또한 여전히 그의 마음에 사랑과 욕정을 불러일으켰다. 그런 그녀의 처녀를 가진 것도 현승, 자신이 아닌가, ㈜LD 같은 준재벌급의 패밀리만 돼도 미래가 얼마나 달라지는지, 그는 그 생각만 하기로 했다.

재인은 차 안에 있었다. 집으로 가는 길이었다. 운전은 장혁이 하고 여정은 뒷좌석의 재인 곁에 앉아 있었다. 몸을 제대로 가누지 못하는 재인을 돌보기 위해서였는데 아니나 다를까, 재인의 몸은 여정에게로 기울어지고 있었다. 재인은 여정의 팔에 이마를 댄 채 여정의 재킷을 손으로 꽉 쥐었다.

"회장님, 병원으로 먼저 가시는 것이……."

여정의 말이 채 떨어지기도 전에 재인의 머리가 가로로 움직였다. 재인은 이를 악물었다. 속에서 무엇인가 북받쳐 올라오는 것을 참아내려 어금니를 악물고 무엇보다 아무것도 생각하지 않으려 했다. 그럼에도 재인의 무의식을 뚫고 자꾸 한 소년의 모습이 올라왔다. 그 소년이 도하였다. 오빠가 도하였다. 그녀를 살렸던 품이, 지금도 그녀를 모든 외풍으로부터 막아주는 그 안전한 가슴이 사실은 같은 것이었다. 그러나 소년의 그것을 잃어 영원히 기억으로만 남아야 했듯 이제는 도하의 그것도 기억으로만 남겨둔 채 다시 잃어야 한다, 재인은 그것을 받아들일 수가 없었다. 간신히 찾았더니 또 잃어야 하다니, 또 다시 추억으로 묻어야 하다니. 결국 재인의 입은 터지고 말았다. 여정과 장혁이 당황할 정도로 재인은 크게 울었다. 오열도 아닌 통곡이었다.

차가 집에 도착하고도 멈추지 않은 재인의 통곡에, 장혁은 차에서 내렸지만 여정은 재인 곁에 남아 있었다. 재인은 울다 지쳐 쓰러졌는데 그런 그녀를 여정이 두 팔에 안아 차에서 내려 본채 1층으로 들어왔지만 지하층의 계단을 내려가기에는 무리라, 아줌마와 같이 재인을 부축해 지하로 내려와 침실에 재인을 눕혔다.

"모두……, 나가. 아무도 오지 마."

재인은 힘없이 손을 내저었다.

도하는 11시에 귀가한다는 약속을 어기고 새벽 1시가 넘어서야 귀가했다. 아줌마도 잠든 시간이라 도하는 정원에서 야간근무를 서는 관리인 중 한 사람의 인사만 받은 채 본채로 들어와 지하층으로 내려갔다. 들어가며 이중문을 닫았음은 물론이다. 그는 곧장 재인의 침실로 들어왔다. 조명이 낮은 불만 켜 있는 침실은 침대에 누워 있는 재인을 희미하게 비추고 있었다. 도하는 재인 가까이 와, 잠들어 있는 그녀의 퉁퉁 부은 얼굴을 한참이나 들여다봤다.

도하는 드레스 룸에서 옷을 벗고 욕실로 들어가 간단히 씻은 뒤 다시 나왔다. 그동안에도 재인은 몸 한 번을 뒤척이지 않고 그대로 있었다. 그런 재인 곁으로 도하가 이불을 들추고 들어간다. 재인은 아마도 외출복을 벗고 씻기는 했는지 자주색 슬립처럼 보이는 잠옷 차림이었다. 도하는 제 몸에 남아 있는 찬 기운에 재인이 깰까 봐 이불 안에서 잠시 몸을 녹인 후, 그에게서 등 돌려 있는 그녀의 몸 위로 슬며시 팔을 둘렀다. 그러자 마치 기다렸다는 듯 재인이 몸을 돌려 그의 품으로 파고들었다. 그런데 아마도 그것은 잠결이었나 보다. 도하가 제 품에 들어온 재인을 지그시 품고, 그녀의 머리와 이마와 뺨에 입을 맞추고, 손으로 그녀의 엉덩이를 쓰다듬으며 이어 슬립 자락을 걷어 팬티 안으로 손을 집어넣자 재인은 그제서 몸서리를 쳤다. 뿐만 아니라 그녀는 그의 가슴을 두 손으로 세차게 밀기까지 했다. 도하는 그런 그녀를 다시 잡았다.

"놔……."

재인이 몸부림을 치며 주먹으로 도하의 가슴을 마구 쳤다. 그러나 도하는 금세 재인을 그의 품으로 다시 끌었다. 그는 이미 장혁으로부터 보고를 받아 재인이 누구와 만났는지를 알고 있었고 —여정이 현승을 봤으니 당연히 장혁을 거쳐 도하에게 보고되었다— 그 만남 후 그녀가 대성통곡을 했다는 사실도 역시 알고 있었다.

재인은 쌕쌕 숨을 몰아쉬며 저항을 포기한 듯 잠시 그대로 있었다. 몸을 새우처럼 구부리고, 도하의 품으로부터 가능한 자신의 몸을 보호하려는 듯 두 팔로는 제 가슴 앞을 막은 채였다. 도하가 천천히, 부드럽게 어깨를 쓰다듬고는 아래로 내려가 허리에 손을 대자 그녀는 몸 전체를 움찔했다. 이어 도하의 손이 다시 엉덩이에 닿으니 그녀 역시 저항을 했다.

"놔아……."

재인은 다시 두 주먹으로 도하를 마구 때렸다.

"내 몸에 손대지 마……."

재인이 울부짖었다. 그녀는 도하가 말할 기회도 주지 않고 히스테릭한 반응을 보였다. 말도 아니고 비명도 아닌 이상한 소리를 질러대며 도하를 침대에서 밀어내고 끝내 침실에서조차 쫓아낸 후 문을 잠갔다. 그 문을 뒤로 하고 주저앉은 재인은 또 다시 울음을 터뜨렸는데 이번에는 통곡이 아닌, 온몸을 들썩이며 우는 흐느낌이었다. 그녀는 계속 충격 상태에 있어, 위 회장이 친남매의 결혼을 추진할 리 없다는 아주 간단한 사실조차 의심할 여유를 갖지 못했다. 아니, 그 전에 도하의 유전자 감식부터 해봐야겠다는 상식선에서의 다음 단계도 생각 못 했다. 그것은 아마도 그녀의 기억에 남아 있는 소년과 도하에게서 같은 것을 발견한, 본능적이고 무의식적인 두려움이었으리라.

도하는 재인의 침실 밖에 잠시 서 있었다. 문을 열고 다시 못 들어갈 것도 없었지만 그는 굳이 그렇게 하지 않았고, 재인이 억지로 쫓아냈을 때도 비교적 순순히 그녀의 침실을 나왔다. 재인이 극도로 예민한 상태라 일단 물러나 있는 것이 좋다 판단했기 때문이다.

도하는 재인의 침실 문에 손바닥을 대고는 깊은 숨을 내쉬었다. 그녀가 왜 그러는지 아직 정확히는 알지 못했지만 이상하게 이번만큼은 그것을 알아내는 것이 그도 썩 내키지 않았다. 도하는 발길을 돌려 그의 침실로 향했다. 며칠 동안 잠도 제대로 못 이루었더니 한꺼번에 진한 피로가 엄습해 와, 그는 전기톱에 베인 나무처럼 침대 위로 쓰러져 기절하듯 잠이 들었다.

다음 날, 재인의 침실 문은 열리지 않았다. 그녀는 출근할 생각도 없는 것 같았다. 하루 정도는 재인을 그대로 내버려두자 생각한 도하는 혼자 본채를 나섰다. 회사 일도 밀려 있어 그는 쉴 수도 없었다. 도하는 비서실장이란 직위에 관계없이 사실상 총수의 업무 대행을 하고 있어 그 일정을 고스란히 소화해야 했다. 위상문 회장이 쓰러지기 전부터 3년에 걸쳐 본사와 계열사 모두를 파악하고 있는 그에게 그것은 사실 어려운 일도 아니었다.

그에게 정말 어려운 일은 아마도 재인이었으리라. 그는 업무 틈틈이 재인에게 전화를 걸었지만 재인은 받지 않았다. 문자를 보내도 마찬가지로 그녀는 침묵했다.

재인은 도하가 퇴근할 때까지 그녀의 침실에서 나오지 않아 아줌마의 애를 태우고 있었다.

"누구든 들어오면 죽어버리겠다고 하시니 열쇠로 열고 들어갈 수도 없고……."

퇴근한 도하를 붙잡고 아줌마가 하소연했다.

"밥도 하나도 안 드시고 저리 계시니 차라리 병원에라도 입원시키는 게 낫지 않을까요? 실장님."

도하는 아무 대답도 없이 지하층으로 내려가 열쇠로 재인의 침실 문을 열었다. 그리고 불을 켜니 재인은 침대 위에서 이불을 푹 뒤집어쓴 채였다. 도하는 단박에 이불을 젖혔다.

"아악……."

새우처럼 구부리고 누운 재인이 손으로 제 머리를 틀어잡고 비명을 질렀다. 그것도 잠시 지르고 마는 것이 아니라 목이 갈라질 때까지 지르고 또 질러 모르는 사람이 들으면 살인이라도 벌어지나 싶을 정도였다. 도하는 그 소리에 신경이 거슬릴 만한데도 전혀 동요나 표정의 변화 없이 먼저 재인을 잡아 일으켜 앉혔다. 이어 그녀의 머리를 두 손에 고정시켜 억지로 그의 얼굴과 마주 보게 하니, 그녀는 그제서 비명을 멈췄다.

"왜 이러는 겁니까?"

도하는 차분히 물었다.

"결혼 안 해요."

재인은 마치 준비했던 답처럼 바로 뱉어냈다.

"도하……. 아니, 당신……. 아니……."

재인은 고개를 흔들었다.

"그쪽이랑 결혼 안 해요. 안 할 거야……."

재인은 또 다시 주먹으로 도하를 때리기 시작했다.

"안 해. 못 해. 못 한다구, 이 나쁜 놈아. 저리 비켜. 만지지 마. 당장 꺼져……."

재인은 다시 발작을 일으켰다. 그리고 정신을 잃고 말았다.

도하는 커다란 바늘을 재인의 손등에 꽂았다. 그런 후 그것을 고정하고 바늘과 호스로 연결된 수액을 고정대에 매달아 놓았다. 재인은 이불에 덮인 채 바르게 눕혀져 있었지만 얼굴은 수척하니, 안색도 어둡고 생기도 하나 없어 보였다. 극도의 스트레스로 열이 오르고 탈진한 그녀는 단 하루 만에 딴 사람처럼 변해 버렸다.

재인 곁에 앉은 도하는 손을 뻗어 그녀의 이마에 손을 대보고는 다시 그것을 거두어들이는 것을 잊은 사람 모양 오랜 시간 그대로 있었다. 어지간해서는 흔들림이 없는 그도 재인의 해쓱한 안색을 보고 있기는 힘들었나 보다. 재인을 내려다보는 그의, 고요한 물빛과도 같은 눈동자는 잔잔하게 흔들림 속에서 깊은 빛을 발했다. 그러나 얼마 후, 그는 무엇인가를 결심한 사람처럼 자리에서 일어났다.

같은 날 밤, 제법 깊은 시각에 어떤 룸으로 현승이 들어섰다. 기다리고 있던 사람은 도하였다. 현승이 들어오자 도하는 자리에서 일어섰다.

"늦은 시간에 미안합니다."

현승과 악수하며 도하가 말했다.

"아닙니다. 뜻밖이라 좀 놀라기는 했지만요."

룸은 고급 술집의 그것으로 보였지만 직원이 들어왔을 때 두 사람이 주문한 것은 커피였다. 이곳은 전에 도하가 채진우를 만나기도 했던 곳으로, 사실 이두회의 구역 내에서 운영되고 관리되는 고급 룸살롱이었다.

"외람되지만 우회하지 않고 바로 묻겠습니다."

커피 서빙 후 도하가 입을 열었다.

"어제 재인 씨와 만나 어떤 얘기가 오고 갔습니까?"

현승은 도하가 왜 만나자 했는지 짐작을 했던 듯 전혀 놀라는 기색 없이, 오히려 여유 있게 커피를 한 모금 천천히 마시기부터 했다.

"전에 재인 씨가 류도하 실장의 출생, 특히 친부를 알아내 달라, 제게 부탁을 한 적이 있었습니다."

현승은 그렇게 말을 시작했다.

"결과만 말씀드리면 금 변호사님이 개입하셔서 류 실장이 류준성이라는 분의 친자다, 라고 재인 씨한테 알렸습니다. 그러나 난 의혹을 좀 가졌지요. 그래서 어제 재인 씨에게 제가 새롭게 밝혀낸 사실에 대해 말했습니다."

"그게 뭡니까?"

도하는 무표정하게 물었다.

"류도하 씨가 위상문 회장님의 친자일 가능성이 있으니 유전자 검사를 해봐라, 간단히 말하면 그렇습니다. 이복남매가 결혼하는 불상사는 피해야 하니까요."

도하는 놀라지 않았다. 아마도 짐작을 했었던 것의 확인 차원이었을까.

"재인 씨가 충격을 많이 받은 것 같아, 그렇잖아도 걱정하던 중입니다. 전화도 받지 않더군요. 괜찮습니까?"

"솔직한 답변 감사합니다. 실례 많았습니다."

도하는 커피에 손도 대지 않은 채 일어섰다.

"저와 재인 씨 관계……, 혹시 알고 있습니까?"

도하가 일어서는 것과 거의 동시에 현승이 물었다.

"숨기지 않겠습니다. 과거, 깊은 사이였죠."

그렇게 말한 후에야 현승도 자리에서 일어났다.

"위 회장님의 반대 때문에 헤어졌습니다만 서로 싫어서 그런 것이 아니라서 여전히 아직도 사랑하고 있습니다. 이번에 어렵게 재회한 만큼 또 다시 반대에 부닥치는 시련은 없었으면 좋겠군요."

마치 사랑하는 여자의 혈육에게 예를 갖추듯 현승은 도하를 향해 깍듯이 묵례를 해보였다. 도하는 별다른 반응을 보이지 않고 룸을 나갔다. 혼자 남은 현승은 입 꼬리를 씨익 올리는, 비릿한 미소를 머금었다.

위상문 회장이 시체나 다름없는 모습으로 누워 있는 중환자실은 의사의 마지막 회진이 있은 후 무덤처럼 고요했다. 들리는 소리라고는 의료기기가 내는 일정한 신호음 정도가 다였다. 그런데 면회 가능한 시간도 아닌 늦은 시각, 무덤이 열리듯 문이 열리고 누군가 들어왔다. 도하였다. 그는 천천히 걸어 위 회장의 침대 옆 의자에 앉았다. 노인은 산소 호스 외에도 가슴에 제 것이 아닌 기구를 품고, 그것에 의지에 생명을 유지하고 있었다. 아니, 연장 당하고 있다는 편이 옳을 것이다.

"빨리, 편안히 보내드리고 싶은데……."

수척한 위 회장의 얼굴을 내려다보며 도하가 입을 열었다.

"이번엔 방법이 떠오르지가 않습니다."

그의 말은 한숨을 쉬듯 했다.

"아버지……."

제15장 소년의 약속

엄마의 손길도, 얼굴도 알지 못하는 소년의 기억은 보육원에서부터였다.

"내가 네 아빠다."

두 번째 만나본 아저씨는 그렇게 말하고 소년을 보육원에서 데리고 나왔다. 소년이 아홉 살 때였다.

소년이 보육원 다음으로 살았던 곳은 서울에서는 좀 떨어진 교외에 위치한 단독주택이었다. 주택에서 소년은 집을 지키는 남자와 보모인 아줌마와 함께 살며 학교를 다녔고, 거의 매일 주택을 방문하는 과외교사 두 명으로부터 따로 교육을 받았다. 그렇게 지낸 첫 해 겨울에 소년은 아버지를 따라 한적한 시골로 내려가 별장 같은 곳에서 보내게 됐는데 보모와 남자도 함께였다. 그들은 별장에서도 소년에게 보모였으며, 소년의 호위사였다.

별장에 도착한 후로 며칠 모습을 보이지 않던 아버지는 어느 날, 한 소녀를 데리고 다시 나타났다.

"네 동생이다."

아버지는 말했다. 연한 핑크색 외투에 머리를 양 갈래로 묶고 손에는 앙증맞은 손가방을 든 소년의 여동생은 이제 다섯 살로, 커다랗고 또랑또랑한 눈망울을 굴리며 '오빠가 오빠야?' 했다. '세상에 이렇게 예쁜 여자아이가 또 있을까', 소녀를 바라보는 소년의 놀란 눈동자는 그렇게 말하고 있는 것 같았다. 그것이 소년, 소녀를 지켜보는 사람들에게는 또한 '세상에 이처럼 다정한 오누이가 또 있을까' 하는 감탄으로 이어졌다. 그것은 동시에 소녀에게만은 무한의 양보심을 보이는 소년의 너그러움에 소녀의 심술이 가려진 결과였지만 그렇다고 소녀가 무작정 심술만을 보인 것도 아니었다. 소녀는 제 것의 장난감을 갖고 놀다가도 소년의 그것을 탐냈고, 소녀가 탐내면 소년은 그것을 기꺼이 주었지만 소녀는 또 어느새 몽땅 가져와서 '오빠 다 가져' 했으니 말이다.

시골은 제법 깊은 숲과 한겨울이면 꽁꽁 어는 넓은 저수지와 마음껏 뛰어놀 수 있는 안전한 평지를 함께 했다. 소년과 소녀는 눈싸움을 하고, 자전거를 탔으며 호위사가 미리 점검한 꽁꽁 언 얼음 위에서 처음으로 스케이트도 배웠다. 때로는 아버지도 함께였다.

밖에서 놀다 해질녘 집으로 돌아올 때면 소년은 항상 소녀의 손을 꼭 붙잡고 걸었다. 소녀가 피곤해하면 소년이 소녀를 등에 업고 오는 경우도 드물지 않았다. 집에 들어와 밖의 때를 씻느라 소녀가 먼저 아줌마와 욕실을 사용하다 느닷없이 반 벌거숭이로 뛰쳐나올 경우에는 그런 소녀를 붙잡아 달래서 다시 욕실 안으로 데려다주는 것도 소년의 몫이었다. 그럴 때면 욕실의 문을 꼭 닫아주는 것도 잊지 않을 만큼 소년은 어른스러웠다.

"이젠 꼭 같이 자네요."

소년의 보모가 소년의 아버지를 향해 말했다. 두 사람 앞에는 침대 위에서 사이좋게 잠들어 있는 소년과 소녀가 있었다. 소녀가 소년의 팔을 베고, 서로를 향한 채 모로 누운 모습이었다. 그 방은 소년의 방이었다.

"따로 자게 해도 나중에 보면 함께 있어요."

"재인이가 건너오는 건가?"

아버지가 물었다.

"꼭 그렇지만도 않습니다. 가끔은 도하가 재인이 방으로 가기도 해요."

그렇게 겨울의 한 달을 함께 보낸 소년과 소녀는 헤어져 각자의 집으로 돌아갔다. 그리고 이듬해, 열 살이 된 소년의 여름은 그 날을 손꼽아 기다린 설렘이, 키도 더 자라고 더 또랑또랑해진 눈빛을 빛내는 자줏빛 원피스 차림의 여섯 살 소녀를 맞이하는 것으로 시작되었다가 한 달 후, 그 소녀와 다시금 헤어져야 하는 진한 아쉬움으로 끝이 났다.

그 해의 또 다른 소년의 겨울, 그것은 온 세상이 하얗게 변해, 그것이 한낮의 햇빛으로 더욱 눈부신 빛을 발하던 날에 소년의 되돌아온 설렘과 함께 시작되었다. 몇 달을 기다려 다시 만난 소년과 소녀는 마치 이산가족 상봉한 것 모양 감격에 겨워 젖은 눈빛을 반짝이면서도, 특히 소년은 지난여름에도 그랬듯 그 나이대의 아이들에게는 긴 시간일 수밖에 없을 몇 달의 공백을 단숨에 뛰어넘지 못하는 서먹함과 수줍음으로 '제 설렘'을 향해 선뜻 입을 열지도 못했다. 수줍은 얼굴로도 참새처럼 잘 떠든 것은, 처음 만난 겨울과 지난여름에도 그랬듯 언제나 소녀였다.

소년과 소녀의 겨울은 주로 꽁꽁 언 저수지의 얼음 위에서 스케이트를 타는 것으로 지나갔다. 과외 교사로부터 스포츠도 체계적으로 배우고 있던 소년은 운동 신경도 좋아 여동생이 스케이트를 타다 넘어지지 않게 잡아주고 보살피는 데에 아무 부족함이 없었다. 그때까지만 해도, 아주 오랜 시간을 인내해야만 소녀를 다시 만나게 될 미래를 제외하고는 마지막 만남이 되리라는 것을 소년은 짐작도 못 했을 것이다.

어느 날, 이른 아침부터 내린 눈이 점심때까지도 그칠 줄을 모르더니 늦은 오후가 돼서야 눈발이 서서히 잠잠해지기 시작했다. 소년과 소녀가 함께한 두 번째 겨울도 어느덧 3주 차였는데 그동안 일주일에 두 번 정도 얼굴을 보이던 아버지는 바로 이틀 전에 마지막으로 모습을 보인 후였다.

"오빠, 아~."

크리스털 컵에 든 푸딩을 티스푼으로 떠서 소녀가 내밀었다. 소년은 그것을 넙죽 받아먹었다. 소녀는 오빠가 핥은 티스푼을 제 입에 넣으며 까르르 웃었다. 두 아이는 1층의 창가에 있었다.

"눈 안 온다."

소녀가 밖을 보며 말했다.

"스케이트 타면 안 돼?"

소녀는 이어서 물었다. 나가고 싶어 하는 눈치였다.

"얼음 위에 눈이 내려서 안 될걸?"

말은 그렇게 하면서도 소년은 안으로 들어가 아줌마에게 나가도 되냐 물었다. 아줌마는 '곧 저녁 먹을 시간이고 호위사도 외출 중이니 집에 있으라' 했다. 소년이 다시 창가로 와 보니 소녀는 벌써

밖에 있었다. 창가에서 문을 열면 바로 이어지는 테라스를 통해 정원으로 나간 것이었다.

"재인아. 추워. 옷 갖고 올게."

소년은 방으로 들어가 소녀의 외투부터 챙긴 후 패딩으로 된 제 옷을 입고 다시 1층의 테라스로 나왔다. 소녀는 정원에 있다, 오빠가 달려오는 모습에 도망을 갔다. 동생에게 얼른 옷을 입히려 달려오는 오빠의 모습이 소녀의 눈에는 흡사 저를 잡으러 오는 것처럼도 보여 장난을 치는 것이었다.

"재인아, 거기 서. 넘어져."

아니나 다를까, 소녀는 집밖을 벗어나 얼마 가지도 못하고 넘어져, 소년이 다가갔을 때는 눈물을 글썽이고 있었다.

"아퍼……."

눈밭에 넘어져 다친 데가 전혀 없는 소녀의 엄살에도 소년은 소녀의 손바닥에 입김을 호, 불어주었다. 소녀는 업어 달라 했다. 그리고는 손가락으로 가리키며 그쪽으로 가라 했다. 소년은 시키는 대로 했다. 소녀가 가리킨 곳은 눈으로 뒤덮인 숲이었다. 지난여름에 뛰어놀며 아버지와 함께 캠프도 하던 곳이었는데 그곳이 온통 새하얗게 변해 버린 모습이 소녀의 눈에는 동화 속에서나 나올 법한 겨울 궁전 같았나 보다. 그렇게 숲으로 들어간 아이들은 아무도 밟지 않은 하얀 눈 위에 발자국들을 찍느라 해가 저무는지도 몰랐다. 그리고 너무 어두워졌다고 깨달았을 때는 이미 숲의 깊은 곳까지 들어와 버린 후였다. 아이들은 길을 잃고 말았다.

해 진 후의 숲속은 빛 한 점이 들어오지 않은 암흑 천지였다. 아이들이 비교적 숲의 깊은 곳까지 들어왔다고는 하나 그것은 아이들의 눈높이에서 그런 것이고, 또한 아이들이더라도 낮이었다면 숲을 나가는 데에 성인보다 더 많은 시간을 소요할지언정 그 자체가 불가능하지는 않았을 것이다. 그러나 한 치 앞도 분간할 수 없는 어둠에 갇힌 아이들에게 숲이란 추위와 공포, 그 이상도 이하도 아니었다. 아무리 걷고 또 걸어도 빛은 보이지 않았다.

"추워……."

그렇게 말하는 소녀의 입술은 파랗게 변해 있었다. 발음도 잘 되지 않아 신음처럼 나온 소리에 소년은 제 패딩을 벗었다. 그것을 소녀의 머리까지 뒤집어씌운 후 소녀와 마주한 채로 그 패딩의 소매에 제 팔을 다시 끼우고, 소년은 소녀를 품에 안았다. 어두운 숲은 어두워진 만큼 추위도 심해져, 이미 오랜 시간을 걸어 지쳐 있는 아이들이 감당하기에는 가혹할 정도였다. 그래선지 소녀는 울지도 못했다. 처음에는 너무 무서워서, 그 다음에는 추위에 그대로 노출된 얼굴이 얼어 감각마저 없어져 버린 탓이었다.

소년은 제 패딩으로 감싼 소녀를 품에 안고서 나무 아래에 쪼그려 앉았다. 더 이상 걷는 것은 무리였다. 떨어지는 체력만큼 체온만 잃을 뿐이어서 차라리 가만히 있는 게 나았고 사실 더 움직일 힘도 없어, 두 아이는 꼭 붙어 서로의 체온을 나누며 버티었다. 소녀는 이제 춥지 않았다. 오빠의 품은 빈틈이 없었다. 어느 곳으로도 찬바람이 들어오지 않아, 소녀의 언 뺨은 어느덧 녹아 발그레해졌고, 입술도 제 색을 찾아가고 있었다.

"오빠. 가지 마……."

다시 추워질까, 겁이 난 소녀는 말했다.

"오빠 가면 무서워……."

"안 가."

소년이 대답했다. 제 품에 갇힌 소녀의 목덜미에 얼굴을 묻고서였다.

"안 갈 거야. 재인이랑 함께 있을 거야. 죽을 때까지 같이 있을 거야……."

오빠의 목소리를 들으며 소녀는 졸음이 쏟아졌다. 소년도 마찬가지였다. 희미해지는 의식 속으로 누군가 소년의 이름을 부르는 것도 같았다. '도하야'라고 부르는 소리, 그것은 분명 아버지의 목소리였다.

소년은 초등학교를 졸업하고 중학교에 들어갔다. 중학생이 되자 학교 수업 외에 소년에게 붙은 과외 교사의 수는 더욱 늘어, 도저히 그 나이의 소년이 소화할 성 싶지 않은 과중한 과제에 심히 고통 받아야 했다. 그것은 꼭 지력에만 해당되는 것이 아니어서 육체의 수련도 못지않게 고됐다. 그러나 소년을 가장 괴롭힌 것은 더 이상 소녀를, 여동생을 만날 수 없다는 사실이었다. 숲에서 얼어 죽을 뻔했던 그해 겨울 이후였다. 아버지는 아무 말도 해주지 않은 채 더 이상 시골로 소년을 데려가지 않았고, 소녀를 만나게 해주지도 않았다.

소년은 중학교 3학년이 되는 열여섯 살의 여름방학 때 가출했다. 소년의 나이에 감당할 수 없는 빡빡한 일정에 지친데다 사춘기 특유의 반항심이 발동했기 때문인데 물론 아주 쉽게 잡혔고, 딱 죽지 않을 만큼 두들겨 맞았다. 그것도 아버지가 보는 앞에서 당시 소년의 육체적 단련을 책임졌던 교관한테 맞았다.

"넌 앞으로 많은 사람들을 책임져야 한다. 그 과정이라고 생각해라."

아버지는 그렇게 말했지만 소년의 반발심만 키웠을 뿐, 소년의 두 번째 반항은 그냥 죽어버리려는 시도였다. 다행히 실패였으나 이번에는 두들겨 맞는 대신 어떤 방에 감금되었다. 그 방은 자살은커녕 자해조차 할 수 없는, 정신병 환자를 격리하는 방과 비슷한 곳이었다. TV도 없고, 컴퓨터도 없고, 핸드폰도 없고, 아무 소리도 없는 곳에 갇혀 있자니 소년은 미칠 것 같았지만 항복을 원하는 아버지의 무언의 요구에 소년도 독하게 버티었다.

그러던 어느 날 아버지가 방으로 들어왔다. 남자들 두 명도 같이 들어와 방 안에 모니터와 시디플레이어를 설치하고는 나간다. 아버지는 말도 없이 손에 든 시디 케이스에서 시디를 꺼내 플레이어에 넣었다. 그러는 동안 내내 무표정하게 있던 소년은 잠시 후 모니터에 영상이 나오자 그제서 눈을 크게 뜨고 입을 벌렸다.

모니터에는 열두 살 전후의 소녀가 생일 케이크 앞에서 환하게 웃고 있었다. 촛불을 끄고, 양손으로 브이 모양을 해보이고, 일어나 살랑살랑 춤도 추었다. 연한 바이올렛 컬러의 원피스 자락이 모니터를 간질이듯 휘날렸다.

"재인이……."

소년은 바로 알아보았다. 소년은 모니터 앞으로 가 소녀의 얼굴에 손을 대본다.

"만나고 싶니?"

아버지가 물었다. 소년은 대번에 고개를 끄덕였다.

"그럼 아버지가 시키는 대로 해라. 할 수 있겠니?"

소년은 잠깐의 머뭇거림도 없이 다시 고개를 끄덕였다.

소년이 소녀를 언제 만날 수 있을지, 사실 기약할 수 없는 것이었다. 아버지는 언제 만나게 해주겠다 약속도 하지 않았다. 그러나 매년 한 번씩 소녀의 모습을 담은 시디를 소년에게 주어 소년은 소녀의 초등학교 졸업, 소녀의 소풍, 소녀의 체육대회를 소녀와 함께할 수 있었다.

소년은 중학교 졸업과 동시에 고등학교 과정은 학교를 다니는 대신, 아버지가 선정한 전문가들로 구성된 교사들로부터 일정 프로그램에 의해 집중적으로 교육 받았다. 그 과정은 만약 소녀와 다시 만날 희망이 없었다면 다시 가출을 하거나 다시 죽으려고 목을 매도 이상하지 않을 만큼 소년의 심신을 혹독하게 몰고 갔으나 소년은 모두 견디어냈다. 매일 밤 녹초가 돼 죽을 것 같은 몸을 이끌고 자리에 누웠을 때라도, 소년은 잠들기 전까지 소녀의 영상을 보며, 소녀의 해맑은 웃음에 위로받았다. 시디 하나가 주어질 때마다 그것은 단 며칠이면 모두 소년의 머리에 담길 정도로, 소녀는 소년의 유일한 위로이자 오락이었으며 휴식이었다.

소년이 열아홉 살 되던 해, 이제 소년이라고 하기에는 남자의 냄새를 물씬 풍기는, 그러나 아직 남자라고 하기에는 모자랐을 나이의 어느 날에도 어김없이 소년은 아버지로부터 시디를 받았다. 그 날은 계속되는 추운 날씨 속에, 당시 소년의 육체적 단련을 책임지고 있던 교관들 중 한 명과 영하 20도에서 30도에 이르는 산 속에서 야전 훈련을 하고 집에 돌아온 날이기도 했다. 얼어 죽지 않고 무사히 집으로 돌아온 것에 대한 안도에 더해 아버지가 내민 시디는 그야말로 사막의 오아시스만큼이나 소년의 갈증을 채워준 선물이었다.

소년은 시디를 바로 보지 않고 설렘을 충분히 즐긴 뒤 잠자리에서 그것을 시디플레이어에 넣었다. 잠시 후 일 년마다 훌쩍 자라 점점 숙녀 티가 나는 열네 살 소녀의 모습이 모니터에 나타났다. 소녀는 이제 막 열다섯이 되었지만 소년이 시디를 통해 보는 소녀의 모습은 거의 항상 그 일 년 전의 모습이었기 때문이다. 모니터에서 소녀는 말에 올라탄 모습이었다. 곁에는 남자 조련사가 말의 고삐를 잡아주고, 소녀는 기대와 두려움이 반반 섞인 흥분된 얼굴로 말 위에서 눈빛을 반짝이고 있었다. 또랑또랑했던 소녀의 눈빛은 풍요롭고 행복한 주변 환경에 힘입어 열정과 사랑스러움을 더했다. 이후 영상은 아름다운 제주도의 풍광과 더불어, 소년의 눈에는 제주도보다 더 환상적으로 보이는 소녀의 모습을 아주 다양하게 담고 있었다.

소녀의 모습을 눈에 담고 있자니, 육체적 피로에 바로 쓰러져 잠들어도 이상할 것 없었던 소년은 잠은커녕 도리어 가슴의 박동이 점점 세게 울려와 그것으로 정신이 더욱 또렷해지는 기묘한 흥분에 사로잡히고 말았다. 소년의 눈빛은 더 이상 여동생을 보는 그것이 아니었다. 무리도 아닌 것이, 또래의 친구들은 차치하고라도 또래의 여자아이들조차 가까이 할 여유가 없는 일정을 소화하다 보니 소년의 눈에 비친 소녀는 여자의, 이성(異性)의 모든 것이었다.

소년은 소녀의 얼굴이 모니터 가득 클로즈업된 상태에서 화면정지를 시켰다. 소년은 제 머리를 모니터의 위치와 높이를 맞춘 상태로 천천히 다가갔다. 이제 소년의 눈에 소녀의 얼굴 전체는 보이지 않고 오로지 소녀의 입술만 보였다. 소년은 그 입술에 제 입술을 가져갔다. 머뭇거리고 수줍어하면서도 도저히 거역할 수 없는 그 무엇에 끌리듯 소년은 소녀의 입술에 입을 맞췄다. 언제나 볼 수 있을까. 한때, 짧은 시간 동안 분명한 현실이었던 소녀는 이제 현실 너머의 존재로 모니터에서만 살고 있었다. 소년은 소녀가 모니터 밖으로 뛰쳐나오기를, 그런 날이 오기를 정말 간절히 바랐다.

"네 동생이 아니다."

아버지가 말했다. 소년이 시디를 받은 며칠 후였다.

“앞으로는 네 여자다. 너에게 주마. 네가 지켜라.”

이후 아버지는 아들에게, 소년을 친자 입적하는 대신 소년에게 소녀를 아내로 주려는 이유에 대해 설명했다. 먼저 소년의 생모가 임신한 줄을 모른 채 그녀와 헤어지게 된 것부터 시작했는데 거기에는 현재의 아내가 개입돼 있었다. 이미 여자가 있는 위상문과 사랑에 빠진 소진향은 이미 동거 중인 여자와 쉽게 헤어지지 못하는 위상문에게서 그 여자를 빨리 떼어내기 위해 여자가 부정한 짓을 했다는 누명을 씌워 갈라놓는다. 여자, 즉 소년의 생모인 류선영은 위상문을 멀리 떠나고 나서야 임신 사실을 알았고, 그런 후에도 이미 유명 배우의 연인으로 알려진 남편에게 다가서지 못해, 결국 홀로 아이를 낳았으나 오래지 않아 임신중독증으로 사망하고 만다. 아이는 류선영의 친척이 맡아 한동안 키웠으나 결국 보육원으로 보내져, 생부가 다시 찾을 때까지 그곳에서 6년 가까이를 살게 된다.

류선영이 죽은 후로부터 4년 후, 뒤늦게 그녀의 소식을 듣게 된 위상문이 그녀를 찾으려 했으나 그것을 안 소진향이 질투를 하는 가운데 위상문과 같이 이두회를 일으킨 류준성이 소진향에게 마음을 두면서 상황이 복잡해져 버린다. 결국 소진향을 사이에 두고 사이가 틀어져 버린 위상문과 류준성은 한바탕 전쟁을 치른 후 위상문의 이두회 장악으로 막을 내린다. 모든 것을 잃은 류준성은 스스로 죽음을 택하고, 위상문과 진향 사이에서는 딸이 태어난다.

이 딸이 제 혈육이 아닌 것을 위상문이 알게 되기까지는 다시 4년이 지나야 했다. 그리고 그 사실을 안 후에도 딸을 사랑하는 마음에도 변함이 없었다. 위상문은 자신이 쓰러지는 그 날까지도 아내에게 딸의 친자 문제를 거론한 적이 단 한 차례도 없었으니까. 그러나 그는 그때서부터 본격적으로 류선영과 그녀의 아이를 찾게 되고, 보육원에서 소년을 찾아내 유전자 검사를 통해 친자임을 확인한다. 물론 아내인 소진향에게는 비밀로 한 채였다.

위상문은 소년과 소녀를 만나게 하는 것으로 오누이 관계로부터 새로운 가족 형성을 시도했지만 별장을 다녀온 소녀로부터 '오빠'의 존재를 눈치챈 소진향의 반발과 그에 따른 불화 끝에, 얼어 죽을 뻔했던 사고를 기점으로 해서 위상문은 다른 길을 모색하게 된다. 즉 소년을 친자 입적하는 대신 소녀를 소년의 아내로 주기로 한 것이다.

소년은 아버지의 뜻을 기꺼이 받아들였다. 그것이 소녀를 영원히 가질 수 있는 방법이라면 법적인 '아버지의 아들'은 포기해도 좋았다. 그렇게 해서 소년에게 소녀는 여동생에서 미래의 연인으로, 그의 여자로, 그의 아내로 자리를 바꾸기 시작했다.

소년은 대학 입학과 함께 본격적으로 이두회의 시스템 안으로 들어온다. 이제 소년에서 남자로, 대학을 거쳐 유학을 다녀온 후 짧은 기간 동안 이두회의 요직을 두루 거치며 천위장에 오르고, 그 후 회사에 들어가 비서실장으로 아버지를 보좌함과 동시에 업무를 완벽히 마스터했다. 물론 그동안에도 계속, 소녀에서 성숙한 여인으로 변해가는 '누이'의 동영상이 매년 그의 손에 건네졌음은 물론이다. 때문에 소녀는 깊은 잠재의식 속에 오빠를 묻은 채 오빠의 얼굴도, 이름도 잊고 살았지만 오빠는 소녀의 거의 모든 시간을 함께 해왔다고 해도 과언이 아닐 정도로 언제나 '누이'와 함께였다. 그것은 그에게, 그의 아버지에게 가는 또 다른 길이었으며 동시에 정체성을 찾는 길이었고, 바로 그런 이유들로 그녀는 그에게 운명이었다.

"재인일 부탁한다, 아들아."

아버지의 마지막 말은 그랬다.

도하가 수액 바늘을 꽂아준 이후 재인은 내내 열이 오르며 마치 몸살을 앓듯 크게 앓았다. 재인 입장에서 보자면 감당 못할 충격이었음에 틀림없으리라. 죽었다 생각했던 오빠가 살아온데다 그와 몸을 섞고, 의식하든 그렇지 못하든 깊이 사랑해버리고 만 지금, 또다시 그를 놓아야 한다는 사실은 그녀에게 지옥이었을 것이다.

병원에서 아버지, 위상문 전 회장을 만나고 집으로 돌아온 도하는 재인의 상태를 확인 후 그녀의 옷을 모두 벗겨냈다. 식은땀을 많이 흘려 옷이 눅눅해져 버린 탓이다. 도하는 잘 마른, 부드러운 타월로 재인의 몸을 감싼 후 이불을 덮어주고, 자신도 그녀의 옆으로 누웠다. 그러나 부러 머리를 텅 비우려 했음에도 조금씩 채워지는 기억의 잔해와 잡념으로부터 그는 좀처럼 잠을 이루지 못하고 있었다. 그렇게 깊은 잠에 빠지지 못하던 중 도하는 완전히 누운 것도, 일어선 것도 아닌 어정쩡한 의식 사이로, 무엇인가 뜨거운 것이 제 몸을 건드리는 느낌에 눈을 떴다. 눈앞에 재인이 보였다.

재인은 도하의 몸 위로 올라오고 있었다. 그것도 매우 힘들게, 뜨거운 숨결을 쏟아내며 반듯하게 누운 도하의 몸 위로, 그녀는 벌거벗은 제 몸을 비비적댔다. 도하는 그런 그녀를 가만히 보고만 있었다. 땀에 젖어 헝클어진 머리 사이로 보이는 재인의 얼굴은 결코 정상이라고 할 수 없었다. 평소 화가 나거나 감정이 격해질 때면 불처럼 타오르던 그녀의 눈동자는 지금은 아예 동물의 그것처럼 빛을 내고 있었다.

재인은 도하의 몸 위로 완전히 올라타서는 그의 목에 얼굴을 묻었다. 재인에게서 나는 열과 뜨거운 입김이 도하의 목을 감쌌다. 재인은 그의 목에서 가슴으로, 흡사 동물처럼 핥아 내려갔다. 도하는 여전히 꼼짝도 하지 않는 가운데 그의 몸을 연신 더듬고 있던 재인의 손이 제 아랫도리로 향하는 것을 느꼈다. 윗도리는 다 벗고 아래에만 허리가 밴드 처리된 실내용 바지를 입고 있는 도하의 아래를, 바지 안으로 해서 손을 넣은 재인이 그것을 너무 세게 쥐는 바람에 도하는 잠깐 미간을 좁히기도 했지만 그녀를 제지하지는 않았다. 재인은 도하의 바지를 내리고 그의 분신을 꺼내 제 치골에 갖다 댔다. 그런 다음 어떻게 해야 하는지 알지 못하는 사람 모양 서툰 손짓으로 그의 그것을 잡고 제 아랫도리에 비비다가 그도 마음에 들지 않는지, 다시 그의 몸 위로 납작 엎드려 제 온몸을 꿈틀대며 그의 몸에 마찰시켰다. 그녀는 제 치골 앞으로 도하의 분신을 맞닿게만 하고는 그런 행동을 하고 있는 것이다.

마치 섹스에 대해 전혀 알지 못하는 어린아이가 어른의 흉내를 내듯 어처구니없고, 어설프고, 공허하기 짝이 없는 몸부림이었다. 그러는 사이로 내내 꼼짝도 않고 있던 도하의 얼굴은 소년의 그것에 현재의 시간이 뒤엉킨, 뭐라 형언할 수 없는 감정의 빛을 띠고 있었다. 지난 20년 동안 오직 모니터에 투영된 존재였던 재인이 이제는 그를 그렇게 느끼는 모양이라고, 다가설 수 없는 현실, 기약할 수 없는 약속처럼 신기루를 향한 덧없는 욕망에의 몸부림이라 그는 이해했다.

재인은 지쳤는지 도하의 몸 위에서 축 늘어졌다. 정신을 잃었거나 잠이 든 줄 알았던 그녀는 도하의 손이 그녀의 몸에 닿는 순간에 몸서리를 쳤다. 그녀는 얼른 그의 몸에서 떨어졌다. 그러나 그런 그녀를 잡는 도하의 손이 더 빨랐다.

"저리 가……. 가……."

재인은 팔을 마구 휘저으며 소리쳤다. 도하는 재인의 저항에도 불구하고 그녀의 몸을 끌어안았다. 재인이 그의 어깨를 콱 물었다. 제 정신이 아닌 재인이 있는 힘껏 물었음에도 도하는 꿈쩍도 안 했다. 그는 재인이 힘을 잃고 지쳐 그의 품안에서 잠잠해질 때까지 그녀의 발가벗은 몸을 한 치의 틈도 주지 않은 채 안고 있었다.

"안 가……."

도하가 중얼거렸다.

"안 갈 거야……. 안 간다 했어. 함께 있을 거라 했어. 죽을 때까지라고 했다. 재인아……."

제16장 거짓말

도하가 아픈 재인 곁에 계속 붙어 있을 수만은 없어, 평소보다 조금 늦은 시간에 출근을 한 후에 재인을 돌본 사람은 아줌마와 여정이었다. 재인은 열이 내리고 있어 회복 기미를 보였으나 통 먹으려 들지를 않아 아줌마의 속을 태웠다. 그러나 그것도 아줌마와 여정의 지속적인 노력으로 늦은 오후부터는 재인도 죽에 입을 대기 시작했다.

"좀 더 드십시오, 회장님."

재인이 죽을 반도 먹지 않고 숟가락을 놓는 것을 보며 여정이 말했다. 재인의 침실이었는데 죽과 몇 개의 반찬을 올린 조그만 테이블 갖고 와 침대 위에 놓아준 것도 여정이었다. 여정의 말에 재인은 고개부터 흔들었다.

"이제 나 괜찮아. 그냥 입맛이 없어서 그래."

그렇게 말하는 재인의 얼굴은 여전히 핼쑥하기는 했지만 열에 들떠 있던 때와는 다르게, 비록 슬픔을 담고 있기는 했어도 맑은 정신을 증명하듯 안정된 눈으로 여정을 보고 있었다.

"바깥 구경하고 싶으시면 휠체어 준비하겠습니다."

여정의 권유에 재인은 잠시 생각해 보는 듯하더니 고개를 끄덕였다.

얼마 후, 땅거미가 밀리기 시작하는 후원에서, 여정은 재인이 앉은 휠체어를 잡고 천천히 움직였다. 쌀쌀한 날씨긴 해도 아직 춥다고 할 만큼은 아니었지만 체력이 저하된 재인의 어깨에는 제법 두툼한 모직 숄이 걸쳐져 있었고 무릎 담요도 함께 했다. 두 사람은 대화도 없이 그저 아름다운 후원의 풍경에만 눈을 두고 있었다. 그렇게 시간을 보내던 중 두 사람의 눈길은 동시에 같은 곳을 향했다. 멀리서부터 누군가 오고 있었기 때문인데 바로 이석이었다.

"퇴근이 빠르십니다."

이석이 재인에게 인사하고 난 후 여정이 먼저 입을 열었다.

"집회 준비도 다 끝나 별로 바쁠 것도 없거든요."

이석이 대답했다. 그는 이어 재인에게 '몸이 어떠냐, 환절기라 감기, 몸살 주의해야 한다'며 걱정의 소리를 했다. 이석은 재인이 단순한 감기에 걸린 줄 알고 있었다.

"이제 집회만 끝나면 회장님이 이두회 회장직까지 정식으로 승계해 완전한 회장님이 되시겠네요. 미리 축하드립니다, 회장님."

여정이 짐짓 밝은 목소리로 말했다. 재인은 별다른 대꾸를 하지 않았는데 그녀의 표정만큼이나 이석의 표정도 애매모호해 그것이 여정의 눈길을 끌었다.

"무슨 문제라도 있습니까?"

여정이 이석을 보며 물었다.

"네? 글쎄……, 뭔 문제진 나도 모르겠는데 본부장님이랑 부부장님 사이에 오고 간 이야기가 좀 그래서요……."

"뭔데?"

재인이 끼어들어 물었다.

"그냥 걱정하는 소리들이에요. 집회가 열릴지 모르겠다, 뭐 그러던데요?"

"그게 무슨 소립니까? 이미 한 번 미루기까지 한 거고 이젠 나흘밖에 안 남았는데 열릴지 모르겠다니……."

여정이 어리둥절한 표정을 지었다.

"나도 모른다니까. 뭐, 별일 아닐 수도 있고."

얼버무리는 이석의 목소리 뒤로 재인의 얼굴이 어둡게 굳어 있었다.

✧

같은 시간, ㈜LD의 사옥에 어느 회의실로 쓰이는 방에서는 도하가 두 명의 남자들과 만나고 있었다. 두 명의 남자들 중 하나는 사십대 후반 정도 돼 보이고 다른 하나는 그보다 좀 더 젊은 남자로, 각기 현직 판사와 변호사였는데 또한 그들은 무극천위로, 금 변호사와 함께 위상문 전 회장의 유지를 받드는 고문 변호인단에 속해 있었다.

"그건 곤란하네, 천위장."

판사가 입을 열었다. 그는 도하가 어릴 적, 법률 부문을 맡아 가르쳤던 스승이기도 했다.

"자네도 알다시피 총회와 집회 모두 현 위재인 회장과 천위장의 혼인신고 위에서 반드시 열라는 것이 전 회장님의 뜻이었어. 그것은 곧 혼인신고 전제 하에 위재인 회장이 회장직을 승계해야 한다는 것인데 회사는 천위장 뜻대로 우리가 양보했지만 이두회 집회만큼은 그럴 수 없네."

"혼인신고가 어려운 절차도 아니고……. 이유를 물어도 되겠어요?"

판사 옆에서 변호사가 도하를 보며 물었다.

"아뇨. 이유는 차치하고 방법을 찾아보십시오."

도하의 대답에 판사와 변호사는 서로의 얼굴을 보며 난감한 표정을 지었다. 방법이 무엇이 있겠는가, 결국 동의하라는 압력이었다.

"위상문 전 회장님의 뜻을 어기는 방법이란 따로 없네."

판사는, 그러나 단호했다. 제 얼굴에 있는 안경을 추어올리면서였다.

"아직 집회까지 나흘 남았으니 그 안에 혼인신고를 하거나……, 아니면 집회를 무기한 연기하는 수밖에."

"동감입니다."

변호사가 그 뒤를 이었다. 도하는 숨을 들이키며 몸을 약간 뒤로 젖혔다. 두 고문 변호인의 뜻을 어기고 집회를 강행하기란 그도 수월치 않은 일이었다.

두 고문 변호인은 단지 위상문 전 회장의 유지를 받들고자, 그 이유만으로 고집을 부리는 것은 아니었다. 사실 무극천위의, 도하에 대한 신뢰는 절대적이었다. 무극천위의 어느 누구도 재인 혼자 이두회를 잘 이끌 것이라 믿는 사람은 없었다. 때문에 그것을 전적으로 도하에게 의존하고 있었는데 더불어 위상문 전 회장 역시 그것을 잘 알아 도하라는 안전장치를 재인 곁에 둔 것이라 여겼기에 두 사람의 혼인신고를 바라는 무극천위의 바람과 요구는 결코 무리한 것이 아니었다.

도하가 무거운 마음으로 퇴근해서 재인을 보러 갔을 때 그녀는 침실에 없었다. 도하는 리빙 룸에서 그녀를 찾아냈다. 재인은 벽난로 앞에 있는 일인용 소파에 앉아 있었는데 차분한 모습이었다. 도하는 재킷 단추를 풀며 그녀를 향해 천천히 다가왔다.

"도하 씨와 결혼 안 해요."

도하가 채 가까이 오기도 전에 재인이 말했다.

"당연히 혼인신고도 없어요. 그러니 방법을 찾아봐요. 혼인신고 없이도 내가 회장이 되는 방법이 아니라……."

재인은 도하를 올려다보았다.

"도하 씨가 이두회를 맡을 방법을 말예요."

"그런 방법은 없습니다. 이두회의 회장은 재인 씨, 단 한 사람뿐입니다."

"아뇨. 도하 씨도 자격 있어요. 오히려 나보다 더요."

재인은 그 말을 한 후 도하를 외면해 벽난로를 향했다. 두 사람다, 어쩌면 서로 다른 이유로, 재인은 선명치 않고 오히려 도하는 선명한 이유로, 대화하는 데에 필요한 가장 중요한 사실을 피하고 있었다. 도하는 재인 앞으로 다가와 그녀 앞에 무릎을 꿇고 앉아 그녀의 두 손을 잡았다.

"위상문 회장님을 생각해요."

도하는, 그를 피하는 재인의 눈길을 집요하게 좇으며 말했다.

"우리의 결혼을 원하셨습니다. 거기에는 어떤 장애나 추호의 불순물도 없어요. 거리낄 것이 아무것도 없습니다."

도하는 우회적으로 언급했지만 재인은 아무것도 듣지 않겠다는 듯 고개를 세차게 흔들었다.

"결혼 안 해요. 도하 씨랑……. 아무것도 안 할 거야."

재인이 말하고 일어서는 동시에 도하도 일어나 그녀를 잡고 입을 맞췄다. 재인은 곧 고개를 돌렸지만 곧장 다시 그의 손에 머리를 잡혀 또 다시 입술을 빼앗겼다. 이어지는 그녀의 저항을 힘으로 제압한 도하는 거의 막무가내였지만 그도 오래 못 갔다. 그렇다고 그가 먼저 그녀에게서 떨어진 것은 아니었고 다만 움직임을 멈췄을 뿐인데 그 틈에 재인이 그를 밀어냈다. 그는 힘없이 뒤로 한 발 물러섰다. 굳게 다문 그의 입술 끝에서 피가 한 줄기 흘러내렸다. 재인은 의식적으로 그것을 피해 먼저 리빙 룸을 나갔다.

한편, 별채에서는 이석이 두리번거리며 누군가를 찾고 있었다. 그는 퇴근한 지 시간이 좀 흘렀음에도 편한 옷으로 갈아입은 것이 아니라 오히려 다른 슈트로 갈아입은 모습에, 머리 스타일과 얼굴도 손을 본 모양새였다. 이석은 홀에 아무도 없자 그 주변을 잠시 살펴본 후에 곧장 복도로 접어들었다. 똑, 똑, 여정의 방문 앞에서서 이석이 조심스럽게 노크하니 잠시 후 문이 열렸다.

"왜요?"

문 사이로 얼굴만 내민 여정이 퉁명스럽게 뱉어냈다.

"잠깐 나와요."

이석이 손을 까닥댔다. 여정은 입고 있던 민소매 티에 후드 카디건만 걸친 채로 이석의 뒤를 따랐다. 이석은 별채에서 머지않은 후원의 정자로 여정을 데려갔다.

"사실은 오늘 일찍 퇴근한 게요, 여정 씨한테 볼 일이 있어섭니다."

정자 아래에 여정을 앉히고 나서 이석이 말했다.

"정식으로 프러포즈합니다. 여정 씨."

"프러포즈?"

여정이 고개를 갸웃하니, 이석은 주머니에서 반지 케이스를 꺼내 의아해하는 여정의 얼굴 앞에 대고 천천히 케이스의 뚜껑을 열어 보이는, 혼자만의 드라마틱한 장면을 연출해냈다. 케이스 안에는 말만 하면 알 만한 고급 브랜드의 특징이 그대로 드러난 18케이 반지가 들어 있었다. 모양만 보자면 따로 보석 알은 없는 단순한 반지였다.

"결혼 신청은 아니고……. 결혼해주면 좋기야 하지만……. 일단 정식으로 사귀어주세요."

여정은, 그러나 반지를 받으려 손도 내밀지 않은 채 눈만 껌벅거렸다.

"이거…… 비싼 겁니다."

이석이 케이스에서 반지를 꺼내, 여정의 손을 잡고 껴주었다. 여정은 그가 하는 대로 그냥 내버려둔 후, 이번에는 제 손에서 반짝이는 반지를 보며 눈을 껌벅거렸다.

"잘 맞네. 여정 씨 손이 좀 그렇긴 하지만……. 이젠 벽돌 같은 거 깨지 마요."

"정식으로…… 사귀면 뭘 하는 건데요?"

여정이 애매한 표정으로 물었다.

"뭘 하냐구요? 뭘 하긴, 데이트를 하죠. 저번처럼 영화도 보고, 같이 커피도 마시고, 산책도 하고……."

"그건 지금도 하잖습니까?"

"나 참, 둘이, 단둘이. 최 팀장이 빈대 끼고 그런 거 말구."

"그럼 영화 보고, 커피만 마시면 됩니까?"

"아, 진짜……."

이석은 짐짓 열 받은 얼굴을 해보였지만 곧 피식 웃고 말았다. 순진한 눈망울을 굴리고 있는 여정이 귀엽다 생각했다.

"키, 키스도 하구요. 암튼 뭘 하는 게 중요한 게 아니라……. 뭐랄까, 그렇지. 감정의 교류를 하는 겁니다. 감정의 교류, 이거 무척 중요해요. 그리고 공식 커플로 인정도 받는 거죠. 결혼만큼은 아니지만 구속력을 갖는 거, 나는 여정 씨 꺼, 여정 씬 내 꺼, 뭐 이런 거. 이제 딴 남자들이랑 같이 절대 샤워하지 마요."

그러자 여정이 반지를 빼서 이석의 손에 척 올려놓았다.

"싫습니다."

여정의 단호한 거절에 이석은 당황했다.

"뭐…… 가요?"

"복잡한 게 싫습니다."

"뭐가 복잡해요? 그냥 사귀는 건데. 어차피 남친도 없잖아요. 양다리도, 불륜도 아닌데 뭐가 복잡?"

"암튼 싫습니다."

여정이 일어나니 이석이 그녀의 팔을 잡았다.

"서, 설마, 내가 싫은 건 아니죠? 우린 키…… 스도 했는데……."

여정은 머뭇거렸다. 그 사이로 어디선가 '황 대리' 하며 부르는 소리에, 두 사람 다 그쪽을 돌아보니 별채 옆에서 장혁이 손을 까닥대고 있었다. 여정은 지체 없이 장혁에게로 달려갔다. 또한 그 뒤를 이석이 따라갔다.

"커피 한 잔 타와."

여정이 가까이 오니 장혁은 그렇게 말했다. 여정은 '네' 하고 본채로 향했다.

"댁은 손이 없어? 발이 없어?"

여정이 간 후 이석이 장혁의 뒤를 쫓아가며 발끈한 목소리로 따졌다.

"상사면 상사지, 왜 여정 씨한테 커피 심부름까지 시킵니까? 나 같으면 커피를 타다 바치겠다."

순간, 장혁이 발을 딱 멈췄다. 이석도 덩달아 멈추니 장혁이 천천히 돌아본다.

"황 대리 흔들지 마십시오."

장혁이 말했다.

"무력부, 특히 호위사는 감정에 흔들리면 안 됩니다."

"그러는 최 팀장은?"

돌아서는 장혁의 뒤에 대고 이석이 신랄한 어조로 물었다.

"내가 말했죠? 나 눈치 백단이라고. 여정 씨가 날 좋아하는지는 오리무중이지만 최 팀장이 여정 씨에게 맘이 있는 건 딱 촉이 왔거덩요. 지금 최 팀장 나한테 태클 거는 거, 그거 여정 씨를 위해서가 아니라 순전히 최 팀장 심술인 거, 내가 모를 줄 압니까?"

이석의 말에 장혁은 다시 돌아봤다.

"헛소리도 자주하면 습관 됩니다."

"헛소리? 그럼 지금 대답해 봐요. 여정 씨한테 부하 이상의 감정 없어요?"

"없습니다."

장혁은 머뭇거림 없이 딱 떨어지게 대꾸했다. 그러니 이석도 더는 할 말이 없는지 입을 다물었다. 장혁이 제 방으로 들어가고 난 후 이석은 홀에서 여정을 기다리다, 그녀가 커피를 들고 오자 잠깐 그녀의 손에서 커피를 내려놓게 한 후, 막무가내로 그녀의 약지에 반지를 다시 끼워 넣었다.

"나랑 안 사귀어도 좋아요."

그런 후 이석이 말했다. 섭섭한 감정이 묻어나는 무뚝뚝한 어조였다.

"그냥 선물이라고 생각하고 받아요. 이런 건 반품도 안 되거든요. 이왕 산 거 어쩔 거야? 내가 낄 수도 없고. 그냥 받아요. 알았죠?"

그렇게 이석은 제 말만 하고는 별채를 나갔다.

여정이 커피를 들고 장혁의 방에 들어왔을 때 그는 침대에 걸터앉아 핸드폰에 눈을 둔 모습으로 여정을 향해 고개도 들지 않고 있었다. 여정은 커피를 침대 옆, 조그만 테이블 위에 올려놓았다.

"앉아봐."

장혁은 제 옆자리로 고갯짓을 하며, 여전히 핸드폰 액정에 눈을 두고 말했다. 여정은 '내가 뭘 잘못했나' 하는 얼굴로 장혁 옆에 앉았다. 여정이 앉자 장혁의 눈길은 그 눈높이에서 무심코 그녀에게 옮겨가, 그대로 그녀의 손에 닿았다. 그녀의 손가락에서, 약간의 볼륨감이 있는 반지는, 더구나 새 것이라 유난히 빛을 내, 눈에 안 띄려야 안 띌 수가 없었다. 장혁의 눈길은 그대로 위로 올라 여정의 눈과 만난다. 여정은 긴장해선지 꼭 다문 입술을 미세하게 실룩거렸다. 그 입술을 향해 장혁이 느닷없이 손을 뻗으니, 여정은 흠칫해서 얼굴을 뒤로 살짝 젖혔다. 그의 손끝은 여정의 입술에 닿을 듯 말듯 멈춰 머뭇거렸고, 그것이 무엇을 의미하는지 모르는 여정은 눈만 껌벅였다. 장혁의 손은 슬그머니 물러났다.

"옷…… 벗을까요?"

여정은 지레짐작으로 물었다.

"벗고 싶어?"

장혁이 되물으니 여정은 다소 멍한 얼굴을 해보였다. 지금까지 그가 그런 질문을 한 적도 없거니와 그것 자체가 여정에게는 '외계어'에 가까웠다.

"대답해 봐. 너도 하고 싶나?"

여정이 대답을 못 하고 있자 장혁이 재촉했지만 그녀는 계속해서 '꿀 먹은 벙어리'였다.

"그러니까……."

장혁은 여정을 이해시킬 수 있는 단어를 고르느라 신중해진 얼굴이었다.

"너도…… 하고 싶을 때……."

장혁은 애매한 손동작까지 해보였다. 여정의 눈은 그의 손을 따라 움직였다.

"생각날 때가 있느냐고 묻는 거다."

"생각…… 안 해봤습니다."

"지금부터 생각해 봐."

"네?"

"생각해 보고 생각나거나……, 하고 싶으면 나한테 보고, 아니, 말을 해. 알았나?"

"네. 알겠습니다."

장혁의 나가라는 손짓을 마지막으로 여정은 그의 방을 나갔다. 장혁은 약간 식은 커피에 손을 댔다. 그리고 그것에 입술을 적셨을 때 문득, 흔들리는 것은 여정이 아니라 장혁, 자신이라는 데에 생각이 미쳤다. 그는 커피를 원샷했다.

◈

현승은 자리에서 일어나며 환한 미소를 지어보였다. 그의 앞으로 걸어오는 재인을 향해서였는데 그녀의 안색은 현승의 얼굴과는 상반되게도 어둡고 우울해 보였다.

현승은 얼른 의자를 빼 재인이 앉도록 도와주었다. 오후 시간대의 커피전문점이었다. 현승은 다시 제자리에 앉으려다, 몇 테이블 건너편으로부터 여정의 모습을 발견하고는 멈칫했다. 이제는 그의 눈에도 낯설지 않은 재인의 보디가드였다. 재인의 또 다른 보디가드인 장혁은 차에 그대로 남아 있었는데 그는 도하로부터, 재인에게 위험할 만한 상황이 아니면 그녀가 하는 대로 내버려 두라는 지시를 하달 받은 터였다. 재인에 대한 호위는 언제나처럼 여정이 근접 호위를 맡고, 장혁은 보다 넓은 범위를 책임졌다.

"어쩐 일로 이런 데서 다 만나자고……."

자리에 앉은 현승이 말했다.

"이제는 괜찮아?"

이제는 몰래 만나지 않아도 되냐는 의미였다.

"회사는 왜 안 나갔는데?"

"현승 씨야말로 이 시간에 괜찮아?"

"오늘 방송국에서 첫 녹화가 있었거든. 녹화 끝나고 혹시나 해서 자기한테 문자 보냈던 건데 바로 연락이 와서 좀 놀랐어. 얼굴이 많이 상했다."

현승은 걱정스러운 얼굴로 재인의 안색을 살폈지만 재인은 아무 대꾸도 없이 그의 눈길을 피했다.

"주문부터 하자. 뭘 마실 거야?"

"술 사줘."

재인은 생각해볼 것도 없다는 듯 바로 대답했다.

두 사람은 자리를 옮기기 위해 밖으로 나왔다.

"나 현승 씨 차 타고 갈 거니까 뒤따라 와."

재인은 너무도 당당히 여정에게 말했다. 커피전문점 옆에 있는 주차장에 와서였다. 장혁도 차에서 내려 서 있었다.

"안 됩니다. 차를 옮겨 타실 순 없습니다."

"그걸 황 대리가 정해? 도대체 난 내 맘대로 할 수 있는 게 하나도 없는 거야? 난 현승 씨 차 탈 거니까 따라오든지 말든지 그것만 니들 맘대로 해. 알았어?"

그러나 여정은 재인의 앞을 막아섰다. 그 사이로 장혁은 현승 앞으로 다가갔다.

"회장님은 다른 차를 이용하실 수 없습니다."

장혁이 현승에게 말했다.

"협조 부탁드립니다."

"그러죠."

결국 현승이 나서서 재인을 설득해, 현승의 차가 앞서고 그 뒤를, 재인을 태운 호위사들의 차가 따르는 것으로 했다.

재인과 현승이 자리를 옮긴 곳은 호텔 내 와인 전문 바(BAR)였다. 재즈 음악이 흘러나오는 가운데 두 사람은, 룸은 아니지만 파티션 같은 장식 벽으로 나뉜 한 테이블에 있었다. 근처 어딘가에 여정이 있었음도 물론이다. 챙 하는 소리와 함께 건배를 한 재인과 현승은 레드와인을 마셨다.

"그건…… 해봤어?"

현승이 물었다.

"류도하 실장의 유전자 검사 말이야."

재인은 대답을 피한 채, 잔에 든 와인을 모두 입안에 털어 넣었다. 재인은 그것을 꼭 과학에 의존할 생각도, 실행 의도도 없었다. 이미 제 육감이 진실을 말하고 있는데 그럴 필요가 있을까. 사실 그녀의 육감은 정확했다. 도하는 분명 어린 시절의 아스라한 기억 속에만 존재했던 그녀의 오빠였다. 안개 자욱했던 무의식의 기억은 어느 틈엔가 눈부시도록 선명한 의식 안으로 들어와 있었다. 도하는 분명한 아버지의 아들이었다. 재인 자신이 아버지의 딸인 것과 마찬가지로. 더구나 아버지의 딸은 과학으로까지 증명이 됐다. 그런데 그것을 만든 장본인이 도하라는 사실을 재인이 모른다는 것은 참으로 역설적이었다. 때문에 아버지가 이복 친남매를 부부로 맺게 할 리 없다는, 너무도 당연한 의혹이 재인에게는 아예 힘조차 쓰지 못하고 있었다.

현승은 다시 뭐라 말을 하려다 그 순간에 울리는 벨소리에 제 핸드폰을 꺼냈다. 모르는 번호인지, 그는 잠시 머뭇거리다 통화를 시작했다.

[끊지 마. 들어줘. 수신 차단하면 또 다른 번호로 할 거야. 백 번, 천 번도 할 거야.]

현승은 듣기만 하다 자리에서 일어나 '잠시만' 하며 재인에게 양해를 구한 후 화장실을 찾았다. 화장실에서 현승은 10분 정도 통화를 했는데 주로 상대를 어르고 달래는 투였다. 핸드폰 너머의 목소리는 여자로, 우는 목소리로 사정하고, 때로는 분노하고, 그러는 한편으로는 사랑을 구걸했다. 바로 현승에게 버림받았던 그 탤런트였다.

현승은 요즘 이 여자 문제로 골머리를 앓고 있었다. 인기로 먹고 사는 탤런트인지라 쉽게 떨어져나갈 것으로 예상했는데 의외로 집요했다. 결국 한 번 더 여자를 만난 현승은 진심 어린 사과를 흉내 내며 여자가 곱게 떨어져나가 주기를 기대했지만, 또 여자도 그 자리에서는 그것을 받아들이는 듯했지만 그때뿐이었다. 바로 이튿날부터 여자는 다시 광기 어린 스토커의 행태를 보이며 '사랑한다, 다시 돌아오라' 애걸했다.

[현승 씨 지금 어디에 있는지 내가 모를 줄 알아? 난 다 알아. 당신이 어디서 뭘 하든 난 다 안다구.]

여자가 악을 쓰는 것을 마지막으로 현승은 바로 수신 차단을 했다. 아무래도 시간이 좀 걸릴 것 같다는 생각을 하며 그는 바로 재인의 테이블로 돌아왔다.

"사실은…… 부탁이 있어."

얼마의 시간이 지난 후 재인이 입을 열었다. 와인을 꽤 마신 후였다. 현승은 말하라는 듯 재인의 눈을 바라봤다.

"좀 놀랄 거야……. 이유는 묻지 말고 좀 해줘."

"뭔데? 말만 해. 뭐든 해줄게."

잠시 후, 현승은 자리에서 일어나 와인 바를 나갔다, 약간의 시간이 흐른 후 되돌아왔는데 그런 후 두 사람이 함께 다시 와인 바를 나왔다. 여정이 뒤따르고, 바 밖에서 대기하고 있던 장혁도 움직였다. 그렇게 네 사람은 승강기를 타고 올라갔다. 땡 하는 소리와 함께 승강기가 열리고 호위사들보다 나중에 내린 재인과 현승은 그 후에는 오히려 호위사들을 앞질러 복도를 성큼성큼 걸었다. 그곳은 호텔 객실이 있는 복도였다. 그중 한 곳의 문 앞에 선 현승이 재킷 주머니에서 꺼낸 객실 열쇠로 문을 열었다. 두 사람의 뒤를 따르던 장혁과 여정이 당혹스러운 표정을 짓는 사이, 두 사람은 재빨리 객실 안으로 사라졌다.

"이런 경험 참 신선하네."

객실 안으로 들어온 현승이 입을 열었다.

"전에 재인 만났을 때도 이 정도는 아니었는데? 경호원들이 저렇게 따라다니는 것도 스트레스겠어?"

"응. 완전 혹이야."

재인은 침대에 걸터앉더니 이내 벌렁 드러누웠다. 그러자 현승은 반대편에서 드러누워 두 사람의 머리는 나란히 놓이게 된다.

"많이 좋아했구나? 그 사람……, 비서실장 말이야."

천장만 보며 현승이 물었다. 재인은 대답하지 않았다.

"재인 얼굴 보고 단박에 알았어. 마음고생이 심했구나 하고. 근데 그걸 보는 내 마음이 썩…… 그러네. 그래도 오빠니 봐주자 싶기도 하고……."

현승은 고개를 돌려 재인의 옆얼굴을 바라봤다.

"나 오직 그대만……. 재인만 봤는데……. 아무도 내 마음에 들어오지 못했는데……."

재인의 고개도 천천히 현승을 향했다. 서로 거꾸로 된 상태의 마주본 모습이었다.

"다시 내게로 올 수 있을까……?"

현승은 중얼거리듯 말하고 슬며시 재인의 입술을 향했다. 서로의 입술이 닿을 듯 가까워졌을 때, 그러나 재인이 몸을 일으켰다.

"미안……. 현승 씨. 난 시간이……."

"알아. 나 급하지 않아."

따라서 몸을 일으키며 현승이 얼른 그녀의 말을 잘랐다.

"이렇게 재인을 다시 만나 얼굴 볼 수 있는 것만으로도 감사한데, 뭐. 그 이상 안 바라."

현승은 일어섰다.

"두 시간 정도 있다 나가면 되겠지? 피곤할 텐데 다시 누워. 방해하지 않을 테니."

재인이 다시 쓰러지듯 침대에 몸을 뉘는 것을 보며 현승은 입가에 묘한 웃음을 머금었다. 서두를 필요가 사실 전혀 없었다. 연인의 라이벌이 이복오빠인데 급할 것이 뭐가 있겠는가. 재인이 원하는 이런 일은 오히려 그에게 기회였다. 그녀가 원하는 대로 해주며 그저 기다리기만 하면 되었다. 그녀의 마음을 다시 사로잡기만 하면 되는 것이었다.

재인이 귀가했을 때 도하는 이미 퇴근해 있었다. 밤 9시가 넘은 시각이었다. 도하는 지하층 서재에 있다 나와 계단을 내려오는 그녀를 맞았다.

"몸도 좋지 않은데 집에 있지……."

도하가 말을 하는데도 재인은 그를 마치 유령 취급하듯 지나쳐 침실을 향했다. 도하는 재인을 따라 침실로 와서 그녀가 드레스 룸 안으로 사라졌다, 잠시 후 베이지색 슬립 차림으로 다시 나올 때까지 기다렸다.

"왜요? 할 말 있어요?"

재인은 화장대 앞에 앉으며 물었다.

"회사는 당분간 도하 씨가 알아서 해요. 언제 다시 나가고 싶은 마음이 생길지 모르겠어요."

"그래요. 집회가 있을 때까지는 집에서 쉬어요."

"집회?"

재인은 픽 웃었다. 그는 아직도 그것만을 걱정한다는 말인가. 집회는 3일 앞으로 다가와 있었다.

"집회를 하든 말든 그것 역시 도하 씨 알아서 하고."

재인은 클렌징 수액을 퍼프에 묻혀 얼굴을 닦았다. 그러던 중 거울을 통해 도하의 눈과 마주쳤다. 언제나 그렇듯 도하는 물처럼 고요한 눈빛으로 재인을 보고 있었다. 그의 입술 끝에 피딱지가 앉아 있는 것도 재인의 눈에 들어왔다.

"왜 모르는 척해요? 최 팀장이 일러바쳤을 텐데?"

재인이 세차게 돌아보며 소리쳤다.

"나 오늘 어디 가서 누구랑 만났는지 다 알잖아."

"모릅니다."

재인은 들고 있는 퍼프를 집어 던지고 한걸음에 도하 앞에 섰다.

"알려줘요? 옛날 애인 만나서 추억을 나눴어요. 그 추억에는 진한 경험도 있어서 그것도 나눴어요."

재인은 거침없이 떠들었다.

"도하 씬 처음이라고 했던가, 난 처음 아녜요. 도하 씨도 알죠? 도하 씨도 봤던 사람이에요. 내가 사랑했던 사람이라구요. 아니……, 지금도 사랑해……."

재인은 자신이 내뱉은 말 한 마디, 한 마디가 제 앞에 선 남자에게 비수가 돼 날아간다는 사실을, 아마도 제대로는 실감하지 못했던 것 같다. 어떠한 일에도 흔들림 없는 그였지만, 그렇게 되기까지 혹독한 과정을 거친 그였지만 누구에게나 아킬레스건은 있기 마련인가 보다. 도하는 버티지를 못하고 등을 돌렸다.

"그러니까 당신이랑은 결혼 안 해……."

침실을 나가는 도하의 뒤에 대고 재인은 마지막까지 비수를 날렸다.

재인의 일탈은 다음 날에도 계속 됐다. 그녀는 또 다시 현승을 만나 호텔 객실 안으로 사라져 호위사들을 당혹스럽게 만들었고, 귀가는 더욱 늦어 밤 12시 가까이 돼서야 본채 지하층의 계단을 밟을 수 있었다.

이번에는 도하의 모습이 보이지 않았다. 재인은 침대 위로 가방을 던지다 말고 다시 침실을 나와 서재와 리빙 룸을 차례로 돌아다녔으나 그의 모습은 눈에 띄지 않았다.

재인의 귀가를 맞은 아줌마가 분명 '실장님은 아래에 계신다' 했으니 지하층 어딘가에 있을 것은 빤해, 욕실 다음 마지막으로 문을 연 도하의 방에서 그녀는 비로소 그를 찾을 수 있었다. 그는 탁자 앞에서 노트북을 보고 있다가 재인이 쳐들어오듯 들어온 것과 거의 동시에 노트북을 닫았다. 그는 그녀의 영상을 보고 있던 중이었다.

"이젠 무시하기로 했어요?"

재인은 자리에서 일어나는 도하 앞으로 다가와 대들듯 물었다.

"속셈이 뭐예요? 뭐라고 말 좀 해봐요. 화라도 내보라구……."

"피곤한 것 같습니다. 가서 쉬어요."

도하는 재인의 어깨를 가볍게 잡고 평소처럼 말했다.

"내가 피곤하리라는 거 알긴 아네?"

그의 무심함에 화가 난 재인은 더욱 잔인해졌다.

"왜 피곤한지 가르쳐줘요?"

바로 그때였다. 어깨를 잡고 있던 도하의 손이 번개처럼 양옆으로 벌어지는 것과 함께 찌익, 천이 뜯기는 거친 소리가 났다. 재인의 몸에서 원피스는 거의 반토막이 나서 바닥으로 떨어졌다. 이어 도하의 품안으로 들어온 재인이 반항할 새도 없이 비슷한 소리가 나는 것과 동시에 슬립과 브래지어가 그녀의 몸에서 사라졌다. 재인은 그제야 주먹을 쥐고 그를 향해 휘둘렀지만 그것을 그대로 맞으며 그는 그녀를 안고 침대 위로 쓰러졌다. 또한 동시에 그녀의 몸에서 마지막으로 팬티가 찢겨져 나갔다.

"아악……."

재인은 있는 힘껏 비명을 지르며 마구 주먹을 휘두르고 도하의 셔츠를 잡아 뜯었지만 바위처럼 꿈쩍 않는 그는 마치 정복자처럼, 그녀의 저항 사이로 그녀의 감각을 강제로 열고 그 틈을 파고들려 했다. 재인은 세차게 고개를 흔들었다.

"안 돼……."

재인의 외침에 대한 답은 그녀의 다리가 위로 들려, 그 무릎이 머리의 위치까지 올라온 것이었다. 당연히 가랑이 사이의 깊고 은밀한 부위가 위를 향해 적나라하게 드러날 수밖에 없어, 그녀의 외침과 비명은 이내 커다란 울음소리로 바뀌고 말았다. 재인의 격렬한 반응은, 그러나 그것이 치욕스러워서가 아니었다. 그것은 '안 되는' 일이기 때문이었다.

"제발……."

재인은 제 몸의 일부분이 도하에게 빨려 들어가는 느낌과 함께 그의 머리를 움켜잡았다. 그녀는 그것을 힘껏 잡아당겼다. 재인의 그곳에 얼굴을 묻고 그녀를 아예 삼켜 버릴 듯했던 도하는 어쩐 일인지 순순히 그녀의 손길에 딸려 와 어느 순간 그녀의 얼굴과 마주하고 있었다.

재인의 손이 그의 얼굴을 더듬었다. 그녀는 그의 눈을 보고 있었다. 전혀 읽을 수 없던 눈빛이더니, 언제 한 번 찰나에 '무엇을 봤다' 하는 느낌만 있더니, 이제야 비로소, 너무나 갑작스레 그의 눈이 제대로 보였다. 그의 눈빛을 이해할 수 있었다. 그런데 그렇게 처음으로, 재인이 도하의 눈에서 발견한 것은, 사랑도 아니고, 미움도, 질투도 아닌, 바로 그것을 읽은 순간 고스란히 그녀에게 되돌려져 그녀의 가슴마저 저미게 만든, 통증이었다.

"말해봐요. 진실을……."

재인은 결국 지금까지 피했던 것을 정면으로 바라봤다.

"오래전부터…… 날 알죠?"

도하는 무겁게 고개를 저었다.

"오래전부터 날 보아왔죠?"

재인의 눈가에 눈물이 가득 고여 흘러넘쳤다. 그러나 그것을 보면서도 도하는 고개를 저었다.

"오빠……, 맞죠?"

도하는 다시 고개를 저었다.

"재인 씨는 위상문 회장님의 무남독녀가 맞습니다. 그것만이 진실입니다."

도하는 추호의 흔들림이 없었다. 그것은 단지 재인이 충격 받을 것을 걱정한 이상이었다. 그가 그녀에게서 아버지를 가져가려 했다면 벌써 그렇게 했을 것이다. 그의 마음은 변함이 없었다. 과거에도 그랬듯, 기꺼이 제 아버지를 그녀에게 양보하고 오직 그녀만을 갖기를 원했듯, 그는 그녀에게서 아버지를 빼앗고 싶지 않았다.

그녀를 영원히 아버지의 딸로 남겨두고 싶었다. 심지어 그는 그것이 진실이라 믿었다.

"거짓말……."

재인은 입속으로 뇌까렸다. 그러나 믿고 싶은 거짓말이었다. 그 거짓이 진실일 수 있다면 가진 거 다 내놓으라 해도 기꺼이 줄 것 같았다. 도하와 정을 떼느라 저지른 일탈도 따지고 보면 그녀에게도 생살을 찢는 것 같은 고통이었을 테니 더욱 그랬다.

"거짓말……!"

이번에는 재인이 소리를 치자 그가 그녀의 머리를 양손으로 꽉 잡았다.

"잘 들어."

도하가 말했다.

"네가 믿고, 안 믿고 관계없어. 세상의 법이 어떻든 그것도 관계없어. 단 하나만이 진실이야. 네가 내 여자라는 것."

도하의 말이 떨어지자마자 재인은 다시 비명을 질렀다. 그가 다시 그녀의 허벅지를 벌려, 오직 그것을 허락한 한 남자에게만 보일 수 있는 내밀한 곳을 드러냈기 때문이었다. 그는, 재인이 계속 소리를 치는데도 아랑곳하지 않고 그녀의 몸 안으로 깊이 파고들었다. 그러자 오히려 재인은 갑자기 잠잠해졌다. 도하는 한 팔로, 재인의 상체를 잡아 일으켰다. 눈물에 온통 젖어 있는 재인의 얼굴이 그를 향했다.

"미워할 거야……."

재인이 울먹였다. 도하의 눈을 보면서였다. 다시 그녀의 눈에 읽히는 그의 통증을 보면서였다.

"미워할 거야……. 미워할 거라구……."

재인은 그를 때리고, 또 결국은 그의 목을 끌어안았다.

다음 날, 재인은 이미 현승과 약속돼 있는 호텔로 향했지만 객실 대신 1층의 커피숍에서 그를 만났다. 아직 해가 완전히 지기 전의 햇살이 가을의 끝자락에 매달려, 그 마지막 몸부림을 다하느라 더욱 아름답게 채색된 늦은 오후였다.

"미안해, 현승 씨……."

재인은 정말 미안한 얼굴로 말했다.

"괜히 내 문제 때문에 현승 씨 끌어들여서……."

"아냐. 내가 재인 위해서 못 할 게 뭐 있어? 언제든 무슨 부탁이든 말만해. 목숨 내놓으라는 것만 빼고는 다 할게. 아니다. 목숨도 내놔?"

하며 그는 소리 내어 웃었다. 그러나 재인은 웃지 않았다.

"다시는 부탁할 일 없어."

재인의 차가운 말에, 현승의 얼굴에서는 서서히 웃음이 걷히고 있었다. 어젯밤에 재인은 다짐했다. 도하의 눈을 통해, 그의 고통을 보고 나서 그녀는 결심했다. 제 생살이 뜯기는 아픔이 있더라도 도하를 힘들게 하지는 말아야겠다, 굳이 그를 고통스럽게 하면서까지 재인 자신에게, 또 그에게 '단념하라' 강요하지는 말아야겠다 싶었다.

"내 이기심 때문에 현승 씨한테도 못 할 짓한 것 같아 진심으로 사과해."

"갑자기 왜 그래? 우리가 남도 아니고……."

"남이야."

재인은 차갑게 잘랐다.

"난 현승 씨랑 다시 시작할 마음 전혀 없어. 아니, 없었어."
"뭐……? 설마 류 실장……."
"그거와는 관계없어. 다만 현승 씨를 사랑하지 않을 뿐이야."
현승의 모습에서는 낙담하는 기색이 역력했다. 그는 그것을 굳이 숨기려 하지도 않았다. 아마도 이런 상황을 전혀 짐작조차 못했던 듯 그의 얼굴은 이내 노여움의 빛까지 띠기 시작했다.
"잘 가."
그 말을 마지막으로 재인은 일어섰다. 근처에 앉아 있던 여정도 재인을 보며 함께 일어나 얼른 재인의 뒤로 붙으며 입구로 향했다. 뒤늦게 현승이 벌떡 일어나 이미 로비로 나간 재인의 뒤를 쫓았다.
"재인……."
재인은 저를 부르는 소리를 듣고도 돌아보지 않았다. 현승이 재인의 뒤에서 그녀의 팔을 잡자 여정이 대번에 손날로 현승의 손목을 내리쳤다. 현승은 '읏' 하는 소리를 내며 움찔 물러났다.
"회장님의 몸에 손대지 마십시오."
여정이 차갑게 경고했다. 재인은 침착한 얼굴로 현승을 보며 '왜?' 하고 물었다. 현승은 재인 앞으로 한 발 다가섰다. 그때 로비에서 대기하던 장혁이 천천히 오던 중 갑자기 발걸음을 빨리 했다. 동시에 재인 앞으로 다가오던 현승의 눈길이 그녀의 너머를 향했다. 뒤이어 재인과 여정의 눈도 현승의 눈길을 따랐다.
한 여자가 맞은편에서 오고 있었다. 선글라스를 끼고, 트렌치코트 주머니에 두 손을 깊이 찔러 넣은 여자는 분명한 목표를 향하듯 거침없이 다가오고 있었다. 여자는 바로 현승과 깊은 관계였던, 그 탤런트였다. 여자 뒤로는 장혁이 달려오고 있었다.
재인은 당황했다. 여자는 분명 저를 향하고 있었고 벌써 가까이 접근했기 때문이다. 여자의 손이 트렌치코트 주머니에서 나온다. 그중 한 손에는 일회용 음료 병 크기의 병이 들려 있었다. 여자는 병의 마개를 땄다. 마개를 딴 병을 재인에게 향하는 순간, 여자의 뒤로부터 장혁이 그녀의 팔을 잡아당겼다. 동시에 여정이 재인을 안고 바닥으로 몸을 낮췄다. 여자의 손에 든 병은 장혁의 힘에 끌리며, 그 조준점이 재인에게서 그 옆에 있던 현승에게로 넘어가고 만다. 비명은 멀리서부터 들려왔다. 여자들이 단체로 지른 비명이었다.

"으아악……!"

가까운 비명은 현승의 것이었다. 바닥에 쓰러진 현승의 얼굴에서 피부가 녹아내리고 있었다. 여자가 뿌린 것은 황산이었다. 여자는 주저앉은 모습으로, 고통에 몸부림치는 현승을 향해 넋이 빠진 얼굴을 하고 있었다.

장혁은 재빨리 재인 곁으로 움직였다. 넋이 빠져 있기는 재인도 마찬가지여서, 그런 재인을 장혁이 조심스럽게 잡아 현승으로부터 멀찌감치 떼어놓기부터 했다. 여정이 불안정한 걸음으로 장혁을 따르니, 그는 여정에게 향하자마자 그녀를 잡아서 앉힌 후 그녀의 재킷을 급히 벗겨냈다. 재인을 안고 방어한 여정의 등으로도 황산이 튄 것이다.

"괜찮습니다."

여정은 고통스러운 얼굴로도 그렇게 말했다.

"가만 있어."

황산은 여정의 재킷뿐 아니라 셔츠까지 녹여내, 그녀의 등에는 이미 구멍 난 셔츠 안으로 살이 타들어 간 화상 자국이 보였다. 500원 동전만 한 크기 하나와 그보다 작은 크기로 서너 개쯤 되었다. 장혁은 주머니에서 잭나이프를 꺼내 구멍이 있는 부위의 셔츠를 찢어냈다. 브래지어를 끊어내고 브래지어의 녹은 부위도 도려냈다.

"어……, 어떡해……."

여정이 다친 것 같아 정신을 차린 재인이 어느새 다가와서 보고는 발을 굴렀다.

"잠깐만 부탁드립니다."

장혁은 재인에게 여정을 맡겨놓고 어디론가 사라졌다가 오래지 않아 돌아왔는데 그의 손에는 제일 작은 사이즈의 생수병 네 개가 쥐어져 있었다. 그는 그것을 여정의 상처 부위에 흘렸다. 그렇게 생수 네 병을 모두 흘리고 난 뒤에야 장혁은 자신의 재킷을 벗어, 상처에 닿지 않게 조심하며 여정의 등을 덮어주었다.

현승의 얼굴은 형체를 알아볼 수 없이 처참하게 녹아내리고 있었다. 어느 순간부터는 그가 내는 단말마의 비명보다 아수라장으로 변한 그 주변의 구경꾼들이 내는 그것이 오히려 더 컸을 정도였다. 호텔의 직원들이 구경꾼들을 통제하느라 진땀을 흘리는 가운데 호텔 밖으로부터는 사이렌이 울렸다.

경찰서의 한 분과 사무실 안으로 도하가 급히 들어섰다. 그 뒤로 이석과 안경 쓴 남자가 따랐다. 경찰에는 재인과 여정, 장혁이 있었는데 참고인 조사는 거의 끝나 있었다.

"도하 씨……."

재인은 도하를 보자 대번에 눈물을 글썽였다. 그에게 미안한 한

편으로, 무엇보다 창피해서 더는 말이 입 밖으로 나오지도 않았다. 도하는 위로하듯, 그런 그녀의 뒤통수를 어루만졌다.

재인은 경찰서에 있는 동안 참고인 진술뿐 아니라 경찰로부터 사건에 대한 일부 사실들을 전해들을 수 있었다. 황산을 뿌린 여자는 얼굴도 제법 알려진 탤런트로, 그 여자가 노린 것이 다름 아닌 재인, 자신이었다는 사실에 그만 아연실색하고 말았다. 그 탤런트가 바로 현승이 사귄 여자라는 것은 재인도 즉시 짐작할 수 있었지만 두 사람이 비교적 최근에 헤어졌다는 것, 그것에 여자가 앙심을 품고 그동안 계속 현승을 괴롭혀 왔다는 것은 새롭게 안 사실들이었다.

보태어, 여자는 현승과 이별 후, 아마도 흥신소를 통해서 그에게 미행을 붙인 것 같다는 것이 경찰의 설명이었다. 그러니 재인과 현승이 만나는 장소를 알고, 여자는 미리 준비했을 황산을 들고 와 그런 끔찍한 짓을 저질렀던 것이다.

물론 여자는 현장에서 체포돼 현재 신문(訊問)이 진행 중이었고, 연예계 기자들을 포함해 많은 수의 기자들이 벌써부터 몰려들어 경찰 브리핑을 기다리고 있었다.

현승은 호텔에서 곧장 병원으로 실려 갔는데 경과를 좀 더 두고 봐야 알겠지만 일단 생명에는 지장이 없는 것으로 알려졌다. 다만 황산이 귀에 들어간 것을 포함, 얼굴의 반을 덮어 온전히 회복될지는 미지수라고 했다.

도하가 보호자임을 확인한 경찰은 제일 먼저 여정을 가리키며 '저 여자분 빨리 병원으로 데려가라' 했다. 여정이 병원에 가지 않겠다고 고집을 부려 그냥 이곳에 있게 했노라, 경찰은 변명했다. 사실 여정은 호위사답게 끝까지 재인 곁에 남아 있으려고 한 것이었다. 도하는 경찰로부터 대략적인 상황을 전해들은 후 나머지 일 처리는 안경 쓴 남자인 변호사에게 일임하고 경찰서를 나왔다. 당연히 모두를 이끌고 나왔으며 곧장 집으로 향했다.

"황 대리는 병원으로 가야 하지 않아요?"

이석이 운전하는 차 안에서 재인이 제 옆에 있는 도하를 보며 물었다. 재인이 탄 차 앞으로 장혁이 운전하는 차가 가고 있었는데 여정은 그 차에 있었다. 재인의 말에 이석의 얼굴에도 걱정하는 빛이 역력했다.

"잠깐 봤는데 굳이 병원에 갈 필요는 없습니다."

도하는 경찰서에서처럼 재인의 뒤통수를 손으로 부드럽게 쓸어내렸다. 아직도 불안한 얼굴을 하고 있는 재인을 안정시키기 위한 것으로 보였다.

집에 도착하자마자 도하는 여정의 상처부터 치료했다. 도하가 어지간한 의사 실력은 되는데다 집에 다양한 종류의, 많은 의료품들이 구비돼 있어 어려울 것은 없었다.

"나 때문에 미안해."

여정의 침실에서 재인이 말했다. 도하가 치료를 끝내고 나간 후였다.

"아닙니다. 제 할 일을 했을 뿐입니다. 별로 중한 상처도 아니구요. 실장님도 감염만 주의하면 된다고 하셨습니다."

여정은 쑥스러운지 얼굴을 붉히며 대답했다.

"회장님이 다치셨으면 그것이 큰일이지요. 팀장님이 정말 재빨리 판단 잘 하셔서 이만하게 끝난 것 같습니다. 전 좀 늦었어요. 아직 경험이 부족해서……."

"이 와중에 무슨 경험 타령이야? 직업병이냐?"

재인은 울먹이면서도 짐짓 나무랐다. 여정은 저도 모르게 빙긋 웃었다. 편안한 웃음이었다.

"황 대리도 그렇게 웃을 줄 아네?"

재인의 말에 여정이 금세 민망해하자 이번에는 재인이 웃으며 방을 나갔다. 여정은 침대를 나와 거울 앞에 서서, 스스로 웃는 얼굴을 해보였다. 조금 전, 저도 모르게 웃은 웃음만큼 자연스럽지는 못했지만 그녀는 몇 번이고 해보았다. 웃는 것도, 우는 것도 마음먹은 대로 잘 안 되는 그녀였다.

늦은 저녁식사 후, 다소 늦은 시간에 장혁이 주방으로 들어오니 아줌마가 한가롭게 식탁 앞에 앉아 차를 마시고 있었다. 장혁은 싱크대 앞을 기웃거렸다.

"뭐? 커피?"

아줌마가 물었다.

"네."

"황 대리 아프니까 직접 왔구만. 내가 만들어줄게. 블랙이지?"

"아뇨. 거품 있는 거."

"응? 카푸치노?"

"아, 네. 그거."

"안 어울리게시리."

아줌마는 픽 웃었다. 장혁은 아줌마가 카푸치노를 만드는 동안 주방 입구를 왔다 갔다 하며 기다렸다. 그의 그런 모습이 카푸치노를 주문한 모습보다 더 안 어울렸는지 아줌마는 몇 번이나 그를 힐끔거렸다.

장혁은 거품 가득한 머그잔을 들고 본채를 나와 회랑을 지나 별채로 들어왔다. 그는 복도를 걸어 곧장 여정의 침실 문을 향했다. 그러나 여정의 침실 문 앞을 불과 두 걸음 남겨두고 그의 발길은 뚝, 멈췄다. 안으로부터 웃음소리가 들렸기 때문으로, 남자의 웃음에 여자의 그것이 섞여 있었다. 남자의 웃음소리는 이석의 것이 분명했는데 장혁의 발길을 세운 것은 그 때문이 아니었다. 여자, 바로 여정의 웃음소리 때문이었다. 비록 이석의 소리에 거의 가려 있었지만 그녀의 웃음소리라는 것을 알아채지 못할 만큼은 아니었다.

여전히 웃음소리가 들렸다. 이번에는 이석의 소리뿐이었다. 장혁의 발길은 제 방으로 향했다.

"한 번 더 해봐요."

이석이 다그치듯 말했다. 여정의 방인데 그녀는 침대 위에서 양반다리를 하고 앉았고, 이석은 책상 앞 의자를 빼 침대로 향하게 한 채로 앉아 있는 모습이었다.

"이렇게."

하며 이석은 입을 크게 벌리고 '하하하' 웃었다.

"웃기게 하고 웃으라 그래야죠. 무작정 웃으라는 게 말이 됩니까?"

여정은 퉁명스럽게 반응했다. 10분 전에 이석이 문병 핑계로 방문했을 때 그녀는 그에게 웃긴 얘기를 하나 해보라 했다. 그런데 그가 해준 얘기가 별로 웃기지를 않았다. 그나마 이석의 익살맞은 표정과 '소리 내어 웃어보라'는 그의 투정 어린 요구에 부러 소리를 내어 웃어줬던 것이다.

"이건 순전히 여정 씨의 특이한 웃음 코드 탓이야. 별로 안 웃긴

거에는 입술을 막 실룩거리고, 정작 둘이 웃다 하나가 디져도 모를 개그 썰엔 뚱해 가지고는, 내참. 우야튼 우리 여정 씨는…….”

이석은 천천히 자리에서 일어났다.

“오직 이것이 쥐약…….”

그는 잽싸게 양손으로 여정의 갈비뼈를 ‘간질간질’ 하고는 물러섰다. 약간의 침묵이 흘렀다. 눈만 껌벅이는 여정과 ‘어이 상실’의 이석이 동상처럼 굳어 있었다.

“얼레, 이상하다. 여정 씨도 나 여기 간질간질 해봐 봐요.”

이석은 여정 가까이 와서 제 몸을 들이댔다. 여정이 이석과 같은 방식으로 그의 갈비뼈 부근에 손을 대자 그는 바로 ‘으헤헤’ 하며 몸을 비비꼬았다. 그의 그런 모습에 여정은 그제서 어처구니없는 웃음을, 그러나 자연스럽게 픽 웃었다. 아마도 여정은 몰랐을 테지만 그녀의 감정을 조금씩 건드려 봉인을 푸는 데는 그녀를 향한 이석의 사랑이 절대적이었다. 거기에 재인의 마음 씀씀이도 여정의 감정을 흔들었음은 물론이지만 정작 감정의 봉인이 풀렸을 때 그것이 어디로 향할지는, 여정 자신을 포함해 아무도 알 수 없는 일이었다.

제17장 제국의 여왕

재인은 지하층 그녀의 침실에 붙은 욕실에 있었다. 아마도 방금 샤워를 끝냈는지 커다란 타월을 몸에 두른 모습으로, 욕실의 마른 공간에 있는 화장대 앞에 앉아 머리를 빗고 있었다. 문이 열리고 도하가 들어온다. 재인은 잠깐 하던 것을 멈추고 그녀 앞에 있는 거울을 통해 그가 가까이 오는 것을 보고 있었다. 도하는 자연스럽게 재인의 손에서 브러시를 넘겨받아 그녀의 머리를 빗겨주었다.

"나……, 바보 같죠?"

재인이 거울 속의 도하를 보며 물었다.

"간 떨어질 뻔했습니다."

도하는 담담히 대답했다. 자칫 황산의 피해자가 될 뻔했던 재인이었으니 그가 그렇게 말한 것도 엄살만은 아니었을 것이다. 그 사실은 물론 재인에게도 모골이 송연해질 만한 것이었고, 또 황산의 피해를 당한 현승에게 딱한 심정을 갖고도 있었지만 현승과 그 여자 탤런트와의 관계에는 아무 충격도, 심지어는 관심도 없었다. 전혀 몰랐던 사실도 아니고, 한두 번 만나고 말았다는 현승의 말이 거짓일 줄 알았기에 놀랍지 않다는 것과는 사뭇 다른, 흡사 그녀와는 아무 상관도 없는 일을 대했을 때의 심정, 그런 것과 비슷했다.

"언론 쪽은 걱정 말아요. 경찰 쪽과 협조해서 조직원들이 움직이고 있으니."

도하가 말했다. 조금 전부터 인터넷 포털 사이트에는 탤런트의 이름이 거론되며 기사가 올라오기 시작했는데 요조숙녀 이미지의 탤런트가 이별을 요구한 애인에게 저지른 엽기적인 사건에 초점을 맞춰, 단지 이니셜로도 재인이 거론되는 일이 없도록 최대한 조치하고 있다는 것이 도하의 설명이었다.

재인은 다시 그에게 미안하고 또 그 몇 배로 창피해, 고개만 끄덕여 보이고는 그대로 고개를 떨어뜨렸다. 도하가 그런 그녀를 안아서 침실로 와, 침대에 비스듬히 눕혔다. 화장기 없는 얼굴에, 창피한 마음이 드러나선지 약간 발그레해진 뺨을 하고 있는 재인은 위에서 내려다보는 도하의 얼굴을 마주하기는 했으나 그가 키스를 하려 다가왔을 때는 외면했다. 그러면서도 그가 물러나려 하자 도리어 두 팔로 와락, 그의 목을 끌어안았다.

"거짓말했어요."

재인은 급히 말했다.

"그 남자랑 아무 일 없었어요. 이미 마음에서 떠난 지 오래야. 그래도…… 아니, 그래서 더 미안해요."

도하는 그녀에게 목을 잡힌 채로 그녀의 몸을 안아 등이 위로 가게 한 상태에서 타월을 풀었다. 단번에 재인의 알몸이 드러나고, 도하의 손은 그녀의 엉덩이로 내려갔다. 찰싹, 결국 재인은 엉덩이를 한 대 맞고 말았다. 그녀의 엉덩이 한쪽이 곧 빨개졌다. 재인은 맞을 만하다 생각해선지 아니면 억울해선지 도하의 목을 잡은 채로 꼼짝도 않고 있었다.

"내일 오후 7시에 이두회 집회가 열립니다."

빨개진 재인의 엉덩이를 쓰다듬으며 도하가 말했다. 그러자 재인은 대번에 그의 목덜미에 머리를 가로로 비볐다. 듣기 싫다는 의미였다.

"6시 전에 데리러 올게요. 준비하고 기다리고 있어요."

재인은 다시, 더욱 세차게 고개를 흔들었다.

"말 듣지 않으면 다음엔 두 대 때릴 겁니다."

도하는 재인의 머리에 몇 번 입을 맞춘 후 그녀를 눕히고 이불을 덮어주었다. 그러는 동안에도 그녀는 베개에 얼굴을 묻는 것으로 도하의 눈길로부터 피해 있었다.

재인은 도하를 이해할 수가 없었다. 그의 마음을 헤아릴 길이 없었다. 혹시 그는 정말 아버지의 아들이 아닌 건가, 억지로 그렇게 믿어볼까, 재인은 머리를 복잡하게 굴리다 번쩍 깨어났다. 의식도 못 하는 사이 잠들었다는 것을, 그렇게 깨고 나서야 알았다. 침실의 불은 꺼져 있었고 도하의 모습도 보이지 않았다. 재인은 주섬주섬 일어나 침대 발치에 있는 테이블에 올려둔 가운을 주워 입고 티 테이블에 올려둔 핸드폰을 집어 들었다. 그녀를 깨어나게 만든 것이 바로 핸드폰 벨소리였기 때문이다.

"엄마네……."

재인은 바로 통화를 터치했다. 진향이 전화를 건 것은 현승의 기사를 보고 나서였다. 기사 내용에 재인이 언급되지는 않았지만 재인과도 관계가 있느니 만큼 걱정이 돼서 걸었던 것이다. 재인은 별수 없이 호텔 로비에서의 일을 털어놓았다.

[근데 최 변을 왜 만났던 거야? 너 류 실장에게 마음이 있는 거 아니었어?]

진향은 무척 놀라면서도 의아한 목소리로 물었다.

"그, 그게……."

재인은 눈물부터 핑 돌아 말을 잇지 못했다.

[재인아, 왜 그래? 응? 말을 해봐.]

그러나 재인은 어디서부터, 무엇부터 설명해야 할지를 몰라, 쉽게 입을 열지 못하고 있었다.

[내일이 집횐데……, 너 혼인신고는 한 거야?]

"아니. 결혼을 어떻게 해……? 도하 씨랑 어떻게 해……?"

[안 되겠다. 엄마가 내일 오전 비행기로 갈 테니까 집에서 보자. 류 실장한텐 말하지 말고.]

다음 날 오전, 진향은 제 말대로 집에 도착했다. 도하는 이미 출근한 후인 11시였다. 재인과 진향은 지하층의 리빙 룸에 커피를 두고 마주앉았다.

"어젯밤 엄마랑 통화 후 생각해 보니까……."

'무슨 일이 있었냐' 하는 진향의 재촉에 재인은 시무룩하면서도 혼란이 완전히 가시지 않은 얼굴로 입을 열었다.

"뭔가 앞뒤가 안 맞는 게 있기는 한데……. 그게 뭔지 모르겠어. 아니, 무엇보다 아빠가 그렇구……. 아빤 몰랐을까……? 혹시 엄만 알아? 도하 씨에 대해……. 그래서 결혼 반대한 거야?"

"그게 무슨 말이야? 그렇게 말하면 엄마가 어떻게 알아들어?"

"솔직하게 말해줘, 엄마. 도하 씨……, 누구 핏줄이야?"

진향은 놀라기는 했으나 아마도 언제고 올 날이라 각오했던 사람처럼, 맞잡은 제 손에 힘을 주며 침착함을 잃지 않으려 노력하는 모습도 보였다. 그냥 모든 것이 누구에게도 상처를 주지 않고 지나가기를, 특히 딸이 상처 받지 않기를 정말 간절히 바랐지만 결국 매듭을 풀어야 해결이 나는 것이라면 어쩌겠는가, 감당해야지, 진향은 덜덜 떨리는 손으로 커피 잔을 들었다. 재인은 그런 엄마의 손을 보며 불길함을 느낀다.

"넌…… 어떻게 알고 있니? 류 실장이 누구의 아들이라 알고 있어?"

엄마가 물었지만 재인은 그것을 입 밖에 내기도 싫다는 듯 대답을 회피했다.

"혹시 아버지의 아들일까 봐?"

진향이 이어서 물었지만 재인은 엄마의 눈조차 피했다. 제발 아니라고 해줘, 재인의 가슴은 조마조마했다.

"그래서 혼인신고도 안 하고 있었던 거였니?"

진향은 한숨 쉬듯 다시 물었다. 재인은 계속 묵묵부답이었지만 사실 그것을 피하고 싶은 것은 진향 자신이었다. 그것 때문에 금 변호사와 손을 잡는 무리한 짓도 했지만 이제는 순수하게 딸을 걱정하는 엄마로 돌아와, 당장은 상처가 되더라도 궁극적으로 무엇이 딸을 위한 일인지를 결정해야 했다.

"그래, 맞아."

마침내 엄마가 고개를 끄덕이자 재인은 눈을 감았다.

"류도하는 위상문, 네 아버지의, 이 세상 유일의 자식이야."

재인은 눈을 떴다. 그것도 휘둥그렇게 떴다.

"유, 유일?"

"그래. 아버지의 자식이 아닌 것은…… 너다, 재인아."

"말도 안 돼……. 난 유전자 검사도 했어. 엄마. 도하 씨 껀 안 했지만 내 껀 했다구. 아빠랑 내 꺼."

"어떻게? 네가 직접 연구소에 가져갔어?"

"그건 아니지만……. 양 비서가……."

"그럼 류 실장이 중간에 가로챘을 거야. 이두회 힘 몰라? 그런 문서 따위 조작하는 거 전혀 어려운 일 아니야."

재인은 갑자기 벌떡 일어섰다. 마치 당장이라도 이석을 부르러 갈 기세더니 그녀는 곧 다시 세차게 엄마를 향했다.

"그, 그럼 대체 난 누구의 딸인 거야? 그냥 엄마 딸이야? 그게 다야?"

"네 아버진…… 아니, 네 생부는……."

진향은 괴로운 듯 미간을 좁히고 주먹 쥔 손을 가슴에 댔다.

"류준성……, 그분이다."

재인은 제자리에서, 바닥에 털썩 주저앉았다.

"내 잘못이다. 그땐 나도 어렸고……. 내 남자, 내 사랑밖에 몰라, 갖고 싶으면 가져야 했고, 나 외에 다른 여자를 보는 건 용서가 안 됐어. 그래서 네 아버지……, 위상문 회장 말이다, 곁에 여자가 있는 줄 알면서 사랑했고……. 무슨 짓을 해서라도 독차지하고 싶었다. 결국 독차지하고 난 후에도 내 남자가 그 여자한테 다시 관심 갖는 게 싫어서 멀리 쫓아버렸고……. 그 후 여자가 임신했다는 걸 안 네 아버지가 아이를 찾으려 했을 때도 그게 용납이 안 돼서……. 또 네 아버지를 힘들게 했구나. 아이를 포기하든지

나를 포기하라고 하면서……. 당시 날 마음에 두고 있던 류준성, 그 사람을 통해 네 아버지의 질투를 유발하려다…… 그만…….”

그때 재인의 헛웃음 소리가 진향의 말을 끊었다. 재인은 어처구니없는 웃음으로 가슴을 들썩였다.

“네 생부만 죽게 만들고…….”

진향은 고개를 떨어트렸다. 눈물이 바닥으로 투둑 떨어졌다. 어쩌면 엄마는 어젯밤 현승의 기사를 보다가 딸도 엄마와 같은 실수를 되풀이할까 두려웠는지도 몰랐다. 재인의 웃음소리는 잦아들었다.

“도하 씨 입장에서 보면 엄마와 난 완전 도둑년들이네?”

그렇게 입을 연 재인의 얼굴에는 노여움이 가득했다.

“멀쩡한 남의 남자, 남의 아버지 빼앗아 지금까지 잘 먹고 잘 산 거네?”

진향은 손으로 얼굴을 가리고 흐느꼈다.

“난 지금까지 무슨 뻘짓을 한 거야, 대체? 세상에 이런 코미디가 어딨어? 이런 악질적인 코미디가 어딨냐구!”

재인은 악을 썼지만 그 소리는 리빙 룸의 건조한 공기를 타고 공허하게 맴돌 뿐이었다.

“그래놓고 금 변호사님이랑 그런 짓을 할 수 있었단 말이야? 어떻게 그렇게 뻔뻔해? 그게 사람이야? 그때 만약 도하 씨 다치고나 이런 사실 알았으면 절대 엄마 용서 못 해. 평생 엄마 안 본다구. 아니, 지금도 안 봐. 가. 이 집에서 나가! 당장 다시 제주도로 가란 말이야!”

재인의 발작에 진향은 자리에서 일어나 비틀거리며, 바닥에 주저앉아 있는 딸의 옆을 스쳤다.

“네 말 다 맞아. 그땐…… 류 실장이 다 알고 있는 것 같아……. 그것을 너한테 다 말할까 봐……, 두려워서 그랬어. 그런데…… 오히려 그 반대였구나.”

진향은 재인과 등지고 서서 말을 했는데 눈물로 인해 말이 간헐적으로 끊기기도 했다.

“모든 게 엄마 잘못이야. 네 잘못 없어. 그러니…….”

“내 잘못이 왜 없어? 이 세상에 태어난 게 죈데…….”

재인이 다시 소리쳤다.

“아니야, 재인아. 그건 네 잘못 아니야…….”

진향이 돌아보며 역시나 소리를 높였다. 그녀의 다급한 심정이 그 소리를 통해 고스란히 전해졌다.

“그냥 엄마 원망해. 엄마 욕해.”

“다 필요 없어. 가. 당장 나가란 말이야!”

진향은 리빙 룸을 나와 얼마 후, ‘왜 벌써 가시냐’는 아줌마의 만류에도 불구하고 저택을 떠났다. 그녀는, 그러나 제주도로 곧장 내려가지 않고 위 회장이 있는 병원에 들러 잠시 남편 곁에 머물렀다. 진향은, 이제는 보지도 듣지도 못하는 남편의 손을 잡고 다시 한 번 눈물을 흘리며 마음속으로 용서를 빌었다.

아내의 허물에도 불구하고, 모든 것을 다 알고 난 후에도 남편이 얼마나 변함없는 사랑을 주었는지, 진향은 잘 알고 있었다. 그것은 고스란히 딸인 재인에게도 이어져, 위 회장은 딸이 원하는 것이라면 거의 모든 것을 다 들어주었다. 결혼만 빼고 말이다. 그런데 그 결혼, 도하와 재인을 결혼시키려 한 위 회장의 의도를 진향은 당연히 불편해했었다. 재인이 독일로 떠난 직후 도하가 본격적으로 이두회와 회사, 양쪽에서 수면 위로 부상할 즈음 진향도 도하의 존재를 알기 시작했는데, 피는 못 속인다고 했던가, 그녀는 첫눈에 그가 위 회장의 아들이라는 것을 알아봤다. 때문에 남편이 추진하는 결혼이 불편하면서도 대놓고 반대도 못 했던 것이다.

"내 죄가 너무 커서요……. 나 그 말은 안 했는데……. 그래도 나 당신한테 섭섭한 거 있었어요."

남편의 손을 잡고 진향이 혼잣말을 했다.

"우리 사이……, 아이 없는 거……, 당신이 그런 거죠? 아들을 위해서……, 또 도하 엄마를 위해서……. 맞죠? 아이가 하도 안 생겨 나 눈치챘었어요. 그리고 그땐 그게 날 벌주는 거라 생각해, 너무 화가 나고 섭섭해서……, 당시엔 얼굴도 알지 못했던 도하가 더욱 미웠는데……. 이젠 다행이다 싶네요. 그렇게라도 아들을 위한 거 하나 정도는 있어야겠지요. 그래야 아들도, 엄마도 섭섭하지 않겠지요. 잘하셨어요……."

재인은 핸드폰을 들었다. 그러나 잠시 머뭇거린 끝에 그것을 도로 놓았다. 이석에게 확인을 해보려 한 것이지만 의미 없는 짓이라, 금세 깨달았다. 엄마의 말이 진실이라는 것은, 그것을 진실이라 했을 때 모든 상황이, 한 점의 의혹도, 이상한 점도, 모자란 점도 없이 딱, 딱 들어맞는 것으로 확인할 수 있었다. 아버지가 이복남매의 결혼을 추진할 리 없는, 그 당연한 사실과 함께 도하의 변함없는 사랑조차도 말이다.

재인은 이끌리듯 도하의 방으로 와, 무심결에 그녀의 의식을 스쳤던, 탁자 위 노트북으로 다가왔다. 도하의 노트북이었으며, 이틀 전 도하가, 재인의 귀가도 의식 못 한 채 보고 있었던 것과도 동일했다. 재인은 노트북을 열어 그리 어렵지 않게, 이틀 전 도하가 보고 있었을 영상을 찾아냈다. 사실 노트북에는 그것이 다였다. 재인은 멍하니 노트북의 모니터를 채운 자신의 모습을 바라보았다.

대학 입학 때 모습이네, 그녀는 그렇게 중얼거렸다. 그저 아버지가 딸의 모습을 영상에 담으려는 것인 줄로만 알았던 것이 고스란히 도하에게 전달되었을 줄이야, 기억 속에만 존재했던 '오빠'가 어디에선가 여전히 '누이'와 함께 하고 있었을 줄이야, 재인은 탁자 앞에서 무너졌다. 더불어 그녀의 가슴도 무너져 내렸다. 그래, 그는 그런 사람이다. 도하는 재인과 위상문 회장의 유전자 검사 서류를 위조한 사람이다, 재인이 '오빠냐' 물어도 아니라고 대답한 사람이다, 재인의 일탈 때도 그저 한마디, '넌 위상문의 딸이 아니다' 했으면 재인과 현승의 일로 고통 받지 않아도 됐건만 끝까지 '넌 위상문 회장의 무남독녀고 그것만이 진실'이라 했던 사람이다, '아버지'를 양보한 사람이다, '아버지'를 양보하고, '누이'를 '운명'으로 받아들이려 20년을 기다린 사람이다. 그는 그런 사람이었다. 재인은 비로소 그가 왜 저를 '운명'이라 했는지 이해했다. 그가 왜 '너는 바로 나'라고 했는지 뼈저리게 깨달았다.

시간이 흘러 위 회장의 저택에 땅거미가 밀릴 무렵, 도하의 차가 본채 앞에 섰을 때 장혁과 여정은 이미 단정한 슈트를 입고 나와 대기 중이었다. 도하 역시 연한 회색의 슈트를 입고 있었는데 차에서 내리자마자 곧장 본채로 들어가 지하층을 향하는 그의 모습은 얼핏 평소와 다름이 없어 보였지만 내심으로는 재인이 어떻게 나올지, 걱정이 많은 그였다. 못 간다고 버티면 또 그녀와 실랑이를 해야 하니 말이다. 사실 그가 세상에서 가장 무서워하는 것은 귀신이 아니라 재인일지도 몰랐다.

재인은 침실에 있었다. 도하가 문을 열었을 때 마침 화장대 앞에 앉아 있던 그녀는 도하를 보며 자리에서 일어났다. 재인은 감색의, 칼라 없는 라운드 넥 재킷에 흰색 블라우스를 받쳐 입은 스커트 정장 차림이었다. 거기에 흰색의 토드 백을 들어, 전체적으로 고급스럽고 우아하면서도 기품이 넘쳤다. 도하는 그런 그녀의 모습에 슬며시 입꼬리를 올렸다.

"두 대, 안 때릴 거죠?"

도하 가까이 온 재인이 물었다.

"대신 두 번 깨물어도 될까요?"

재인은 다문 입이 양 옆으로 길게 늘어나는 웃음을 지으며 도하의 팔에 제 팔을 꼈다.

"자, 이제 날 모셔가 주세요, 천위장."

재인은 턱을 살짝 치켜 올리며 말했다. 재인의 변화에 다소 의아해하는 그의 눈길이 느껴졌으나 그녀는 설명하지 않고 모른 척했다. 설명할 필요를 느끼지 못했다. 이제 보여주면 되는 것이다.

"재주도 좋아요."

차 안에서 재인이 말했다. 장혁의 운전으로 조수석에는 여정이 타고 가는 차였다.

"두 분 고문 변호사님들을 어떻게 설득했어요? 전에 금 변호사님한테 들은 바로는…… 그분들 만만치 않다던데?"

재인의 질문에 도하는 침묵했다.

"역시…… 그럴 줄 알았어. 아직 집회까지 시간 여유 있죠?"

"시간은 왜?"

"그분들 좀 만나보려구요. 어디다 가둬놨어요?"

재인의 성화에 도하는 장혁에게 '1호 안전가옥'으로 가라 했다. 그러자 차는 이두회 본부로 움직였는데 본부 앞에 선 것이 아니라 그 뒤로 약 300미터를 더 가서, 한 유료 주차장 옆에 있는 일반 주택 같아 보이는 대문 앞에 이르렀다. 주변 상황과 그다지 어울리지 않는 주택이라는 점만 뺀다면 특이한 것은 아무것도 없었다. 대문은 도하의 손에서 작동한 리모컨으로 열렸다. 차가 대문 안으로 들어가니 문은 다시 자동으로 닫혔다.

대문 안으로 안마당이 꽤 넓었다. 그곳에는 두 대의 차가 주차해 있었고, 주택 건물은 옥상이 있는 2층의 양옥이었다. 도하는 호위사들에게 차에서 대기하라 이른 후 재인하고만 차에서 내렸다. 도하는 재인을 데리고 주택의 현관으로 향하지 않고 주택의 뒤쪽으로 돌아, 주택 건물 외곽에 딸린 계단을 따라 곧장 지하로 내려갔다.

"안전 가옥? 내가 보기엔 전혀 안전할 거 같지 않은 집인데요?"

계단 끝에서 철문을 여는 도하를 향해 재인이 속삭였다.

"음산해. 냄새도 텁텁하구."

도하는 별다른 말없이 재인을 철문 안으로 들인 후 다시 문을 닫았다. 안으로 들어서자 재인의 눈에는 다소 어두운 복도가 보였다.

"지키는 사람이 아무도 없어요?"

"다들 집회 장소에 있어요."

"아참, 그렇겠구나."

"그래도 당직 한 사람은 있습니다."

도하의 말과 함께 어느 문으로부터 한 남자가 나와 얼른 다가오더니 도하를 향해 묵례부터 했다.

"회장님이시다."

도하가 재인을 가리키니 남자는 더욱 예를 갖춰, 재인을 향해 허리를 굽혔다.

"3번 방 열어."

"네."

창이 없는 네모난 방에 사십대 후반의 한 남자가 서 있었다. 사각 테이블과 의자가 있었으나 좁은 방에 갇혀 있는 것이 답답한지, 그는 내내 서서 좁은 공간 안을 서성거렸다. 남자는 고문 변호사들 중 하나인 판사로, 이 방에 갇혔던 다른 사람들과는 다르게 옷을 모두 입고 있었고, 또 무척 화가 난 얼굴이었다. 철컹, 문소리가 나자 판사는 그쪽으로 고개를 돌렸다. 열린 문으로 들어온 사람은 재인이었다. 판사는 깜짝 놀란다. 재인은 먼저 말없이 상체를 숙여 인사했다. 그러자 당황한 판사 역시 같은 식으로 인사를 했다.

"위재인입니다. 오래전 한두 번 뵌 것 같기는 한데 말씀을 나눌 기회가 없어 이제야 정식으로 인사드리게 되네요."

"네. 그렇게 됐군요."

판사는 어리둥절해하면서도 다소 미심쩍은 얼굴로 대답했다.

"먼저 사과를 드립니다. 부족한 저 때문에 천위장이 무리를 한 것 같아요."

그때 도하가 모습을 보였다. 그는 먼저 판사 앞에 무릎을 꿇었다. 무리한 일 이전에 판사는 그의 스승이기도 했다.

"죄송합니다. 변명하지 않겠습니다."

"나도 변명을 들을 생각은 없네. 일어나게. 천위장한테 이런 직권은 당연한 것이야. 하나 위상문 회장님의 뜻이 관철되지 않는 집회를 인정할 수 없다는 내 뜻도 변함이 없네."

"아빠의 뜻은 그대로 이행되었습니다."

그 사이로 재인이 말했다.

"오늘 천위장과의 혼인신고가 완료되었으니 문제없는 거죠?"

"정말입니까?"

판사가 놀라서 되물었다. 놀란 것은 도하도 마찬가지였다. 재인은 가방을 열어 종이 한 장을 꺼내 판사에게 내밀었다.

"관할 구청에서 받은 접수증이에요. 판사님이시니 확인해 보는 건 어렵지 않으시죠?"

재인은 정말 점심 후에 그녀의 호위사들과 함께 구청에 가서 혼인신고를 마쳤다. 그동안 혼인신고를 하느니 마느니 했던지라 신고에 필요한 제반 서류와 도하의 신분증을 갖고 있어 어려울 것은 전혀 없었다.

"그러니 집회에 참석해 주세요. 앞으로도 계속 고문 변호사님으로 저를 도와주셔야 하잖아요?"

판사는 재인과 도하를 번갈아 보더니 이내 만족한 얼굴을 해보였다. 다른 방에 갇혀 있던 또 한 명의 고문 변호사에게는 판사가 설명했다.

차를 타고 다시 집회 장소로 향하는 길에 도하는 신기해하는 눈으로 재인을 자주 쳐다보았다.

"왜 자꾸 봐요? 내가 그렇게 이뻐요?"

정작 재인은 도하를 보지도 않고 물었다.

"대견해서 그럽니다."

"당연하죠. 내가 누구 딸인데?"

하며 재인은 그제서 고개를 돌려 도하의 눈을 마주했다.

"훌륭하신 위상문 전 회장님의 잘난 무남독녀잖아요?"

"맞습니다."

재인은 도하의 맑은 물빛 같은 눈을 보며 함박웃음을 지어보였다.

이두회의 집회 장소는 어떤 빌딩의 매우 넓은 연회실 같은 곳이었다. 연단이 있고 연단에서 가장 가까운 곳으로부터 일정한 형식에 맞춰 의자가 배치돼 있었는데, 집회에 참가한 사람들 대부분은 이미 정해진 자리에 앉아 있었다. 일단 무극천위는 당직이 필요한 요원을 뺀 전원 참석을 원칙으로 했고, 그 밖에 이두회의 행동대 대장이나 지부장들, 중요 직책과 임무를 맡고 있는 사람들을 포함하는데 진행요원 포함 대략 이백여 명가량이 집회에 참석해 있었다. 집회에 초대받지 못한 사람들은 각 구역의 정해진 장소에서 실황을 통해 참여하고, 부득이한 경우는 집회의 녹화 본을 보게 돼 있었다.

이석은 일찌감치 이곳에 와서 집회를 위한 진행요원으로, 의자를 배치하고 집회에 참가하는 회원들에게 자리를 안내하는 등의 일로 바삐 움직였다. 그는 눈으로 빈자리를 일일이 확인하며 재인, 도하의 일행을 기다렸는데 마침내 도하와 재인이, 그 뒤로 장혁과 여정, 그리고 두 명의 고문 변호사들을 이끌고 연회장 안으로 들어서니, 회장 안에 있던 사람들 모두 자리에서 일어났다.

이두회 집회의 식순은 간단했다. 사회를 맡은 무극천위의 역할부 부장인 사십대의 남자가 먼저 집회를 연 이유를 설명하고 이두회의 결집과 수장에 대한 충성을 다짐하는 등의 순서와 절차를 거친 뒤 바로 회장 취임식이 이어졌다. 재인의 취임사는 주주총회 때와 달리, 떨지 않고 여유 있게 해나갔다.

"혹시 회장이 여자라 과연 이두회를 잘 이끌어갈 수 있을지 노파심을 갖고 계신 분이 있다면 이 자리를 빌려 감히 말씀드립니다만……."

재인은 힘을 주어 말했다.

"그건 하늘이 무너져 내릴 걱정을 하는 기우라고 단언합니다. 난 아버지, 위상문 회장님의 이름을 결코 욕되게 하지 않을 것이며 오히려 더욱 명예롭게 하는 데에 내 모든 것을 걸 것입니다. 난 잘 해낼 겁니다. 여러분이 상상하는 그 이상을 해낼 겁니다. 난 능력이 있으니까요. 또한……."

좌중은 조용했다. 그들은 모두 재인에게 집중하고 긴장했다.

"능력 있는 남편이 있지요."

그러자 좌중의 눈길이 일제히 재인 뒤쪽, 오른편에 앉아 있는 도하를 향했다. 이어 긴장이 풀리는 것과 함께 여기저기서 웃음소리도 들려왔지만 정작 당사자인 도하는 그런 민망한 상황에 익숙하지 않아 도리어 눈을 부리부리하게 뜬 채로 무서운 표정을 하고 있어 웃음은 금세 수그러들었다.

"그러나 무엇보다……."

재인의 말은 계속 이어졌다.

"능력 있는 여러분들이 있습니다. 그것이 이두회의 힘이며, 내가 나를 믿는 진짜 이유입니다."

순간, 어떤 누군가의 박수를 시작으로 곧 우레와 같은 박수소리가 넓은 회장 안을 가득 채웠다.

식순의 마지막은 무극천위의 수장인 천위장을 필두로 해서 회장에게 충성 맹세를 겸한 예를 표하는 것이었다. 도하는 좌중의 맨 앞에 서서 재인을 마주했다. 도하 뒤로 모든 사람들이 일어나 있었다. 가장 먼저 도하가 재인 앞에 머리를 숙여 정중히 예를 표하니, 그것을 신호로 다른 모든 사람들이 그 뒤를 따랐다. 또한 가장 먼저, 천천히 고개를 드는 도하의 눈에 재인의 얼굴이 보였다. 환한 미소를 짓고 있는 그녀의 입매가 먼저 보이고, 이어 그를 향하고 있는 그녀의 눈과 만났다. 환한 입매와는 다르게도 젖어 있는 눈이었다. 제 속을 다 보이고 있는 눈빛이었다. 그러면서 또한 그것을 꾸역꾸역 삼키는 눈빛이었다. 재인은 도하 앞으로, 악수를 청하듯 손을 내밀었다.

"앞으로…… 잘 부탁드립니다. 천위장."

"온힘을 다해 회장님을 보필하겠습니다."

도하는 재인과 맞잡은 손에 지그시 힘을 주었다.

집회가 끝난 후, 모두 회식을 위해 정한 장소로 움직였다. 멀리 갈 것도 없이 같은 빌딩의 한식집으로, 한 사람도 빠짐없이 그곳으로 가 식사를 했다. 다만 인원이 너무 많아 이두회 내에 지위가 높은 사람부터 식사를 하고 자리가 비면 채우는 식으로, 먼저 식사를 끝낸 사람들은 삼삼오오 모여 카페로 이동하기도 했다.

재인과 도하는 식사 후 호위사들과 함께 위 회장이 입원해 있는 병원으로 갔다. 집회에 참석했던 주치의인 김 박사도 동행했다. 재인과 도하는 위 회장이 누워 있는 중환자실에서 집회와 차기 회장 취임이 성공적으로 끝났음을, 아버지에게 보고했다.

"조금만 더 버티세요. 아빠."

재인은 위 회장 곁에 앉아 그의 손을 잡고 말했다.

"우리 결혼식 할 때까지만요. 결혼식은 보셔야 하잖아요. 그 후에…… 편안히 보내드릴게요."

위 회장의 손뿐만 아니라, 재인은 그의 얼굴을 만져보며 눈물을 흘렸다. 그는 재인에게 '아버지'를 주고, 오빠를 주고, 연인을, 남편을 준 사람이었다.

도하는 재인 뒤에 서서 역시나 위 회장을 보고 있었다. 이제야 아버지가 부탁한 모든 것을 마무리 지었다는 안도감과 함께, 아마도 지금 재인이 느끼고 있을 그리움과 슬픔도 공유하고 있을 것이지만 그 모든 것을, 그는 언제나 그렇듯 물처럼 고요한 그의 눈빛, 저 깊은 곳에만 담을 뿐이었다.

"축하드립니다, 회장님."

밤늦게 집에 온 재인을 향한 아줌마의 첫 인사였다. 그렇잖아도 재인은 본채 앞에서 차에서 내렸을 때 집의 관리인들로부터도 같은 인사를 받았었다.

"뭐야, 회사 회장에 취임했을 때보다 다들 더 좋아하는 것 같잖아."

재인은 짐짓 입을 삐죽 내밀었다.

"난 아직 그 요상하고 비밀스러운 조직의 시스템도 완전 파악을 못 하고 있단 말이지."

"차차 하시면 되죠."

"싫어. 울 신랑이 다 할 거니까, 뭐."

재인은 곁에 있는 도하를 향해 히죽 웃어 보였다.

"잠깐요, 보약 드시고 내려가세요. 실장님도요."

지하층 입구로 향하는 재인과 도하를 급히 잡으며 아줌마는 부산을 떨었다.

잠시 후, 지하층으로 내려가는 입구의 이중문은 굳게 닫혔다. 재인과 도하는 두 사람만의 침실에 있었다.

"피곤해……."

재인은 옷도 벗지 않은 채로 침대 위에 누워 있었다.

"고마워요."

재인은, 그녀의 곁에 앉은 도하를 보며 말했다. 그는 재킷만 벗은 셔츠 차림으로, 넥타이를 한 손에 잡아 느슨하게 한 다음 셔츠 제일 위의 단추를 풀던 중이었다.

"뭐가 말입니까?"

"당신이 오빠가 아니어서요."

재인은 대답했다.

"이제야말로 기억 속에만 존재하는 오빠한테서 벗어난 것 같은 느낌이랄까……? 이상한 일이지만…… 의식도 못 하면서……. 어릴 때니까요. 그런데도 나만 살고 오빠만 죽었단 생각에 죄책감 같은 게 있었나 봐요. 그래서 더욱 날 지켜주는 오빠라고……, 더 매달렸던 거 같아……."

도하는 듣기만 하며 그녀의 머리를 쓰다듬었다.

"근데 이제 오빠 필요 없어. 오빠보다는 내 남자가 지켜주는 게 더 좋거든. 오빠가 섭섭해할까요?"

"섭섭해하지 않을 겁니다. 아마도."

도하가 재인 위로 몸을 기울여 그녀의 입술을 슬며시 혀로 핥았다.

"씻어야 하는데……?"

재인은 부끄러운 듯 혀끝을 살짝 내밀었다.

"벗겨드려도 될까요?"

"그럼요. 내 남편인데."

도하는 재인의 재킷부터 시작해서 스커트, 슬립, 팬티스타킹을 하나, 하나 침대 아래로 떨어뜨렸다. 마치 그것을 즐기듯 천천히, 침착하게 재인의 옷을 벗긴 그였지만 그녀의 브래지어를 벗기고 드러난 젖가슴에는 더 이상 참지 못한 듯 젖무덤에 얼굴부터 묻었다.

"먼저 씻고……."

재인이 도하의 머리를 콩콩 때렸지만 그는 입에 문 젖꼭지를 놓으려고 하지 않았다. 오히려 손을 뻗어 그녀의 팬티 안으로 손을 집어넣었다.

"아이참, 씻어야 한다니까……."

재인은 그의 손이 들어오지 못하도록 허벅지를 조였지만 그의 손가락은 그 사이를 뱀처럼 파고들었다. 재인에게는 그것이 정말 허벅지 끝으로 스르르 들어오는 것만 같은 느낌이었다. 도하의 손끝에는 벌써, 붉은 꽃을 방어하는 검은 수풀에서부터 습기가 걸렸다. 검은 수풀을 파헤치며 점차 안으로 들어가니 습기는 이슬이 되고, 이슬은 강물이 되었다. 어느 순간 재인의 다리는 벌어져 있어, 도하의 손을 그나마 방해하는 것은 아직 재인의 몸에 걸쳐져 있는 팬티뿐이었다. 그러나 그것조차 즐기듯 그의 손은 팬티 안에서 꿈틀대며 자유롭게 휘젓고 다녔다.

"흐읍……."

재인은 꼭 감은 눈에 미간을 좁히며 허리를 비틀었다. 그러다 갑자기 눈을 번쩍 뜬다.

"자기도 안 씻었잖아……."

"손은 씻었습니다."

"아잉……."

재인의 허벅지가 다시 모여 도하의 팔목을 가랑이 사이에 꼭 끼고 다리를 엑스자로 조였다. 재인은 제 몸에 들어와 있는 그의 손가락이 아랫배에서 또 다시 뱀처럼 꿈틀대자 기묘한 쾌감과 그보다 더한 괴로움에 몸을 움찔거리며 달뜬 신음을 토해냈다. 그럴수록 도하는 더욱 집요하게 파고들며 재인의 겨드랑이를 핥고, 젖무덤을 움켜쥐고, 그 손을 내려 그녀의 아랫배를 지그시 눌렀다. 그러자 재인에게, 아랫배 밑으로 뱀처럼 꿈틀대는 그것이 더욱 생생하게 느껴졌다. 참아지지 않는 소리가 다시 그녀의 입 밖으로 터져 나왔다.

도하는 재인의 팬티를 마저 벗겨내고 그녀의 무릎을 잡아 양 옆으로 활짝 벌렸다. 그것은 전혀 힘들이지 않고 벌어졌으며 심지어는 그가 벌린 것보다 더 벌어져, 수줍어하면서도 자랑스럽게, 마치 잘 익은 과일을 내어놓듯 축축한, 생기로 가득한 제 가장 소중한 것을 드러냈다. 재인의 가슴은 짧지만 깊게 숨을 들이켜듯 들썩였다. 이제 그녀는 더는 '씻으라' 하는 말도 하지 않은 채 열락(悅樂)으로 들어갈 준비를 하는 것 같았다.

도하는 재인의 발목 하나를 잡아 제 목 뒤로 걸었다. 그런 후 그녀의 허벅지 안쪽부터 천천히 핥으며 중앙을 향해 나아갔다. 그런 중에 손가락 세 개의 끝을 그 중앙에 대보니, 그것은 마치 숨을 쉬듯 들썩이고 있었다. 아니, 어쩌면 빨리 오라, 독촉하는 것인지도 몰랐다. 도하는 그것을 한 번에 정복하듯 덥석 입으로 물었다.

"허억……."

재인은 제 손가락 마디의 하나를 물고 있으면서도 소리를 토해냈다. 그리고 얼마 후에는 격렬한 몸부림을 동반한 비명이 침실을 가득 채웠다. 물론 그것이 끝이 아니었다. 두 사람은 함께 샤워를 하면서 제 몸을 씻는 것인지, 서로의 몸을 씻겨주는 것인지, 그도 아니면 애무를 계속하는 것인지 분간이 안 가는 애정행각 끝에 욕실의 마른 공간에 있는 폭이 좁은 소파에서 위태롭고도 불편한 모습으로 사랑을 계속 나눴다. 소리는 거의 재인이 냈는데 그녀의 웃음소리와 신음과 비명이 반복적으로 계속됐다.

침대는 재인과 도하의 사랑의 종착역이었다. 재인은 제 엉덩이를 도하의 분신에 밀착시켰으면서도 허리를 틀어, 상체를 도하와 마주한 채로 한 팔로 그의 목을 휘감고, 도하는 두 팔로 재인의 몸과 목을 휘감았을 뿐만 아니라 제 다리로는 또 그녀의 다리를 휘감아 정말 뱀처럼 그녀의 모든 것을 가져가려 했다. 기묘하게 서로에게 얽힌 두 사람은 도하의 행위에, 엉덩이를 힘껏 내리는 재인의 반응이 더해져, 사랑도 전쟁이라면 서로 물러서지 않는 팽팽한 전세(戰勢)로 이어졌다. 그것은 또한 서로를 바라보는 눈길에서도 읽히는 격정이었다.

재인은 이제 도하의 눈빛도, 그의 사랑도 잘 이해하고 있었다. 단 한 번의 사랑으로도 그녀의 모든 것을 원하는 사랑이었다. 그녀의 모든 것을 가져가려는 사랑이었다. 더불어 그것을 모두 눈에 담으려는 사랑이었다. 그래서 그렇게 집요하고 절박했던 것이다. 그것을 깨닫자 그녀 또한 그러했다. 그가 원하는 것을 주고 그의 모든 것을 가져오려, 그녀 역시 집요하고 절박하게 그를 원했다.

"아아악……."

재인이 고개를 침대 시트에 묻고, 그 시트를 한 손에 움켜쥐어 비틀면서 고조되던 격정을 비명으로 쏟아냈다. 그녀의 소리가 높아졌다 낮아지고, 낮아졌다가는 다시 높아지는 사이 그녀의 몸을 점점 옥죄던 도하는 자신의 등이 시트에 닿게 몸을 뒤집어 그녀를 제 위에 올려놓았다. 이어 재인의 허리를 양손으로 잡아 세워주니, 그녀의 몸은 가슴부터 위로 올라와 고개는 뒤로 젖혀진 채로 허리를 전후좌우로 진하게 움직였다. 몸 안에 들어와 있는 것을 제 몸으로 더욱 조이고, 흔들고, 태워 버리려는 듯 그녀는 격렬했다. 격렬한 몸짓만큼 울부짖는 소리에 거친 숨결이 더해졌다. 그러한 잠시 후, 재인의 격정을, 도하의 격정이 뒤덮었다. 그의 엉덩이는 아예 시트에 닿지도 않게 들려, 맹렬하게 재인을 공격했던 것이다. 열락은 폭발하는 화약처럼 도하를 사로잡았다.

뜨거운 시간이 지나고, 달아올랐던 침실의 공기가 차츰 제 온도를 찾아가는 동안에도 재인과 도하는 불꽃의 여운을 즐기듯 서로의 몸을 쓰다듬고, 어루만지고, 서로의 체온과 체취를 나누며 서서히, 달콤하면서도 나른한 안식 속으로 빠져들었다.

"사랑해요."

재인의 입에서 낮은 숨결과도 같은 고백이 먼저 있었다.

"당신의 모든 것을……, 손톱도, 발톱도, 모두."

"그래요. 난 재인 씨의 방귀도 사랑합니다."

잠시 침묵이 흘렀다.

"아이 씨, 홀딱 깨네……."

"결혼식은 다음 주 일요일이야."

아침 식탁에서 재인이 말했다. 바로 다음 날이었고, 일요일이었는데 식탁에는 재인과 도하 외에 이석과 호위사들, 아줌마까지 다 함께 앉아 식사 중이었다. 보통은 따로 먹는 경우가 많았지만 재인이 '할 말이 있다'며 모두를 아침 식사에 초대한 것이었다.

"그렇게 빨리요?"

이석이 재인의 말을 바로 받았다.

"딱 일주일 후잖아요."

"저번에 하려다 만 건데 늦출 이유가 뭐 있어? 그때 초대 손님 리스트 다 정했으니 몇 사람 빼고 더하면 되는 거고, 결혼식은 후원에서 할 거니 장소 정하느라 시간 뺏길 것도 아니고, 피로연도 집에서 하니 출장 부르면 되고."

"웨딩드레스가 좀 시간 걸리지 않을까요? 회장님. 저번에 맞춘 거 그대로 있다면 모를까."

아줌마가 물었다.

"그건 그때 흐지부지 됐으니 말고. 다시 맞추려면 시간 걸리니, 그냥 있는 거 중에서 고르려구요. 아빠 아프시니까 소박하게 할 거야. 소박하게. 그쵸?"

재인은 마지막에 도하를 보며 동의를 구했다. 도하는 고개만 끄덕여 보인다.

"글구 얼른 아이부터 가질 거야."

재인은 야무지게 말했다.

"아빠도 고아고, 식구가 별로 없어. 그래서 많이많이 낳으려구. 될 수 있는 한 많이. 우리 매일매일 애써 봐요. 응?

재인이 마지막에 다시 도하를 보며 동의를 구하니 그는 대답 대신 이번에는 쿨룩, 기침을 한다. 다들 일제히 제 밥그릇으로 고개를 숙였다.

"아참, 부케, 부케. 내 친구 중에선 정화만 초대할 건데 정화가 싫다면 황 대리가 받을래?"

재인이 여정을 향해 묻자 여정은 얼른 고개를 들었지만 뭐라 대꾸를 해야 할지를 몰라 입안의 음식만 오물거렸다.

"남친 있는 거 아냐? 그 반지는 뭐야?"

재인의 눈길은 여정의 왼손 약지를 향해 있었다.

"아, 이건 양 비서가 준 겁니다."

아무렇지도 않게 말하는 여정에 이석도 쿨럭, 기침을 했다.

"양 비서가?"

장혁을 제외한 모두의 눈길이 이석을 향했다. 재인은 특히 수상하다는 눈빛을 보냈다. 이석의 얼굴이 벌게진다.

"네. 반품이 안 된다나, 그래서 그냥 끼라고……."

"아, 아, 아줌마. 국 좀 더 주세요!"

여정의 말 중간에 이석이 버럭, 소리를 지르듯 주문했다.

제18장 마지막 인사

“여정 씨! 사람이 어쩌면 그럽니까?”

이석은 씩씩댔다. 아침 식사 후 여정의 뒤를 노린 이석이 마침 별채의 지하층에서 나온 그녀를 테라스가 있는 창가로 끌고 간 후였다.

“내가 뭘요?”

여정은 어리둥절해서 되물었다.

“뭘요? 밥 먹는 데서 사람 그렇게 쪽을 주고서 뭘요? 반지 말예요, 반지. 여자가 아무리 눈치가 없어도 그렇지…….”

이석은 말을 멈췄다. 여정이 반지를 제 손가락에서 빼고 있었기 때문이다.

“자요.”

여정은 이석의 손을 잡고 그 손바닥에 반지를 탁 하고 놓았다.

“반품 안 된다고 해서 그냥 꼈던 건데 이렇게 복잡한 반지는 싫습니다."

그런 후 여정은 이석이 뭐라 하기도 전에 몸을 돌렸다.

"반품 안 되니 끼라는 걸 고대로 믿는 사람이 어딨냐……. 반품 안 되는 건 맞긴 맞지만……."

이석은 짜증과 울상이 섞인 얼굴로 반지를 보며 '웬수 같은 반지'라고 중얼거렸다. 그렇다고 계속 자신이 갖고 있을 수도 없는 노릇, 다시 돌려주거나 아니면 버리는 수밖에 없었다.

이석은 다시 기회를 노렸다가 점심 후 별채 지하에서 다시 여정을 만났다. 식사 후 두 시간이 지난 후라 여정은 가볍게 운동을 하려고 내려온 터였다.

"여정 씨. 잠깐 말 좀 해요."

마루로 올라서며 이석이 말했다. 여정은 흰색 천을 테이핑한 손으로 샌드백을 치기 시작했다.

"진짜 여정 씨 내 맘 몰라요? 그런 거 몰라요? 암만 벽돌만 깨고 살았어도 여정 씨도 여잔데 감정 없어요? 감정?"

여정이 샌드백을 치는 퍽, 퍽 소리에 이석의 말소리가 섞여 들었다.

"샌드백은 좀 그만 치고요……. 몸도 성치 않은 사람이 운동은 무슨 운동입니까?"

이석이 샌드백을 잡았다.

"괜찮습니다."

"난 안 괜찮거덩요. 마음이 쓰리거덩요."

"호위사는 감정에 흔들리면 안 됩니다."

"꼭 누구랑 똑같은 말 하네. 그래서 여정 씬 정말 나한테 아무 감정도 없어요? 솔직히 말해 봐요. 나한테 코딱지…… 는 좀 그렇고 눈곱…… 도 그렇구나. 맞다. 손톱 끝만큼도 호감이 없어요? 난 여정 씨 조, 좋아요."

이석은 용기 있게 물었지만 여정은 샌드백을 톡, 톡 치며 대답이 없었다. 이석이 싫은 것은 아니니 싫다고 대답하는 것은 정직하지 못한 것 같고, 그렇다고 좋다고 대답하자니 그것도 애매해서였다. 더구나 그런 것으로 고민하는 것도 호위사답지 못한 것 같아 이래저래 대답을 할 수 없는 여정이었다.

"대답 못 하는 거 보니 적어도 싫은 건 아니구나……?"

이석이 눈치를 보며 혼잣말처럼 중얼거렸다.

"그럼 반지 다시 받아요."

이석은 바지 주머니에서 반지를 꺼내 바로 여정의 손을 잡았다. 그러나 테이핑 돼 있는 그녀의 손을 보며 '뒤통수에 커다란 땀방울'을 흘리는 그였다.

"싫습니다."

보태어 여정은 거절의 말까지 했다.

"왜요?"

"그건……."

여정은 다시 대답을 못 하며 살짝 벌어진 입을 그대로 멈추고 있었다. 그 입술에 이석의 불타는 눈빛이 머문다. 허구한 날을 '벽돌만 깨는' 여정이라고, 마치 고정된 이미지처럼 머리에 박혀 있기는 했지만 그녀의 작고 붉은 입술만큼은 정말 매력적이라고, 이석은 늘 생각해 왔었다.

결국 충동을 이기지 못한 이석이 여정의 머리를 두 손으로 덥석 잡고는 입을 맞췄다. 여정은 입술을 빼앗긴 채로 두 눈을 부릅떴다. 그녀의 눈에 장혁이 보였던 것이다. 우당탕, 이석이 뒤로 나자

빠진다. 여정이 그를 확 밀어버린 것이다.

"괘, 괜찮습니까?"

여정이 당황해, 묻기는 이석에게 물으면서도 눈은 장혁을 향했다. 아마도 운동하러 내려왔을 그는 다시 몸을 돌리고 있었다.

"여정 씨를 좋아하려면…… 쿨럭, 목숨 걸고 해야 합니까……? 쿨럭."

일어날 생각이 없는지 바닥에 대자로 뻗은 이석이 구시렁대는 사이, 여정은 장혁이 나간 입구를 바라보고 있었다. 호위사답지 못한, 남우세스러운 모습을 들켜 당황한 그녀였지만 순간 느닷없는 감정이랄까, 아주 찰나에 스치는 무엇인가에 사로잡힌 그녀는 장혁이 사라지고 난 입구를 쓸쓸하다 느끼고 있었다.

어, 뭐지, 여정은 얼른 고개를 흔들었다. 사람이 없는 빈 공간을 쓸쓸하다 느끼는, 그 낯선 인식은 급기야 가슴으로 전이돼 이전에는 한 번도 느껴보지 못한 기이한 감정의 소용돌이 속으로 그녀를 빠뜨렸다.

바로 그날 밤이었다. 여정이 장혁의 방을 노크했다. 잠시 후 달칵, 문이 열리고 문 사이로 장혁의 모습이 드러났다. 방에 혼자 있으면서도 선글라스를 벗지 않은 그는 그 선글라스를 살짝 움찔한 것으로, 그녀의 방문에 놀란 그의 심정을 대신 보여주었다. 사전에 어떤 특별한 일이 없이 여정이 그의 방문을 노크하는 일이란 거의 없다고 봐도 무방한 일이었으니 말이다. 장혁은 여정이 들어올 수 있도록 앞을 비켜준 후 그녀가 들어오자 문을 닫았다.

"왜?"

장혁이 물었다. 여정은 입을 열기 전에 손을 들어, 손가락 하나로 슬쩍 머리를 긁적이기부터 했다.

"저기……, 생각나면 말하라고 하셔서……."

여정의 말에 침대 위에 걸터앉으려던 장혁이 멈칫하고는 잠시 엉거주춤 상태로 있다가 결국 침대로 엉덩이를 내렸다.

"정말이야?"

장혁은 선글라스에 손을 대, 그것을 얼굴에서 벗겨내며 마치 확인하듯 물었다. 그것이 전적으로 여정의 진심일 리가 있겠는가. 여정은 장혁과의 섹스를 통해 충일한 쾌락을 얻은 바 없고, 심지어는 그런 것이 있는 줄도 모르는데다 지금껏 그저 당연히 그렇게 해야 하는 것으로 장혁의 섹스 파트너가 돼주고 있을 뿐이었다. 그러니 그녀 쪽에서 먼저 '원한다면' 그것은 거짓일 가능성이 높았다.

그럼에도 또한 전적으로 거짓이기만 한 것도 아닌 것이, 장혁과의 섹스는 또한 여정에게 습관이거나 일상이거나 어쩌면 그것에서 파생된 익숙함 같은 것이었다. 그런데 그 익숙함이 어느 순간 무엇을 계기로 해서건 낯설게 느껴졌다면 약간의 혼란에 직면할 수밖에 없으리라. 여정은 익숙함으로 다시 돌아가고자 했다. 그래서 고개를 끄덕였고, 장혁의 손짓에 윗옷부터 벗었다.

장혁은 여정의 손목을 잡아끌었다. 여정이 두 개의 티를 벗어, 브래지어를 하고 있지 않아 젖가슴을 고스란히 드러냈을 때였다. 그는 그녀를 옆에 앉히고 어깨를 잡아 그녀의 등이 보이게끔 몸을 돌렸다. 여정의 등에는 거즈에 의료용 테이프를 덧대어 고정해 놓은 곳이 몇 군데 보였다. 매일 한 번씩 소독하고 연고를 발라 그렇게 해주는 것이 바로 장혁이어서 어제도, 오늘 오전에도 그의 손을 거쳤던 곳이었다. 비록 상처 부위가 작다 해도 통증이 있을 텐데 이런 몸으로 '생각난다' 말하면 누가 믿겠는가.

"진통제 먹었나?"

장혁이 물었다. 여정은 고개를 먼저 흔들었다.

"참을 만합니다."

장혁은 다시 여정의 어깨를 잡아 이번에는 반대로, 약간 그를 향하게 돌려놓고는 대번에 그녀를 안아 그의 무릎 위에 올려놓았다. 한 팔을 그녀의 뒤, 상처는 피해 어깨 바로 밑에 대, 그녀의 윗몸이 약간 뒤로 가게 한 채였다. 여정은 눈을 휘둥그레 뜨며 당황한 내색을 숨기지 못했다. 증명하듯 그녀의 눈동자는 장혁의 얼굴을 보지 못하고 이리저리 흔들리고만 있었다.

그동안 장혁 앞에서 실오라기 하나 걸치지 않은 모습으로도 별다른 내색이 없던 여정이 고작 젖가슴만 내놓고는 쑥스러워하고 있는 것이다. 아마도 그동안의 섹스가 여정에게 일상이었다면, 여정을 무릎에 앉히는 장혁의 행동은 파격이었기 때문일 것이다. 그 '일상'에는 남녀 간의 애틋함이나 감정이 없어, 실제로 장혁이 그녀를 그의 무릎 위에 앉힌 적도 없거니와, 사실 이 행동 자체가 너무도 다정하지 않은가.

장혁의 품안에서 젖가슴을 내놓고 있는 여정의 몸은 너무 하얗지도, 그렇다고 너무 그을린 것도 아닌 적당한 피부색에, 여인 특유의 선이 살아 있으면서도 탄탄해, 무척 건강하고 아름다워 보였다. 그럼에도 하나밖에 없는 장혁의 눈이 더듬은 것은 여정의 젖가슴이 아니라 그녀의 얼굴, 그중에서도 입이었다. 살짝 벌어져 있는 그녀의 입술을 물고 그 안으로 혀를 집어넣고 싶은 강렬한 충동을 참느라 장혁은 현기증이 날 지경이었다.

섹스만 남겨놓고 감정을 차단하기 위해 피해갔던 입술이었다. 그런데 그 입술을 다른 사내가 훔치자 마치 판도라의 상자가 열리듯 장혁은 각성하고 말았다. 여정의 마음이 입술을 통해 다른 사내에게로 가지 않을까, 그는 전전긍긍했다. 지금까지 입맞춤 없이도, 감정 없이도 여정과 몸을 섞으면서 아무런 불편을 느끼지 못했던 그가 몸만 남은 그녀를 갖는 것에 불안해했다. 또한 동시에 지금까지도 그녀의 입술에 제 입술을 포개는 것에는 두려움을 느끼고 있는 그였다.

입술과 입술의 만남은 감정의 교류, 영혼의 교류라 했던가, 그것은 또한 사랑의 시작인 것이다. 장혁은 사랑이 시작되는 것을 거부하면서도 동시에 그것을 놓고 싶지도 않은가 보다. 비록 키스 없는 사랑일지언정 그 키스가 다른 사내에게 가는 것은, 아마도 싫었나 보다.

장혁의 얼굴이 여정의 얼굴 가까이 접근했다. 그의 고개가 약간 한쪽으로 기울어져 있는 것이 키스를 하려는 모양새였다. 여정은 눈을 감았다. 오늘 그는 그녀가 익숙하게 느껴왔던 그가 아니라 생각했지만 언제인가도 그랬던 것 같았다. 그런데 그때는 그가 다소 난폭했다면, 지금은 완전히 그 반대로 너무 조심스러워하지 않은가. 또한 그때는 그런 그를 향해 그저 '달랐다' 느꼈다면 지금의 그는 조금 낯설기까지 했다.

여정은 자신의 입술 가까이에 그의 입술을 느끼고 있었다. 몹시 뜨겁고, 불편한 호흡처럼 들뜬 숨결과 함께였다. 여정은 이석의 입맞춤을 떠올렸다. 당황스럽기는 했으나 느낌 자체가 나쁜 것은 아니었다. 장혁의 것은 어떨지 약간 긴장도 되었다. 이윽고 그의 입술이 닿았다. 그런데 그것을 여정은 제 입술이 아니라 콧등에서 느껴야 했다. 그는 결국 그녀의 입술을 피해간 것이다. 키스 대신 그는 여정의 젖가슴을 움켜잡았다.

같은 시간, 복도에서는 이석이 여정의 방문 앞에 서 있었다. 그는 노크 전에 '반지 주러 왔습니다. 묻지도 따지지도 말고 그냥 가져요' 하는 말을 마치 대사 외우듯 중얼거렸다. 이어 노크를 했지만 반응이 없어 '벌써 자나' 하며 고개를 갸웃해 보고는 다시 노크를 했지만 결과는 마찬가지였다. 혹시나 해서 문고리를 잡아 돌리니 돌아갔다. 슬그머니 열어보고 나서야 그는 여정이 방에 없다는 것을 확인했다.

"설마 운동……?"

이석은 지하층으로 쪼르륵 내려갔지만 그곳에는 아무도 없었다. 그는 아예 별채를 나와 정원과 후원을 살피고, 이어 본채로 가 그곳을 다 돌아다녀 봤지만 여정의 모습은 보이지 않았다.

"이상하네……? 나갔을 리도 없는데……."

이석은 다시 별채로 들어와 홀에서 잠시 서성이다 다시 한 번 여정의 방으로 가볼까 해서 복도로 접어들었다. 그의 발길은 복도로 들어서자마자 멈췄다. 여정의 모습이 보인 것이다. 그것도 장혁의 방문이 열리면서였고, 그녀는 곧장 제 방으로 가느라 이석을 보지 못했다. 이석은 동상처럼 제자리에서 꼼짝도 않고 있었다. 잠시 후 그의 손에서 뭔가 툭, 떨어져 바닥을 또그르르 굴렀다. 반지였다.

다음 날인 월요일부터 재인은 다시 출근을 해 나름 성실히 업무를 보았지만 그녀의 관심은 사실 업무보다는 제 결혼식에 있어, 비서실의 여비서와 결혼식 관련 의논을 하는 데에 더 열성적으로 임했다. 그중에서도 웨딩드레스와 피로연에 입을 이브닝드레스를 고르는 일이 가장 중요했다.

"내일, 수요일에 예약을 했습니다. 회장님."

여비서가 회장실로 들어와서 보고를 했다. 드레스들을 고를 웨딩부티크와 예약을 했다는 의미였다.

"오후 2시에서 5시까지 시간을 잡았습니다."

"그래요. 수고했어."

재인은 여비서가 나가는 것을 보며 핸드폰을 집어 들었다.

"어디예요? 나 수요일에 드레스 입어볼 거거든요. 3시. 같이 갈 거죠? 도하 씨 맘에도 들어야지. 원래 신랑이 따라가서 봐주고 그런 거거든요."

[시간이 날지 모르겠습니다.]

"뭣 땜에 그렇게 바쁜 거예요? 우리 신혼이나 마찬가지거든요."

[회의 중입니다. 끊어요.]

도하는 재인이 뭐라 하기도 전에 끊어버렸다.

"아이씨, 이 버릇 언제 고칠 거야? 무슨 비서실장 따위가 회장 전화를 먼저 끊냐?"

재인은 툴툴대며 핸드폰을 책상 위로 툭 던졌다. 그러고 보니 도하가 어제 출근 이후부터 좀 바삐 움직이는 것 같다는 생각이 문득 들었다. 눈치를 보아하니 회사 일은 아닌 것 같았다.

도하는 외근 중이었는지 퇴근 시간이 다 돼서 회사로 들어와 승강기를 향했다. 그는 승강기 안에서 핸드폰 통화를 한 후 회장실이 있는 층에서 내렸다. 승강기 밖에서는 장혁이 기다리고 있다 도하를 향해 묵례를 해보였다. 도하가 핸드폰으로 불러 나온 것이 분명했다. 도하는 장혁과 나란히 복도를 걸으며 퇴근 시 지하주차장에서 회장의 주차구역 내 CCTV를 꼭 확인하라 명했다.

"담당자에게 실시간 확인을 지시했지만 최 팀장이 다시 한 번 더 확인하고 운행해."

도하가 말했다.

"집 외에서 차를 세울 땐 차에서 떠나지 않도록 하고."

"알겠습니다."

"당분간일지 좀 더 길어질지 모르겠지만 윤곽이 확실해질 때까지는 조심해. 내일부터 양 비서가 합류할 거야."

이석이 재인을 호위하는 데에 합류할 것이라는 의미였으며 재인이 움직일 때는 차 두 대로 움직이라는 의미기도 했다. 계림상사에서 재인을 노린다는 첩보가 들어왔다는 것을 어제 도하로부터 들어 장혁도 알고 있었다. 재인이 이두회 회장으로 정식 취임한 직후인데다 결혼식을 앞두고 있고 무엇보다 계림의 의도가 아직 드러나지 않아, 도하는 물론 재인의 호위를 책임지고 있는 장혁 역시 긴장하고 있었다.

"응? 도하 씨가 직접 운전해요?"

재인은, 도하가 그녀를 먼저 뒷좌석에 태우고 나서 운전석에 오르는 것을 보며 물었다. 장혁과 여정은 도하의 차에 나란히 오르고 있었다.

"그럼 나 도하 씨 옆에 탈래."

"그대로 있어요. 안전벨트 하고."

"어, 왜요? 무슨 일 있어요?"

재인이 약간 불안한 얼굴로 물었다.

"아무 일 없어요. 그저 회장 취임 직후에 하는 의례적인 호위 절찹니다."

"어젠 평소처럼 다녔잖아요?"

"자꾸 따져 물을 겁니까? 안전벨트 안 하고?"

"뒷자리에서 무슨 안전벨트……."

재인은, 그러나 도하가 돌아보며 지그시 눈빛으로 위협하자 얼른 입을 다물고 안전벨트를 했다. 이어 도하가 차에 시동을 거니 그것을 신호로 장혁이 운전하는 차가 먼저 움직이고 그 뒤를 도하의 차가 따랐다.

다음 날의 출근은 앞선 차에 여정의 운전으로 이석이 함께 타고, 그 뒤로 재인의 전용차에는 장혁의 운전으로 도하와 재인이 함께 했다.

여정의 옆에 앉은 이석은 평소 같으면 유쾌한 얼굴로 쉴 새 없이 떠들었을 테지만 여정이 이상하다 할 정도로 그는 조용하게 있었다. 사실 그는 이틀 전부터 이상했지만 각각 회사와 본부로 출근하는데다 비교적 눈치가 빠르지 못한 여정에게 그의 변화는 그리 인상 깊게 다가오지를 못했다. 물론 거기에는 이석의 의도적인 야밤 퇴근과 퇴근 후라도 제 방에서 거의 나오지 않는 것 등도 여정의 무심함을 부채질하는 데에 한몫 했지만 말이다. 그러나 아무리 둔한 여정이라도 이제는 눈치를 채지 않을 수 없었다. 적어도 아침 식사시간에는 서로의 얼굴을 볼 수밖에 없는데 그때마다 이석의 모습은 분명 평소와 달랐기 때문이다.

"화났습니까?"

여정이 먼저 입을 열었다. 그러나 이석의 입은 열리지 않았다.

"반지 안 받아서 기분 나빠 그래요? 그럼 받을 테니 다시 주십시오."

"선심 써요? 버렸습니다."

창밖에 눈을 둔 채로 이석은 퉁명스럽게 대꾸했다.

"비싼 거라며……."

"아무리 비싸도 비참한 내 기분을 대신할 순 없지요."

"왜 비참한데요?"

"아니, 그걸 몰라서……."

이석은 여정 쪽으로 고개를 홱 돌리다 바로 입을 닫았다. 지구가 '뽀개져도' 한 그루의 사과나무나 심고 있을 것 같은 여정의 얼굴에 대고 말해봤자 입만 아프고 속만 쓰릴 것이 빤하잖은가.

"한 가지만 물읍시다. 여정 씨. 혹시 최 팀장 좋아해요?"

그래도 이석은 물었고, 여정이 '그렇다' 대답하면 남자답게 그녀의 행복을 빌며 포기하리라, 했는데 여정의 대답이 없었다.

"혹시……?"

이석은 의혹의 눈초리를 보내며 입을 열었지만 그 말을 잇지는 못했다.

회사에서 점심시간에 이석은 두 호위사로부터 멀찌감치 떨어져 식사를 했다. 여정은 무심히 행동했지만 오히려 장혁이 고개를 들어, 멀리서 혼자 밥 먹고 있는 이석을 쳐다봤다. 그리고 식사 후 구내식당을 나가 복도로 향하는 이석을 뒤에서 부른 것도 장혁이었다. 돌아본 이석에게 장혁은 따라오라는 고갯짓을 해보였다.

"내가 자기 부하야? 어따 대고 대가리를 까닥대며 오라 가라야?"

그렇게 구시렁대면서도 이석은 장혁의 뒤를 따랐다. 장혁의 발길이 머문 곳은 회사 내 사람의 모습이 보이지 않는 곳이었다.

"왜요?"

퉁명스럽게 묻는 이석 앞으로 장혁은 반지를 내밀었다. 이석은 깜짝 놀랐다. 이석이 별채의 복도에 떨어뜨렸던 반지를, 이튿날 이른 아침에 장혁이 발견했던 것이다. 이석은 반지를 받았다.

"다시 줘보든가."

장혁은 그 말과 함께 몸을 돌렸다.

"그게 무슨 뜻입니까?"

장혁의 뒤에 대고 이석이 물었다. 화난 어조였다.

"줘 보나 마나란 뜻이야, 뭐야? 나요, 최 팀장한테 실망했어요. 여정 씨한테 아무 감정 없다더니, 정말 그렇다면 손도 대지 말아야지……. 남자가 그럼 안 되거든. 힘 좀 있다고, 그걸 이용해서 여자한테 그럼 안 되는 거거든. 그거 비겁한 거거든."

이미 발길을 멈추고 있던 장혁이 천천히 돌아본다.

"여정 씨한테 그러지 말라구요. 여정 씨가 좋다고 하면…… 또 모를까……."

"뭔가 오해를 한 것 같은데 난 황 대리의 상처를 봐줬을 뿐입니다."

장혁의 말에 이석은 '어' 하는 얼굴이 된다. 그것은 어쩌면 그럴지도 모른다는 판단에서 온 표정이었다. 등의 상처는 혼자서 볼 수 없고, 장혁이 거즈를 갈아주는 것은 이석도 알고 있었기 때문이다.

"반지에 꽃이라도 있으면 효과가 좋을지도. 황 대린 진달래 좋아합니다."

장혁은 그렇게 말한 후 다시 돌아서 갔다.

"진달래?"

이석은 어처구니없다는 듯 중얼거렸다.

"초겨울에 진달래를 어디 가서 구해…… 가 아니라 내, 목숨 걸고 구해온다."

하더니 그는 쌩하니 움직였다.

재인은 점심 식사 후 외출할 준비를 했다. 웨딩 부티크에 가기로 예약한 날이라 잠시 후 출발해야 했기 때문이다.

"같이 못 가요?"

재인은 도하와 핸드폰 통화 중이었다.

"대체 어디 있어요? 무슨 비서실장이 비서실보다 바깥에 더 많이 돌아다녀요?"

[이 비서님이 잘 하고 있으니 나는 좀 땡땡이쳐도 됩니다.]

"땡땡이치는 건 좋은데 내 드레스는 봐줘야 하잖아요? 히잉."

[예쁜 거 골라놔요. 내일 봐줄 테니. 그럼.]

"아앗, 뭐야? 또 먼저 끊었어. 이 비서실장 따위……, 나 사랑하는 거 맞어?"

재인이 혼자 길길이 뛰고 있는데 노크소리와 함께 여비서가 들어와 부티크에 갈 시간이 됐다고 알렸다.

재인과 여비서, 여정이 구내 지하주차장의 회장 전용 주차구역에 있었다. 여정은 먼저 차의 뒷문을 열어 재인과 여비서를 태웠다. 장혁은 뒤늦게 모습을 보였는데 차를 움직이기 전, CCTV를 확인하고 오는 길이었다.

"양 비서는?"

차에 오르기 전에 장혁이 여정을 향해 물었다.

"경기도에 있대요."

여정이 대답했다.

"경기도?"

"네. 꽃을 사러 갔답니다. 회장님 일정은 까맣게 잊어버리고."

장혁은 얼른 주먹을 입에 갖다 댔다. 하마터면 웃을 뻔했던 것이다. 그때 재인이 문을 연다.

"양 비서 연락 안 돼? 안 되면 그냥 가. 꼭 두 대씩 끌고 갈 필요가 뭐 있어? 멀지도 않은데. 빨랑 가. 늦어."

재인의 독촉에 장혁과 여정은 각기 운전석과 조수석에 올라 차를 출발시켰다. 재인을 태운 차는 20분 정도 달려 어느 조형적인 건물 앞에 멈춰 섰다. 거리는 온통 고급 웨딩 부티크들이 즐비해 있었는데 재인이 들어간 곳도 그런 곳들 중 하나였다. 예약한 부티크가 있는 건물 안으로는 여자들만 들어가고 장혁은 옥외주차장에서 차를 지키고 있었다.

사실 차를 떠나지 않고 몇 시간씩 지키고 있는 것은 쉬운 일이 아니었다. 차 안에 앉아 있는 것뿐만 아니라 차 밖으로 나와 있어도 무료하기는 마찬가지일 테니 말이다. 그럼에도 장혁에게서는 별달리 무료한 기색을 찾아보기 힘들었는데 그런 그가 두 시간쯤 지나자 핸드폰을 보며 몇 번이고 시간을 확인했다. 결국 그는 여정에게 전화를 걸었다. 그런데 신호만 가고 받지를 않아 연거푸 세 번을 거니 그제야 통화가 연결됐다.

[최 팀장. 황 대리가 지금 전화를 받을 수 없어. 드레스 입었거든.]

여정의 핸드폰에서 들려온 것은 재인의 목소리였다. 밝은 웃음소리와 함께였다.

[황 대리가 내 들러리 하기로 해서 말이야. 연한 골드 컬러 드레스 입었는데 완전 공주다, 공주. 최 팀장도 와서 봐. 너어무 이뻐.]

사실 장혁이 여정에게 전화를 건 것은 화장실이 급해서였다. 차를 잠시 맡기고 화장실을 다녀올 생각이었는데 갑자기 드레스를 입은 여정이라니, 상상도 안 가면서 또 몹시 궁금했다. 아니, 상상이 안 가기 때문에 더 궁금한 것인지도 몰랐다. 재인의 독촉도 이어지고 해서 그는 화장실을 가는 김에 여정도 보고 올까 했다. 장혁은 가기 전에 먼저 주차장을 눈으로 훑었다. 그가 있는 동안 차가 몇 대 나가고 들어오기는 했지만 주차장은 대체로 한산한 편이었고, 주차관리 부스에는 나이 든 남자가 앉아서 졸고 있었다. 장혁은 나이 든 남자를 깨워 차를 지키라고 당부한 후 건물 안으로 들어갔다.

여정은, 재인의 말대로 은은한 골드가 자잘한 조각처럼 흩어진 것 같은 원단의 드레스를 입고 있었다. 재인의 성화에 어쩔 수 없이 입어본 것이라 여정의 얼굴에 드러난 어색한 표정에도 불구하고, 어깨를 드러낸 오프 숄더에, 엠파이어 스타일의 심플한 드레스는 여정의, 너무 어둡지 않은 다갈색 피부와 무척이나 잘 어울려, 흡사 이집트 공주처럼 관능적이면서도 신비롭고 또한 아름다웠다. 그런 여정의 모습에 장혁이 거의 티를 내지 않으면서도 넋을 놓고 있는 사이, 그의 그런 반응을, 다른 사람은 몰라도 여정은 눈치를 채고는 슬며시 눈길을 아래로 떨어뜨렸다. 어쩐 일인지 그녀는 수줍어하는 것처럼도 보였다.

"뭐라고 말 좀 해봐 봐, 최 팀장. 예쁜 걸 보고 예쁘다 왜 말을 못 해?"

여정을 보며 입 다물고 가만히 있는 장혁을 향해 재인이 쥐어박는 소리를 했다. 장혁은 그만 차로 가보겠다 하고서 인사를 하고 나왔다. 밖으로 나와서야 그의 입술 끝에 묘한 미소가 걸린다. 원피스를 입은 모습이 예뻐서 구두도 사주었지만 드레스를 입은 여정이라니, 상상조차 되지 않던 것이어선지 그는 눈으로 보고도 제

대로 실감이 나지 않았다.

여자들은 옷에 따라 저렇게 완전히 딴 사람으로도 변할 수 있는 것인가, 그런 생각을 하며 주차장으로 들어선 장혁은 부스 안에 있던 나이 든 남자에게 '혹시 수상한 사람이 얼쩡거리지는 않았느냐' 확인을 해보지만 남자는 미덥지 않게도 하품을 하며 머리를 흔들 뿐이었다. 장혁은 승용차로 와서 차의 이곳저곳을 살펴보고 시동도 걸어보는 등 점검을 해보았다. 별다른 이상은 발견되지 않았다.

◈

같은 시간에 도하는 이두회 본부가 있는 빌딩의 커피전문점 안으로 들어서고 있었다. 그곳에는 채진우가 먼저 와서 기다리고 있다가 도하를 발견하고는 자리에서 일어나 인사했다. 채진우는 이두회 집회에 초대를 받지는 못했지만 다행으로 잘리지는 않았다.

"최현승이 황산 뒤집어쓴 것 때문에 KL엔터의 정 사장이 엄청 열 받았다는 게 사실인 것 같습니다."

진우가 말했다.

"내가 아는 KL의 김 실장한테서 나온 소리니까 확실해요. 정 사장 와이프가 최현승이 누나잖아요. 더구나 황산 뿌린 년, 그 년이 또 KL에서 전략적으로 키우던 년이라 둘 다 망가지니까 아주 이를 가는 모양입니다. 스캔들 대단하잖아요. 지금."

도하는 듣고만 있었다. 이미 대강은 알고 있는 사실을 확인 차원에서 듣고 있는지 그의 얼굴에는 별다른 변화가 없었다.

"뭔가 일을 꾸미느라 언론 쪽에 대고 LD 이름 거론 안 하는 거라고……, 그런 말도 있습니다."

진우가 도하의 눈치를 보며 말을 마저 이었다. 이두회에서 최현승 사건에 재인이 거론되지 않게 언론에 손을 쓴 것에, 계림상사에서는 맞불을 놓지 않았었다. 아마도 그것은 뒤로 다른 궁리를 하고 있는 것이라 도하도 짐작을 했지만 진우의 말은 그것을 다시 확인시켜준 셈이었다.

"수고하셨습니다."

도하는 짧게 말하고 일어섰다.

"수고는요, 뭐. 당연히 해야 할 도리를 하는 것뿐이죠. 무엇보다 도움이 돼야 하는데……. 그럼 전 이제 안 잘리는 거죠?"

"물론입니다. 앞으로 입조심만 하십시오."

도하가 몸을 돌리는 사이 진우는 제 입에 지퍼를 닫는 시늉을 해보였다.

⊠

한편, 웨딩드레스 부티크들이 즐비한 거리에서는 재인 일행이 주차장에 모습을 보이고 있었다. 장혁은 이미 차에서 내려 세 여자들을 기다렸는데 여자들은 모두 즐거운 모습들이었다.

"도하 씨 맘에도 들어야 할 텐데."

뒷좌석에 탄 재인이 말했다.

"실장님 마음에도 드실 겁니다, 회장님."

운전석에 앉은 여정이 재인의 말을 받았다. 오래 기다린 장혁이 피곤할까 봐, 여정은 자신이 운전하겠다고 해, 장혁은 조수석에 앉아 있었다.

"황 대리가 보기에도 예뻤지?"

"회장님, 벌써 아흔아홉 번 확인하십니다."

여정의 '네' 하는 대답 뒤로 여비서가 놀리듯 말했다.

"두 개 중에서 너무 고민을 해서 말이야. 아직도 갈팡질팡하거든. 어, 근데 왜 출발 안 해?"

"안전벨트 하십시오."

여정 대신 장혁이 대답했다. 그는 재인과 여비서의 안전벨트 착용을 확인 후 여정에게 출발신호를 보냈다. 도로는 러시아워로 막 접어들기 시작하고 있었지만 아직 그리 막히지는 않았다. 뒷좌석의 재인과 여비서는 계속 웨딩드레스에 대해 수다를 떠는 가운데 차의 속도가 60을 넘자 장혁이 이상함을 느끼기 시작했다. 그는 여정을 쳐다본다. 여정은 장혁만큼 예민하게 느끼지를 못하는지 장혁의 눈길에 의아해했다.

"차 세워."

장혁이 급히 말했다. 그의 눈은 속도가 70에 가까워 온 것을 읽고 있었다.

"네?"

중앙선 안쪽을 달리고 있던 여정은 의아해하면서도 본능적으로 속도를 줄이고 있었다.

"어서 세워."

그때였다. 쿵, 하는 소리와 함께 차가 기울었다. 차에서 뒷바퀴가 빠진 순간이었다.

카가가가강.

요란한 소리와 함께 차가 핑그르르 돌았다. 세 바퀴를 도는 동안 여정은 정신을 바짝 차리고 손에서 핸들을 놓지 않은 채 브레이크를 밟고 차를 제어하려고 했다. 순간 앞에 소형 트럭의 뒷모습이 보였다. 긴 통나무 자재를 몇 개 싣고 있는 트럭은, 그 통나무의 끝이 트럭 밖으로 삐죽 삐죽 나와 있어 부딪칠 경우 매우 위험해 보였다. 여정의 계산으로는 도저히 피할 수 없었다. 이제는 운에 맡기는 수밖에 없다, 하는 찰나에 핸들을 잡는 장혁의 손이 보였다. 그 손은 여정이 틀려는 방향의 반대로 핸들을 크게 꺾었다.

콰앙, 재인을 태운 차는 트럭의 뒷부분과 충돌을 한 후 멈췄다. 충돌 순간에 여정은 잠깐 정신을 놓았으나 곧 의식을 찾았다. 고개를 드니 룸미러를 통해 재인과 여비서의 모습이 보였다. 앞, 뒷좌석 모두 에어백이 터졌다가 이미 바람이 빠진 상태였으며 재인과 여비서는 기절해 있었다. 여정은 고개를 옆으로 돌렸다. 장혁은 의자 등받이에 완전히 몸을 기댄 채로 얼굴은 여정을 향했으며 선글라스는 이미 사라진 후였다.

장혁 앞의 유리창과 차체가 처참히 구겨진 것으로 보아 트럭에 실려 있던 나무가 뚫고 들어온 것이 분명했으며 그 나무에 머리를 맞은 장혁의 안면은 처참했다. 얼굴의 반은 이미 피투성이로 그 아래까지 온통 시뻘겠다. 다행인 것은, 그것도 다행이라고 말할 수 있다면 장혁의 얼굴 중 온전한 눈 하나가 있는 쪽이 다소 양호해, 그가 의식을 잃지 않았음을, 그 눈을 깜박거림으로 해서 알릴 수 있었다는 것이다.

여정은 장혁의 눈 하나를 마주했다. 그가 마지막으로 혼신을 다해 운전대를 잡아 돌린 것이 무엇을 의미하는지 그녀는 알고 있었다. 얼굴의 반이 깨져 버린 장혁의 얼굴이 사실은 여정 자신의 얼굴이었음을 그녀는 이해하고도 남았다. 여정 역시 입으로 피를 머금고 있었지만 그 위로는 그보다 많은 양의 투명한 물이 쉼 없이 떨어졌다. 여정의 눈에서 하염없이 눈물이 흘러 얼굴을 적시고, 가슴을 에고, 끝내 흐느낌으로 변했다. 그러나 장혁의 눈은 고요히, 마지막까지 여정의 모습을 눈에 담으려는 듯 흔들림이 없었다. 어쩌면 그는 금빛 드레스를 입은 여정을 보고 있는지도 모를 일이었다.

여정은 부들부들 떨리는 손으로 안전벨트를 풀고 몸을 꿈틀대 장혁에게로 움직였다. 몸의 어딘가에서 날카로운 통증이 느껴졌지만 오히려 그것은 그녀의 가슴에 눈물로 차오르는, 더할 수 없는 통증을 위로해 줄 뿐이었다. 여정은 필사적으로 움직여 장혁에게로 다가갔다. 바로 옆이건만 이렇게 멀다니, 여정의 손이 먼저 다가가 장혁의 피투성이 얼굴을 잡았다. 장혁에게 그 감각은 느껴지지도 않았다. 그는 여정의 얼굴이 점점 흐릿해지는 것만 느끼고 있을 뿐이었다. 그러다 완전히 안 보이는가 했더니 여정의 입술이 그 자리를 대신했다는 것을, 그는 약간 늦게 깨달았다.

여정의 입술은 피와 눈물을 뒤섞은 채로 장혁의 입술과 깊이 포개졌다. 여정은 그의 입안으로 혀를 밀어 넣었다. 그리고 마치 그를 깨우듯 그의 혀를 깨우려 애썼다. 그렇게 애쓰던 끝에 여정은 마침내 그의 혀가 움직여 그녀의 혀를 살짝 건드리는 것을 느낄 수 있었다. 그리고 그것은 장혁이 생전에 여정에게 건넨, 그의 마지막 인사였다.

장혁은 응급차가 도착하기도 전에 숨을 거두었다. 재인과 여정, 여비서는 현장에서 가장 가까운 병원의 응급실로 이송돼 검사를 받았는데 병원으로부터 연락을 받은 도하가 이석과 함께 도착했을 때는 검사는 모두 끝나 있었다.

재인은 응급실의 침대에 누운 모습으로 도하를 올려다보았다. 그녀는 갈비뼈 한 개가 골절되고 네 개에 금이 갔으며 다리의 인대 손상과 더불어 온몸에 깊은 타박상을 입었다. 도하는 광대뼈에 멍이 든 재인의 얼굴을 쓰다듬었다.

"괜찮습니다."

도하가 입을 열었다.

"아무 걱정 말아요."

도하는 나직이 말하고 있었지만 재인은 그가 지금과 같은 얼굴을 하고 있는 것을 전에는 한 번도 본 적이 없었다. 그는 화가 난 것일까, 재인은 그 생각을 하며 잠에 빠져들었다.

이석은 여정을 보고 있었다. 이마에 피가 밴 붕대를 하고, 목 보호대를 하고 있는 그녀는 눈을 감고 꼼짝도 않고 있었다. 살아남은 셋 중에서 가장 큰 부상을 입었지만 사고의 강도에 비하면 천행이라 할 만큼 그 정도가 아주 심하지는 않았다. 무릎 하나가 골절된 것 외에 장 파열, 열상, 타박상 등인데 전치 8주였다.

몇 시간 후 재인, 여정, 여비서, 그리고 장혁의 시신까지 모두 위 회장이 입원해 있는 병원으로 다시 후송되었다. 수술이 필요한 여정은 즉각 그 절차에 들어가고 재인은 아버지가 입원했던 VIP병동의 입원실에 입원했다. 때맞춰 제주도에서 진향이 날아왔다. 그렇잖아도 결혼식에 맞춰 올 요량이었다가 뉴스로 사고 소식을 접한 진향은 반쯤 정신이 빠진 상태로 공항으로 가 비서실과 연락을 취한 후에야 재인의 상태가 아주 나쁘지 않다는 것을 알고, 놀란 가슴을 쓸어내리며 비행기에 올랐었던 것이다. 그런 엄마로부터 재인은 장혁의 사망소식을 들었다. 재인이 충격을 받을까 봐 도하는 그때까지도 그녀에게 말하지 않고 있던 사실이었다.

"봐야겠어요."

도하를 본 재인이 말했다.

"날 지키다 그렇게 된 건데……. 보는 것이 도리예요."

재인은 몸에 지지대를 한 채로 도하에 의지해 시신보관소로 내려갔다. 장혁의 빈소를 차리기 위해 이두회 사람들이 병원에 와 있었으나 아직은 정식으로 빈소가 차려지기 전이었다. 시신보관소에서 재인은 흰 천이 걷히면서 드러난 장혁을 확인했다. 그녀는 의외로 의연했으나 눈물이 주체할 수 없이 흘러내리는 것만큼은 어쩔 수 없었다. 도하는 재인을 붙잡고 서서 이미 그 전 병원에서 보았던 장혁을 다시 봐야 했다. 도하가 비서실장이 되면서 무력부 부장을 지냈던 장혁은 도하에게는 가장 믿음직하고 충직한 부하직원 중 하나였다. 그러한 만큼 그가 장혁의 죽음을 얼마나 애석해하는지는 이루 말로 다할 수 없을 정도였다.

"사고 아니죠?"

승강기에 올라 재인이 물었다. 바로 전날 도하가 보였던 얼굴처럼 그녀의 얼굴 역시 분노를 지그시 누른 채였다.

"차 바퀴에 손을 댔어요."

"누구 짓인 줄은 알아요?"

"거의 파악됐습니다."

"용서 안 해요. 받은 만큼 되돌려 주세요."

재인의 목소리는 어금니를 지그시 깨문 사이로 나왔다.

"아니……. 그 이상으로."

"명 받들겠습니다."

도하가 입속으로 뇌까리듯 대답했다.

장혁의 빈소는 병원 내 장례식장에, 다음 날 차려졌다. 이두회에서 주관하는 5일장으로, 영정 사진을 장식한—장혁은 영정 사진 속에서도 선글라스를 끼고 있었다— 엄청난 양의 국화꽃들은 비장감마저 불러일으켰다.

문상객들은 대부분 이두회 회원들로, 회장인 재인이 처음 빈소에 예를 표한 것을 필두로 해서 무력부 포함 무극천위가 가장 먼저 다녀갔는데 특히 무력부에 속한 자들의 문상 때는 그의 죽음을 애통해하는 흐느낌 소리가 간간이 흘러나오기도 했다. 그 외에도 이두회 소속 사람들의 발길이 끊이지 않아 영안실 안은 늘 검은 정장을 한 사람들로 넘쳐났다. 장례식은 조의금도, 음식 대접도 없이 순수하게 문상하는 것으로만 진행되어 영안실 안은 대체로 조용하고 엄숙했다.

"이두회 장으로 치러지고 있고 오늘이 3일째예요."

이석이 여정을 보며 말했다. 여정의 입원실이었는데 그녀는 이틀 전에 수술을 받은 후였다.

"빈소에 내려가 봐야죠……?"

이석은, 어둡고 무표정한 여정의 안색을 살피며 물었다. 그는 이전 병원의 응급실에서 잠깐 여정을 본 후 오늘이 처음이었다. 자원해서 장혁의 염을 했고, 현재는 다른 몇 사람들과 함께 장혁의 빈소를 돌보느라 바쁜 시간을 보내다 잠시 짬을 내 여정의 입원실을 방문한 것인데 그가 좀 더 일찍 여정의 입원실을 찾지 않은 이유는 단지 바빠서만은 아니었다.

"내 잘못이 큽니다……."

이석은 고개를 떨어뜨렸다.

"그날……, 내가 정신을 어디다 팔아먹었는지……. 회장님의 일정도 까맣게 잊어버리고……."

사고 당일 그는 진달래꽃을 산다며 서울에서 멀리 나가 있었다. 이석이 자리를 지키고 있어, 차 두 대를 움직여 정석대로 호위를 했다면 결과는 달랐을 것이라는 자책에, 그는 장혁의 영정 사진을 볼 때마다 눈물을 쏟아야 했다. 이미 그 일로 도하로부터 심한 질책을 받았고 어쩌면 나중에 징계를 받아야 할지도 몰랐지만 그것보다 이석을 더 괴롭힌 것은 여정으로부터 들어야 할 비난과 원망이었다.

"원래 우리의 일이란 게 회장님을 호위하다 죽는 겁니다."

여정이 말했다.

"팀장님은 자신의 일을 훌륭히 하시다 가신 것이고, 나도 나중에 그리 되겠지요. 특별한 일 아닙니다."

이석은 고개를 들어 여정을 봤다. 이석의 얼굴은 젖어 있었지만 여정은 눈물은커녕 무서울 정도로 담담한 얼굴이었다. 아니, 아무 감정도 읽어낼 수 없을 정도로 밀랍인형과 같은 얼굴이었다.

"그렇게 독할 것까지야……."

이석은 허탈하니 어깨를 축 내려트렸다.

"바쁘실 텐데 그만 나가보시지요."

"빈소엔…… 안 가요?"

그러나 여정은 대답하지 않았다.

스산한 초겨울의 바람이 부는, 달빛도 흐릿한 깊은 밤, 어느 고급 유흥가의 한 빌딩 내에, 사람도 드문 복도로 문이 하나 열리면

서 건장한 체격의 남자 두 명이 나오고 있었다. '퍼퍽' 하는 소리가 거의 동시에 나고 그 두 남자는 바닥으로 쓰러졌다. 문 밖을 지키고 섰던, 손에 쇠파이프를 든 다른 두 사내들의 짓이었다. 그것을 신호로 같은 편으로 보이는 사내들 여섯이 역시나 손에 무기를 들고 복도 끝으로부터 달려왔다. 이미 문 앞에 있던 남자 두 명이 기다렸다는 듯 그 문을 열자 달려오던 사내들 여섯이 문 안으로 몰려들어갔다. 뒤이어 문 안으로부터 부서지고 엎어지는 엄청난 소리와 함께 비명소리가 난무했다. 이것은 1차로 길을 닦는 작업으로, 일처리에 있어 그것을 방해할 것들을 미리 제거해 버리는—보통은 클럽이나 살롱을 지키는 '기도'라 불리는 자들을 제거하는— 사전작업에 해당된다.

고급 술집의 긴 복도 끝의 모퉁이로부터 사내들 네 명이 걸어온다. 앞선 남자는 이두회의 무력부 박 부장이었다 그러니 그 나머지는 무력부의 요원들일 것이 빤했다. 사전작업에 이은 본 작업이다.

콰앙, 술집의 직원들이 다 피한 틈을 타 목표지점의 문을, 박 부장이 발로 걷어찼다. 안으로는 남자 다섯과 여자 넷의 모습이 보였다. 박 부장과 요원들이 단숨에 룸 안을 점령하면서 여자들은 다 도망치고 그 안에 있던 남자들은 모두 피투성이가 됐다.

"너냐?"

박 부장이, 룸 안에 있던 남자들 중 한 남자의 머리칼을 움켜쥐고 뒤로 젖혔다. 남자는 이미 맞아서 피투성이였다. 박 부장은, 그러나 남자의 대답을 듣고자 물은 것은 아니었나 보다. 콰득, 박 부장이 남자의 팔꿈치 관절을 뒤로 꺾으니 남자는 비명을 질렀다. 박 부장은 이어 그 남자의 늑골과 무릎 관절을 부수고, 발목을 180도 뒤로 돌아가게 만들었다. 죽지는 않을지 모르지만 성한 몸으로 살기는 틀린 것으로 보였다. 그 남자가 바로 재인의 전용 승용차 바퀴를 손 본 남자였다.

같은 시간의 다른 장소, 그곳은 KL엔터테인먼트의 사옥이었다. 깊은 밤이어선지 승강기 앞에는 사내 한 명이 서서 위에서 내려오는 승강기를 기다리고 있었다. 땡 하는 소리와 함께 승강기가 서고, 문이 열리니 안에는 사십대의 남자와 그보다 젊은 남자, 그리고 연예인으로 보이는 젊은 여자가 있었다. 밖에서 기다리던 사내의 손은 재킷 안에 들어가 있었는데 그것이 다시 나왔을 때는 지름 2센티에, 불과 30센티 길이의 짧은 쇠파이프가 들려 있었다. 퍽, 사내는 그것으로 사십대의 남자를 가격했다.

퍽, 퍽, 소리가 이어지는 가운데 사십대의 남자는 쓰러지고 여자는 비명을 질렀지만 충격을 받아선지 도망가지는 못하고 있다, 젊은 남자가 먼저 승강기 밖으로 움직이자 여자도 그제서 젊은 남자의 뒤를 따랐다. 그리고 승강기의 문은 천천히 닫혔다. 문이 닫히는 그 순간까지도 쇠파이프를 든 남자의 폭행은 멈추지 않았다.

승강기는 1층에서 열렸다. 승강기의 문밖에는 아무도 없고, 사내 역시 아무 일도 없었다는 듯 피로 얼룩진 승강기의 내부를 뒤로 하고 로비를 가로질렀다. 갑자기 빌딩 내에서 사이렌이 울렸지만 사내는 서두는 기색도 없이 태연하게, 경비들 곁을 스쳐 입구로 향했다. 그는 태연히 핸드폰까지 확인해 〈CCTV 걱정 뚝〉이라는 문자에 〈땡큐 이빠이〉라는 답문까지 보냈다. 사내가 처리한 사십대의 남자는 재인을 미행한 팀의 계림 쪽 담당자였다.

같은 시간에, 역시나 다른 장소, 교외 어느 별장 안 전경은 마치 폭풍이 휩쓸고 지난 듯 난장판이었다. 이렇게 난장판이 되기 전까지 아마 파티 중이었으리라 짐작할 수 있는 것은 깨진 고급 술병들과 흩어진 음식들의 잔해들 뿐, 그 위로 단정치 못한 옷차림의 남자들 여러 명이 피투성이로 나뒹굴었고, 그 남자들보다 더 많은 수의 벌거벗은 여자들이 벽 쪽으로 납작 붙어 벌벌 떨고 있었으나 상처를 입은 모습들은 아니었다. 그곳을 그렇게 만든 장본인들인 검은 옷을 사내들 다섯은 절도 있게 별장을 나와, 밖에서 대기 중인 승합차를 타고 홀연히 사라졌다. 별장에서 섹스파티를 벌이고 있던 남자들은 KL엔터테인먼트 관련한 계림상사의 거물급들이었다.

이두회의 습격은 그 외에도 몇 군데서 더 일어났다. 장혁의 빈소가 있는 병원에서는 여전히 문상객들의 발길이 이어지고 있던 중이었다. 5일장의 마지막 날로, 아직 장례가 한창일 때 그 틈을 타 이두회의 역습이 있으리라고는 계림상사에서도 예측을 못 했던 것 같았다. 역습은 마치 치밀하게 계산해놓은 듯 여러 군데서 동시다발적으로 이루어졌고, 치고 빠지듯 순식간에 벌어지고 끝이 났다. 그리고 그 대미를 장식한 것은 바로, 계림상사에서 제법 입김이 센 인물로 알려진 KL엔터테인먼트의 정 사장일 것이다.

호화로운 침실에서 잠을 자던 남자는 잠결에 무슨 소리인가를 듣고 일어났다. 사십대 중, 후반 정도의 남자였다. 남자 곁에는, 나이차는 좀 있어 보이나 아내로 보이는 여자가 잠들어 있었다. 남자는 일어나 침실에 딸린 욕실로 들어가 소변을 보고 나왔는데 순간 또 소리를 듣고 그는 얼른 침실 입구를 쳐다봤다. 마치 침실 문이 열렸다 재빨리 닫힌 것 같은 소리였다. 남자는 예민해진 얼굴로 창가로 가 먼저 창밖을 내다봤다. 가로등 아래 정원은 고요했다. 그래도 남자는 긴장을 늦추지 않은 얼굴로 먼저 가운을 입은 후 장식장 앞으로 가, 장식장의 조그만 서랍을 뒤져 권총을 꺼내 가운 주머니에 넣고는 침실을 나왔다.

집안은 복도와 홀에 미등을 켜놓아 은은한 조명 아래에서 역시나 고요했다. 남자는 조심스럽게 발을 앞으로 내딛었다. 그때 또다시 묘한 소리가 들렸다. 흡사 접시가 서로 맞부딪치는 것 같은 소리였다. 남자는 거침없이 주방으로 향했다.

주방에 사람이 있었다. 키가 큰 남자였는데 슈트 재킷까지 벗어놓고 셔츠 차림으로, 바(BAR)처럼 보이는 조리대 안쪽에 앉아 커피를 앞에 두고 있었다. 마치 제집인 양 태연하게 커피 잔을 입에 대고 있는 그 남자, 다름 아닌 류도하였다.

"누구냐? 넌."

남자는, 혹시 도둑이 들었나 싶어 나왔다, 그런 것은 아니라 판단했는지 신중한 목소리로 물었다. 그때 조리대의 불이 켜지며 도하의 모습이 분명하게 드러났다. 남자는 내심 소스라쳤다. 도하를 아는 모양이었다. 하긴 10년 전, 이두회와 계림상사의 전쟁 당시, 전면에 나서 싸웠던 도하였으니 모를 리 없으리라.

남자는 권총이 있는 주머니로 슬며시 손을 넣었다.

"와서 앉으십시오, 정 사장님."

도하가 말했다. 정 사장은 주머니에서 손을 빼지 않은 채로 다가왔다.

"커피 드릴까요?"

도하의 말에 정 사장은 어이가 없는지 '허' 한다. 그러나 그는 이내 정색했다. 경비망을 뚫고 도하가 여기까지 왔다는 것은 주변으로 이미 이두회가 깔렸다는 것이고, 또한 이미 이두회의 보복이 실행됐거나 되고 있다는 의미였다.

"완전 허를 찔렸군."

정 사장은 도하의 맞은편에 앉았다. 주머니에 넣은 오른손은 여전히 빼지 않고서였다.

"장례나 끝낼 일이지. 그건 죽은 자에 대한 예가 아니지 않소?"

"충고 감사히 받겠습니다."

"근데 왜 왔소? 협상할 거리라도 있나?"

"부탁드리러 왔습니다."

"부탁?"

"제 식구들이 사장님의 식구들과 다소 소란을 피웠습니다. 그 뒷정리 좀 부탁드립니다. 아주 깔끔하게."

"뭐……?"

"그나마 여기서 끝나는 걸 원하신다면요."

"거절한다면?"

"지금 이 자리에서 정 사장님을 손 보고, 나는 다시 신 회장님을 찾아가야겠지요."

정 사장은 흠칫한 얼굴로 도하를 정면으로 쏘아보았다. 두 사람의 눈빛은 한 치의 물러섬도 없이 부딪쳤다. 도하의 말을 요약하면 '너희의 공격에 반격을 가했으니 뒤처리는 알아서 해라. 만약 거절하면 전쟁은 계속 되고 계림상사의 수장과 담판 짓도록 하겠다'는 의미였다. 그렇다면 정 사장은 전쟁을 계속하는 것이 유리한지, 여기서 휴전하고 뒤처리를 하는 것이 유리한지를 판단해야 했다. 물론 그 뒤처리에는 단순히 이두회가 저질러놓은 것을 수습하는 것 외에, 계림상사의 수장인 신 회장으로부터 떨어질 문책을 어떻게 회피하느냐, 하는 것까지도 포함하고 있어 그리 단순하지만은 않았다.

“좋소.”

정 사장은 그리 오래 시간을 끌지 않고 대답했다. 자신의 안전이 보장되는 것으로 마무리가 지어진다면 그것이 전쟁을 하는 것보다는 낫지 싶었다.

“좀 억울하긴 하지만. 솔직히 난 목적달성도 못 했거든.”

“목적을 달성하셨다면 우린 아마 지옥에서 만나고 있었겠지요.”

“그런가? 위 회장이 남편 하나 잘 얻은 건 인정하오. 뭐 어차피 부군께서 수렴청정하는 거야 다 알려진 사실이지만.”

“난 회장님의 명대로 움직이고 있을 뿐입니다.”

“그걸 누가 믿겠소? 그런 멍청한 여자를.”

“그런가요?”

의도적으로 재인을 폄하하는 정 사장의 도발에—아마도 이런 상황에 처해진 분노를 그런 식으로 표출한 것이리라— 도하는 태연하게 대응했다.

“어쨌든 우리의 대화가 좋은 쪽으로 마무리된 것으로 알고 가겠습니다. 기회 있으면 또 뵙지요.”

도하는 악수를 청했다. 정 사장은 잠시 머뭇거렸다. 도하의 손을 맞잡으려면 가운 주머니 안에서 권총을 잡고 있는 손을 놓아야 했다. 그렇다고 만남의 끄트머리에서 악수를 거절하기도 자연스럽지 않아 정 사장은 결국 주머니에서 손을 빼, 그 손으로 도하의 손을 맞잡았다. 그 순간, 다음 상황까지는 정말 눈 깜짝할 사이였다. 도하가 제 손에 들어온 정 사장의 손을 그대로 꺾어 조리대 위로 누른 후, 어느새 다른 손에 들려 있던 무엇인가를 그대로 내리찍었다. 퍽 하는 짧고 굵직한 소리가 났다.

정 사장의 오른손의 손등이 조리대에 닿은 상태로, 그 위로 도하의 손이 누르고 있었으며 도하의 손가락 사이로 해서 흉기가 정 사장의 손바닥을 관통해 조리대에 박혀 있었는데 그 흉기는 대못이었다. 굵기가 못해도 5밀리는 돼 보이고, 길이는 20센티에 달했다. 도하가 정 사장의 손으로부터 제 손을 치우니, 정 사장의 손바닥에 대못이 박혀 조리대에 연결돼 있는 것이 적나라하게 드러났다. 피가 흘러 조리대를 적셨지만 못이 박힌 순간까지도 무슨 일이 벌어진지를 몰라 비명도 지르지 못했던 정 사장은 뒤늦게 제 손을 보고서야 억눌린 신음을 토해냈다. 이제는 권총을 꺼낼 수도 없었다. 왼손으로 반대편 주머니로 가는 큰 동작으로는 도하의 눈을 피할 수도 없거니와 그것보다는 왼손으로 대못을 먼저 빼내려 했으나 못은 꿈쩍도 하지 않고 정 사장의 어깨만 파들파들 떨려왔다.

도하는 태연히 커피 잔을 싱크대 수조에 넣어 물에 잠기게 한 후 깨끗한 행주로 조리대 주변을 스윽 닦았다.

"뭐, 뭘 하는 거야……? 무슨 뜻이야……?"

정 사장이 물었다.

"다음에 다시 뵐 때는 상대 회사의 수장을 존중하는 예법을 배우신 후이기를 바랍니다."

도하가 깍듯하게 말했다.

"그렇지 않으면 다음에는 손바닥이 아니라 심장을 겨눌지도 모르니까요."

나직이 말하며 정 사장을 바라보는 도하의 눈빛은 물처럼 고요한 것이 도리어 더 섬뜩했다.

"그럼 이만."

도하가 몸을 돌리자 정 사장은 왼손으로 더듬더듬 오른쪽 주머니를 찾아 권총을 잡았지만 꺼내면서 놓쳐 바닥에 떨어뜨리고 말았다. 한 손이 못에 고정돼 있어 그것을 주우려 엎드릴 수조차 없었다.

"누, 누가 도와줘……."

도하의 모습이 사라지자 정 사장이 소리쳤다.

"누가 좀 와 봐……. 여보……."

제19장 영원한 사랑

발인(發靷)이 있는 날 오전에 바람이 몹시 불었다. 장혁의 영정 사진은 이석이 들고, 그 뒤로 도하와 박 부장을 필두로 몇 명의 무력부 요원들이 운구에 참여했다. 재인은 운구차 한쪽에서 휠체어에 앉아 그 곁에 선 진향과 함께 운구되는 모습을 지켜보며 다시 한 번 눈물을 흘렸다. 그 외에도 많은 사람들이 운구차 주변에 모여 있었지만 그 어디에도 여정의 모습만은 보이지 않았다.

여정은 입원실에 있었다. 물론 그녀는 현재 제대로 걸을 수 없는 상태였지만 마음만 먹는다면 재인처럼 휠체어라도 타고 장혁의 마지막 길을 배웅할 수도 있었을 것이다. 그럼에도 장혁의 빈소에도 끝내 가지 않았던 그녀였다. 심지어 그녀는 운구차가 내려다보이는 창가에조차 얼씬도 하지 않았다. 다들 장혁을 보내고 있었지만 여정만은 그를 보내지 않고 있었다. 독할 정도로 그녀는 장혁의 마지막 인사에 답을 하지 않고 있는 것이다. 아니, 어쩌면 여정, 그녀만의 다른 인사였을까.

여정은 숨도 제대로 쉬지 못하고 있었다. 그녀는 마치 상상을 초월하는 고문을 당하는 사람 모양 악다문 어금니 사이로 신음을 토해내며 제 몸을 가누지 못하더니 끝내 그 입으로 피를 토해냈다. 마음의 고통을 못 이긴 여정이 혀를 깨문 것이다. 그녀의 병상은 그녀가 토해낸 새빨간 피로 물들어갔다. 차라리 울었다면 오히려 슬픔을 정화할 수 있으련만 그녀에게는 눈물조차 사치였는지, 눈물의 자리를 피로 대신하고 있었다.

계절이 몇 번 바뀌었다. 그 사이 재인과 도하의 결혼식이 있었고, 위상문 전 회장의 장례식도 있었다. 재인과 도하의 결혼식은 장혁의 죽음으로 다시 미뤄져 새로운 해의 봄에, 원래의 계획대로 집의 후원에서 소박하게 치러졌다. 허니문은 바로 가지 않았다. 두 사람의 결혼식 날까지 생명을 유지해야 했던 아버지를 평안히 잠들게 해야 할 일이, 재인과 도하에게는 남았기 때문이었다.

위 상문 전 회장의 장례식은 결혼식 얼마 후에 거행되었다. 뿐만 아니라 장혁의 죽음과 그에 대한 보복으로 촉발된 이두회와 계림상사의 관계는 일촉즉발의 위기감을 안고 있어 누구보다 도하가 멀리 움직이기 힘들었다. 그러나 그것도 시간이 흐르면서—전쟁을 해봐야 피차 손실이니— 차츰 완화되었고, 계절은 어느덧 다시 그 다음 해로 넘어가 여름 초입에 있었다.

재인은 회장실의 집무용 책상 앞에 앉아 결재 서류를 넘겨보고 있었다. 맞은편에는 중역으로 보이는 남자가 기다리고 있었는데 그는 재인이 하는 몇 가지 질문에 답을 하느라 진땀을 흘렸다. 재인은 이제 회사의 업무 파악을 모두 하고 있을 뿐만 아니라 그 이상으로 열성적이었다.

"다시 올리세요."

재인은 사인하지 않은 채로 서류를 되돌었다. 중역은 '네' 하고는 물러갔다. 중역이 열고 나간 문으로 여비서가 모습을 보인다.

"실장님께 연락이 왔는데 회장님 좀 쉬시랍니다."

여비서는 웃음을 참으며 말했다.

"알았으니 따끈한 차 한 잔."

재인은 짐짓 퉁명스럽게 말하고는 자리에서 일어났다. 그녀의 배는 거의 만삭이었다. 만삭 중에도 업무에 열중하는 재인을 이제는 도하가 말리는 지경이라, 잠시 떨어져 있는 중에는 저처럼 비서실을 통해 '쉬라'는 메시지를 전하고는 했다. 재인에게 직접 전화를 해도 되건만 꼭 비서실을 통하는 도하가 재인은 귀여웠다. 물론 그녀의 남편 도하는 여전히 비서실장이었다. 그리고 그는 지금 공장을 시찰하느라 지방에 내려가 있었다.

"서울로 출발했대?"

여비서가 차를 가져와 테이블에 놔주자 소파에 앉아 있던 재인이 물었다.

"아직 헬기에 오르기 전이시랍니다."

"알았어요. 나가봐."

"그럼 쉬세요."

재인은 찻잔을 입에 대며 도하와 함께 헬리콥터를 타고 지방에 있는 공장으로 내려갔던 지난겨울을 회상했다. 그때 '사랑'을 해서 지금의 아기를 갖게 된 것이었다. 재인은 몸이 좀 나른해지는 것 같아 패닉 룸에 들어가 잠깐 눈을 좀 붙일까 했는데 깜박하고 깨어나니 어느새 눈앞에 도하가 있었다.

"언제 왔어요?"

"조금 전에."

재인이 몸을 꿈틀대자 도하는 그녀를 일으켜 등에 쿠션을 받쳐 주었다. 그녀는 그제서 자신이 기절하듯 잠들었다 깨어났다는 것을 알았다. 패닉 룸으로 들어왔던 것까지만 기억이 날 정도니 침대에 앉자마자 스르르 잠이 든 것이 빤했다. 도하는 이미 재킷을 벗은 모습이었다.

"나 무슨 꿈 꿨는지 알아요?"

재인은 히죽 웃었다.

"헬기 안에서…… 하는 꿈꿨어."

재인은 킥킥댔다.

"나 아무래도 음란한 여잔가 봐. 우리 삼삼이 나올 날도 머지않았는데 난 왜 자꾸…… 하고 싶지?"

'삼삼이'는 태명이다.

"하면 되지 뭐가 걱정입니까?"

도하가 재인의 배를 쓰다듬으며 빙긋 웃음을 머금었다. 그의 얼굴은 예전에 비하면 한결 편안해 보였다.

"삼삼이가 흉 볼 거 같아서……."

"녀석은 아마 기억 못 할 겁니다."

도하의 말에 재인은 까르르 웃음을 터트렸다. 도하는 재인의 스커트 자락 안으로 손을 넣어 그녀의 부른 배를 맨살 상태로 다시 쓰다듬었다. 튀어나온 배꼽도 그의 손끝에 걸린다. 그는 그것을 간질이며 아내의 얼굴 가까이 제 얼굴을 가져갔다.

"자고 일어나서 입안이 좀 텁텁한데……."

재인은 민망한 듯 속삭였다.

"키스하고 나면 상쾌해질 겁니다."

소리 없이 재인의 입가에 함박웃음이 걸렸다. 그런 그녀의 입술을 그가 부드럽게 덮쳐 아랫입술을 빨고 윗입술을 빨며 서서히 그 안을 점령해 들어갔다. 그러는 동안 재인의 배꼽에 있던 그의 손이 스르르 아래로 내려가자 재인은 또 슬그머니 무릎을 세웠다. 그녀의 팬티 안으로 들어간 도하의 손은 하나의 숲인 듯, 꽃인 듯 여전히 그에게는 신비한 그곳을 오롯이 손안에 감싸 손바닥 전체로 부드럽게 애무했다.

"아무래도……."

도하가 속삭였다.

"삼삼이 엄마를 발가벗겨야 될 것 같습니다."

"아잉, 퇴근 시간 지났어요. 집에 가서."

"급한데?"

"참아요. 게다가 내일 휴일이에요."

도하는 다시 아내의 입술을 진하게 빼앗는 것으로 아쉬운 마음을 대신했다.

회장실이 있는 복도로부터 어떤 문이 열리며 여정이 나왔다. 검은색 슈트를 입은 그녀는 여전히 다갈색 피부에, 검은색 머리를 두피에 단정하게 붙여 깔끔하게 빗어 넘긴 모습으로 전에 비해 한결 엄격해진 얼굴을 하고서는 성큼성큼 회장실을 향했다. 또한 그녀는 혼자가 아니었다. 그녀 뒤로는 같은 복장의 남자 두 명이 따르고 있었는데 한눈에도 새 호위사들로 보였다.

"황 팀장."

여정이 회장실의 문을 열었을 때 바로 보인 재인이 여정을 향해 활짝 웃어 보였다. 물론 그녀의 곁에는 도하가 있었고 그 뒤로는 이석도 서 있었다.

"역시 정확하다니까."

재인이 퇴근할 때는 비서실에서 호위사 대기실로 연락이 가는데 여정은 늘 재인이 비서실을 통과하는 순간에 문을 열어 모습을 보였기 때문이다. 호위사들이 문밖에서 대기하는 동안 도하가 재인을 가볍게 잡고 나서고 이석이 그 뒤를 이으며 모두 승강기를 향했다. 이석은 다시 비서실 근무를 하고 있었는데 수시로 이두회 본부를 오고 가며 재인에게 이두회와 회사를 연결 짓는 역할을 하고 있었다. 이두회가 비록 도하의 통제하에 있다고는 하나 회장은 재인이라는 것을 모두에게 상기시키기 위한 장치 중 하나로, 역시나 도하에 의한 그의 의중이었음은 두말할 필요도 없었다.

"서 대리가 앞차 운전해."

주차장에서 여정이 두 남자 호위사들 중 한 명에게 명령했다.

"네. 팀장님."

서 대리라 불린 남자는 이석과 함께 차에 올랐다. 그 차가 재인 전용 승용차에 앞서 달리는 차였다. 남은 호위사가 재인의 차 운전석에 오르고, 조수석에는 여정이 올랐다.

"참, 전부터 물어보고 싶었는데 황 팀장이 서 대리랑 김 대리를 번갈아 가며 차를 바꿔 운전하게 하던데……. 무슨 이유가 있나?"

서 대리 옆에 앉은 이석이 물었다.

"네. 팀장님이 저랑 김 대리의 컨디션을 체크하신 후 결정하시는 겁니다."

서 대리가 대답했다.
"아, 컨디션이 좋은 쪽이 회장님 차를 운전하는구나……."
"아닙니다, 양 비서님. 그 반대죠."
"근가……?"
이석은 고개를 갸웃했다.
"앞 차가 판단을 잘해야 합니다."
서 대리는 여정의 신호를 받고 먼저 차를 출발시켰다. 그 뒤를 재인을 태운 차가 따랐다.
이제는 위재인 회장의 저택이 된 집에 도착하니 아줌마와 함께 진향이 재인과 도하를 맞았다. 진향은 딸이 사고를 당했던 그때에 딸의 용서를 받고 화해해 이제는 함께 살며 잘 지내고 있었다. 무엇보다 진향이 재인과 도하에게 헌신적이었다.
"요즘엔 너 회사에 있을 때마다 혹시나 하고 기다리고 있다."
진향이 말했다.
"조금이라도 진통이 오면 얼른 연락해야 해."
"아직 이주나 남았는데?"
"그거야 예정일일 뿐이지. 성질 급한 녀석이면 그거 지켜 나오는 줄 알어?"
"도하 씨 닮았음 느긋할걸? 근데 나 닮았음 모르겠다."
"아들이니 이왕이면 류 서방 닮아야지."
"어쩜 의외로 아빠 닮을 수도 있어. 울 아빠 말이야. 할아버지 닮는 경우도 있대. 그쵸?"
재인은 마지막으로 도하에게 동의를 구했다.
"아마 조금씩은 다 닮아서 나올 겁니다."
"정답."

"얼른 씻고 올라와서 저녁 들자."

재인과 도하는 사이좋게 지하층으로 향하고 그 모습을 진향은 흐뭇한 얼굴로 바라봤다.

"어떻게 보면 남매 같아요, 사모님."

아줌마가 말했다.

"천생연분은 닮는다잖아. 연분이라 그럴 거야."

"네. 그런가 봅니다."

다음 날, 휴일은 화창한 날씨 속에 너무 덥지도 않은 쾌적한 날씨였다. 눈부시게 푸른 하늘 아래 파릇한 나무들과 꽃들이 흐드러지게 피어 있고, 그 위로 산새들이 날아다니는 어느 산사(山寺)에서는 목탁 소리가 은은하게 울려 퍼졌다.

산사의 본당에 여정과 이석이 나란히 절을 하고 있었다. 이곳은 장혁의 위패가 안치돼 있는 곳으로, 여정은 어쩌다 생기는 호위사의 휴일이면 항상 이곳에 들르고는 했는데 어느 틈엔가 이석도 함께해, 이번이 이석과 함께 오는 것으로는 세 번째였다. 그런데 여정의 옷차림이 평소 입는 검은색 슈트가 아닌 원피스였다. 차분한 색이기는 했으나 여성스러움이 물씬 풍기는 디자인으로, 여정에게는 마치 이 시간만큼은 여자로 돌아오는 시간인 듯 늘 산사에 올 때마다 그녀는 정성껏 몸을 치장해왔다.

절을 마치고 본당을 나오며 여정은 구두를 신었다. 언젠가 장혁이 사주었던 바로 그 회색빛 구두였다. 그 역시 여정이 원피스를 입을 때면 항상 신는 구두였다. 그녀는 이석과 함께 천천히 계단을 내려왔다. 이후 두 사람은 별다른 말 없이 산사 주변을 거닐었다.

"이제 그만…… 보내요."

여정의 옆도 아닌 뒤를 따라 걸으며 이석이 말했다.

"여정 씨 땜에 못 떠나고 있는 거면 어떡해? 최 팀장도 얼른 가서 편히 쉬어야지……."

이석은 말끝에 한숨을 쉬었다.

"그러니 보내요. 보내줘요."

아마도 여정은 아직도 장혁에게 마지막 인사를 하지 않았는가 보다. 그녀는 아무 대답도 없이 마냥 걷기만 했다.

"못 보내요."

갑자기 불쑥 던진 여정의 말이 이석의 귀에 들어온 것은 그가 말한 후 20분이나 지나서였다.

"안 보내요. 영원히."

그렇게 말하고 잠시 멈췄던 여정은 잠시 후 다시 걷기 시작했다.

"그럼 뭐……, 나도 영원히 기다려야겠네."

이석은 짐짓 툴툴대며 다시 그녀의 뒤를 따라 걸었다. 너무도 늦게 깨달은 사랑은 그렇게, 떠난 자에게나 남은 자에게나 영원의 염원(念願)으로 남는 모양이다.

이석은, 그때 핸드폰이 울리는 것을 느끼고 발을 멈췄다.

"여정 씨……."

통화 후 그는 그새 멀리 앞서 간 여정을 큰소리로 불렀다.

"빨리 와요. 회장님이 진통이 와서 병원으로 가셨대요."

재인은 아들을 순산했다. 분만실에서 입원실로 옮긴 후 재인은 눈물을 글썽였다.

"너무 아팠어……."

그런 재인의 머리를 도하가 쓰다듬는다.

"그럼 자식을 거저 얻는 줄 알어?"

진향이 웃으면서도 눈을 흘겼다. 문이 열리고 간호사가 포대에 싸인 아이를 데려왔다.

"잠시 보세요."

간호사는 아이를 재인의 품에 안겨주었다. 도하도 그 곁에 앉아 아이를 들여다보자 진향은 자리를 피해주느라 간호사 뒤를 따라 함께 나갔다. 재인과 그녀의 남편은 잠시 동안 아직 빨간 피부의 갓난아이를 보고만 있었다.

"우리 삼삼이, 이제 네 이름은 재하다."

재인이 말했다.

"엄마 이름이랑 아빠 이름 하나씩 따서 재하, 위재하."

그렇게 말하며 재인은 도하와 눈을 마주했다. 두 사람은 이미 아이의 이름을 정했고, '내 성을 따르자'는 재인의 부탁도 도하는 흔쾌히 받아들였다. 그가 반대할 이유는 아마도 없었을 것이다. 하나의 아버지를 둔 재인과 도하는 그 자식 대에 이르러 드디어 다시 그 '하나'로 완성된 것인지도 몰랐다. 그것은 아마도 영원성의 표징(表徵) 같은 것이리라.

"사랑해요, 재하 아빠. 내가 사는 동안, 그리고 죽어서도 영원히."

재인은 눈물을 글썽였다. 도하가 그 눈물에 입을 맞췄다.

훗날 두 사람 사이에서는 아들이 또 태어났는데 재인과 도하는 그 아이의 이름을 '위장혁'이라 지었다.

〈END〉